1850

DAVID COPPERFIELD

塊肉餘生記（全譯本｜上冊）

Charles Dickens 查爾斯・狄更斯

林婉婷——譯

〈導讀〉

閱讀一個年輕人的狂野心性——十九世紀狄更斯與二十一世紀讀者的相遇

實踐大學應外系、創意產業博士班講座教授　陳超明

For I knew, now, that my own heart was undisciplined when it first loved Dora; and that if it had been disciplined, it never could have felt, when we were married, what it had felt in its secret experience.（因為我現在知道，當我第一次愛上朵拉那時，我的心性是狂野的。如果那時我心已馴服，就不可能，在我們結婚時候，感受那種神祕經驗。）

這是《塊肉餘生記》主人翁大衛（David Copperfield），在小說中，最深刻的吶喊。唯有狂野的心性，才能體會情與慾間的神祕滋味，但也由於這「未經馴服」的心性，挑戰英國維多利亞時期婚姻的道德基礎。結婚到底為了什麼？夫妻倆如何在婚姻的鏈結中，發掘自己無法宣洩的自我與肉體的誘惑呢？這些問題，一直困擾著十九世紀的小說家狄更斯，也是我們二十一世記讀者在閱讀這本小說時，不斷問自己的問題。

這本《塊肉餘生記》，敘述年輕男子的成長，是一部傳統的教育與成長小說（bildungsroman），在字裡行間中，也透露出英國最偉大的小說家狄更斯個人的創傷歷程。將個人小時候受屈辱的經驗寫

入小說，狄更斯模糊了小說與事實的界線。而在其自序中，他稱《塊肉餘生記》是他最喜愛的小孩（"favorite child"），無疑的，這是一部從他內心、從自身經驗中，所勾劃出最深刻的作品。

從衝突中成長，從掙扎中站起來

成長需要衝突，成長需要掙扎，這部小說也是狄更斯描寫衝突、描寫傷痕最直接的作品。從小時候戀母與喪父的創傷，到長大後情慾衝動，都赤裸裸地呈現在讀者面前，誠如敘述者大衛所說的：「我回首這一切，內心充滿刺痛。」

然而成長的動力為何呢？刺痛如何療傷？一個沒有自覺的人、一個不會犯錯的人、一個循規蹈矩的人，是不會體認自我錯誤，也永遠不會成長。急遽醒悟與反省，來自主角的心性與自覺。這不僅是一種道德的自覺，更是一種情慾的告白。

這是一部情慾告白的小說

傳統閱讀這本小說，大抵從主人翁的年輕衝動到成年後的成熟，如何在自我錯誤中，找到人生最終的靈魂伴侶（soul mate），道德論述及婚姻真諦，在閱讀中不斷被強化。然而，對我來說，這樣的閱讀，似乎忽略了小說家隱藏在道德論述下面的不安與焦慮：一個十九世紀年輕人的性心理與性成長。這部小說，不僅是如何教育年輕人面對家庭與社會，更是如何面對自我身體、情慾與性衝動的真實寫照。即使，小說家受限於維多利亞時期道德規範與出版限制，無法呈現性愛場景，然而，主角不自覺受到肉體牽引，在在看出這是維多利亞社會的集體焦慮：如何在性道德論述中，找到個人情慾的出口。

小說的主人翁，以第一人稱的觀點切入，告訴自己，他這一生命運來自他「狂野心性的第一個錯誤衝動」（"the first mistaken impulse of an undisciplined heart"），也就是不受道德傳統與教化馴服的野性，從情慾衝動下，經常做出錯誤的判斷與行為。這個野性衝動，驅使主角從對母親的迷戀，歷經青少年同伴的同性（或同性戀）依賴，到後來與象徵青春肉體的朵拉（Dora）結婚，都是一連串創傷的過程，但也是深刻且令人陶醉的片刻。

「衝動的錯誤」，當然是從道德與教育的觀點來看。然而，也就是這種「錯誤」，才凸顯年輕人自我覺醒的可貴。大衛的第一個性覺醒，來自於年輕的同伴艾蜜莉（Emily）與史帝福斯（Steerforth）。這一女、一男，開啟了大衛內心對男女情慾的渴望，這種渴望是純潔的、是淨化的。但也就是這種情慾渴望，導致後來對於朵拉肉體的沉迷。然而，感性與理性並存的大衛，卻能從情慾沉迷中甦醒，認識他生命中的真愛。與其說，這是大衛個人的情慾歷程，不如說這是狄更斯對於年輕人成長最重要的記錄：從迷戀到情慾，從情慾到真情。

十九世紀與二十一世紀的相遇：情慾當道或道德戰勝？

小說的結局無疑是非常有啟發性的，到底年輕的你我，情歸何處？到底處於情慾漩渦的男女，如何自救？到底婚姻的情慾何在？遠在十九世紀的狄更斯，似乎冥冥之中，為二十一世紀，提供了複雜且多元的思考空間。

二十一世紀的讀者，在這本充滿道德教育與情慾衝突的小說中，不僅可以偷窺年輕男子的心性與情慾發展，更可以思索在這個充滿情慾的二十一世紀社會中，我們如何從錯誤中成長？如何在衝動中走出來？

經典作品中，這是一部刻劃年輕人情慾最深刻的小說，述說著幾百年來，任何人曾經年輕過的深刻體會，實在不容錯過。細讀或重讀這本經典，絕對不要錯過這些細膩情感，也不要輕忽狄更斯文字所帶來的道德與文化衝擊！

目錄

（全譯本｜上冊）

導讀　閱讀一個年輕人的狂野心性——十九世紀狄更斯與二十一世紀讀者的相遇　陳超明　3
作者序（一八五〇年版）　10
作者序（查爾斯・狄更斯版）　11
第1章　出生問世　13
第2章　察言觀色　28
第3章　境遇改變　45
第4章　蒙受恥辱　62
第5章　逐出家門　82
第6章　交新朋友　103
第7章　第一學期　111
第8章　我的假期：特別是某個快樂的午後　131
第9章　難忘的生日　149
第10章　飽受冷落卻獲得生活費　162
第11章　自食其力，但不喜歡　185
第12章　不喜歡自立自強的生活，我下定決心　202

第13章 決心的續集 212
第14章 姨婆決定我的去留 234
第15章 新的開始 253
第16章 多方面來說，我都是嶄新的男孩 263
第17章 不速之客 288
第18章 一次回顧 307
第19章 找尋自我，有新發現 316
第20章 史帝福斯家 336
第21章 小艾蜜莉 346
第22章 舊景新人 368
第23章 證實迪克先生所言，並選定職業 396
第24章 初次爛醉 412
第25章 好壞天使 421
第26章 擄獲我心 444
第27章 湯米．崔斗斯 462
第28章 麥考伯先生的戰帖 473
第29章 再訪史帝福斯家 495

作者序（一八五〇年版）

書稿剛完成，我備感興奮，因此要脫離這種心情，沉著地完成這篇正式序言並非易事。我對本書的關心仍未退卻、依舊強烈；我的心分裂成愉悅與惋惜兩部分：愉悅是因構思已久的作品終於完成，但同時也為得和眾多老朋友道別而惋惜。不過再說下去，我的個人心事與私人情感恐怕會讓我最親愛的讀者厭煩。

除此之外，關於這本書我所能說的，在書中都努力說盡了。

要說在兩年的天馬行空之後把筆放下有多麼令人難過，或是作者眼見創造出的人物將永遠離開他時，是怎麼感覺像把一部分的自己留在那陰暗的世界裡，這些讀者大概都覺得無關緊要。然而我也沒有什麼好說的了，除非，真要我坦承的話（這更加不重要），我認為讀者在閱讀本書時，不會比我撰寫時對書中的每一件事更加深信不疑。

因此我想，與其陷在過去的回憶中，不如展望未來。我覺得自己闔上這本書最好的方式，莫過於期盼未來再次發表連載月刊的日子，以及細數曾落在《塊肉餘生記》書頁上的宜人陽光和細雨，這樣我就心滿意足了。

寫於倫敦，一八五〇年十月

作者序（查爾斯・狄更斯版）

我在本書的原序中曾寫道：

書稿剛完成，我備感興奮，因此要脫離這種心情，沉著地完成這篇正式序言並非易事。我對本書的關心仍未退卻、依舊強烈；我的心分裂成愉悅與惋惜兩部分：愉悅是因構思已久的作品終於完成，但同時也為得和眾多老朋友道別而惋惜。不過再說下去，我的個人心事與私人情感恐怕會讓我最親愛的讀者厭煩。

除此之外，關於這本書我所能說的，在書中都努力說盡了。

要說在兩年的天馬行空之後把筆放下有多麼令人難過，或是作者眼見創造出的人物將永遠離開他時，是怎麼感覺像把一部分的自己留在那陰暗的世界裡，這些讀者大概都覺得無關緊要。然而我也沒有什麼好說的了，除非，真要我坦承的話（這更加不重要），我認為讀者在閱讀本書時，不會比我撰寫時對書中的每一件事更加深信不疑。

這些聲明至今仍千真萬確，因此我只能再告訴讀者一句知心話：在我所有的著作中，我最喜愛的就是這本。大家或許能夠輕易相信，我是個溺愛子女的父親，疼愛我想像出來的每個小孩，真的也沒有人比我更愛這個家庭了。但就像很多溺愛子女的父母一樣，我的內心深處也有個最偏愛的小孩，他就是大衛・考柏菲爾德。

寫於一八六九年

J.W. ORR N.Y.

第1章 出生問世

我到底會不會變成自己人生的英雄，還是那另有其人，這些書頁終會說分曉。要從頭開始講述我的人生嘛，我記得自己是在某個週五的半夜十二點誕生的（反正別人這麼告訴我，我就這麼相信了）。聽說大鐘開始咚咚敲響的同時，我呱呱落地。

我誕生的日子與時辰是護士以及街坊幾位閱歷豐富的三姑六婆說的。在我們可能根本不會有機會認識的幾個月前，她們就對我十分感興趣，還說我：第一、注定一輩子倒楣；第二、我有看到鬼魂與靈魂的天賦。她們深信，不管是男是女，只要不幸於週五剛過午夜時分出生的小孩，與生俱來就會有這兩種特質。

關於第一點，我在這裡不需要多說什麼，因為我的經歷最能說明這種預測是否屬實。至於第二點，我只能說，除非我在襁褓中就用掉了這天賦，否則我到現在都還沒發揮出來。不過我可不是在抱怨自己沒有這天賦，如果有人想要有見鬼的能力，歡迎拿去。

我出生時有胎膜[1]，家人在報紙上登廣告以十五基尼低價出售。但到底是討海人錢不夠，還是對它不夠有信心，寧願把錢拿去買救生衣，我並不清楚。我只知道，當時僅有一個人出價。一位業務跟

1. 有些嬰兒出生時會有塊膜囊貼在臉上，當地迷信胎膜可防溺水，在漁業圈特別受歡迎。

票據經紀有關的律師[2]出了兩鎊現金，說餘款用雪利酒抵帳，而要他再出高一點的價錢，他就寧可淹死也不願意了。因此，這則廣告後來撤掉，賠了錢。提到雪利酒，當時我親愛的可憐母親還得將家中的雪利酒拿出來變賣。

十年後，我的胎膜又在家鄉附近某抽獎處被拿來當獎品，五十位參加者每人要繳半克朗[3]，中獎的人要付五先令。我當時在場，看到自己身體的一部分被以這樣的方式處置，覺得有點不舒服，也深感困惑。還記得胎膜後來被一位提著籃子的老婦人抽中，她心不甘情不願地拿出規定的五先令，全都用半便士硬幣付，最後清點還少了兩便士半。大家花了很多時間算給她聽，她就是聽不進去。不過她還真的沒有淹死，而是活了輝煌的九十二年才壽終正寢，這件事在當地流傳了很久。我知道她一生最自豪的一件事，莫過於一輩子從未踏到水上過（除了曾走在橋上以外）。據我瞭解，她一直到臨終前，喝茶時（她特別愛喝茶）還忿忿地批評討海之類的閒雜人等膽敢到世界各地亂闖。有人跟她解釋，就是這些人替她帶來便利，例如她愛喝的茶就是其一，但說再多都沒有用，她總會更加堅決、義正辭嚴地反駁說：「我們說話就不要繞圈子了。」

不過現在也不是我繞圈子的時候，我們回到我的出生吧。

我出生在薩福克郡的布朗德史東小鎮，或者如蘇格蘭人說的在「那附近」。我是個遺腹子，在我睜開雙眼看世界的六個月前，父親就已永遠闔眼了。即使到現在，每當想起他從未見過我，心裡還是覺得怪怪的。更奇怪的是，在我模糊的記憶裡，幼時對教堂墓園裡父親的白色墓碑有一些聯想，還有我以前常對黑夜裡孤伶伶的墳墓感到莫名同情，因為我們在小客廳生了爐火、點了蠟燭，既溫暖又明亮，卻大門深鎖，將它擋在外頭，有時候我覺得那真是太殘忍了。

家族中最富有的親戚莫過於我父親的阿姨，也就是我的姨婆，我跟她日後有更多的交集。大家都叫她托特伍德小姐，或是貝希小姐，當我可憐的母親（很難得）克服對這號人物的恐懼時，總會鼓起勇氣這樣稱呼她。她的前夫年紀比她小，長得非常英俊，但不是俗語說的「心美，貌亦美」那種帥氣，大家都強烈懷疑他會毆打貝希小姐。甚至有一次在為日常用品爭吵時，他突然鐵了心地將她往三樓窗外拋出去。個性與脾氣的種種不合，讓貝希小姐決定花錢打發他，兩人達成協議後分居。他後來帶著那筆錢跑去印度，根據家族「野史」，曾有人看到他騎著一頭大象，旁邊跟著一隻狒狒，但我覺得這是誤傳，應該是一名男子或是貴婦才對。[4]總之，十年後從印度傳來他過世的消息。沒有人知道這對我姨婆的影響多大，因為在他們分居後，她就改回娘家的姓，跑到很遠的海邊小村莊，買下一幢小屋，僅留下一名僕人，從此過著隱居的獨身生活。

我相信父親曾是姨婆的心肝寶貝，但我父親的婚姻大大得罪了她，她認為我母親不過就是個「蠟娃娃」。她從未見過我母親，只知道我母親還未滿二十歲。父親婚後就沒再和貝希小姐見過面。我父母結婚時，父親的年紀是母親的兩倍，且身體欠安。他一年後就過世了，就如我先前提到的，在我出生前六個月。

我接下來要說的，就是那個多事又重要（原諒我這麼說）的週五下午。實際上當時發生了什麼事，我並不能肯定。至於後來的情形，我也記不太得了，只能靠自己的感覺去拼湊。

2. 票據經紀人專門收購並販售借據、期票及其他舉債工具，經常從債權人身上買下借條，轉售或是找簽具之債務人以高利索回借款。

3. 一克朗等於五先令（四分之一英鎊）；半克朗等於二先令六便士（八分之一英鎊）。一英鎊等於二十先令，亦等於二百四十便士。

4. 狒狒的英文是baboon，男子是baboo，貴婦是begum，三者發音相近，所以作者認為是誤傳。

那個下午，我母親坐在壁爐旁，身體微恙，精神虛弱，含淚看著火光，可憐她自己以及腹中陌生的孤兒。樓上的抽屜裡已有好幾籮預言針，迎接孩子來到這個並不特別期待他到來的世界上。如我所說，在那晴朗多風的三月下午，母親坐在壁爐前，心裡害怕又難過，擔心不知道能否撐過即將來臨的考驗。當她拭乾淚，抬起頭時，透過對面窗戶看到一位陌生的女士正從花園走來。

母親再看一眼，深感不妙，確定訪客真的就是貝希小姐。夕陽照耀在花園的籬笆，映在這位陌生女士身上。她往大門走來，那種氣勢凌人、神色自若的樣子，除了她，世間無二。

她走到門前做的一個動作，讓人更加確信就是她本尊沒錯。我父親常說，她的行為舉止不像一般的基督徒。這時候，她沒有按門鈴，反而走到母親往外看的那扇窗前，把鼻子貼在玻璃上，如我親愛的可憐母親形容，鼻頭一下就被壓得又平又白。

她的出現可把母親嚇了一大跳，我一直深信我之所以誕生在週五那天，都要歸功於貝希小姐。

母親焦急地從椅子上站起來走到角落。貝希小姐緩慢好奇地窺看客廳四周，眼神就像德製木鐘裡的人頭，從一角慢慢探到母親所站的那一角。她皺了眉頭，用讓人無法不遵從的方式示意母親過去開門。母親照做了。

「我**想**，妳一定就是大衛·考柏菲爾德太太吧。」貝希小姐說。她特別加重語氣，或許是母親身穿喪服[5]挺著大肚子的關係。

「我是。」母親虛弱地說。

「托特伍德小姐，」訪客說，「我想，妳聽說過她吧？」

5. 夫妻服喪期通常為一年。

▍陌生人來訪

母親回答說有幸聽過她的大名，不過並沒有表現出特別榮幸的樣子。

「妳現在見到她本人了。」貝希小姐說。我母親低頭致意，並請她進門坐坐。

兩人走回本來那間客廳，因為走廊另一邊較寬敞舒適的會客室還沒生爐火——其實自父親葬禮過後就沒再生過火。她們兩人相偕坐下後，貝希小姐一言不發，母親則是努力克制自己未果，開始放聲哭泣。

「喔，嘖嘖嘖！」貝希小姐急忙說道。「別這樣，好了，好了！」

但母親真的忍不住，還是放聲大哭，不能自已。

「把帽子脫下來，孩子，」貝希小姐說，「讓我看看妳。」

母親實在太怕姨婆了，不敢拒絕這個奇怪的要求，乖乖照做，手緊張得把她豐美的秀髮披散到面前，遮住了臉。

「我的天哪！」貝希小姐驚呼道。「妳根本就還是個孩子！」

母親看起來比她實際年齡更加年輕，這點的確很不尋常。她垂下頭，好像這是她的錯似的，真是個可憐的人兒。然後她啜泣著說，自己恐怕不過是個孩子氣的寡婦，如果能撐過這一關，那也只會變成孩子氣的母親。短暫沉默後，她好像感覺到貝希小姐撫摸著她的頭髮，動作輕柔無比。她害怕又懷抱希望地看向她，發現貝希裙襬捲起、雙手交疊放在一邊膝蓋上，腳放在爐欄，皺眉看著爐火。

「我的老天爺啊，」貝希小姐突然說道，「為什麼叫鴉巢？」

「您是說這棟房子的名字嗎，夫人？」母親問。

「為什麼叫鴉巢？」貝希小姐說道。「要是你們倆其中有人瞭解現實生活到底是怎麼一回事的話，叫雅廚比較有家的感覺不是嗎？[6]」

「名字是考柏菲爾德先生選的，」母親答。「他買下房子時，覺得附近有烏鴉。」

突然一陣晚風吹過，花園深處的老榆樹窸窣作響，母親和貝希小姐不禁朝外頭看。

榆樹彎曲地互相碰撞，有如互說祕密的巨人；持續幾秒後，轉為暴力碰撞，狂野的手臂不斷揮舞，彷彿剛才的祕密擾亂了它們平靜的心靈，而樹梢上的破舊鴉巢就像暴風雨中航駛在大海上的船隻一樣搖盪著。

「鳥兒都去哪了？」貝希小姐問。

「鳥……？」母親剛剛閃神了。

「烏鴉啊，後來怎麼了？」貝希小姐問。

「我們搬來之後就從沒見過，」母親說。「我們以為……考柏菲爾德先生以為……鴉巢很大，但其實都是舊的，烏鴉老早以前就棄巢飛走了。」

「大衛．考柏菲爾德這個人就是這樣！」貝希小姐驚呼。「從頭到尾就像是大衛．考柏菲爾德會做的事！根本沒看到烏鴉就叫這地方鴉巢，看到鳥巢就以為有鳥！」

「考柏菲爾德先生已經過世，」母親回答，「如果您敢在我面前說他的壞話……」

我想，親愛的可憐母親突然有一股想攻擊姨婆的衝動，但就算她受過專業訓練，而且狀況比當晚還好，姨婆還是能輕鬆地單手將她擺平。不過，這股衝動在她從椅子上站起後就消失了。她再次溫順地坐下，然後就昏了過去。

當她自己醒來後——或許是姨婆將她弄醒的，不管是怎麼醒的，反正母親醒來就看到姨婆站在窗

6. 鴉巢的英文是rookery，雅廚的英文cookery，只有字首之差。

邊。此時的暮色已轉為黯黑，她們只能在昏暗的光線下對看，要不是有爐火的幫忙，她們可就完全看不見了。

「怎麼樣？」貝希小姐問，好像只是隨意走到窗外看風景一般，然後又走回椅子旁邊，「妳的預產……」

「我全身發抖呢，」母親顫抖地說。「我不知道是怎麼了。我確定我快死了！」

「不不不，」貝希小姐說。「喝杯茶吧。」

「哎呀，哎呀，您覺得喝杯茶會讓我好一點嗎？」母親無助地哭喊。

「當然會呀，」貝希小姐說。「妳只是在胡思亂想而已，妳那女孩叫什麼名字？」

「我還不知道孩子是男是女呢，夫人。」母親天真地答道。

「上帝保佑小嬰孩！」貝希小姐驚呼，無意間說中了樓上抽屜裡針插上的第二個祝福語，只不過這句話是用在母親身上，而不是我身上。「我不是說這個，我是問妳僕人的名字。」

「佩格蒂。」母親回答。

「佩格蒂！」貝希小姐忿忿地重複。「孩子，妳是說竟然會有基督徒給自己取名為佩格蒂？」

「那是她的姓，」母親虛弱地回答，「考柏菲爾德這麼稱呼她，是因為她的名字跟我一樣。」

「過來！佩格蒂！」貝希小姐打開客廳的門大喊。「倒茶來，妳家夫人不太舒服。快點，別拖拖拉拉。」

她下達這命令的堅定態度，一副這個家自存在以來，她就是公認的女主人似的。佩格蒂聽到陌生人的聲音，拿著蠟燭，從走廊另一端走來。姨婆探出頭去看她，又把門關上，跟剛剛一樣坐下：腳放在爐邊，裙襬拉起，手交疊放在一邊膝蓋上。

「妳剛剛提到孩子的性別，」貝希小姐說道，「我敢肯定，一定是女孩。我有預感絕對是女孩。好了，孩子，從這女孩出生的那一刻起……」

「也可能是男孩啊。」母親冒昧地插嘴。

「就跟妳說我有預感一定是女孩了，」貝希小姐回答。「不要跟我吵。從這女孩出生的那一刻起，孩子，我打算當她的朋友、做她的教母[7]，請妳替她取名為貝希・托特伍德・考柏菲爾德。**這位**貝希・托特伍德的人生絕不會出錯，也不會有人玩弄**她**的感情，可憐的女孩。她一定要好好受教育，乖乖受保護。我不會讓她愚蠢地去相信那些不值得信賴的人，我會親自來擔這個責任。」

貝希小姐每說完一句話，頭就會抽動一下，好像她曾犯下的錯就潛伏在她身體裡，她得極力克制自己，以免它們顯露得太過明顯——至少母親透過昏暗的火光看著她時，心裡是這麼想的。不過母親因為太怕貝希小姐，身體又很不舒服，加上過度順從且慌張，沒能夠看清楚到底怎麼回事，也不知道該回些什麼話。

「大衛對妳好嗎，孩子？」一小段沉默後，貝希小姐問道。她頭部的抽動也漸漸停止。「你們倆過得還舒適自在嗎？」

「我們很恩愛，」母親回答，「考柏菲爾德先生對我真的很好。」

「怎樣？我猜他把妳寵壞了，是吧？」貝希小姐回答。

「他留下我孤單一人在這艱難的世界裡自立自強。沒錯，恐怕他真的是把我寵壞了。」母親哽咽地說。

7. 當時的教父母不是掛名而已，通常還包含教導宗教知識、提供教子女金錢資助，若是雙親過世，教父母須負領養之責。

「好了，別哭了！」貝希小姐說。「你們倆根本不相配，孩子，要是說世上真有門當戶對這種事的話。我要問的是，妳是孤兒，對不對？」

「是的。」

「當過家庭教師？」

「我之前在考柏菲爾德先生經常拜訪的人家當保母兼家庭教師。考柏菲爾德先生對我非常和善，也很注意我、關心我。最後他向我求婚，我答應了，所以我們就結婚了。」母親簡短地說道。

「哈！可憐的孩子！」貝希小姐若有所思地說，皺著眉頭看向爐火。「妳會些什麼東西？」

「我不明白您的意思，夫人。」母親結巴地說。

「像是打理家務之類的。」貝希小姐說。

「我懂的恐怕不多，」母親回答。「我會的沒有我所希望的多，但考柏菲爾德先生一直有在教我……」

（他又懂什麼！）貝希小姐自言自語。

「……我學得很認真積極，也希望有進步。他很有耐心地教我，要不是他不幸去世……」母親說到這裡又再次崩潰，無法繼續說下去。

「好了，好了！」貝希小姐說。

「我會定期做帳，每天跟考柏菲爾德先生結算收支。」說到這裡，母親又突然悲從中來，哭到說不下去。

「好了，好了！」貝希小姐說。「不要再哭了。」

「在這方面，我確定我們從未有任何異議，除了考柏菲爾德先生覺得我把草寫的三和五寫得太相似，還有我不應該在七和九加上彎彎的尾巴。」母親從剛剛的崩潰恢復過來後說道，說完又是另一陣崩潰。

「妳這樣子會哭壞身體的，」貝希小姐說，「妳也清楚這對妳和我的教女都不好。夠了！別再哭了！」這個理由讓母親稍稍平靜下來，不過更主要的原因應該是她身體越來越不舒服。

接下來又是一陣沉默，只有貝希小姐偶爾發出的「哈！」聲，她雙腳放在爐欄上坐著。

「我知道大衛買了年金保險，」過了一會兒，她說，「他是怎麼替妳安排的？」

「考柏菲爾德先生，」母親有點吃力地回答，「非常體貼地替我安排好，年金有一部分歸我繼承。」

「有多少？」貝希小姐問。

「每年一百零五英鎊。」母親說。

「沒我想的糟。」姨婆說。

最後這個詞出現得真是時候。母親的情況糟糕到拿著茶盤與蠟燭進來的佩格蒂一眼就看出她有多麼不舒服——如果客廳光線夠亮的話，貝希小姐應該能早點察覺到。佩格蒂火速將母親送上樓，並立即派她的姪子漢姆．佩格蒂去叫醫生和護士過來。母親並不曉得漢姆已經到家裡很多天了，就是為了要他在緊要關頭當信差。

在幾分鐘內，這支聯合大軍的成員陸續趕到，一進門，看到一位氣勢懾人的陌生女士坐在壁爐前——左臂上繫著帽子，耳朵裡塞著棉花——都大吃一驚。佩格蒂一點都不認識貝希小姐，母親也從未提過她，所以她的存在完全是一個謎。她的口袋和耳朵裡都塞滿珠寶商用來墊珠寶的棉花，不過這一點無損她的威嚴。

醫生先上樓查看後又下樓來。我猜他應該知道自己很有可能得跟這位陌生女士面對面坐上好幾個小時，所以表現得很友善有禮。

他可以說是所有男性中最溫馴的，也是小個子男性中最和藹的人。他進出房間時總會側著身，讓自己少占一點空間。他的腳步很輕，就像《哈姆雷特》裡的鬼魂，速度甚至還要更慢一些。他會把頭垂向一邊，一部分是想要放低架子，一部分是想要謙卑地討好別人。他連對狗都不出惡言，就算是對瘋狗也不會。即使非說不可，他可能也只會溫柔地說出一句，或半句，或是四分之一句，因為他說話的速度就跟走路一樣慢。但無論如何，他絕對不會發飆動怒。

齊利普醫生頭撇向一邊，溫和地看著姨婆，然後朝她輕點頭，輕輕地摸了自己的左耳，示意她耳朵裡還塞了棉花。

「是有地方不舒服嗎，夫人？」

「什麼？」貝希小姐回答，並將一耳的棉花像拔軟木塞一樣拔出。

齊利普先生被她這麼突然一喊有點嚇到。他後來告訴母親，他沒嚇破魂可真是萬幸。但他還是親切地重複道：「是有地方不舒服嗎，夫人？」

「胡說八道！」貝希小姐回答，一下子又把棉花塞回耳裡。

這段對話之後，齊利普醫生什麼事都做不了，只能無力地乾坐在那兒看著姨婆，姨婆則坐著看爐火，直到醫生又被叫上樓。

大約一刻鐘過後，他回到客廳。

「怎麼樣？」姨婆問，並將靠近醫生那一耳的棉花拔掉。

「這個嘛，夫人，」齊利普醫生答，「我們……我們進展緩慢，夫人。」

「唉──呀！」姨婆在這表示輕蔑的感嘆詞上還加了抖音，然後又跟剛才一樣將棉花塞回耳朵裡。

真的，真的，就像齊利普醫生告訴母親的，他差點嚇到魂飛魄散。以專業用語來說，是幾乎要休克了。但接下來將近兩小時的時間，他還是坐下來，看她坐在那盯著爐火，直到他再次被叫出去。離開一會兒後，他又回來了。

「怎麼樣？」姨婆問，並將同一邊的棉花拔掉。

「這個嘛，夫人，」齊利普醫生答，「我們……我們進展緩慢，夫人。」

「呀──啊！」姨婆說，輕蔑態度令齊利普醫生難以忍受。他後來說，真是一步步將他逼向崩潰邊緣。他寧可去坐在樓梯上，耐住黑暗及冷風，直到再次被叫上樓。

漢姆．佩格蒂念過國民小學[8]，對教義問答非常拿手，因此可以視為可靠證人。他隔天報告說他一小時後偶然探進客廳的門，結果被焦躁不安、不停在客廳來回走動的貝希小姐發現，還來不及溜走就被叫住了。接下來樓上陸續傳來腳步聲及說話聲，他猜測聲音可能大到棉花沒有辦法完全擋住，因為在很大聲的時候，姨婆就抓緊他，好像要把極度焦躁的情緒轉移到他身上似的。除此之外，姨婆還抓住他的領子，把他拖上拖下的，彷彿他服用太多鴉片酊，她非得搖醒他不可，而且偶爾還會搖他、扯他的頭髮，抓皺他的上衣、像是摀住自己耳朵一樣地摀住他的耳朵，要不然就是抓他、打他。這段說詞有一部分經過佩格蒂證實，因為她在十二點半時看到剛被放掉的漢姆，確定他當時的臉色跟我出生時一樣紅通通。

不慍不火的齊利普醫生在這種時刻絕對不會記仇──要是他字典裡真有記仇這兩個字的話。他處理完事情後，又側身走進客廳，用最溫和的態度告訴姨婆：

8. 這是當時由英國國教或國立教堂所管轄，給清貧孩童念的學校，學費較便宜。

「嗯，夫人，我很高興地恭喜您。」

「恭喜什麼？」姨婆尖刻地說道。

看見姨婆這種極度嚴厲的態度，齊利普先生又再度慌張起來。所以他稍微鞠了個躬，面帶微笑地想安撫她的情緒。

「真是夠了，這個人到底在搞什麼！」姨婆不耐煩地大喊。「他是不會講話嗎？」

「冷靜點，親愛的夫人，」齊利普先生用溫和的聲音說。「現在已經不需要那麼緊張了，夫人，請冷靜點。」

姨婆沒有抓著他，把他的話搖出口，還真算是奇蹟了。她只是對著醫生搖搖頭，但這一搖也足以讓齊利普先生膽怯了。

「嗯，夫人，」齊利普醫生重拾勇氣後說。「我很高興地恭喜妳，現在一切都過去了，已經順利結束。」

在齊利普先生專心發表這段話的五分鐘裡，姨婆的雙眼一直殷切地盯著他。

「她還好嗎？」姨婆雙臂抱在胸前，帽子依然綁在左臂上。

「喔，夫人，她過不久就會覺得舒服許多了，我希望如此，」齊利普先生回答。「在這種難過的家庭環境下，我們認為對這麼年輕的母親來說，情況算是很不錯了。您現在想去看她的話，我們絕不反對，夫人，這對她有幫助呢。」

「那**她**呢？**她**情況如何？」姨婆尖聲問道。

齊利普先生頭更往側邊傾，像隻惹人憐的小鳥般看著姨婆。

「女娃呢？」姨婆說，「她如何？」

「夫人，」齊利普先生回答，「我還以為您已經知道了。是個男娃。」

姨婆不發一語，抓起帽帶，把它當成投石器瞄準齊利普醫生的頭彈了一下，然後頭也不回地走出大門，從此一去不回頭。她就像個忿忿不滿的仙女（或說像是大家公認我應該有能力看見的鬼魂）一樣消失無蹤，再也沒有回來過。

沒有。我躺在搖籃裡，母親躺在床上，但貝希・托特伍德・考柏菲爾德則永遠留在那個夢幻與陰影的世界中，留在我才剛遊歷過的茫茫世界裡。臥室的光線從窗戶透到窗外，照亮那些遊子在這塵世的歸宿之地，也照亮覆蓋著那個人（沒有他就沒有我）的骨灰和塵土的小丘。

第2章 察言觀色

當我回顧很久以前的過去，那段兒時空白的時光，眼前最先浮現的清晰影像，就是我母親的一頭秀髮和玲瓏有致的體態，以及毫無體態可言的佩格蒂，眼睛黑到整張臉都因此變得黯淡，臉頰和手臂結實泛紅，我不禁好奇鳥兒為什麼不來啄她，而跑去啄蘋果。

我相信自己還記得，她們倆在不遠處彎腰或跪地，好配合我的視線，而我搖搖晃晃地從一邊走到另一邊。我腦海裡有個印象，無法確定到底是不是我真實的記憶：佩格蒂那常伸向我的食指，因為常做針線活，被弄得粗粗的，好像肉豆蔻磨碎器。

或許這只是我的想像，但我認為大多數人的記憶其實可以回溯到比我們以為的還要更早之前。就像我也相信有些小孩的觀察力很細微、準確，令人驚奇。的確，我想大多數觀察力很強的成年人，與其說他們是後來才學會這種能力，不如說是他們根本沒有丟掉過這天賦。我每次觀察到這些人保有某種活力充沛、和善親切、樂觀開朗的個性時，特別會覺得那是他們從小就保留下來的特質。

我恐怕又得停下來繞圈子了，不過這讓我想到，我之所以下這樣的結論，部分是根據我自身的經驗。如果從我的文字中感覺出我是個非常能夠察言觀色的小孩，或是長大後我仍保有許多兒時記憶，那我會毫不猶豫地承認自己的確也有這些特質。

就如我剛才說的，回顧過去，我兒時那片空白裡，從許多混亂畫面中首先映入眼簾的，就是我母親與佩格蒂。那我還記得什麼呢？讓我想想。

一陣迷濛中，我最先想起我們家的房子。它對我來說很熟悉，並不陌生，仍是最初記憶中的樣子。一樓是佩格蒂的廚房，走出去是後院，後院正中央有根柱子，柱上有鴿子屋，裡頭一隻鴿子也沒有。角落有間狗屋，裡面也是一隻狗也沒有。此外，還有些對我來說很高大的家禽，用凶狠嚇人的樣子走來走去。有隻公雞會跑到柱子上啼叫，我從廚房窗戶望出去時，牠好像都特別注意我，牠好凶猛，所以總讓我直打哆嗦。側門的鵝群老是會在我走過去時，伸長脖子，搖搖擺擺地追著我，害我連晚上睡覺都會夢見牠們，就像一個被野獸包圍的人晚上會夢見獅子一樣。

還有一條長長的通道——看起來好深遠喔！——從佩格蒂的廚房一直通到前門。經過一間幽暗的儲藏室，晚上總得快速奔跑著通過，因為如果沒人拿著昏暗的燭火進去，讓裡頭的霉味散出來，我真不知道那些瓶瓶罐罐和茶葉木箱間躲了什麼，而那夾雜肥皂、醃黃瓜、胡椒、蠟燭和咖啡的味道則是會一股腦地噴出來。

房子裡還有兩間客廳，佩格蒂工作做完，我與母親也沒有招待其他客人時，我們三人晚上經常待在其中一間。另一間大客廳是我們週六才會使用的，儘管寬敞，但那裡其實並不舒適，我總覺得裡頭瀰漫著一股悲傷的氣息。我記得佩格蒂很久以前跟我提過，關於父親葬禮以及一屋子穿著黑衣的親友的事。某個週日夜晚，母親讀了拉撒路復活的故事給我和佩格蒂聽，我聽了之後害怕得很，她們倆還得抱我下床，帶我到窗邊，指外面寧靜的教堂墓園給我看，看那些逝者在莊嚴的月光下安詳地沉睡在墓地裡。

我從未見過世上哪裡的墓園草地有它一半翠綠；有那片樹木一半多蔭；有那塊墓地一半安詳。清晨從母親房裡隔間的小床起來後，我會跪在床上往外看，望見綿羊在吃草，還有日晷上閃著紅色光線，心想：「日晷又能報時了，不知道它是否為此感到高興呢？」

我還記得我們在教堂裡的座位，椅背好高啊！旁邊有扇窗可以看到我們的房子。佩格蒂早上做禮拜時經常向外望，以確定沒有人闖空門或是火燒厝。佩格蒂常四處張望，但當我也跟著站起來想東看西看時，她總會皺起眉頭，要我專心看牧師。但我總不能一直盯著他看啊，我認識不穿那件白色東西的他啊，而且我擔心他會想說為什麼我要盯著他看，就直接停下禮拜儀式，在大庭廣眾下問我話，這時候我該怎麼辦呢？張嘴盯著別人看實在太沒禮貌了，所以我得趕快找別的事做。

我看了一下母親，但**她**假裝沒看到我。我看了一下走道上的男孩，**他**對我做了個鬼臉。我看向前廊透進來的陽光，看見一隻迷途羔羊——我不是在作比喻，我說的是真的羊隻——牠在猶豫該不該晃進來。我好怕如果繼續盯著牠看，會忍不住大聲說出話來，這樣我會被當成什麼啊！我往上看，看到牆上紀念碑寫著教區逝去的波傑斯先生，想著他長期苦痛纏身，醫生又束手無策時，波傑斯太太有多難受呢。不知道他們是不是也找了齊利普醫生？束手無策的是不是他？如果是的話，他會想要每個禮拜都被提醒這件事情嗎？我看向身著週日領飾的齊利普醫生，再看向講道壇，心想如果能上去玩耍應該很開心，它可以當作很棒的城堡，當別的男孩從樓梯跑來進攻時，我可以用有流蘇的絨墊丟他的頭反擊。

想著想著，我的眼睛就慢慢闔起來了。我好像聽到牧師熱情地唱著一首催眠的曲子，之後就什麼也沒聽見，直到我「砰」一聲跌到地上，然後半死不活的，才被佩格蒂抱了出去。

我現在看到我們家房子的外頭。臥室的網格窗都開著，讓香甜的空氣透進去，破爛的舊鴉巢還在前院的老榆樹上搖晃著。接著我來到後花園，在空鴿子棚與狗窩的後面——我還記得那裡有個蝴蝶保育區，圍籬高高的，門上掛著鎖。樹上結著一簇一簇的水果，成熟飽滿的樣子是我在任何花園裡從沒見過的。母親會帶著籃子去採水果，而我站在一旁，偷偷摸摸地把醋栗塞進嘴裡，然後裝成若無其

我們在教堂的坐席

事的樣子。颳起了一陣大風，夏天轉眼就過了。我們在冬日暮色下玩耍，在客廳裡跳舞。母親跳到氣喘吁吁時，會坐在扶手椅上休息。我看著她用手指捲繞她那亮麗的金髮，挺起腰身。沒有人比我更清楚，她喜歡自己有好氣色，也為自己的美貌感到自豪。

這是我早期的一些印象。除此之外，還有我們倆都有點怕佩格蒂，大多事情也都會聽從她的安排。這些是我最早的看法（如果能稱之為看法的話），是從我所見所聞做出的推斷。

有天晚上，佩格蒂和我坐在客廳的壁爐邊。我唸了鱷魚的故事給佩格蒂聽，一定是唸得太過清楚明瞭，不然就是這可憐蟲對這故事太感興趣了，因為我唸完後，她竟然有模糊的印象，認為鱷魚是一種蔬菜。我唸到累了，很想睡覺，但我得到特別許可，能等到母親從鄰居家回來再上床睡覺，所以我寧可睏死在崗位上（這是當然的），也不願上床睡覺。

但我已經睏到另一種境界了，佩格蒂看起來越來越浮腫、越來越大。我用兩根食指將眼皮扳開，然後緊盯著她，看她坐在那邊縫東西：看著她那一小塊線蠟（看起來好舊，而且滿是皺紋！）、再看看她布尺住的茅草小屋、看看她那有滑蓋的針線盒，上頭畫著（粉色屋頂的）聖保羅大教堂、又看了看她手上的銅頂針、再看看她本人；我覺得她真是人美心好。我好想睡啊，我知道如果一瞬間什麼也看不見的話，那就是昏死了。

「佩格蒂，」我突然問道，「妳結過婚嗎？」

「天哪，戴維少爺[9]，」佩格蒂答道，「你怎麼會想到結婚的事？」

她回答得如此吃驚，讓我都清醒了。然後她停下手邊的工作，看著我，針都快被拉出線外了。

「那妳到底有沒有結過婚嘛，佩格蒂，」我說。「妳是個很漂亮的女人，不是嗎？」

我覺得她和母親的風格不一樣，這是當然的，但就另一種典型的美來說，我認為她是最完美的模範。我們家的大客廳裡有張紅色絨布腳凳，母親在上面畫了一束捧花。在我看來，凳子的底座和佩格蒂的膚色幾乎沒兩樣，只差在椅凳表面是平滑的，而佩格蒂的是粗糙的，不過這不重要。

「你說我漂亮，大衛！」佩格蒂說。「哎呀，才沒有啦，親愛的！你怎麼會想到結婚的事？」

「我不知道啊！但一次不能和一個以上的人結婚，是吧，佩格蒂？」

「當然不行。」佩格蒂果斷地說。

「但如果妳先和一個人結婚，而他過世了，這樣就可以再跟另一個人結婚了，對吧，佩格蒂？」

「是**可以**呀，」佩格蒂說。「如果想要的話可以，親愛的，這看個人意願。」

「那妳的意願是什麼呢，佩格蒂？」我說。

我這麼問她，然後一臉疑惑地看著她，而她也滿臉困惑地看著我。

「我是這樣想的，」佩格蒂遲疑了一下之後，把目光從我身上移開，繼續手上的針線活，「我沒有結過婚，戴維少爺，而且也不想結。在這話題上，我只能回答這樣。」

「妳生氣了嗎，佩格蒂？是嗎？」在安靜了一陣子過後，我說。

我真的以為她生氣了，因為她回答得好簡短。但我錯了，她把手上縫補的東西（她的一隻長襪）放到一旁，張開雙臂抱住了我的小鬈頭，還用力擠了一下。我知道佩格蒂用力擠是因為她身材豐滿，所以她每次使力時，衣服後面的鈕扣就會繃開幾顆。我記得她抱住我的時候，有兩顆鈕扣各繃飛到客廳左右兩邊。

「現在，多跟我講講貳姨的故事吧，」佩格蒂還搞不太清楚怎麼唸。「我還沒聽夠呢。」

9. 戴維（Davy）為大衛的小名。

我不是很明白為什麼佩格蒂表現得那麼怪，也不懂為什麼她迫不及待想繼續聽鱷魚的故事，不過我們還是回來繼續討論這些怪物，這下我完全清醒了。我們把牠們的蛋埋在沙裡，等待陽光來孵化；我們從牠們身旁逃跑，然後不停地和牠們搏鬥扭打，但牠們由於體型笨重，速度沒辦法太快；我們像原始人一樣追進水中，然後用尖銳的木棒插進牠們的喉嚨裡。總之，我們跟鱷魚下了戰帖。至少我很投入，但我覺得佩格蒂沒那麼專心，因為她的針一直戳到自己的臉和手。

我們把鱷魚都殲滅了，正開始要對付短吻鱷時，花園的鈴響了。我們跑去開門，母親站在那，看起來格外美麗，我心想。她身旁站著一位有著一頭柔順黑髮與黑鬍的男士，他上週日曾陪我們從教堂走回家。

母親在門邊蹲下來擁抱、親吻我時，這位男士說我比天皇老爺（之類的）還要有特權。我後來懂事之後，才明白他的意思。

「那是什麼意思？」我靠在母親肩上問他。

他拍拍我的頭。但是不知道為什麼，我不喜歡他，也不喜歡他低沉的聲音，我很忌妒他在碰我時，手碰到母親的手——是真的碰到了——我奮力甩開他。

「噢，戴維！」母親抗議道。

「天哪，小傢伙，」那位紳士說。「他這麼護著母親也是應該的！」

我從沒見過母親臉上流露出這麼明豔美麗的神色。她溫柔地責備我不禮貌，把我拉近她的披肩，並轉身謝謝那位紳士如此費心陪她回家，一邊將手伸向他。他伸手握住母親的手時，我覺得母親看了我一眼。

「我們互道晚安吧，好小子，」紳士說。他俯下頭碰觸母親的小手套——**我**看到了！

「晚安！」我說。

「來吧，讓我們當全世界最要好的朋友！」紳士笑著說。「我們握手吧！」

我的右手還在母親的左手裡，所以我伸出了左手。

「哎呀，伸錯手了，戴維！」紳士大笑。

我母親把我的右手拉向前，但由於先前的理由，我意志堅決，就是不肯伸出右手，還是伸了左手。他用力地跟我握了手，並說我是個很勇敢的小孩，然後就離開了。

這時候，我看到他在花園裡轉過頭，用那不吉利的黑眼望了我們最後一眼，門才關上。

佩格蒂從頭到尾都沒說一句話，一根指頭也沒動。

她迅速鎖上門後，我們一同進到客廳。跟以往不同的是，母親沒有坐到壁爐邊的扶手椅，而是待在房間另一頭，哼起歌來。

「希望您今晚過得很愉快，夫人。」佩格蒂說。她全身僵硬得跟酒桶一樣，站在房間正中央，手上拿著蠟燭。

「謝謝妳，佩格蒂，」母親開心地回答。「我今晚確實**非常**愉快。」

「一位陌生人帶來美妙的改變吧。」佩格蒂說。

「的確是很美妙的改變。」母親回答。

佩格蒂繼續站在房間中央，一動也不動。母親繼續哼唱著，而我則睡著了。不過我並沒有睡得很熟，還聽得見說話聲，只是聽不太清楚對話內容。當我從這很不舒適的盹中半醒時，我發現佩格蒂和母親兩人淚流滿面地在說話。

「別找這種人，考柏菲爾德先生不會喜歡的，」佩格蒂說。「這句話我敢說，我也敢發誓！」

「老天哪！」母親大聲說。「妳要把我逼瘋了！誰見過哪個像我這樣的傻女孩任由僕人糟蹋嗎？為什麼我這時候還委屈自己，自稱是女孩呢？我不是結過婚嗎，佩格蒂？」

「老天都知道妳結過婚，夫人。」佩格蒂回答。

「那妳竟然還敢這樣說，」母親說。「噢，妳知道我不是真心這麼說的，佩格蒂。我是說，妳怎麼忍心說出讓我這麼難過的話，妳怎麼可以對我說出這麼嚴厲的話，尤其是妳很清楚，我走出這個家就完全沒有能依靠的朋友了？」

「就是這樣我才要直說，」佩格蒂回答。「我不說不行，不行！絕對不行！不可能！再多錢也不行！就是不行！」佩格蒂說得很激動，我還以為她會把手上的蠟燭丟出去。

「妳真是讓我太生氣了，」母親越哭越厲害。「妳說得太不公平了！好像一切都已經決定好、安排好了一樣，佩格蒂，我已經說過很多次，妳這個狠心的人，除了平常的禮尚往來，什麼事都沒有發生！妳說男歡女愛，那是要我怎麼辦？如果其他人也愚蠢地這麼認為，那是我的錯嗎？那我問妳，我該怎麼辦？妳要我把頭髮剃光，把臉抹黑，還是把自己燒傷、燙傷毀容之類的？我敢說，妳就是要我這麼做，佩格蒂，如果我這麼做了，妳看了一定會幸災樂禍。」

佩格蒂似乎被這句詆毀的話傷透了心，我想。

「還有我親愛的兒子，」母親哭喊，走到我所躺的扶手椅旁撫摸我。「我的心肝寶貝小戴維啊！妳是暗示我不夠愛我最親愛的小心肝寶貝嘛！」

「從來就沒有人這樣暗示。」佩格蒂說。

「妳就有，佩格蒂！」母親反駁道。「妳明明這樣想過，不然妳怎麼可能會說出這些話呢？妳這個冷酷的人。尤其是妳和我一樣清楚，我那把綠色陽傘已經舊到磨損，邊緣都殘破不堪了，但看到先生帳戶裡上一季的錢，我也捨不得替自己買一把新的。這妳很清楚，佩格蒂，妳不能否認。」說完後，母親充滿慈愛地轉向我，靠著我的臉頰。「我是壞媽媽嗎，戴維？我是個可惡、殘忍、自私的壞媽媽嗎？說『是』，我的孩子。你說『是』的話，親愛的孩子，那佩格蒂就會愛你，佩格蒂的愛可比我的多太多了，戴維。我一點也不愛你，對吧？」

這時候，我們三個人全都哭成一團。我應該哭得最大聲，但我很確定大家都是認真在哭。我的心都快碎了，哭到激動處，恐怕還罵了佩格蒂是「畜牲」。我記得這話一出，讓那個老實人傷透了心，那時候她的鈕扣一定掉得一顆都不剩，因為她跟母親和好後，還跪在扶手椅旁跟我和好，所以鈕扣是在那時彈光的。

我們傷心地上床睡覺。我不時抽噎著醒來，有一次一個非常大聲的哽咽聲把我驚醒，我起身坐在床上。我發現母親坐在床邊，俯在我身上，然後我就在她懷中睡著，睡得很安穩。

再次看到那位紳士時，不知道是接下來的週日，還是更長的時間之後，我記不清楚了。我不敢說自己很會記日子。但他就在教堂裡，禮拜結束後跟我們一起走回家。他也進了家門，觀賞客廳窗邊一盆長得很好的天竺葵。我覺得他對花草並不怎麼在意，不過他離去前請母親摘一朵盛開的花給他。母親請他自己摘，但他不肯——我真搞不懂為什麼，所以母親就摘了一朵，放在他手上。他說他永遠、永遠不會與它分離，我想他一定很笨，不知道花過沒幾天就會凋謝了。

過去佩格蒂總是和我們共度晚上的時光，但現在她漸漸不跟我們在一起了。母親非常順從她——我突然想起，是比以往更聽她的話——我們三個還是非常要好的朋友，只是今非昔比，相處起來不再感到那麼自在了。有時我想應該是佩格蒂反對母親穿上衣櫥裡那些漂亮的裙裝，或是不喜歡她經常去拜訪鄰居，但我實在搞不清楚真正的原因。

慢慢地，我習慣看到那位黑鬍子紳士出現。我喜歡他的程度不比初次見面時多，對他的那種不安和忌妒感也還存在。至於為什麼，除了出於小孩子直覺的厭惡，以及認為佩格蒂和我不需要外人幫忙就能跟母親過得很好以外，要說還有其他原因的話，那也肯定不是我長大後會發現的**那種**理由。當時我完全沒有那樣的想法，類似念頭也沒有。應該說，我可以片段片段地觀察周遭的事，但要將這些片刻記憶變成織網，並將人捕捉其中，對當時的我來說，可就無能為力了。

某個秋季早晨，我與母親在前花園時，謀石先生——我現在知道他的名字了——騎著馬經過。他拉住馬，停下來跟母親打招呼，說他要去洛斯托夫特見幾個有遊艇的朋友，並開心地提議說如果我想去的話，可以讓我坐在他的馬鞍前面跟他一起去。

那天空氣清爽，馬兒站在花園門前噴氣又踏地的，一副很喜歡四處溜達的樣子，看得我也非常想去。母親要我上樓找佩格蒂替我梳整一下，這時候謀石先生下了馬，把韁繩掛在手臂上，在野玫瑰圍牆外頭來回踱步，母親則是在圍牆內側陪著他走來走去。我記得佩格蒂跟我從房間的小窗偷看：他們散步時靠得非常近，似乎在欣賞兩人中間的野玫瑰。本來極為溫柔的佩格蒂突然間生氣了，很用力地梳我的頭髮，還梳錯邊。

不久後謀石先生和我就出發了，馬兒快步走在路邊的綠色草皮上。他用一隻手就能輕易扶住我。我覺得自己並不算是容易焦躁不安的人，但坐在他前面的時候，很難不轉過頭去看他或抬頭看他的臉。他有著淺黑色的雙眼——我找不到更好的字眼來形容望進去沒有深度的眼睛，斜視的時候，在特定光線角度下，整張臉好像瞬間扭曲變形。

我瞄了他好幾次，帶著某種敬畏觀察他，好奇他專心在想些什麼。近看之下，他的頭髮跟鬍子比我之前想的還要更黑、更粗。他的下半部臉有一點方，而且他幾乎每天都會刮掉粗黑的鬍子，留下的鬍渣讓我想起大概半年前運到附近展覽的蠟像。還有他整齊的眉毛，臉上豐富的白色、黑色和棕色——想到他跟他該死的膚色，我就好火大！——雖然令我感到害怕，但每當我想起他時，仍覺得他是個英俊的人。我那親愛的可憐母親肯定也這麼認為，這我一點都不懷疑。

我們到了海邊的一間飯店，有兩位紳士在房裡抽雪茄，他們分別躺在四張擺一起的椅子上，穿著厚粗呢大衣。角落有一些外套、斗篷，還有一面旗子，統統堆成一團。

看到我們進去，他們懶散地翻身站起來說：「哈囉，謀石！我們還以為你死了呢！」

「還沒。」謀石先生說。

「這小伙子是誰啊？」其中一位紳士問，手放在我身上。

「這位是戴維。」謀石先生回答。

「戴維姓什麼？」那位紳士說。「瓊斯[10]嗎？」

「考柏菲爾德。」謀石先生說。

「什麼？嫵媚妖豔的那位考柏菲爾德太太的累贅？」那位紳士驚呼道。「那個漂亮的小寡婦？」

「昆尼恩，」謀石先生說，「麻煩你說話小心點，有人敏銳得很。」

「誰？」那位紳士大笑。

我迅速地抬頭看，很想知道是誰。

「就是雪菲爾德[11]的布魯克斯啊。」謀石先生說。

10. 指深海閻王Davy Jones。
11. 雪菲爾德（Sheffield）：英國中部城市，以製作尖銳刀具聞名。

聽到是雪菲爾德的布魯克斯，我鬆了一口氣，我剛剛還以為是在說我呢。

看來雪菲爾德的布魯克斯先生好像是個非常風趣的人，因為一聽到他的名字，那兩位紳士便開懷大笑，謀石先生也被逗笑了。大家笑了一陣子之後，那位叫昆尼恩的先生說：「那雪菲爾德的布魯克斯對於進行中的業務有什麼看法？」

「啊，我不認為布魯克斯知道發生什麼事，」謀石回答。「但我想他應該是不怎麼贊成吧。」

這段話又引來一陣笑聲。昆尼恩先生說他要搖鈴請人拿點雪利酒來向布魯克斯致敬，他也這麼做了。當酒送來的時候，他倒了一點給我，還給我一塊餅乾。在我喝之前，他站起來說：「敬那雪菲爾德糊裡糊塗的布魯克斯！」這致詞獲得眾人的掌聲跟開懷大笑，讓我也跟著笑了出來。我一笑，他們就笑得更大聲。總而言之，大家都很開心。

後來，我們去懸崖邊散步，坐在草地上用望遠鏡看遠處的風景。雖然望遠鏡擺在我眼前時，我什麼也看不到，但我還是假裝看到了；之後我們走回飯店用午餐。我們在外面的時候，兩位紳士不斷地抽菸——從他們身上厚大衣的氣味推斷，大概從裁縫店裡買回家的頭一天，他們就開始不停抽菸了。我差點忘記提，我們還登上了遊艇，他們三個人一上船，立刻就下到船艙忙著處理一些文件。我從天窗看到他們很努力地工作。這段時間裡，他們留我一個人跟一位和善的男士待著，他頭很大，有著紅髮，頭上戴著很閃亮的帽子，身穿格紋襯衫或是西裝背心，胸前名牌寫著「雲雀」。我以為那是他的名字，由於他住在船上，沒有家門可以掛名牌，才掛在胸前。但當我用雲雀先生稱呼他時，他說那是遊艇的名字。

根據我一整天的觀察，謀石先生比另外兩位男士來得嚴肅穩重。他們倆非常開心，經常肆無忌憚地互開對方玩笑，卻鮮少跟謀石先生開玩笑。我覺得他應該比他們聰明、冷淡，而他們對他的看法跟我的一些感受相似。我注意到有一、兩次昆尼恩先生說話時，會用眼梢看謀石先生，好像怕惹他不高興。還有一次，另一位帕斯尼吉先生講得興高采烈時，昆尼恩踩了他一腳，用眼神警告他看一下安靜嚴肅坐在那的謀石先生。我也不記得看到謀石先生那天大笑了，除了那個雪菲爾德的笑話以外——而那還是他自己講的笑話呢。

我們傍晚就回家了。那是個很不錯的一晚，母親跟謀石先生又在野玫瑰那邊散步，我則是被叫進去喝茶。他離去後，母親問我今天過得如何？他們說了什麼、做了什麼？我說，他們談論了她；她笑著跟我說他們很不正經，盡說一些亂七八糟的事——但我知道這點讓她很高興。我當時就很清楚，現在還是一樣清楚。我趁機問她認不認識雪菲爾德的布魯克斯先生，她說不認識，但猜想應該是刀叉的生產商吧。

我有理由記得她改變了的容貌，我很清楚她已不在世間，但在這一刻，她的面容是那麼清楚地浮現在我眼前，有如我在擁擠的街道上隨便挑著看的臉孔那樣清晰，我怎麼能說她的容顏已經消失無蹤了呢？此時此刻我依稀感覺到她的氣息落在我的臉頰，有如那天晚上一般，我怎麼能說她清純的美麗和天真已經凋零且不復存在了呢？當我想起她，使回憶中的她復活，當時的她比我或任何人都更享受青春的熱情奔放，仍緊握住珍惜不已的東西，這時，我又怎麼能說她改變了呢？

跟母親聊完以後我就上床睡覺了，我現在據實寫下她來跟我道晚安時的情形。母親淘氣地跪在我床邊，手托著下巴，笑著跟我說：「他們是怎麼說的呀，戴維？再跟我說一次，因為我覺得難以相信。」

「嫵媚妖豔……」我開始說。

母親將手放在我唇上阻止我繼續說。

「不可能是嫵媚妖豔，」她笑著說。「絕對不可能是嫵媚妖豔，戴維，我知道一定不可能！」

「就是『嫵媚妖豔的考柏菲爾德太太』沒錯，」我堅決地重複一遍。「還有『漂亮』。」

「不，不可能是漂亮，不會說我漂亮的。」

母親打斷我，再次將手放在我唇上。

「就是『漂亮的小寡婦』沒錯啊。」

「真是愚蠢又放肆的笨蛋！」母親驚呼，大笑著把臉捂起來。「真是荒唐的男人！是不是呀，戴維寶貝……」

「怎麼了，媽媽？」

「別告訴佩格蒂，她可能會生他們的氣。我自己也很生他們的氣，但我還是覺得別讓佩格蒂知道的好。」

我當然答應她了，然後我們一直互親對方，不久後我就睡著了。

現在來講，佩格蒂令人心動不已又充滿冒險的提議，經過這麼久一段時間，感覺就是隔天發生的事，但有可能其實是兩個月以後。

有天傍晚，我和佩格蒂一如往常地坐在客廳，母親跟之前一樣外出了。在長襪、布尺、一小塊線蠟以及聖保羅大教堂盒子、鱷魚書的陪伴下，佩格蒂看了我好幾次後，打算要說話，卻什麼都沒說——我本來以為她是在打哈欠，否則我應該會有所警覺，感到惶惶不安——她終於沙啞地說：「戴維少爺，你覺得跟我一起去雅茅斯（Yarmouth）拜訪我哥哥，玩兩個禮拜如何？聽起來**是不是**很有趣啊？」

「妳哥哥是個好相處的人嗎，佩格蒂？」我隨口問道。

「喔，他是個很好相處的人！」佩格蒂舉起雙手大聲說。「而且那裡還有大海、小船和大船、漁夫、海灘啊。你也可以跟阿姆玩……」

佩格蒂指的是她的姪子漢姆，之前第一章提到過，但她講他的方式像是在講英文文法的片段一樣。[12]她這麼開心的回應，讓我也欣喜萬分，我回她說，聽起來的確會很有意思，不過不知道母親會怎麼說？

「哎呀，我敢賭一基尼，」佩格蒂看著我說，「她一定會讓我們去的。如果你想的話，等她回來我就馬上問她。就這樣決定！」

「但我們不在的時候，她要做什麼？」我把小手肘放在桌上繼續提問。「她沒辦法自己一個人生活的。」

如果佩格蒂突然開始在長襪腳跟處找破洞，那肯定是個超迷你的破洞，小到不需要補。

「我說啊，佩格蒂！妳也知道她沒辦法自己一個人生活。」

「喔，上帝保佑！」佩格蒂終於看了我。「你不知道嗎？她這兩個禮拜會去住格雷普太太家。格雷普太太家裡很熱鬧的。」

喔！如果是這樣，那我就可以放心出發了。我焦急地等母親從格雷普太太家回來（就是前面提的那個鄰居），確認我們能否執行這個棒到不行的計畫。母親的反應並沒有我預期的驚訝，甚至馬上

12. 倫敦沒受教育的人講話，遇到h往往不發音，會把Ham唸成Am，前面的「可以跟阿姆玩」（Am to play with），聽來像是英文文法的例句。

就接受提議。我們當天晚上就把一切準備就緒，我在那裡的食宿費用也都安排妥當。

出發的那天很快就來到。對期待不已的我來說，那天真是很快就到來了，我先前還很擔心會不會有地震或山崩之類的大天災，讓我們無法成行。我們預計搭貨車[13]去，吃完早餐就出發。要是他們肯讓我那天晚上先整裝、戴帽穿靴睡覺的話，要我付多少錢我都願意。

雖然我現在輕描淡寫，但每每憶起當時多麼急著想離開快樂的家，那時怎麼一點都沒想到我會就這樣永遠地離開家，想來還是很心痛。

我很高興地憶起，貨車在大門口等著，母親站在那吻我。我對她以及我從未離開過的家，充滿感激和不捨，忍不住哭了起來。我看見母親也哭了，我能感受到她的心靠著我的心在跳動。想到這些，我覺得很快樂。

我很高興地憶起，馬車開始移動時，母親跑到門口，喊著要車子停下來，好讓她再親我一次。我開心地沉浸在她的臉龐貼著我時，所流露的熱切跟慈愛中。

車子向前駛了，母親站在路旁，謀石先生走近她身邊，彷彿在勸她別這麼心軟。我繞過遮篷往後看，心想這一切關他什麼事。佩格蒂也從車子另一邊往後看，而從她轉回來的臉上看來，盡是不滿的神情。

我坐在那看了佩格蒂好一陣子，心裡幻想著：她是否受僱把我弄丟，就像童話故事中小男孩的遭遇一樣，然後我得靠著她掉的鈕扣沿路找回家。

13. 一種開放式貨車，上頭只覆蓋防水帆布，主要用來運送貨物，但在鄉下驛站馬車沒有行駛的地方，也會用來載人。

第3章 境遇改變

我覺得拉貨車的馬可說是全世界最懶惰的馬了，牠一直垂著頭，拖著沉重的腳步前進，好像想讓收貨的人久等一樣。我幻想牠有時候或許真是在偷笑，但車夫說牠只是為咳嗽所苦而已。車夫低著頭的樣子就跟他的馬兒一樣，駕駛的時候還昏昏欲睡地猛點頭，兩隻手臂放在雙腳膝蓋上。我說「駕駛」，但我突然想到，就算沒有他，車子還是能平安抵達雅茅斯，因為一切其實都是馬兒的功勞。至於路上的閒聊，他一點也不懂該怎麼做，只會吹口哨。

佩格蒂的大腿上放了一籃點心，如果我們打算要一路搭到倫敦的話，那食物的分量對我們兩個來說還是綽綽有餘。我們吃得很飽，也睡了很久。佩格蒂睡著時，總是把下巴枕在籃子的提把上，兩手抓得很緊，不曾鬆懈。如果不是親耳聽見我也不相信，一個手無縛雞之力的女子竟可發出如此巨大的鼾聲。

我們在鄉下的小路間繞了許多路。在一家酒吧送床架的時候停留了很長一段時間，還停了別的地方，讓我覺得滿累的，所以終於抵達雅茅斯時，我欣喜萬分。我望向河對岸一大片單調的荒原時，心想這裡看起來既潮濕又鬆軟。我也一直在想，如果真像地理書上說的，世界是圓的，那為什麼到處都是平的？但我想到或許雅茅斯就坐落在其中一個圓端，這就解釋得過去了。

當我們更接近時，看到四周景色全都在天空下排成一條低低的直線，我跟佩格蒂暗示，如果這裡有座小山之類的，風景或許會更好一點。還有，如果陸地和大海可以再分開一些，小鎮和海浪就不會像麵包泡在水裡那樣攪在一起，這樣就更好了。但佩格蒂比平常更堅定地強調，我們應該接受事物原來的樣貌，而她可是以身為「雅茅斯燻鯡魚」為傲。

我們走上街時（我感到很陌生），聞到魚腥味、瀝青、填甲板縫的舊麻繩、焦油味，看到水手走來走去，還有馬車在石子路上奔波。我覺得剛剛冤枉了這個熱鬧的地方，並開心地把自己的感想告訴佩格蒂。她聽到後也很得意，說雅茅斯是全世界最棒的地方，我猜對於那些有幸一出生就是燻鯡魚的人來說，的確是如此。

「我們家的阿姆！」佩格蒂大喊道。「長這麼大，我都認不出來啦！」

是的，他在一家酒吧等我們，並問我過得如何，彷彿我們是舊識一樣。起初，我覺得自己對他的認識不如他對我的多——自從我出生那晚之後，他就沒有再來過我們家，他當然比較有優勢。但因為他讓我坐在他肩上走回家，我們不一會兒就變熟了。他現在是個高大壯漢，身高六呎[14]，肩膀寬闊結實，但臉上男孩子氣的傻笑和一頭淺色鬈髮，讓他看起來有點像綿羊。他身穿帆布外套和硬挺的長褲，褲子硬挺到沒有腿在褲管，也能單獨站立起來。與其說他戴了一頂帽子，不如說他頭上頂著一棟黑漆漆的老舊建築。

漢姆揹著我，手臂夾著我們帶來的小行李，佩格蒂也拿著另一件小行李。我們轉進滿地都是碎木屑和小沙丘的巷子，還經過煤氣廠、纜繩廠、小船廠、大船廠、拆船廠、填船縫廠、索具廠、鐵匠舖，以及許多類似的地方，直到我們來到剛才從遠處瞧見的單調荒原後，漢姆說：「我們的房子到了，戴維少爺！」

我四處張望，往一邊的荒野望去，往大海望去，往溪河看去，就是沒看到有什麼房屋。倒是不遠處有艘黑色的駁船，或是類似的廢棄船隻，乾巴巴地高架在平地上，一支鐵漏斗伸出來當作煙囪，緩緩地冒出煙。不過，除此之外，我一點都沒看見可以住人的地方。

「不會是那個吧？」我說。「那個長得像船的東西？」

「就是那個，戴維少爺。」漢姆回答。

就算是阿拉丁的皇宮和大鵬鳥蛋[15]之類的，都比不上住在船屋裡的想法更讓我神往。側邊船板上開出一個可愛的門，還有屋頂和幾扇小窗，但令人著迷的地方是這艘船貨真價實，肯定下過上百次水，從來就不是要讓人放在陸地上居住，這才是真正吸引我的地方。如果它本來就是建來讓人住的，我可能會覺得太狹小、太不方便，也太冷清了，但正因為它本來的目的並不是如此，而讓它成為一個完美的家。

船屋裡頭乾淨漂亮，東西也盡可能擺放整齊，有張桌子、一座咕咕鐘和一座櫥櫃。櫥櫃上有個茶盤，圖樣是個撐陽傘的女人在散步，旁邊有位穿軍裝的孩子在玩轉鐵圈。為了防止茶盤掉落，上面放了本《聖經》，茶盤如果掉落，會砸碎《聖經》旁的一堆杯盤和茶壺。牆上掛了一些裱框的彩色照片，描繪的是《聖經》故事。從此以後，我每次看到小販兜售這種畫時，眼前就會浮現佩格蒂哥哥家的全景。穿紅衣的亞伯拉罕要拿穿藍衣的以撒去獻祭，還有穿黃衣的但以理被國王丟進綠色的獅子坑裡，這些是聖經裡最有名的幾個故事。旁邊的小壁爐架上有張「莎拉珍」小帆船的照片，那船是在桑德蘭建造的，船艉是真材實料的木頭。這是藝術，結合精緻木工，我覺得這是世上最令人羨慕的寶物了。天花板的梁柱上有些鉤子，不過我當時並不清楚用途。此外還有櫃子、箱子之類的物品可以坐，

14. 本譯作仍維持原書英制度量衡單位。英制六呎約等於一百八十三公分。
15. 《一千零一夜》中的故事情節。大鵬鳥巨大無比，力大無窮，阿拉丁最後一個願望就是要一顆大鵬鳥蛋。

佩格蒂先生熱情款待

以彌補椅子的不足。

這些東西都是我踏過門檻後第一眼望見的——根據我的理論，這是小孩子的特質。之後，佩格蒂打開一扇小門，讓我看看我的臥室。這真是我所見過最令人嚮往的完美房間，位在船艉，有扇小窗安裝在從前船舵穿過的位置，一面跟我差不多高的小鏡子釘在牆上，用牡蠣殼框起來。還有一張小床，塞滿了整個房間，桌上的藍色馬克杯中放著一束海草。牆面刷成跟牛奶一樣白的顏色，拼布床單的顏色亮到我覺得刺眼。在這溫馨的屋子裡，我特別注意到一件事：魚腥味。味道極為強烈，我拿出手帕要擦鼻子時，手帕聞起來竟像剛包過龍蝦一樣。我把這個發現偷偷告訴佩格蒂時，她跟我說，她哥哥是做龍蝦、螃蟹和小螯蝦生意的。我後來發現，外面有間放了鍋碗瓢盆的小木屋，經常可以在裡面看到這類生物很有意思地擠在一起，不管鉗住什麼就是不肯放開。

招呼我們的是一位圍著白色圍裙、非常有禮的女士。大概四分之一哩[16]外，我還在漢姆背上的時候，就看到她在門口鞠躬了。此外，還有一位世界上最漂亮的小女孩（我這麼覺得），戴著藍色串珠項鍊。我想親她時，她拒絕了我，還跑去躲起來了。不久之後，我們吃了豐盛豪華的晚餐，有水煮鰈魚、融化了的奶油和馬鈴薯，我還得到一塊肉排。這時一位毛髮濃密的和善男子回家了。因為他叫佩格蒂「妹子」，還往她臉頰重重地親吻，從他的行為舉止看來，我相信這位男子就是她的哥哥。我猜想的沒錯，他們向我介紹他就是佩格蒂先生，一家之主。

「很高興見到你，少爺，」佩格蒂先生說。「寒舍雖小，但你會發現我們樣樣俱全。」

我謝了他，並說我住在這麼溫馨的地方，一定會過得很舒適。

「你媽媽還好嗎，少爺？」佩格蒂先生說。「你離開時她開心嗎？」

我告訴佩格蒂先生她非常高興，並要我代她問好——這是我自己編出來的客套話。

「感謝她的關心，真的，」佩格蒂先生說。「嗯，少爺，如果你能在這，跟她（看向他妹妹）一起待上兩個禮拜，我還有漢姆、小艾蜜莉，我們會很榮幸有你的陪伴。」

盛情介紹過後，佩格蒂先生走到外面用一壺熱水清洗身體，特別解釋：「冷水沒辦法洗掉我一身髒。」他很快地回來，外表看起來乾淨多了，但滿臉通紅的樣子，讓我不禁覺得他與龍蝦、螃蟹和小螯蝦還真有點像：黑烏烏地進熱水，紅通通地出來。

喝完茶，關上門，一切都很舒適溫馨（夜晚的屋外寒冷又多霧），我覺得這真是任何人所能想像出最棒的假期了。聽見外頭大海颳起的風聲，知道濃霧潛伏在外頭的一片荒蕪裡，看著火，想到附近沒有其他住家，只有這裡——而且這還是艘船，實在太讓人著迷了。

16. 英制四分之一哩相當於半公里。

小艾蜜莉克服之前的害羞，跟我一起坐在最低最小的櫃子上，它只夠我們兩人坐，也剛好能放進煙囪的小角落。穿著白色圍裙的佩格蒂太太坐在爐火對面編織。佩格蒂一樣優閒自在地拿著聖保羅針線盒和一小塊線蠟做針線活，彷彿它們從來沒有離開家。漢姆剛剛已經簡單教過我全四牌遊戲怎麼玩，並試著想起用髒牌算命的方法，每張他翻過的牌都印了帶著魚腥味的拇指印。佩格蒂先生則抽著菸斗。我覺得現在是誠心交流聊天的時刻。

「佩格蒂先生！」我說。

「少爺。」他說。

「你替兒子取名為漢姆，是因為你住在方舟裡嗎？」

佩格蒂先生好像覺得這是需要深思的問題，回答我：「不，少爺，我沒有替他取名字。」

「那他的名字是誰取的呢？」我把教義問答的第二個問題丟給佩格蒂先生。

「喔，少爺，名字是**他**父親取的。」佩格蒂先生說。

「我以為你是他父親！」

「我兄弟喬才是他父親。」佩格蒂先生說。

「他過世了嗎，佩格蒂先生？」短暫沉默後，我問道。

「淹死的。」佩格蒂先生說。

對於佩格蒂先生並非漢姆的父親這件事，我深感驚訝，然後開始思考自己是不是也搞錯在場各位的關係。我實在太好奇了，所以下定決心要跟佩格蒂先生問清楚。

「小艾蜜莉，」我望向她說，「她是你的女兒，沒錯吧，佩格蒂先生？」

「不，少爺，我妹婿湯姆才是**她的**父親。」

我實在忍不住。「他死了嗎，佩格蒂先生？」又一段沉默之後，我問道。

「淹死的。」佩格蒂先生說。

我覺得很難繼續討論這話題，但又還沒理清這一切，於是決定打破沙鍋問到底：「你有自己的孩子嗎，佩格蒂先生？」

「不，少爺，」他用簡短的大笑回答我。「我是個光棍。」

「光棍！」我驚呼。「怎麼會？這樣的話，那一位是誰，佩格蒂先生？」我指向穿圍裙在編織的那個人。

「那是格米奇太太啊。」佩格蒂先生說。

「格米奇嗎，佩格蒂先生？」

但這時候佩格蒂（我是指我們家的佩格蒂）對我使了個眼色，要我別再問了，我只能坐在那，看著安靜不語的其他人，直到上床的時間到來。

之後在我小房間的隱密空間裡，佩格蒂告訴我漢姆和艾蜜莉是她哥哥的姪子跟外甥女，兩人從小父母雙亡又無依無靠，所以佩格蒂先生領養了他們；而格米奇太太是他生意夥伴的寡婦，家境也很窮困。不過佩格蒂說，她哥哥自己也是窮人一個，但為人善良如金，真誠如鋼——這是她的比喻。她告訴我，唯一會讓佩格蒂先生暴怒或是咒罵的事，就只有在提及他大方慷慨的時候。只要有任何人提起，他就會奮力拍桌（有一次還把桌子拍裂了），然後吼出一句毒咒，說要是再提這些，他就會罵出更可怕的毒咒：如果有人再說到這件事，那他不是立刻走人，就是會被「天煞」。我詢問後發現，沒有人知道這個可怕的「天煞」是什麼意思，但他們全都一致認為這代表最可怕的咒罵。

我深深感受到東道主的善良。

我聽到女士們到船另一端的小房間休息，還聽到佩格蒂先生和漢姆睡在吊床上，就是掛在我稍早注意到那天花板上的鉤子，感覺非常奢華，這一切讓我昏昏欲睡。睡意慢慢湧上心頭，我聽著外面海風的呼嘯聲，還有奮力吹向海灘的聲音，隱約覺得海水會在深夜高漲起來。但一想到我身在船上，而如果真發生什麼事，船上也有佩格蒂先生這樣的人在，就沒什麼好怕的了。

不過除了晨光初露，什麼事都沒有發生。幾乎是陽光照到牡蠣框鏡子的那一瞬間，我就起床了，接著跟小艾蜜莉一起到海灘撿石頭。

「妳應該是個滿厲害的水手吧？」我問艾蜜莉。我不知道我是否真的這麼想，但覺得男孩子總要說些什麼才對。這時正好有艘閃閃發亮的船向我們駛來，在她明亮的雙眼裡映出漂亮的小影子，才讓我想到要這麼說。

「不，」艾蜜莉搖著頭回答，「我怕海。」

「怕海！」我裝出英勇的樣子，對著大海說：「我才不怕！」

「啊！但大海很殘忍，」艾蜜莉說。「我看過它殘忍地對待我們的人；也看過它撕裂跟我們房子一樣的大船，撕成碎片。」

「我希望那艘船不是……」

「我爸爸淹死的船？」艾蜜莉問道。「不，不是那艘，我從來沒看過那艘。」

「也沒看過他？」我問。

小艾蜜莉搖搖頭，「不記得了。」

怎麼這麼巧！我馬上解釋我也沒有見過父親，還有母親和我是怎麼相依為命，過著非常幸福的生活。我們一直以來都這樣，也永遠會繼續這樣生活下去。我還說父親在教堂旁的墳墓離家裡很近，有樹蔭照著，就在山丘下，我經常去那裡散步，聽鳥鳴，度過很多美好的早晨。不過我跟艾蜜莉的孤兒狀態還是有一點不同：她在失去父親前，早就先失去了母親，而且沒人知道她父親的墳墓在哪裡，只曉得是在大海某個深處。

「況且，」找尋貝殼和碎石的艾蜜莉說，「你父親是紳士，而你母親是淑女。我父親是漁夫，母親是漁夫的女兒，我舅舅丹也是漁夫。」

「丹是佩格蒂先生，對吧？」我說。

「丹舅舅，在那邊。」艾蜜莉回答，看向船屋。

「對，我指的就是他。我想他人一定非常好吧？」

「非常好？」艾蜜莉說：「如果我有天也當上淑女，我會給他一件鑲著鑽石鈕扣的天藍色大衣、淡黃色長褲、紅色絲絨西裝背心、三角帽、一只大大的金錶、銀製的菸斗和一大盒錢。」

我說我堅信佩格蒂先生配得這些珍寶。我必須承認，很難想像他將外甥女感激萬分的禮物穿戴一身是什麼樣子，特別是三角帽，但我沒有把這些想法說出來。

細數這些東西時，小艾蜜莉停下來仰望天空，好像看到輝煌燦爛的景象一樣。我們再繼續往前走，撿著貝殼和碎石。

「妳想當淑女嗎？」我問。

艾蜜莉看著我，大笑著點頭說：「想。」

「我非常想，我想要大家都能一起當上流人士——我、舅舅、漢姆，還有格米奇太太。這樣的話，就算有暴風雨來，我們也不用擔心——至少不是為自己擔心。我們當然是會替其他可憐的漁夫擔心，而且如果他們遇到困難，我們也會出錢幫忙。」這聽起來很讓人心滿意足，也並非不可能實現的未來。我說，光只是這樣想就很令人開心了。小艾蜜莉受到鼓舞，害羞地說：「現在你還覺得不怕海嗎？」

這時候風平浪靜讓我很放心，但我相信如果有個稍微大一點的浪捲來，一想起她被淹死的親戚，我一定立刻拔腿就跑。不過，我回答「不怕」，然後補充道：「妳看起來也不怕，雖然妳說會怕。」她走得離老舊的防波堤和木製堤道的邊緣很近，我還擔心她會掉下去。

「這裡我不會怕，」小艾蜜莉說，「但我一聽到海浪捲來就會驚醒，光是想像丹舅舅和漢姆哭喊的求救聲，就擔心得不停顫抖。這就是我想當淑女的原因。在這裡我不怕，一點也不怕。你看！」

她從我身旁跑掉，我們站的地方凸出一根凹凸不平的木頭，高懸在深水上，一點防護措施也沒有，她就這樣順著跑了上去。這件事實在太歷歷在目，如果我是繪圖師，我敢說，我肯定能立刻把當天的真實景象畫出來：小艾蜜莉朝她的毀滅之路衝過去（當時對我來說是這樣），我永遠無法忘懷她望向大海的神情。

一會兒，那個明亮大膽又活潑的小身影轉過身來，安全地回到我身旁，我對於自己的擔憂和呼叫聲感到好笑。是說叫喊也沒用，畢竟附近一個人都沒有。不過我長大之後，好幾次想過，在未知事物的可能性中，是不是有這種可能：那女孩突來的衝動以及遠望的輕狂眼神，是否有股眷顧她的吸引力帶她走向危險，是她已故父親冥冥之中同意，吸引她到他那裡去，這樣她的生命就在那天終結？我也想過是否當時的我能瞥見她未來的命運，而且幼小的我可以清楚理解，只要我伸出手就能救她的話，我是否會出手救她？我也想過（我不敢說我想很久，但我的確想過），當我捫心自問：如果那天，在我面前，小艾蜜莉被海水灌頂是否對她比較好？我一度回答：是，這樣會比較好。

這話可能說得太早。我或許說得太快了，但姑且先這樣吧。

我們散步了很長一段路，拾起許多我們好奇的東西，並把迷路的海星小心地放回海裡——就算現在我對牠們還不夠瞭解，不確定牠們是會感激我們這麼做，還是會埋怨我們雞婆——然後我們回到了佩格蒂先生家。我們在龍蝦小屋外的陰影處停了下來，交換了天真的吻，再神清氣爽、滿心歡喜地進門吃早餐。

「好像兩隻年輕的花眉仔。」佩格蒂先生說。我知道這是什麼意思，在我家那裡的方言，這表示像兩隻小畫眉鳥一樣，所以我把這句話當作是稱讚。

我當然愛上小艾蜜莉了。我很確定，我對那個可人兒的愛，與成人最崇高無上的堅貞愛情一樣真誠、同樣溫柔，但更加純潔、無私。我確信我的想像產生了某種幻覺，罩在這個藍眼女孩身上，把她變成了天使。如果某個陽光煦煦的上午，她展開小雙翅從我的面前飛走，我也不會認為這是出乎意料的事。

我們經常相親相愛地在雅茅斯那片荒涼的海灘上散步，走好久好久。日子隨我們消遣，好像時光本身也沒有長大一樣，是個永遠在玩耍的小孩。我告訴艾蜜莉我喜歡她，除非她也承認她喜歡我，否則我會不惜拿劍剖腹自殺。她說她也喜歡我，我一點也不懷疑。

至於任何的門不當戶不對、年紀太輕，抑或任何在我們面前的阻礙，小艾蜜莉和我都沒放在心上，因為我們沒有未來。我們並沒有準備要長大，也沒有準備要變小。

我們是格米奇太太和佩格蒂欽羨的對象，晚上我們倆親密地並坐在旁邊的櫃子上時，她們總會小聲地說：「天哪！真是美好！」佩格蒂先生的臉在菸斗後對我們微笑，漢姆整個晚上都在傻笑，什麼事都沒做。他們從我們身上感受到快樂，我想，就像看著漂亮的玩具或是古羅馬圓形競技場模型那樣的感覺。

我很快就發現，格米奇太太雖然與佩格蒂一家同住，但她並不如大家期望的那麼好相處。格米奇太太個性算是滿焦躁愛煩惱的，在這麼小的地方，她啜泣的次數多到讓其他人都不是很自在。我替她感到非常難過，有時候我會想，如果格米奇太太有自己的住所，方便她休息，等到她心情好一點的話，情況會好轉。

佩格蒂先生偶爾會去一家叫「堅心」的酒館。我是在我們來之後他外出第二、三次的時候發現的。八點到九點時，格米奇太太會盯著咕咕鐘說他在酒吧裡，還說她早上就知道他會去那裡。

格米奇太太整天都很鬱悶，早上壁爐生起火，她就大哭了起來。「我是個孤伶伶的老太婆，」這是格米奇太太遇到不開心的事會說的話，「每件事情都跟我過不去。」

「噢，煙很快就會散掉的，」佩格蒂說（此處也是指我們家的佩格蒂）。「況且，妳知道的，這煙對我們來說也一樣不好。」

「我的感覺比你們強烈。」格米奇太太說。

當天很冷，風如刀割般。格米奇太太所在的壁爐角落，在我看來是最溫暖舒適的地方，她的椅子也的確是最舒適的，但她還是一點也不開心，不斷抱怨天冷，還有她背後偶爾會有「疙瘩」。最後她又在這話題上落下淚來，又說了一次她是個「孤伶伶的老太婆」，以及「每件事情都跟我過不去」。

「的確是很冷，」佩格蒂說。「大家一定都這麼覺得。」

「我的感覺比其他人更強烈。」格米奇太太說。

晚餐時，由於我是座上賓，他們總會優先夾菜給我，之後是格米奇太太。那天的魚很小、骨頭多，馬鈴薯也有點焦。大家都承認是有點令人失望，但格米奇太太說她比我們更失望，然後又哭了起來，用更悲痛的態度說了之前那句話。

當晚佩格蒂先生大約九點回家時，不幸的格米奇太太正在她的角落織東西，一副非常難過可憐的樣子。佩格蒂則是快樂地工作著，漢姆正在縫補一雙雨鞋，而我在唸書給他們聽，小艾蜜莉坐在我身旁。格米奇太太除了唉聲長嘆以外，沒有說過其他話，從喝茶的時候眼睛就沒張開。

「嗯，各位，」佩格蒂先生走到他的位子準備坐下時說，「你們今天還好嗎？」

我們都答了話，或是抬頭望歡迎他，除了格米奇太太邊編織邊搖頭。

「怎麼了？」佩格蒂先生問，手拍了一下。「振作起來，老妞！」（佩格蒂先生的意思是老姑娘。）

格米奇太太並沒有因此振作起來。她拿出黑色絲質的舊手帕擦眼，但擦完沒有放回口袋，而是拿起來繼續擦，擦完還是沒有放回去，以便待會兒使用。

「到底是怎麼了，姑娘？」佩格蒂先生說。

「沒什麼，」格米奇太太回答，「你是從『堅心』回來的吧，阿丹？」

「對啊，怎麼了，我今晚在那裡多待了一點時間。」佩格蒂先生說。

「很抱歉我把你逼到要去那邊。」格米奇太太說。

「逼我！我沒有被逼啊，」佩格蒂先生回答，真誠地大笑。「我可是很樂意去的嘞。」

「樂意，」格米奇太太搖搖頭說，然後又拭淚。「是是是，非常樂意，我很抱歉都是因為我，讓你這麼樂意。」

「不是因為妳！不是因為妳啊！」佩格蒂先生說。「一點都不是因為妳逼我去的啊。」

「是是是，當然是，」格米奇太太大喊。「我知道我是怎樣的人。我知道我就是個孤伶伶的老太婆，不只每件事都跟我過不去，我還跟每個人都處不來。是是是，我的感覺比其他人強烈，而我也表現得比其他人更激動，這都是我歹命。」

我坐在那目睹這一切，不禁心想，除了格米奇太太，這份歹命是否還延伸到其他人身上。但佩格蒂先生並沒有這麼回答，只是懇求格米奇太太振作起來。

「我也不希望自己這樣，」格米奇太太說。「這跟我所希望的差遠了。我知道我是怎樣的人，我很歹命。我覺得我的麻煩把我搞得渾身不對勁。我寧願感覺不到，但偏偏就是感覺到了。我寧願心狠一點不管這些感覺，但就是沒法度。我讓這屋子裡的人感到很不舒服，這點我很肯定。我整天都在折騰你妹妹，還有戴維少爺。」

聽到這裡我的心都融化了，難過得大喊：「不，妳沒有，格米奇太太。」

「我這樣子很不應該，」格米奇太太說。「這樣報答你是不對的。我最好還是去救濟院死了算了。我是個孤伶伶的老太婆，還是別在這裡煩人了。如果每件事都這樣跟我過不去，那我一定也是跟自己過不去，既然這樣，就讓我回自己的教區過不去吧。丹尼爾，我還是趕快去救濟院死了算了，落個輕鬆！」

說完，格米奇太太就回房睡覺了。她離去後，佩格蒂先生臉上盡是萬分同情，他看了看我們，滿懷憐憫，點點頭輕聲說：「她又在想老伴了！」

我不是很確定格米奇太太在想念的老伴是誰，直到佩格蒂送我上床時跟我解釋是過世的格米奇先生，她哥哥一直認為那是格米奇太太難過的唯一理由，也總是讓他感動得心軟。之後不久，佩格蒂先生躺在吊床上時，我親耳聽見他跟漢姆說：「可憐兒！她老是在想老伴！」在我們到訪期間，每當格米奇太太出現類似的舉動時（發生了好幾次），他總會說一樣的話打圓場，而且總是充滿同情。

兩個星期很快就過去了，唯一有變化的就只有海浪改變了佩格蒂先生外出及回家的時間，還有漢姆也是。漢姆沒工作時，有時會跟我們一起散步，帶我們看看船隻，有一、兩次還帶我們去划船。我不知道為什麼有時對某地相關的一些印象會比其他地方深，但我相信大多數人都是這樣的，特別是童年時期的回憶。我只要聽到或讀到雅茅斯這名字，就會想起某個週日早晨在海邊的時光，教堂的鐘聲響著，艾蜜莉靠在我的肩膀上，漢姆慵懶地丟石頭到水裡，還有太陽離海邊遠遠的，陽光從濃霧中穿透出來，讓我們看到海上像影子般的船隻。

回家的日子終於到來。我可以忍受跟佩格蒂先生和格米奇太太的分離，但光想到要跟小艾蜜莉分開，心就如刀割般的痛。我們手勾著手到酒吧，已經有馬車在等了，在路上我答應會寫信給她。（我後來確實兌現了那承諾，寫的字比出租看板上的字還要大。）我們分別時都非常難過，如果我的人生中曾有過空虛的感覺，那一天就是一回。

我在外作客的期間，對老家實在太忘恩負義，幾乎都忘得一乾二淨了。一踏上回家的路，我幼小的良心就開始自責起來，像堅定的手指般往家的方向指。當我心情低落時，更覺得老家是我的暖窩，而母親是我的慰藉和朋友。

在回家的路上，這樣的想法越來越強烈，所以我們越接近家，眼前的景色越來越熟悉，我就越來越期待回家，奔到母親的懷抱中。但佩格蒂並沒有分享我的這些喜悅，反而試圖壓抑她的心情（雖然態度很溫和），看起來心慌意亂，心神不寧。

不過，不管她怎麼想，只要拉車的馬心情好，布朗德史東的鴉巢終究會抵達——也真的抵達了。我還記得很清楚，那天是個霧濛濛的冷冽下午，天色昏暗，像是要下大雨！

大門打開，我喜極而泣，急著找尋母親的身影，但開門的並不是她，而是一位陌生的僕人。

「為什麼，佩格蒂！」我傷心地說。「媽媽還沒回家嗎？」

「有，有，戴維少爺，」佩格蒂說。「她回家了。你先等一下，戴維少爺，我有事要告訴你。」

由於心情煩躁和本身動作笨拙，佩格蒂下車時把自己搞得像個大彩球，但我當時腦袋空白，心情複雜，所以沒告訴她。

待下車後，她拉住我的手，帶我慢慢走進廚房，然後關上門。

「佩格蒂！」我很害怕地說：「到底怎麼了？」

「沒什麼，上帝保佑你，親愛的戴維少爺！」她裝出一派輕鬆的樣子回答。

「有事的，我很確定。媽媽在哪裡？」

「媽媽在哪裡啊，戴維少爺？」佩格蒂重複說道。

「對，為什麼她沒有到大門來接我？我們進來這裡做什麼？喔，佩格蒂！」我的眼睛噙著淚水，覺得快昏倒了。

「上帝保佑我親愛的寶貝！」佩格蒂哭喊，並抱住我。「怎麼了？告訴我呀，寶貝！」

「不會也死了吧？喔，她該不會死了吧，佩格蒂？」

佩格蒂用大得嚇人的音量喊道：「不是的！」然後坐下，開始喘個不停，說我把她嚇死了。

我抱了抱她，給她壓壓驚，或者說讓她恢復正常，然後站在她面前，很焦急地看著她。

佩格蒂說：「是這樣的，親愛的，我應該早一點告訴你的，但我沒有機會說。或許我應該想辦法找機會說，但又找不到嘟嘟好的時機……」佩格蒂的字典裡，老是把剛剛好說成嘟嘟好，「跟你說這件事。」

「快說吧，佩格蒂。」我說，比之前更害怕。

「戴維少爺，」佩格蒂顫抖著手解下帽子，有點喘不過氣地說。「你有爸爸了！你覺得怎樣？」

聽完，我全身顫抖，臉色發白。我不知道是什麼，或是為什麼，我聯想到教堂的墳墓還有死人復活之類的事，這些想法如陰風般朝我撲過來。

「新的爸爸。」佩格蒂說。

「新的爸爸？」我重複道。

佩格蒂倒抽一口氣，好像在吞嚥什麼硬物一樣，然後伸出手說：「來見見他吧。」

「我不想見他。」

「媽媽也在喔。」佩格蒂說。

我不掙扎了，我們直接走到大客廳，她把我留在那。壁爐的一邊坐著母親，另一邊，是謀石先生。母親停下手上的針線活，匆忙地站起，但我覺得她有點膽怯。

「好了，我親愛的克萊拉，」謀石先生說。「沉住氣！控制好自己，永遠都要克制好自己！小戴維，你好嗎？」

我伸出手問候他。遲疑了一下之後，我親了親母親，她也親了我，溫柔地輕拍我的肩膀，然後坐下來繼續手上的活兒。我無法看她，也無法看他，我很清楚他正觀察著我們兩個。我轉向窗戶，看向窗外，看向冷風中垂著頭的灌木。

等到我可以偷溜走時，我偷溜上房。我親愛的舊臥室換了，東西被搬到隔了很遠一段距離的房間裡。我恍惚地下樓，想看看有沒有沒變的東西，但似乎全都不一樣了。我慢慢地走向後院，但很快就從那裡回到主屋，因為原本的空狗舍裡現在養了隻大狗——跟**他**一樣，聲音低沉，毛色烏黑。那狗看到我非常生氣，衝出來要追我。

第4章　蒙受恥辱

如果我的床新搬進去那間房間有知覺，那我今天真想請它替我作證——現在是誰睡在那呢，我真好奇！——我躺上去的那顆心有多沉重。我走上樓時，聽到庭院那隻狗一直對著我吠叫。我一臉茫然地環顧房間，房間也看著我。我坐下來，小小的雙手交叉，思考著。

我想到的都是最奇怪的事情——房間的形狀、天花板的裂縫、牆上的壁紙、玻璃窗上的裂紋讓景色出現漣漪和凹痕、洗手台因為只有三隻腳而東倒西歪，給我一種很哀怨的感覺，讓我聯想到格米奇太太想起老伴時的樣子。我不停地哭，但除了覺得冷和感到沮喪以外，我確定自己沒想過哭泣的真正原因。終於，在孤寂中我開始想到是我愛上小艾蜜莉了。被迫與她分離，來到這個似乎沒有人要我的地方，而他們對我的關心甚至不及她的一半，想到這裡，我覺得自己好悲慘，便把自己蜷曲在床的一角，哭到睡著。

「他在這呀！」我被說話聲驚醒，有人將棉被拉開，露出我熱騰騰的頭。母親和佩格蒂來看我了，弄醒我的是她們其中一人。

「戴維，」母親說，「怎麼啦？」

她這樣問我，我覺得很奇怪，便回答：「沒什麼。」我記得當時還撇過臉，不想讓她看到我顫抖的嘴唇，其實這樣的舉動才是給她的真正回答。

「戴維，」母親說，「戴維，我的寶貝！」

我敢說，她說的任何話語不會比稱呼我為她的寶貝，還要令我難受。我躲進被單裡，將眼淚藏起來，她想把我抱起時，我伸手推開她。

「這都是妳搞的，佩格蒂，妳真是殘忍的傢伙！」母親說。「我確信一定是如此。妳讓我的親生兒子反抗我，讓我心愛的人遠離我，妳怎麼對得起自己的良心啊？妳居心何在，佩格蒂？」

可憐的佩格蒂伸出雙手，雙眼看著天花板，改了我們平常飯後的禱告詞回答：「願主原諒妳，考柏菲爾德太太。願妳永遠不會為剛才說的這句話感到深切的懊悔！」

「妳把我給煩死了，」母親大聲說。「何況我現在還在度蜜月啊！就算是跟我有不共戴天之仇的人也會發發慈悲，讓我過上幾天寧靜快樂的日子。戴維，你這個壞孩子！佩格蒂，妳這個壞人！噢，我的天哪！」母親哭喊道。她的眼神在我們倆之間遊走，用她任性的方式怒氣沖沖地說：「這是多麼讓人難受的世界啊，我現在是該愉快享受的時候啊！」

有一隻手碰觸了我，我知道這隻手不是母親，也不是佩格蒂的，我起身坐到床邊。那是謀石先生的手。

他把手放在我手臂上說：「這是怎麼回事？親愛的克萊拉，妳忘了嗎？要堅定，親愛的！」

「我很抱歉，愛德華，」母親說。「我是想堅定的，但覺得好難受。」

「這樣啊！」他回答。「我很遺憾這麼快就聽到這種話，克萊拉。」

「現在就要我立刻做到，實在太難了，」母親嘟著嘴回答。「真的很難，不是嗎？」

他把母親拉過去，輕聲在她耳邊說話，並親吻了她。母親將頭靠在他肩上，手臂勾著他的脖子，我當時就很清楚地看出，他能將母親依順的個性塑造成任何他想要的樣子。正如我現在所知道的一樣，他成功辦到了。

「妳下樓吧，親愛的，」謀石先生說。「大衛和我等一下就會一起下樓。我的朋友，」他看著母親離去，將晦暗的臉轉向佩格蒂，點頭跟微笑示意要她離開，「妳知道妳女主人的名字嗎？」

「我伺候女主人很久了，先生，」佩格蒂說。「這是我應該知道的。」

「沒錯，」他回答。「但我剛剛上樓時，好像聽到妳用一個並非她名字的名字來稱呼她。她已經冠我的姓了，妳知道吧。請妳牢記這點可以嗎？」

佩格蒂用了很不安的眼神看我，沒有回答就鞠躬離開房間。我想，她知道謀石先生要她離開，所以也找不到理由留下。我們倆單獨在房裡時，他把門關上，坐在椅子上，將我拉起來，站在他面前，直盯盯地看著我。我覺得我的雙眼也同樣直盯盯地看著他。如今我回想起我們面對面的情景，我似乎又聽見自己的心跳急促又劇烈。

「大衛，」他抿著嘴說，兩片唇抿得很薄。「如果我有一匹不聽話的馬，或是一隻不聽話的狗，你覺得我會怎麼做？」

「我不知道。」

「我會揍牠。」

我剛才是有點喘不過氣的低聲回答他，現在我沒有說話了，覺得呼吸變得更加急促。

「我會讓牠畏縮，讓牠變聰明。我會告訴自己：『我會征服那傢伙的。』如果這麼做會讓牠流光血，那就流吧。你臉上那是什麼？」

「灰塵。」我說。

他跟我一樣清楚那是淚痕，但如果他同樣的問題問我二十遍，每問一次就鞭打我一次，我相信就算我小小的心臟會爆開，我也不會說實話。

「就一個小孩而言，你非常聰明，」他露出一種只有他才有的陰沉笑容。「我看得出來，你也非常瞭解我。去洗臉吧，然後跟我一起下樓。」

他指了洗手台（就是我之前覺得很像格米奇太太的那個），然後用頭示意我立刻照做。我當時明白，現在更加清楚，如果我稍有遲疑，他會毫不愧疚地打昏我。

我照做了之後，他跟我一起走進客廳。他的手還是放在我手臂上。「克萊拉，親愛的，」他說。「我希望妳再也不會這麼難受了。我們應該趕快改掉這孩子的脾氣。」

上帝保佑我，當時只要跟我說句仁慈的話，那我可能一輩子都把個性改好了，或許會終身變成另外一種人。只要一句鼓勵的話語或解釋，甚至是對我幼小無知的同情，歡迎我回家，或是再三跟我保證這裡依然是我的暖窩，可能就會讓我從此死心塌地跟著他，而非虛假的敷衍；或許會讓我尊敬他，而非憎恨他。母親看到我受驚嚇、陌生地站在客廳裡，我想她心裡是很難過的。我坐下時，她的目光依然哀傷地跟著我——或許她想起我幼時的步伐有多麼無憂自在——但她一句話都沒說，而開口的時機也就過去了。

用餐時，只有我們三個人。他看起來很喜歡我母親——我恐怕不會因此多喜歡他一點——而她也很喜歡他。我從他們的對話中得知他姊姊要來跟我們一起住，而且她當晚就會抵達了。我不確定我是當時知道，還是後來知道的，但不管怎樣，我還是在這裡先提一下：謀石先生本身沒有工作，但他在倫敦一家酒廠有股份或是年收益分紅之類的，是從他曾祖父那時候開始的家族事業，而他姊姊也有類似收入。

晚餐過後，我們坐在壁爐邊，我思考著如何在不冒犯一家之主的情況下，不動聲色地逃跑到佩格蒂那裡。這時候一輛馬車在花園大門前停下，謀石先生走出去迎接訪客，母親跟著他一起出去。我膽怯地跟著她，在客廳門口時，她在昏暗處轉過來擁抱我，如同她一直以來常做的那樣，並輕聲告訴我要愛繼父並順從他。她匆匆忙忙、偷偷摸摸的樣子好像在做壞事一樣，但動作很溫柔。她將手放在身後，握住我的小手，一直快到花園接近他所站的地方時，才鬆開我的手，去挽他的手臂。

來訪的是謀石小姐，她真是個很陰鬱的女士。就跟她弟弟一樣，長相和聲音都極為相似，還有兩道粗眉，都快跟她的大鼻子連起來了，彷彿是做為給錯她性別，沒有長出鬍子的補償。她帶了兩只硬到不行的黑硬箱，箱蓋上有用銅釘釘成她名字的縮寫。她把錢從一個硬鋼盒中取出，付錢給車夫後，再放進一個手提包裡；這像監獄的手提包，用一條粗鏈掛在她的手臂上，好像用力咬了一口似的闔了起來。當時，我從沒見過像謀石小姐這麼如鋼似鐵的女人。

她被殷勤地領到客廳，正式跟母親以新近親的關係打招呼。她看了我說：「弟媳呀，這是妳的兒子嗎？」

母親回答是。

「一般來說，」謀石小姐說，「我不喜歡男孩子。你好嗎，孩子？」

在這種受到刺激的情況下，我回答我非常好，希望她也是。但因為態度不夠尊敬，謀石小姐只對我說了三個字：「欠管教！」

她清楚說完這三個字後，就要求回房了。從那之後，那個房間對我來說就是讓人心生畏懼的地方，從來沒人見過裡頭的兩個黑箱打開或是解鎖過。房間裡頭（我趁她不在時曾偷看一、兩次）滿是數不清的小腳鐐跟鉚釘，謀石小姐著衣時會拿來當配件，通常令人生懼地排成一排，掛在鏡子上。

我推斷，她是要永遠住下來，不打算離開了。她隔天早上開始「幫忙」母親，整天不斷進進出出儲藏室，把東西擺到正確的地方，因此將原本的陳列搞得一團亂。我觀察到謀石小姐第一件值得一提的事，是她好像一直懷疑僕人們在背地裡藏了個男人在家裡。在這種幻想的影響下，她經常在最奇怪的時間裡潛入煤窖，經常將陰暗的櫥櫃打開後立刻關上，相信她已經抓到那個男子。

謀石小姐的手腳並不特別輕盈，唯獨在早起這點上，她活像隻雲雀。她會在大家都還在睡夢中時就起床（我至今仍深信她是在找那男人）。佩格蒂覺得她根本就是睜著一隻眼睡覺的，但我無法同意這點，因為我後來自己也試了一下，發現這是辦不到的。

她來後的第一個早晨，就在雞啼那刻起床搖鈴了。母親下樓準備做早餐和泡茶時，謀石小姐在她臉頰輕碰了一下（那是她最接近親吻的舉動），並說：「親愛的克萊拉，現在我來了，妳知道我是來幫妳解決所有麻煩的。妳實在太漂亮也太沒腦筋了……」母親臉紅地笑了出來，似乎不介意謀石小姐這麼說她。「所以妳的責任都該由我來承擔。如果妳能行行好，把家裡的鑰匙給我，親愛的，我之後會幫妳應付所有大大小小的事。」

從那時起，白天謀石小姐就將鑰匙放在她那小牢裡，晚上她會放在枕頭下。母親跟我從此以後就跟它們無緣了。

母親也不是沒有經過抗議就把權責交出去的。有天晚上，謀石小姐和她弟弟討論家裡的某些計畫，他也表達同意時，母親突然哭了起來，說希望他們也能徵詢她的意見。

「克萊拉！」謀石先生嚴厲地說。「克萊拉！妳真是太讓我驚訝了。」

「噢，你說驚訝是吧，愛德華！」母親哭喊。「你老是要我堅定，但換作是你，你一定也不會喜歡別人這樣對待你。」

就我的觀察，「堅定」是謀石先生和小姐兩人都有的重要特質。不過，當時如果有人問我的話，我可能會對這一點發表自己的淺見：我很清楚地認為這是專橫的另一種說法，是他們兩個人都共有的陰沉、傲慢、邪惡的性格。我想要說的是，他們的教條是這樣的：謀石先生很堅定，在他的世界裡沒有人可以比他更堅定，也沒有人可以絕對的堅定，大家都應該屈服於他的堅定，只有謀石小姐除外。**她**可以堅定，但只因為是親屬關係才如此，程度上要比他差一點，是附屬性質。而我母親則是另一個例外。**她**可以堅定，也必須如此，不過只能忍受他們的堅定，且必須堅定地相信世界上沒有其他的堅定了。

「這太難受了，」母親說。「在我自己家裡……」

「**我**自己家裡？」謀石先生重複道。「克萊拉！」

「我的意思是**我們**家裡，」母親支吾地說，顯然嚇到了。「我希望你能明白我的意思，愛德華。在自己家裡卻對家務事沒有發言權是很難受的事。在我們結婚前，我肯定也把這個家打理得很好，我有證據的，」母親哽咽地說。「你可以去問佩格蒂，在沒人干涉我的時候，我不是也把這個家管得很好嗎？」

「愛德華，」謀石小姐說，「別再說了。我明天就走。」

「珍・謀石，」她弟弟說，「安靜！我的個性妳清楚得很，怎麼還敢說出這種話？」

「我真的……」我可憐的母親繼續說，處境極為弱勢，眼淚直淌，「我沒有要任何人走的意思。如果有人要走，那我會非常痛苦、難受的。我要的不多，我也不是無理取鬧。我只想要偶爾能有人問我意見，也會很樂意回饋那些幫忙我的人。我還以為你之前很喜歡我有點不經世事和孩子氣，愛德華，我很肯定你也這麼說過，但現在你似乎因為這點而恨我，你真是太嚴厲了。」

「愛德華，」謀石小姐又說，「別再說了，我明天就走。」

「珍・謀石，」謀石先生震怒，「妳給我安靜！妳好大的膽子！」

謀石小姐像劫獄似的從提包裡拿出手帕，輕壓眼瞼。

「克萊拉，」他繼續看著我母親說，「妳真是讓我太意外了！讓我太震驚了！對，娶一個不經世事、天真爛漫的女人曾讓我感到滿足，改變她的個性，替她注入一些堅定和決心是必要的。但當珍．謀石好心地來幫我達到這個目的，為了我，負起類似管家的責任，卻有人忘恩負義……」

「噢，拜託，拜託，愛德華，」母親哭喊，「別指控我忘恩負義。我相信我不是忘恩負義的人，從沒有人這樣說過我。我有很多缺點沒錯，但我絕對不是忘恩負義的人。喔，別這樣，親愛的！」

「像我剛才說的，當珍．謀石的好意……」等母親安靜後，他繼續說，「被人辜負的時候，我之前對妳的感情就冷淡、改變了。」

「別這樣，親愛的，別這麼說！」母親苦苦哀求道。「噢，別這樣，愛德華！我不忍心聽到這句話。不管怎樣我都是個重感情的人，我自己知道我是很重感情的。我就是很確定這一點才敢這樣說。你可以去問佩格蒂，我相信她一定也會告訴你，我是很重感情的。」

「軟弱就是軟弱，克萊拉，」謀石先生回答。「我可一點也不受影響，妳就別白費口舌了。」

「拜託，我們和好吧，」母親說。「我不能在這樣的冷漠與刻薄中生活。我真的很抱歉，我有很多缺點，這我知道。愛德華，你意志堅定地想替我改正缺點，真是太好了。珍，一切就照妳的意思，我都不反對。要是妳離開，我會很傷心的……」母親激動不已，無法繼續說下去。

「珍．謀石，」謀石先生對他姊姊說，「我想我們倆這樣惡言相向，是少有的。今晚發生這麼突如其來的狀況，並不是我的錯。我是受人牽連才會說那些話。這也不是妳的錯，妳也是受人牽連，讓我們試著忘記吧。而且因為……」在這麼寬宏大量的話之後，他補充道，「這場面不適合小孩子。大衛，上床睡覺！」

我滿眼是淚，連房門都差點看不到。我替母親所受的苦痛感到難過，但還是摸索著走了出去，沿路摸黑回到房間，也無心去向佩格蒂道晚安或是找她拿蠟燭。大概一個小時過後，當佩格蒂上樓看我時，叫醒我說母親因身體不適已經就寢，只剩謀石姊弟獨自坐在客廳裡。

隔天，我比平常還早下樓。一聽見母親的聲音，我便在客廳外停下腳步。她非常殷切、卑微地乞求謀石小姐的原諒。她是原諒了母親，她們倆完美地和解。之後我從沒聽過母親對任何事表達意見，除非先問過謀石小姐，或是先確認過謀石小姐的意見。每當謀石小姐大發脾氣（在這一點上她就很不堅定了），把手伸向提袋，作勢要將鑰匙還給母親後離去時，我總看到母親萬分驚嚇的樣子。

謀石一家血統中的晦暗汙點，也讓他們家的宗教信仰變得黑暗，既陰沉又嚴苛。我想過，既然這種個性是謀石先生堅定之下的必然結果，只要讓他找到藉口，就絕不允許任何人免於最嚴厲的處罰。就算如此，我也清楚記得以前上教堂時，他們的可怕面容以及教堂裡改變了的氣氛。

再一次，可怕的禮拜日又來了。我就像俘虜被帶去判刑似的，第一個被趕進那排老座位。

再一次，謀石小姐身穿看似用棺罩做成的黑色絲絨禮服，緊跟著我坐進來。之後是母親，再來是她的丈夫。跟以往不同的是，佩格蒂不再跟我們一起上教堂了。

再一次，我聽著謀石小姐沉吟著回應牧師的祈禱文，用殘酷的語氣強調著可怕的每一字句。

再一次，我眼前浮現她說「可悲的罪人」時，那雙黑眼環顧教堂，好像在咒罵所有會眾。

再一次，我捕捉到坐在兩人中間的母親偶爾投來的目光，膽怯地移動雙唇，耳朵兩旁分別響著謀石姊弟兩人如悶雷似的咕噥聲。

再一次，我突然害怕起來，心想會不會我們善良的老牧師是錯的，而謀石姊弟才是對的，天堂所有天使都是毀滅的天使。

再一次，如果我手指或臉部肌膚有任何動靜，謀石小姐就會用她的禱告書戳我，戳到我的肋骨痛得不得了。

沒錯，再一次，在我們回家的路上，我注意到有些鄰居看著我們母子倆，竊竊私語。

再一次，他們三個人手勾手走在前方，我則是自己在後頭遊蕩。我跟著一些鄰居的目光，思考母親的步伐是否不如以前輕巧，她的美貌快樂是否幾乎都被擔憂占去。

再一次，我不知道是否有鄰居跟我一樣清楚記得，她和我兩個人以前是怎麼一起走回家的。

在那些令人沮喪難過的日子裡，我傻傻地想著這些事。有時我會聽到他們討論讓我去讀寄宿學校的事。這是謀石姊弟提出的，母親當然也同意他們的看法，不過這件事尚無定論。現在我就在家自學。我怎麼可能忘記那些上課的時光啊！雖然名義上是母親教我，但是謀石先生和他姊姊總是在場，認為這正是教導母親所謂「堅定」的大好機會，不堅定正是我們母子倆人生的禍根。我相信他們將我留在家就是為了這理由。

我一直都喜歡學習，之前與母親相依為命時也很樂意學，我依稀記得在她膝上學習字母的情景。至今，當我看到啟蒙書上肥肥黑黑的字母，那種令人困惑的新奇模樣，還有看起來很好相處的O、Q和S，彷彿就跟以前一樣活生生出現在我眼前。我既不厭惡學習，也不覺得勉強，相反地，學習就好像我沿著花叢小徑散步似的，走到鱷魚書那裡，母親在一旁用溫柔的聲音和態度鼓勵我。但現在的課程嚴肅又正經，我始終記得，這對我平靜的生活是多致命的打擊，是難以忍受的日常苦難。課程又長、又多、又難，有一些對我來說根本晦澀難懂。我經常被這些內容弄得暈頭轉向，我相信可憐的母親也一樣。

讓我回憶以前的時光，重現某天早晨的情況吧。

早餐之後，我帶著課本、習作和小黑板走進小客廳。母親已經在寫字桌前等我了，但更加迫不及待的是坐在窗邊安樂椅上的謀石先生（不過他假裝在看書），以及坐在母親一旁串著鋼珠鏈的謀石小姐。一看到他們兩個人，我深受影響，開始感覺之前死命記住的單字統統溜走了，跑到我不曉得的地方。話說回來，我還真是好奇它們都跑哪去了？

我將第一本書交給母親。好像是文法書吧，也有可能是歷史或地理。總之在把書交到她手上前，我還死命看了課本最後一眼，然後趁記憶猶新開始快速背出口。有個字我卡住了，謀石小姐立刻抬起頭。又有一個字卡住了，謀石小姐再次抬起頭。

我臉色通紅，又卡了六、七個字，然後停了下來。如果母親膽子大，我想她是會把書還給我看的，但她不敢，只輕聲說道：「噢，戴維，戴維！」

「好了，克萊拉，」謀石先生說。「對那孩子要堅定，別說什麼『噢，戴維，戴維！』真是幼稚。他要嘛背得出來，要嘛就是背不出來。」

「他背不出來。」謀石小姐惡劣地插嘴。

「恐怕他是真的不會。」母親說。

「那麼，克萊拉，」謀石小姐回答，「妳就應該把書還給他，讓他背熟。」

「是的，當然，」母親說。「我是打算這麼做的，親愛的珍。好了，戴維，再試一次，別再這麼笨囉。」

這句話的前半段我照做了，但後半段做得不是很成功，因為我真的非常笨。這一次，都還沒背到剛才停下的地方就打結了，連原本背對的地方都背錯。我停下來想，但想的完全不是課本的事，而是謀石小姐帽子的網紗有多少碼，謀石先生睡袍的價錢，或者其他跟我無關、我也不想有牽扯的荒唐問題。謀石先生不耐煩地動了一下，這我老早就料到了。謀石小姐也做了一樣的動作。母親順從地看了他們，把書闔上，放到待完成的那堆，等我其他功課都做完再回來做。

待完成的那堆書很快就疊高了，滾得像雪球一般，滾得越大，我就越笨。這情況實在沒救了，我覺得自己像是深陷荒唐的沼澤，放棄了所有能掙脫的希望，把自己完全交給命運。我越錯越多，母親和我只能絕望地面面相覷，陷入一片愁雲慘霧。

但這些悲慘的課程中，最痛苦的是母親以為沒人在看她，會偷偷用嘴形提示我，這時在一旁伺機等待的謀石小姐會用很低沉的聲音警告：

「克萊拉！」

母親嚇了一跳，滿臉通紅，怯懦地微笑。謀石先生從椅子上起身，把書本拿起來往我身上丟，或是拿來打我耳朵，接著一把抓住我肩膀，把我帶出房間。

就算課程終於結束，最糟糕的還在後頭——可怕的加法。這是特別為我發明的，由謀石先生口述出題，他開始道：「如果我走進起司店，以每塊四便士半的價格買五千塊加倍格洛斯特起司，用現金付款……」這時我看見謀石小姐暗自竊喜。我認真思考起司的問題到腦子都要穿孔了，直到午餐時間還是算不出來。因為石板上的灰塵撲進毛細孔裡，這時候的我活像個混血兒一樣。他們給我一塊麵包來幫我思考起司的問題，整個晚上他們都認為我實在丟人現眼。

事隔多年回想起來，我那時上的課都是如此折磨。要是沒有謀石姊弟倆，我應該是可以學得非常好的，但他們對我的影響宛如兩條蛇盯著一隻可憐的小小鳥。就算我早上勉強過關，也只有一頓午餐可吃，沒有任何獎勵。謀石小姐老是看不慣我沒有功課做，如果我稍有疏忽，露出一絲無所事事的樣子，她就會故意引起她弟弟的注意說：「克萊拉，親愛的，沒有比勤做功課更重要的了，給妳那小子一點作業吧。」此話一出，我當場就有新的功課得做。至於跟同齡孩童玩耍，我幾乎沒有機會。因為謀石姊弟的陰鬱理論認為孩童全是一窩小毒蛇（雖然真有個小孩站在耶穌的門徒中）[17]，而且深信他們會互相感染毒邪。

我估計這種待遇大概持續了半年多，意圖自然是想讓我變得乖戾、陰沉又固執，與母親日漸疏離，也讓我更快達到他們的目的。要不是因為某一件事，我相信我應該會變成白癡。

事情是這樣的，我父親在樓上小房間裡留了少量藏書，就在我房間隔壁，我可以拿來閱讀，家裡其他人也不管。從那間神聖的小房間裡，《藍登傳》、《匹克歷險記》、《漢弗雷·克林可遊記》、《湯姆·瓊斯》、《維克菲德的牧師》、《唐吉訶德》、《吉爾·布拉斯歷險記》和《魯賓遜漂流記》的主角會從書裡一躍而出。這些英雄人物與我為伴，讓我的幻想變得栩栩如生，也讓我對於處境以外的地方存有希望——除了這些角色，還有《一千零一夜》和《精靈傳奇》——而且對我毫無壞處。就算故事中有什麼負面影響，**我**一點也不曉得，所以對我並無害處可言。

現在想起來我感到很驚奇，我是怎麼在沉重的題目讓腦子穿孔跟無知之間，找到時間閱讀那些書的？我也很好奇在面對小麻煩（當時是大麻煩）時，我是怎麼藉由扮演我最愛的人物來安慰自己，然後把謀石姊弟當成壞人——我當時的確就是這麼做的。我曾有一週的時間，把自己當成湯姆·瓊斯（小時候還無害的湯姆·瓊斯），也曾整整一個月把自己幻想成是藍登，我真的以為我就是他。我對書架上好幾本關於航海和旅行的書特別感興趣，不過現在已經忘記書名了。我記得自己曾一連好幾天在家裡跑來跑去，用舊鞋楦中間的那條鐵桿當武器，化身英國皇家艦隊的某某艦長，在被野蠻人圍攻時，決心戰死也在所不惜。我會被人用拉丁文法書打耳朵而失去尊嚴，但堂堂的艦長絕對不會。艦長畢竟是艦長，是大英雄，不管世界上的語言文法是活是死都一樣。

書本是我長期以來唯一的慰藉。當我回想起來，腦海裡馬上浮現一個畫面。某個夏天傍晚，其他男孩在教堂墓園裡玩耍時，我坐在床上拚命地看書。附近地區每一間穀倉、教堂的每一個石塊、教堂墓園的每一呎地，在我心裡都跟這些書有關，它們代表著書中著名的地點。我看過湯姆．派普斯爬上教堂尖塔；我瞧見史翠普揹著背包在小門旁停下來休息；我知道海軍將領楚尼恩和匹克先生[18]會面的地方，就在我們小村莊的小酒館裡。

讀者現在應該跟我一樣清楚，憶起那段童年往事的我是什麼樣子了，我就繼續說下去吧。

有天早上，我帶著書走進客廳時，發現母親看起來很慌張，謀石小姐則是一臉堅定，而謀石先生正將一個東西綁在一根柔軟輕巧的藤條下面。我一進門他就沒綁了，把藤條拿起來在空中揮舞。

「我跟妳說，克萊拉，」謀石先生說，「我自己也常挨打。」

「沒錯，的確是。」謀石小姐說。

「當然，親愛的珍，」母親溫順支吾地說，「但……但妳覺得那樣對愛德華有好處嗎？」

「妳覺得那樣對愛德華有壞處嗎，克萊拉？」謀石先生嚴厲地問道。

「這才是重點。」他姊姊說。

對此，母親回答：「當然，我親愛的珍。」然後就沒說話了。

我覺得他們討論的是我，便偷看了謀石先生，這時他正好跟我對到了眼。

17. 參見《聖經》馬太福音第十八章。
18. 以上皆為蘇格蘭作家托比亞斯．斯摩萊特（Tobias George Smollett）筆下人物。史翠普為《藍登傳》（*Roderick Random*，一七四八）中的人物。湯姆．派普斯、楚尼恩、匹克先生為《匹克歷險記》（*Peregrine Pickle*，一七五一）中的人物。

「現在，大衛，」他說。我又看到了那個斜眼。「你今天一定要比平常更小心。」他又拿起藤條在空中揮了一下，準備好之後把它放在旁邊，擺起嚴肅的臉孔，拿起了書。

這樣的開場立刻讓我驚慌失措。我感覺到之前背好的字溜走了，不是一個個溜走，也不是一行行跑走，而是整頁的字都不見蹤影。我試著想抓住它們，要我打比方的話，它們就好像穿了溜冰鞋飛快溜走，攔也攔不住。

一開始情況就很糟，接下來更每況愈下。我進客廳時深信自己準備萬全，還打算好好表現，結果證明我大錯特錯。背不出來的書一本本地疊了起來，謀石小姐從頭到尾都一直非常注意我們。等到我們終於算到五千塊起司時（我記得他那天用藤條舉例），母親忍不住哭了起來。

「克萊拉！」謀石小姐用警告的語氣說道。

「我覺得不太舒服，親愛的珍。」母親說。

我看到謀石先生對他姊姊嚴肅地眨了眼，起身拿起藤條說：「唉，珍，我們不能指望克萊拉承受今天大衛帶給她的擔憂和折磨，就算她十分堅定也一樣，否則我們就太不近人情了。克萊拉已經大有進步，堅定很多了，但我們也不能因此就要求她太多。大衛，小子，我們兩個上樓去。」

他帶我走出門時，母親跑向我們，謀石小姐一邊說：「克萊拉！妳是個天大的傻子嗎？」一邊攔住了她。我看見母親摀住耳朵，並聽見她大哭。

他緩慢陰沉地帶我上樓到我的房間，我敢說他對於這場行刑的遊行感到非常興奮。等我們走到門口，他突然扭著我的頭，夾到他的手臂下。

「謀石先生！先生！」我哭喊道。「別這樣！拜託不要打我！我很努力學了，先生，但你和謀石小姐在的時候，我就是學不進去。我真的沒辦法！」

「你真的沒辦法嗎，大衛？」他說。「我們來試試看就知道。」

他用力夾住我的頭，但我不知怎麼地繞著他轉圈，擋了他一會兒，求他不要打我。我也只擋了他一下子，緊接著他用力地打我，就在那時候，他抓住我的那隻手在我齒間，我就一口給它咬下去了。現在想起來還是讓我恨得牙癢癢的。

他打了我，好像非把我打死不可。其他人聽見我們倆發出的聲音，大喊著跑上樓。我聽見母親的泣聲，還有佩格蒂。然後他離開了，門從外面鎖上。我躺在地上，渾身發熱發燙，覺得身心力竭，大發小孩子脾氣。

我至今仍清楚記得，當我冷靜下來時，整棟房子似乎充溢著一種非常不自然的靜謐。我清楚記得，當我的疼痛和怒火消退時，我開始覺得自己壞透了。

我在那裡靜靜聆聽了好長一陣子，但一點聲音也沒有。我從地上爬起來，在鏡子裡看見我的臉，多麼腫脹，多麼赤紅，多麼醜陋，我差點嚇到自己。一條條被鞭打的地方又痠又硬，我每動一下都會讓我痛到喊出聲。但這些都比不上重重壓在我心頭的愧疚感。我敢說，就算我是個惡名昭彰的壞蛋，也不會感到如此慚愧。

天色漸漸昏暗，我將窗戶關上。（大部分時間我都將頭靠在窗台上躺著，一會兒哭泣，一會兒打盹，無精打采地看著外頭。）我聽見鑰匙轉動的聲音，謀石小姐拿著一些麵包、肉和牛奶進來。她一言不發地將食物放在桌上，用堪稱模範的堅定態度盯著我看了一眼後離去，將門鎖上。

入夜之後許久，我還坐在那心想是否會有其他人來。直到明白這似乎不可能發生後，才更衣上床睡覺。躺在床上時，我開始擔心自己會被如何處置。這是犯罪行為，而我會被判刑嗎？還是會被關到拘留所，然後送進監獄？我有沒有被吊死的危險？

我永遠也忘不了隔天醒來的心情。

一開始欣喜且精神奕奕，接著瞬間憶起的沮喪往事又重壓在心頭。我還沒下床，謀石小姐就出現了。她說了很多，告訴我可以去花園散步，頂多半小時，不許超過。然後就離開，門沒有帶上，讓我能夠進行獲得允許的事項。

我去散步了。我被關禁閉的每天早上都去散步，總共五天的時間。如果我可以單獨見母親，一定會跪下來請求她原諒，但整段期間我誰也沒看見，當然是除了謀石小姐以外；除了傍晚在客廳的禱告時間，等到大家都就定位後，謀石小姐才押著我，讓我像個小逃犯一樣獨自站在門邊，在其他人還沒從祈禱姿勢站起來之前，我的獄卒就將我押回房間。我只注意到母親待在離我最遠的地方，總是把臉別向另一邊，所以我沒看到她的表情。還有謀石先生的手裹了很大一塊亞麻布。

這五天有多長，我實在說不出來。在我記憶中是度日如年。我仔細聆聽屋裡所有的聲音：門鈴聲、開門聲、關門聲、嗡嗡的說話聲、樓梯上的腳步聲，還有外頭的談笑聲、口哨聲、歌唱聲，這一切在我孤單和蒙受恥辱的時刻顯得格外悲慘。時間的步伐難以捉摸，尤其是晚上的時候。我會醒來以為是早上，結果卻發現全家人都還沒上床睡覺，漫漫長夜才正要到來。

我作的都是可怕的噩夢，白天、中午、下午、晚上交互輪替。當其他男孩在教堂墓園玩耍時，我從遠處的房間裡看著他們，覺得很丟臉，不敢靠近窗邊，怕他們會知道我是個囚犯。聽不見自己說話聲的奇怪感受；吃吃喝喝時，類似快樂的感受瞬間即逝；某天傍晚下了雨，帶來清新的味道，後來雨水在我與教堂間下得越來越急，直到涔涔的大雨和夜色彷彿要將我淹沒在陰暗、恐懼與悔恨之中。這一切都讓我感覺度日如年，既清晰又強烈地深刻印在我的記憶裡。被囚禁的最後一晚，我聽見有人輕聲喊我的名字。我從床上跳了下來，雙臂伸向黑暗中說：

「是妳嗎，佩格蒂？」

那個人沒有立刻回答我，但我聽到自己的名字又被叫了一遍，那聲音非常神祕可怕，如果我沒意識到聲音是從鑰匙孔傳過來的，我還真以為自己瘋了。

我摸黑走到門邊，將嘴貼近鑰匙孔，輕聲說：「是妳嗎，親愛的佩格蒂？」

「對，我的小寶貝戴維，」她回答。「聲音要跟老鼠一樣小，不然貓咪會聽見。」

我知道她指的是謀石小姐，也理解現在處境險惡，因為她的房間就在附近。

「媽媽還好嗎，親愛的佩格蒂？她很生我的氣嗎？」

我可以聽見佩格蒂在鑰匙孔另一端輕聲哭泣，因為我在這端也是。之後她回答：「不，她沒有很生氣。」

「他們會怎麼處置我，親愛的佩格蒂？妳知道嗎？」

「他們要送你去上學，在倫敦附近。」佩格蒂回答。我忘記把嘴從鑰匙孔移開，換成耳朵貼上去，所以她第一次說的時候，話直接進了我的喉嚨，搔得我癢癢的，一個字也沒有聽見，還得請她再重複一次。

「什麼時候，佩格蒂？」

「明天。」

「所以謀石小姐才會來收走我的衣服嗎？」我之前忘記提這件事了。

「沒錯，」佩格蒂說，「裝箱了。」

「我會見到媽媽嗎？」

「會的，」佩格蒂說，「明天早上。」

佩格蒂將嘴靠近鑰匙孔。我敢說，她接下來所說的絕對是鑰匙孔成為溝通媒介以來，所傳達過最真摯又感動的話。每一短句都是斷斷續續從鑰匙孔蹦進來的。

「親愛的戴維，最近這陣子……如果我不像以前那樣跟你那麼親暱，並不是因為我不愛你了。我比之前更愛你啊，可愛的小寶貝。這是因為我覺得這樣對你比較好，對另一個人也比較好。戴維，親愛的，你有在聽嗎？你有聽到嗎？」

「噫……噫……有，佩格蒂！」我哽咽道。

「我的心肝！」佩格蒂說，語中充滿無限同情。「我想說的……是……你千萬不能忘記我，我永遠都不會忘記你的。我會好好照顧你媽媽，戴維。就像我好好照顧你一樣。我也不會離她而去。如果我們分離那天真的到來，她會欣慰地將她可憐的小腦袋……放在愚蠢又愛生氣的佩格蒂懷中而去。我也會寫信給你，親愛的，雖然我不是很會寫……還有，我會……」因為無法親吻我，佩格蒂親了鑰匙孔。

「謝謝妳，親愛的佩格蒂！」我說。「噢，謝謝妳！謝謝妳！妳可以答應我一件事嗎，佩格蒂？妳能否幫我寫信給佩格蒂先生和小艾蜜莉，還有格米奇太太和漢姆，說我並沒有他們想的那麼壞，並且送上我的愛——特別是小艾蜜莉。我可以麻煩妳嗎，佩格蒂？」

這個善良人答應了，我們倆都熱情地親吻著鑰匙孔——我記得還把它當作她真誠的面孔一樣用手摸摸它——然後道別。那晚起，我心中對佩格蒂升起了一種還不太能夠正確定義的感受。她並沒有取代我母親，這沒有人可以做得到，但她走進我內心空虛之處，然後關在裡面。我對她的感情是我從未對任何人有過的；我對她的愛也算是種滿有趣的感情。如果她早早過世，我無法想像自己會做出什麼事，或是不知道自己如何面對這種悲劇。

隔日早上，謀石小姐如往常一般出現，告訴我要去上學了——這對我來說已經不是新聞。她要我更衣之後，到樓下客廳吃早餐。在那裡，我見到母親一臉蒼白，雙眼泛紅。我馬上跑進她懷裡，求她原諒我那受苦的心靈。

「噢，戴維！」她說。「你竟然傷害我心愛的人！試著當更好的人吧，我祈禱你會變得更好！我原諒你，但我也很難過，戴維，因為你心裡竟然有這麼壞的一面。」

他們已經說服她我是個壞孩子，她對這，比對我的離去還要遺憾。我覺得很難受，雖然想好好地吃這頓離別早餐，眼淚卻不斷掉落在麵包跟奶油上，還滴進我的茶裡。我偶爾看見母親在看我，然後又瞄向虎視眈眈的謀石小姐，接著低下頭或看別的地方。

「考柏菲爾德少爺的行李在這裡！」聽見馬車抵達大門時，謀石小姐說。

我找了一下佩格蒂，但不見她的人影。她和謀石先生都沒有出現。我之前結識的車夫來到門前，把行李搬進他的車裡。

「克萊拉！」謀石小姐用警告的語氣說。

「準備好了，我親愛的珍，」母親回答。「再見，戴維。送你離家是為了你好。再見，我的孩子。你放假會回家的，到時候要變成乖小孩。」

「克萊拉！」謀石小姐再叫了一次。

「當然，我親愛的珍，」母親抱著我回答。「我原諒你，我親愛的孩子。願上帝保佑你！」

「克萊拉！」謀石小姐又叫了一次。

謀石小姐總算好心地帶我走到馬車旁，並說她希望我好好悔改，以免走上敗亡之途。聽完我就上了車，懶惰的馬兒開始跑了。

第5章 逐出家門

我們大概走了半哩路，我的手帕就已經濕透了，這時馬車停了下來。我探出去看看為什麼停車，才驚訝地看到佩格蒂從樹叢裡跑出來，爬上馬車。她將我擁入懷中，將我整張臉擠向她的束腹，直到我的鼻子疼痛到不行，不過當時我並不覺得，是之後我感覺鼻子變柔軟才發現的。

佩格蒂一個字都沒說。她一手放開我，伸到口袋裡拿出一些裝著蛋糕的紙袋，塞進我口袋，並將一個錢包放到我手上，仍然一言不語。再一次，也是最後一次用兩手將我擠向她，就下車跑走了。我一直都認為當時她衣服上的鈕扣肯定一顆都不剩了。我從地上滾來滾去的鈕扣裡撿起一顆，當成紀念品珍藏了很久。

車夫看了我，似乎想問她是否要回來。我搖頭，並說應該不會。「那走吧。」車夫對著懶惰的馬兒說，牠們也聽話地開始跑。

這時候的我早已哭得不像話了，開始想再哭也沒有用，尤其在這個令人難過的情況下，我不記得讀到藍登或英國皇家艦隊的隊長流淚過。車夫看到我下定決心不哭了，就建議我把手帕鋪在馬背上晾乾。我謝了他並同意這麼做。這時的手帕看起來特別小。

我現在有空好好端詳佩格蒂剛給我的錢包了。這是個硬挺的皮革錢包，上面有轉釦，裡頭有亮晶晶的三先令，顯然是佩格蒂特地拋光擦亮過的，要讓我高興。但裡頭最寶貴的東西是疊起來的兩個半克朗，用一張紙包著，上頭是母親的字跡：給戴維，送上我的愛。我實在是感動得不得了，便問車夫能否好心地把手帕遞給我，但他說還是別拿對我比較好。我真心覺得也是，就用袖子擦了擦眼淚，不哭了。

我是真的沒哭了，但剛剛哭得很厲害的結果，就是我偶爾還是會突然抽噎起來。我們再走了一段時間後，我問車夫他是否要直達目的地。

「直達哪裡？」車夫問。

「那裡。」我說。

「那裡是哪裡？」車夫再問。

「倫敦附近。」我說。

「呼，馬兒啊，」車夫拉起韁繩指向馬匹，「跑到半路大概就死得比豬肉還僵透了。」

「那你只會到雅茅斯嗎？」我問。

「差不多，」車夫說。「到那裡之後，我會帶你去驛馬車站，之後他們就會帶你到……看你是要去哪。」

對這位車夫來說（他姓巴基斯），這些話算是很多了——就像我在前一章說的，他很沉默寡言——為了表示禮貌，我拿了塊蛋糕給他吃。他一口就吞下肚，那張大臉毫無表情，跟大象沒兩樣。

「這是她做的嗎？」巴基斯先生說。他總是無精打采地向前傾，腳踩在馬車踏板，手臂分別放在膝蓋上。

「你是說佩格蒂嗎，先生？」

「啊！」巴基斯先生說。「就是她。」

「對，我們家所有的糕點都是她做的，她也負責所有餐點。」

「是嘛！」巴基斯先生說。他做出要吹口哨的樣子，但並沒有吹出聲。

他坐在那看著馬匹的耳朵，好像看到了什麼新東西一樣。就這樣坐了一段時間。之後他說：「沒有甜心吧，我想？」

「你說甜杏嗎，巴基斯先生？」我以為他是要別的東西吃，便直接聯想到食物。

「心，」巴基斯先生說。「甜心，她身邊有沒有人陪？」

「陪佩格蒂嗎？」

「噢！」他說。「就是她。」

「噢，沒有。她從沒有過甜心。」

「她沒有是嘛！」巴基斯先生說。他再次做出要吹口哨的樣子，但一樣並沒有吹出聲，只是坐在那看著馬耳朵。

「所以所有的蘋果派……」思考了很久之後，巴基斯先生說，「都是**她**做的，所有的飯菜也是她煮的，是嗎？」

我回答說的確如此。

「嗯，那好，」巴基斯先生說，「你應該會寫信給她吧？」

「我一定會寫信給她的。」我再回答。

「啊！」他說，並緩慢地朝我這邊看過來。「好！你寫信給她的時候，或許可以記得寫說巴基斯願意，可以嗎？」

「巴基斯願意，」我天真地重複道。「就這樣嗎？」

「對……」他想了一下說。「沒錯，巴基斯願意。」

「但你明天就會再回到布朗德史東了呀，巴基斯先生，」我說。想到我離家遠得很，稍微遲疑了一下說：「你自己告訴她不是比較好嗎？」

他駁回了這項提議，不過頭側了一邊，再一次非常嚴肅地確認他之前的要求說：「巴基斯願意。就這樣說。」我立刻著手轉達他的訊息。那天下午我在雅茅斯一間旅館裡等待馬車時，弄來了一張紙和墨水，開始寫信給佩格蒂，內容如下：親愛的佩格蒂，我平安抵達這裡了。巴基斯願意。請向媽媽轉達我的愛。大衛敬上。備註：他特別要妳知道——**巴基斯願意**。

我答應替巴基斯先生轉達這個訊息之後，他又變回原本一言不發的樣子。這幾天發生的事可把我累壞了，我躺在馬車裡的布袋上睡著了。一路上我都熟睡著，直到抵達雅茅斯才醒來。我們開進旅館的院子，我覺得這裡非常陌生，只好默默放棄想在這見到佩格蒂一家、甚至是小艾蜜莉的希望。

布置得金光閃閃的公共馬車停在院子裡，但還沒套上馬兒，看起來一點也不像準備好要去倫敦。巴基斯先生把我的行李放在院子人行道的柱子旁（他開進院子將馬車轉頭）。我思考著我的行李最後會變成什麼樣子，還有我最後會變成什麼樣子，這時候一位女士從弓形窗（旁邊還吊了一些家禽跟肉塊）探了出來說：

「你就是從布朗德史東來的小紳士嗎？」

「是的，女士。」我說。

「你叫什麼名字？」女士問道。

「考柏菲爾德，女士。」我說。

「這可不行，」女士回答。「沒有這個名字的客人預付過飯錢。」

「那謀石呢，女士？」我問。

「如果你姓謀石，」女士說，「那一開始幹嘛報別的名字？」

我向她解釋原因後，她就搖了鈴叫道：「威廉！帶他到咖啡室！」語畢，一位服務生從院子另一端的廚房跑出來帶路。當他發現是要替我帶路時，看起來非常驚訝。

這間長長的大房間裡掛了幾張大地圖。如果真的是外國地圖，而我被丟入其中一處外地，大概也不會比現在更感到陌生了。我拿著帽子，在最靠近門的椅子坐下，覺得這樣做有點失禮。服務生幫我鋪上桌巾，放了一組調味罐，我想當時我一定羞得滿臉通紅。

他拿了一些肉排和蔬菜給我時，粗粗魯魯掀蓋的舉動，害我以為我得罪他了。但他很快就讓我放心了，幫我在桌旁擺了張椅子客氣地說：「好了，一八〇的！請坐吧！」

我向他道謝後，在餐桌前坐下。我覺得刀叉使用起來太不靈活，還不小心把醬汁噴到身上。服務生站在我對面，死盯著我看，每次跟他對到眼時，我的臉總會紅得要命。他看著我開始吃第二塊肉排時說道：「你還有半品脫的麥酒，想現在喝嗎？」

我謝了他後說：「好的。」他隨即將麥酒從壺裡倒到大玻璃杯中，並拿到光線下，酒液看起來很漂亮。

「我的天哪！」他說。「看起來很好喝，對吧？」

「的確看起來很好喝。」我微笑著回答。我看到他開心也覺得滿高興的。他是個眼睛閃爍、滿臉痘痘、頭髮高豎的男子。他單手叉腰站著，另一隻手高舉著杯子，看起來很友善。

「昨天有個紳士來到這裡，」他說，「滿強壯的紳士，名叫塔普索爾，或許你聽過他？」

「沒有，」我說，「我不認為……」

「他穿馬褲，裹綁腿，戴寬帽，穿灰外套，花紋領巾。」服務生說。

▍好心的服務生與我

「不，」我害羞地說，「我無緣……」

「他進到這裡，」服務生說，在光線下檢視酒杯，「點了一杯同樣的麥酒——本來我是建議他別點的——一喝就掛了。這酒對他來說太陳了，我不應該這麼下定論，但這是事實。」

我聽到這個慘劇之後覺得好震驚，並說我最好還是喝水就好。

「不過你知道嗎？」服務生繼續在光線下檢視酒杯，「我們這裡的人不喜歡有人點了東西沒吃完，這對他們來說是種冒犯。但如果你想的話，我可以幫你喝掉。我已經習慣了，而習慣成自然。如果我仰頭趕快一口喝掉的話，我不覺得會對我有害。要嗎？」

我回應如果他願意喝掉，我會非常感激，前提是他覺得這樣做是安全的，倘若覺得有任何危險，那就別這麼做。他也真的仰頭把酒一口喝掉。我承認我萬分恐懼，怕他跟悲慘的塔普索爾先生一樣的命運，一命嗚呼在地板上。但麥酒對他無害，相反地，我覺得他喝完更加精神奕奕。

「還有什麼東西呢？」他把叉子伸進我的盤裡。「這該不會是排骨吧？」

「是排骨沒錯。」我說。

「上帝保佑我呀！」他驚呼道。「我剛剛不知道是排骨哪。怎麼說呢，排骨正是解酒的好東西！我這不是太幸運了嗎？」

所以他一手抓了排骨，另一手拿了馬鈴薯，胃口大開地吃了起來，這讓我感到極為滿意。吃完，他再拿了一塊排骨和一顆馬鈴薯；然後又拿起另一塊排骨和馬鈴薯。我們都吃完後，他去拿了甜點，放在我面前，接著似乎沉思了起來，有點心不在焉的樣子。

「派好吃嗎？」他回過神說。

「這是布丁。」我回答。

「是布丁啊！」他驚呼道。「呀，上天保佑我，真的是耶！什麼？」他湊近了一點看，「這該不會是約克郡布丁吧！」

「是的，沒錯。」

「哎呀，原來是約克郡布丁！」他說，並拿起湯匙。「這是我最喜歡的布丁了！我可真幸運不是嗎？來吧，小朋友，我們來比賽看誰吃最多。」

服務生當然吃最多。他不止一次要我加把勁努力贏他，但我的茶匙對上他的湯匙，他的速度對上我的速度，他的胃口對上我的胃口，我從第一口開始就毫無贏過他的可能。我想我從來沒看過這麼享受布丁的人。

等到都吃光後，他大笑了，一副好滋味還留在嘴裡的樣子。看到他這麼友善、好相處，我就問他有沒有紙筆和墨水，我要寫信給佩格蒂。他不只立刻拿來給我，還很好心地看著我寫信。我完成時，他問我要去哪裡念書。

我說：「倫敦附近。」這也是我僅知的資訊。

「噢！我的天哪！」他說道，看起來很沮喪。「我真替你難過。」

「為什麼？」我問他。

「噢，老天爺啊！」他搖搖頭說道。「有個男孩就是在那間學校被打斷肋骨的——兩根肋骨呢。年紀很小，我想他應該……我看看……你大概幾歲啊？」

我回答八、九歲。

「他大概也是這年紀，」他說。「他八歲又六個月大的時候，他們打斷他第一根肋骨。八歲又八個月大的時候，他們打斷他第二根肋骨，然後他就掛點了。」

聽到這種巧合，不管是對我自己還是對服務生，都無法掩飾我不安的神情。我問服務生那男孩的肋骨是怎麼被打斷的。他的回答並沒帶給我安慰，因為他說了三個令人驚恐不已的字：「鞭打的。」院子裡的馬車喇叭響得真是時候，我站起來，從口袋裡拿出錢包，讓我有點得意又有點不好意思，猶豫地問他還有什麼帳沒付清。

「這裡有張信紙，」他回答。「你有買信紙嗎？」

我不記得我買過。

「這很貴，」他說，「由於關稅的原因，要三便士銀幣，這就是我們國家所課的稅。除了小費之外就沒有別的了，墨水就不用了，算**我**的就好。」

「這怎麼可以……請問……我應該……付你多少……該給多少小費才對呀？」我結巴地問，滿臉通紅。

「如果我沒有子女要養，他們也沒有長牛痘，」服務生說，「那我是絕對不會收到六便士的。如果我家裡沒有個老人家和可愛的小妹要養……」說到這裡，服務生激動萬分，「那我是不會收下四分之一便士的。如果我有個好職位，在這裡的待遇也好，那我不但不會收你的錢，還會請你吃甜點呢。但我都靠著吃菜尾過日子，而且睡在煤堆裡。」說到這裡，服務生痛哭了起來。

我非常同情他的不幸遭遇，也覺得給少於九便士就太狠心無情了，因此我給了他光亮三先令的其中一個。他謙卑恭敬地收下，用拇指彈到空中，再立刻接住，辨識真假。

有人來扶我坐上馬車後座，我發現大家都以為我獨自吃光午餐，害我覺得很難堪。我之所以會發現，是因為無意間聽到弓形窗口的女士跟警衛說：「顧好那小孩，喬治，不然他會爆掉！」我也觀察到附近的女僕們跑出來，看著我，咯咯地笑我是小小大胃王。而我不幸的服務生朋友似乎已經打起精神，不但一點也沒受到這件事影響，反而跟著大家一起讚嘆連連，絲毫不覺得難為情。要是我對他曾起過任何疑心，我想多半是他的這種反應讓我起疑的。但我認為小孩子天性單純，容易相信別人，還有對大人會產生自然而然的信賴，所以整體來說，我當時對他沒有半點不信任。（如果有任何孩子提早改變了這種天性，變得世故，那我感到很遺憾。）

我無緣無故被當成車夫和警衛的笑柄，說馬車後頭太重，都是因為我坐在那的緣故，還說我去坐四輪運貨馬車比較合適。我必須承認，我覺得很難受。我胃口很大的事也在外面的乘客間傳開，他們同樣對此津津樂道，問我學費是否得多付一、兩倍，還是有沒有特別簽約，或是照一般規定入學等其他拿我尋開心的問題。但最糟糕的是，有機會再進餐的時候，我知道如果再吃的話會很丟臉，所以在一頓只吃了幾口的午餐後，我得挨餓一整晚——由於我太匆忙，把蛋糕忘在旅館裡。我害怕的事果然發生了。我們中途停下來吃晚餐時，我無法鼓起勇氣要任何食物，雖然我真的很想吃，卻只坐在壁爐邊，說我什麼都不想要。其他人並沒有因為我這麼做就停止開我玩笑。有位聲音沙啞、看起來經歷風霜的男子整路不停吃著便當盒裡的三明治，不吃的時候就喝水壺裡的酒，但他竟然說我很像大蟒蛇，飽餐一頓後就可以撐很久。之後他還拿出水煮牛肉，吃到臉上都泛紅了。

我們下午三點鐘從雅茅斯出發，預計隔天一早八點抵達倫敦。現在是仲夏季節，傍晚天氣很宜人。經過一個村莊時，我想像待在那些房子裡是什麼樣子，還有裡頭的人在幹嘛。幾個小男孩跟在馬車後面跑，還爬上來跟著顛簸了一段路，我心想他們的父親是否還健在，他們在家快不快樂。除了不斷想像目的地是什麼樣子以外，我還有太多事可想了——這是個很可怕的猜想。我記得，有時候我會想起家裡和佩格蒂，毫無頭緒地努力回想在咬謀石先生之前，我是什麼樣的心情、是什麼樣的孩子。但不管怎麼想，都想不出滿意的答案，因為咬他的事情似乎發生在遙遠的古代。

入夜後變涼了，不像傍晚那麼舒適。我被安置在兩位男士中間（經歷風霜的男子和另一位），以免我在馬車裡亂滾。他們睡著了，差點把我擠到窒息。有時候實在擠得太用力，讓我不得不大喊：「噢！拜託你們別擠了！」結果把他們吵醒了，讓他們很不高興。坐我對面的是一位身穿皮毛厚大衣的年邁女士，全身裹得很緊，在黑暗中看起來不像個人，反倒像個稻草堆。她手上有個籃子，很長一段時間，她不知道該拿那個籃子怎麼辦，後來她發現我腳短，東西放我腳下正好，這一放，擠得我好痛，感覺十分悲慘。而且只要我稍稍一動，籃子裡的玻璃杯就會撞到別的東西（這是當然的），這時她就會狠心地用腳踢我說：「拜託**你**別亂動。**你**的骨頭還嫩，肯定不會這麼坐不住吧！」

終於，太陽升起了，跟我同行的人好像睡得更安穩了。他們整夜瘋狂喘氣、打呼所造成的不安寧，我就不詳述了。太陽越升越高的時候，他們越睡越淺，一個接一個慢慢醒來。不過大家卻假裝自己一點也沒睡，只要有人說某人明明睡著了，那個人就會嚴正否認這項指控。我記得自己對這件事覺得不可思議。據我觀察，人類各式各樣的弱點中，唯一不變的就是大家絕對矢口否認自己在公共馬車上睡著過。我著實想不出為什麼，直到今天都還是對此感到訝異。

我從遠處望見倫敦，覺得它實在是個驚奇連連的地方。我相信我所有的英雄偶像不斷在這裡上演和重複他們的冒險，還有不知怎地認為比起世界上其他城市，倫敦有著更多的奇觀和罪惡。不過我當時的想像在這裡就不加以贅述。我們慢慢駛進倫敦，準時抵達目的地，也就是白教堂區的一間旅店。我忘記店名到底是藍牛還是藍豬，但我知道是叫藍什麼的，而且牠的樣子被畫在公共馬車後頭。

警衛下車時，目光落在我身上，然後他對著售票處問道：「這裡有個來自薩福克郡布朗德史東，姓謀石的年輕人，有人在等他嗎？」

沒人回答。

「拜託你，先生，試試看考柏菲爾德。」我說，一臉無助。

「這裡有個來自薩福克郡布朗德史東，姓謀石卻自稱考柏菲爾德的年輕人，有人要來接他嗎？」警衛說。「快點！有沒有人？」

不，沒有人。我焦急地看了四周，但旁人聽了完全沒有回應，只有一位裹著綁腿套、瞎了一隻眼的男人提議他們最好在我脖子上掛個銅圈，把我綁在馬廄裡。

有人拿來了梯子，我跟在那位很像稻草堆的女士身後下車。（在她的籃子被拿走前，我不敢亂動。）所有乘客都下車了，馬匹也在行李取下之前先被帶走，旅館的幾位馬夫將空馬車拖到一旁不擋路的地方。還是一樣沒有人出現，來接這個來自薩福克郡布朗德史東，灰頭土臉的年輕人。

我比魯賓遜還孤單，就算他形單影隻，至少沒有人看著他，沒人知道他孑然落寞。售票處的伙計請我進去，我走到櫃台後面，在行李磅秤上坐了下來。我坐在那裡看著包裹、行李、書籍，吸進馬棚的味道。（從此之後，只要聞到這種味道，我就會想起那天早上。）

這時，一連串恐怖至極的念頭湧進我的腦海中。要是沒有人來接我，他們會同意讓我滯留在這裡多久？他們會讓我留到把七先令花完嗎？我應該要跟其他行李一起，躺在其中一只木箱上睡覺，早上再用庭院的打水器盥洗嗎？還是我應該每天晚上都出去，等到白天售票處開門時，再回來等人接我？要是這並不是有人弄錯，而是謀石先生改變計畫要丟掉我，那我該怎麼辦？如果他們願意讓我留在這，直到我的七先令花完，我開始挨餓之後，就不能繼續待在那裡了。很顯然，這樣不只會替這家名叫藍什麼的旅店帶來困擾，勞煩人家替我付喪葬費用，更會對其他旅客帶來不便和困擾。如果我立刻動身走路回家，那我要怎麼找路？我有辦法走那麼遠的路嗎？如果真的回到家，那又怎麼能確定除了佩格蒂，其他人還要不要我呢？如果我到附近找有關單位，自願當軍人或是水手，他們可能會因為我太小而不收我。這些想法以及上百個類似想法，讓我既恐懼又驚慌，覺得渾身發燙，頭昏眼花。我昏到最高點時，有位男士進來小聲跟伙計說話，說完，伙計立刻將我從磅秤拉下來，推向那位男士，好像我已經過秤、售出、交貨和結帳了。

手牽著這位新朋友走出辦公室時，我悄悄地看了他。他是個面色蒼白、一臉憔悴的年輕人，雙頰深陷，下巴幾乎和謀石先生的一樣黝黑。但他們倆的相似之處僅止於此，因為他的鬍子都刮掉了，而且他的頭髮不油亮，是粗糙乾燥的。他穿著一身黑，有點褪色、補痕，袖子和褲管稍微短了一點，脖子繫著不是很白的白色領巾。我當時不認為（現在也不認為）那條領巾是他身上唯一的亞麻布料，應該還有其他襯衣的，不過他露出來或是讓人看得見的只有這樣。

「你就是那個新學生？」他說。

「是的，先生。」我說。

應該是吧，我不知道。

「我是撒冷學校的老師。」他說。

我向他鞠躬，覺得萬分敬畏。面對撒冷學校學識豐富的老師，我不好意思提起行李這種微不足道的物品，直到我們稍微走了一段距離後，我才厚顏地開口，低聲下氣地暗示或許我以後用得著，因此我們掉頭回旅店。老師告訴伙計，明天中午會吩咐腳夫來取我的行李。

「老師，請問一下，」當我們走到剛剛折返的路段時，我說，「學校會很遠嗎？」

「就在布萊克希思區[19]附近。」他說。

「那裡很遠嗎？」我膽怯地問。

「有一小段距離，」他說，「我們要搭馬車去，大概有六哩路。」

我感覺虛弱和疲累，光是想到還要撐上六哩實在太難熬。我鼓起勇氣告訴他，我整晚都沒有東西吃，並問他是否能讓我買點食物果腹，我會非常感激的。他似乎對此感到意外——現在我腦海裡就浮現出他當時停下來看我的樣子——想了一下後，他說想去拜訪一個住在附近的老婦人，最好的辦法是我可以在路上買些麵包，或是想吃什麼健康的東西都可以，然後到老婦人家用早餐，那裡也有牛奶可以喝。

於是我們探進麵包店的窗戶。我提議買下店內一樣樣不健康的食物，但他都否決了。最後我們決定買一小塊不錯的全麥麵包，花了我三便士。之後到雜貨店買了蛋和一片五花肉培根，我遞出第二個油亮的先令，找回的零錢很多，讓我覺得倫敦是個物價很便宜的地方。收好食物後，我們繼續經過吵鬧喧囂的地方，搞得我原本就疲累的腦子更加暈眩，難以言喻。我們又走過一座橋，肯定是倫敦橋。（我覺得老師的確說是倫敦橋，但我當時已經處於半睡半醒的狀態。）最後，我們來到窮人住的房子。我從外觀和大門石塊上的刻字得知，這是救濟院的一部分，裡面收容了二十五位窮苦婦女。

這棟房子每一戶都有一模一樣的小黑門，門的一邊和上方各有菱格狀的小窗，撒冷學校的老師拉起其中一個門閂後，我們走進一位可憐女士的小屋裡。她正在吹爐火讓小鍋子裡的水滾。看見老師進屋，老婦人停下來，把吹火風箱放在她的膝上，說了一些話，我聽起來像是「我的查理！」，但在看到我也進門後，她起身搓揉雙手，似乎是在行禮。

「可以的話，能否請妳幫這位年輕人做早餐？」撒冷學校的老師問道。

「可以的話？」老婦人說。「當然可以！」

19. 布萊克希思區（Blackheath）位於倫敦東南部。

「菲比森太太今天還好嗎？」老師問，看著壁爐旁大椅上的另一位老婦人。她就像一團衣服，我至今還因為沒有誤坐到她身上覺得很慶幸。

「啊，不好，」第一位老婦人說。「她今天的情況很糟。如果爐火因某個意外而熄滅，那我百分百相信她也會昏過去，就此長眠。」

他們看著她，我也跟著一起看。雖然今天滿溫暖的，但她似乎全心只想著爐火。我覺得她一定也很忌妒爐上的小鍋子，憎恨壁爐被迫拿去煮我的蛋、烤我的培根。我有理由相信這點，因為在煮食物的時候，我在不安中親眼看見她趁著沒人注意，拳頭朝我揮過來。陽光從小窗戶透進來，但她坐在大椅上，背對外頭擋住爐火，用極不信任的態度盯著，似乎努力維持爐火的熱度，而不是讓爐火來溫暖她。我的早餐煮好後，爐火空出來了，讓她開心地大笑起來——我得說，她的笑聲真是不堪入耳。

我坐下來享用我的全麥麵包、雞蛋和培根，旁邊還有一小盆牛奶，真是美味的一餐。我還在大快朵頤時，老婦人對老師說：「你有帶笛子來嗎？」

「有。」他回答。

「吹一下嘛，」老婦人哄著說，「吹啊！」

聽到她這麼說，老師將手伸進大衣下襬，拿出分解成三段的笛子，組合起來後開始吹奏。經過多年經驗的累積，我的感想是，世界上絕對沒有人可以把笛子吹得這麼難聽。不管是自然或人為的聲音，我從沒聽過比他所吹出更可怕的音樂了。我不知道他在吹哪首曲子——我很懷疑他表演的真是首曲子——但那笛聲對我倒是有一些影響。首先，他的吹奏聲讓我想起所有的傷心往事，讓我忍不住眼淚直流。接著，笛聲奪去了我的胃口。最後，我覺得特別想睡，眼睛都睜不開了。隨著鮮明的記憶湧現，我也開始闔起眼，點頭打盹。再一次地，我回到那個小客廳，角落有個三角櫃、幾張方背椅子、

樂聲為伴的早餐

通往樓上的轉角小樓梯，以及壁爐上擺放的三支孔雀羽毛——我記得剛進門時，還心想如果那隻孔雀知道牠的鮮豔華服面臨如此下場，不知道作何感想——這些都在我眼前消逝。我搖頭晃腦地睡著了。笛聲不見了，取而代之的是馬車的輪子聲，我又上路了。馬車顛簸了一下讓我驚醒，笛聲又回來了。撒冷學校的老師翹腳坐著，黯然地吹奏笛子，老婦人在一旁很高興的樣子。接著，輪到她消失了，之後他也消失，一切都消逝無蹤。然後就沒有笛子，沒有老師，沒有撒冷學校，沒有大衛．考柏菲爾德，什麼都沒有，只有沉睡。

我好像作夢了。我夢見老師吹奏淒涼的笛音時，老婦人心醉神迷地越走越近，到老師身後前傾，往他脖子熱情地擁抱，讓他停頓了一下子。不知道是在事情發生的當下，或是緊接著之後，我介於半夢半醒的狀態，當他又開始吹奏時（他停吹了一會兒是事實），我看見也聽見同一位老婦人問菲比森太太美不美妙（她是指笛聲）。菲比森太太回答：「對，對！很美！」然後對著爐火直點頭。我相信她將整段表演都歸功給爐火了。

我似乎已經打盹了很長一段時間後，撒冷學校的老師將笛子拆回三部分，收回剛剛的地方，帶我離開那裡。我們發現馬車就停在附近，便坐上了車頂的位置。可是因為我實在太想睡了，他們中途停下來接其他客人時，有人將我弄進車廂裡頭，那裡沒有其他乘客，所以我睡得很安穩，直到發現馬車緩慢地爬上綠蔭扶疏的陡坡。不一會兒，馬車停了下來，我們到達目的地了。

老師和我走了一小段路到達撒冷學校。校區四周有高牆圍起，看起來非常陰暗，正牆的大門上有塊牌子，寫著：**撒冷學校**。拉了門鈴後，只見柵欄另一邊有人在打量我們。開門後我才看清楚，這個人身材壯碩，脖子短粗，太陽穴凸出、頭髮剃得很短，裝著一隻木頭義肢。

「這位是新同學。」老師說道。

木腿男子從頭到腳打量了我——並沒有花很久的時間，畢竟我也沒多少東西可以看——然後將我們身後的大門鎖上，拔出鑰匙。我們往上走向校舍，兩旁盡是幽蔭的大樹。這時他叫住老師：「哈囉！」

我們回頭看，他就站在宿舍小屋的門口，手上拿著一雙靴子。

「這裡！補鞋匠來過了，」他說，「就在你外出的時候，梅爾先生。他說靴子沒辦法再修補了，還說原本的鞋料根本就連剩都不剩，你怎麼會覺得可以修得好。」

說完，他把靴子丟向梅爾先生，梅爾先生還得往回走幾步路去撿。我們繼續往前走的時候，我看他很難過地端詳著手上的鞋。這時我才第一次注意到他腳上穿的那雙靴子也很破爛，他的襪子也破了一個洞，有點像個花苞。

撒冷學校是間正方形的磚造建築，兩邊有廂房，外觀看來光禿禿，沒有什麼裝飾。校園裡寂靜無聲，我問梅爾先生說學生們是不是都出去了，但他似乎很驚訝我並不知道現在學校放假，所有的學生都回家了，校長克里克先生也和妻女到海邊度假去了。我在放假時被送來，是要處罰我之前做錯事。以上都是我們繼續走的時候，他告訴我的。

他帶我到一間教室，我看了一下，這是我見過最淒涼荒蕪的地方了。現在那裡的景物就浮現在我眼前：一間長教室有三長排的桌子，總共六橫排，四周牆面釘滿掛帽子和石板的木樁。舊課本和練習本的碎紙張丟在髒亂的地上；有些用同一種紙張做成的蠶寶寶小盒子散布在桌上；兩隻可憐的白老鼠被牠們的飼主丟下，在用紙板和纜線做成的霉臭城堡裡跑上跑下，用牠們紅通通的眼睛四處找東西吃；有隻鳥待在只比牠稍大一點的鳥籠裡，不時跳上兩吋高的棲木，之後又跌了下來，發出淒慘的嘎嘎聲，但牠既不唱歌也不啣叫。

教室裡有股不衛生的怪味，聞起來有點像發霉的燈芯絨褲子、放在不通風處的甜蘋果，以及發臭的書本。教室到處都是墨水濺灑的痕跡，就算房子建造時就沒有屋頂，天空一年四季降墨水雨、下墨水雪、落墨水冰雹、颳墨水風，也不可能像這裡一樣處處都是墨跡。

梅爾先生把無法修復的靴子拿上樓時，留我一個人在那。我躡手躡腳地走到教室前面，觀察到這一切。突然間，我看到桌子上有塊紙板掛牌，上頭的字跡很美，寫著：**小心，他會咬人。**

我趕快爬到桌上，害怕桌底有隻大狗。不過我焦急地四處亂看，就是沒見到狗兒的身影。我繼續探頭探腦地張望，這時梅爾先生回來了，問我爬到桌上幹什麼。

「不好意思，老師，」我說，「我在找那隻狗。」

「狗？」他說。「什麼狗？」

「不是有隻狗嗎，老師？」

「什麼有隻狗？」

「要小心會咬人的狗啊，老師。」

「不，考柏菲爾德，」他嚴肅地說。「那不是給狗的，是給一個小男孩的。考柏菲爾德，我接到的指示是，要把那牌子掛在你身上。很抱歉剛和你認識就得這樣做，但我愛莫能助。」說完，他帶我下來，把掛牌綁在我身上，為了這個目的，它被打造得非常平穩，就像背包一樣掛在我的雙肩。之後不管我去到哪，都得背著它。

那塊掛牌是怎麼折磨我的，沒有人可以想像。不管別人有沒有可能看見我，我總是會覺得有人在看，但轉過頭發現沒人的時候，還是不能放心，因為不管我背對哪邊，我老是覺得有人。那個木腿的殘忍男子更加劇了我的痛苦。他負責管我，只要看到我靠在樹上，或牆上，或房子上，他就會從他的小屋奪門而出，用驚人的音量喊道：「哈囉！這位先生！就是你，考柏菲爾德！把那塊牌子放在顯眼的地方，不然我就要跟上頭報告了！」

遊樂場是個空盪盪的礫石區域，就在教室和辦公室後方。我知道僕人都看到了，屠夫看到了，烘焙師也看到了。總而言之，每天早晨我奉命走去那裡時，所有來往學校的人都會看見這塊牌子，知道要小心我會咬人。我記得我真的開始害怕起自己，覺得自己真是個會咬人的野孩子。

學校操場有個舊門，同學們習慣在上面刻自己的名字，所以門上布滿了人名。我擔心假期結束時，同學返校後會對我的牌子有什麼反應，因此我每唸出一個同學的名字，就會想像**他**會用什麼樣的語調和重音來唸：「小心，他會咬人。」有個男孩叫做J.史帝福斯，他把名字刻得很深，也刻得很多。我老是覺得他會用強而有力的聲音報上自己的大名，並扯我的頭髮。還有另一個男孩叫做湯米・崔斗斯，我擔心他會開我玩笑，假裝非常怕我。還有第三個男孩喬治・丹普，我想像他會唱出我牌子上的字。我這麼一個畏畏縮縮的傢伙，從這扇門上想像這些名字的主人——當時學校共有五十四位同學，梅爾老師跟我說的——似乎都會贊成要排擠我，並用各自的語調大喊：「小心，他會咬人。」

看著教室的桌子和長椅，我心裡這樣想像；在我走到寢室，上床睡覺，瞥見一排排的空床時，心裡也是這樣想像。我記得那時每晚作夢，夢到和以前一樣與母親在一起，或是到佩格蒂先生家參加晚宴，或是到驛站外遊蕩，或是再次和我不幸的服務生朋友用餐。在這些所有的情境下，我都惹來其他人驚叫連連、不停注視，因為他們不幸地發現我身上除了小睡衫和那塊牌子以外，什麼也沒穿。

我的生活乏善可陳，也時時恐懼著開學那天的到來，這實在痛苦得難以忍受！我每天和梅爾老師學習，有很多作業要做。但這裡沒有謀石先生和小姐，所以功課都順利完成，我一點也沒出醜。在做功課前後，我會四處遊蕩——如我剛才所提，那個裝木腿的人一直監視著我。學校裡的潮濕、院子裡裂開石板裡的青苔、漏水的舊水桶、幽暗樹木的變色樹幹，好像雨天滴的水比其他樹木還多，而晴天蒸發的比其他樹木少——這些都歷歷在目！有天，梅爾老師和我一起在空盪盪的長形飯廳高處用餐。飯廳裡擺滿廉價的松木桌，和著一股油膩的氣味。梅爾老師會用藍色茶杯喝茶，我用錫壺喝，喝完後我們再做更多作業。一整天的時間，直到傍晚七、八點，梅爾老師會在教室裡一張獨立的書桌上，勤奮地提筆、沾墨、拿尺在帳簿和寫作紙上努力辦公，（我發現）他在算上半年的帳。晚上收工把東西收拾好後，他就拿出笛子開始吹，直到我差點覺得他要慢慢把他整個人吹進笛子上端的大孔裡，然後再從指孔中滲出來。

我眼前浮現出渺小的自己在昏暗房間裡，手抱頭坐著，聽著梅爾先生寂寞悲哀的演奏，想著明天的課程。我看到自己將書本闔上，依然聽著梅爾先生寂寞悲哀的演奏，聽著聽著，我想起昔日家裡的聲音，以及雅茅斯荒灘上的海風，頓時感到傷心又孤單；我看到自己走到空無一人的房間裡睡覺，坐在床沿，哭著等待佩格蒂一句安慰的話語；我看到自己早晨下樓，從樓梯窗戶上長長的可怕裂縫看到外頭屋舍掛的校鐘，上頭還有個風標，我擔心它會響起，把史帝福斯和其他同學召回來上課。但這還不是我最擔心的事。我最怕的莫過於木腿男子打開生鏽大門的鎖，讓可怕的克里克先生進來。在這些情境之中，我並不認為自己是危險人物，但是在所有的畫面中，我的背後都背著同一塊警告牌。

梅爾先生不曾跟我說過太多話，但對我也不凶。我想我們就是靜靜地陪伴彼此。我忘記說，他有時候會自言自語，還會咧嘴笑、握緊拳頭、磨牙，甚至莫名其妙地拉拉自己的頭髮。他這些奇怪的舉動起初把我嚇壞了，不過後來就習慣了。

第6章 交新朋友

這樣的日子過了一個月左右，木腿男子開始提桶水、拿著拖把，重重地踩來踩去。我推論是為了迎接克里克先生和其他男同學回來。

我猜得沒錯，在教室地板拖完後，他把梅爾先生和我趕出去，有幾天，我們能待哪裡就待哪裡，能怎樣度日就怎樣度日。這段期間我們一直擋到兩、三位年輕女子的路。她們之前很少出現。四處飛揚的灰塵讓我不斷地打噴嚏，彷彿撒冷學校是個巨大的鼻煙盒。

有一天，梅爾先生告訴我克里克先生那天晚上會返校。傍晚喝完茶，我聽到他回來了。睡前，木腿男子來帶我去見他。

克里克先生那邊的房子比我們的舒適很多，屋外還有個幽靜的小花園。跟我們塵土飛揚的操場相比，花園看起來真是令人心曠神怡。（操場就像個小型沙漠，我想除了單峰或雙峰駱駝，沒有人會覺得那裡舒適。）

我顫抖著走去見克里克先生，注意到那道走廊看起來比較舒適。對自己有這種想法，我覺得真是膽大包天，覺得很困窘不安，所以被帶進門時，完全沒注意到克里克太太和克里克小姐（她們倆也站在客廳裡），也沒留意到其他東西，只看見克里克先生一個人。他身材粗壯，身上掛著很多錶鏈和蠟封章，坐在扶手椅上，旁邊放了個水杯和水瓶。

「就是你啊！」克里克先生說。「就是這位小朋友的牙齒需要磨平是吧！把他轉過去。」

木腿男子將我轉過去，展示我背後的掛牌，讓他好好端詳一番後，又把我轉回來面對克里克先生，然後就站在他身旁。克里克先生的臉很凶狠，眼睛很小，好像都要凹進腦門了，額頭上有粗粗的血管，小鼻子，大下巴。他頭頂禿了，只剩下兩邊太陽穴幾綹開始變白的細髮，看起來濕濕的，交叉梳在前額上。但令我印象最深刻的，是他喉嚨沙啞，說話幾乎沒有聲音。正因如此，或者是他自覺說話有氣無力，總會很費力地說話，使得原本就氣惱的臉顯得怒不可遏，本來就很粗的血管也爆出了青筋。回想起來，怪不得這是他讓我印象最深刻的特點。

「那，」克里克先生說，「這男孩狀況怎樣？」

「目前還沒做錯什麼事，」木腿男子回答，「還沒機會做錯事。」

我覺得克里克先生很失望。不過克里克太太和小姐並沒有。（我這時才注意到她們兩人，都很纖瘦、文靜。）

「你，過來！」克里克先生示意我靠近些。

「過來！」木腿男子重複動作後說。

「我有幸認識你的繼父，」克里克先生揪著我的耳朵低聲說。「他真是個堂堂的男子漢，非常有個性。他很瞭解我，我也很瞭解他。那**你**瞭解我嗎？啊？」克里克先生開玩笑地用力捏了我的耳朵。

「我還沒有機會瞭解您，先生。」我感覺痛楚而躲了一下。

「還沒？啊？」克里克先生重複道。「但你很快就知道了。啊？」

「你很快就知道了。啊？」木腿男子重複道。我後來發現因為他聲音宏亮，所以很好心當起克里克先生的傳話員。

我嚇壞了，立刻抱歉地說我希望如此。他捏得好用力，我覺得耳朵都快燒起來了。

「我跟你說我是怎樣的人，」克里克先生低聲說道，用力扭了我的耳朵後終於放開，痛得我眼睛都泛淚了。「我是個凶悍的人。」

「凶悍的人。」木腿男子說。

「我說要做什麼事，就會去做，」克里克先生說。「我說要辦好什麼事情，我就會把事情辦到好。」

「……要辦好什麼事，就會把事情辦到好。」木腿男子重複道。

「我是個說到做到的人，」克里克先生說，「我就是這樣的一個人。我盡忠職守，我就是這樣的人。我自己的親生骨肉……」他看向克里克太太，「他反抗我的時候，就不是我的親生骨肉了。我不要。那小子……」他對著木腿男子說，「有再回來嗎？」

「沒有。」他回答。

「沒有，」克里克先生說。「他心知肚明。他很瞭解我。讓他離得越遠越好。我說啊，讓他滾遠一點。」克里克先生用力拍了桌子，看向克里克太太。「因為他很瞭解我這個人。現在你也開始認識我了，這位年輕的朋友。你可以走了。帶他離開。」

我很高興他們要我先離開，看到克里克太太和小姐都在拭淚，讓我很不自在，也同樣替她們覺得不自在。但我仍有個不情之請，事關重大，所以我不得不提出，真不知道我哪來的膽子就是了。「如果您允許的話，校長……」

克里克先生輕聲說道：「啊！又怎樣了？」低頭看著我，好像要用眼神把我燒死一樣。

「如果您允許的話，校長，」我支吾地說，「我真的對之前所做的錯事感到很抱歉，如果您允許的話，校長，能否讓我在其他同學返校前，把掛牌拿下來……」

我不知道克里克先生是太激動，還是為了嚇我，他突然從椅子上跳起來，嚇得我立刻撤退，也不等木腿男子護送，就一路拔腿狂奔回寢室了。抵達後，我發現並沒人在後頭追我，便上床睡覺，正好就寢時間也到了。我躺在床上發抖了兩、三個小時。

隔天，夏普先生回來了。夏普先生是學校的主任，比梅爾先生資深。梅爾先生會和男學生一起吃飯，但夏普先生都是和克里克先生同桌用餐。我覺得他有氣無力、弱不禁風，鼻子很大，總會側著頭，好像頭對他來說有點重，脖子撐不住似的。他的一頭鬈髮非常柔順，但第一位返校的同學告訴我說那是假髮（而且還是二手的），夏普先生每週六下午都會去燙捲頭髮。

告訴我這項資訊的不是別人，就是湯米．崔斗斯。他是第一個返校的同學。他自我介紹時告訴我，可以在大門右邊的角落發現他的名字，就在上面的門閂附近。我聽完，問道：「崔斗斯？」

他回答：「正是我。」然後詳細問了我和家裡的事。

幸好第一個回來的是崔斗斯。他太喜歡我的掛牌了，所以一遇到陸續返校的同學，不管年紀大小，他都會帶著我到處介紹說：「快看！很有意思吧！」讓我省了必須解釋或隱瞞的尷尬。還有一點值得慶幸的是，大部分同學返校後都無精打采，因此並沒有我之前預期地愛鬧我。有些人的確像狂野的印地安人一樣圍在我四周跳舞，但大多數人還是忍不住把我當成狗，會拍我、摸我，惟恐我會咬人。他們會說：「趴下！」並且叫我來福。在這麼多陌生人面前，這自然讓我很難堪，留了不少眼淚，但總的來說還是比我預料的好很多。

不過，在J.史帝福斯返校前，我還不算正式入學。大家公認他學識豐富、長相帥氣，至少大我六歲。我就像面對法官一樣，被帶到他面前。在操場的棚下，他問我處罰的細節，聽完他爽快地說這是個「可笑的處分」。聽到他這麼說，我從此就對他死心塌地了。

「你有錢嗎，考柏菲爾德？」他邊走邊跟我討論這些安排。我告訴他，我有七先令。

「你最好交給我保管，」他說。「如果你想的話啦，如果不想，就不必這麼做。」

我急忙答應他如此好心的提議，打開佩格蒂給我的錢包，將硬幣全倒到他手上。

「你現在有什麼想買的嗎？」他問我。

「沒有，謝謝你。」我回答。

「想買什麼都可以，」史帝福斯說，「儘管跟我說就是了。」

「沒有，謝謝你，學長。」我再次說道。

「或許你會想花兩先令左右買瓶紅醋栗酒，去寢室喝？」史帝福斯說。「我發現你跟我睡同一間寢室。」

我之前當然沒想過，但我還是說，沒錯，我會想買酒。

「很好，」史帝福斯說道。「那我猜，你會很樂意再花個一先令買杏仁蛋糕？」

我說沒錯，我也想。

「再用一先令左右買些餅乾，另外一先令買水果嗎？」史帝福斯說。「我說呀，小考柏菲爾德，你胃口真大！」

因為他笑了，所以我也跟著笑，不過我心裡是有點困擾。

史帝福斯說：「那好！我們一定要善用這筆錢，我會盡全力幫你。我可以隨時外出，再偷偷把贓物帶進來。」說完，他將錢收進口袋，好心地叫我別擔心，他會處理好，一切會沒事的。

他的確也說到做到，如果真的一切都沒事就好，但我默默擔心這麼做是錯的，因為我怕浪費了母親給我的兩個半克朗。不過我保留了包住硬幣的那張紙條，它是無價之寶。我們上樓睡覺時，在月光下，他把七先令買來的東西都攤在我的床上，說道：「就是這些，小考柏菲爾德，你辦的可是豪華的宴會啊！」

他在場的情況下，我一輩子都不敢搶當東道主，光想到這一點就讓我的手直發抖。我請他幫忙我主持，寢室的其他男孩附議，他也就同意了，坐在我的枕頭上發食物給大家——我得說，他分得非常公平——然後將紅醋栗酒倒進小玻璃杯中（是他自己的杯子）。至於我，坐在他的左手邊，其他人圍著我們坐在旁邊的床上和地板上。

我記得很清楚，當時我們坐著低聲說話，或者該說是其他人在聊天，而我恭敬地在一旁聽。月光從窗戶透進房裡，在地板上映出小窗戶的影子。我們大部分的人都坐在暗處，除了史帝福斯在桌上找什麼東西時，將火柴刷過磷盒，才突然有道一瞬即逝的藍光照亮我們。因為摸黑，宴會又是祕密進行，大家都輕聲細語，一種神祕的感覺再次向我襲來。我帶著一種正經、敬畏的心情聽著他們告訴我所有事情，所以我很高興大家都靠得這麼近。還有崔斗斯假裝看到角落有鬼，嚇死我了，不過我用大笑掩飾過去。

我聽到了許多和學校有關的事情。我聽說克里克先生自稱是凶悍的人並非沒有理由。他是教職員中最嚴厲的一位，每天都像騎兵一樣橫衝直撞、左右開弓，打起人來毫不留情。他除了打人的本領以外，其他什麼也不懂，比學校最笨的學生還無知（這是J.史帝福斯說的）。還有，他好幾年前在南華克區經營啤酒花買賣的小生意，破產後開始用克里克太太的錢經營學校。同學還說了一堆諸如此類的消息，我很好奇他們是怎麼知道的。

我聽說那個裝木腿的男子叫唐給。他是個固執的粗人，之前協助克里克先生做啤酒花生意，後來跟著他一起經營教育事業。同學們都猜測他之所以斷了條腿，是因為幫克里克先生幹了很多不光彩的勾當，也知道他很多的祕密。我聽說除了克里克先生，唐給認為學校裡的所有人，不管是學生還是教師，都是他的天敵，而他人生最大的樂趣就是憤世嫉俗和心狠手辣。我聽說克里克先生有個兒子，和唐給合不來。他之前也在學校做事，有一次，他因為父親對學生處罰太過嚴厲，表達了抗議。除此之外，我還聽說他反對父親對待他母親的方式。我聽說克里克先生因此將他拒於門外，還有從此克里克太太和小姐就很傷心。

關於克里克先生，我覺得最神奇的一件事就是，全校只有一個學生他從沒有碰過，那個男孩就是史帝福斯。說這件事的時候，史帝福斯自己也證實了，還說他倒想看看克里克先生敢不敢動他。有個溫順的男孩（不是我）問他，如果克里克先生對他動手的話，他會怎麼辦？史帝福斯將火柴刷過磷盒，在回答時照亮自己，並說他會拿一直放在壁爐上那個用七先令又六便士買的墨水瓶，往克里克先生的額頭砸過去。大家聽完之後，在黑暗中坐了好一會兒，氣都不敢喘一下。

我聽說夏普先生和梅爾先生的薪水少得可憐。還有當晚餐有冷冰冰的肉和熱騰騰的肉時，夏普先生總得說他比較喜歡吃冷肉。這件事再次經過全校唯一的優待寄宿生史帝福斯證實。我聽說夏普先生的假髮尺寸並不適合，還有他沒必要那麼「臭屁」——其他人說是「自滿」——因為他自己的紅頭髮從後面可以看得一清二楚。

我聽說有個煤炭商的兒子來這裡就讀，用煤帳來抵學費，因此大家都稱他是「物物交換生」——這是從算數課本中挑出來的詞，用來表達這種以物易物的安排。我聽說學校的淡啤酒是跟學生父母搶來的，甜點是徵收來的。我還聽說全校普遍認為克里克小姐暗戀史帝福斯。我坐在黑暗中，想到他那美妙聲音、俊俏臉孔、瀟灑態度和一頭鬈髮，我相信這是很有可能的。我聽說梅爾先生這個人並不壞，但就是窮得可憐，還有他的母親老梅爾太太和《聖經》裡的約伯一樣窮，毫無疑問。我想起之前那頓早餐，還有聽起來像是「我的查理！」的聲音。不過在寢室那天晚上，我安靜得和老鼠一樣，對此事一句話也沒說，現在想起來覺得很欣慰。

以上這些，還有別的事情，都是大家在食物吃完後，繼續聊天時說的。大多數客人吃完喝畢都上床睡覺了，而本來尚未更衣、還在低聲說話的我們，最後也都就寢了。

「晚安，小考柏菲爾德，」史帝福斯說，「我會照顧你的。」

「你人真是太好了，」我滿懷感激地說。「我真的很感激你。」

「你該不會有個姊妹吧？」史帝福斯打哈欠說道。

「沒有。」我回答。

「真可惜，」史帝福斯說。「如果你有的話，我覺得她肯定是個漂亮溫柔、眼睛雪亮的女孩。我會很想認識她的。晚安，小考柏菲爾德。」

「晚安，學長。」我回答。

我上床睡覺之後還是一直想他的事情。我記得，當時還起身看著他在月光映照下的俊俏臉孔，看見他把頭輕鬆地枕在手臂上。在我眼中，他是個很有權力的人。當然，這是我繼續想著他的原因。在月光下，我完全看不透他蒙上面紗的未來；那天晚上，我在夢裡遊走整夜的花園裡，並沒有出現他朦朧的足印。

第7章 第一學期

隔天隆重開學了。

我記得，克里克先生吃完早餐走進來時，教室轟轟鬧鬧的吵雜聲立刻變得鴉雀無聲，這點讓我印象深刻。他站在門口環視我們，就好像故事書裡的巨人檢視他的囚犯一樣。

唐給站在克里克先生旁邊。我想，他根本就沒有機會凶猛地大喊：「安靜！」因為所有人都噤若寒蟬，不敢亂動。

我們看到克里克先生張口說話，聽到的卻是唐給的聲音。

「現在，各位男孩，新的一學期開始了。這學期要注意你們的行為。我警告你們，上課之前要先好好復習，因為我可是已經復習好要怎麼處罰你們了。我打人是不會眨眼的，你們揉也沒用，我給你們留下的痕跡是怎麼揉也揉不掉的。現在準備開始上課，每個人都是！」

這段可怕的致詞結束後，唐給再次笨重地走出去，克里克先生來到我的座位旁，告訴我如果我以愛咬人出名，那他也以愛咬人出名。

講完，他拿起藤條給我看，並問我，覺得**那根**牙齒如何？是不是很利啊？像不像雙生牙齒啊？有沒有長出尖齒啊？會不會咬人啊？會咬人嗎？每問完一個問題，他就會用它狠狠地在我身上打出新鮮的痕跡，讓我痛死了。就這樣，我很快就成為撒冷學校的一分子（如史帝福斯所說），也很快就淚流滿面。

我並不是說這是我的專屬待遇。不，在克里克先生巡視整間教室時，絕大多數同學（特別是個子比較小的）都收到類似的警告。有一半的人都痛苦地大哭，而課都還沒開始上呢。又有多少人在課堂結束前痛苦哭喊，我真的不敢回想，以免開始誇張地天花亂墜。

我認為世界上沒有任何人比克里克先生更樂在自己的工作。他喜歡在同學身上留下鞭痕，彷彿一飽自己的口腹之欲。我敢說，胖嘟嘟的男孩對他就是有種特別無法抗拒的吸引力，每天如果不抓他們來打一打，就渾身不自在。我也是胖嘟嘟的，所以我清楚得很。每當想起他，我就不由得怒火中燒。就算我不曾生活在他的淫威之下，只要知道他的所作所為，仍會滿腔義憤的。但我之所以怒火高漲，是因為我很清楚他不過就是個昏庸的人，不配擁有這麼大的權力，就像他不夠資格擔任海軍大臣或三軍統帥一樣——就算他真當上其中一個，造成的傷害或許還比當校長少很多。

我們這些臣服在暴君底下的可憐小贖罪者有多悲慘啊！如今回想起來，在這種仗勢欺人、作威作福的人面前如此低賤卑微，是什麼樣的人生開端啊！

現在，我彷彿又坐到教室課桌前，盯著他看——卑賤地注意他的眼神——他正用尺指著算術課本給另一名受害者看，那位同學的手剛才被同一把尺打過，此時他正用手帕試圖擦去刺痛感。我有很多功課要做，所以並不是無聊才盯著他看，而是因為我好像被深深吸引，亟欲知道他接下來會做什麼，會不會輪到我或是其他人挨打。

我身後還有一排同學，也和我一樣的原因留意著他。雖然校長假裝不知道大家在注意他，但我想他心知肚明。他用尺指正算術課本上的錯誤時，總會擺出可怕的嘴臉。現在，他斜眼看著我們這排人，大家全立刻低下頭看書，不停發抖。過了一會兒，我們又繼續盯著他看。有個可憐的受害者因為功課沒做好，在他的命令下走了過去。受害者支支吾吾地說不出理由，但保證明天一定會做得更好。

克里克先生在打他之前還開了個玩笑，逗得我們統統笑了出來——我們這些可憐的小狗雖然是笑了，但個個面色慘白，心沉到谷底。

我彷彿又坐在課桌前，那是個懶洋洋的夏日午後。我的四周一陣嗡嗡聲，同學們就像一群蒼蠅似的。飯後肚子裡還溫熱的肥肉油脂讓我覺得頭昏腦脹（我們大概是一、兩個小時前用餐的），頭就和鉛塊一樣重。我願意付出一切，只求能瞇一下就好。我坐在椅子上，像隻小貓頭鷹一樣眨眼看著克里克先生。有那麼一刻，當我無法再抵禦睡意時，克里克先生還是出現在我的夢裡，拿尺指著算術課本。而現實中的他靜悄悄地走到我身後，往我背上打出一條又凸又紅的痕跡，把我叫醒，讓我眼前出現更清楚的本尊。

我現在來到操場上，雖然看不見校長，但我的眼睛仍積極地找尋他。看著稍遠處的窗戶，我知道他就在屋裡吃飯，所以我將窗戶當成他，盯著窗看。要是他湊近窗戶露臉，我會立刻擺出唯命是從的哀求表情。如果他從窗戶往外探，吵鬧得最大聲的男孩（除了史帝福斯以外）一定會立刻住口，裝作沉思的樣子。有一天，（世界上最衰的男孩）崔斗斯不小心用球打破了窗戶。當時球好像彈到克里克先生神聖的頭上，現在回想起那驚恐的瞬間，我仍會不禁發抖。

可憐的崔斗斯！他穿著緊身的天藍色制服，讓他的手腳看起來就像德國香腸或是果醬布丁捲。他是所有男孩中最快樂、也是最悲慘的。他老是受到藤條伺候，我想在那一學期裡，除了某個放假的週一只被用尺打了手心以外，他沒有一天逃過一劫。

崔斗斯也老是說要寫信向他伯父告狀，卻從沒真的寫過。每次挨打後，他總會趴在桌上一下子，不知道怎麼的，他又立刻振作起來，破涕為笑，然後在他的小黑板上畫滿骷髏頭，直到哭完為止。起初，我很好奇畫骷髏頭能帶給崔斗斯什麼慰藉。有一陣子，我覺得他就像某種隱士，用這些代表死亡的符號來提醒自己，鞭打總會有結束的一天。但後來，我想他這麼做只是因為骷髏頭很好畫，不需要畫出實際相貌。

崔斗斯為人正直，他真是如此，而且認為同學間互相力挺是項神聖的任務。他好幾次都因為這樣被打慘了。特別有一次，史帝福斯在教堂裡大笑，教區執事以為是崔斗斯，就把他叫了出去。這一幕重現在我眼前，我看著他被帶出去，教堂的會眾都鄙視他。隔天他就挨打，還被關了好幾個小時禁閉，被放出來的時候，拉丁字典上畫滿像教堂墓園那麼多的骷髏頭。儘管如此，他始終沒說出真正犯規的人是誰，也因此獲得獎賞。史帝福斯說崔斗斯這個人全身上下光明磊落，我們都覺得這是至高無上的榮耀。至於我，雖然不如崔斗斯勇敢，年紀也不比他大，但只要能贏得這樣的酬謝，要我上山下海都願意。

見到史帝福斯與克里克小姐挽著手，走在我們前方去教堂這一幕，真是我人生中數一數二的美景。我並不認為克里克小姐在外貌上比小艾蜜莉漂亮，而且我也不愛她（我可沒這個膽），但我覺得她是個極有魅力的年輕女子，優雅得無人能比。身穿白色長褲的史帝福斯替她撐陽傘那一幕，讓我覺得能認識他真是三生有幸。我相信克里克小姐除了全心全意愛他以外，別無選擇。在我眼中，夏普先生和梅爾先生都是出類拔萃的人，但和史帝福斯相比，他們有如兩顆星星對上一輪明日。

史帝福斯繼續照顧我，這對我很有幫助，因為沒有人膽敢惹他的朋友。克里克先生對我特別嚴厲，史帝福斯無法——也從來沒有——幫我擋過。但每次我被打得特別慘的時候，他總會告訴我要學他勇敢一點，他自己是絕不會吞忍這種事的。我覺得他是想鼓勵我，為此我覺得他很善良。克里克先生對我手下不留情有個唯一的好處，那就是每當他在我身後來回巡視，想出手打我時，就覺得我的掛牌很礙事，因此牌子很快就被拿下來了，我再也沒有見到過。

有個突發事件加深了我和史帝福斯的友誼。儘管有時候會帶來不便，但我備感驕傲和滿足。事情是這樣的，有天在操場上，在他很賞臉地跟我聊天時，我大膽地說某個東西還是某個人（我已經忘記是什麼了）很像《匹克歷險記》裡的某個東西還是某個人。他當時並沒多說什麼，但晚上我要就寢時，他問我有沒有那本書。

我跟他說沒有，並解釋我是怎麼讀到那個故事的，也提到其他我讀過的書。

「你還記得故事的內容嗎？」史帝福斯說。

「噢，我都記得。」我回答。我記憶力很好，相信自己還記得很清楚。

「那這樣吧，小考柏菲爾德，」史帝福斯說，「你說給我聽。反正我晚上太早睡也睡不著，而且通常都很早起。你把故事一個個說給我聽。我們就當成是《一千零一夜》吧。」

我覺得他這個提議實在太看得起我了，當天晚上我們就開始執行了。我那時所詮釋的故事對我最愛的作家們造成多大傷害，我實在沒有資格說，也極不願意知道。但我對他們深具信心，而且自認為我用了最坦率真誠的態度細說故事，而這些特質對我的未來大有幫助。

唯一的缺點就是，我晚上通常都已經很想睡，提不起精神繼續講故事，所以這真成了件苦差事，但是又不得不做，因為絕對不可以讓史帝福斯失望或不高興。早上也是，我覺得疲累，很想在被窩裡多睡一小時的時候，被叫醒是非常累人的事。我就和《一千零一夜》裡的王后一樣，在起床鈴聲響之前就被迫開始說冗長的故事。但史帝福斯意志堅決，為了回報我，他會解釋那些我覺得太難的算術問題或其他作業給我聽，所以這場交易我也沒有吃虧。在此我得澄清一點。我這麼做並不是出於自私自利，也不是懼怕他，而是因為我崇拜他、愛戴他，所以他對我的認同就已是足夠的回報了。這些回憶對我來說彌足珍貴，現在回想起這些瑣事，還是不由得悵然。

史帝福斯對我也很照顧。有一次，他用一種堅定的態度表達對我的關心，我猜應該讓可憐的崔斗斯和其他同學覺得有點嫉妒。佩格蒂答應寫給我的信終於來了，已經開學好幾週了才寄到。這封信不只貼心，還附了蛋糕，放在一籃完美的橘子裡，還有兩瓶野櫻草汁。這些寶貝我很理所當然地放在史帝福斯跟前，請求他幫我處理。

「這樣吧，小考柏菲爾德，」他說，「野櫻草汁應該留到你說故事口渴的時候喝。」

聽到他的安排，我臉都紅了，並謙恭地請求他千萬別這麼客氣。但他說注意到我有時候會嗆到喉嚨沙啞——他用的確切字眼是「有點嘶啞」——所以每一滴汁液都應當用來解決他方才提及的問題。因此，他將兩瓶野櫻草汁都收到他的櫃子裡，每當我需要潤喉時，就由他親自將它倒入小玻璃瓶中，將羽毛管插入軟木塞後拿給我喝。有時候，為了達到更好的效果，他會好心地擠一點柳橙汁進去，或加生薑進去攪拌，或者加入一滴薄荷。雖然我不能肯定這些實驗是否讓飲料變得更好喝，也很難說這是緩解胃痛的良方，但這每晚的最後一件事和每早的第一件事，我都會心懷感激地去做——喝光它，對於他的照顧十分領情。

我記得《匹克歷險記》似乎講了很久，其他故事也講了好幾個月。大家從不曾因沒故事聽而無精打采，這我很確定，而那兩瓶野櫻草汁也幾乎撐到和說故事的時間一樣久。可憐的崔斗斯——想到他的時候，很奇怪，我總忍不住想笑又泛淚——可以說他有點像是歌舞隊。每次我講到好笑的地方，他就會笑得前俯後仰；每當說到緊張的角色情節，他就會嚇得半死，因此經常打斷我。我記得，講到吉爾·布拉斯[20]的冒險故事，一提到西班牙警察，他就會假裝牙齒顫抖，格格作響，這是他最愛的玩笑。我記得講到吉爾·布拉斯在馬德里見到強盜頭子時，這個愛開玩笑的傢伙假裝嚇得不停顫抖，結果不幸被在走廊上暗中巡視的克里克先生聽見，以擾亂寢室秩序之名被狠打了一頓。姑且不論我原本就很喜歡浪漫和幻想，在黑暗中說故事更加鼓勵我發揮想像。就那方面來說，對我並無太大助益，但在寢室中，大家似乎把我當成開心果，還有同學間互傳我的這點成就，儘管我年紀最小，還是受到很大的注意，激發我力求進步。

在這樣一所以心狠手辣手段經營的學校裡，不管校長是不是笨蛋，學生都是學不到什麼的。總的來說，我相信我們學校的男孩和其他類似學校的學生一樣，都沒有辦法好好受教育。他們光是被找麻煩、挨狠打就夠了，根本沒有心思學習。他們無法好好進步，就如同一生充滿不幸、苦痛與煩憂的人無法改善處境一樣。但我的一點虛榮心和史帝福斯的幫忙，不知怎地竟促使我追求進步。在校期間，我所受到的處罰並沒有比其他人少，但我是同學間唯一的例外，因為我仍不間斷地吸收一些零碎的知識。

就這點來說，梅爾先生幫了我很多。他滿喜歡我的，我每每想起來就心存感激。不過史帝福斯經常貶低他，只要抓到機會，就會傷害他的感情，或是慫恿其他人也一起這麼做，每次看到那個場景，都讓我覺得很痛苦。這件事困擾了我非常久，因為我很早之前就跟史帝福斯提過梅爾先生帶我去見那兩位老婦人的事。我是無法對史帝福斯藏住祕密的，就像我拿到蛋糕或其他東西時，無法不跟他分享一樣，所以我一直很害怕史帝福斯會將梅爾先生的事說出去，並用這件事情來嘲笑他。

我抵達倫敦的那天早上吃完早餐，然後聽著笛聲在孔雀羽毛的陰影下睡著，我敢說，我們任何一個人都沒想到把我這個無足輕重的小孩帶到救濟院裡，會造成什麼樣的結果。但那次拜訪確實導致始

20.《吉爾．布拉斯歷險記》（*The Adventures of Gil Blas of Santillane*），是法國十八世紀作家勒薩日（Alain-René Lesage，一六六八～一七四七）的傳世之作。

料未及的後果，而且還非同小可。

有一天，克里克先生身體微恙，沒有到校。想當然耳，全校同學樂不可支，早上的課堂全都鬧哄哄的。男孩們如釋重負，高興到難以控制自己的行為，雖然可怕的唐給撐著木腿來來回回了兩、三趟，登記主要幾個大聲吵鬧的同學名字，但還是沒用，因為反正不管做什麼事，明天都會惹上麻煩，那不如聰明一點好好把握今天。

這天是週六，學校只上半天課。但因為在操場玩耍的聲音會吵到克里克先生，而且天氣也不適合出去散步，我們下午被叫回教室，發了比平常稍微簡單一點的作業，這是為這種情況設計的。這一天剛好是夏普先生外出拿假髮去燙捲的日子，所以老是得接下苦差事的梅爾先生獨自一人管學生。我很難想像溫順的梅爾先生會變成發威的公牛或猛熊，要不是那天下午喧鬧聲鼎沸，他被上千隻狗給激怒了。我記得他用骨瘦如柴的雙手支撐著疼痛的頭，枕在桌面的書上，努力想完成煩人的工作，偏偏四周的喧嘩聲吵雜到就算下議院議長也都會頭昏眼花的地步。有些同學亂跑，在教室的四個角落玩大風吹。有人大笑，有人唱歌，有人聊天，有人跳舞，有人咆叫，有人雙腳交叉跳，有人在梅爾先生的周圍打轉、齜牙咧嘴、做鬼臉，在他背後或面前學他、模仿他的窮酸樣、他的靴子、他的大衣、他的母親。原本該用同情心對待的一切，他們都拿來嘲笑他。

「安靜！」梅爾先生斥喝道，突然站起來，用書拍打桌子。「這到底是什麼意思！根本讓人無法忍受。太誇張了。你們怎麼可以這樣對我，同學們？」

他拿去拍桌子的是我的書。因為我正站在他旁邊，和著他的視線環視教室一圈，我看到所有人都停下來，有些人對他這突如其來的舉動大吃一驚，有些人略感驚惶，有些人似乎覺得很愧疚。

史帝福斯的位置是在教室最後面，長教室的另一頭。他懶洋洋地把背靠在牆上，雙手插口袋，抿著嘴像在吹口哨，眼神對上梅爾先生的視線。

「安靜，史帝福斯先生！」梅爾先生說。

「你才安靜，」史帝福斯面紅耳赤地說。「你以為你在和誰講話？」

「坐下。」梅爾先生說。

「你才坐下，」史帝福斯說，「管好你自己的事就好。」

有人開始竊笑和鼓掌，但是看到梅爾先生臉色如此蒼白，大家很快就安靜下來。有個男孩本來躲在他後面，打算再模仿一次他媽媽的樣子，也改變主意，假裝在修筆。

「史帝福斯，」梅爾先生說，「如果你認為我不知道你對同學有多大的影響力，」他把手放在我的頭上，（但我想）他並沒有意識到自己這麼做，「或者以為我沒有看到你剛才教唆年紀比你小的同學用各種方法來侮辱我，那你就錯了。」

「我才不會自找麻煩管你的事，」史帝福斯冷冷地說，「所以不巧地，我並沒有錯。」

「你仗著自己在這裡得寵的優勢，先生，」梅爾先生繼續說道，嘴唇不停顫抖，「來侮辱一位紳士……」

史帝福斯說：「一位什麼？在哪裡，我怎麼沒看到？」

這時候有人大喊：「太無恥了，史帝福斯！你太壞了！」說話的是崔斗斯。梅爾先生立刻制止他，要他別再說。

「……你侮辱了一位命運坎坷的人，先生，更何況我從來不曾冒犯過你。你年紀夠大，也懂得夠多了，很清楚不應該仗勢羞辱地位低的人，」梅爾先生的嘴唇抖得越來越厲害。「你這是低劣下流的行為。隨便你要站還是要坐，先生。考柏菲爾德，你繼續。」

「小考柏菲爾德，」史帝福斯走到教室前面，「你先暫停一下。這樣吧，梅爾先生，我們就把事情一次講個清楚。當你覺得可以說我低劣下流或者類似的話時，你就是個厚顏無恥的乞丐。你一直都是乞丐，這你自己清楚。當你說出那些話，你就是厚顏無恥的乞丐。」

我不確定他有沒有要出手打梅爾先生，或是梅爾先生有沒有要打他，或者他們倆有沒有想過要動手。我只注意到其他同學好像變成石頭似的，全都僵住了。接著我就看到克里克先生進到教室裡面，唐給站在他旁邊，克里克太太和小姐站在門外看，一副嚇壞了的模樣。梅爾先生把手肘放在桌上，雙手掩住臉，坐在那好一陣子沒有動。

「梅爾先生，」克里克先生搖著他的手臂說。這回他的沙啞聲聽得見了，所以唐給覺得沒必要重複他的話。「我想，你沒忘記自己的身分吧？」

「不，先生，我沒忘，」老師回答，臉抬起來後搖搖頭，十分激動地搓揉著手。「不，先生，我沒忘。我記得我是誰，我……不，克里克先生，我並沒有忘記我的身分，我……記得我是誰，先生，我……我……倒是希望你早點想到我，克里克先生，那……那……會更仁慈點，先生，那會更公平點，先生。那會讓我少一些麻煩，先生。」

克里克先生瞪著梅爾先生，將手放在唐給的肩上，站上旁邊的講台，在桌前坐了下來。梅爾先生還是激動地搖著頭，搓揉著手。克里克先生從他的御座又瞪了梅爾先生一眼，轉向史帝福斯說：「好吧，先生，既然他不願意告訴我，那你說這**到底是**怎麼一回事？」

史帝福斯對這問題避而不答，用責備的態度忿忿地看著他的對手，沒說半句話。我還記得，在那個當下，自己不禁心想，他外表看來多麼高貴，和他相比，梅爾先生看起來是多麼其貌不揚。

「那他說我得寵是什麼意思？」經過一段長時間之後，史帝福斯終於說道。

「得寵？」克里克先生重複道，額頭立刻爆出青筋。「誰說出『得寵』這種事？」

「他啊。」史帝福斯說。

「麻煩你，倒是說說看，你這句話是什麼意思，先生？」克里克先生要求道，憤然地轉向他的教職員。

「克里克先生，我的意思是，」梅爾先生低聲回答，「正如我所說，沒有學生有權仗著得寵的優勢來貶低我。」

「貶低**你**？」克里克先生說。「我的媽啊！容我問你一句，你這無名小卒，」說到這裡，克里克先生拿著藤條雙手抱胸，眉頭一鎖，讓眉下的小眼睛都幾乎看不見了。「你說他得寵的時候，對我有沒有適當的尊重？對我，先生，」克里克先生說，頭突然往前頓了一下又收回來，「對我這個校長，也就是你的雇主，有沒有適當的尊重？」

「我願意承認這樣說並不得體，先生，」梅爾先生說。「如果我的腦袋夠冷靜清楚，就不會這麼說了。」

這時，史帝福斯插嘴道：「然後他說我卑鄙，又說我惡劣，我就叫他乞丐了。如果**我**頭腦也冷靜清楚，或許我就不會這麼說了。但我確實有說，所以我已經準備好接受處罰。」

我當時根本沒想到會有什麼處罰，只是聽到史帝福斯說出這麼有擔當的話，自己也頗為激動。其他男孩也覺得他很了不起，因為我聽到了一點鼓譟的聲音，但沒有人說話。

「我很意外，史帝福斯，雖然你的坦率值得讚賞，」克里克先生說，「值得讚賞，這是當然的。但我得說，史帝福斯，我很訝異你竟然對撒冷學校的職員用這種字眼，先生。」

史帝福斯輕笑了一下。

「先生，這不是對我剛剛問題的回答，」克里克先生說。「我對你的期望更高呢，史帝福斯。」

在我看來，如果梅爾先生和英俊瀟灑的史帝福斯相比顯得其貌不揚，那克里克先生有多醜陋，可就難以言喻了。

「讓他自己否認。」史帝福斯說。

「否認他是乞丐嗎，史帝福斯？」克里克先生大聲問道。「怎麼會？他去哪裡乞討了？」

「就算他本人不是，他有個近親是乞丐，」史帝福斯說，「不都是一樣。」

他看了我一眼，而梅爾先生用手輕拍了我肩膀。我的臉發燙，我抬頭看著他，心裡一陣懊悔，但梅爾先生還是定睛看著史帝福斯。他繼續輕拍我的肩膀，而眼睛仍看向史帝福斯。

「既然你期望我解釋，克里克先生，」史帝福斯說，「要我把話裡的意思挑明出來，那我只能不客氣地說，他母親住在救濟院裡靠人施捨。」

梅爾先生依然看著他，繼續輕拍我的肩膀，然後喃喃自語。如果我沒聽錯，他說：「對，我想也是。」

克里克先生轉向他的職員，嚴肅地皺眉，努力擺出禮貌的樣子。

「現在你聽到這位紳士說的話了，梅爾先生。可以的話就拜託你在全體學生面前否認他所說的話。」

「他說的沒有錯，先生，無可否認，」梅爾先生在一片沉靜中回答。「他說的是真的。」

「那就麻煩你好心地公開說明一下，」克里克先生說道，頭歪向一邊，眼睛環視全校，「在此之前，你知會過我這件事嗎？」

「我想我並沒有直接表明。」他回答。

史帝福斯與梅爾先生

「呀，你沒跟我說過，」克里克先生說，「對吧，先生？」

「就我所知，你不曾認為我的家境很好，」職員回答。「你清楚我在這一直以來的狀況。」

「照你這樣說的話，」克里克先生說，青筋前所未見的大條，「那我認為你一直以來都搞錯了，誤把這裡當成慈善學校。梅爾先生，可以的話，我們就分道揚鑣吧，越早越好。」

「沒有比現在更好的時間了。」梅爾先生起身說道。

「請走吧，先生。」克里克先生說。

「我這就向你告別，克里克先生，還有各位，」梅爾先生環視整間教室，再一次輕拍我的肩膀。「詹姆斯．史帝福斯，我能給你最好的祝福就是，希望你有天會為你今天的所作所為感到羞愧。現在這一刻，我不可能把你視為良友，對我或是任何我關心的人來說都是如此。」

他再一次將手放在我肩上，然後收拾好他的笛子和桌上幾本書，將鑰匙留給之後的老師，就把東西夾在手臂，走出了學校。之後克里克先生透過唐給發言，表示他感謝史帝福斯捍衛了（或許言重了一點）撒冷學校的獨立自主與尊嚴。最後還跟史帝福斯握手，我們在旁邊歡呼三聲——我不確定為什麼，但我想是替史帝福斯歡呼，所以就熱切地加入，儘管我心裡覺得糟透了。克里克先生後來打了湯米·崔斗斯，因為他不但沒跟著一起歡呼，還為梅爾先生的離去而啼哭。然後，校長就回到沙發或床上，反正就是回去他剛剛來的地方了。

教室只剩下我們，我記得大家都很茫然地互看對方。我對於自己在這起事件中所扮演的角色感到自責懊悔，眼淚差點潰堤。可是我發現史帝福斯一直看我，要不是怕他會認為我沒義氣，或者該說是不忠誠（考慮到我們倆的年紀差距和我對他的崇拜），我一定會顯出難過的樣子。他很氣崔斗斯，還說他挨打是活該。

可憐的崔斗斯，他剛剛才經歷了趴在桌上的階段，現在和平常一樣正猛畫骷髏頭發洩情緒。他說他不管，反正梅爾先生就是受到了不公平對待。

「誰待他不公平了，你這個娘娘腔！」史帝福斯說。

「就你啊。」崔斗斯回答。

「我做了什麼？」史帝福斯說。

「你做了什麼？」崔斗斯回嘴道。「你傷了他的心，還害他被解僱。」

「傷他的心？」史帝福斯輕蔑地說道。「我保證，他的心很快就會好起來的。他的心可和你的不一樣，崔斗斯小姐。至於他的職位——反正也不是多好的職位，是吧？——你覺得我不會寫信回家，確保他能拿到一些錢嗎？小妞？」

我們都覺得史帝福斯這個行為非常高尚。他的母親是位有錢的寡婦，聽說只要他開口，他母親幾乎都會答應。看到崔斗斯輸得這麼徹底，我們都感到欣喜若狂，還把史帝福斯高舉到空中，特別是他竟然願意告訴我們，他之所以會這麼做，全都是為了大家好，為了我們的福祉著想。他這麼無私的舉動給我們帶來天大的恩惠。但我得說，那天晚上我在黑暗中說故事時，耳邊不只一次傳來梅爾先生悲淒的笛聲。最後，史帝福斯終於累了，我躺到床上，想像那支笛子不知在何處哀傷地吹奏著，心中愁悵不已。

有史帝福斯在，我很快就忘了梅爾先生。在沒有任何教科書的情況下（我覺得他似乎什麼事都過目不忘），他輕輕鬆鬆就代了一些梅爾先生的課，直到學校找到新老師。新老師是從文法學校畢業的，在他正式教課前的某一天，他到交誼廳用餐，向史帝福斯拜碼頭。史帝福斯對他有很高的評價，還和我們說他是個博雅之士。雖然我不清楚這句話表示他的學問有多高深，但我因此很尊敬他，對於他的專業也毫不懷疑。不過他和梅爾先生不一樣的是，他並沒有特別照顧我——這是說我也不是太特別的學生。

除了日常上課以外，這半年時光只有另外一件事讓我到現在都還記憶猶新。我能記得這麼清楚有很多原因。

某天下午，克里克先生到處痛下毒手，當我們全被折磨得狼狽不堪時，唐給走了進來，用平常的方式用力喊道：「考柏菲爾德有訪客！」

他跟克里克先生說了幾句話，說明訪客是誰，他們在哪間教室等。根據校規，唐給剛剛叫我名字時，我就已經站了起來。我因為錯愕而覺得頭昏眼花。他們要我從後面的樓梯出去，先去換上乾淨的襯衫，再到交誼廳會客。我遵照指示做了，在那之前我從不曾感到如此匆忙不安。我走到交誼廳門口時，突然想到或許是母親來看我——在這之前我一直都以為會是謀石姊弟——我將手從門把上抽回來，停下腳步，先啜泣了一下才進門。

一開始，我誰也沒看到，只覺得有股壓力抵著門。我往裡面一探，驚訝地看到佩格蒂先生和漢姆向我舉帽致意，兩人站在牆邊互相擠來擠去。我忍不住笑了出來，是因為見到他們心裡很高興，而不是他們的模樣很好笑。我們熱切地握手，我笑得合不攏嘴，最後還拿出小手帕擦淚。

佩格蒂先生（我記得他當時也笑得沒有合嘴過）看到我拭淚，覺得很擔心，用手臂推了推漢姆，示意他說點什麼。

「開心點，戴維小老弟！」漢姆傻笑地說，「哎呀，你大漢了呢！」

「我長大了嗎？」我擦乾眼淚說。我也不知道是什麼原因讓我落淚，只能說看到老朋友真是太感動了。

「大漢了，戴維小兄弟！長這麼大漢了！」漢姆說道。

「長這麼大漢了！」佩格蒂先生說。

他們相視而笑，逗得我也笑了。我們三人開懷大笑，直到我又差點開始哭才停了下來。

「佩格蒂先生，你知道家母過得如何嗎？」我說。「還有我最最親愛的老佩格蒂呢？」

「都很好。」佩格蒂先生說道。

「那小艾蜜莉和格米奇太太呢？」

「全都——好得很。」佩格蒂先生說。

這時大家都沉默了一下。為了打破沉默，佩格蒂先生從口袋裡拿出兩隻巨大無比的龍蝦、一隻大螃蟹和一大只帆布袋裝的蝦，一股腦兒堆到漢姆的懷中。

「是這樣的，」佩格蒂先生說，「你來我們家住的時候，我注意到你吃飯特別愛配點海味，所以就自作主張帶了一些過來。這些東西老姑娘都煮過了。沒錯，格米奇太太都煮過了。」佩格蒂先生緩緩地說，我猜想他是不是不知道要說什麼，只好一直講重複的話。「我跟你保證，格米奇太太啊，她都煮過了。」

我向他道謝。佩格蒂先生看了抱著一堆海鮮站在一旁靦腆微笑的漢姆一眼，見他沒有要幫忙接話的意思，便繼續說道：「是這樣的，我們會來這裡是因為啊，正好順風和順潮汐，我們乘著雅茅斯帆船要去格雷夫森德[21]。我妹妹寫信跟我說這地方的名字，交代我如果哪天要去格雷夫森德的話，一定要過來拜訪戴維少爺，幫她問候你，希望你一切都好，並向你報告家人一切都好得很啊。所以我回去之後，小艾蜜莉會寫信給我妹妹，說我見到你了，你也一樣都好，我們就像是旋轉木馬一樣。」

我想了一會兒才明白佩格蒂先生旋轉木馬的比喻，原來是指繞了一大圈傳消息。意會過來後，我由衷地感激他，並臉紅地說我想小艾蜜莉的樣子也跟之前在海邊撿貝殼和碎石時不同了吧？

「她也長大了，她真的長大了，」佩格蒂先生說，「問他就知道。」他指的是在旁邊抱著海鮮笑得很燦爛的漢姆。

「她的臉蛋多漂亮啊！」佩格蒂先生說，自己也笑得和燈泡一樣燦爛。

「她好聰明！」漢姆說道。

「還有她寫的字！」佩格蒂先生說道。「跟黑玉一樣黑抹抹的！而且寫得很大，走到哪裡都看得見。」

看見佩格蒂先生談起他最愛的小寶貝就容光煥發的樣子，我真是高興不已。他當時的樣子如今又

21. 格雷夫森德（Gravesend）：倫敦泰晤士河南岸的港口。

活生生重現在我面前。他滿臉鬍子，坦率的臉龐散發出慈愛與驕傲的喜悅，這一切都教我難以形容。他真摯的眼神炯炯發亮，彷彿有什麼明亮的東西在眼眸深處撥動著。那寬闊的胸膛因興高采烈而起伏。他激動地握起強而有力的拳頭，想要強調時揮舞右臂的樣子，在我這個小矮子看來，就像是把大鐵鎚。

漢姆也和他一樣激動。我敢說，要不是史帝福斯突然進來，讓他們覺得不好意思，他們肯定還會繼續說艾蜜莉的事。看到我站在角落和兩個陌生人聊天，史帝福斯停下了本來在哼唱的歌說：「原來你在這裡啊，小考柏菲爾德！」（因為這並不是平常會客的地方。）他說完就走掉了。

我不確定是因為有史帝福斯這種朋友讓我引以為傲，或者是想向他解釋我怎麼會認識佩格蒂先生這個朋友，總之在史帝福斯要離去時，我羞怯地叫住了他——老天爺啊，這麼久之後我還是記得一清二楚。

「請你留步，史帝福斯。這兩位是雅茅斯的討海人，非常忠厚、善良。他們是我保母的親戚，從格雷夫森德過來看我的。」

「這樣子啊，」史帝福斯回應道。「我很樂意認識他們。兩位好嗎？」

我依然相信，他不羈的言行舉止——輕鬆開心的那種，不會趾高氣揚——為他帶來了某種魅力。我相信以他這種風度舉止、活潑性格、悅耳聲音、英俊挺拔，還有一種我自己並不曉得的天生魅力（我覺得這種特質很少人有），讓人自然而然會折服在他的風采下，很少人能夠抵擋得了。我一眼就看出來佩格蒂先生和漢姆也非常喜歡他，立刻跟他無話不談了。

「可以的話，佩格蒂先生，你寫信時一定要替我轉告家人，」我說，「說史帝福斯先生對我非常好。還有，要是沒有他，我不知道在這裡的日子會有多淒慘。」

「胡說八道！」史帝福斯笑著說。「你千萬不能跟他們這樣說。」

「還有，若是史帝福斯先生哪天到諾福克郡或薩福克郡，佩格蒂先生，」我說，「如果我正好也去拜訪，而且他願意的話，我敢保證一定會帶他到雅茅斯，去看看你們的家。史帝福斯，那一定會是你見過最棒的房屋，是用船做的！」

「用船做的房子，是嗎？」史帝福斯說道。「像你這麼正港的討海人住這種船屋再恰當不過了。」

「是啊，先生，是啊，先生，」漢姆咧嘴笑著說。「你說的沒錯，小紳士！戴維小兄弟，這位先生說的沒錯。正港的討海人！呵呵呵！他的確就是！」

佩格蒂先生的高興不輸他的姪子，不過因為謙虛，在接受誇獎時不像漢姆這麼大聲嚷嚷。

「哎呀，先生，」他鞠躬笑著說，一邊把領巾的下端塞進胸前。「謝謝你，先生，多謝！我的確很拚命做工，先生。」

「男子漢大丈夫也不過如此，佩格蒂先生。」史帝福斯已經記住佩格蒂的名字了。

「我敢打賭，你做事也一定是這樣的，先生，」佩格蒂先生擺頭說道。「你做什麼肯定都很內行，很厲害！我謝謝你，先生。真的很多謝，先生，謝謝你對我這麼客氣。我是個粗人，先生，但我很肯拚——至少，我希望自己是很肯拚的，你懂吧。我們家不大，但如果你哪天跟戴維少爺一起來，我們會盡力款待你，先生。我是路螺，我是的，」佩格蒂先生說。他講的是蝸牛，比喻自己走得很慢，因為他剛剛每講完一句話就試圖往外走，卻不知怎地又回來了。「但我祝兩位一切安好，天天快樂！」

漢姆也附和，我們在如此熱絡的氣氛下和他們倆告別。那天晚上，我差點要跟史帝福斯說美人兒小艾蜜莉的事，但我太膽小了，不敢說出她的名字，也怕他笑我。關於佩格蒂先生說她長大了這件事，我記得我不安地想了很久，最後斷定他這樣說沒有什麼特別的意思。

我們把海鮮（或者如佩格蒂先生謙稱的「海味」）偷渡到我們房間，那天晚餐吃得很豐盛。但崔斗斯就沒那麼幸運了。其他人吃海鮮都沒事，偏偏他倒楣到無法平安度過那一晚。他因為吃了螃蟹的關係，當天晚上就生病了，而且病得還滿嚴重的。他先是被灌了黑藥水和藍藥丸，丹普（他父親是醫生）說劑量足以讓一匹馬昏厥過去；又因為不願意供出生病的原因，後來還受到一頓鞭打，外加抄寫六章希臘文的《新約聖經》。

這學期接下來的時光，我只記得一團混亂。每天充滿衝突與掙扎。夏天消逝，季節轉換；在嚴寒的早晨被鈴聲叫醒，在夜晚冷冽的氣息中入睡；傍晚的教室燈光昏暗且不溫暖，白天教室像個發抖的巨型機器；換著吃水煮牛肉和烤牛肉、水煮羊肉和烤羊肉；吃著冷冰冰的麵包和奶油，用著破爛不堪的教科書、破了的小黑板、淚跡斑斑的練習本，挨鞭子、挨戒尺、剪頭髮，下雨的週日吃羊油布丁，還有到處都充滿著墨水的骯髒氣息。

不過我還記得很清楚，假期這個遙遠的概念，起初就像過了好久仍靜止不動的一個黑點，後來開始慢慢地接近我們，變得越來越大。我們倒數月分、倒數星期，再倒數日子。我開始擔心會不會沒有人要讓我回家，但從史帝福斯那裡聽到我一定能回家之後，我又有種不祥的預感，會在那之前就先摔斷腿。終於，放假的日子越來越接近，從下下週到下週、到這週、後天、明天、今天、今晚——我坐上雅茅斯郵車，要回家了。

在車上我斷斷續續地睡著，不連貫地夢到很多事情。但中途醒來時，窗外的地面已經不是撒冷學校的遊樂場了。我耳裡聽到的也不是克里克先生對崔斗斯的叫罵聲，而是車夫輕輕趕馬的聲音。

第8章 我的假期：特別是某個快樂的午後

天還沒亮，郵車就抵達了旅館，不過並不是我的服務生朋友所在的那間旅館。我被帶到一間不錯的小臥室，門上寫了：海豚。儘管他們在樓下大壁爐邊已經給我喝了一杯熱茶，我還是覺得好冷，所以很高興可以睡在海豚床上，把海豚棉被蓋到頭上，進入夢鄉。

車夫巴基斯先生說好第二天早上九點鐘來接我，而我八點鐘就起床了。因為晚上只睡了一下子，腦子還有點昏昏的，時間還沒到就準備好等他。他準時來接我，彷彿我們上次分別不過是五分鐘前的事，我只是去旅館裡換六便士的零錢而已。

等到我和行李都上車，車夫坐穩後，懶惰的馬兒用平常的速度載著我們往前走。

「你看來氣色很好，巴基斯先生。」我覺得他會想知道，就跟他說了。

巴基斯先生用他的袖口揉揉臉頰，然後看了下袖口，像是想在上頭找看看有沒有剛剛擦下來的紅潤氣色，並沒有回應我的稱讚。

「你的訊息我轉告了，巴基斯先生，」我說。「我寫信告訴佩格蒂了。」

「啊！」巴基斯先生說道。

他看起來有點不高興，回答得很冷淡。

「我做得不對嗎，巴基斯先生？」我遲疑了一下後問道。

「嗯，不妙。」巴基斯先生說道。

「話傳錯了嗎？」

「或許話是傳對了，」巴基斯先生說，「但事情沒有結果。」

我不懂他的意思，所以繼續問：「巴基斯先生，沒有結果是什麼意思？」

「沒有回應，」他解釋道，側著臉看我。「沒有下文。」

「巴基斯先生，你是預期會有個回信嗎？」我睜大眼問道，因為這對我來說是新鮮事。

「當一個男人說他願意，」巴基斯先生說著，眼神再次緩慢地轉向我，「那就表示，那個男人在等待一個答覆。」

「是嗎，巴基斯先生？」

「嗯，」巴基斯先生說道，眼睛轉回去繼續看著馬的耳朵。「那個男人一直在等答覆。」

「那你跟她說了嗎？」

「不，沒有，」巴基斯先生咕噥道，想了一下說，「我不用跟她說。我從沒跟她說超過六個字。我才不會跟她說我在等答案的。」

「你要我跟她說嗎，巴基斯先生？」我遲疑地問道。

「可以的話，你可以告訴她，」巴基斯先生又看著我，緩慢地說，「巴基斯在等她的答覆。你就說……什麼名字來著？」

「她的名字嗎？」

「啊！」巴基斯先生點頭說道。

「佩格蒂。」

「教名嗎？還是本來的名字？」巴基斯先生說道。

「噢，那不是她的教名。她的教名是克萊拉。」

「是嗎？」巴基斯先生說道。

他似乎覺得這點值得好好思考，便坐在那裡沉思了一段時間，小聲地吹著口哨。

「這樣吧！」過了一會兒，他說道。「你就說：『佩格蒂！巴基斯在等答覆。』她可能會說：『什麼答覆？』你就說：『就我之前跟妳提的事。』她說：『什麼事？』你就說：『巴基斯願意。』」

巴基斯先生一邊給我這段極為生動巧妙的建議，一邊用手肘撞得我側邊好痛。然後他一如往常俯身在馬匹上，沒有再多說什麼。只不過半小時之後，他從口袋拿出一塊粉筆，在車篷裡寫上：克萊拉．佩格蒂——顯然是私人備忘錄。

啊，回去的家不是家，眼前所有事物都叫我想起了以前那個快樂的家，就像一場我不能再作的夢，這是多麼奇怪的感覺啊！一路上，我傷心地想起只有母親、佩格蒂跟我三人相依為命，沒有人可以介入我們的日子，所以我不知道回家到底是開不開心，或許我寧可離家遠遠的，然後在史帝福斯的陪伴下忘記家裡的事。不過，我還是很快就抵達家門了。只見光禿禿的老榆樹在刺骨寒風中擺動著枝條，老鴉巢的殘骸隨風飄蕩著。

車夫將我的行李放在花園門口，就離我而去。我沿著小路走到家門前，看著窗戶，邊走邊怕謀石姊弟從哪扇窗往外探。不過沒有人出現。我走到家門前，因為知道怎麼開門，所以在天黑前沒有敲門就躡手躡腳地進了門。

我一踏進客廳，母親在舊客廳的聲音喚醒了我幼時的記憶，天知道這些記憶原本都深藏在哪裡。她低聲地唱著歌。我想我還在襁褓中的時候，她一定就是這樣將我擁入懷中，唱歌給我聽的。那曲子我沒聽過，卻又熟悉地填滿我的心房，像是久別的朋友再次出現一樣。

從母親哼唱歌曲那種寂寞又若有所思的方式，我相信她是獨自一個人。我輕輕地走進客廳裡。只見她坐在壁爐邊替一個小嬰兒哺乳，嬰兒的小手放在母親的脖子上。母親眼睛看著嬰兒的臉，坐在那唱歌給他聽。我猜得一點也沒錯，她身旁沒有其他人。

我出聲，她嚇到了，並叫出聲來。但看到我，她叫我親愛的戴維，她的寶貝兒子！然後起身走過半個客廳來找我，跪在地板上親吻我，將我的頭放在她胸前，靠近那個小傢伙，並拿起他的手來輕碰我嘴唇。

我真希望自己在那一刻就死掉。我巴不得在心中保有當時那種感覺時就死了！那時候的我再適合進天堂不過了。

「這是你弟弟，」母親摸著我說道。「戴維，我漂亮的寶貝！我可憐的孩子！」然後她又親吻了我幾下，抱著我的脖子。這時，佩格蒂跑了進來，在我們旁邊活蹦亂跳的，但之後她有一刻鐘的時間都在生我們倆的氣。

原來，因為馬車跑得比平常還要快，我比預計抵達的時間還早到了。原來，謀石姊弟去拜訪附近鄰居，要到晚上才會回來。我沒有想過會發生這種事，我從沒想過我們三個可以再次不受打擾地相聚。當時我真覺得又回到以前的時光了。

我們在壁爐邊用餐。佩格蒂本來應該在旁服侍我們的，但母親不同意，要求她跟我們一起吃。我用著以前的盤子，上頭有棕色揚帆的軍艦圖案，我不在家時佩格蒂偷偷把它藏起來。她說就算給她一百鎊也不會把它打破。我也用著上頭寫了大衛的老杯子，和不銳利的小舊刀叉。

用餐時，我覺得時機正好，就把巴基斯先生的事告訴佩格蒂。但我話都還沒說完，佩格蒂就開始大笑，用圍裙摀住臉。

家中的變化

「佩格蒂，這是怎麼回事？」母親問道。

佩格蒂這一聽，笑得更厲害了。母親想把圍裙扯下來，她卻拉得更緊，好像整個頭都被袋子蓋住一樣。

「妳在幹嘛呀，傻東西。」母親笑著問。

「噢，那討厭的男人！」佩格蒂叫著說道。「他想娶我。」

「那應該很門當戶對呀，不是嗎？」母親說。

「噢，我不知道，」佩格蒂說。「別問我。就算他是用金子做的，我也不會嫁給他。我誰都不要嫁。」

「那麼，妳怎麼不告訴他呢？妳這傻瓜。」母親說道。

「告訴他？」佩格蒂反駁道，從圍裙裡探出頭來。「他自己連一個字都沒有跟我提過。他清楚得很，如果他膽敢跟我說一個字，我就會賞他巴掌。」

我從沒見過她臉這麼紅，我想，我也從沒見過有人臉紅成這樣。每當佩格蒂陷入歇斯底里的笑聲時，又會把臉捂起來，狂笑兩三次之後，就繼續吃晚餐了。

我記得，佩格蒂看著母親時，母親雖然微笑以對，但變得越來越嚴肅，顯得若有所思。我這才發現她變了。她的臉依然很美麗，但看起來消瘦憔悴，非常脆弱。她的手又細又白，我覺得都快變透明了。不只這樣，我指的改變是：她的舉止變得焦慮不安。最後母親伸出手，憐愛地放在她的老僕人手上說：

「佩格蒂，親愛的，妳不會結婚吧？」

「我嗎，夫人？」佩格蒂吃驚地回答。「老天保佑，不會！」

「還不會吧？」母親溫柔地說道。

「絕對不會！」佩格蒂大聲說道。

母親握住佩格蒂的手說：「別離開我，佩格蒂。陪著我，或許日子不會很久了。如果沒有妳，我不知道該怎麼辦才好！」

「我怎麼可能離開妳？我的寶貝！」佩格蒂大聲說道。「不論如何，我都不會離妳而去的。怎麼了，妳怎麼有這麼傻的想法？」佩格蒂跟母親說話的方式，有時候就像對小孩子一樣。

但母親只向她道謝，沒有回答。

佩格蒂又像平常一樣劈哩啪啦地說下去：「我離開妳？我自己很清楚，佩格蒂離開妳身邊？那我會立刻把她抓回來！不不不，」佩格蒂叉著手，搖搖頭說，「她不會的，親愛的。她要是離開，有隻貓咪肯定會很高興，但他們不會稱心如意的。就算會激怒他們也好，我即使變成脾氣壞到不行的老太婆，也會陪在妳身邊。等到我太聾、太跛、太瞎、牙齒掉光，沒辦法做事，不中用了，那我會去找我們家戴維，請他收留我。」

「這樣的話，佩格蒂，」我說，「我會很樂意見到妳，還會把妳當女王陛下一樣歡迎。」

「上天保佑你的好心腸！」佩格蒂大聲說道。「我知道你會的！」她親吻了我的額頭，感謝我的好意。接著，她又用圍裙把臉遮起來，繼續笑巴基斯先生的事。接著，她把小寶寶從搖籃中抱起來照顧他。接著，她將餐桌收拾好。接著，她戴上另一頂帽子，帶著針線盒、布尺和一小塊線蠟走了進來。這一切都跟以前一樣。

我們圍坐在壁爐邊開心地聊天。我告訴她們克里克先生是個多麼嚴格的校長，她們都很同情我。我還說史帝福斯是個多麼好的人，他很照顧我，佩格蒂說她願意大老遠用走的去看他一眼。小寶寶醒來時，我將他抱在手裡，溫柔地搖著他。他又睡著時，我跑去窩在母親身旁，這是我以前的習慣，已經很久沒這麼做了。我雙手環抱她的腰，將小紅臉頰靠在她的肩上，再一次感受她的秀髮輕拂著我——我想起來了，我以前老覺得那頭髮就像天使的翅膀——我感到心滿意足。

我坐在那看著爐火，從火紅的炭裡看到了過往的景象。我差點就要相信自己其實未曾離開過，而謀石姊弟就是這些影像，隨著火光漸弱，他們也會消失不見。除了母親、佩格蒂和我，我所記得的一切都不是真實的。

佩格蒂趁著光線還夠，忙著縫補襪子。她坐在那，像戴手套一樣將襪子套在左手，右手拿針，準備好在火光閃亮的時候縫下一針。我不知道佩格蒂一直在補的襪子是誰的，也不知道源源不絕的待補襪子到底從哪來。從我最早以前襁褓時的記憶，她就一直在做這樣的針線活，沒有補過別的東西。

「不曉得……」有時候會突發奇想的佩格蒂說道，「戴維的姨婆後來怎樣了？」

「天哪，佩格蒂！」母親應道，從白日夢中醒來。「妳在說什麼傻話！」

「嗯，但我真的很好奇，夫人。」佩格蒂說道。

「妳腦袋裡怎麼會蹦出這樣一個人？」母親問道。「妳就不能想到別人嗎？」

「我也不知道怎麼會這樣，」佩格蒂說，「或許是我腦袋不靈光，但我的腦子從來就無法控制要想到誰。他們就隨意來來去去，或是不來不去。不曉得她怎麼了？」

「妳真是荒唐，佩格蒂！」母親回答。「妳這樣講，人家還以為妳是希望她再來拜訪呢。」

「喔，千萬不要！」佩格蒂驚呼道。

「那好，妳聽我的話，別再說這些令人不快樂的事了，」母親說道。「貝希小姐就待在自己的海邊小屋裡，這點不用懷疑。她會一直待在那，不管發生什麼事，她應該都不會再來叨擾我們了。」

「不是，」佩格蒂若有所思地說道。「不是那樣的。我是在想，如果她過世，不知道會不會把遺產留給戴維？」

「我的天哪，佩格蒂，」母親回答，「怎麼有妳這麼荒謬的女人！妳明知道我們可憐的男孩出生時，她就覺得被深深冒犯了。」

「我想她現在應該會原諒他了吧？」佩格蒂暗示道。

「為什麼她現在應該會原諒他？」母親尖銳地說道。

「我是說，現在他有個弟弟了。」佩格蒂說道。

母親立刻哭了起來，認為佩格蒂怎麼膽敢說這種事。

「好像這可憐無辜的孩子在襁褓中做過什麼對不起妳的事一樣，妳這忌妒鬼！」母親說道。「妳何不現在就去嫁給那個車夫巴基斯先生，還等什麼？」

「我這麼做的話，謀石小姐肯定很高興。」佩格蒂說道。

「妳真是太壞了，佩格蒂！」母親答道。「妳真是莫名其妙，根本就是嫉妒謀石小姐。妳想自己拿走那些鑰匙，管理所有的東西，是吧？妳如果這麼做，那我也不會意外。妳明知道她這麼做是因為她既仁慈又好心！妳知道她是這樣的人，佩格蒂，妳很清楚。」

佩格蒂嘀咕了一句聽起來很像「好心才怪！」之類的話，接著又說了幾句，意思是這種好心未免太超過了。

母親說：「我知道妳的意思，妳這愛生氣的傢伙。我很瞭解妳，佩格蒂。妳知道我很懂妳，那怎麼還不臉紅得和爐火一樣。不過事情一件一件來說吧。現在談的是謀石小姐，佩格蒂，妳就不要扯開話題了。妳沒有聽到她一次次地說她覺得我太粗心，太過……」

「漂亮。」佩格蒂接話道。

「嗯，」母親半笑著回應，「如果她真的傻到這樣子說我，那能夠怪我嗎？」

「沒有人說要怪妳。」佩格蒂說道。

「對，我當然希望不會！」母親回答。「妳沒聽過她一次又一次地說，她這麼做是想要幫我分憂解勞，因為她覺得這些事不適合由我來做。我也真心不曉得**自己**適不適合做。她不是早起晚睡，經常跑來跑去，不是還做一大堆事，四處照看——煤庫、食品儲藏室，還有其他我都不知道的雜七雜八地方——難道妳是暗示說她這樣做，一點貢獻都沒有嗎？」

「我沒有在暗示什麼。」佩格蒂說道。

「妳就是有，佩格蒂，」母親回答。「妳除了自己的工作以外，什麼都不做，只會老是在那暗示東暗示西的。這妳可喜歡的呢。當妳講到謀石先生的好意……」

「我可從來沒說過這句話。」佩格蒂說道。

「不，佩格蒂，」母親回應，「但妳暗示了。這就是我剛剛在講的。這是妳最壞的部分，妳**老是**在暗示。現在，我說我瞭解妳，妳也看得出來我真的是瞭解妳。當妳講到謀石先生的好意，還假裝藐視（因為我不相信妳是真心看不起他這麼做，佩格蒂），妳一定和我一樣明白他這麼做都是為了我，他所做的一切都是為了我好。如果他看起來是個很嚴厲的人，佩格蒂——妳懂的，我也相信戴維懂，我不是在暗指在場的某個人——這完全是因為他覺得這樣做是為了某個人好。為了我，他當然深愛著那個人，他的所作所為全然是為了那個人著想。他比我更能評斷這一點。我很清楚自己是個軟弱、輕佻、孩子氣的人，而他是堅定、嚴肅、認真的人。他也……」由於母親個性柔弱，她說到這裡不禁潸然淚下。

「他也忍受了我很多。我應該要非常感激他，就連我的思想也都要非常順從他。當我不依順的時候，佩格蒂，我會很擔心、很自責，我會懷疑自己的良心，不知道該如何是好。」

佩格蒂下巴靠在襪子後跟上，坐著靜靜地看著爐火。

「好了，佩格蒂，」母親改變語調說道。「我們別吵架，因為我會受不了的。妳是我最誠摯的朋友，如果我在這世上真有這種朋友的話，那就只有妳了，這我很明白。當我說妳是個傻東西，或是讓人生氣的傢伙之類的話，佩格蒂，我是想說，妳是我最真的朋友，一直都是如此。自從考柏菲爾德第一天帶我回這個家，妳來大門迎接我的時候就是了。」

佩格蒂很快就給予回應，給了她最溫暖的擁抱以認可這段友誼。我想，當時我看出她們這番對話的本質，但我現在可以確定，好心腸的佩格蒂之所以先起頭爭辯，並參與其中，只是為了讓母親能藉由一點矛盾的對話來發洩情緒，以安慰自己。她也的確這麼做了。這計畫成功奏效，因為我記得那天晚上接下來的時間，母親看起來輕鬆許多，佩格蒂也減少了留意她的次數。

我們喝完茶，鏟起爐灰，熄滅蠟燭後，我讀了鱷魚書裡的一個章節給佩格蒂聽，重溫以前的時光——書是她從口袋裡拿出來的，我不知道她是不是一直都放在那裡。然後我們聊到撒冷學校，話題又回到了史帝福斯，他是我最大的話題。我們都很開心。那天晚上是最後一個和樂融融的夜晚，我生命中的那一章也注定要永遠結束，這段記憶永不會消逝。

我們聽到馬車的聲音時，已經將近十點鐘。我們全都站了起來，母親匆忙地說時間很晚了，謀石姊弟不准小孩這麼晚睡，或許我趕快上床睡覺比較好。我親吻了她，在他們進門以前，直接拿著蠟燭上樓了。在走進曾被關過的房間時，我幼稚地幻想會有一陣冷風吹進房子裡，將過去那熟悉的感覺像羽毛一樣吹走。

第二天早上下樓吃早餐這件事讓我有些煎熬，因為自從我犯下滔天大罪那天起，就沒有見過謀石先生。不過，因為這件事不可避免，我還是下樓了。我三番兩次走下幾階樓梯後，又立刻躡手躡腳跑回房間，就這樣來來回回，最後終於走到了客廳。

他背對著壁爐站在那裡，謀石小姐正在泡茶。我進門時，他堅定地看著我，但毫無動作或表情。

我愣了一下，走向他說：「不好意思，先生。我對我的所作所為感到非常抱歉，希望你能原諒我。」

他回答：「聽到你的道歉，我很高興，大衛。」

他把手伸向我，是我咬的那一隻。我眼睛忍不住看了一下泛紅的地方，不過就算他的手再紅，也沒有我瞧見他陰險表情時的臉紅。

「您好嗎，女士？」我跟謀石小姐說。

「啊，哎呀！」謀石小姐嘆氣道，對我伸出的是茶匙，而非手指。「假期有多久？」

「一個月，女士。」

「從哪一天開始放的？」

「從今天，女士。」

「噢！」謀石小姐說道。「那又少了一天啦。」

她有個行事曆計算我的假期，每天早上都用一模一樣的方式劃掉。到第十天以前她都愁眉苦臉的，直到進入二位數，她才燃起希望。隨著我的返校時間逼近，她甚至變得比較詼諧有趣。

回家的第一天，我就不幸地把她嚇得魂飛魄散，儘管她平常並沒有這種弱點。事情是這樣的，我進到母親跟她待的房間裡，看見才幾週大的小寶寶在母親的腿上，我就小心翼翼地把他抱到懷裡。這時，謀石小姐突然尖叫起來，害我差點把寶寶掉到地上。

「我親愛的珍啊！」母親喊道。

「我的天哪，克萊拉，妳看到了嗎？」謀石小姐驚呼道。

「看到什麼，我親愛的珍？」母親說道。「在哪裡？」

「他抱去了！」謀石小姐喊道：「那男孩抱走寶寶了！」

她嚇得雙腿發軟，但還是硬撐起來衝向我，把寶寶從我懷裡抱走。接著她就暈了過去，大家還得給她灌下櫻桃白蘭地才行。她醒來後，就嚴禁我碰弟弟，不管任何理由都不行。我看得出來可憐的母親不希望如此，但還是只能依順地同意禁制令，她只說：「毫無疑問，妳是對的，我親愛的珍。」

還有一次，我們三個人在一起，同樣這位親愛的寶寶——因為母親的關係，我真的很愛弟弟——也是無辜地惹了謀石小姐發脾氣。當時母親將寶寶放在膝上，看著他的眼睛說：「戴維！過來！」然後看了我的雙眼。

我看到謀石小姐放下手中正在串的珠子。

「我敢說，」母親溫柔地說道，「真是一模一樣。我覺得這應該是遺傳到我，遺傳到我眼睛的顏色。真是太像了。」

「妳在說什麼，克萊拉？」謀石小姐說。

「我親愛的珍，」母親結巴地說，被她嚴厲的語調給嚇到了，「我發現寶寶的眼睛跟戴維的一模一樣。」

「克萊拉！」謀石小姐勃然大怒，站起來說：「妳有時候真是笨得可以。」

「我親愛的珍……」母親抗議道。

「笨得可以，」謀石小姐說道。「誰會笨到把我弟弟的兒子跟妳兒子相比？他們一點也不像，完全相反，簡直天壤之別。我希望他們會一直如此。我不要坐在這裡聽妳做這樣的比較。」語畢，她大步走出去，砰一聲關上門。

總之，謀石小姐不喜歡我。總之，在那邊沒有一個人喜歡我，連我都不喜歡我自己。對於那些喜歡我卻不能表現出來的人，以及不喜歡我卻表現得很明顯的人，我深深覺得自己總是一副拘謹、粗魯、愚笨的樣子。

我覺得我讓他們感到不自在，就跟他們讓我不自在一樣。如果我進到他們所在的房間，本來看起來快快樂樂跟他們聊天的母親，從我進門的那一刻起，就會像烏雲罩頂似的抑鬱。如果謀石先生原本心情好，也會被我搞得心情差。如果謀石小姐心情原本就差，就會被我搞得更糟糕。我清楚知道母親一直都是受害者，她不敢跟我說話，也不敢對我好，就怕這麼做會冒犯到他們，之後得受一番斥責。她不只深怕會冒犯到他們，也怕我會，哪怕我只是動一下，她也會不安地看他們。因此我決定盡量離他們遠遠的。我會坐在毫無生氣的房裡，聽著教堂鐘響，裹著小外套專心看書，就這樣度過許多冷冽的時光。

有時候我會在傍晚跑去廚房找佩格蒂。在那裡我覺得很自在，不用擔心做我自己。但是這兩種躲避方法都是客廳裡的人所不允許的，以折磨我為樂的他們禁止了這兩項活動。他們還是認為要訓練可憐的母親，就少不了我，所以身為磨練利器的我絕對不能缺席。

「大衛，」有一天晚餐用畢，我正要和平常一樣離開客廳時，謀石先生說：「我很遺憾看到你老是悶悶不樂的樣子。」

「臉臭得跟熊一樣！」謀石小姐說道。

我一動也不動地站在那，低著頭。

「聽好，大衛，」謀石先生說道。「所有的脾氣中，你這種悶悶不樂、固執任性的樣子是最糟糕的。」

「我所見過有這樣脾氣的人裡，」他姊姊補充道，「這男孩的固執任性最根深柢固。我想，我親愛的克萊拉，就連妳也有觀察到吧？」

「不好意思，我親愛的珍，」母親說，「但妳確定——我相信妳不會怪我這麼問的，我親愛的珍——妳真的瞭解戴維嗎？」

「如果我不瞭解這男孩，或是其他男孩的話，」謀石小姐回應道，「那我應該會感到很羞愧，克萊拉。我不敢說自己能洞徹人心，但我至少還有點常識。」

「毫無疑問，我親愛的珍，」母親回應道，「妳的理解非常透澈……」

「噢，親愛的，不！千萬別這麼說，克萊拉。」謀石小姐岔岔地插嘴道。

「但我確定是這樣的，」母親繼續說，「而且大家都很清楚。我自己就受益良多，很多方面都如此——至少我希望是這樣。這點沒有人比我更清楚了，因此我剛剛是很虛心地請教妳，我親愛的珍，我向妳保證。」

「就當我不懂這男孩吧，克萊拉，」謀石小姐回應道，一邊整理著手腕上的小鐵鏈。「如果妳高興的話，我們就同意我一點也不懂這男孩。他對我來說太深奧了，但或許舍弟的洞察力能使他瞭解這男孩的個性。我相信，我們兩個剛才不怎麼有禮貌地打斷了我弟弟正在說的事。」

「我想，克萊拉，」謀石先生用低沉嚴肅的聲音說道，「就妳剛才的問題，其他人應該有比妳更客觀、準確的評斷。」

「愛德華，」母親膽怯地回應，「不管是什麼問題，你都比我還要能夠評斷事情。你跟珍都是，我只是說……」

「妳只是說了軟弱又不體貼的話，」他回應道。「下次別再這樣，我親愛的克萊拉，自己多注意一點。」

母親的嘴唇動了，好像是在回答：「是，我親愛的愛德華。」但她並沒有說出聲。

「我剛剛說，我很遺憾，大衛，」謀石先生轉頭直盯著我看，「你老是悶悶不樂的樣子。你如果不努力改正，在我眼皮底下繼續養成這樣的性格，那我絕對不容許。你一定要努力改正過來，先生。我們也一定會盡力糾正你。」

「不好意思，先生，」我畏縮地說，「我回來後，不是故意要悶悶不樂的。」

「別說謊找理由，先生！」他很凶地回應我，我看到母親不自覺地伸出顫抖的手，試圖要調停。「你老是愁眉苦臉地躲在房間。當你應該要待在這裡的時候，你就躲到房間裡。我現在一次講清楚，我要求你待在這裡，不能躲回房間。除此之外，我還要求你要聽話。你很瞭解我，大衛，我說到做到。」

一旁謀石小姐沙啞地竊笑著。

「我要你對我畢恭畢敬，立刻聽話，而且要心甘情願，」他繼續說道，「還有對你姑姑和母親也是。我不會讓你鬧小孩子脾氣，把客廳當作有傳染病似的避之唯恐不及。坐下。」

他像叫狗一樣地命令我，而我就像狗一樣地服從。

「還有一件事，」他說。「我注意到你特別依賴地位低下的人。你不能跟僕人往來。你有太多缺點需要改進，待在廚房並不會讓你進步。至於那個唆使你的女人，我不會多說什麼。因為妳，克萊拉，」他低聲跟母親說話，「妳和她相處多年，對她長期偏愛，到現在竟然還尊重她，這個缺點還沒有克服。」

「這是最莫名其妙的錯覺了！」謀石小姐喊道。

他繼續跟我說話：「我只能說，我反對你去跟佩格蒂小姐這類人往來，以後別再這麼做。大衛，現在你明白我說的了，也知道如果不完完全全照我說的做會有什麼後果。」

我很清楚——考慮到我可憐的母親，我可能還比他所認為的更加清楚——我也完完全全照他說的做了。我不再躲到房間裡，不再躲到佩格蒂那裡，只是每天消沉地坐在客廳，一心期待夜晚來臨，睡覺時間來臨。

我用一樣的姿勢坐在那好幾個小時，手腳不敢亂動，以免謀石小姐抱怨我坐立不安，她只要稍微逮到機會，就會立刻責難我。我的眼睛也不敢亂瞄，深怕她會瞧見我有一絲不悅或在仔細觀察她的神色，又讓她找到新的藉口來責罵我。這些限制有多令人厭惡啊！

我呆坐在那裡，聽著時鐘發出滴答聲，看著謀石小姐正在串的發亮小鋼珠，想著她是否會結婚，如果會的話，又是怎麼樣的倒楣鬼會娶她。我還數著壁爐架上的裝飾板條，然後眼睛游移到天花板，看著牆紙上的波紋跟螺旋紋！做這種沉悶的事有多難受啊！

受困在謀石姊弟總會在的客廳裡，是無法醒過來的白日夢魘，是籠罩著我、讓我遲鈍的重擔。這是我走到哪都必須肩負的重擔，而在嚴冬裡，我獨自走的是什麼樣的泥濘小路啊！

吃飯時，總有一副刀叉是多餘的，就是我的；總有一張嘴是多餘的，就是我的；總有一組盤子和一張椅子是多餘的，就是我的；總有一個人是多餘的，就是我！在默不作聲、侷促不安中，我吃的是什麼樣的飯啊！

晚上點蠟燭後，我得找事情做，但是我又不敢看有趣的閒書，只能看那些枯燥乏味的算數書。結果那些度量表都變成像〈統治吧，不列顛〉或是〈悲傷離去〉之類的歌曲，老是不乖乖地讓我好好學習，而是像祖母的針由我不幸的頭穿過，從一只耳朵進，另一只耳朵出。這是什麼樣的夜晚啊，多難熬啊！雖然我已經特別小心了，但還是不斷打哈欠、打瞌睡。當我偷偷從瞌睡中驚醒時，心裡有多麼驚恐啊！我偶爾說句話也沒人理，這是什麼無聲的回答啊！沒人將我看在眼裡，我卻處處礙到每一個人，我是怎麼的一片空白啊！每當聽見九點響起第一道鐘聲，謀石小姐命令我上床睡覺時，對我是多大的解脫啊！

我的假期就這樣緩慢地一天天過去，直到有天早晨，謀石小姐跟我說：「今天是最後一天了！」然後遞給我假期的最後一杯茶。

雖然又要離家，但我並不感到難過。我原本已陷入麻木狀態，不過現在知覺開始慢慢恢復，我又想起史帝福斯，期盼見到他，雖然在他之後隱約出現了克里克先生的身影。再一次地，巴基斯先生來到大門前。再一次地，當母親俯身跟我吻別時，謀石小姐又發出警告聲說：「克萊拉！」

我吻了母親和小弟弟，心裡非常難過。但不是因為離家，而是因為在家裡時，我們之間日日夜夜都隔著鴻溝，把我們分開。母親將我摟得很緊，但永遠留在我記憶中的不是這個，而是她擁抱我之後的情景。

我坐進馬車之後，聽到她在叫我。我往外看去，望見她獨自一人站在花園柵欄邊，舉起寶寶讓我看。那時天氣還很冷，但她一絲頭髮或裙襬都沒有飄動，雙手舉起寶寶，目不轉睛地凝視著我。

我就這樣失去了她。後來，在學校的睡夢中，我見到她的時候也是一樣——站在我床邊不作聲——雙手舉起寶寶，目不轉睛地凝視著我。

第9章　難忘的生日

返校後到三月份我的生日之前所發生的事，我就略過不提了。除了史帝福斯比以往更受仰慕以外，我什麼也不記得。他最慢這學期結束就要離開了。在我眼裡，他比之前更有精神、更獨立，因此也就更具魅力。不過除此之外，我真的什麼事都不記得了。當時讓我牢記在心的那件大事似乎吞噬了所有小事，獨自存在。

讓我更難以置信的是，從我回到撒冷學校到生日來臨，竟有整整兩個月的時間。我只記得這個事實，因為我知道一定是這樣，否則我會覺得返校和生日之間並沒間隔，事情一件緊接著另一件發生。那天的事我記得多麼清楚啊！我還能聞到籠罩在那裡的霧氣的味道，從霧中看見灰白似鬼魂的冷霜。我還能感受到被霜覆蓋的頭髮濕黏在臉頰上。我看著昏暗的教室，到處是一支支燒得劈啪作響的蠟燭，照亮霧濛濛的早晨。還有同學們在冷冽的空氣中不停跺腳取暖，直往手上呵氣，吐出的熱氣像煙一樣在半空中盤繞著。

早餐之後，在操場上的我們都被叫回教室，這時夏普先生走進來說：「大衛．考柏菲爾德到會客室去。」

我以為是佩格蒂送了食物籃過來，所以聽到老師叫我很高興。我敏捷地從座位上起身，身旁一些同學還吩咐我有好料的別忘記分給大家。

「別擔心，大衛，」夏普先生說。「孩子，時間很充裕，別急。」

如果我當時多想一下的話，可能會對他那帶著同情的語調感到詫異，但我是後來才想起這件事。我趕緊跑到會客室，看到克里克先生桌上擺著早餐、藤條和報紙，克里克太太手上拿著一封拆開的信，不過沒有食物籃的蹤影。

「大衛．考柏菲爾德，」克里克太太領我坐到沙發上，在我身旁坐下說，「我特別找你來，是想跟你談談，我有件事要告訴你，我的孩子。」

當然，我直覺地看了克里克先生一眼。他搖搖頭，沒有看我，自己吞下一大片塗滿奶油的吐司，以免嘆氣。

「你年紀還太小，不懂世事變化多端，」克里克太太說，「也不清楚人是怎麼過世的。但每個人終究都會認識到這點，大衛。有些人很小的時候就知道，有些人等到老了才知道，有些人則是一生中不斷遇到。」

我認真地看著她。

「你假期結束，從家裡回學校時，」克里克太太停了一會兒說，「家人都還好嗎？」她又停了一下，「令堂還好嗎？」

我不確定自己為什麼開始顫抖，但依然認真地看著她，沒有回答。

「因為，」她說，「我今早收到一個很難過的消息，得告訴你，令堂病得很嚴重。」

克里克太太跟我之間起了一層霧，她的身影似乎在霧中移動了一下。之後我感覺到熱淚淌落在臉上，接著她的身影也靜止下來。

「她病情危急。」她補充道。

現在我明白了。

「她過世了。」

這句話她根本不需要說出口。我早已陷入淒涼的大哭，覺得自己變成這廣大世界的孤兒了。

克里克太太對我很好，讓我整天都留在那裡，有時候會讓我自己一個人待著。我一直哭，哭累了就睡著，睡醒了再哭。等我眼淚流乾，就開始思考。我心頭的壓抑沉重到了極點，隱隱作痛的悲傷是任什麼都無法減輕的。

可是我的思緒很渙散，思考的並非重壓在我心上的不幸，而是徒然地想著其他相關的小事。我想到家裡大門深鎖，一片寂靜。我想到小寶寶，克里克太太說他有陣子很虛弱，他們相信他也活不了。我想起父親在教堂墓園的墳墓，就在我們家旁邊，還有母親躺在我再熟悉不過的樹下。當我獨自一個人時，我站上椅子照鏡子，看我的眼睛哭得有多紅，還有臉上有多悲傷。幾個小時過去了，我心想，我的眼淚似乎快流乾了，好像是這樣，那等我快到家時——我就要回家奔喪了——受到這麼重大的損失，讓我最有感觸的會是什麼？我也意識到自己有種尊嚴，我的不幸使我成為同儕間的重要人物。

如果說世界上有哪個小孩遭受如此刻骨銘心的哀痛打擊，那就是我了。但我記得這麼受矚目讓我感到很得意。那天下午，我漫步在操場上，而其他同學在教室上課。他們下課後從窗戶看我，讓我覺得自己特別重要，因此就表現得更加哀傷，走得更加緩慢。放學後，他們跑來跟我說話，我對他們的態度和以往並無不同，也沒有擺架子，這點讓我覺得自己表現得滿好。

我第二天晚上要回家，不是搭郵車，而是搭一輛名為「農夫」的笨重夜車，是鄉下人短中程旅行時會搭的車。那天晚上我們沒有說故事。崔斗斯堅持要把他的枕頭借給我。我不懂他覺得這麼做能安慰我什麼，因為我自己明明也有枕頭，但那是他唯一可以借我的東西，可憐的傢伙。此外，在告別時他還給我一張畫滿骷髏頭的紙，想要平復我的憂傷，讓我內心平靜。

我在第二天下午離開撒冷學校。我當時根本沒有想到這一去就不會再回來了。車子整晚都開得很慢，我們一直到隔天早上九、十點左右才到雅茅斯。我探頭找巴基斯先生，但沒有看見他的人影，倒是看到一個矮矮胖胖、呼吸急促、面帶笑容的小老頭。他身穿黑色衣服，馬褲膝蓋處縫有褪色的小綹緞帶，著黑襪，戴寬邊帽，氣喘吁吁地跑到馬車窗口說：

「考柏菲爾德少爺？」

「我就是，先生。」

「請您跟我來，好嗎？」他開門說。「我很樂意帶您回家。」

我將手放在他手上，想知道他是誰。我們走進窄小巷弄裡的一家店舖，招牌上頭寫著：歐瑪，專營布料成衣經銷，訂製裁縫與葬儀服務等。這是一間密閉不透氣的小店，裡頭堆滿了各種衣料，成品和布料，還有一個小櫥窗放滿紳士帽和淑女帽。我們走到店面後方的小房間，裡頭有三位年輕女子正在處理桌上的一堆黑色布料，地上滿是剪下的碎布。室內生起很旺的爐火，溫暖的空氣中還瀰漫著令人難以呼吸的黑紗氣味——我當時不曉得那是什麼味道，但現在知道了。

三位年輕的女子非常勤奮，一副很自在的樣子。她們抬起頭來看我後，又繼續手上的工作。縫、縫、縫。就在這時，窗外小院子的作坊傳來規律的捶打聲：啦—咀咀，啦—咀咀，啦—咀咀，節奏毫無變化。

「哎呀，」車夫對其中一位年輕女子說。「進度如何，米妮？」

「我們應該可以在試穿前做完，」她開心地回答，頭沒有抬。「別擔心，爸爸。」

歐瑪先生脫下寬邊帽，坐下來喘氣。他太胖了，所以喘了好一陣子才說：「沒錯。」

「爸爸！」米妮開玩笑地說：「你胖得跟海豚一樣了！」

「哎呀，我自己也不知道是怎麼回事，親愛的，」他想了一下後說。「我**真是**太胖了。」

「你這是心廣體胖，是吧，」米妮說。「你每件事都看得這麼輕鬆。」

「沒必要看得太重啊，親愛的。」歐瑪先生說。

「的確沒必要，」他女兒回答道。「在我們這裡，大家都很開心，感謝上蒼！不是嗎，爸爸？」

「希望如此，親愛的，」歐瑪先生說道。「我現在喘得過氣了，就來幫這位小學者量尺寸吧。我們到店裡面吧，考柏菲爾德先生。」

我照著歐瑪先生的要求，走在他前面。他先給我看了一卷布料，他說是特級的，除了拿來做給父母的孝服，做其他的都是浪費。他量了我的各種尺寸，然後記在本子裡。他記尺寸時，叫我看他的存貨，說有些是「剛流行」，其他的則是「剛過時」。

歐瑪先生說：「這樣子常讓我們賠不少錢呢。不過流行就和人類一樣，沒有人知道何時流行、為何流行、如何流行；也沒有人知道何時退流行、為何退流行、如何退流行。如果用這種角度看的話，我認為每件事都和人生一樣。」

我實在太傷心了，無法和他討論這個問題，而且這問題不論在什麼情況下，我應該都沒有能力回答。歐瑪先生帶我到後面的小房間，沿路喘氣，呼吸有點困難。

之後，他對門後很陡的小台階喊：「把茶和麵包、奶油送上來！」這段期間，我就坐在那東看西看，想著事情，聽著房間的縫紉聲，還有院子傳來的捶打聲。過了一陣子，餐盤端上來了，原來是給我的。

「我之前就認識你了，」歐瑪先生在看了我幾分鐘後說。早餐一點都沒動，因為那些黑色的東西壞了我的胃口。「我很久以前就認識你了，我年輕的朋友。」

「是嗎，先生？」

「從你一出生，」歐瑪先生說。「我甚至在你出生之前就認識你了呢。認識你之前，我認識你父親。他身高五呎九吋半，躺在寬五呎、長二十呎的地底下。」

啦—叩叩，啦—叩叩，啦—叩叩。捶打聲穿過中庭。

「他躺在寬五呎、長二十呎的地底下，多一分少一吋都不行，」歐瑪先生愉悅地說。「這如果不是他的要求，就是她的指示，我忘記是哪個了。」

「您知道我弟弟的情況嗎，先生？」我詢問道。

歐瑪先生搖搖頭。

啦—叩叩，啦—叩叩，啦—叩叩。

「他在他母親的懷裡。」他說。

「噢！可憐的寶寶！他死了嗎？」

「你難過也無濟於事，」歐瑪先生說。「沒錯，那寶寶死了。」

聽到這消息，我的傷口好像被撕裂一般。我擱下幾乎沒動的早餐，走到小房間一角的另一張桌子，趴了下來。米妮匆忙地跑過來收拾東西，怕我的眼淚弄髒放在上面的喪服。她是個心地善良的美人兒，輕柔地將我的頭髮從眼睛撥開，但她非常開心手上的工作快完成了，而且進度超前，和我的心情截然不同。

剛剛的聲音停止了，一個英俊的年輕人經過中庭走來房間。他手上拿著鐵鎚，嘴上含著一些小鐵釘，說話前還得把釘子統統拿出來。

「哎呦，裘倫！」歐瑪先生說，「**你**進度如何？」

「不錯，」裘倫說，「完成了，先生。」

米妮有點臉紅，另外兩個女生相視而笑。

「什麼！你昨晚趁我去俱樂部的時候熬夜完成了，是不是？」歐瑪先生眨了眨眼說道。

「是的，」裘倫說。「因為您說如果完成的話，我們可以來趟旅行。大夥一起去，米妮跟我——還有您。」

「噢！我還以為你把我忘了呢。」歐瑪先生說，笑到咳嗽。

「既然您那麼好心提議，」年輕人繼續說，「我拚死命也要完成，是吧。您能給我意見嗎？」

「可以，」歐瑪先生起身說道。「親愛的，」他停下來轉向我，「你想看看你……」

「不行，爸爸。」米妮插嘴道。

「我以為這樣做比較好，親愛的，」歐瑪先生說道。「但或許妳才是對的。」

我說不上來自己是怎麼知道他們要去看的東西，是我最親愛、最親愛母親的棺材，因為我從來沒聽過釘棺材的聲音，也沒看過棺材長什麼樣子。但剛剛聽到那聲音的時候，我知道那是什麼聲音。那個年輕人進來時，我很確定自己清楚他剛剛在做的是什麼。

工作現在完成了，我不知道名字的另外兩個女孩將身上的線頭、碎布拍掉，然後回到店裡將東西放好，等著招呼顧客。米妮留在房間裡，把她們剛剛做好的衣服放在腿上摺好，並裝到兩個籃子裡，一邊跪著做事，一邊哼著輕快的曲子。她在忙的時候，裘倫（我想肯定是她的情人）走進來，偷親了她一下，一點也不介意我的存在。裘倫說她父親出去套馬車了，他也得趕快做好準備，然後又走了出去。米妮將頂針和剪刀放進口袋，把一根穿了黑線的針整齊地收進工作袍胸口處，在門後的小鏡子前俐落地穿上外套。我從鏡子看到她愉悅的表情。

我坐在角落的桌邊，手枕著頭觀察到這一切，腦子裡想著別的事情。馬車很快就抵達店門口，他們先把籃子放進去，之後扶我進去，然後三個人才上車。我記得那輛馬車是客貨兩用，一半像載人的輕便馬車，一半像運鋼琴的貨車，漆成灰暗的顏色，由一匹長尾黑馬拉著。我們幾個人坐在裡頭，空間綽綽有餘。

我和他們一起坐在車上，我記得他們忙碌的樣子，看見他們樂在其中，一股奇怪的感覺油然而生，那是我這輩子從沒經歷過的（或許我現在比較世故一點了）。我不生他們的氣，而是害怕他們，感覺我像是被丟到天性和我毫無相似之處的人當中。他們都非常開心。老頭子坐在前面拉車，兩個年輕人坐在他身後。他每次講話，兩個年輕人就會將身體往前傾，把臉各靠在他胖嘟嘟的臉兩旁，非常尊重他。要不是因為我退縮到小角落黯然神傷，他們應該也會跟我聊天的。他們打情罵俏、有說有笑，雖然算不上大聲喧鬧，卻也把我嚇到了，不禁心想他們如此鐵石心腸，怎麼沒有受到懲罰。

所以，當他們中途停下來餵馬、吃吃喝喝休息時，他們碰過的東西，我就絕對不碰，堅持守齋戒。而且一抵達家門，我立刻先從後方下車，不願讓莊嚴的窗戶目睹到我和他們一夥。曾幾何時，往日那些明亮的窗戶，現在彷彿閉著眼般地對著我。噢，我看見母親臥房的窗子，還有過去美好時光裡屬於我的隔壁房間，我哪還需要先想好有什麼事情會讓我落淚啊！

我都還沒走到門口，佩格蒂就將我擁入懷裡，帶我進屋。她一看到我，眼淚忍不住潰堤，但她很快就克制住，低聲說話、輕聲走路，似乎怕叨擾到往生者。我發現佩格蒂已經好幾天沒上床睡覺了，她連晚上也坐在那裡守著。她說，只要她可憐的漂亮小寶貝還在地面上，她就絕對不會離開她。

我進客廳時，謀石先生一點都沒有注意到我。他坐在壁爐前無聲地啜泣，坐在扶手椅上沉思。謀石小姐在布滿信紙和文件的寫字桌上忙著，冰冷的指甲朝我伸來，嚴厲地小聲問我喪服量過了沒。

我說：「量過了。」

「襯衫呢？」謀石小姐說。「帶回家了嗎？」

「是的，姑姑。我把衣服全都帶回家了。」

她的堅定性格所能給我的安慰就是這些了。

我毫不懷疑，她能趁這次機會展示她所謂的自制、堅定、堅忍、見識，以及討人厭性格中暴戾殘忍的一面，而心裡其實自鳴得意。現在換她管事了，她感到特別自豪。她將一切化為紙墨，對其他一切無動於衷，以展現自己的能力。那天剩下的時間，以及後來每天從早到晚，她都坐在桌前振筆疾書，用冷靜沉著的聲音低聲跟每個人說話。她臉上的肌肉一點都沒放鬆，聲音一點都沒變柔，衣衫也一點都不凌亂。

她弟弟偶爾會拿著書，但我從沒看過他在讀。他會把書打開，然後盯著書頁看，好像在讀的樣子，但整整一小時後，一頁都沒翻；之後會把書放下，在房裡來回走動。我則雙手交疊地坐著看他，數他的腳步，好幾個鐘頭就這樣過去。他很少跟他姊姊講話，也從未跟我說過一個字。在整個靜止的房子裡，除了時鐘以外，他似乎是唯一焦躁不安的東西。

葬禮前的這些日子我很少看到佩格蒂，只有在上下樓時，總是看到她待在母親和寶寶所在的房間附近，還有每個晚上會來我床頭前陪到我睡著。

在下葬前一、兩天——我想應該是一、兩天沒錯，但在那段沉重的時期，我的腦子一片混亂，沒有心思留意時間的流逝——她帶我進到那間房裡。我只記得在床上覆蓋的白色罩單底下，似乎躺著家裡莊嚴靜默的化身，四周充滿潔白與清新的氣息。

佩格蒂想將罩單輕輕掀開，我大喊：「噢不！噢不！」強拉住她的手。

如果葬禮是昨天才發生的事，那我也不可能再記得更清楚了。我走進大客廳，立刻感受到裡頭瀰漫的氣息，明晃晃的爐火、酒器裡晶亮的葡萄酒、玻璃杯與餐盤的花色、蛋糕的淡淡甜味、謀石小姐的衣服和我們身上穿著黑喪服的氣味，一切盡收眼底。

齊利普醫生也在場，他走過來跟我說話。

「大衛少爺還好吧？」他和善地說。

我實在無法回答我很好，只好伸出手。他握住了我的手。

「我的天哪！」齊利普醫生柔柔地微笑，眼光閃爍。「我們的小朋友長大啦，長到我們都快認不出來了，對吧，女士？」他跟謀石小姐說，但她沒有回答。

「這房子變了很多不是嗎，女士？」齊利普醫生說。

謀石小姐僅用皺眉和點頭做為回答。碰釘子的齊利普醫生帶著我走到角落，就再也沒開口說話。

我記下這段，是為了要記下當天發生的所有事，並非因為我只關心自己，或是從回家之後就只在關心我自己。此時鐘聲開始響起，歐瑪先生跟另一個人進來要我們準備好。就如佩格蒂很久之前常跟我說的，陪伴父親最後一程的人，也是在這個房間裡準備出發。

送行的有謀石先生、鄰居格雷普先生、齊利普醫生和我。我們走出門時，抬棺夫和棺材已經在外頭的花園裡等了。他們走在我們之前，經過老榆樹，穿過大門，走入我過去夏日早晨經常坐在那裡聽鳥鳴的墓園。

我們站在墳墓周圍。對我來說，那天跟其他日子很不同。光線的顏色也不一樣，是比較哀傷的色彩。當時一片靜肅沉寂，那氣氛是我們和在地底長眠的人從家裡帶過來的。我們脫帽站著，我聽到牧師的聲音，在開放空間裡聽起來好遙遠，卻又清晰明瞭，他說：「耶穌對她說：『復活在我，生命也在我。』」這時候我聽到啜泣聲，來自遠處旁觀者。我看見那位忠心善良的僕人，她是我在這世上最愛的人，我幼小的心靈很確定有一天上帝會對她說：「做得好。」

在那一小群裡，還有很多我認識的臉孔，例如在教堂裡我老是四處張望時所認識的面孔，還有看過母親初嫁來時青春洋溢的人。我不在意他們——我只注意到自己的哀傷——但還是看到了所有人，也都認得他們。甚至在遠遠的後方，我看見米妮也朝我們這裡看，雙眼直盯著她的甜心，因為他就站在我附近。

葬禮結束，土填了進去，我們轉身回家。前方是我們家，依然好美，一點也沒變。看著看著，我想起不復存在的往事，和當下的悲慟相比，以前的傷痛都不算什麼了。不過他們繼續帶我前進。然後齊利普醫生和我說話。我們回家後，他給了我一點水潤喉。我向他告辭，說想上樓回房，他像女人般溫柔地向我告別。

所有的一切，如我所說，就像昨天才發生。之後發生的事全都離我而去，漂到一切忘卻之事會再重現的彼岸，但這段記憶宛如大海裡的磐石，佇立在我心中。

我知道佩格蒂一定會來房間找我。如安息日的凝寂正適合我們兩人。（那天很像禮拜日！我差點忘了這件事。）她坐在我小小的床邊，握著我的手，有時會放到唇邊親吻，有時輕撫，好像在哄我弟弟一樣。就這樣，她用自己的方式，將事情發生的經過娓娓道來。

「你媽媽的身體一直都不好，」佩格蒂說，「已經很久了。她心神恍惚不定，也不快樂。小寶寶出生後，我起初以為她的情況會好轉，但她卻變得更脆弱，心情越來越低落。寶寶出生之前，她常獨自一個人坐著，暗中哭泣。可是在寶寶出生後，她會唱歌給他聽，聲音輕柔到我還以為她就要跟空氣一起飄走了。

「我覺得最近這段時間她越來越膽小，越來越容易受驚嚇，任何一句重話對她來說都是重擊。但她對我的態度始終不變，她對愚蠢的佩格蒂一點都沒變，我親愛的女孩一點都沒變。」

講到這裡，佩格蒂停下來，輕拍我的手好一陣子。

「我最後一次看到她變回老樣子，就是你上次回來那個夜晚，親愛的。你返校的那天，她告訴我：『我再也看不到我那可愛的小寶貝了。我有預感，這是真的，我很確定。』

「她之後試著振作起來。很多次，他們說她頭腦簡單、漫不經心，她也就裝作是這樣的人。但那都過去了。她從來沒有把她跟我說的話告訴她丈夫，她不敢告訴其他人。直到有一天，大概是出事前一個多星期，她才跟他說：『親愛的，我想我快死了。』

「『我心頭的大石已經卸下，佩格蒂。』那天送她上床時，她告訴我。『接下來一天天過去，他就會越來越相信我說的，可憐的傢伙，然後一切就會結束了。我好累喔。如果我只是睡著，那在我睡覺時陪在我身邊，別離開我。願上帝保佑我兩個孩子！願上帝保佑我那個沒爸爸的兒子！』

「在那之後，我就從未離開她身邊，」佩格蒂說。「她經常跟他們兩個在樓下說話——因為她愛他們，她就是無法不去愛陪伴在她身旁的每個人。但等他們離開她床邊，她總會轉向我，好像有佩格蒂在的地方她才能休息，也只有這樣她才能睡得著。

「最後一晚，傍晚時她親吻了我，說：『如果我的寶寶也活不了，佩格蒂，請拜託他們將他放在我懷中，將我們葬在一起。』（事情也就這麼辦了，因為那可憐的小寶貝只比她多活了一天。）『讓我最寶貝的兒子送我和他弟弟到我們安息的地方，』她說。『告訴他，他母親躺在這裡，為他祝福過不只一次，而是上千次。』」

說到這裡，又是一陣沉默。佩格蒂再次輕拍我的手。

「那天深夜，」佩格蒂說，「她跟我要水喝。喝完後，她給了我一個淺淺的笑容。這寶貝！真是美極了！

「天亮了，太陽升起時，她跟我說，考柏菲爾德先生一直是那麼體貼善良，多麼包容她。還有，當她懷疑自己的能力時，他是怎麼告訴她，擁有一顆善良的心勝過聰明才智，有她在，他是個多麼幸福的男人。『我親愛的佩格蒂，』她接著說，『讓我再靠近妳一點。』她這時已經很虛弱了。『將妳善良的手臂枕在我脖子下，』她說，『把我轉向妳，因為妳的臉離我越來越遠了，我想要再靠近妳一點。』我照她的要求做了。噢，戴維！我第一次跟你分別時所說的話成真了——她會很欣慰地將她可憐的小腦袋靠在愚蠢又愛生氣的老佩格蒂懷中——然後就像睡著的小孩子那樣走了！」

佩格蒂就說到這裡。

從我得知母親如何過世的那一刻起，她後來的形象就在我腦中消失了。從那一刻起，我所記得的她，只有我早期印象中的那個年輕母親，那個喜歡用手指捲繞她的金髮，在黃昏時跟我在客廳跳舞的她。佩格蒂剛剛告訴我的事，不但沒有使我想起她後來的樣子，更讓我的記憶停留在她早期的樣貌。這麼說或許很怪，但是真的。她的死，讓她飛回過去無憂無慮的年輕時光，其他的都不存在了。

躺在墳墓中的母親，就是我兒時的母親；躺在她懷中的小東西，就是我自己，就像當年一樣，永遠安詳地睡在她懷裡。

第10章　飽受冷落卻獲得生活費

莊嚴的殯葬過後，窗簾拉起來了，陽光恣意地透進房子裡，謀石小姐所做的第一件正事，就是給佩格蒂一個月後辭退的通知。雖然佩格蒂很不喜歡她的工作，但我相信，為了我，她會願意留下來，要她放棄全世界最好的工作她都願意。她告訴我，我們非得分開了，並解釋為什麼。我們真心誠意地安慰彼此。

至於如何處置我，他們一個字都沒有說，連一點動作都沒有。我敢說，如果他們也能給我一個月後辭退的通知，他們應該會樂不可支。

有一次我鼓起勇氣問謀石小姐什麼時候要回學校，她冷淡地回答說，我根本不用回去了。除此之外，就什麼都沒說了。我和佩格蒂都非常焦急地想知道他們會如何處置我，但我們兩個完全得不到半點消息。

我的情況有一點不同以往。雖然這大大減輕了我目前的擔心，但要是我當時能仔細想想，就會對未來更加惶惶不安。是這樣的，他們過去加諸在我身上的限制都不見了。我不再被要求待在客廳無聊的崗位上，甚至有好幾次，我坐在那裡時，謀石小姐會對我皺眉，示意我離開。他們不再禁止我跟佩格蒂在一起。只要我不在謀石先生身旁，就沒有人會找我或問起我。起初，我每天都在擔心他會親自擔起教育我的責任，或是謀石小姐會全心投入，但我很快就開始覺得這種擔心毫無必要，因為我徹徹底底被冷落了。

那時我並不覺得這項發現會帶給我太大的痛苦。我仍處在母親過世的驚嚇中，對於其他瑣事都有些麻木。但我的確記得，當時偶爾猜想過是否可能無法再上學，或是沒有人會再照顧我了，還有，擔心自己會不會長成衣衫襤褸、喜怒無常、無所事事地成天在小鎮裡遊蕩的人。我也想過，為了擺脫這種未來，我像故事中的英雄一樣出走闖蕩的可能性。不過這些都是轉瞬即逝的念頭，是我偶爾呆坐時跑出來的白日夢，彷彿它們都淡淡地畫或寫在房間的牆上，等它們消逝後，牆壁又變回一片空白。

「佩格蒂，」有天晚上我將手放在廚房壁爐邊取暖時，若有所思地輕聲說，「謀石先生比之前更討厭我。他一直都不怎麼喜歡我，佩格蒂，不過如果可以，他應該寧願不要見到我。」

「或許是因為他很傷心。」佩格蒂摸著我的頭說。

「那當然，佩格蒂，我也很傷心啊。如果他只是傷心，那我一點也不會多想。但不是的，噢，不，不是那樣的。」

「你怎麼知道不是那樣？」佩格蒂沉默了一陣子後說。

「噢，他的傷痛完全是另一回事。他前一刻和謀石小姐坐在壁爐邊很傷心，但只要我一走進客廳，佩格蒂，他就會變得不一樣。」

「他會變得怎樣？」佩格蒂問。

「生氣，」我回答，不自覺地模仿起他陰暗的皺眉。「如果他只是傷心，就不會用那種眼神看我。我要是傷心的話，只會對人更和善些。」

佩格蒂好一陣子不說話。我繼續暖手，和她一樣沉默。

「戴維。」她終於說話。

「怎麼了，佩格蒂？」

「我試過了，親愛的，我想得到的所有方法都試過了，但統統都行不通。簡單說就是，我本來想在布朗德史東這裡找到適合的工作，但就是沒有辦法，親愛的。」

「那妳打算怎麼辦，佩格蒂？」我愁悶地說。「妳要去其他地方找工作嗎？」

「我想我只能回雅茅斯，」佩格蒂回答，「然後在那裡住下來。」

「我還以為妳要走得更遠呢，」我的心情好了一點，「我還擔心以後見不到妳。我會偶爾去雅茅斯拜訪妳的，我親愛的老佩格蒂。妳不會跑到天涯海角去，對吧？」

「不可能的，我的老天爺啊！」佩格蒂激動地大叫。「只要你在這裡，我的小乖乖，我就會每個星期都過來探望你，直到我不在這世上為止。我每個星期鐵定會來探望你一天！」

聽到她的承諾，我心中落下一塊大石。不只這點，佩格蒂繼續說：「是這樣的，戴維，我要先去探望我哥哥，住個兩星期，好好想一下之後該怎麼辦，也讓自己恢復成原本的樣子。我在想，反正他們現在也不想看到你在這裡，或許會准許你跟我一起去。」

當時面對家中其他人（除了佩格蒂以外）的置之不理，我想只有這次出遊能帶給我快樂的感覺。光是想到有那些老實人陪伴，有他們熱烈歡迎我，重回那個甜蜜平靜的週日早晨，當鐘聲響起，石頭打進水裡，還有模糊的船隻從霧中穿出，跟小艾蜜莉跑來跑去，把我的煩惱告訴她，在海灘上撿貝殼和碎石來排憂解勞，想到這些，我的心情就平靜許多。但是下一刻我的心思就被擾亂了，因為擔心謀石小姐不同意我去。不過這點很快就解決了，因為我們在對話時，她正好到儲藏室巡查。我沒料到這時候佩格蒂竟然鼓起勇氣，當場向她提出要求。

「這小子去那裡肯定沒事做，」謀石小姐看著醃菜罐子說，「無所事事就是萬惡的根源。但不可否認的是，我認為他在這裡也是遊手好閒——他到哪都一樣。」

我看得出佩格蒂氣得想頂撞她，但還是為了我把話吞回去，一句話都沒說。

「哼！」謀石小姐的眼睛還是看著醃菜罐。「比任何事情都重要的是——這件事至關重要——不能打擾我弟弟，或讓他不高興。我想還是讓你去比較好。」

我謝謝她，並沒有露出開心的神情，因為怕她會反悔。她的目光從醃菜罐移開，黑色雙眸彷彿吸收了罐子中的東西，酸溜溜地看著我，我不禁想著剛剛的謹慎做法是對的。不過，她同意就是同意了，後來也沒改變心意，所以一個月後，我和佩格蒂就準備出發了。

巴基斯先生到家門前搬佩格蒂的行李。我之前都只有看到他在花園門外，但這次他走進家裡來。他肩上扛著一個大箱子，看了我一眼就走出去了，我覺得那眼神隱含著什麼意義，如果說巴基斯先生的臉上真能透露出任何訊息的話。

佩格蒂一直都把這裡看成她的家，要離開自己待了這麼多年、形成了她生命中兩大依戀——母親和我——的地方，心情低落是理所當然的。那天一大清早，她還去教堂墓園裡散步；進到馬車時，她不斷地拿著手帕拭淚。

她就這樣哭了好一陣子，巴基斯先生一點都沒有表示，只是坐在平常的位子，活像個大雕像。不過當佩格蒂開始張望，跟我說話時，他也頻頻點頭，咧嘴笑了好幾次。我一點都不曉得他是對誰或是對什麼事笑。

「今天天氣很好，巴基斯先生。」為表示禮貌，我開口說道。

「是不差。」巴基斯先生說。他說話總是很謹慎，很少明確表態。

「佩格蒂現在舒服多了，巴基斯先生。」為了讓他高興，我說道。

「是嗎？」巴基斯先生說。

巴基斯先生想了一下，顯出精明的樣子，看著她說：「妳還舒服嗎？」

佩格蒂大笑，給他肯定的答覆。

「不過說真的，講正經的，妳真的舒服嗎？」巴基斯先生低聲道，滑向她坐的位置，並用手肘頂她。「是嗎？真的真的很舒服嗎？是嗎？啊？」

巴基斯先生每問一句，就會挪得離她更近一點，再頂她一下，所以問到最後，我們三個人都在車廂左側擠成一團，我被擠得受不了。

佩格蒂告訴他，我被擠得很難受，巴基斯先生立刻讓出了一點空間給我，然後再慢慢往旁邊挪。但我不得不說，他似乎認為找到了一個很棒的方法，不需要閒話家常，就可以用簡單、討喜和深刻的方式表達自己。

他也因此得意地咯咯笑了一陣子，毫不掩飾。不久後，他又再次轉向佩格蒂，問她：「妳真的舒服嗎？」然後又像剛剛那樣朝我們壓過來，害我都快喘不過氣了。沒多久，他又問了一樣的問題，一樣地壓了過來，得到一樣的結果。最後，我一看到他又要過來了，就會趕快起身站在腳踏板上，假裝看風景，後來就舒服多了。

巴基斯先生很貼心地在酒吧停下來休息，顯然是為了我們兩個。他請我們吃烤羊肉和啤酒。就連佩格蒂在喝酒的時候，他又來剛剛車上那一套，差點讓她嗆到。不過我們快接近目的地時，他變得比較忙，沒什麼時間體貼了。等我們開上雅茅斯的石子路上，大家都搖晃得很厲害，我想他也沒有閒工夫做別的事。

佩格蒂先生和漢姆在老地方等我們。他們熱切地歡迎我和佩格蒂，並和巴基斯先生握手。巴基斯先生的帽子戴在後腦勺上，我覺得他不僅害羞得不敢直視他們，就連雙腳也不知所措，一副無所適從的樣子。佩格蒂先生和漢姆各提一只佩格蒂的行李，我們就準備要走了。這時，巴基斯先生嚴肅地用食指示意我走過拱道。

「我說啊，」巴基斯先生低聲地說，「一切順利。」

我看著他的臉，裝出很明白他意思的樣子說：「噢！」

「事情沒有那樣子就結束，」巴基斯先生自信地點點頭說。「一切順利。」

我再次回答：「噢！」

「你知道誰願意，」我的朋友說。「是巴基斯，也只有巴基斯。」

我點頭同意。

「一切順利，」巴基斯握著我的手說。「我們兩個可以稱得上是朋友，多虧有你幫忙牽線，一切順利。」

巴基斯先生試圖表達清楚，聽起來卻格外神祕，我就是盯著他的臉看上一個小時，去懂他的意思，也絕不會比盯著一個停擺的鐘懂得多，幸好這時候佩格蒂喊我過去。我們一起走回家時，她問我巴基斯先生說了什麼，我告訴她，他說一切順利。

「他真是太放肆了，」佩格蒂說，「但我不介意。戴維小乖，如果我要結婚，你會怎麼想？」

「妳怎麼這麼問呢？我想妳還是會一樣喜歡我吧，佩格蒂，和現在一樣喜歡？」我想了一下後回答她。

聽完我的話，這個好人立刻抱住我，以各種動作表達她對我永不改變的愛，讓路人以及她走在前面的親戚都大吃一驚。

「你覺得呢，親愛的？」她抱完我，我們繼續往下走的時候，她又問了一次。

「妳是想要……嫁給巴基斯先生嗎，佩格蒂？」

「是的。」佩格蒂說。

「我覺得這樣非常好。妳也知道的，佩格蒂，這樣就隨時都有馬有車可以載妳來看我，想要什麼時候來就儘管來。」

「小寶貝你太聰明啦！」佩格蒂大叫。「我這一個月以來想的就是這個啊！是啊，我的小寶貝。我覺得我也該更獨立一點了，你懂吧。而且打理自己家，也總比去別人家做事開心。要我現在去替陌生人家工作，那我可不知道該怎麼辦才好。反正我一定要永遠待在我們美人兒長眠之地附近，」佩格蒂若有所思地說，「然後想看的時候就隨時去探望她。等我哪天也要永眠時，一定要躺在我親愛寶貝的附近！」

我們兩個有一陣子都沒說話。

「但如果我們家的戴維反對，」佩格蒂開心地說，「那我就絕不會同意。就算在教堂預告個九十次，戒指在我口袋磨爛，我還是不會答應的。」

「看著我，佩格蒂，」我回答。「看看我有沒有一丁點的不高興，是否真的不希望妳結婚！」因為我真心贊成這件事。

「哎呀，我的心肝寶貝，」佩格蒂說，「我日思夜想，能想的都想了，希望做出對的決定。不過我會再想一下，跟我哥哥談談，這就先當成我們的祕密，戴維，我們兩個的祕密。巴基斯是個老實的好人，只要我盡好婦道，我一定會過得很舒服。要是我沒有很舒服，那肯定會是我的錯。」佩格蒂開懷大笑地說。這時候引用巴基斯的這句話實在太恰當了，我們倆都被逗得笑個不停，走到佩格蒂先生的船屋前都還樂得很。

船屋看起來沒什麼變，不過感覺好像縮小了。格米奇太太在門口等著，彷彿從上次見到她，她就一直站在那裡，從沒離開過。屋內一點也沒變，甚至連我房裡藍色馬克杯裡的海草都一樣。我走到外面的小木屋四處看，看到一樣的大龍蝦、螃蟹和小螯蝦，仍舊碰到什麼就夾住，一樣在同一個角落裡相互糾結。

不過到處都沒看到小艾蜜莉的蹤影，所以我問佩格蒂先生她去哪了。

「她去上學了，少爺，」佩格蒂先生說，一邊擦去搬完行李後額頭上的汗。「不過很快就會回家了，」他看了一下鐘，「大概再二十到三十分鐘。我們都很想她呢，天哪！」

格米奇太太嘆息著。

「振作點，老妞！」佩格蒂先生大喊。

「我的感受比其他人強烈啊，」格米奇太太說，「我是個孤伶伶的老太婆，而她是唯一不會跟我過不去的人。」

格米奇太太搖著頭啜泣，然後走去爐邊吹火。

佩格蒂先生趁她忙著的時候看向我們，用手遮住嘴巴低聲說：「她在想老伴了！」從這點來看，我猜從我上次拜訪到現在，格米奇太太的心情並沒有好轉。

啊，這整個地方仍然跟以前一樣有意思，但並沒有像以前那樣讓我驚奇，所以我反而有點失望。或許是因為小艾蜜莉不在家的關係吧。我知道她會從哪一條路回家，所以跑去那條路上散步，想要早一點見到她。

不久後，遠方有個身影出現，我很快就知道是艾蜜莉。雖然她已經長大了，但身材還是嬌小。等到她更靠近時，我發現她的藍眼睛變得更藍了，有酒窩的臉蛋更燦爛了，整個人更漂亮、更開朗了。

我突然有個奇怪的念頭，想假裝不認識她，並裝作在看遠處的景物，從她旁邊經過。如果我沒搞錯的話，長大後我也做過這種事。

小艾蜜莉一點也不在乎。她明明看見我了，卻沒有轉頭叫我的名字，反而笑著跑走，害我非得上前追她。她跑得好快，追到她的時候，我們都快到小屋了。

「噢，原來是你啊？」小艾蜜莉說。

「嗯，妳明明認出我了，艾蜜莉。」我說。

「那**你**不是也認出我了？」艾蜜莉說。我湊上前要吻她，但她用手摀住櫻桃小嘴，說她現在已經不是小孩子了，然後就跑走，越笑越厲害，跑回屋裡去了。

她好像很喜歡捉弄我，這點改變讓我十分驚訝。茶桌已經擺好，小矮櫃也放到老地方，不過小艾蜜莉沒有坐在我旁邊，她跑去陪發牢騷的格米奇太太。佩格蒂先生問她為什麼的時候，她把頭髮弄亂蓋住臉，猛笑個不停。

「真像隻小貓！」佩格蒂先生用他的大手輕拍她。

「她是、她是！」漢姆大喊：「戴維小兄弟，她是！」他既愛慕又開心地坐在那，對著小艾蜜莉咯咯地笑了好一陣子，一臉通紅。

事實上，小艾蜜莉都被他們寵壞了。最寵她的莫過於佩格蒂先生，只要她跑過去，用小臉頰磨磨他的粗鬍，那她要什麼就有什麼。至少，我看到她這麼做的時候是這樣認為的。而我完全不怪佩格蒂先生，她是那麼的可愛和貼心，既調皮又害羞的逗人行為，更甚以往地擄獲了我的心。

此外，她的心腸也很軟，我們在壁爐邊喝茶，佩格蒂先生抽著菸斗說到我喪親的不幸時，她立刻雙眼泛淚，從桌子另一端看著我，這讓我對她十分感激。

「啊！」佩格蒂先生勾起她的鬈髮，像流水般在他手中滑過。「這裡還有一個孤兒，你看，少爺。還有這個，」佩格蒂先生反手輕敲了一下漢姆的胸膛，「也是孤兒，雖然他看起來不像。」

「如果有你當我的監護人，佩格蒂先生，」我搖搖頭說，「那我也不會覺得自己是孤兒。」

「說得好，戴維小兄弟！」漢姆興奮地大喊。「太棒了！說得好！你不會覺得孤單的。呵呵！」語畢，他也反手輕敲了佩格蒂先生，小艾蜜莉也站起來親吻舅舅。

「你的朋友還好嗎，少爺？」佩格蒂先生跟我說。

「史帝福斯嗎？」我說。

「就是姓這個的！」佩格蒂先生大喊，轉向漢姆。「我就知道是跟我們這行有關的[22]。」

「你還猜『駛舵福德』嘞！」漢姆大笑地說。

「哎呀！」佩格蒂先生反駁道，「要用舵才能往前駛啊，不是嗎？我也猜得八九不離十啦。他如何呢，少爺？」

「我離開學校時他非常好，佩格蒂先生。」

「這才是真朋友！」佩格蒂先生說，將菸斗往外伸。「說到朋友啊，就是要找這種的！哎呀，上天很特別眷顧我啊，光是看到他就讓人精神煥發！」

「他很帥，對吧？」我說，心裡因為這句稱讚暖了起來。

「何止帥！」佩格蒂先生大喊，「他站在面前，就好像……就好像……哎啊，我也不知道，反正他做什麼像什麼。他好勇敢！」

22. 史帝福斯原文Steerforth有掌舵（steer）前行（forth）之意。

「對！他就是這樣的人，」我說。「他和獅子一樣英勇，而且你無法想像他做人有多率直，佩格蒂先生。」

「我敢說啊，」佩格蒂先生透過菸雲看著我，「他念書肯定也是一樣行，幾乎什麼都會。」

「對，」我開心地說，「他什麼都知道，聰明得驚人。」

「這樣才是真朋友！」佩格蒂先生的頭猛力甩了一下，嘀咕道。

「好像什麼事都難不倒他，」我說。「不管是什麼功課，他只要看一眼就會做了。你也絕對沒見過像他那麼厲害的板球員。下棋也是，不管他讓你多少子，最後都能輕易打敗你。」

佩格蒂先生又甩了一下頭，好像在說：「他當然會贏。」

「他的口才也很好，」我繼續說，「他可以贏得每個人的心。我不知道要是你聽到他唱歌會說什麼，佩格蒂先生。」

佩格蒂先生又甩了一下頭，好像在說：「我毫不懷疑。」

「還有，他也是個慷慨、瀟灑、高尚的人，」我對於我最愛的話題有點得意忘形，「反正他是再怎麼樣都稱讚不完的。我在學校裡年紀比他小，地位也比他低很多，他卻處處照顧我，我再怎麼感謝他也謝不完。」

我繼續連珠砲式地說下去，瞥了瞥小艾蜜莉的臉龐。她傾身靠在桌上，屏住呼吸，非常專心地聽，兩頰紅潤，藍眼如珠寶般閃爍。她看起來特別殷切美麗，我忍不住停下來欣賞。而因為我突然的暫停，他們全都看著她，大笑了起來。

「艾蜜莉跟我一樣，」佩格蒂先生說，「也想見見他。」

大家都看著艾蜜莉讓她有點慌張，所以她低下頭來，整張臉都羞紅了。她透過她的鬈髮抬頭看，發現大家還是一直在看她（我很確定我可以看她看上好幾個小時都不會膩），她就跑走了，一直到接近就寢時間才回來。

我躺在船尾的老舊小床上，風和以前一樣在海灘上悲嘯。這時候，我不禁想著它是否在哀悼逝者。但我這次想的不是海水可能會在半夜高漲，把船給捲走，而是自從我上次聽到海浪聲，浪潮已經高漲，將我快樂的家淹沒了。我記得，隨著風聲與水聲漸漸從我耳裡變得模糊，我在禱告詞中加了一小句話，希望長大能娶小艾蜜莉，之後便沉沉睡去。

日子和往常一樣過去，除了——很大的例外——小艾蜜莉和我很少去海灘閒晃了。她有功課要做，也要做針線活，白天幾乎都不在。但我覺得，就算她沒有那些事要做，我們也不應該像以前那樣閒晃。

艾蜜莉雖然一樣任性和孩子氣，但比我所以為的更像個大人了。才相隔短短一年多一點的時間，她似乎跟我離得很遠了。她喜歡我，但也會取笑我、折磨我。我在路上等她放學時，她會故意從另一條路回家，然後在門前對著失望的我大笑。最棒的時光是她靜靜地坐在門邊做針線活，而我坐在她腳邊的木台階上唸書給她聽。直到今日，我仍覺得自己從未見過四月的午後有那麼明亮和煦，從未見過坐在舊船屋門邊的女孩那麼陽光，從未見過那樣湛藍的天、那樣蔚藍的水，以及駛向金黃夕陽的船隻那麼絢麗。

我們抵達的第一天傍晚，巴基斯先生就出現了。

一臉茫然、動作笨拙的他，帶來一些用手帕包起來的橘子。由於他沒有說明橘子是要做什麼的，走的時候似乎不經心地把它們留了下來，所以漢姆追上去還他。漢姆回來時才告訴我們說，原來橘子是要給佩格蒂的。那次之後，他每天同一時刻都會出現，同樣帶著一小串東西，從來不說一聲，放在門後就離去。這些代表愛慕的禮物真是稀奇古怪，各式各樣都有。我記得看到過兩對豬蹄、一個大針插、大約半桶的蘋果、一副黑玉耳環、一些西班牙洋蔥、一盒骨牌、一隻金絲雀和一隻醃豬腿。

如果我沒記錯的話，巴基斯先生的整段追求過程都非常奇特。他鮮少說話，坐在壁爐邊的姿勢就和在拉車時一樣，然後直盯盯地看著坐在對面的佩格蒂。有一晚，我猜啦，應該是一陣愛意來襲，他突然衝過去，將佩格蒂一小塊用來擦線的蠟塊放進他的背心外套口袋，帶回家去了。從那之後，他最大的樂趣就是在佩格蒂需要蠟塊時，把黏在口袋內襯半融化的蠟塊拿出來，等佩格蒂用完之後再放回原處。他似乎非常享受這個過程，一點都不覺得有開口說話的必要。即使他帶佩格蒂去海灘散步時，我想他也沒有為這感到不自在，偶爾問她是不是滿舒服的，他就感到心滿意足。有時候他離開之後，佩格蒂會用圍裙摀住臉，大笑個半小時之久。的確，我們或多或少都被逗樂了，除了可憐的格米奇太太，由於這段追求過程似乎和她年輕時的經歷很像，總是會讓她想起她的老伴。

終於，我該離開的時間到了。他們說佩格蒂和巴基斯先生要共度一天的假期，於是邀小艾蜜莉跟我一起去。前一晚我睡睡醒醒的，期待一整天跟艾蜜莉玩。我們一大早就迅速起床，還在吃早餐時，巴基斯先生就從遠處出現，駕著輕便馬車往愛人的方向駛來。

佩格蒂穿著跟平常一樣整潔樸素的喪服，而巴基斯先生卻穿了全新的藍外套，容光煥發。這件外套的裁縫師量裁得真好，袖口長到就算天氣再冷也不用戴手套，領子拉得高到他的頭髮全部豎到了頭頂上，發亮的鈕扣也是最大顆的，配上黃褐色馬褲與暗黃色背心的完整打扮，讓人以為巴基斯先生是個顯要的仕紳呢。

我們在門外忙成一團時，我發現佩格蒂先生準備了一隻舊鞋，是要在我們離去後丟出來求好運的，他將這個重責大任交給格米奇太太。

格米奇太太潑冷水

「不，給別人做比較好，阿丹，」格米奇太太說道。「我是個孤伶伶的老太婆，只要不是孤伶伶的東西，就一定會跟我過不去。」

「別這樣嘛，老妞！」佩格蒂先生大喊。「快把鞋丟出去。」

「不，阿丹，」格米奇太太搖搖頭，抽泣著回答。「要是我的感受不這麼深，那我就可以多做一點事。你不像我，阿丹。每件事情都跟我過不去，但你就不會，所以你最好還是自己來吧。」

這時佩格蒂已經匆匆忙忙地跑來跑去親完所有人了，我們也都已經坐上馬車（艾蜜莉和我並肩坐在小椅子上）。佩格蒂從車上喊說一定要讓格米奇太太來丟，格米奇太太照做了，結果卻像是給原本開開心心的出遊潑了冷水。我現在說起來也難過，因為她丟完鞋子後就哭了起來，倒入漢姆的懷中，說她知道自己是個累贅，最好還是立刻被送進救濟院算了。我真心覺得這會是明智的做法，漢姆應該照辦才對。

不過呢，我們就出發去遠足了。我們做的第一件事就是在教堂前停下來。巴基斯先生把馬繫在欄杆上，和佩格蒂一起進教堂，留我和小艾蜜莉獨自在馬車裡。我利用這個機會將手放在艾蜜莉的腰上，並提議說，既然我很快就要離開了，我們應該要相親相愛、快快樂樂地度過這一整天。小艾蜜莉同意，並允許我親她，這下子我越發放得開了。我記得，我還跟艾蜜莉說我一輩子都不可能愛上別人，如果有人希望贏得她的芳心，那我也準備好跟他決一死活。

小艾蜜莉聽得有多高興啊！這位小美人裝作年紀比我大，也比我懂事，一本正經地說我是個「傻男孩」，說完後笑得好燦爛，讓我心滿意足地看著她，就忘了剛才被小看的痛苦。

巴基斯先生和佩格蒂在教堂裡待了好一陣子，之後終於出來了，我們便往鄉村駛去。在路上，巴基斯先生轉向我，眨著眼——對了，我之前一點都沒有想過他竟然會眨眼——對我說：

「我之前在馬車上寫誰的名字啊？」

「克萊拉．佩格蒂。」我回答。

「如果這裡有一塊車篷，那我現在會寫誰的名字啊？」

「又是克萊拉．佩格蒂嗎？」我猜測道。

「克萊拉．佩格蒂．**巴基斯**！」他回答，然後就一陣爆笑，整輛馬車都跟著晃動起來。

總之，他們結婚了，進去教堂正是為此，不為他由。佩格蒂堅持應該安安靜靜辦完婚禮，所以由牧師陪她走紅地毯，也沒有證人觀禮。巴基斯先生突然宣布他們結婚的喜訊，讓佩格蒂有點訝異，她不停地擁抱我，想表示對我的愛永不減少，不過她很快就冷靜下來，並說很高興婚禮結束了。

馬車駛到路旁一家小旅館，巴基斯先生早就預定好位子，我們在那邊享用了溫馨美好的晚餐，心滿意足地度過這一天。佩格蒂婚前婚後的態度一點都沒有變，如果她過去十年都是已婚的狀態，那也不會比現在更加自在。她一如往常地在喝完茶後，跟我和小艾蜜莉去散步，巴基斯先生則氣定神閒地抽著菸斗，一副自得其樂的樣子，我想是沉浸在幸福的喜悅裡吧。果真是這樣，好心情讓他的胃口大開，我清楚地記得，雖然他晚餐時已經吃了滿大分量的豬肉和蔬菜，最後還吃了一、兩隻雞，喝茶時還若無其事地配了很多冷培根吃。

從那之後，我就一直覺得那是多麼奇特、簡單、不尋常的婚禮啊！天黑後我們又上了馬車，在回家的路上，其樂融融地邊看邊討論天上的星星。我是主講人，我的解說讓巴基斯先生大開眼界。我把自己所知道的都告訴他，不管我說什麼，他都照單全收，深深佩服我的才識。我還聽到他跟他的新婚妻子說我是個「小羅修斯」[23]——我想他是指神童。

當我們聊完星星的話題，或者說我已經將巴基斯先生的腦容量消耗殆盡，小艾蜜莉和我用一塊舊布做成斗篷，剩下的旅途中兩人就這樣窩在裡面。啊，我有多愛她啊！如果**我們**結婚的話，（我想）應該會很幸福吧。我們會跑去住在山林田野中，永遠不長大、永遠不會變得更懂事、永遠都是小孩子，白天手牽手在野花盛開的草地上閒晃，晚上將頭枕在青苔上，在純潔平和中安詳地進入夢鄉，死後讓鳥兒將我們掩埋。

好一幅畫啊，完全不是現實生活的寫照，只因我們天真的想像而顯得輝煌，又像遠方的星點那般模糊，這樣的畫面一直留在我心中。想到佩格蒂的婚禮，能有小艾蜜莉和我這兩個天真無邪的人參與，我就很開心。在那場樸實無華的典禮中，慈愛之神與恩典之神以如此輕盈的形態參與，每每想起

23. 羅修斯（Roscius）為西元前一世紀的羅馬演員，奴隸出身，後來成為知名演員及默劇大師。「小羅修斯」和「神童」暗指英國天才兒童演員威廉・貝蒂（William Betty），十二歲時就演出哈姆雷特的角色。

就很快樂。

就這樣，晚上我們又準時回到老船屋。巴基斯夫婦跟我們道晚安後，便帶著好心情駛回他們自己的家。就在那時，我第一次覺得失去佩格蒂了。要不是這個屋簷也保護了小艾蜜莉，我上床睡覺時心裡會更痛苦。

佩格蒂先生和漢姆跟我一樣清楚我心裡在想什麼，所以早就準備好晚餐，滿臉熱情地款待我，幫我趕走難過的心情。小艾蜜莉走過來和我一起坐在矮櫃上，是我那次拜訪以來她第一次這麼做。美好的一天就這樣美好地結束了。

由於那天有夜潮，在大家上床不久後，佩格蒂先生和漢姆就出門捕魚。他們把我一個人留在這個空盪盪的家裡保護小艾蜜莉和格米奇太太，我覺得自己非常勇敢，巴不得有獅子、大蛇或其他居心不良的怪物來攻擊我們，那我就可以打敗牠，獲得榮耀。但那天的雅茅斯海灘並沒有類似的怪物出沒，我只能盡力找到最棒的替代品：整夜作著飛龍的夢，直到天亮。

佩格蒂一大早就來了。她和平常一樣，在我的窗下呼喚我，彷彿巴基斯先生的出現，從頭到尾就是一場夢。

早餐過後，佩格蒂帶我去看她的新居，那真是漂亮的小房子。裡頭的家具中，讓我印象最深刻的是客廳（鋪磚的廚房就是主要的起居室）裡一張深色的木製舊書檯，蓋子可以掀開再放下，變成寫字桌，裡頭放了一大本四開的《福克斯殉道者名錄》。我立刻就發現這本珍貴的書，開始專心地讀了起來，不過現在一個字也不記得了。後來我每次造訪那間小屋，總會跪在椅子上，打開珍藏著這個寶貝的箱子，雙手攤在桌上，津津有味地埋首讀起這本書。我從書中獲得的教訓，恐怕主要都來自裡頭各種駭人可怕的插畫。從此之後，書裡的殉道者和佩格蒂的家，在我心裡就無法分割，至今仍是如此。

那天我向佩格蒂先生、漢姆、格米奇太太和小艾蜜莉告別，晚上在佩格蒂家閣樓小房間裡過夜，床頭櫃上還放著鱷魚故事書。佩格蒂說這個房間永遠都是我的，她會永遠替我保持原狀。

「不管你長多大，親愛的戴維，只要我還在這世上，還住在這個家裡，」佩格蒂說，「這間房間隨時會替你準備好。我會每天打掃，就跟你以前的小房間一樣，小寶貝。就算哪天你跑去中國，不管你離開多久，我也會把它整理得乾乾淨淨等你回來。」

我感受到我親愛的老保母的忠貞不渝，並全心全意地感謝她。那天早上，她緊緊地摟著我的脖子，我沒能好好表達我的謝意，就跟著她和巴基斯先生坐馬車返抵家門了。經過一番難分難捨，他們在大門口跟我告別，我看著馬車載著佩格蒂一起離去，留下我獨自一人在老榆樹下望著房子，我深知裡頭再也沒有一個人會用愛憐的眼神看我了。那是個非常奇怪的景象。

現在，我陷入被人忽略的處境，每次回想起這事，就覺得很淒涼。我淪入伶仃孤苦的境地——沒有得到友善的照顧、沒有跟我同齡的男孩們陪伴、沒有任何朋友，只能自己一個人黯然神傷。就在我寫下這段話的同時，這張紙似乎也籠罩著陰影。

我真恨不得他們把我送去最嚴厲的學校！只要能讓我學習，不管怎麼學，不管在哪學都好！但這種希望並沒有實現。

他們不喜歡我，而且苛刻地對待我，越來越不理我。我想，當時謀石先生的財務狀況頗為吃緊，不過關鍵不在這裡。其實他就是受不了我，我相信他也試著要擺脫我、撇清我跟他的關係——他的確成功了。

他們並沒有虐待我，我也沒有挨打或挨餓。但他們對我的殘酷沒有片刻收斂，而且是從不間斷、冷漠無情的對待。日復一日，週而復始，好幾個月過去了，他們待我冷若冰霜。我有時候會想，要是我生病了怎麼辦？他們是否會讓我躺在孤寂的房裡，和平常一樣，就那樣孤單地衰弱下去，還是會有人幫助我？

謀石姊弟在家的時候，我會和他們一起用餐。他們不在時，我會自己找東西吃。這段時間裡，他們一點也不在乎我在家裡或是在外面亂跑，但會管我的交友情形，或許是怕我交了新朋友後，會向他們抱怨家裡的事。因此，儘管齊利普醫生經常邀我去拜訪他，我也難得去。他是鰥夫，淺色頭髮的矮個子太太在幾年前過世；我總把她跟一隻灰白色的花貓聯想在一起。我很享受在他診療室裡的午後時光，總會挑一本沒有讀過的書來看，一翻開就有一股藥味撲鼻而來；齊利普醫生也會溫和地指示我在研缽裡磨東西。

基於同樣理由，加上謀石姊弟本來就不喜歡佩格蒂，所以他們也很少允許我去探望她。但佩格蒂謹守承諾，每週一定會來看我，或是跟我在附近碰頭，而且一定會帶伴手禮。他們屢次反對讓我去拜訪佩格蒂，讓我既失望又心酸。不過他們久久一次會答應讓我去，也因此我才發現巴基斯先生是「守財奴」，或者如守婦道的佩格蒂所說：他只是「有一點小氣」。他會將一疊錢藏在床底下的盒子裡，假裝裡頭裝的是大衣和長褲。他把藏在金庫中的財產保存得十分嚴密，要從裡面拿出一點來，都得使出千方百計，所以佩格蒂得經過可媲美火藥陰謀案[24]的縝密策劃，才能籌到每週六的開銷。

這段時間裡，我很清楚自己的希望和前途正消逝無蹤。我完完全全地被忽略，照理說肯定會過得很悲慘才對，但多虧有舊書做為我唯一的慰藉。我忠於它們，就如同它們不會背叛我一樣。我一讀再讀，不知道讀了幾次。

現在進入的這個人生階段，我永遠都忘不了，也清楚記得每一件事。儘管我絲毫也不想，但這些記憶經常如鬼魂般來到我眼前，在我最快樂的時候糾纏我。

如今的生活模式讓我天天無精打采。有一天我在外面閒晃，邊想著心事，快到家的時候，在一條小巷的轉彎口，看見謀石先生和另一個人迎面走來。我很惶恐，經過他們身邊時，只聽見那個人大喊：「哎呀！布魯克斯！」

「不，先生，我是大衛．考柏菲爾德。」我說。

「怎麼會，你是布魯克斯啊，」那位紳士說。「是雪菲爾德的布魯克斯，那才是你的名字。」語畢，我認真觀察了這位男士。他的笑聲讓我想起來他就是昆尼恩先生。我和謀石先生去洛斯托夫特時見過他，那是在……哪個時候不重要了……不需要憶起。

「你過得如何？在哪裡念書啊，布魯克斯？」昆尼恩先生說。

他把手搭在我肩上，要我轉過身跟他們一起走。

我不知道該回什麼，遲疑地看著謀石先生。

「他現在待在家，」謀石先生說。「他沒去上學，我不知道該拿他怎麼辦才好，他很難處理。」

他用以往那種虛假的眼神看了我一眼，接著皺眉，眼色沉了下來，帶著憎恨轉過頭去。

「嗯哼！」昆尼恩先生看著我們兩個說道。「今天天氣真好！」

之後一陣沉默，我在想要怎麼擺脫他搭在我肩上的手然後走掉，這時他說：「你現在應該還是一樣很機靈吧？啊，布魯克斯？」

「是啊！他是滿機靈的，」謀石先生不耐煩地說。「快讓他走吧，你這樣纏著他，他可是不會感謝你的。」

24. 蓋．福克斯（Guy Fawkes）與同夥於一六〇五年策劃炸掉英國國會大廈。

在這暗示下，昆尼恩先生放開我，我趕緊跑回家。在轉進花園前，我回頭看到謀石先生靠在教堂墓園的邊門上，昆尼恩先生正在跟他說話。他們倆都在看我，我覺得是在討論我的事。

昆尼恩先生當晚就住在我們家裡。隔天早餐之後，我將椅子靠好，正要走出去時，謀石先生把我叫了回來。接著他陰鬱地走向他姊姊坐的那張桌子前。昆尼恩先生手插口袋，望向窗外，我站在一旁看著他們。

「大衛，」謀石先生說，「對年輕人來說，這是一個要有作為的世界，不是讓人成天無精打采、好吃懶做的。」

「……就像你現在這樣。」他姊姊在一旁接口道。

「珍．謀石，拜託讓我來處理就好。我說啊，大衛，對年輕人來說，這是一個充滿行動的世界，不是可以無精打采、好吃懶做的地方。對你這種迫切需要糾正的小男孩更是如此。最有效的方法，就是逼你適應勞動的世界，藉此矯正你的缺點、改掉你的脾氣。」

「因為倔強固執在這世界上不管用，」他姊姊說，「必須制服這種脾氣。一定得制服才行，只能這樣！」

謀石先生對她使了個眼色，一半責怪她插嘴，一半贊同，之後繼續說道：「我想你應該知道，大衛，我並不富有。就算你不知道，那至少你現在明白了。你已經接受不少教育了。受教育很花錢，就算不花錢，我付得起，我也認為你待在學校沒有什麼好處。擺在你面前的，是出社會闖蕩。你越早開始越好。」

我當時覺得自己早已開始悲慘地奮鬥了。不管實際上有沒有，我現在覺得就是有。

「你聽到我們提過『出納室』。」謀石先生說。

「出納室嗎，先生？」我重複道。

「謀石與格林比工廠，做酒類生意。」他回答。

我大概是一臉疑惑的樣子，所以他倉促地繼續說：「你聽到我們提過『出納室』，或是買賣、酒窖，或者是碼頭之類的事。」

「我好像聽過你們提到買賣的事，先生，」我想起來稍微有點印象他們姊弟是做什麼的，「但我不知道什麼時候聽到過。」

「什麼時候聽到的不重要，」他回答。「反正昆尼恩先生主管那邊的事務。」

昆尼恩先生還望著窗外，我恭敬地看了他一眼。

「昆尼恩先生說他們會雇用一些男孩工作，所以沒有道理不用同樣的條件雇用你。」

「因為他，」昆尼恩先生半轉身地低聲說道，「也沒有別的前途，謀石。」

謀石先生沒有理會他，甚至不耐煩、惱怒地繼續說：「條件是，你自己去賺取足夠的錢供吃喝和零用。你的住宿我已經安排好了，也會替你付錢。還有洗衣的費用也是……」

「……會由我來控管正當開銷。」他姊姊說。

「我們也會替你買衣服，」謀石先生說，「因為你目前還無法自己負擔。所以你現在要和昆尼恩先生一起去倫敦，大衛，你要開始自力更生了。」

「總之，我們會負擔你的生活費，」他姊姊總結。「你也要盡你的一份力。」

雖然我很清楚這項決定是要擺脫我，但我不是很記得自己當時是高興還是驚嚇。我印象中，自己好像感到很困惑，在喜悅與恐懼之間游移不定，兩邊都碰不到。我也沒有什麼時間理清思緒，因為昆尼恩先生明天就要啟程。

看看我，隔天就戴著破舊的小白帽，上頭綁了黑紗為母親戴孝，身穿黑夾克和硬挺的燈芯絨長褲——謀石小姐認為這條褲子是勇闖世界的最佳盔甲，而奮戰即將開始。看看我這身打扮，全部家當就裝在一只小箱子裡，像個孤伶伶的小孩（格米奇太太就會這麼說），坐在郵車後面，跟昆尼恩先生一起到雅茅斯搭前往倫敦的公共馬車。

你看，我們的房子與教堂越來越遙遠，教堂墓園裡樹下的墳墓已被其他東西擋住了，以前嬉戲的地方佇立的尖塔也消失在眼前，天空一片空白！

第11章 自食其力，但不喜歡

我現在已經滿瞭解這個世界，幾乎沒有東西可以讓我大感訝異的了。但即使到現在，我還是很驚訝自己竟然在這麼小的年紀就被遺棄。好好一個有才華、觀察力優異、敏捷、積極、脆弱、敏感的孩子，竟然沒有人站出來為他抱不平，至今我仍覺得很不可思議。但因為沒有人這麼做，十歲的我，就這樣成了謀石與格林比工廠的童工了。

謀石與格林比工廠設在河畔，位於黑衣修士區[25]。那裡近來改建後，樣貌已不同以往，但當年那工廠是窄巷的最後一間，巷子從山丘蜿蜒至河邊，盡頭有些台階供人搭船。工廠建得凌亂無序，有個自用的碼頭，漲潮時與水面毗連，退潮時就留下一片泥濘，鼠輩猖獗。我敢說，上百年的煙塵使得隔間牆板都褪色了，地板與樓梯都已經腐爛，老灰鼠在地窖裡亂吱亂竄，工廠裡到處都是灰塵與腐朽——所有這些景象在我心裡並非多年前的記憶，而是此時此刻呈現在我眼前的，它們歷歷在目，就和我不幸的當年，首次顫抖地牽著昆尼恩先生的手踏進去時，記得一樣清楚。

謀石與格林比工廠的生意五花八門，其中很重要的一項是供應葡萄酒與烈酒給定期郵船。我現在忘記都運到哪裡，只記得有些是送到印度東、西部。我知道很多空酒瓶是回程帶回來的，有些大人和男孩的工作就是在燈光下檢查這些酒瓶，如果有瑕疵就不要，剩下的要清洗擦乾。空瓶不多時，要在

25. 黑衣修士區（Blackfriars）位於倫敦市西南邊。

裝滿酒的瓶身貼標籤，或是塞入可以合的軟木塞、在瓶塞處貼上封口，或是把已經完成工序的瓶子裝箱。這些統統都是我的工作；他們雇了很多男孩做這些事，而我就是其中一個。

包括我大概有三、四個人。我的工作崗位是在工廠的角落，昆尼恩先生只要站在出納室板凳的最低階，從比桌子高一點的窗戶就可以看到我。就在這裡，我自力更生的悲慘人生開始了。

第一天早上，年紀最大的男孩就被叫來帶我參觀工廠。他的名字是米克．沃克，繫著破爛的圍裙，戴著紙帽。他告訴我，他的父親是船員，曾在倫敦市長就職遊行中戴著黑絲絨頭飾參加遊行。他還跟我說，我們的工作和另一個男孩最有關係，他的名字（對我來說）非常奇特，叫做米粒．馬鈴薯。不過我發現這並不是他受洗的名字，只是工廠的人給他取的綽號，因為他的膚色蒼白。米粒的父親是船夫，額外榮耀地身兼某個大劇院的救火員。他還有其他年輕親戚——我想是他妹妹吧——在啞劇裡演小惡魔。

我淪落到與這些人為伍，深藏在心底的痛楚是無法言喻的。拿從今以後要和我相處的夥伴與我開心童年時的同伴相比——更不用說跟史帝福斯、崔斗斯和其他同學相比——我覺得長大後能博學多聞、成就非凡的希望在我心中幻滅。我深深記得當時自己無比絕望的感覺；對於所處的境況感到羞恥。年幼的我認為，自己所學的、所想的、喜歡的、激發我想像力與上進心的一切，都一天天離我遠去，一點一滴地，再也回不來了。

這種心酸是文字無法描述的。那天上午，米克．沃克一不在，我的眼淚就會與洗酒瓶的水混合在一起，彷彿心頭有缺口似的不停啜泣，處在崩潰痛哭的邊緣。

出納室的鐘顯示十二點半，大家都準備去吃午飯，這時昆尼恩先生輕敲窗戶示意我過去。我走進去後，看到一個略胖的中年男子，身穿棕色外套、黑色緊身褲、黑色皮鞋；頭很大，和雞蛋一樣光禿閃亮；大臉完全轉過來對著我。他衣衫襤褸，卻戴著很氣派的襯衫硬領，手上拿了一把相當有派頭的拐杖，上面還有兩大條紅褐色流蘇，大衣外掛了個單片眼鏡——我後來發現那是裝飾用的，因為他很少拿起來戴，就算戴了也是什麼都看不見。

「就是這位。」昆尼恩先生說。他指的是我。

「這位，」陌生人說，語調帶著一種優越感，還有難以形容的儒雅氣派，讓我印象非常深刻，「就是考柏菲爾德少爺啊，您好嗎，先生？」

我回答非常好，希望他也是。天知道我當時十分惴惴不安，但對那時候的我來說，抱怨不是我的本性，所以我回答我非常好，希望他也是。

「我是的，」陌生人說，「感謝上帝，我很好。我收到了謀石先生的來信，他信上提到希望我們家後面的空房，簡單來說，可以租出去，當成是，總之——」陌生人笑著說，洋溢出一種十足的自信，「當作臥室，接待我現在有幸認識的這位初出茅廬的年輕人——」陌生人揮揮手，下巴架在襯衫硬領上。

「這位是麥考伯先生。」昆尼恩先生告訴我。

「嗯哼！」陌生人說，「正是在下。」

「麥考伯先生認識謀石先生，」昆尼恩先生說。「他找到客戶時，會幫我們介紹生意並收取佣金。謀石先生已經寫信和他討論你住宿的事，他會收你當房客。」

「我的地址，」麥考伯先生說，「是城市路上的溫莎街。總之，我——」麥考伯先生用一樣的風雅語氣，又洋溢出一股自信地說，「就住在那裡。」

我向他鞠躬。

「我覺得，」麥考伯先生說，「你在這大都市的遊歷還不夠廣，所以往城市路走時，穿梭在神祕奧妙的現代巴比倫，或許會遭遇困難——總之，」麥考伯先生又自信洋溢說，「你可能會迷路——我很樂意在今天傍晚過來，帶你認識最近的路線。」

我由衷感謝他不怕麻煩，願意好心地來帶我。

「那我應該，」麥考伯先生說，「在幾點過來……」

「大約八點。」昆尼恩先生說。

「大約八點，」麥考伯先生說，「我祝您有個美好的一天，昆尼恩先生，我就不打擾了。」接著他戴上帽子，用手臂夾著拐杖，挺直身，哼著歌走出了出納室。

就這樣，昆尼恩先生正式雇用了我，要我在謀石與格林比工廠好好工作。我想薪水應該是一週六先令，但不確定到底是六先令還是七先令。我覺得很可能是起薪六先令，後來變七先令。他先預付我一週的工資（我認為他是自掏腰包的）。

我拿了六便士給米粒，請他當天晚上幫我將行李送到溫莎街，因為行李小歸小，但對我來說還是太重了。然後我再花六便士買了肉派當午餐，就路邊水龍頭的冷水配著吃。剩下時間我就在街上閒逛，度過午休的一小時。

到了晚上約定的時間，麥考伯先生再次出現。我將手和臉洗乾淨，向體面的他表示敬意。我們一起走回家——我想現在該稱呼那裡為家了。麥考伯先生邊走邊告訴我街名、街口建築的形狀等等，要我好好記住，這樣早上出門才會認得路。

我們抵達了溫莎街的房子。（我注意到房子和麥考伯先生本人一樣破爛，但也跟他一樣盡量裝出體面的樣子。）他將我介紹給身材纖瘦虛弱、有點年紀的麥考伯太太。她坐在客廳（樓上全都沒有裝修，只將窗簾拉下，以掩鄰居耳目），正在給嬰兒餵奶。這個嬰兒是雙胞胎中的一個，我記得和那家人相處的日子裡，幾乎沒見過那對雙胞胎同時離開麥考伯太太，總會有一個在吃奶。

他們家還有兩個孩子，麥考伯少爺大概四歲，麥考伯小姐約三歲左右。除此之外，有個皮膚黝黑的年輕女子，是他們家的女僕，說話習慣哼鼻子。不過半小時，她就告訴我，她是來自附近聖路克濟貧院的「孤兒」。這一家就這些人了。我的房間在後面的頂樓，密不通風，牆面唯一花樣是用模板印上的，就我年幼的想像力看來是藍色瑪芬帽，房裡也沒幾樣家具。

「我結婚前，」麥考伯太太起身，帶著雙胞胎和其他孩子，領我參觀住處，「是跟爸爸媽媽一起住。我從來沒想過會不得不收房客。但因為麥考伯先生財務有困難，我不能只考慮到個人感受。」

我說：「是的，夫人。」

「目前麥考伯先生的困難幾乎把我們壓倒了，」麥考伯太太說。「他是否有辦法度過難關，我不知道。我以前跟我爸媽住在家裡的時候，還真是一點也不懂我現在所經歷的困難到底是什麼意思，但不經一智，不長一事啊[26]——就像我爸爸以前常講的。」

我不能確定是她親口告訴我麥考伯先生以前是海軍軍官，還是我自己的想像，只知道至今我仍相信他很久以前當過海軍，但我說不出為什麼會這麼認為。現在他替各式各樣的店家到處跑生意，恐怕收入微薄，甚至幾乎沒有。

「如果麥考伯先生的債主們**不肯**寬限他，」麥考伯太太說，「那就得自食其果了。他們越早解決這件事越好。石頭是擠不出血來的，麥考伯先生根本籌不出錢來還債，更別提訴訟費用了。」

26. 麥考伯太太想說的是拉丁文experientia docet（不經一事，不長一智），卻搞錯了，說成experientia does it。

我始終搞不清楚是我早熟的自力更生，讓麥考伯太太誤以為我年紀應該更大，還是她對於這個話題有太多想法，沒人的時候甚至會對著雙胞胎講。不過她一開始就對我傾吐家裡的負擔，之後跟她的相處也一直如此。

可憐的麥考伯太太！她說她努力過，我也毫不懷疑。家裡的大門中央還掛了一大塊銅牌，上頭刻著：麥考伯太太女子寄宿學校。但我從來沒看過有年輕女子在那一帶上學，連個身影都沒有，也沒人打算要來，而麥考伯家也沒有任何要接待學生的準備。我所見到或聽到的訪客就只有債主，他們不分日夜地來，有些還特別凶狠。

有一個臉上滿髒的男子，我想他是個鞋匠，會在早上七點就鑽進走廊，一上樓梯就對麥考伯先生喊道：「快點！你根本都還沒起床吧。還錢給我們可以嗎？別躲了，你知道吧。這太卑鄙了。如果我是你的話，才不會這麼卑鄙呢。還錢可以嗎？還錢就沒事了，聽到沒？快點！」他若是發現麥考伯先生對這些奚落毫無回應，就會氣急敗壞地罵出「騙子」和「土匪」。再沒有回應時，有時候還會極端一點，跑到對街對著三樓的窗戶大喊，因為他知道麥考伯先生就住那裡。

這些時候，麥考伯先生會很難過、羞愧，甚至會拿刮鬍刀作勢自刎。（這是有一次他妻子大聲尖叫，我才知道的。）但大概半小時後，他就會費盡心思地把鞋擦亮，哼著曲子出門，樣子比平常更加氣派。麥考伯太太也一樣能伸能屈。我見過她在三點鐘時，因為繳稅的事快昏厥過去；四點鐘，就吃起炸羊排、喝熱麥酒（去當舖當掉兩根茶匙買來的）。有一次，法院執行強制拍賣令，我那天大約六點就回到家，看見她披頭散髮地昏倒在壁爐前（當然還有雙胞胎之一也一起倒在那）。但同一天晚上，她一邊在廚房烤小羊排，一邊告訴我她爸媽的故事，以及過去往來的朋友都是什麼樣子時，我沒見過她那麼開心。

我在這個房子裡，與這一家人度過我的空閒時光。我一人獨享一便士的麵包和一便士的牛奶當早餐，都是我自己買的。我會留一小塊麵包跟一小塊乳酪，放在特定櫥櫃的特定夾層裡，當回家後的宵夜。我很清楚這對我六、七先令的工資來說是很大的開銷；我整天都待在工廠裡，一整個星期都要靠那點薪資過活。從週一早上到週六晚上，我不記得有人給我任何形式的建議、忠告、鼓勵、安慰、協助、支持，就如我希望有天能上天堂一樣真切！

我年輕，稚氣未脫，又缺乏能力——我又怎麼不會如此？——無法負擔生活的所有開銷，因此早上去工廠時，看到麵包店外不新鮮的半價麵包，經常忍不住花掉午餐錢買來吃。這時候我就會不吃午餐，或是只買一點捲餅或小甜點充飢。

記得那時有兩間甜點店，我會根據財務狀況光顧。其中一家在聖馬丁教堂後面的住宅區，現在已經不在了。那家店的甜點是用小紅葡萄乾做的，是滿特別的甜點，但很貴，和一便士的普通甜點一樣大，卻要價兩便士。另一家賣一便士的不錯甜點，店開在河岸街上，就在後來改建的那一區。他們的甜點粗實、色淺，口味重、口感鬆軟，裡頭有零星幾顆壓扁的白葡萄乾。每天晚上下工經過時，都是熱騰騰剛出爐，我也經常買來吃。

有時正餐想吃正常、豐盛一點，我會買五香辣味臘腸和一便士的麵包，或者去小餐館買四便士一盤的牛肉，或是在工廠對面一間老舊的酒吧——叫雄獅還是雄獅和什麼的，我已經忘了——吃一盤麵包和起司，配一杯啤酒。有一次，我記得早上從家裡帶用紙裹著的麵包出門，像夾一本書在腋下似的，走進德魯里巷一家頗具人氣的牛肉餐館，點了一「小盤」美味的牛肉配麵包吃。服務生對於一個奇怪的小孩獨自來吃飯有什麼想法，我不知道，但他的樣子這時正浮現在我眼前。我吃午餐時，他直盯著我看，還叫另一個服務生來看。我給了他半便士的小費，不過倒是希望他不收。

我想，我們還有半小時的午茶時間。有錢的時候，我會去買半品脫的現成咖啡和一片抹了奶油的麵包；沒錢的時候，就去艦隊街上盯著一間野味店看，或是到處散步，最遠會走到柯芬園市集，然後盯著鳳梨看。我很喜歡在艾德菲[27]附近遊蕩，覺得那些深色拱門好神祕。我記得自己某天晚上穿過那些拱門，到河邊一家小酒館，外面有露天座位，有些扛煤的工人在跳舞，我就坐在長椅上看他們，不知道他們對我作何感想。

我看起來就是個小孩子，因為年紀太小，當我走進陌生酒吧想要來杯麥酒或黑啤酒配午餐時，他們都不敢給我。記得有天傍晚天氣炎熱，我走進一家酒吧，問老闆說：「你們最最最好的麥酒是什麼？」因為那天是特殊的日子，我不知道是什麼，有可能是我生日。

「兩便士半，」老闆說，「是真正上等麥酒的價錢。」

「那麼，」我拿出錢說，「麻煩給我一杯真正上等、上層泡沫倒得恰到好處的麥酒。」

老闆從吧台後面看著我，從頭到腳打量我，臉上掛著奇怪的笑容。他並沒有幫我倒酒，反而對簾子後面的老闆娘說了些什麼。她從簾後出來，手上還拿著正在做的針線活，跟老闆一起盯著我看。就這樣，我們三個人杵在那裡的畫面浮現在我眼前：老闆只穿著襯衫，靠在吧台的窗框上；老闆娘從矮門看著我；我呢，則是搞不清楚狀況地站在吧台外，抬頭看著他們。兩人問了我很多問題：我叫什麼名字，我幾歲，我住哪，我做什麼工作，我怎麼到那裡的。對於這些問題，為了不牽連任何人，我編造了合適的答案。他們幫我倒了麥酒，不過我懷疑並不是真的上等酒。老闆娘打開吧台的矮門，彎著身將酒錢還我，並給我一個半讚賞、半同情的吻，但我相信這全是出於女性的慈愛。

27. 艾德菲（Adelphi）：泰晤士河旁的新古典建築住宅公寓，附近的艾德菲劇院以此命名。原建築已於一九三〇年代拆除。

我去酒館犒賞自己

我知道，我並沒有下意識或存心誇大我的收入不足或生活困難。我知道，只要昆尼恩先生給我一先令，我就會將錢花在午餐或下午茶上。我知道，我從早到晚和大人、男孩一起工作，是個很窮酸的小孩。我知道，自己在街上遊蕩，吃不飽、喝不足。我知道，要不是上帝憐憫我，憑我受到的微薄照顧，很可能輕易就淪為小強盜或是小遊民。

話雖如此，我在謀石與格林比工廠也有點地位。昆尼恩先生雖然滿不在乎我這個特例是怎麼流落至此，但仍待我不同於其他人。除此之外，我從沒對任何一個大人或小孩說過我是怎麼到這裡的，也從未吐露過我對自己淪落到這有多難過。我私底下受苦，我的心酸除了我自己，沒有其他人知道。就如我之前說過的，我的痛苦程度是我沒有能力言述的；但我保守祕密，埋頭工作。

打從一開始我就知道，要是我做事不比其他人好，就無法不受人輕蔑和藐視。因此，我很快和其他男孩一樣駕輕就熟。雖然跟他們都滿熟稔的，我的行為舉止和他們還是頗不相同，多少有些隔閡。他們通常稱我為「小紳士」或是「小薩福克人」。有個叫葛高利的裝箱工頭，還有另一個穿紅色外套、名叫提普的車夫，有時候會叫我「大衛」，但大多是我們聊私事以及工作之餘，我拿以前讀過的書來娛樂他們的時候才會這麼稱呼我。（我都快忘記那些書的內容了。）米粒．馬鈴薯有次抗議我受到這麼好的待遇，但米克．沃克很快就制服了他。

我認為要擺脫這種生活幾乎是不可能了，因此完全放棄任何希望。我真心相信自己沒有一刻心甘情願過這種生活，沒有一刻不垂頭喪氣。但我都忍了下來，甚至連和佩格蒂多次往來的信件中，我也不曾吐露自己真實的感受，部分原因是出於對她的愛，還有我覺得很羞愧。

麥考伯先生的財務困難更加劇了我的怏怏不樂。孤苦無依的我，開始對這家人產生深厚的感情，也經常邊走邊替麥考伯先生想辦法籌錢，為他的債務問題感到心情沉重。週六晚上，是我最開心的時候。一方面是口袋裡有六、七先令，回家的路上可以進店裡閒晃，想想這些錢可以買到什麼東西，是多麼美妙的一件事；另一方面是我能提早回家。

麥考伯太太會在這天晚上對我掏心掏肺；週日早晨，當我把前一晚買的茶和咖啡放進刮鬍子用的小壺裡攪拌，吃著很晚的早餐時也是。像這樣的週六傍晚，我們開始聊天時，麥考伯先生會一副哭喪著臉的樣子；但到了尾聲，卻又唱起「傑克的愛人是可愛的小南」——這種情況可是一點也不奇怪。我也曾看過他回家吃晚飯時一把鼻涕一把眼淚的，宣告說他只有進監獄一途了，但在就寢時又計算著「如果哪天時來運轉」（這是他最愛的口頭禪），家裡裝圓肚窗的花費會是多少。麥考伯太太也和他一模一樣。

儘管我與麥考伯夫婦的歲數相差甚多，但我們之間發展出很奇特的平等友誼，我想是源自於我們各自的處境。但我從來沒有接受過他們的邀請，白吃白喝他們的東西（我知道他們和屠夫以及烘焙店鬧得不愉快，而且經常自己都吃不夠），直到有一次麥考伯太太毫無保留地跟我說心事。她某天晚上這麼做了——

「考柏菲爾德少爺，」麥考伯太太說，「我沒有把你當外人，所以毫不保留地跟你說麥考伯先生的困難已經到了緊要關頭。」

這番話讓我覺得非常難過，我無限同情地看著麥考伯太太泛紅的雙眼。

「我們家只剩下一塊荷蘭乳酪的硬皮，而這不適合小孩子吃，」麥考伯太太說。「除此之外，家裡食品櫃裡什麼東西都沒有了。以前跟爸爸媽媽同住的時候，我太習慣說出食品櫃這個詞了，現在幾乎不知不覺地又說了出口。我想說的是，這個家裡已經沒有東西可以吃了。」

「天哪！」我滿心擔憂地說。

我口袋還剩下這週的薪資兩、三先令——因此可以推測這天是週三晚上——我很快地拿出來，誠懇地請麥考伯太太收下來，當成是向我借的。但這位太太一邊親吻我，一邊將錢放回我口袋，說她連想都不能想。

「不，親愛的考柏菲爾德少爺，」她說，「我一點都沒有這個意思！但你很早熟懂事，如果可以的話，能不能幫我另一個忙，我會非常感激的。」

我求麥考伯太太趕快說。

「銀器我已經自己處理了，」麥考伯太太說。「我偷偷把六個茶杯、兩個鹽罐、一對糖罐分次親手拿去借錢。可是雙胞胎經常把我綁住，而且一想起爸爸媽媽，要做這些交易對我來說心如刀割。我家裡還有一些小東西可以拿去當掉，不過麥考伯先生絕對沒辦法處理，他會難過的。而克里克特——那位濟貧院來的女孩——是個粗人，要是把這麼私密的事情交付給她，她會得意忘形得讓人受不了。考柏菲爾德少爺，我能否請你……」

我懂麥考伯太太的意思了，並求她儘管派我去做。當天晚上我就開始將方便攜帶的物品拿出去換錢。此後，幾乎每天早上到謀石與格林比工廠之前，都會做一趟類似的遠征。

麥考伯先生在五斗櫃上有幾本書，他都稱那裡是圖書館，首先脫手的就是那些書。當時的城市路靠近家裡附近有一段滿是書攤跟鳥店，我會一本接著一本地把書拿去書攤，他們收什麼我就賣什麼。書攤老闆住在後面的一間小屋，每晚都喝得醉醺醺的，然後隔天早上被老婆罵得狗血淋頭。不只一次，我一大早去的時候，都看到他人還在折疊式床架上，額頭不是割傷就是黑眼圈，證明他前一晚又喝多了。（恐怕他喝醉的時候更會吵架。）他會抖著手，拚命從地板上衣服口袋中翻找那迫切需要的先令，這時手上抱著小寶寶的老闆娘，就會踩著鞋跟一直不停地罵他。有時候他沒錢了，就會叫我下次再去；但老闆娘手上總會有點錢（大概是趁他喝醉時拿的），會在我們一起下樓時暗中完成買賣。在當鋪也一樣，我開始變得人人皆知。櫃台主要負責的先生非常注意我，我記得他在跟我交易時，經常會把我叫到他旁邊，考我拉丁名詞或形容詞的變化式，或是動詞的時態變化。跑完腿後，麥考伯太太都會做點吃的招待我，通常是晚餐。我記得很清楚，這些食物總有種特別的滋味。

最後，麥考伯先生的困難轉為災難。有天他一大早遭到逮捕，被抓到南華克區的王座法庭債務人監獄。他走出屋外時告訴我，末日已經降臨在他身上了——我真的覺得他心都碎了，我的也是。但我後來聽說有人中午前還看到他活力充沛地在玩九柱戲[28]。

他被關進去的第一個週日，我準備去監獄探望他，和他共進午餐。我問了路，說要到某某地方，別人告訴我在路上會先看到另一個地方，然後快到時我會先看到一個庭院，穿越之後要一直往前走，最後就會看到獄吏。我照他們說的走，最後果然看到了獄吏。（我當時真是矮不隆咚啊！）我想起羅德里克·藍登被關進債務人監獄時，有個人全身光裸，只裹著一條舊毯子的情景。我不禁淚眼模糊，心跳加速，這時獄吏慢慢地朝我走來。

麥考伯先生已經在大門另一端等我了。我們走到他的牢房（頂樓的下一層），兩人都哭個不停。我記得他一直和我千叮嚀萬交代，要以他的命運為借鑑。然後說到，如果一個人一年賺二十英鎊，花掉十九英鎊又十九先令六便士的話，那他就會過得很快樂。但如果他花了二十英鎊又一先令，那他會過得很痛苦。之後他跟我借了一先令買黑啤酒，還寫了張請麥考伯太太還我這筆錢的借條，接著收起手帕又開朗了起來。

28. 類似今日的保齡球，但規模較小，僅有九個木柱。

我們坐在小壁爐旁，將兩塊磚頭放到生鏽的爐柵，一邊各一個，避免炭燒得太快。這時麥考伯先生的牢友剛從監獄的烘焙坊回來，帶了一塊羊腰肉，成了我們三人共享的盛餐。之後他們叫我去正樓上那間房找「霍普金斯隊長」，帶上麥考伯先生的問候，說我是他的年輕朋友，希望霍普金斯隊長可以借我一副刀叉。

霍普金斯隊長借了我刀叉，並請我代為問候麥考伯先生。他那間小牢房中還有個蓬頭垢面的女士，以及兩個頭髮蓬亂的蒼白女孩——那二位是他的女兒。我覺得借走隊長的刀叉，好過借走他的梳子，因為隊長本人也是邋遢得不得了。他留著大鬍子，身穿老舊的咖啡色厚大衣，裡面就沒有其他衣服了。我看見他的床卷在角落，櫃子上擺了好多鍋子和碗盤。我憑直覺推測（天知道我怎麼會這樣想），雖然那兩個蓬頭女孩是霍普金斯隊長的女兒，但那位蓬頭垢面的女士卻不是他的妻子。我膽怯地站在他門口不過兩分鐘的時間，卻得到了這麼多資訊，和我手中的刀叉一樣真實清楚。

話說回來，我們的午餐倒有點像吉普賽人的風味，很愉快。午後，我就把霍普金斯隊長的刀叉還回去，然後回家把一切經過告訴麥考伯太太，安慰她。她看見我回到家，就昏過去了。我們在聊探監的事時，她還煮了一小壺熱蛋酒[29]給彼此暖暖身子。

我不知道這家人是怎麼把家具賣掉籌錢，也不知道是誰賣的，只知道不是我就對了。除了床、幾張椅子、餐桌以外，其他東西全被裝上貨車載走。我們靠著僅剩的物品，在溫莎街空盪盪的屋裡那兩間起居室露起營來。麥考伯太太、孩子們、孤兒和我就住在那裡。我不記得住了多久，但感覺很久就是了。最後，麥考伯太太決定也住進監獄，麥考伯先生已經安排好一間私人房。因此我將鑰匙拿去給房東，他很高興地收下。他們的床被送到王座法庭監獄，而我那張床則隨我搬到監獄附近一個小房間。我對這個安排很滿意，因為我和麥考伯一家共患難至今已經習慣了彼此，覺得難捨難離。孤兒也在附近租了一個便宜的房間。我住的後閣樓很恬靜，屋頂是斜的，俯瞰出去有個貯木場，景緻宜人。光想到麥考伯先生的困難終於一發不可收拾，我就覺得住在那就像在天堂。

這段日子裡，我照樣在謀石與格林比工廠，做著同樣的工作，面對一樣的同事，心裡仍如同剛開始那樣，覺得自己不該受到這種屈辱。不過我每天去工廠、從工廠回家，以及用餐時間在街上徘徊時，身邊都沒有人陪，也沒有和其他男孩多來往。當然，對我來說幸好如此。我照樣過著私底下不開心的生活，也和以前一樣孤單寂寞、自立自強。我唯一注意到的改變是：第一、我越來越不修邊幅；第二、我現在對麥考伯夫婦的事鬆了一口氣，因為有他們的一些親朋好友出面幫忙，他們在監獄的日子比之前長期在監獄外的日子來得舒適。

透過某些安排，我可以去監獄和他們共進早餐，但細節我現在已經忘了。我也忘記監獄大門是早上幾點開，幾點讓我進去。我只記得通常會在六點鐘起床，中途最喜歡的遊蕩地點是老倫敦橋，我習慣坐在石塊凹處，看著人來人往，或是靠在欄杆，看著映在水上的陽光，看著它在倫敦大火紀念碑頂端映出的金色火焰。孤兒有時候會在這裡和我碰頭，我會編一些關於碼頭與倫敦塔的奇幻故事給她聽，我只能說我希望這些故事是真的發生。傍晚的時候我會回去監獄，和麥考伯先生在廣場走上走下，或是和麥考伯太太玩撲克牌，聽她細數她爸媽的事。至於謀石先生知不知道我人在哪，我無從得知。我從來沒和謀石與格林比的人說過這些。

麥考伯先生雖然已經度過最難的關頭，但由於某種「契約」的關係，事情仍未完全解決。我以前經常聽見這個詞，卻一點也不懂是什麼意思，還以為是很久很久以前在德國十分流行的一種惡魔

29. 用啤酒、雞蛋、砂糖與肉豆蔻煮成的調酒。

文件[30]，但現在我知道那是他之前和債主達成的協議。最後，這份文件的問題不知怎麼也解決了。無論如何，它不再是前方的暗礁了。麥考伯太太告訴我，「她娘家的人」決定麥考伯先生應該依照無償債能力債務人法[31]請求釋放。她預計大概六週後，他就自由了。

「之後，」也在場的麥考伯先生說，「我相信我一定會，請求上蒼保佑，能讓我走在世界前端，以煥然一新的方式生活——總之，就等哪天時來運轉。」

我想起來，麥考伯先生抱持所有可能機會都應該嘗試的態度，大概在這時候寫了一封請願書給下議院，請求他們修改債務監禁法。我在這裡記下這件事，是為了說明我如何將兒時讀過的書融入到已不同過往的生活，把街上看到的情景、男男女女的互動拿來替自己編故事。還有，在描寫我的人生時，無意識地發展出角色的主要特質，全是在這一段時間漸漸養成的。

監獄裡有個俱樂部，具有紳士風範的麥考伯先生在那裡說話很有分量。他將請願的想法跟俱樂部的成員提過，他們也強烈贊成。由於麥考伯先生是個徹頭徹尾的好人，除了自身的事以外，對其他所有事情都十分熱衷，就算是對他毫無利益的事也忙得不亦樂乎。因此他著手草擬請願書，撰寫好，再正式謄寫到一張巨大的紙上，在桌上攤開，並訂定時間要俱樂部的成員或獄中有意願的人到他的房間簽名。

當我聽說這個即將到來的儀式，雖然大部分人我都已經認識，他們也都認識我了，我還是急著想看大家一個接著一個進來的情景，所以跟謀石與格林比工廠請了一小時的假，站在角落看。俱樂部主要成員能擠的都擠進了小房間，擁護麥考伯先生到請願書前。我的老朋友霍普金斯隊長早已梳洗乾淨，以對如此莊嚴的場合表示尊重，他站在旁邊將內容唸給不太瞭解的人聽。

門打開了，其他獄友開始列長隊進來：一個人走進來，簽名，離去，其他人在外面等。對每個進來的人，霍普金斯隊長都會問：「你讀過內容了嗎？」「沒有。」「那你想聽聽看嗎？」如果對方稍微表示一丁點想聽的意願，霍普金斯隊長就會以宏亮的嗓音一字一句唸給他聽。我想如果有兩萬個人願意聽他唸，隊長也會一字不漏地讀上兩萬遍。我記得他唸到「議會的諸位人民代表」、「請願者謙卑地來到尊貴的議會殿堂」、「仁慈國王陛下的不幸子民」時，總會用一種悠揚的語調，彷彿這些字詞在他嘴裡是真實的東西，有如山珍海味般的鮮嫩可口。再者同時，麥考伯先生帶著一點作者的虛榮在旁邊聽著，看著對面牆上的尖釘（不是很認真地）沉思。

我每天來回南華克區與黑衣修士區之間，午餐時間在隱密巷弄中穿梭，石頭路大概都快被我幼小的腳踏壞了。不知道聽著霍普金斯隊長朗誦，在我面前排隊簽名的人當中，現在有多少人已經不在了！當我回想起過去那痛苦而緩慢的童年，很想知道我替那些人編的故事，有多少是建立在我清楚記得的事實之上的幻想迷霧！我只知道，當我走在過往的石頭路上，似乎看見前方有個天真爛漫的男孩，我會同情他以奇怪又悲慘的經歷為基礎，編織出想像的世界！

30. 指浮士德把靈魂賣給惡魔的契約。
31. 一項無力償還債務者只要放棄所有財產，承擔責任與債務，就能獲釋的法案。

第12章 不喜歡自立自強的生活，我下定決心

終於，麥考伯先生的請願獲得審理了。依照無償債能力債務人法，這位紳士獲釋，我對此感到十分開心。他的債主也並非毫不寬容。麥考伯太太告訴我，就連激憤的鞋匠都在法庭上宣告說，他對麥考伯先生並無恨意，只希望欠款可以收回，並說他認為有欠有還是人之常情。

案件審理完後，麥考伯先生回到王座法庭監獄，必須付清一些款項，辦好手續，他才能算是真正獲釋。俱樂部的人熱烈迎接他，並在當天晚上替他舉辦歡送會。麥考伯太太和我則私下在其他睡著的家人旁吃羊雜碎。

「考柏菲爾德少爺，今天情況特殊，」麥考伯太太說，「我就再給你多一點熱調酒[32]，」其實我們已經喝過一些了，「紀念我的爸爸媽媽。」

「他們過世了嗎，夫人？」敬完酒後，我問道。

「在麥考伯先生遭遇困難之前，」麥考伯太太說，「或者說在難關排山倒海而來之前，我的媽媽就已離開人世。我爸爸還在世的時候，替麥考伯先生保釋了好幾次。後來他也去世了，親朋好友都很惋惜。」

麥考伯太太搖搖頭，想起雙親落了淚，一滴淚滴在懷中的一個雙胞胎身上。

我實在找不到更好的時機，問一個和我密切相關的問題，就開口問道：「夫人，麥考伯先生現在已經解除危機，也自由了，我冒昧請問你們之後打算做什麼？有什麼想法了嗎？」

「我娘家的人，」麥考伯太太說這幾個字的時候，總是很自豪的樣子，但我從來沒發現她所指的到底是哪些人。「我娘家的人認為麥考伯先生應該離開倫敦，到鄉下一展長才。麥考伯先生可是才華洋溢呢，考柏菲爾德少爺。」

我回答說我毫不懷疑。

「他才華洋溢，」麥考伯太太重複道。「我娘家的人認為，靠一點人脈，麥考伯應該可以在海關辦公室展露他的本事。我娘家的人在普利茅斯很有影響力，他們希望麥考伯先生能夠下去那裡，覺得他務必得親自去看看。」

「這樣他才能立刻把握機會嗎？」我問道。

「沒錯，」麥考伯太太回答，「要是有什麼機會到來，他就能隨時把握。」

「那您也要一起去嗎，夫人？」

那天發生的事情，加上還有雙胞胎，就算沒有熱調酒也讓麥考伯太太激動不已。她一臉淚水的回答道：「我一輩子都不會拋棄麥考伯先生。他一開始或許對我隱瞞了財務困難的事實，只因他天性樂觀，覺得自己能夠解決。我從媽媽那裡繼承的珍珠項鍊和手鐲，都被他拿去用半價典當掉了。還有爸爸送我們的結婚禮物——一整套珊瑚飾品，根本像丟了一樣，沒賣到半毛錢。可是我絕對不會拋棄麥考伯先生，不會！」麥考伯太太喊道，比先前更加激昂：「我絕對不會！再怎麼問我都是沒用的！」

我覺得有點不自在，因為她這麼說，好像是我要她拋下麥考伯先生一樣！於是我驚慌地坐在旁邊看著她。

32. 以啤酒、烈酒加糖調成，並用熱鐵棒加熱的酒。

「麥考伯先生有他的缺點。他缺乏遠見，這我不否認。他之前對我隱瞞收入和負債，我也不否認，」她看著牆繼續說，「但我絕對不會拋棄麥考伯先生！」

麥考伯太太越說聲音越高，這時已經變成像在尖叫了，我嚇得急忙跑去俱樂部，打斷正坐在長桌主持並帶唱副歌的麥考伯先生：

跑吧，道賓，
衝吧，道賓，
跑吧，道賓，
衝吧，跑吧——吼——吼！

我告訴他麥考伯太太的狀況令人擔憂。聽完，他立刻哭了出來，跟著我回房，背心上滿是剛才吃的蝦頭、蝦尾。

「艾瑪，我的天使！」麥考伯先生跑進房間大喊。「妳怎麼啦？」

「我一輩子都不會拋棄你的，麥考伯！」她喊道。

「我的心肝！」麥考伯先生將她擁入懷裡說：「這我清楚得很。」

「他是我孩子們的爸！他是我雙胞胎的爹！他是我深愛的夫君，」麥考伯太太掙扎著大喊。「我絕對——不會——拋棄麥考伯先生！」

麥考伯太太這麼不離不棄，讓麥考伯先生聽了深受感動（至於我，已經滿臉是淚），他激動地俯身對著她，求她抬頭看他並冷靜下來。但他越叫麥考伯太太抬頭看，她就越不肯定睛看；他越叫她冷靜，她越是不肯。麥考伯先生因此備受影響，最後我們三人哭成一團。後來，他要我搬張椅子去樓梯口等一下，他先帶麥考伯太太上床休息。我本來是想向他們告辭的，但他堅持要我等到送客的鈴響再走，所以我就坐在樓梯口的窗戶旁，直到他也搬了張椅子坐我旁邊。

「麥考伯太太現在還好嗎，先生？」我問。

「她情緒非常低落，」麥考伯先生搖搖頭說，「反應很激烈。啊，今天真是糟糕的一天！我們孤立無援——真是一無所有了！」

麥考伯先生緊握住我的手，呻吟了一下，哭了起來。我深受感動，卻也很失望，因為我本來期望在這個期待已久的快樂日子，大家都會很開心才對。但我想，麥考伯夫婦太習慣過苦日子了，現在一想到已經擺脫那種生活，頓時覺得惶恐不安。他們以前能屈能伸的個性都不見了，我從沒見過他們有那天晚上的一半難過。因此，鈴響之後，麥考伯先生陪我走到守衛室，祝福我之後就跟我告別，而看他頹靡不振的樣子，我很不放心留他一個人自己離去。

我們三人陷入一陣混亂和情緒低落，是我意料之外的，可是我清楚知道麥考伯一家人將要離開倫敦了，我們的分離近在咫尺。當天晚上，在走路回家以及失眠的那幾個小時，我突然迸出一個想法，我真不知道那念頭是怎麼跑進我腦海裡的，但後來變成我堅定的決心。

我已經習慣了麥考伯一家人，跟他們共患難見真情，沒有他們，我就連一個朋友都沒有了。光想到要換住處，再次到人生地不熟的地方落腳，這種前景彷彿往昔的片刻漂入我當下的生活，由於我已經歷過，所以很清楚那是什麼感受。過往所深受過的創傷、心頭的羞愧與痛處，現在想起來感觸更加深刻，我絕對無法忍受繼續這樣度日。

我非常清楚，除非我自己逃跑，否則要脫離這種生活是一點希望也沒有。

謀石小姐很少來信，謀石先生更是一封信也沒有。倒是謀石小姐曾寄來兩、三個包裹，裝了乾淨跟補好的衣服，收件人是昆尼恩先生，裡頭總會放一張紙，寫著「J. M.」相信「D. C.」[33]努力工作，認真盡責——除了要我繼續做苦工以外，對我的其他期望隻字未提。

就在第二天，我仍為了突來的想法焦慮不安時，發現麥考伯太太先前提到他們要離去並非沒有原因。他們在我過去住的地方租了一週，之後就要動身前往普利茅斯。當天下午，麥考伯先生來到出納室，告訴昆尼恩先生他離去那天就必須把我交回給他，還對我讚不絕口，我相信自己是當之無愧的。昆尼恩先生把已婚的車夫提普叫來，因為他們家有空房要出租，便替我安排住到他家去——因為我一聲不吭，他相信這件事經過雙方同意，其實我已經偷偷下定決心。

我和麥考伯夫婦在同一個屋簷下共度最後幾個晚上的時光。我覺得，隨著時間的逝去，我們越來越親近。最後一個週日，他們邀請我吃午餐。我們吃了豬腩肉配蘋果醬汁，還有甜點。我前一晚買了斑紋木馬要送給長子小威爾金．麥考伯當離別禮物，送給小艾瑪一個娃娃。我也送了一先令給孤兒，因為她快失業了。

我們度過愉快的一天，雖然大家對於即將到來的別離都感傷萬分。

「考柏菲爾德少爺，」麥考伯太太說，「我以後只要想到麥考伯先生艱困的日子，就一定會想起你。你總是行事細心、樂於助人。你從來就不是我們的房客，你一直都是我們的朋友。」

「親愛的考柏菲爾德，」麥考伯先生說，他後來習慣這樣直呼我的名字，「你在朋友前景渺茫、窮困潦倒時，有惻隱之心，憑藉沉著的頭腦與高明的手腕——簡單說，你有能力將用不著的物品處理掉。」

我回謝他的這番稱讚，並說我很遺憾我們就要分離了。

☆1
"My advice is, never do tomorrow what you can do today. Procrastination is the thief of time. Collar him!"

「我親愛的年輕朋友，」麥考伯先生說，「我年紀比你大，已經有了一些人生經驗——簡單說，也有一些身處困境的經驗，簡單來說就是這樣。現在，在我的生活出現轉機之前（我可是時時刻刻都在期盼），我除了一些建議，沒有其他東西能給你。但我的建議仍值得一聽——總歸一句，雖然我自己都沒有做到，而且還變成——」說到這裡，前一刻還喜眉笑眼的麥考伯先生突然停頓了一下，皺眉說道：「你眼前顛沛流離的可憐人。」

「我親愛的麥考伯！」他的妻子央求道。

「我是說，」麥考伯先生難以克制情緒，又微笑繼續說，「身為你眼前顛沛流離的可憐人，我的建議是：今天能做的，就絕不要留到明天。拖延是時間的小偷。逮捕它！☆1」

「這是我可憐爸爸的座右銘。」麥考伯太太補充道。

「親愛的，」麥考伯先生說，「妳爸爸做事非常有一套，我要是詆毀他，那可是天理不容。從各方面來看，我們再也找不到——總之，或許見不到像他那樣的人了。他一大把年紀，雙腿依然健壯，且不用戴眼鏡就能讀清楚一般大小的字。不過他將那句格言用在我們的婚姻上了，親愛的。因此，我們婚結得太早，成家的費用我至今仍未彌補起來。」麥考伯先生側過臉看了看麥考伯太太，補充道：「我並沒有為此感到遺憾，恰恰相反，我的愛。」說完，有一、兩分鐘的時間他都面色沉重。

「考柏菲爾德，我的另一個建議，」麥考伯先生說，「你也知道，年收入二十英鎊，年開銷十九鎊十九先令六便士，笑咪咪。年收入二十英鎊，年開銷二十英鎊又六先令，慘兮兮。花朵凋零、葉子枯萎、太陽之神墜落到令人沮喪的場面，最後——簡單說，你就會永無翻身之日。就像我這樣！」

33. J. M.與D. C.分別為珍・謀石與大衛・考柏菲爾德的英文名縮寫。

為了讓他的例子更生動一點，麥考伯先生心滿意足地喝下一整杯水果酒，並用口哨吹起〈學院號笛舞曲〉。而我再三向他保證，會將這些箴言牢記在心。不過我其實根本不需要刻意去記，因為他們當時的樣子讓我印象太深刻了。

隔天早上，我去公共驛站跟他們一家人道別，帶著淒涼的心情，目送他們到後面坐車。

麥考伯太太說：「考柏菲爾德少爺，願上帝保佑你！我永遠不會忘記這一切，你知道的。就算我可以，我也絕不會忘記。」

麥考伯先生說：「考柏菲爾德，再會了！祝你快樂、順心！如果往後流逝的歲月裡，我可以說服自己，我慘痛的命運能讓你引以為戒，那我會很欣慰自己沒有白占了別人的位置。如果哪天出現好機會（這點我很有信心），我能盡全力改善你前途的話，那我會欣喜萬分。」

麥考伯太太和孩子們坐在馬車後面，我站在路邊感傷地看著他們時，她拭去了淚水，我想她這才發現原來我是這麼小的一個孩子。我會這麼想，是因為她示意我爬上車，我從沒見過她臉上那般慈愛的表情。她抱住我的脖子，給了我一個她給親生孩子的那種吻。

馬車開始移動時，我差點來不及下車。那家人揮舞著手帕，熱淚盈眶的我，差點就看不清他們。很快地，馬車就失去蹤影了。孤兒和我站在路中間茫然地看著對方，然後我們握手道別。我想她會回去聖路克濟貧院，我則是要去謀石與格林比開始我疲憊不堪的一天。

但我不打算再繼續過這種令人厭煩的日子。不，我下定決心逃跑。不管用什麼方法，就是要逃去鄉下找我在世上唯一的親人，然後將我的故事告訴姨婆——貝希小姐。我已經說了，我不知道這想法是怎麼跑進我腦中的，但它既然跑進來了，就再也溜不走。我這輩子從沒有比達成這個目標更為堅定的意志。我一點也不曉得這件事到底有沒有希望，但我抱著破釜沉舟的決心，要實踐這項計畫。

自從那個輾轉難眠的夜晚，我第一次想到這個計畫之後，一次又一次，上百次地，想著可憐的母親講述我生日那天的情景。

我以前老愛聽她說這段故事，所以記得很清楚。我的姨婆走進那個故事裡，然後又離去，是個可怕又嚇人的人物；但她的行為總有個小特點，那是我很喜歡想像的畫面，也給了我一點前進的力量。我忘不了母親是怎麼告訴我，她覺得姨婆撫摸她秀髮的方式很溫柔。雖然這有可能只是母親的幻想，說不定根本毫無依據，但我對這有了些想像：可怕的姨婆憐疼起孩子氣的美人兒，我永遠記得、深愛的母親——讓整段故事都變柔和了。這很有可能只是我長期以來的想像，但漸漸地加深了我的決心。

我完全不知道貝希小姐住在哪，因此我寫了很長的一封信給佩格蒂，不經意地問她是否記得姨婆的住址，假裝我聽到有個女士說她住在我隨便編的某個地方，好奇姨婆是不是也住那裡。信中還說，我遇到一個特殊狀況需要半基尼，如果她能借錢給我，我會非常感激，以後會把錢還給她，也會說明是做何用途。

佩格蒂的回覆很快就來了，也一如往常地充滿了她對我永不改變的愛。她附上了半基尼（恐怕是費盡千辛萬苦才從巴基斯先生的箱子裡弄到的），並告訴我貝希小姐住在多佛附近，但到底是多佛，還是海斯、桑蓋特或福克斯通，她就不敢確定了。不過我問了一位同事這些地方在哪裡，他說都很接近。我想這資訊對我來說應該是夠了，並決定在週末出發。

我年紀雖小，但非常老實，不願意在謀石與格林比留下壞名聲，於是決定工作到週六晚上再離開。而且我打從第一天工作，就先領了一週的薪水，所以不打算在一般領薪的時間到出納室領工資。也因為這樣，我先借了半基尼，以免沒有旅費可用。

週六晚上來臨時，大家都在工廠等領薪，總是有優先權的車夫提普是第一個去領錢的。我和米克・沃克握手，告訴他輪到他時，麻煩他轉告昆尼恩先生，我去把行李搬到提普家。之後我又和米粒・馬鈴薯道最後一聲晚安，就跑走了。

我的行李還在河對岸的舊住處，我在釘在酒桶上的地址卡片背面寫好了收件指示：大衛少爺，留待多佛驛站售票處親取。這張卡片，我已經準備好放在口袋裡，等把行李搬出來後再放上去。當我往住處走的時候，一邊四處留意有沒有人能幫我將行李送去車站售票處。

我看到一個長腿的年輕人，身邊有輛很小的空驢車，就站在黑衣修士路的方尖碑旁。我從他身旁經過，眼睛對上他的眼睛，他喊我「歹囝仔」，要我「再看就上法庭看個清楚」——肯定是因為我盯著他，才會這樣罵我。我停下來向他保證我無意冒犯，但不曉得他想不想賺點外快。

「啥米外快？」長腿年輕人說。

「搬一件行李。」我回答。

「啥米行李？」長腿年輕人說。

我跟他說是我的行李，就在那邊的街尾，希望他可以幫我拿到多佛驛站，報酬是六便士。

「我幫你搬，就六便士！」長腿年輕人說。他立刻跨上車（不過是個放在輪上的大木板而已），飛馳而去，我只能盡力跟上驢子的腳步。

這個年輕人態度顯得目空一切，特別是跟我說話時嘴裡叼著麥稈的樣子，我很不喜歡。但交易講定就是講定了，於是我帶他上樓到我住的房間，將行李搬下樓，放到他的驢車上。我並不想在當下把名牌綁在行李上，免得房東家有人起疑，會把我留在那裡。所以我請年輕人到王座法庭監獄沒有門窗的那面牆時，稍停個一分鐘，我會非常感激。話才剛說完，他就飛快地衝走了，好像他、我的行李、驢和車都瘋了似的。我一路追趕、喊他，都快喘不過氣了，才在約定的地點趕上他。

情急之下，我要把名牌拿出來的時候，不小心也把半基尼翻了出來。為了安全起見，我把硬幣放進嘴裡，雖然手不停顫抖，還是滿意地把卡片綁好了。這時候，我感覺下巴被長腿年輕人猛掐了一下，接著看見我的半基尼從嘴裡飛到他的手裡。

「啥米！」年輕人抓住我的衣領，可怕地獰笑著說：「這是要找警察的案子，是吧？你想逃，是吧？我們上警察局去，你這小敗類，來去警察局！」

「拜託你把錢還我，」我嚇得魂飛魄散，「讓我走吧。」

「去警察局！」年輕人說：「你到警察局去解釋。」

「拜託你把行李和錢還給我！」我大喊，哭了出來。

年輕人還是繼續說：「去警察局！」然後粗暴地把我拖到驢子前，好像把驢當成治安法官似的。突然間，他改變心意，跳上驢車，坐在我的行李上，大喊他要直接去警察局，然後用比之前還快的速度奔馳離去。

我努力地跑呀跑，試圖追上他。我沒有氣力叫喊，就算有，我也不敢叫。我追了半哩路，至少有二十次差點被車輾過去。一下跟丟、一下看到他、一下又跟丟，一下被鞭子揮到，一下被咒罵，一下跌進爛泥裡，一下爬起來，一下衝進路人的懷裡，一下撞上柱子。最後，我又怕又熱，驚慌失措，擔心會不會半個倫敦的人都跑出來抓我了，只好讓那個年輕人帶著我的行李和金幣去他想去的地方。

我一邊喘，一邊哭，卻從未停下腳步，一路往格林威治的方向走，因為我知道那就是往多佛的方向。此時，我身上的東西不比我惹得姨婆憤而離去的出生當晚多出多少，就這樣往貝希小姐隱居的地方前進。

第13章　決心的續集

我放棄去追那驢車年輕人時，或許曾出現瘋狂的想法，要從格林威治一路跑去多佛。要是我真有過那念頭，我慌亂的心思也在沒多久後就鎮定下來，因為我在肯特路停下，在那一排房屋前有個水池，中央有個很大的蠢雕像在吹乾螺。我在某戶的門口坐下，經過剛剛的奔波，全身精疲力竭，幾乎沒有力氣為我丟掉的行李和半基尼哭泣了。

這時已經天黑了。我坐下休息，聽見鐘聲敲了十下；但幸好那是個夏夜，天氣還不錯。等到我喘過氣來、喉嚨不再窒息難受之後，我起身繼續走。儘管我痛苦萬分，還是沒有折返的想法。就算肯特路上出現瑞士那種厚厚的積雪，我也不相信我會有折返的念頭。

我全身上下只有三枚半便士——我也很好奇，週六晚上我口袋裡怎麼可能還會有錢！不管了，反正我就是繼續走。我開始想像，一、兩天後我死在某個樹籬下的新聞會出現在報紙上。我拖著沉重的步伐淒慘地繼續走，但加速前進，直到經過一間小店，外頭寫著：收購男女服飾，高價買進破布、骨頭和廚房雜物。店主只穿著襯衫坐在門口抽菸。店舖的天花板很低，掛著許多大衣和長褲，店內僅點了兩支微弱的蠟燭，因此我想像他是個愛報復的人，把仇人全都吊了起來，坐在那裡納涼。

最近和麥考伯夫婦相處的經驗使我想到，這裡或許有辦法可以讓我應應急。於是我走進旁邊的小巷內，將背心脫下，整齊地捲好夾在腋下，再走回店門口。

「不好意思，先生，」我說。「我想以合理的價錢賣掉這個。」

多樂比先生——至少店招牌上是寫這名字——將背心拿走，把菸斗的頭朝下靠著門柱放，我跟著他走進店裡。

他用手指將兩支蠟燭弄熄，把背心放在櫃台上，看了一下，拿到燈光下，又看了一下，最後說：「那這件小背心，你想賣多少？」

「噢！您比較瞭解行情，先生。」我謙虛地回答道。

「我不能既當買家，又當賣家啊，」多樂比先生說。「你就給這件小背心出個價吧。」

「十八便士可以嗎？」我遲疑了一下後，不確定地問。

多樂比先生把背心捲起來還給我，說：「就算我出九便士，那也是搶我家人才有可能。」

這種做生意的方式太讓人不愉快了，因為等於是要我這個陌生人不客氣地要求多樂比先生為了我去搶劫家人。不過由於我的情況很緊急，所以我問他願不願意以九便士買下。

多樂比先生咕噥了幾聲後給我九便士。我向他道了晚安，走出店門，手上多了一筆錢，身上少了一件背心。不過扣上外套鈕扣之後，就也沒什麼大不了啦。

的確，我很清楚地預料到下一個將離我而去的就是外套，我得盡快趕到多佛才行，如果能穿著襯衫和長褲抵達，都算是幸運了。但我倒是沒有像一些人想的多加思索這件事。除了對目的地的距離有大致印象，還有那個驢車年輕人是怎麼狠心地利用我以外，我想，當我口袋裡裝著九便士繼續前進時，對於眼前的困難重重，我並沒有太大的危機感。

我想到了一個過夜的辦法，也打算實行。那就是去睡在以前學校後面的圍牆外，原本放了乾草的角落。我想像這也算是有老同學作伴，以前說故事的寢室離我這麼近——雖然那些男孩對我的到來一無所知，寢室也無法替我遮風避雨。

我努力走了一整天，終於爬上布萊克希思區的原野時，已經疲憊不堪。我費了好一番工夫想找出撒冷學校，最後終於找到了，也找到放乾草的角落，在旁邊躺了下來。睡覺之前，我先繞著牆走了一圈，抬頭看看窗戶，看見學校裡頭一片漆黑、寂靜。我永遠忘不了第一次頭上沒有遮蔽物睡覺時，那種孤單的感覺！

那天晚上，面對街上家戶深鎖、家犬狂吠的境況，我跟其他無家可歸的人一樣睡著了——我夢到躺在老學校的床上，跟室友聊天。醒來卻發現自己直挺挺地坐著，嘴上唸著史帝福斯的名字，痴迷地看著上方繁星閃閃發光。當我想起在這種夜深時分，自己身處在什麼地方時，突然有種感覺向我侵襲而來，也不知道在害怕什麼，就站起身到處走動。直到我望見閃爍的星光逐漸變淡，白晝來臨那方的淡白天色時，才放下心來。

我的眼皮非常沉重，再次躺下後就睡著了——雖然睡著了也知道冷——直到溫暖的陽光灑下，以及撒冷學校的起床鐘聲把我叫醒。要是史帝福斯有任何還在學校的可能，那我一定會在四處徘徊，等他單獨出來；但我知道他已經離開學校很久了。或許崔斗斯還沒離開，但可能性很小，而且我對他的口風和運氣並不怎麼有信心，所以不管我有多相信他心地善良，也不敢將我的狀況告訴他。因此當克里克先生的學生們紛紛起床時，我悄悄地從牆邊離開，走進一條滿是灰塵的長路。我還在學校時，第一次得知這條就是多佛路，當時我完全沒想到會有任何一雙眼目睹我這個旅人在這條路上走著。

這個週日早晨，和以往在雅茅斯的週日早晨多麼不一樣啊！我緩慢沉重地前進時，聽到了教堂鐘聲響起，看見要上教堂的人。我經過一、兩間教堂，裡面會眾都已經就座，吟唱聖歌的聲音傳到外頭的陽光裡，教區執事有時坐在門廊的樹蔭下乘涼，有時站在紫杉樹下，手扶著額頭，在我經過時怒瞪著我。

週日早晨和以往一樣平靜祥和；除了我以外，一切並無不同。我是例外。我一身塵土，一頭亂髮，自己都覺得好邋遢。要是我沒想著青春年華的母親坐在壁爐邊啜泣、姨婆憐惜著她的寧靜畫面，那我第二天大概就沒什麼勇氣繼續往前走了。不過那幅情景一直出現在我眼前，所以我就跟著它向前邁進。

那個週日，我在大馬路上走了有二十三哩，一點也不輕鬆，畢竟我從沒吃過這種苦。隨著夜幕低垂，我越過羅徹斯特的橋，腳痠、疲憊，吃著稍早買的麵包當晚餐。我看見一、兩間矮房子外頭掛著「旅社」的牌子，雖然很心動，卻不敢花掉僅剩的幾便士，更害怕看到路上碰到或趕過的流浪漢臉上凶狠的表情。因此，我沒去找其他遮蔽處，僅以天空為屋頂。

我跋涉到查塔姆[34]——月光下看起來就像個夢境，只有白堊、開合橋，以及在泥河中屋頂如諾亞方舟的無桅船隻——終於爬上長滿雜草的砲台，下方有條小路，有個哨兵走來走去。我在一管大砲附近躺下，很高興有哨兵的腳步聲作伴，雖然他並不知道我的存在，就如撒冷學校樓上寢室的男孩們不知道我躺在牆邊一樣。就這樣，我安穩地睡到天亮。

早上醒來時，我的腳好僵硬、全身痠痛。我往下走進一條長而窄的街道，此時，軍隊的鼓聲和行軍聲似乎從四面八方將我包圍，把我搞得有點頭昏。我覺得那天走不了太遠，還得保留一些體力走到旅途終點，所以就將賣掉外套當成第一要事。於是我脫下外套（反正得習慣沒有它的日子），把它夾在腋下，開始巡視各式各樣的廉價成衣店。

那裡似乎是賣外套的好地方，因為買賣二手服飾的店家很多，而且一般來說，老闆都在門口留意

34. 查塔姆（Chatham）：海軍及陸軍重鎮，因此有哨兵走動。

有沒有顧客上門。但大多數商家的貨品中間都會掛一、兩件綴有肩章等等的軍服，感覺他們做的生意都很高檔，所以我遲遲不敢進去，走了很久都沒嘗試變賣我的貨品。

由於不好意思跟一般的店舖打交道，我決定找賣海軍用品以及與多樂比先生差不多的店家。後來我終於找到一家看起來還滿有希望的店舖，就位在一條髒亂巷子的轉角，巷尾是長滿刺蕁麻的園子，柵欄上掛了一些二手水手服飄動著，似乎是店裡多到滿出來的，此外還有吊床、生鏽的槍、油布帽，以及一些托盤上滿是各式各樣的生鏽鑰匙，看起來都可以打開全世界的門鎖了。

我帶著七上八下的心情走進這家又低又窄的店。位在往下幾階的小窗，因為掛滿衣服，不但沒有讓裡面變亮，反而變得更暗。進門後我並沒有放鬆下來，一位長相醜陋、下半張臉長滿白色短鬍的老人，從後方汙穢簡陋的小房間衝出來，一把抓住我的頭髮。他看起來很可怕，身穿骯髒的法蘭絨背心，散發出噁心的萊姆酒氣。他剛才衝出來的小房間裡有張床，上頭堆滿了用碎布亂拼的被子，從房內的小窗看出去是更多的刺蕁麻，還有一匹跛腳的驢子。

「噢，你想幹嘛？」老人齜牙咧嘴，用凶狠單調的語氣咕噥道：「噢，我的眼睛和四肢啊，你想幹嘛？噢，我的肺和肝啊，你想幹嘛？噢，咕嚕，咕嚕！」

這些話實在讓我太驚愕了，尤其是最後聽不懂的重複字眼，好像是他喉嚨裡的某種呼嚕聲，所以我答不出話來。因此老人依舊抓著我的頭髮，重複道：「噢，你想幹嘛？噢，我的眼睛跟四肢啊，你想幹嘛？噢，我的肺跟肝啊，你想幹嘛？噢，咕嚕！」他用力擠出最後一聲咕嚕，眼睛都爆凸了。

「我想知道，」我顫抖著說，「您是否願意買件外套？」

「噢，拿給我看看！」老人大喊。「噢，我的心在燒，快把外套拿出來給我們看！噢，我的眼睛和四肢啊，把外套拿出來！」

說完，他鬆開那有如巨鳥爪子般顫抖地揪住我頭髮的手，然後戴上眼鏡，那眼鏡絲毫沒有修飾他紅腫的雙眼。

「噢，你要賣多少？」老人檢查完後大喊。「噢，咕嚕！你要賣多少？」

「半克朗。」我恢復鎮定後回答道。

「噢，我的肺和肝啊，」老人大喊。「不！噢，我的眼睛。不！噢，我的四肢，不！十八便士。咕嚕！」

他每次喊出這個詞，眼睛就好像快噴出來一樣。他每句話的語調都一樣，就像一陣風剛開始吹得很低，漸漸升高，然後又低了下來，我找不到比這更好的比喻了。

「呃，」我很高興能夠成交地說道：「就十八便士吧。」

「噢，我的肝！」老人大喊，將外套丟到架子上。「給我出去！噢，我的肺，給我出去！噢，我的眼睛和四肢啊，咕嚕！別跟我要錢，用東西換。」我一輩子沒有這麼害怕過，在那之前沒有，在那之後也沒有。

我低聲下氣地說我需要的是錢，換其他的東西我都用不到，不過如果他願意的話，我可以坐在外面等，而且不會催他；於是我走出店外，在陰涼的角落坐下。我坐了好幾個小時，陽光照到陰涼處，陽光又離開陰涼處，而我仍坐在那，等他給我錢。

我希望這一行除了這個老人以外，再也沒有別的醉酒瘋子了。他在那一區很有名，而且享有將靈魂賣給惡魔的名聲。這點是我很快就從不斷來找他碴的男孩們那裡得知的，他們一直叫喊有關他的傳說，要他把金子拿出來。「你才沒那麼窮，你都是裝的。查理，把金子拿出來，把你賣給惡魔換來的金子拿一點出來。快點！金子就藏在床墊套裡啊，查理。把它拆開，讓我們也拿一點嘛！」他們這樣喊著，還說要借他刀子拆床墊，惹得他暴跳如雷，整天不斷衝出來趕那些男孩。有時他在暴怒之下會把我當成其中一個找碴的男孩，朝我衝過來，嘴裡似乎嘟囔著要把我撕得四分五裂。之後，及時想起我是誰，又走回店裡，躺在床上，從他瘋狂的喊叫聲以及像颼風的音調聽來，像是在唱〈尼爾森的死〉。他唱每一句之前都會配上一個「噢！」，還有中間穿插無數的「咕嚕」。好像這一切都還不夠糟似的，就因為我衣衫襤褸，卻很有耐心、極富毅力地坐在店外，那些男孩竟然以為我跟那間店有關係，不停拿東西丟我、捉弄我。

老人好幾次試圖說服我答應以物易物。他有次拿出釣竿，另一次拿出小提琴，還有一次拿出三角帽，更有一次拿出笛子。不過我一一拒絕了他的提議，繼續絕望地坐在外頭，每一次都淚眼簌簌地求他給我錢。最後他開始每一次付我半便士，整整兩小時過後才好不容易拿到一先令。

「噢，我的眼睛和四肢！」很長一段時間後他大喊，神情可怕地探出店外說：「再兩便士就好，可不可以？」

「不行，」我說，「這樣我會餓死。」

「噢，我的肺和肝啊，那再三便士行不行？」

「如果可以，我把外套送您都沒問題，」我說，「但我急需要錢。」

「噢，咕——嚕！」他從門柱後面露出一顆奸詐的老腦袋偷看我，要形容他是怎麼扭曲地喊出這個詞根本是不可能的事。「那再四便士行不行？」

我實在太餓太累，便決定就此成交。我用顫抖的手把錢從他的爪子裡拿出來，比之前更餓、更渴地繼續前進，這時已經快日落了。不過花了三便士後，我很快就吃飽喝足。比較有精神之後，我又緩慢費力地走了七哩路。

那天晚上，我還是睡在乾草堆。我先在河邊將起水泡的腳洗乾淨，努力用一些涼葉包起來，很舒服地躺在草堆上休息。隔天繼續上路時，我發現四周都是啤酒花園和果園。當時已經接近年底，長滿成熟蘋果的果園一片綻紅，有些地方已有工人在採收啤酒花了。我覺得這一切看起來美妙至極，並決定當天晚上要睡在啤酒花園中，想像優雅的啤酒花藤盤繞在長支架上，會是令人愉快的陪伴。

我那天遇到的流浪漢比以往更糟糕，我對他們的恐懼至今仍記憶猶新。其中一些是長相十分凶狠的流氓，在我經過時會盯著我看，或是停下腳步，叫我轉頭回去跟他們聊天。如果我拔腿就跑，他們會丟石頭砸我。我記得有個年輕人——從他的工具袋和炭盆看來，我猜應該是個鍋匠——身邊有個女人，他四處看了一下，就盯著我瞧，然後非常大聲地吼我，叫我走回去。我停下來四處張望。

「我叫你，就給我過來，」鍋匠說，「不然我就把你的小身體撕碎。」

我想最好是回頭比較好。當我越來越靠近他們，試圖用我的表情讓他息怒時，我觀察到那個女人臉上掛著黑眼圈。

「你要去哪？」鍋匠用他烏漆抹黑的手抓住我的胸口說道。

「我要去多佛。」我說。

「你從哪裡來的？」鍋匠說，手用力一扭，把我抓得更緊。

「我從倫敦來的。」我說。

「那你在這裡幹嘛？」鍋匠問：「你是賊仔嗎？」

「不……不是。」我說。

「不是嗎？夭壽，如果你敢騙我，」鍋匠說，「我就打爆你的頭殼。」

他出手作勢要打我，接著從頭到腳打量我。

「你身上該不會有一杯啤酒的錢吧？」鍋匠說，「有就拿出來，不然我要用搶的了！」

我本來是要乖乖拿出來，但看到那個女人的眼神，見她輕輕搖了頭，嘴型好像說：「不行！」

「我很窮，」我試圖微笑著說，「一毛錢也沒有。」

「啥，你啥意思？」鍋匠凶狠地盯著我，我深怕口袋裡的錢被他看穿。

「先生！」我結巴地喊道。

「你啥小意思，」鍋匠說，「竟然敢圍我兄弟的絲質領巾！給我拿來！」接著他把我脖子上的領巾扯下來，丟給那個女人。

女人陷入歇斯底里地大笑，以為這是在開玩笑，把絲巾丟還給我。她又和之前一樣輕輕地點頭，用嘴型說：「快走！」不過我還沒來得及照做，鍋匠就粗魯地從我手上把領巾搶走，害我像羽毛一樣飛了出去。

他把領巾隨便圍在脖子上，轉身對那個女人咒罵了一句，把她打倒在地上。我永遠忘不了她往後倒在堅硬的地上，帽子掉落，頭髮被塵土沾白的樣子。我跑了一段距離回頭看，看見她坐在路旁堤岸的小徑上，用披肩一角將臉上的血擦掉，鍋匠則是繼續往前走。這一幕我永生難忘。

這段冒險真是嚇壞我了，所以後來我要是看到前方有類似的人，就會掉頭找地方躲起來，等他們不見蹤影後才出來繼續前行。這很常發生，因此我的進度嚴重落後。不過在這種艱困情況下，就跟旅途中遇到的重重困難一樣，我似乎是靠著想像我出生前母親年輕時的模樣，支撐著我繼續前進。母親的容顏總是陪在我身旁。夜晚我睡在啤酒花園裡，她在；上午我繼續前行時，她也陪伴著我；她的形影整天都在我眼前。自那之後，每當我看到坎特伯里烈日下打盹的街道、老舊房屋與通道，以及塔樓有白嘴鴉飛過、莊嚴的灰色大教堂，就會想到母親的模樣。

經過長途跋涉，我終於來到靠近多佛一處空曠、寬廣的丘陵地，母親的樣貌讓眼前的荒原氣象消解了，帶給我希望。一直到第六天，我抵達旅途首要目標，真正踏上多佛時，母親的畫面才拋下我。說來奇怪，鞋子破爛、滿是灰塵、曬得黝黑、衣衫襤褸的我，來到一直渴望的地方時，母親的容顏卻像夢境般消失無蹤，留下我獨自一人沮喪、無助。

我先跟船夫們打聽姨婆的事，得到各式各樣答案。有個人說她住在南海岸的燈塔，因此把鬍子都燒光了；另一個人說她被綁在碼頭外的大浮標上，只有半退潮的時候才能去看她；第三個人說她因為偷嬰兒，被關在肯特郡的梅德斯通監獄；第四個說有人親眼目睹她在夜黑風高時，騎上掃帚直飛法國加萊。後來我又問了輕便單馬車的車夫，他們也一樣愛開玩笑、一樣沒禮貌。店裡的人因為不喜歡我的樣子，所以我連口都還沒開，他們就說店裡沒有我要的東西。自從我逃跑以來，從沒有感覺如此淒慘、困苦過。我的錢都花光了，沒有錢可以買東西，又餓又渴又累，離目的地的距離跟我留在倫敦時一樣遙遠。

我就這樣問了一整個早上。後來我在市場附近街角一間空店鋪外坐了下來，考慮是否該繞回去剛剛那些地方再問一次。這時，一位輕便單馬車的車夫駕車經過，馬衣掉了下來。我撿起來給他，抬頭看他，覺得他的臉給人平易近人的感覺，於是鼓起勇氣問他曉不曉得托特伍德小姐住在哪裡，雖然這問題我已經問了無數次，幾乎就要枯死在我嘴裡了。

「托特伍德，」他說，「我想想。我知道這名字，是一位老太太嗎？」

「對，」我說，「可以這麼說。」

「背挺得很直？」他坐直著說。

「對，」我說，「我覺得很有可能。」

「提著包包嗎？」他說：「能放很多東西的那種大包包，她總是板著臉孔，說話咄咄逼人？」

我承認這段描述精確無誤，但心也跟著沉了下來。

「唉呀，我跟你說，」他說，「你從那裡走上去，」用鞭子指著前方的高坡，「然後沿著右邊走，直到看見一排面海的房子，我想你就會聽見她的聲音了。我覺得她什麼都不會給你，所以這一便士你拿去吧。」

我心懷感恩地收下他給的錢，拿去買了一條麵包，照著車夫朋友的指示一邊走一邊吃。不過我走了很久，還是沒有看到他說的房子。最後，我終於看到前方有幾間房子，便上前走進一家小店（就是以前家鄉的人會說的雜貨店），問他們能否好心告訴我托特伍德小姐住哪裡。我本來是想問櫃台後面的男士，他正在替一位年輕女子秤米，不過她卻以為我在問她，立刻轉過來回答我。

「你找我家夫人？」她說：「你要找她做什麼，小朋友？」

「不好意思，」我回答，「我有話想跟她說。」

「你是有求於她吧。」少女反駁道。

「不是，」我說，「真的。」但突然想到我來這裡沒其他原因，便慌亂地說不出話，滿臉發燙。

從她所說的推斷，她應該是姨婆的女僕。少女將米放進小籃子裡，走出店外，告訴我如果想知道托特伍德小姐住在哪裡，可以跟著她走。我也不需要再問她一次，就跟在她身後，可是我很驚惶，焦慮不已，雙腳不停發抖。我跟著年輕女子走，很快地就來到一幢整潔的小屋，有著明亮宜人的圓肚窗，屋前有個碎石鋪的方形小庭或花園，種滿仔細照顧的花花草草，芬芳馥鬱。

「這裡就是托特伍德小姐家，」年輕女子說。「現在你知道了，我只能說到這裡。」語畢，她就匆忙跑進屋裡，好像不想跟我的出現有任何瓜葛，留下我一個人站在花園大門前。

我難過地從門上往客廳窗戶看，看見棉布窗簾半拉著，有個圓形大隔板或扇子固定在窗台上，室內還有張小桌和大椅，我想或許姨婆此時就正氣凜然地坐在那裡。

我的鞋子這時候已經殘破不堪，鞋底一片片脫落，鞋面的皮革也已破損，失去鞋子該有的形狀。我的帽子（也被我拿來當作睡帽）壓得又皺又爛，就算拿來跟糞堆上無柄的爛鍋子相比，也會感到無地自容。我的襯衫和長褲滿是汗漬、露水、雜草與之前躺過的肯特郡泥土，而且還扯破了。我這個樣子站在大門前，可能連姨婆花園裡的鳥兒都會嚇飛。自從我離開倫敦後，頭髮就完全沒有梳整過；我的臉、脖子、雙手因從未經歷過如此的日曬風吹，全曬得很黑；我從頭到腳被白堊和灰塵弄得灰頭土臉、髒兮兮的，像是剛從石灰窯裡出來一樣。我很清楚自己的模樣，但在這種困境下，我不得不等著將自己介紹給令人生畏的姨婆，在她眼中留下第一印象。

過了一陣子，客廳窗戶仍毫無動靜，我猜測她並不在那裡，於是抬頭看了樓上的窗戶。這時我看見一位氣色紅潤、一臉和善的白髮紳士。他很奇怪地閉上一隻眼睛，好幾次對著我點頭又搖頭，大笑之後就走掉了。

我原本心裡就很不安，看到他這種出乎意料的舉動，讓我更加惶恐。正當我決定偷偷溜走，想好策略再回來時，一位女士走了出來。她將手帕綁在帽子上，戴著園藝手套，背著工具袋，像收稅員披著襟那樣，手上還拿著一把鐮刀。我立刻認出她就是貝希小姐，因為她闊步走出家門的方式，跟可憐的母親描述她闊步走入我們布朗德史東鴉巢的花園一模一樣。

「走開，」貝希小姐搖搖頭說，隔空揮舞著手上的刀。「快走開！男孩子不准來這裡！」

她走到花園一角，彎腰拔著雜草，我緊張地看著她。接著，我雖然勇氣全無，但抱著破釜沉舟的決心，輕輕地走向前，站到她旁邊，用手指碰了她。

「對不起，女士。」我開口說道。

她抬頭看我。

「對不起，姨婆。」

「咦？」貝希小姐驚呼道，我從沒聽過如此驚訝的語氣。

「對不起，姨婆，我是您外甥的小孩。」

「噢，老天哪！」姨婆說完，便跌坐在花園小道上。

「我是大衛・考柏菲爾德，來自薩福克郡的布朗德史東。我出生那晚您曾來探望我親愛的母親。她死後，我就一直悶悶不樂。我備受忽略、沒人教育我，讓我自生自滅，還派我做不適合的工作，因此我才逃跑來找您。可是我一出發就被搶劫了，只能一路用走的過來。整趟旅途我從未在一張床上好好睡覺過。」說到這裡，我這幾天以來的堅強完全瓦解。我伸出雙手，想讓她看看上面龜裂粗糙的痕跡，證明我真的受過苦。我崩潰地嚎啕大哭，已經壓抑了一整個禮拜的心情，一發不可收拾。

姨婆的臉上露出各種不可思議的神情，坐在碎石路上，盯著我看。我哭出來以後，她匆忙起身，抓住我的領口帶我到客廳。她做的第一件事就是打開高壁櫃，拿出一些瓶瓶罐罐，把內容物倒進我嘴裡。我想她應該是隨便拿的，因為我嘗到了茴香水、鯷魚醬跟沙拉醬。她倒這些補給品給我的時候，我還是哭得歇斯底里，無法克制地啜泣。她將我放到沙發上，用披肩蓋著我的頭，將她頭上的手帕拿下來放在我腳下，以免我弄髒地毯。之後，她坐到我剛才提過的綠扇或屏幕後面，不讓我看見她的臉，偶爾發出「老天保佑！」，聽起來有點像葬禮中會定時鳴起的槍響。

就這樣過了一會兒之後，她搖鈴叫：「珍妮特，」女傭走了進來。「上樓跟迪克先生打聲招呼，說我有事跟他說。」

我向姨婆自我介紹

珍妮特看到我一動也不動地躺在沙發上有點訝異（我怕貿然亂動會惹姨婆不高興），但立刻就去辦被交派的事。姨婆將她的手放在身後，在房間走來走去，直到之前從樓上窗戶看我的男士笑嘻嘻地走進來。

「迪克先生，」姨婆說，「別像個傻子一樣，你如果真的有心，沒有人比你更正經了。我們都很清楚這一點。所以不管你是什麼樣的人，別當個傻子就是了。」

這位紳士立刻一臉嚴肅地看著我，我想，他好像是在央求我別說出剛才窗戶的事。

「迪克先生，」姨婆說，「你聽我提過大衛．考柏菲爾德吧？別裝作不記得，因為我們倆都沒這麼笨。」

「大衛．考柏菲爾德？」迪克先生說，我覺得他應該不太記得了。「**大衛**．考柏菲爾德？噢，是的，當然。大衛嘛，當然。」

「嗯，」姨婆說，「這位是他兒子。要是他不那麼像他母親，那他跟他父親簡直就是一個模子刻出來的。」

「他的兒子？」迪克先生說。「大衛的兒子？是呀！」

「沒錯，」姨婆繼續說，「而且他還幹了件好事。他逃跑了。啊！他的姊姊貝希．托特伍德肯定不會逃跑的。」姨婆堅定地搖搖頭，對於這個從未出世女孩的品格和行為抱有極大信心。

「噢！妳覺得她絕對不會逃跑嗎？」迪克先生說。

「老天保佑這個人啊，」姨婆尖聲驚呼道，「你說這什麼話！難道我會不知道她絕不會逃跑嗎？她會來跟教母一起住，我們會相親相愛。他的姊姊貝希．托特伍德究竟會從哪逃跑，或者會跑去哪裡呢？」

「她哪裡都不會去。」迪克先生說道。

「是吧，」姨婆的態度被這個回答軟化了，「你怎麼可以裝得一副腦袋空空的樣子，迪克？你的神智明明跟醫生的手術刀一樣敏銳。好了，你現在看到大衛・考柏菲爾德的兒子了，我想問你的是，我該拿他怎麼辦？」

「妳該拿他怎麼辦？」迪克先生有氣無力地說，抓抓頭。「噢！要拿他怎麼辦啊？」

「對，」姨婆面色嚴肅地說，舉起食指。「快點！我需要一點有建設性的建議。」

「哎呀，如果我是妳，」迪克先生想了一下，眼神呆滯地看著我說，「我就會——」我沉思的表情大概給了他突如其來的靈感，爽快地補充道：「我會先幫他洗澡！」

姨婆露出一絲勝利的神情（我當時不懂為什麼）轉過頭說：「珍妮特，迪克先生替我們做出正確決定。快去放熱水！」

雖然我對這段對話很感興趣，但在他們你一言我一語時，我忍不住觀察起姨婆、迪克先生和珍妮特，同時也審視完整個房間。

姨婆是個身材高挑、面貌嚴肅的女士，但一點也不醜。她的臉蛋、聲音、步伐和舉止中有種剛毅的氣質，難怪母親那樣溫和的人會對她心生敬畏。除此之外，她雖然冷漠、嚴峻，但五官是滿好看的。我特別注意到她有雙敏捷明亮的眼睛，一頭白髮清楚地分成兩邊，戴著我想是稱為頭巾式室內女帽的帽子。這種帽子當時比較流行，兩旁的波浪褶邊會在下巴處打結。她的衣服是薰衣草的紫色，十分乾淨整齊，但剪裁簡單，好像她想要越少阻礙越好。我記得那時覺得那件衣服的樣子很像騎馬裝，只是將下面多餘的裙襬裁掉。我從尺寸跟品牌看出她戴的是男用金錶，搭配合適的錶鏈和蠟封章。她脖子上的亞麻布料很像襯衫領口，手腕上的東西像是小襯衫袖口。

就如我剛才說的，迪克先生一頭白髮，氣色紅潤。他總是奇怪地垂著頭（並不是因為年紀大），我對他的所有描述就這樣了。他讓我想起同學被克里克先生打過之後老低著頭的模樣。他的灰色雙眼又大又凸，還帶著某種奇怪的水汪汪，從這點和他漫不經心的舉止、對姨婆的恭敬態度，以及受到稱讚時像小孩般洋洋得意的模樣，讓我懷疑他腦袋有點不正常。不過，如果他真是瘋了，我還真好奇他是怎麼留在這個家的。他的打扮跟一般紳士並無兩樣，灰色寬鬆的晨燕尾服跟背心，白色長褲，懷錶在錶袋中，錢在口袋裡——他會弄得咯咯作響，好像感到自豪。

珍妮特正值花樣年華，大概十九、二十歲，一身乾淨整齊。雖然我這時候對她還沒有更進一步的觀察，但我要提一下後來發現的事，也就是姨婆曾雇用過一些女孩，希望能教育她們放棄社交生活，珍妮特就是其中一位。在她之前的女僕，通常後來都嫁給麵包師傅，以示決絕。

客廳整理得跟珍妮特和姨婆一樣整齊。剛才我放下手中的筆，想起這件事，海風再次朝我吹來，夾帶著花香。

我看到擦得發亮的老式家具、姨婆神聖不可侵犯的桌椅放在圓肚窗的綠圓扇旁，地上鋪的粗毛地毯、貓咪、隔熱墊、兩隻金絲雀、舊瓷器、裝滿乾燥玫瑰花瓣的水果酒盤、裝有各種瓶罐的壁櫃，還有，灰頭土臉的我坐在沙發上觀察著一切，與其他東西格格不入。

珍妮特去放熱水的時候，姨婆的舉動讓我大吃一驚。她突然間氣得全身僵硬，幾乎發不出聲音地喊道：「珍妮特！驢子！」

珍妮特一聽，急得好像房子失火一樣，跑下樓，衝到門前的草坪，將兩頭擅自闖入、載著女子的驢趕跑。這時，姨婆也衝出屋外，抓著第三頭載著一個小孩的驢的韁繩，讓驢轉向，將牠帶出這個神聖的領域，還賞了那倒楣的調皮小孩兩個耳光，處罰他膽敢褻瀆她那塊聖地。

我至今仍不確定姨婆是否擁有那片草地的合法使用權，但她堅持自己有使用權，反正對她來說有沒有都一樣。她一生最義憤填膺、需要不斷伸張正義的事，就是驢子誤入她那完美無瑕的地盤。不管她當時在做什麼事，不管跟人聊著多有趣的話題，只要一有驢子出現，就能立刻轉移她的注意力，她會直接衝出去。她將水罐、灑水壺藏在各個角落，準備隨時攻擊來惹麻煩的男孩。門後也藏了棍子，她不論日夜都能出擊。

戰事不斷上演。或許這對騎驢的男孩來說是個很刺激的活動，又或許驢子比較聰明，在瞭解狀況之後，由於與生俱來的固執，很樂意自發地往那個方向去。我只知道光是熱水放好之前就有三次警報。最後一次也是最慘烈的一次，我看見姨婆單挑一個十五歲黃棕色頭髮的小伙子，他似乎都還沒反應過來，姨婆就已經抓著他的頭往大門撞。這些干擾對我來說顯得更加荒謬可笑，因為姨婆當時正拿著湯匙餵我喝熱湯。（她堅信餓壞的我剛開始進食必須少量補充營養。）就在我的嘴巴準備張開時，她把湯匙放回碗裡，大叫：「珍妮特！驢子！」然後衝出去發動攻擊。

熱水澡洗得十分舒服。我的四肢開始感受到睡在野外導致的刺痛感，實在太累了、精神不佳，連睜眼五分鐘都很難。洗完澡後，姨婆跟珍妮特將我裹在襯衫裡，拿了件迪克先生的長褲給我穿，然後用兩、三條大披巾將我包起來。我看起來像怎樣的一捆東西啊，我不知道，但我覺得是很熱的那種。我感覺整個人昏昏沉沉，很快就躺在沙發上睡著了。

或許是夢吧，源自於我腦海裡長久以來的幻想所作的夢，我覺得姨婆曾蹲在我身旁，撥開遮到臉上的頭髮，幫我將頭擺得舒服點，站起身看著我。我好像還聽到她說「可愛的孩子」還是「可憐的孩子」，但我醒來的時候，完全沒有證據顯示這些話真是姨婆說的。只見她坐在綠扇後的圓肚窗前，望著大海。綠扇安裝在某種轉軸裝置上，可以隨意轉動方向。

我醒來後不久，我們便一起用餐，吃烤雞和甜點。我坐在桌邊，就像隻被綁起來的雞，連動一下手臂都困難萬分。但因為是姨婆綁的，我也就沒有抱怨不方便了。這段時間我心急如焚地想知道她要怎麼處置我，但她非常安靜地用餐，只是偶爾會直盯盯地看著坐在對面的我說：「大發慈悲啊！」這一點也沒有讓我比較放心。

桌巾收走後，上頭放了雪利酒，我喝了一杯。姨婆又請迪克先生下來加入我們。她以一問一答的方式，慢慢引導我說出經歷，她要迪克先生仔細聆聽，所以他露出一臉睿智的樣子。我講的時候，她一直盯著迪克先生，要不是這樣，我覺得他都快睡著了。他每次不小心傻笑一下，姨婆都會皺眉。

「那個不幸的可憐娃兒到底是中了什麼邪，非得再嫁不可，」我說完故事後，姨婆說。「我實在不懂。」

「或許她愛上第二任丈夫了。」迪克先生猜測道。

「愛上他！」姨婆重複道。「你說這話是什麼意思？她為什麼又非得這麼做不可？」

「或許，」迪克先生想了一下後傻笑著說：「結婚讓她非常開心啊。」

「最好是非常開心！」姨婆回答。「這可憐的寶貝將自己的真心交給那種爛人，想也知道對方一定會想盡辦法利用她，那可真是歡天喜地啊！她腦子到底在想什麼，我還真想知道！她嫁過一任丈夫了，替大衛·考柏菲爾德送了終——話說那傢伙打從娘胎出生就老是追著蠟娃娃跑。她也生了個孩子——噢，那個星期五晚上，她生下現在坐在這的孩子，她可是生了兩個寶寶呢！她還想要什麼？」

迪克先生偷偷對著我搖搖頭，好像他覺得再說下去沒完沒了。

「她連生小孩都要跟大家不一樣，」姨婆說。「這孩子的姊姊貝希·托特伍德到哪去了？現在可不見蹤影啊！少唬我！」

迪克先生似乎被嚇壞了。

「那個小個子醫生，頭老是偏向一邊，」姨婆說，「叫做吉利普還是什麼來著的，**他**是哪根筋不對？他從頭到尾就像隻知更鳥，對我說『是個男孩』。男孩！嘖，他們全都愚蠢至極！」

她這麼用力一吼，讓迪克先生嚇了一大跳。

說實話，我也是。

「然後，好像這一切都還不夠，毀了這孩子的姊姊貝希．托特伍德還不過癮，」姨婆說，「她非得跑去再嫁——跑去嫁給那個叫什麼謀命的——反正就是類似的名字——然後還阻撓了**這個**孩子的前途！想當然，除了那寶貝以外，大家都能料想到這孩子的下場只有一個：四處遊蕩、流浪。他都還沒長大，就變成該隱[35]了。」

迪克先生定睛看著我，似乎想看我像不像這個人。

「然後還有那個異教徒名字的女人，」姨婆說，「那個佩格蒂，也接著跑去結婚了。就因為她還沒看清這種事情招來的厄運，才會像這孩子說的，竟然也跑去結婚了。我只希望，」姨婆搖搖頭說，「她老公是那種整天看報紙、動不動就拿火鉗狠打她一頓的人。」

聽到我的老保母這樣被責難，我實在受不了，便將心裡的話說了出來。我告訴姨婆她搞錯了，佩格蒂是世界上最棒、最真誠、最忠實、最盡心、最自我犧牲的朋友和僕人。她深愛我，也深愛我母親。母親死前，就是把頭靠在她懷裡；母親最後充滿感激的一吻，就是吻在佩格蒂臉上。想起她們兩人讓我不禁哽咽，我崩潰著說，她的家就是我的家，她的一切就是我的一切，我本來會去找她尋求庇

35.《聖經》中的人物，在殺害親兄弟亞伯後遭上帝放逐，四處漂泊。

護，但她的家境不是很好，我怕會給她添麻煩——哎呀，我說著說著就崩潰了，將臉埋在手中，趴在桌上大哭。

「好了，好了！」姨婆說。「這孩子這麼挺一路支持他的人很好——珍妮特！驢子！」

我真心相信，要不是半路殺出可憐的驢子，我們應該會取得良好共識，因為姨婆將手放在我肩上時，我突然鼓起勇氣，有股想要擁抱她、尋求她庇護的衝動。但由於驢子的干擾，她衝出門拚鬥，當時溫馨的想法就沒了。

姨婆回來後，還忿忿不平地向迪克先生聲稱，她決定訴諸國家法律，討回公道，對多佛所有擅闖土地的養驢人提告。她就這樣一直說到晚茶時間。

喝完茶，我們坐在窗邊——從姨婆警覺的表情看來，我想是在監看外面的一舉一動。直到黃昏來臨，珍妮特點亮蠟燭，在桌上擺好雙陸棋盤，並將窗簾拉下。

「現在，迪克先生，」姨婆跟之前一樣，舉起食指嚴肅地說，「我要再問你一個問題。看看這孩子。」

「大衛的孩子嗎？」迪克先生一臉殷勤又疑惑地說道。

「一點也沒錯，」姨婆回答，「你現在會拿他怎麼辦？」

「拿大衛的孩子怎麼辦嗎？」迪克先生說道。

「對，」姨婆回答，「拿大衛的孩子怎麼辦。」

「噢！」迪克先生說：「對，拿他——我會將他送上床睡覺。」

「珍妮特！」姨婆大吼，露出和剛才一樣志得意滿的神情。「迪克替我們做出正確決定。如果床準備好了，我們就帶他上去。」

珍妮特回報說快準備好了，於是我就被帶上樓。姨婆走在前面，珍妮特跟在後面，她們很溫柔，但對待我的方式總覺得有點像在對待囚犯。唯一讓我燃起新希望的，只有在姨婆上樓時，停下腳步問是不是失火了。珍妮特回答是她在廚房用我的舊襯衫引火，但除了我身上一團奇怪的東西以外，房裡就沒有其他衣服了。

我一個人被留在房裡，只剩一支蠟燭，姨婆事先警告我它只會燃燒五分鐘，我聽見他們從外面鎖上門。這些事在我腦中翻攪，我認為一點也不瞭解我的姨婆可能懷疑我有逃跑的傾向，所以採取預防措施，要把我看守好。

這間面海的房間很舒適，就在頂樓，月光閃爍在大海上。我禱告完，蠟燭已經熄滅，我還記得我是怎麼坐在那望著海上的月光，彷彿是看著一本明亮的書本一樣，希望從中讀出我未來的命運。我記得我看見母親與寶寶從天堂沿著閃亮的道路下來，用我最後看到的甜美臉龐看著我。我記得過了很久之後，我轉過頭看著白色睡簾裡的床，舒適地躺在上面，窩在雪白床單裡，原本莊嚴的感覺轉為感激、安心。我記得當時想起旅途中夜宿野地的情形，祈禱自己永遠不會無家可歸，也永遠不會忘記無家可歸的人。

我記得自己看著大海那條讓人悲傷的發光軌跡，隨著思緒漂入夢鄉。

第14章 姨婆決定我的去留

我第二天早上下樓，看見姨婆坐在早餐桌旁沉思，手肘靠在餐盤上，水壺的水溢出茶壺，整塊桌巾都浸了水，直到我走進門，她才驀然回神。我很確定她在思忖我的事情，所以更急著想知道她打算拿我怎麼辦，但我不敢表達內心的焦慮，怕惹她不高興。

不過，我的眼睛可沒有像我的舌頭這麼好控制，因此用早餐時不斷看著姨婆。每次看不了多久，就會發現她也在看我——她沉思的樣子很特別，好像我人在遠方，而非坐在小圓桌的另一頭。姨婆用完早餐，刻意地往後靠在椅背上，交叉雙臂，不疾不徐地注視著我。她把焦點都放在我身上，害得我覺得非常尷尬。由於我早餐還沒吃完，就繼續吃，以掩飾我的窘態。但不是刀子絆到叉子，就是叉子卡到刀子，害我不但沒能把培根片切開送進嘴裡，還弄飛到半空中；茶也老是不走正道，害我嗆到。最後我索性作罷，在姨婆的緊盯之下，滿臉通紅地坐在那。

「哈囉！」過了好一會兒，姨婆說道。

我抬頭看，恭敬地對上她銳利炯炯的目光。

「我寫信給他了。」姨婆說。

「給誰？」

「給你的繼父，」姨婆說。「我寄了封信給他，麻煩他好好處理這件事，否則我會跟他決裂，我說真的！」

「他知道我人在哪嗎，姨婆？」我警覺地問道。

「我跟他說了。」姨婆點頭回答道。

「那我……會被送回去他那邊嗎？」我支支吾吾地說道。

「我不知道，」姨婆說，「我們看狀況吧。」

「噢！如果我得回去謀石先生那裡的話，」我驚呼道，「我不知道會變得怎麼樣！」

「這我也不知道，」姨婆搖搖頭說。「我現在也沒有辦法，我們再看看吧。」

聽到這些話，我的心沉到谷底，覺得心情低落、沉重。

姨婆似乎不怎麼注意我，她從壁櫃拿出連身圍裙穿上，親自洗好了茶杯。她把所有東西都洗乾淨後，放回托盤上擺好，摺好抹布，蓋在碗盤上，再搖鈴請珍妮特拿走。接著她戴上手套，拿了支小掃把清理麵包屑，直到地毯上連一點微小的碎屑都沒有才停止。再來，她開始擦拭灰塵、整理房間，儘管原本就已經一塵不染了。她滿意地完成以上家事後，才將手套與圍裙脫下摺好，放回壁櫃那個特定的角落，然後拿出針線盒，走到開著的窗戶旁，在她專屬的小桌前坐下來，用綠扇擋著陽光，開始做女紅。

「我想請你上樓，」姨婆穿著線說，「替我跟迪克先生問候一聲，說我想知道他的陳情書進行得怎麼樣了。」

我欣然地起身履行這項任務。

「我想，」姨婆眼睛瞇起來看我，好像在穿線時的樣子，「你應該覺得迪克先生這名字很短吧，嗯？」

「我昨天是覺得這名字滿短的。」我坦承。

「你如果覺得他有個更長的名字也是合理的，要是他想用全名的話，」姨婆用驕傲的語氣說，「是巴伯里，理查．巴伯里先生——這是他的全名。」

我本來想說，我知道自己太過年輕，之前直呼迪克先生實在不禮貌，所以是否仍是以全名稱呼他比較好，但姨婆繼續說道：

「但你不可以叫他本名，不論如何都不行。他受不了那名字。這是他的一個怪癖，雖然我覺得這也不是什麼太古怪的癖好，因為他被同姓的人糟蹋得夠狠了，所以天知道他有多厭惡自己的名字。他在這裡的名字就是迪克先生，在其他地方也是——如果他去其他地方的話，但他不會離開的。所以要注意，孩子，除了叫他迪克先生以外，其他名字都不能用。」

我答應會好好遵守，就帶著口信上樓。我邊走邊想，剛才下樓時從開著的門看到迪克先生在努力辦公，要是這段時間他都一直在寫陳情書的話，那進度肯定很不錯。我發現他仍握著長筆振筆疾書，頭低得都快貼到紙上了。由於他太過專心，我便悠閒地環顧四周，看到角落有個很大的紙風箏、幾堆亂七八糟的手稿、好幾支筆，尤其是有很多墨水瓶，看起來好像有一整打的半加侖墨水一樣，這時他才注意到我的存在。

「哈！太陽王腓比斯！」迪克先生放下筆說道。「外頭的世界如何啊？我跟你說吧，」他低語補充道，「我不應該提的，但這是一個——」說到這裡，他示意我過去，然後嘴巴靠近我耳朵說，「這是一個瘋狂的世界。跟瘋人院一樣瘋哪，孩子！」迪克先生拿起桌上的圓盒，吸了口鼻煙，笑得很燦爛。

我不認為他真要我回答這問題，所以只將姨婆的訊息轉達給他。

「哎呀，」迪克先生回答，「我也向她問好。我相信我有起頭了。我想我已經破題了。」迪克先生手穿過灰髮，毫無信心地看了手稿一眼。「你上過學嗎？」

「是的，先生，」我回答，「只上過一小段時間。」

「那你記得，」迪克先生殷切地看著我，拿筆準備寫下來，「查理一世被砍頭的日期嗎？」

我說，我相信是發生在一六四九年。

「嗯，」迪克先生回答道，用筆撓耳朵，狐疑地看著我。「書上也是這樣寫，但我覺得這不可能啊。如果是那麼久以前發生的事，那他身邊的人怎麼會在他的頭被砍下後，錯把**他**腦袋裡的一些麻煩放到**我的**腦袋來呢？」

我對這問題感到很訝異，但無法做出任何回答。

「很奇怪啊，」迪克先生用沮喪的表情看著桌上的紙張，手再次抓著頭髮，「我怎麼樣就是搞不懂。我永遠無法完全搞清楚。不過沒關係，沒關係！」他心情轉好，自我鼓勵道：「還有時間！我也向托特伍德小姐問好，我的確是進展得很不錯。」

我正要走出去時，他把我的注意力轉向風箏。

「你覺得那風箏如何？」他說道。

我回答很漂亮，應該有七呎高吧。

「是我做的喔。我們倆一起放風箏吧，」迪克先生說。「你看到這個了嗎？」

他指給我看風箏是用手稿貼上去的，上頭有密密麻麻、很辛苦寫成的字跡。我看著字句，很清楚地發現有一、兩處提到了查理一世的腦袋。

「線夠長，」迪克先生說，「所以飛很高的時候，就能把事實傳得很遠。這就是我散布事情的方法。我不知道它們會到哪裡落下，這要考慮風向等等的情況，但我就讓它隨風去吧。」

他的表情十分溫和、友善，但帶著一種值得尊敬的感覺，看起來精神奕奕，所以我不確定他是不是在跟我開玩笑。我笑了起來，他也跟著我笑了，我們分別時，已經成了最要好的朋友。

「怎樣，孩子，」我下樓後，姨婆問道，「迪克先生今早如何？」

我代為轉告他的問候，並回答說他進展得確實很順利。

「你覺得他怎樣？」姨婆說道。

我隱約感覺應該盡量迴避這個問題，所以只回答我覺得他人很好，但姨婆沒有這麼好打發，她把針線活擱在腿上，手交疊放在上面說：「少來！你姊姊貝希．托特伍德肯定會直接跟我說她對別人的看法。跟你姊姊一樣，有話就直說！」

「他……迪克先生——我這麼問是因為我真的不知道，姨婆——他是不是腦袋不正常？」我結結巴巴地說，感覺如履薄冰。

「一點都沒有。」姨婆回答道。

「噢，是這樣啊！」我微弱地回答。

「迪克先生可以什麼都是，」姨婆堅決果斷地說，「但絕對不是腦袋不正常。」

我也不知道該回答什麼，只膽怯地說了：「噢，是這樣啊！」

「有人**說**他瘋了，」姨婆說，「也因為這樣，過去十幾年來，我才能自私地享受他陪伴的樂趣和建議。事實上，就是你姊姊貝希．托特伍德讓我失望之後他才來的。」

「這麼久啊？」我說。

「還有那些人竟然敢放肆地說他瘋了，」姨婆繼續說。「迪克先生算是我的遠親——到底什麼關係不重要，沒必要討論。要不是我，他的親兄弟會把他一輩子關起來。就這樣。」

我恐怕有點矯情，看到姨婆對這話題如此憤慨，我也表現出忿忿不平的樣子。

「他哥哥是個自大的笨蛋！」姨婆說。「就因為他弟弟有點古怪——雖然跟很多人相比，他根本連他們的一半怪都不到。他不喜歡讓別人來訪時看見迪克先生在家，就把他送到某個私人的精神病院。他們已逝的父親認為迪克先生是天生的白痴，特別交代他要照顧弟弟。竟然有人會認為自己的兒子瘋了，還真是睿智啊！他自己才瘋了呢，這點不必懷疑。」

跟之前一樣，因為姨婆一副信誓旦旦的樣子，我也努力表現出信誓旦旦的樣子。

「所以我就介入了，」姨婆說。「我給他一個提議，我說：『你兄弟神智清楚得很，甚至比你現在清楚，以後也會如此。給他一點生活費，讓他來跟我一起住。**我**不怕他，**我**也不傲慢，**我**已經準備好要照顧他，而且不會像某些人（除了精神病院的人以外）那樣苛待他。』歷經好一番爭論之後，」姨婆說，「我把他接過來了，從那之後他就一直待在這裡。他是世界上最友善、最好相處的人了。還有他的金玉良言！——不過沒有人知道他腦子裡在想什麼，除了我以外。」

姨婆將衣服弄平，搖搖頭，好像是要撫平全世界的違抗，搖走所有人的藐視。

「他有個心愛的妹妹，」姨婆說，「很好的女孩子，待迪克先生很好。但她做了天下女人都會做的事——找個老公嫁了；她老公也做了天下男人都會做的事——讓她痛苦萬分。這對迪克先生精神的打擊極大（我希望這不是發瘋！）再加上害怕他的兄弟，感覺到他的刻薄，害他發了高燒。這是他來我這以前發生的事，就連現在想起來，也都讓他沉重難耐。他跟你提過查理一世的事嗎，孩子？」

「是的，姨婆。」

「啊！」姨婆好像有點被惹火似的揉著鼻子。「那是他諷喻的表達方式。他將自己的病與大動亂、動盪連結起來，這是很自然地，而這就是他選擇使用的比喻方式，或者叫做明喻，管它叫什麼。要是他覺得這樣的比喻很適切，那有何不可！」

我說：「當然，姨婆。」

「這並不是很實際的做法，」姨婆說，「也不是一般人的做法，這點我很清楚，這也是為什麼我很堅持他的陳情書裡絕不能提及這件事。」

「他正在寫的是關於他自己過去的陳情書嗎，姨婆？」

「是的，孩子，」姨婆再次揉鼻子說，「他在向某個大法官陳情——反正就是寫給某個領錢聽人陳情的官員。我想他會繼續寫下去的。他雖然每次動筆，總會用那種比喻方式表達自己，但那不重要，能讓他有事情做就好。」

事實上，我後來發現迪克先生十年多來努力不將查理一世寫進陳情書裡，但他就是一直出現，至今還是一樣。

「我重申一次，」姨婆說，「沒有人知道他腦子裡在想什麼，除了我以外。他是世界上最好相處、最友善的人了。如果他偶爾想放風箏，那又怎樣！班傑明．富蘭克林也放過風箏啊！如果我沒記錯的話，他是貴格會教徒之類的，而世界上沒有比貴格會教徒放風箏更荒謬的事了。」[36]

要是我能說姨婆是特別為了我的緣故，或因為信任我才告訴我這些細節，那我會覺得特別光榮。如果她對我有好評語，也是好預兆。但我很容易就發現她之所以告訴我，主要是她心裡在想這件事，跟我本身沒什麼關係，只是因為沒有其他人可以說，才對我說。

同時，我得說姨婆對可憐又老實的迪克先生義氣相挺，不只讓我幼小的心靈燃起一絲自私的希望，也無私地揚起我對她的敬愛。

我開始發現，姨婆除了很多古怪的個性和奇怪的幽默感以外，還有令人尊敬和信任的地方。不過她還是跟前一天一樣機警，經常跑出去追打驢子，每當有男士經過窗邊跟珍妮特眉目傳情時，她就會氣憤不已（這是有損姨婆尊嚴的一大惡行）。我雖然還是很怕姨婆，但也越來越尊敬她。

等待謀石先生回信的這段期間，我無可避免感到極度焦慮。但我決定壓抑這種感受，在姨婆和迪克先生面前盡可能表現得乖巧得體。

迪克先生和我本來要出去放大風箏，卻因為我除了第一天裹得像裝飾品的衣服以外，就沒有別的東西可以穿了，所以一直關在家裡。只有在日落後一小時，姨婆會護送我到外面的懸崖散步，她覺得這樣有助於我康復，然後再讓我上床睡覺。

終於，謀石先生的回信到了，姨婆說他隔天要親自過來談談（我聽了嚇得魂飛魄散）。第二天，我仍是裹成怪異的一團球，坐在那邊看時鐘，被心中燃起的希望與恐懼搞得臉又紅又熱，等著被那陰鬱的臉孔嚇個正著。其實他沒來的每分每秒也讓我心驚膽顫。

姨婆看起來比平常還要傲慢、嚴肅一點，但我發現，對於我如此懼怕的訪客，她並沒有做出其他特別準備。

她坐在窗邊做針線活，我坐在旁邊，腦中沙盤推演謀石先生來訪的各種可能與不可能結果，就這樣直到接近傍晚。我們的午餐無限期延後，但因為實在太晚了，姨婆交代還是先準備。這時突然有驢子來襲，讓我瞠目結舌的是看到謀石小姐側坐在驢上，故意騎在那片神聖的草坪上，停在房子前面東張西望。

36. 貴格會教徒當時被視為極其嚴肅、極端無趣的人，生活樸素，滴酒不沾，放風箏對他們來說已是太投入玩樂了。班傑明・富蘭克林進行過一項在雷雨中放風箏的著名實驗，他來自美國賓州（許多貴格會信仰者居住於該地），因此貝希小姐做此猜測，但事實上他是清教徒。

「快走開！」姨婆搖頭揮手，對著窗外大喊：「你們沒資格到這裡來，竟然敢非法入侵？快走啊！噢！妳這厚顏無恥的人！」

謀石小姐漠然地看著她，讓姨婆氣炸了，我真心相信她氣到動彈不得，無法像先前一樣衝出去打人。我把握這個機會告訴她來者是誰，還有從後面追上這個現行犯的，就是謀石先生本人。（因為上來的路非常陡峭，他落在後頭。）

「我才不管是誰！」姨婆大喊，從圓肚窗不停搖頭，做出一點也不歡迎來客的手勢。「我絕不允許非法入侵這種事，絕對不允許。走開！珍妮特，帶驢子掉頭，帶牠走開！」我從姨婆身後看到倉促的混戰場面：驢子死命抵抗，四隻腳各自踩穩，珍妮特試圖拉轡繩將牠轉向，謀石先生則努力要牠繼續前進，謀石小姐用陽傘打珍妮特，還有些男孩看好戲般地在旁邊大吼大叫。

這時，姨婆突然間從旁觀的男孩中認出前科累累的趕驢小惡棍。面對年僅十幾歲的對手，姨婆衝鋒陷陣朝他猛撲，一把抓住他，將他拖到花園。他的外套蓋住頭，兩隻腳在地上拖，姨婆還叫珍妮特去找警察和法官來，立刻將他逮捕、審判、就地行刑，以阻止他再接近。不過戰局並沒有持續很久，這名年輕的壞蛋熟悉各種佯攻和閃躲技能，而姨婆並沒有這項優勢，所以對方很快就溜走了，以勝利之姿帶著驢子全身而退，只在花壇上留下深深的釘靴印子。

謀石小姐在後半段的戰事中下驢了，和她弟弟在台階下等姨婆抽空接待他們。姨婆經過一番打鬥後，還是怒氣沖沖，盛氣凌人地從他們的面前經過，走進屋裡，等珍妮特宣布訪客姓名後才正視他們姊弟倆的存在。

「我需要迴避嗎，姨婆？」我發抖著問道。

「不，先生，」姨婆說。「當然不用！」語畢，她將我推到身邊的角落，用椅子擋著我，好像我被關在牢裡還是在法庭等候審判一樣。接下來整段對話的時間，我都待在這個位置，也從這裡看著謀石姊弟走進房間。

「噢！」姨婆說：「我起初並不知道我在追趕誰，不過我絕不允許任何人踏上那塊草坪，沒有例外。我不准任何人這麼做。」

「妳的規定對陌生人來說滿奇怪的。」謀石小姐說。

「是嗎？」姨婆說。

謀石先生似乎害怕又重新挑起戰端，插話道：「托特伍德小姐！」

「不好意思，」姨婆用犀利的眼神觀察道，「我過世的外甥大衛．考柏菲爾德，住在布朗德史東鴉巢——至於為什麼叫鴉巢，我也不明白——你就是娶了他遺孀的謀石先生吧？」

「我是。」謀石先生說道。

「請原諒我這麼說，先生，」姨婆回答道，「我認為你當初若放過那可憐的孩子，那大家都會好過點，也會比較快樂。」

「到目前為止，我都同意托特伍德小姐所說的，」謀石小姐輕蔑地說，「我認為我們悼念的克萊拉在所有方面看來，一直都是個小孩子。」

「小姐，我們兩個都上了年紀，」姨婆說，「不會因為有人看上我們而遭遇這種不快的事，沒有人會批評我們太年輕，這對妳我來說都是一種安慰。」

「可不是嘛！」謀石小姐答道，不過並不是欣然同意。「而且或許就像妳說的一樣，如果舍弟沒有步入這樣的婚姻，或許對他來說是更好過、更快樂的。我一直都這麼認為。」

「我毫不懷疑妳會這樣認為，」姨婆說。「珍妮特，」她搖鈴，「請向迪克先生問好，並麻煩他下來一趟。」

姨婆正襟危坐，對著牆眉頭深鎖。等迪克先生下來後，姨婆鄭重地介紹了他。

「迪克先生是跟我很親的老朋友，我非常信任——」姨婆強調，警告正在咬食指、看起來呆頭呆腦的迪克先生，「他的判斷。」

迪克先生一接獲暗示，立刻就把手指從嘴裡拿了出來，站入那群人之中，臉上露出嚴肅、專心的表情。

姨婆朝謀石先生點頭，他繼續說道：「托特伍德小姐，收到您的信之後，我認為要澄清我的立場，更為了表示對您的尊重……」

「謝謝，」姨婆依然目光犀利地看著他 。「你用不著考慮我。」

「儘管旅途很不方便，我還是決定親自過來一趟，」謀石先生繼續說，「而不是僅用信件往來。這個不快樂的男孩逃離他的朋友跟工作……」

「而且他的樣子，」謀石小姐插嘴道，將大家的注意力轉向身上穿著不知道什麼東西的我，「真是丟人現眼，太不像話了。」

「珍．謀石，」她的弟弟說，「拜託妳別打斷我。托特伍德小姐，這個不快樂的男孩給家裡帶來麻煩和擔憂，在我摯愛的亡妻生前到她死後都是。他個性叛逆，脾氣暴躁，倔強執拗，家姊和我都致力於糾正他的惡習，但徒勞無功。我覺得——我應該說，我們兩人都這麼覺得，因為家姊和我無話不談——您應該聽我們親口認真且客觀公正地向您保證，他就是這個樣子。」

「我幾乎沒有必要再確認舍弟所說的一切，」謀石小姐說，「但我得說一句，全世界的男孩裡，我相信他是最糟糕的。」

重要會談

「這話說重了！」姨婆簡短地說。

「跟事實相比，根本不算什麼重話。」謀石小姐反駁道。

「哈！」姨婆說：「那你認為呢，先生？」

「對他最好的教育方式，」謀石先生繼續說道。他和姨婆越仔細觀察彼此，他的臉越來越陰沉，「我有自己的主張。我會用這種做法，部分原因出自於我對他的瞭解，部分是我自己的收入和資源的考量。我對自己的主張負責，也確實執行，我就只能說到這裡。我將這孩子交由一個在正當行業工作的朋友照管已是仁至義盡了，但他還是不高興，非得逃跑不可，變成一個在鄉野間亂跑的流浪漢，然後衣衫襤褸地來這裡投靠您，托特伍德小姐。我光明磊落地站在這裡，希望能就我所知的告訴您，如果決定幫助他會遭致什麼後果。」

「就先講正當行業的事吧，」姨婆說。「如果是你自己親生的孩子，你照樣也會把他送去那邊工作嗎？」

「如果是舍弟的親生子，」謀石小姐搶話道，「我相信，他的品格絕對全然不同。」

「或者說，要是這可憐兒的母親還活著，他還會被送去做那種正當行業嗎？」姨婆說。

「我相信，」謀石先生頭傾向一邊說，「只要我和家姊珍．謀石同意這是最好的做法，克萊拉就絕對不會反對。」

謀石小姐喃喃地表示同意。

「哼！」姨婆說：「可憐的寶貝！」

迪克先生從剛才就一直搖著口袋裡的零錢，越搖越大聲，姨婆覺得有必要用眼神制止他，之後又繼續說道：「那可憐兒的年金在她去世後也沒了？」

「去世後就沒了。」謀石先生回答道。

「那他們的小家產——房子和花園——那個沒烏鴉卻叫什麼鴉巢的地方，沒有留給兒子？」

「她的第一任丈夫無條件把房產留給她——」謀石先生開始說道，這時姨婆大發雷霆，十分不耐煩地打斷他。

「老天哪，你這個人，現在根本沒必要說這種話。無條件留給她！我看大衛．考柏菲爾德那個性，就算條件都清清楚楚地擺在他面前，他也找不出來的！當然是無條件留給她啊。結果她跑去再嫁——我就直說了，總之她還犯了嫁給你這最致命的錯誤，」姨婆說。「難道當時沒有人替這孩子說句話嗎？」

「我的亡妻深愛她的第二任丈夫，小姐，」謀石先生說，「而且毫無保留地信任他。」

「先生，你的亡妻是最不諳世故、最不快樂、最不幸的寶貝了，」姨婆反駁道，對著他搖搖頭。「她就是那樣。現在，你還有什麼好說的？」

「我只想說，托特伍德小姐，」他繼續說道，「我是來這裡帶大衛回去的。我會無條件地接納他，以我認為最好的方式安置他，以我認為正確的方式養育他。我不是來這做什麼承諾的，也不打算向任何人保證什麼。托特伍德小姐，您包庇他逃跑來這裡，聽他滿嘴抱怨，所以您或許對我們已經有些成見，加上看您的態度似乎也不打算好好調解，我更認為這是很有可能的。但我得先警告您，如果縱容他一次，就是一輩子要縱容他了。如果您要介入他和我的事，托特伍德小姐，那您就得一輩子介入。我不跟人開玩笑，也不容許別人跟我開玩笑。我是第一次也是最後一次來這裡，要將他帶走。他準備好要走了嗎？如果他還沒準備好，那您就明說，什麼藉口我都不管——我的大門就會永遠對他深鎖，而我理所當然地認為，您的大門會為他敞開。」

姨婆很認真地聽著這番話，身子坐得直挺挺，雙手交疊放在膝上，嚴肅地看著謀石先生。待他說完後，姨婆轉而望向謀石小姐，示意她發表意見：「那妳呢，小姐，有什麼要補充的嗎？」

「確實有，托特伍德小姐，」謀石小姐說，「我能說的，舍弟已經都說得很好了，我所知道的一切事實，他也都說得清楚明白。我唯一要補充的，就是感謝您對我們待之以禮。真的，您真是太禮貌周到了。」

姨婆對她的諷刺完全無動於衷，就像我流浪到查塔姆過夜時，身旁有大砲卻不受影響一樣。

「那麼男孩，你怎麼說？」姨婆問道：「準備好要跟他走了嗎，大衛？」

我回答沒有，並央求她別讓我走。

我說謀石姊弟倆一點都不喜歡我，也從不曾善待我。媽媽一直都很疼我，但他們卻讓她對我不高興，這點我很清楚，佩格蒂也很清楚。我還說，絕對不會有人相信我這麼小的年紀就有如此悲慘的經歷。我乞求、祈求姨婆——我忘記用的是什麼詞了，只記得當時情緒很激動，控制不了自己——看在我父親的分上，照顧我，保護我。

「迪克先生，」姨婆說，「我該拿這孩子怎麼辦？」

迪克先生想了想，稍微遲疑了一下，眼睛一亮，說道：「立刻替他量身做一套合身的衣服。」

「迪克先生，」姨婆露出勝利的神情說，「手給我，你的見識實在彌足珍貴。」真摯地握了手之後，將我拉向她，跟謀石先生說：

「你要走就走吧。這男孩的未來，我會賭賭看。如果他真如你說的那麼難管教，那我能為他做的絕不亞於你。不過你說的話，我可是一個字都不信。」

「托特伍德小姐，」謀石先生起身時聳了聳肩，「如果您是個男人……」

「呸！胡說八道！」姨婆說：「你別和我說話！」

「多彬彬有禮啊！」謀石小姐起身驚呼道：「禮貌得讓人受不了啦！」

「你以為我不知道，」姨婆忽視謀石小姐的話，對著她弟弟直搖頭，無比憤怒地說，「你讓那可憐、不快樂、愛錯人的寶貝過的是什麼生活嗎？你以為我不知道當**你**第一眼看上那個軟弱小姑娘的那天，是她多麼悲慘的一天啊——我敢說，你肯定對她堆滿笑容，眉眼傳情，好像連看到鵝都不敢嚇一聲那樣溫柔！」

「我從來沒有聽過有人說話這麼高雅的！」謀石小姐說道。

「你以為我沒見過你，不可能瞭解你的為人，」姨婆繼續說。「現在我**親眼**見到你，也聽到你說的了——我老實說吧，見到你，我一點也不覺得榮幸！噢，對，我的天哪！第一眼見到謀石先生，他表現得能言善道，滿口甜言蜜語，那個愚昧天真的可憐寶貝從沒見過像這樣的男人。他多麼貼心，不只拜在她石榴裙下，還溺愛她的幼子——溫柔體貼地溺愛他！願意當她孩子的繼父，一家人和樂融融地住在有玫瑰花園的大宅裡，從此過著幸福快樂的日子，不是嗎？嗯！你們都給我滾，出去！」

姨婆說道。

「我這輩子沒有見過這樣子說話的人！」謀石小姐驚呼道。

「等你把那可憐的小傻妞弄到手，」姨婆說，「願上帝原諒我這麼叫她，她已經去了你一點都不急著去的地方——因為你還沒把她和她的孩子害夠，你非得開始訓練她、打擊她，是不是？你像對待一隻可憐的籠中鳥，教她高唱**你的**歌，把她上當的人生就這樣損耗掉？」

「妳不是瘋了就是醉了，」謀石小姐因為無法把姨婆的矛頭指向她而氣憤不已。「我猜肯定是醉了。」

貝希小姐一點都沒有注意到旁邊的干擾，繼續對謀石先生說話，好像什麼事都沒發生一樣。

「謀石先生，」她對著他搖搖手指說，「你就像個暴君一樣地對待那單純的女孩，你傷透了她的心。她是多麼惹人憐的寶貝——這我清楚得很，在**你**遇見她的好幾年前我就知道了——你利用她最大的弱點，置她於死地。不管你愛不愛聽，事實就是如此，讓你聽個痛快，你和你的嘍囉可以拿去好好利用。」

「容我問一句，托特伍德小姐，」謀石小姐插嘴道，「妳剛剛所選用的詞我並不熟悉，妳說誰是我弟弟的嘍囉？」

「就像我剛才說的，在**你**這個人看上她的好幾年前，事情就很清楚了——至於上天為什麼做出這種神祕的安排，讓你遇見她，這就是人類無法理解的了——我早知道那可憐、軟弱的小姑娘遲早會再嫁，但我絕對沒料到事情會變得這麼慘。謀石先生，我就是在她生下這個兒子的時候看清的，」姨婆說。「後來，你就經常用這可憐的孩子來折磨她，想起來就令人嫌惡，害得他變成現在這副討人厭的樣子。對，對！你不必在那裡皺眉，就算你眉頭不皺，我也知道這都是事實。」

謀石先生從頭到尾都站在門邊，面帶微笑地看著她說話，不過他的黑色雙眉緊蹙著。我記得，雖然他臉上掛著微笑，但早已面色煞白，呼吸急促，好像剛跑完百米似的。

「祝你有個美好的一天，先生，」姨婆說。「再會！妳也是，小姐。」姨婆突然轉向他姊姊說道：「如果再讓我看到妳騎驢子踏上**我的**草坪，只要妳肩上還有顆腦袋，我就會把妳的帽子打下來踩個稀巴爛！」

要描繪姨婆說出這番令人意外的氣話，還有謀石小姐聽到這番話的表情，需要畫家才畫得出來，而且還不是隨便的畫家就能辦得到。姨婆說話態度之凶狠，不亞於這句威脅本身，因此謀石小姐一句話也不說，輕輕地勾著她弟弟的手臂，傲慢地走出小屋。

姨婆站在窗邊看著他們離去。我很肯定，她準備驢子再次出現的時候，可以立刻執行她剛剛說的威脅行動。

不過，他們並沒有試圖挑釁她，姨婆的臉漸漸放鬆下來，變得好親切。我鼓起勇氣去親吻她、感謝她，激動地雙手環抱著她的脖子，之後又跟迪克先生握手，他也跟我握了好幾次。我們開懷大笑，為這個快樂的結局喝采。

「你就跟我一起當這孩子的監護人吧，迪克先生。」姨婆說。

「能當大衛兒子的監護人，」迪克先生說，「我樂意至極。」

「很好，」姨婆回應道，「**就這麼**決定了。你知道嗎，迪克先生？我一直在想，叫這孩子托特伍德如何？」

「當然，當然。就叫他托特伍德吧，當然，」迪克先生說，「大衛的兒子就是托特伍德。」

「你是想說托特伍德・考柏菲爾德吧。」姨婆回應道。

「是啊，當然，對。托特伍德・考柏菲爾德。」迪克先生侷促地說道。

姨婆立刻著手進行相關事項，當天下午就買好合身衣服，在我穿上之前，姨婆用擦不掉的墨水親筆寫上了：托特伍德・考柏菲爾德，而且決定所有訂製服都要使用這個名字（當天下午就已經預定好一套服裝了）。

就這樣，我開始了新的生活，不只換了名字，一切都煥然一新。現在我已經不必再擔心了，有好幾天的時間我都覺得這像一場夢。我從沒想過會有姨婆和迪克先生兩個這麼奇特的監護人，也從沒有清楚地想過自己的一切。我腦中最清晰的兩件事是：一、以前在布朗德史東的生活離我好遙遠——似乎在遙遠無際的濃霧之中；二、我在謀石與格林比工廠的日子終於永遠落幕了。在那之後就沒有人揭過那塊布幕。雖然寫下這段故事時，我不情願地掀開了一下子，但很高興能再次放下。

憶起那時候的生活讓我傷慟萬分，精神受盡折磨，沮喪絕望，我從來沒有勇氣檢視那種注定失敗的生活到底過了多久。不論是一年，超過一年或少於一年，我不知道。我只知道曾經歷過，而現在已脫離，我寫下這段話後，就再也不想提起了。

第15章 新的開始

迪克先生跟我很快就變成最要好的朋友。我們常在他白天工作結束後，一起出去放大風箏。每一天，他都會花很久的時間坐在那裡寫陳情書，儘管他非常努力，卻還是一點進展也沒有，因為查理一世或遲或早都會晃進他的腦袋裡，然後他只能將它丟在一旁，再重寫一次。雖然一直遭遇挫折，他還是很有耐心，滿懷希望；儘管他隱約覺得查理一世有些問題，卻無力將他拋諸腦後，每次總會進到他的陳情書裡，把內容搞得不成樣子。

這些事情讓我留下深刻的印象。要是迪克先生真的有辦法寫完陳情書，它該送去哪，或者該達到什麼效果，我相信他並不比其他人清楚。他其實也沒有必要煩心這些問題，因為如果太陽底下有哪件事情是肯定的，那絕對是迪克先生永遠都寫不完陳情書。

我以前總覺得，看到他將風箏高放到天空中時的那一幕很感人。他在房間裡告訴過我，他相信黏在風箏上的聲明儘管只是失敗的陳情書草稿，都能隨風箏散播出去。我想這或許是他偶爾的幻想，但只要他一出門，仰望著空中的風箏，感受到手上線團的拉扯，那就不是幻想了。他的神情從沒有如此祥和過。有天傍晚，我坐在草地斜坡上，就坐在他身邊，看他望著寧靜天空中翱翔的風箏，我想他的煩憂就這樣消散到風裡（只是我幼稚的想像）。當他將線拉近，風箏越來越低，離開美麗的晚霞，落到地上，像死掉的東西一動也不動時，他似乎逐漸從夢裡醒來。我記得他撿起風箏時，迷茫地四處張望，好像他和風箏都一起回到地面，那幅景象總讓我真心地憐惜他。

我和迪克先生的友誼一天比一天深厚，他忠實的朋友（我的姨婆）對我的關愛也有增無減。她很喜歡我，所以短短幾週的時間，就把我的名字從托特伍德簡稱成托特，甚至鼓勵我說，如果繼續保持下去，我在她心中的地位就有可能跟我姊姊貝希．托特伍德並駕齊驅。

「托特，」有天晚上，姨婆和迪克先生一如往常地下著雙陸棋時，跟我說，「我們絕不能忘記你的學業。」

這是唯一讓我掛心的事，所以我很高興她主動提起。

「你想去坎特伯里的學校上課嗎？」姨婆問道。

我回答說非常想，因為離她很近。

「很好，」姨婆說，「那你想要明天就去嗎？」

我很清楚姨婆的超強行動力，對她這項突如其來的提議一點也不意外，便回答：「好。」

「很好，」姨婆又說了一次。「珍妮特，請灰色小馬車明天早上十點過來，今天晚上打包托特伍德少爺的衣服。」

聽到這些指令，我興高采烈。但自私的我一看到此事對迪克先生的影響，心立刻沉了下來。對於我們即將分離，他心情低落，因此棋下得很糟，姨婆好幾次用指節敲骰子盒警告他都沒有用，索性把棋盤收起來，不跟他下棋了。

後來迪克先生聽姨婆說我偶爾可以在週六回家，他也偶爾可以在週三去探望我，他又打起精神，還發誓會做出更大的風箏，帶去找我玩。但是到了早上，他又垂頭喪氣了。要不是姨婆阻止他，他會把所有的錢，不管金幣、銀幣統統給我。姨婆只准他送我五先令，不過在他苦苦央求下，增加到十先令。我們難分難捨地在花園大門前道別，迪克先生一直等到姨婆將馬車駛出視線外才回屋裡。

姨婆一點也不在乎一般人的看法，駕著灰色小馬車，很有大將風範地馳騁在多佛鄉間。她像皇家車夫一樣，坐得又直又挺，不管馬兒往哪跑，都緊盯著牠，不論如何絕對不讓牠恣意亂跑。不過我們轉進鄉間小路後，她就對馬兒稍微放鬆一些，低頭看著深陷在坐墊裡的我，問我開心嗎？

「非常開心，謝謝您，姨婆。」我說。

她聽了很滿意，由於兩手都拿著東西，便用馬鞭拍了拍我的頭。

「學校很大嗎，姨婆？」我問道。

「哎呀，我不知道耶，」姨婆說。「我們要先去威克菲爾德先生那裡。」

「**他**是校長嗎？」我問道。

「不，托特，」姨婆回答，「他是開事務所的。」

我沒有問威克菲爾德先生的其他訊息，她也沒有多說，就開始和我討論別的話題，一直到抵達坎特伯里。那天正好是市集日，姨婆有大好機會展現駕駛技術，讓小灰馬穿梭在貨車、竹籃、蔬菜和小販的貨物之間。我們沿途九彎十八拐，有幾次毫釐之差就會撞上東西，使得周遭的人議論紛紛，頗有微詞。但姨婆仍毫不在乎地繼續駛著馬車。我敢說，就算是在敵國的疆土，她也會用自己一貫的冷靜態度馳騁。

最後，我們終於停在路邊一幢古老房子前。它的上方樓層加寬，又長又低的方格窗顯得更加凸出，刻有頭像的兩端橫梁也是向外凸，所以我想像整個房子都往前傾，想看看經過前方窄巷的都是哪些路人。房子一塵不染，低拱門上頭的老式銅門環上刻有花果交纏的花環，閃爍如星。往下走到大門前的兩塊石階，好像鋪著乾淨亞麻布一樣地潔白；所有的凸角、凹角、雕刻、飾條、別緻的小塊玻璃、雅致的小窗，雖然都像山丘一般古老，卻也和山上的新雪一樣皎潔。

馬車停在門口時，我的眼睛一直注視著房子，這時我看到一樓小窗（在房子一側的小圓塔裡）出現一張慘白的面孔，但很快就消失無蹤。低拱門接著打開，那張臉又出現了。它和剛才在窗戶裡一樣慘白，不過皮膚上有些小紅點，是有些紅髮的人會有的特徵。這張臉的主人是個紅髮少年，我現在猜測應該年約十五歲，但他當時看起來比實際年齡成熟。他理著只剩一點髮根的平頭，幾乎沒有眉毛，一根睫毛也沒有。看著他毫無遮擋的褐紅色雙眼，我記得當時很好奇他是怎麼睡覺的。他雙肩高聳，瘦骨嶙峋，身穿不錯的黑衣，繫著一條白色領巾，鈕扣扣到下巴，雙手枯瘦如柴。站在小馬前面的他，手揉著下巴，抬頭看坐在馬車上的我們。他的手特別吸引我的注意。

「威克菲爾德先生在家嗎，烏利亞．希普？」姨婆問道。

「威克菲爾德先生在家，夫人，」烏利亞．希普說道。「麻煩您從這裡走進去。」他用修長的手指向房間。

我們下車，留他看顧馬兒，接著走進夠深、天花板低且面街的客廳。我走進去時，從窗戶看到烏利亞．希普對著馬兒的鼻孔吐氣，並立刻用雙手摀住，好像在對牠下咒語一樣。老舊的長煙囪對面有兩幅畫像：一幅是位灰髮的紳士（但絕對算不上是個老人），眉毛是黑色的，他正看著用紅布條綁在一起的文件；另一幅畫是一位女士，面容非常沉著甜美，正盯著我看。

我四處張望，想找烏利亞的畫像，這時遠處的門打開，一位紳士走了進來。看到他，我立刻轉頭去看剛才提到的第一幅畫，想確定不是畫中人物走了出來。但我發現畫是靜止的。這位紳士走到亮處時，我看出他比先前讓人畫像時老了一些。

「貝希．托特伍德小姐，」紳士說道，「請進。我剛剛有事在忙，妳一定要原諒我。妳知道我的動機是什麼，畢竟我一生就這麼一個。」

貝希小姐向他道謝，我們走進他裝潢成辦公室的房間，裡頭有書、紙張、錫盒等東西。房間面向花園，壁爐架正上方牆面還鑲進一個鐵製保險箱。我坐下的時候很納悶清煙囪的人會怎麼避開它。

「嗯，托特伍德小姐，」威克菲爾德先生說道，我很快就發現他是律師，也負責管理一位富有貴族的資產。「什麼風把妳吹來的啊？我希望不是壞事吧？」

「不是，」姨婆回答道，「我不是為了法務的事來的。」

「那就好，夫人，」威克菲爾德先生說，「為別的事來最好。」

他的頭髮看起來灰白，不過眉毛還是黑的。他的臉很和善，我想還算得上英俊。他的臉色帶有一種紅潤，在佩格蒂多年教導下，我知道這是因為波特酒的關係。我覺得他的嗓音，還有身材變胖，也是出於同樣原因。他衣著十分俐落，身穿藍色外套、條紋西裝背心和淡黃色長褲，精緻的褶邊襯衫和麻紗領巾看起來特別柔軟、潔白。我現在想起來了，當時我腦海中閃過一個念頭，覺得那看起來好像天鵝胸前的羽毛。

「這是我的外甥。」姨婆說。

「我從不知道妳有外甥，托特伍德小姐。」威克菲爾德先生說。

「應該說是我的外甥孫。」姨婆回答。

「我也不知道妳有外甥孫，這我很肯定。」威克菲爾德先生說。

「我收養了他，」姨婆手揮動了一下，表示他知不知道對她來說都無所謂。「我帶他來，是想讓他上學，好好受教育，好好受對待。現在快告訴我是哪間學校，在哪裡，統統都告訴我。」

「在我可以好好向妳報告之前，」威克菲爾德先生說，「我要先問一個妳也知道的老問題，妳這麼做的動機是什麼？」

「惡魔來把這個人抓走！」姨婆驚呼道。「老是覺得什麼事都有動機，這很明顯不是嗎？就是讓這孩子開開心心，做個有用的人。」

「我想，妳一定還有別的動機吧。」威克菲爾德先生搖搖頭，存疑地微笑。

「胡說八道，」姨婆反駁道。「你說你所做的一切，只為了一個顯而易見的動機。我希望，你應該不認為自己是世上唯一一個動機顯而易見的人吧。」

「是啊，托特伍德小姐，我這一生只有一個動機，」他微笑著說道。「其他人都有十幾個、二十幾個、幾百個動機，但我只有一個。這是有差別的。不過，這都不是重點。妳要最好的學校嗎？不管妳的動機是什麼，妳要最好的？」

姨婆點頭表示同意。

「這裡最好的學校，」威克菲爾德先生想了一下後說，「妳外甥孫現在還無法寄宿。」

「那他應該可以住別處吧？」姨婆提議道。

威克菲爾德先生認為可以。稍微討論了一下之後，他提議先帶姨婆去學校參觀，親眼評斷，再帶她去看他認為我可以去寄宿的兩、三戶人家。姨婆欣然接受提議。

但我們三個人正準備出門時，他突然又停下來說：「我們的這位小朋友可能自己有些動機，會拒絕某些安排。我想我們還是把他留在這吧？」

姨婆似乎想要反駁，但為了讓事情順利進行，我開口說如果他們都同意，我很樂意留下來。然後回到威克菲爾德先生的辦公室，重新坐回剛才所坐的那張椅子，等他們回來。

剛好，這張椅子正對著一條狹窄通道，盡頭是一間圓形房間，我之前就是看見烏利亞．希普的蒼白臉孔從這裡望向窗外。烏利亞把小馬牽到隔壁的馬廄後，就回到桌旁辦公，上頭有個掛文件的銅架，就掛著他正在抄寫的文件。雖然他面向我，但那份文件擋在我們中間，起初我覺得他看不到我。但更仔細往他的方向一瞧，才發現他那雙睏倦的眼睛就像兩顆火紅的太陽，偶爾會從文件底下偷偷盯著我看，但手還是繼續寫字，或者說假裝寫個不停，我敢說每次都長達一分鐘之久，讓我覺得很不自在。好幾次試圖逃離他的目光，例如站到房間另一頭的椅子上看地圖，或是看看肯特郡報紙的專欄，但他的眼睛總會把我吸引回去。每次我往那兩輪烈日看，總會發現它們不是剛升起就是剛落下。

過了很久，姨婆和威克菲爾德先生終於回來，這才讓我鬆了一口氣。進展並未如我所期望的順利，雖然學校的優點無可挑剔，但姨婆對寄宿的安排並不滿意。

「情況不順利，」姨婆說，「我不知道該怎麼辦，托特。」

「**的確是**不太順利，」威克菲爾德先生說。「我跟妳說怎麼辦吧，托特伍德小姐。」

「怎麼辦？」姨婆問道。

「暫時把妳的外甥孫留在這裡。他滿安靜的，一點也不會吵到我。這裡很適合讀書，跟修道院一樣幽靜、寬敞，就讓他留在這吧。」

姨婆顯然很喜歡這項提議，但因為客氣，不好意思直接答應。我也是。

「別這麼客氣，托特伍德小姐，」威克菲爾德先生說道。「這是解決眼前問題的好辦法，反正也只是暫時的而已。如果這安排不妥，或是給雙方帶來不便，那他可以隨時離開。同時，我們也有時間替他找更好的寄宿人家。妳就決定讓他暫時留在這裡吧！」

「我真是非常感激你，」姨婆說，「我知道這孩子也是，不過……」

「哎呀！我知道妳的意思，」威克菲爾德先生大喊，「妳不會欠我人情的，托特伍德小姐。妳想的話，可以替他付房租，我們的條件不會很嚴苛，妳想付就看妳意思付。」

「這樣的話，」姨婆說，「我很樂意將他留在這裡，不過你對我們的恩惠沒有就此減少。」

「那過來見見我的小管家吧。」威克菲爾德先生說道。

於是我們走上了典雅的老式樓梯，欄杆很寬闊，就算走在上面上樓也輕鬆無虞。我們進到一間陰暗的老式客廳，光線僅從三、四扇稍早我由街上抬頭看到的雅致窗戶透入。客廳裡有老式的橡木椅，似乎跟發亮的橡木地板和天花板的大橫梁用同一批木材製成。房間裝修得很漂亮，裡頭有鋼琴、紅紅綠綠的鮮豔家具和一些花，似乎每個角落都很老式，也擺了些奇特的小桌或櫥櫃、書架、椅子等其他東西，總之我才剛覺得某個角落是房裡最棒的，但在看到下一個角落時，發現它要不是比前一個角落好，就是一樣好。每樣東西都透露出和古宅外頭一樣的僻靜氣氛，也同樣一塵不染。

威克菲爾德先生敲了鑲板牆一角的門，一個年紀跟我差不多大的女孩很快地跑出來親吻他。女孩臉上的沉著甜美，讓我立刻想到樓下稍早看著我的畫中女子。我想像彷彿眼前的女孩還留在孩童時期，是畫裡的人變成熟了。雖然女孩的臉很開朗、快樂，但流露出一種平靜的氣息，不只如此，連她周遭都散發著寧靜、善良、安詳的氣質——是我從不曾忘記，也絕不會忘記的。威克菲爾德先生說，這是他的小管家，他的女兒艾格妮絲。從他說話的語氣，再看到他握著她手的方式，我想那就是他生命中唯一的動機。

她腰間掛著一個小籃子，裡頭裝著鑰匙，態度穩重端莊、謹慎認真，正是這棟古宅該有的管家模樣。她愉快地聽著父親向她介紹我是誰；介紹完後，她向姨婆提議先去看我的房間，就領著所有人上樓。輝煌的老式房間裡有更多的橡木橫梁以及菱形嵌板，寬闊的欄杆一直延伸到門口。

我想不起來童年時期曾在哪或何時看過教堂裡的彩繪玻璃窗。我只知道，當她轉身時，映著老式樓梯透入的莊嚴光線，看她站在樓梯上頭等著大家，使我想到那彩繪玻璃窗。從此之後，我就將艾格妮絲．威克菲爾德與那扇窗的寧靜明亮聯想在一起了。

婕婆跟我都很中意這項安排，便心滿意足地走回客廳。他們邀請婕婆留下來用晚餐，但她不肯，怕小灰馬在天黑前趕不回家。我看得出來威克菲爾德先生很瞭解她，知道跟她爭辯不會有結果，所以他只叫人準備了點輕食。艾格妮絲回去找家庭教師，威克菲爾德先生回到辦公室，留下我與婕婆兩人可以無拘無束地互相道別。

她告訴我，一切都會由威克菲爾德先生安排，我應該什麼都不缺，然後給了我最親切的話語和最寶貴的建議。

「托特，」婕婆結論道，「要好好替自己爭氣，要替我跟迪克先生爭氣，願上天保佑你！」

我大受感動，只能一直不斷地向她道謝，並請她代我問候迪克先生。

「千萬要記得，」婕婆說，「不管做什麼事，絕不可心胸狹隘，絕不可虛偽做作，絕不可惡毒傷人。避免這三個惡習，托特，那我就能永遠對你存有希望。」☆2

我答應會盡量做到，不會辜負她的照顧，也不會忘記她的告誡。

「馬兒已經在門前了，」婕婆說，「那我要走了！待在這裡好好讀書。」說完這些話，她匆匆擁抱我後就走出房間，把門帶上。

我一開始被這麼突然的離別嚇到，擔心是不是哪裡惹她不高興了。但當我望向大街，看見她上馬車時沮喪的表情，頭也不抬地駕車離開，我才更加瞭解她，沒有誤解她。

五點鐘，威克菲爾德先生的晚餐時間到了，這時我已經恢復精神，準備吃飯。餐巾只鋪了我們兩個人的，不過艾格妮絲晚餐前就先在客廳等著，再跟父親一起下樓，然後坐在他對面。不知道如果沒有她，他是不是就吃不下飯。

☆2
'Never,' said my aunt, 'be mean in anything; never be false; never be cruel. Avoid those three vices, Trot, and I can always be hopeful of you.'

晚餐過後，我們並沒有待在飯廳，而是回到樓上的客廳。在舒適溫暖的一角，艾格妮絲替父親擺好酒杯和波特酒瓶。我猜如果是另一雙手幫他擺的，那酒喝起來應該就沒有這般香醇了吧。

威克菲爾德先生坐著獨飲，兩個小時的時間裡喝了不少。艾格妮絲彈鋼琴、做針線活、跟我們聊天。大部分時候，威克菲爾德先生很開心快活；但有時候他會用若有所思的神情看著她，不發一語。我覺得，艾格妮絲每次都很快就注意到，然後用問題或擁抱喚醒他，威克菲爾德先生就會從沉思中醒過來，再淺酌一番。

艾格妮絲負責替大家泡茶。就像晚餐時間一樣，晚茶時光也過去，到了她就寢的時間。威克菲爾德先生將她擁入懷裡，親吻她，待她離去後，吩咐人點亮他辦公室的蠟燭，然後我也上床睡覺了。

不過我在傍晚時曾遊蕩到大門，沿街走了一小段，想再看一看老房子和灰色大教堂。想到我在過去旅途中曾經過這座老城市，或許也走過現在住的房子，卻毫無所知的情景。回來的時候我看到烏利亞．希普正好關上辦公室的門，當時想多跟人交際一下，便走過去跟他聊天，並在道別時伸手和他互握。但是，噢，他的手好濕黏啊！握起來和看起來都像幽靈般的手！事後我還努力搓揉雙手取暖，**想把那感覺弄掉**。

他的手實在是太讓人不舒服了，我回到房間後，腦子裡還是想著那濕冷的感覺。我靠向窗外，看見檐頭末端雕像面孔側著臉看我，我想像那是烏利亞．希普不知道怎麼爬上去，趕緊關上窗戶，把他關在外頭。

第16章 多方面來說，我都是嶄新的男孩

第二天早上吃完早餐後，我又重新展開學生生活。

在威克菲爾德先生的陪伴下，我到了未來的學校——大庭院中佇立的莊嚴大樓，空氣中瀰漫著學術氣息，看起來非常適合從教堂塔樓飛下來的迷途烏鴉或寒鴉，牠們一副祕書的模樣在草坪上晃來晃去。接著，威克菲爾德先生將我介紹給新校長史壯博士。

我覺得史壯先生看起來就跟門外生銹的鐵欄杆和大門一樣褪了色，幾乎跟兩側的大石盆一樣僵硬沉重。大石盆等距放在院子周圍的紅磚牆上，彷彿是供時間之神玩的高級版九柱戲。史壯博士在書房裡，衣服不算特別乾淨亮麗，頭髮並沒有梳得十分整齊，馬褲沒有綁好，黑色綁腿套沒有扣好，放在壁爐前方地毯上的鞋子像洞穴一樣開口笑。他黯淡無神的雙眼轉向我，讓我想起在布朗德史東教堂墓園裡一匹被遺忘的瞎眼老馬，啃草時老是被墳墓絆倒。他說很高興見到我，然後伸出手，我其實不知道該做出什麼反應，因為他的手伸了出來，卻什麼動作也沒有。

不過，距離史壯博士不遠處坐了一位非常漂亮的年輕女性，正在做女紅——他叫她安妮，我猜應該是他女兒。她蹲下來敏捷地幫史壯博士穿鞋、扣上綁腿套，一臉樂滋滋的樣子，幫我解了圍。她弄完之後，我們就走出去參觀教室。威克菲爾德先生向她道早安，我聽到他稱呼她「史壯太太」，讓我覺得非常吃驚。當我正納悶她是史壯博士的兒媳，還是史壯博士的夫人時，史壯博士本人無意間解答了我的疑惑。

「對了，威克菲爾德，」他停在走廊上，手搭在我肩上說，「你替內人的表哥找到合適的工作了嗎？」

「沒有，」威克菲爾德先生回答。「不，還沒有。」

「我希望可以**盡快**處理好，威克菲爾德，」史壯博士說，「因為傑克．莫頓很貧窮且懶散。有這兩項特質，有時候就會招致更糟糕的事情。就如華滋博士[37]說的，」他看著我，腦袋好像飄回到這句引用的時空，補充道：『撒旦會找到一些壞事給遊手好閒的人去做。☆3』」

「哎呀，博士，」威克菲爾德先生回他，「華滋博士如果瞭解人性，他應該也會寫出同樣有道理的這句話：『撒旦會找到一些壞事給忙碌的人去做。☆4』忙碌的人在這世上也幹了不少勾當，這點你放心。這一、兩個世紀以來，那些最忙著爭權奪利的人都幹嘛去了？都沒做壞事嗎？」

「我想，傑克．莫頓再怎樣也絕對不會忙著爭權或奪利。」史壯博士若有所思地揉著下巴說道。

「或許不會，」威克菲爾德先生說，「你讓我又繞回到正題，抱歉剛剛離題了。不，我還沒有想到該怎麼處理傑克．莫頓先生的事。我相信，」他說的時候稍有遲疑，「我看穿你的動機了，這讓事情變得更加困難。」

「我的動機，」史壯博士回應，「就是想替一個表親，也是安妮的老玩伴，找到合適的安排。」

「是，我知道，」威克菲爾德先生說，「國內或國外都可以。」

「沒錯！」博士回覆道，顯然是在想為什麼他要特別強調這幾個字，「國內或國外都可以。」

「這是你自己說的，你知道吧，」威克菲爾德先生說道，「或是國外。」

「當然，」博士說，「當然啊，其中一個。」

「其中一個？沒有其他選擇了嗎？」威克菲爾德先生問道。

☆3
Satan finds some mischief still, for idle hands to do.

☆4
Satan finds some mischief still, for busy hands to do.

「沒有。」博士回答。

「沒有？」威克菲爾德先生驚訝地問道。

「一點也沒有。」

「沒有動機？」威克菲爾德先生說：「國內外都沒有？」

「沒有。」博士回答。

「我是一定會相信你的，我當然相信你，」威克菲爾德先生說道。「早知如此，可能會讓事情變得簡單許多，但我承認原本另有看法。」

史壯博士疑惑不解地看著他，不過立刻化成微笑，這讓我備受鼓舞，因為他和藹可親的笑容中又帶著簡樸單純。當他好學沉思的冰霜融化後，的確，他整個人的態度令像我這樣的年輕學生覺得深受吸引，並且燃起希望。

對於威克菲爾德先生的一再詢問動機，史壯博士始終重複「沒有」以及「一點也沒有」等其他簡短的擔保，並用步調不一的奇特速度走在我們前面。我們跟在後頭時，我觀察到威克菲爾德先生一臉嚴肅，自顧自地搖頭，沒有注意到我在看他。

教室極為寬敞，位在建築恬謐的一隅，正對面有約半打的大石盆莊嚴地盯著，也能窺見博士古老僻靜的私人花園，南側向陽那面圍牆邊的桃子都成熟了。裡頭還有兩株巨大龍舌蘭，裝在木盆中，放在窗戶外頭的草皮上。這種植物的葉子又大又硬，看起來彷彿是用上了漆的鐵片做成，從那之後，我就有個聯想，它們對我來說就是寧靜與隱居的象徵。

37. 以撒・華滋（Isaac Watts，一六七四～一七四八）：英國十七世紀的聖詩作者，被稱為「英語聖詩之父」。

我們進門時，大約有二十五個男孩正在認真看書，但一看到博士便立刻起身道早安。他們看到威克菲爾德先生和我也在場，便一直站著等待博士介紹。

「各位，這是新同學，」博士說，「托特伍德．考柏菲爾德。」

班長亞當斯從位子上走出來歡迎我。他結了白色領飾，看起來很像年輕的神職人員，顯得溫和友善、脾氣很好。他彬彬有禮地帶我到座位，又介紹我給各科老師認識。如果當時有什麼事情能讓我覺得自在舒適，那就是他的這種態度了。

距我上次跟這樣的同學或是和我同齡的同伴來往，感覺已經是好久以前的事了（米克．沃克和米粒．馬鈴薯除外），所以我感到前所未有的生疏。我經歷過他們一無所知的場面，做過對我和他們這年紀、外表、身分的人來說都不適合的事情，這些事我一清二楚，因此以普通小學生的姿態站在那裡，似乎或多或少都有點欺騙性質。

在謀石與格林比工廠待過，不論在那的時間長短，讓我對於男孩子玩的運動和遊戲變得生疏，我知道對他們來說再平凡不過的事，我做起來都會顯得笨手笨腳、經驗不足。不管我過去學到什麼，因為從早到晚都得擔心悲慘的生計，也幾乎都忘光了，以致他們現在問我學過哪些東西，我竟然什麼也不懂，因此被分配到學校最低的年級。

小孩子玩的遊戲我不懂，書本內容我也不會，這已經夠讓我苦惱的了，只要一想到我懂的事情才是讓我和同儕更加疏遠的原因，我更覺得難受萬分。我不斷擔心：如果他們得知我和王座法庭監獄的囚犯很熟，會怎麼想？我會不會做出哪些事情洩露我和麥考伯一家的關係，還有替他們所做的勾當——那些典當、販賣、跟他們共進晚餐——同學又會怎麼看我？說不定有些男孩曾撞見我精疲力竭、衣衫襤褸地走過坎特伯里的街道，然後認出那就是我？要是衣食無虞的他們，知道我得拚命掙出半便士去買每天的臘腸和啤酒，甚至是一塊甜點，他們會怎麼想？對於倫敦生活和街頭不甚瞭解的他們，如果發現我對倫敦最卑劣的一面有多麼瞭解（儘管我引以為恥），會如何改變對我的看法呢？

在史壯博士學校的第一天，這些念頭不斷地跑進我腦海，讓我對自己的一舉一動存疑。每次一有新同學向我走來，我就會畏畏縮縮的，所以下課鐘一響，我立刻飛奔回家，害怕和任何人友善交談而露出破綻。

不過威克菲爾德先生的古宅有種魔力，每當我手臂夾著新書敲著大門，就會開始感覺到這種不安感逐漸消退。當我走上樓到通風的老房間，樓梯的肅穆陰影似乎鎮住了我的疑慮和擔憂，讓往事變得模糊不清。下午三點放學後，我會回家坐著，專心讀書，一直到晚餐時間才下樓，希望能成為表現還過得去的學生。

艾格妮絲在客廳裡等著父親，他似乎在辦公室被什麼人耽擱了。她用燦爛的笑容迎接我，問我喜不喜歡新學校？我說應該會很喜歡，不過剛開始還覺得有點陌生。

「妳沒有上過學，」我問，「是吧？」

「有啊，每天。」

「啊，妳是說在這裡，自己的家裡？」

「爸爸不捨得讓我到其他地方，」她搖搖頭，微笑著回答道。「他的管家一定要待在家裡，你知道的。」

「他很愛妳，這點我很確定。」我說。

她點頭說道：「是的。」然後走到門邊想聽聽他是否要上樓了，這樣就可以到樓梯迎接他。不過沒聽見聲音，她又走了回來。

「媽媽在我出生時就過世了，」她用一向溫婉的方式說道。「我只看過樓下的畫像。我昨天看到你也在看，你想到那是誰了嗎？」

我回答想到了，因為畫裡的人和她很像。

「爸爸也這麼說，」艾格妮絲開心地說道。「聽！是爸爸！」

她前去迎接父親時，開朗、快樂的面容更加燦爛，然後兩人手牽著手走進來。他親切地跟我打招呼，告訴我跟著史壯博士學習應該要感到很慶幸，因為他是數一數二的正人君子。

「或許有些人——我是不知道有沒有——會利用他的善良，」威克菲爾德先生說。「千萬別當那樣的人，托特伍德，不管如何都不要。他是世界上最不會猜忌的人，無論那是優點還是缺點，在你和博士往來的過程中，事情不分大小，都應該深思熟慮。」

我覺得他說這番話時，好像很疲累，或對什麼事情不滿，但我並沒有多問。此時正好宣布可以用餐了，我們便走下樓，照之前的位置就座。

但還沒坐定，烏利亞・希普就把他紅通通的頭和瘦巴巴的手探進門來說：「莫頓先生求您聽他幾句話，先生。」

「這個時間我不想聽莫頓先生說話。」他的老闆說道。

「是的，先生，」烏利亞回答，「但莫頓先生又回來了，求您聽他幾句話。」

烏利亞手扶著門，看了看我，又看了看艾格妮絲，再看了看食物，還看了看餐盤，我想他把房間內所有的物品都看過了——但又好像什麼也沒看進去。這段時間，他一直裝出用紅色雙眼盡職看著老闆的樣子。

「不好意思，我想了一下，只想再說幾句。」烏利亞背後冒出了聲音，他的頭被推開，換成說話的人。「抱歉打擾你們用餐，我想在這件事情上，我似乎別無選擇，我越快出國越好。我當初和表妹安妮談的時候，她說希望親朋好友能夠住近一點，而不要被放逐得老遠，然後那個老博士……」

「你是說史壯博士，對吧？」威克菲爾德嚴肅地插嘴道。

「史壯博士，當然當然，」那個人回答。「我叫他老博士，反正都一樣，你知道的。」

「我不知道。」威克菲爾德先生說道。

「嗯，反正就是史壯博士，」那個人說。「我相信史壯博士原本也這麼想。不過在你處理這件事期間，他改變了主意。反正多說無益，我只能說我越早走越好。因此，我想回來跟你說一聲，讓我越早離開越好，既然都要跳進河裡，那在岸邊多逗留也沒用。」

「你的話，莫頓先生，盡量別逗留最好，這點你可以放心。」威克菲爾德先生說。

「謝謝你，」那個人說，「非常感謝。我不想要一副接受別人幫忙還愛挑剔的樣子，這樣很沒禮貌。不然，我敢說，我的表妹安妮可以輕易地親自安排這件事。我想只要安妮和老博士開口……」

「你是說，史壯夫人只要向她的丈夫開口——我的理解沒錯吧？」威克菲爾德先生說。

「對對對，」那個人回答，「她只要開口說想要事情怎樣怎樣辦，那事情就會怎樣怎樣辦了，這是理所當然的。」

「這為什麼理所當然，莫頓先生？」威克菲爾德先生不動聲色地吃著晚餐問道。

「為什麼？因為安妮是很有魅力的年輕女孩，而老博士——我是說，史壯博士——不是什麼有魅力的年輕男孩，」傑克．莫頓大笑著說道。「我沒有任何冒犯的意思，威克菲爾德先生，只是我覺得這種婚姻想必會有些公平合理的補償才對。」

「給夫人的補償嗎，先生？」威克菲爾德先生嚴肅地問。

「給夫人的補償沒錯，先生，」傑克・莫頓笑著回答。不過他似乎注意到威克菲爾德先生照樣雷打不動地吃著飯，沒有辦法讓他鬆懈臉上任何一吋肌肉，於是補充說：「好了，我要說的都說了，再次抱歉打擾到你們，我就先告辭了。既然這件事只是你和我之間的安排，你也就不用呈報給博士了。當然，我會聽從你的指示。」

「你吃過飯了嗎？」威克菲爾德先生的手指向桌子。

「謝謝你，我要去吃飯了，」莫頓先生說，「跟我的表妹安妮一起吃。再見！」

威克菲爾德先生若有所思地看著他離開，並沒有起身。我心想，傑克・莫頓真是一個滿膚淺的人，有張俊俏的臉，說話很快，一副自信大膽的樣子。那是我第一次見到他，當天早上聽博士提起時，還沒想到會這麼快就見到他。

我們用餐完再次回到樓上，一切都跟前一天一樣。

艾格妮絲把玻璃杯與酒瓶放在同一個角落，威克菲爾德先生坐下來喝酒，喝了不少。艾格妮絲彈鋼琴給他聽，坐在他身旁，做針線活、聊天，跟我玩骨牌。她適時地泡了茶，之後我把書拿下來讀，艾格妮絲告訴我她學過哪些東西（雖然她覺得沒什麼，但我覺得她非常厲害），還分享了學習和理解的最佳方法。

此刻我寫下這些字句，腦海中還浮現她謙虛溫和、有條有理的樣子，聽見她柔美平靜的聲音。她對我的正面影響，從那時候就開始嵌到我的心坎裡。我愛小艾蜜莉，我並不愛艾格妮絲——不是那種愛。但不管艾格妮絲在哪，我都能感受到善良、平和與真誠。很久以前在教堂裡看見彩繪玻璃窗透進來的柔和光線，總是照耀在她身上，如果我在她身旁，那光線也會灑落在我身上，甚至周遭所有的東西上面。

就寢的時間到了，她先離去，我向威克菲爾德先生伸出手，準備也要就寢。但他看了我之後說：「你想留下來跟我們一起住，還是去別的地方呢，托特伍德？」

「留下來。」我很快地回答。

「你確定嗎？」

「如果您願意的話，如果我可以留下的話！」

「哎呀，恐怕我們過的是無聊透頂的生活啊，孩子。」他說。

「艾格妮絲不無聊，我就不無聊，先生。一點都不無聊！」

「艾格妮絲啊，」他重複道，緩慢地走向壁爐邊，靠在上頭。「艾格妮絲啊！」

他那天晚上喝了很多酒（或許是我的想像），喝到雙眼通紅。我當時其實看不見，因為他將目光往下看，又用手遮住了臉，這是我稍早注意到的。

「我在想，」他喃喃道，「艾格妮絲是否已經厭倦我了。但我永遠不可能厭倦她的！不過那是兩回事，截然不同的兩回事。」

他是在自言自語，並不是跟我講話，所以我沒有吭聲。

「單調無聊的老房子，」他說，「一成不變的生活。但我一定要讓她待在我身旁，我一定要把她留在我身旁！光想到我可能比我的心肝寶貝早走，或是我心肝寶貝早我一步走，就像是鬼魂出沒在我最快樂的時光，使我痛苦不已，只能沉浸在⋯⋯」

他話沒有說完，就緩慢地走回剛剛的座位，機械式地拿起空空如也的酒瓶，做出倒酒的動作，接著放下酒瓶，又再次走回去。「如果她在這裡的時候，這想法都令人難以承受，」他說，「那她不在這裡的時候會怎樣？不不不，我不可以往那裡想。」

他靠在壁爐邊沉思好久，害我無法決定該冒著打擾他的風險先離開，還是安安靜靜留在原地別動，等他回過神來。最後，他清醒過來，看了看四周，直到我們目光接觸。

「想跟我們一起住是吧，托特伍德？」他用和平常一樣的方式說，好像在回答我剛剛說的話。「我很樂意。有你跟我們作伴很好。有你在，對我們都有好處。對我好，對艾格妮絲也好，或許對我們所有人都好。」

「我相信是對我最好，先生，」我說。「我很高興能待在這裡。」

「真是個好孩子！」威克菲爾德先生說。「只要你高興待在這裡，那就留下來吧。」他跟我握手約定，拍了拍我的背，跟我說艾格妮絲晚上就寢後，如果我有想做的事，或想讀書，而他也在書房的話，可以隨時去陪他坐坐。

我感謝他的好意，他不久後就下樓。因為我還不累，而且他也同意，我就帶了本書跟著下去，打算再待個半小時。

不過，看到圓形小辦公室裡透出亮光，我立刻受到烏利亞．希普的吸引（他對我總是有股吸引力），我改變主意走進那裡。我看到烏利亞正在讀一本很厚的書，讀得十分專心，每讀一行，就會用細長的食指劃過去，和蝸牛一樣在書頁中留下黏糊糊的液體（我真的如此相信）。

「這麼晚了，你還在工作啊，烏利亞。」我說。

「是的，考柏菲爾德少爺。」烏利亞說。

我坐上他對面的板凳，這樣比較方便跟他聊天。這時候我注意到，他這個人的臉上沒有微笑這種事，只能將嘴巴拉寬，在兩頰各擠出一條僵硬的紋路當作微笑。

「我不是在做事務所的工作，考柏菲爾德少爺。」烏利亞說。

「那你在做什麼呢？」我問道。

「我在增進法律知識，考柏菲爾德少爺，」烏利亞說。「我正在讀《提德的法律實務》[38]。噢，提德先生真是位厲害的作家啊，考柏菲爾德少爺！」

我的板凳就像觀景台一樣，他在大力稱讚完提德先生，手指著每一行繼續讀的時候，我觀察到他的鼻子又細又尖，鼻翼有鋒利的凹痕，鼻孔翕動的樣子特別奇特，令人看了很難受——他幾乎不眨眼，但鼻孔似乎代替眼睛眨了。

「我想你是滿厲害的律師吧？」我看了他好一陣子之後說。

「我嗎，考柏菲爾德少爺？」烏利亞說。「噢，不！我是個很卑微的人。」

我發現，我之前對於他雙手的感受並非想像。因為他經常磨動兩手的掌心，好像要把手擠乾、弄暖似的，還常偷偷摸摸地用手帕擦乾雙手。

「我很清楚自己是再卑微不過的人，」烏利亞・希普謙恭地說道。「別人有多高貴顯赫是別人的事。家母也一樣是個很卑微的人。我們住的地方很簡陋，考柏菲爾德少爺，但總是心存感恩。我父親以前的工作也很卑微，他以前是教堂司事。」

「那他現在做什麼？」我問道。

「他蒙主寵召了，考柏菲爾德少爺，」烏利亞・希普說道。「但我們心存感恩，能跟著威克菲爾德

38. 指律師威廉・提德（William Tidd，一七六〇～一八四七）所撰寫的《王座法庭實務》（*Practice of the Court of King's Bench*），是當時唯一的普通法參考書籍。

先生，我更是再感恩不過了！」

我問烏利亞他是否跟著威克菲爾德先生很久了。

「我跟了他快四年了，考柏菲爾德少爺，」烏利亞仔細地標示他閱讀到的地方之後闔上書本。「從我父親過世後一年開始的。這件事我真是感激不盡！威克菲爾德先生好心願意免費收我做學徒[39]，要不然我和母親如此卑微的人是籌不出這筆錢的！我真是太感激了！」

「那，學徒期結束之後你就可以當律師了，對嗎？」我問道。

「若上帝保佑的話，是的，考柏菲爾德少爺。」烏利亞回答。

「或許你有一天會當上威克菲爾德先生的合夥人，」我說，想討好他。「然後這裡就會是威克菲爾德與希普，或是希普—已故威克菲爾德事務所了。」

「噢，不，考柏菲爾德少爺，」烏利亞搖頭答道，「我太卑微了，承受不起！」

他謙卑地坐著，側臉看著我，嘴巴張得很開，臉頰露出兩道皺紋，樣子確實像極了我窗外檐頭上刻的臉龐。

「威克菲爾德先生是世界上最棒的人了，考柏菲爾德少爺，」烏利亞說。「你多認識他一段時間就會知道了，我相信一定比我能告訴你的更清楚。」

我回答說我相信他的確是很好的人，他是我姨婆的老朋友，不過我還沒有認識他那麼久。

「噢，那倒是，考柏菲爾德少爺，」烏利亞說道。「你的姨婆是一個很親切的人，考柏菲爾德少爺！」

他想要表達激動之情時，總會露出很猙獰的表情，非常醜陋。我的注意力因此從他對姨婆的讚美，轉移到他喉嚨與身體如蛇般扭動的模樣。

「她很親切，考柏菲爾德少爺！」烏利亞．希普說。「她對艾格妮絲小姐十分讚賞，是吧，考柏菲爾德少爺？」

我果斷地回答：「是的。」但其實對此一無所知。上帝原諒我啊！

「我希望你也是，考柏菲爾德少爺，」烏利亞說。「但我相信你一定早就這麼覺得了。」

「大家都是呀。」我回答道。

「噢，謝謝你，考柏菲爾德少爺，」烏利亞．希普說，「謝謝你說出這樣的話！說得太對了！雖然我很卑微，但我知道這是千真萬確的。噢，謝謝你，考柏菲爾德少爺！」由於情緒激動，他扭動得快滑下板凳了，既然都下了板凳，就開始準備收拾東西回家。

「母親在等我回家了，」他看了口袋裡一只淺色呆板的錶說，「她大概開始擔心了。雖然我們都很卑微，考柏菲爾德少爺，可是我們相依為命。如果你願意來拜訪，隨便哪個午後都好，歡迎來寒舍喝杯茶，母親想必會跟我一樣，因為有你陪伴而感到十分榮耀。」

我說我很樂意。

「謝謝你，考柏菲爾德少爺，」烏利亞回答，將書放回書架。「我想你會在這裡待上一陣子吧，考柏菲爾德少爺？」

我回答在學期間應該會住在這裡。

「噢，真的啊！」烏利亞驚呼道。「我覺得**你**之後也要進這一行才對，考柏菲爾德少爺！」

我極力表達自己並沒有這樣的打算，也沒有別人替我做這種安排，但不管我怎麼說，烏利亞都很

39. 一般而言，學徒期為時七年，學徒必須繳納學費，之後就能開始從事法律工作。

堅持，一而再，再而三地說：「噢，是的，考柏菲爾德少爺，我想你也會進這行的，真的！」還有「噢，真的，考柏菲爾德少爺，我想你一定會的！」

最後，終於準備要離開辦公室時，他問我可否熄掉蠟燭，我回答「可以」的那一刻，他就立刻熄掉了。烏利亞跟我握完手之後——一片漆黑當中，他的手摸起來像魚一樣滑溜溜的——他將門開了一道縫，鑽了出去，然後關上門，留我一個人摸黑走回房子裡，害我經歷一番折騰，還撞到他的板凳跌倒了。我猜，這大概是我半夜夢到他的原因，還夢到他在海盜遠征時來到佩格蒂的房子，桅頂插著黑色旗子，上面寫著：提德的法律實務。他就張揚著這面邪惡的旗幟，要將我和小艾蜜莉帶去南美洲北東部的加勒比海墨西哥灣一帶淹死。

第二天上學時，我的不安感稍微減輕了一點；再隔天，又更少了一些。我漸漸地擺脫這種感覺，不到兩星期，我就覺得跟新同伴在一起很自在、快樂了。玩遊戲的時候，我真是夠笨拙的；念書的時候，我真是夠落後的。不過前者嘛，我希望玩習慣了自然就會進步，而後者，我希望勤能補拙。因此，我很認真，認真玩、認真讀，也獲得許多讚美。不久之後，謀石與格林比的日子變得十分陌生，連我都難以相信有過這段經歷，而我已經習慣現在的生活，感覺這樣的日子好像過了很久。

史壯博士的學校盡善盡美，和克里克先生的學校相比有如一正一邪。這所學校制度健全，辦學非常認真且正派。校方呼籲學生做任何事情都要以自己的榮譽及誠實的精神自律，並公開表明信任學生都具有這兩種特質，除非有人表現出不值得這份信任。這種做法成效卓著，每個人都覺得在管理學校事務上須盡一己之責，也有義務維護學校的聲望和尊嚴。因此，我們很快就對學校有深刻的認同——我確定至少我是如此。

在我就學期間，也從沒遇過不這樣想的同學。大家都努力學習，希望能替學校爭光。課外時間我們會玩很棒的遊戲，也有很多自由。我沒記錯的話，就算是玩遊戲或自由活動，同學在鎮上的風評都很好，我們的外表或禮儀也鮮少有什麼有損史壯博士或是史壯博士學校名聲的事。

有些高年級的學生寄宿在博士家裡，我從他們那裡間接得知了一些博士的事情——像是：他和書房裡的漂亮少女結婚還未滿一年；他是為愛娶她的，因為她窮得連六便士都沒有，窮親戚卻有一大堆（根據同學的說法），準備好隨時都能將博士擠出家門。還有，我也聽說博士時常沉思，是因為老是在找希臘根源。不過我當時實在太單純無知，還以為博士對植物有什麼特別的癖好，特別是他走路時老看著地上。後來我才知道同學指的是「字根」，跟他打算編撰的新字典有關。我們的班長亞當斯很有數學頭腦，我聽說，他根據博士的計畫以及進行的速度，計算了這本字典要花多久時間完成。據他估計，從博士去年六十二歲生日開始算，還要花上一千六百四十九年才能完成。

但博士本人是全校的偶像。如果他不是的話，那麼這所學校就有很大的問題了，因為他真的是全世界最善良的人。博士待人之真誠，就連牆上石盆的鐵石心腸都會受他感動。他在自宅兩旁的庭院裡走來走去時，旁邊還有迷路的烏鴉和寒鴉調皮地歪頭看著他，彷彿知道自己比博士更懂得人情世故。只要有任何流浪漢能接近他嘎吱作響的鞋子跟前，用幾句悲慘的遭遇吸引他注意，那個流浪漢接下來兩天生活就有著落了。這點眾所皆知，所以學校裡的老師和班長們都得費盡千辛萬苦，攔住躲在角落的掠奪者，或是得隨時從窗戶跑出來，搶先把他們從庭院裡趕走，不讓博士發現他們的存在。

有時候這些行動就在離他不遠的地方活生生上演，他卻還是自顧自地來回走動，對此一無所知。但博士一走出自己的領地，要是沒有人保護，他就會變成剪羊毛人手下的綿羊了，可能連自己的綁腿套都願意脫下來送人。事實上，我們之間流傳著一個故事（我至今都不知道這件事有什麼根據，但既然多年來如此相信，就覺得是真的）：聽說，某個冷冽的冬日，他真的把自己的綁腿套送給一個女乞巧，她拿來裹住一個可愛的小寶寶，還挨家挨戶地給人看，附近人家全都認得博士的綁腿套，大概就和大教堂一樣人人皆知。還聽說，唯一不認得這雙綁腿套的，只有博士本人。因為不久後在一間名聲不是很好的二手店門外陳列了這雙綁腿套（通常大家都拿這類東西去那裡換琴酒喝），不只一次有人撞見博士頗為讚賞地摸著綁腿套，好像在欣賞什麼奇特新穎的樣式，覺得比自己的那雙還來得好。

看到博士和他的漂亮少妻走在一起，讓人滿開心的。他對妻子表現出父親般的慈愛，從這點看得出來他是個好人。我經常看到他們在種滿桃樹的花園裡散步，有時候我會在書房或客廳近距離地觀察他們。我覺得夫人悉心照顧博士，也很喜歡他，但我不覺得她對字典特別感興趣。博士總是會將大量的辭條隨身帶在身上，放在口袋裡，或是塞在帽襯中，在他們夫妻倆散步時，他似乎都會詳細解釋給她聽。

我經常看到史壯夫人，因為從我第一天上學她就很喜歡我，之後也待我很好，很關心我，加上她也很喜歡艾格妮絲，所以經常往我們家跑。但我覺得她和威克菲爾德先生之間似乎有種奇怪的距離感，她好像很怕威克菲爾德先生，這種感覺一直都沒有消除。如果她在傍晚來訪，威克菲爾德先生提議送她回家，她總是畏縮地拒絕，反而要我跟她一起回去。有時候，我們一起雀躍地跑過大教堂庭院，以為不會遇到別人時，經常會碰見傑克·莫頓先生，而他遇見我們也總是一臉驚訝的樣子。

我覺得史壯太太的母親很好相處。我們該稱呼她馬克漢太太，不過同學們私下都叫她「老兵」，因為她有大將之風，也具有率領親戚大軍攻打博士的能力。她個子很小、目光銳利，總戴著同一頂帽子，上頭裝飾著一些假花，花上還有兩隻翩翩飛舞的假蝴蝶。大家傳說帽子肯定是法國製的，這種手藝只有在那個巧奪天工的國家才做得出來。我能確定的一點是，不管馬克漢太太傍晚在哪裡出現，帽子就必定會跟著出現。只要有聚會，她就會將這頂室內便帽用印度籃子裝著帶去。帽子上的蝴蝶有不停顫動的天分，像忙碌的蜜蜂替晚宴增色，尋史壯博士開心。

某天晚上發生了一件讓我難忘的事，也讓我有大好機會觀察老兵——我這麼稱呼她絕對沒有不敬的意思。那天晚上博士家辦了個小派對，要替傑克．莫頓先生送行，他要去印度，威克菲爾德先生終於安排好讓他當東印度公司的行政人員之類的。那天剛好也是博士的生日。學校放假，所以大家早上的時候把禮物送給他，並由班長致詞，歡呼到大家聲音都啞了，博士還感動落淚。晚上，威克菲爾德先生、艾格妮絲和我到博士舉辦的私人茶會作客。

傑克．莫頓先生已經先到了。史壯太太身穿白色裙裝，綁著櫻桃紅色的緞帶，我們進門時，她正在彈鋼琴。莫頓先生俯身在她旁邊，替她翻琴譜。她轉過頭時，我覺得她臉上紅白分明的膚色不像以往如花般耀眼，不過樣子依然很美，非常美。

「我差點忘了，博士，」我們就座後，史壯夫人的母親說道，「要跟你祝賀——不過你應該想得到，我這不僅是祝賀而已，請容我祝你長命百歲。」

「謝謝妳，夫人。」博士回答道。

「長命百歲、萬壽無疆、壽比南山，」老兵說。「不只為了你，也為了安妮，還有約翰．莫頓，跟其他很多人。約翰，你比考柏菲爾德少爺還矮一顆頭的時候，跟安妮兩個人在後花園的醋栗叢後面玩扮家家酒，親親愛愛的樣子，感覺好像才昨天的事。」

「親愛的媽媽，」史壯夫人說，「現在別說這個啦。」

「安妮，別傻了，」她母親回應道。「妳現在是已婚的老女人了，如果連聽到這種事都會臉紅的話，那要到什麼時候才不臉紅啊？」

「老？」傑克．莫頓先生驚呼道。「安妮這樣叫老？拜託喔！」

「沒錯，約翰，」老兵回答道，「實際上她就是一位已婚的老女人。雖然就年紀上來說並不老——你或者任何人什麼時候聽我說過一個二十歲的女孩子算老的！你表妹**就是**博士的太太，所以我才這樣說。你要慶幸你表妹是博士的太太，約翰，你才會有這麼具影響力跟善良的朋友，我大膽猜測，如果你的表現配得上他的好，那他會再待你更好。我不會打腫臉充胖子，老實說，我從不怕承認我們家族有些人的確要靠朋友幫忙。在你表妹幫你找到這種朋友之前，你就是個需要朋友幫忙的人。」

心地善良的博士聽了這番話揮揮手，表示這沒有什麼，不需要再提醒傑克．莫頓先生了。但是馬克漢夫人換到博士旁邊的座位，將扇子放在博士的衣袖上，說：「不，我說真的，親愛的博士，如果我多說幾句，那你一定要原諒我，因為我很在意這件事。這點我是很偏執的，我太介意這件事了。你是我們的大恩人，你要知道你真是上天賜給我們的禮物。」

「胡說，胡說。」博士說。

「才不是呢，不好意思，」老兵反駁道，「這裡只有我們親愛的摯友威克菲爾德先生，沒有外人，所以沒有人會阻止我。如果你繼續這樣，那我就要拿出岳母的特權來罵你了。我這個人就是心口如一，敢直言無諱。我想說的是，你第一次跟安妮求婚時，把我給嚇傻了——你還記得我當時有多驚訝吧？我不是說求婚這件事本身有什麼讓人覺得奇怪的地方，這麼說就太可笑了！不，我驚訝是因為你一直都認識安妮的可憐父親，也從她六個月大就看著她長大，我一點都沒有往這方面想過，或是說沒有想過你會求婚——你知道，事情就是這樣。」

「好啦，好啦，」博士笑笑地說，「別放在心上。」

「但**我**就是放在心上，」老兵將扇子擋在博士嘴唇上說，「都要放到心底去了。我回想起的這些事如果哪裡記錯了，你們儘管反駁我。好！然後我跟安妮說，告訴她事情發生的經過。我說：『親愛的，史壯博士鄭重地向妳正式求婚了。』我有任何逼迫她的意思嗎？沒有，我說：『現在，安妮，立刻告訴我實話，妳有心上人嗎？』她哭著說：『媽媽，我還很年輕。』——這點完全沒錯——『我根本還不知道有心上人是什麼感覺呢。』我說：『這樣的話，親愛的，那妳可以放心，妳沒有喜歡的人。不管怎樣，寶貝，』我說，『史壯博士正焦急地等妳答覆。不能讓他的心一直這樣懸在那。』『媽媽，』安妮仍然哭著說，『如果沒有我，他會不快樂嗎？如果會的話，我非常敬佩、尊重他，那我想我會嫁給他。』就這樣決定了。然後，我一直到這時候才跟安妮說：『安妮，史壯博士不只會當妳的丈夫，他還會代表妳過世的父親，代表我們的一家之主，代表我們家的智慧與地位，以及財源。總之，他會是我們家的大恩人。』我當時用這個詞，我今天也再次用了這個詞。要說我有什麼優點的話，那就是我始終如一。」

她發表這段話的時候，她女兒一直安靜地坐著，眼睛盯著地板。她的表哥站在她身旁，眼睛也是盯著地板。

這時，她輕聲顫抖地說：「媽媽，我希望妳說完了吧？」

「不，我親愛的安妮，」老兵答道。「我還有很多沒說完呢！既然妳問了，寶貝，那我就回答妳，我的確**還沒**說完。我要抱怨妳對家裡人實在是太不應該了，而且既然跟妳抱怨沒有用，那我就抱怨給妳老公聽。好了，親愛的博士，你看看你那個傻妻子。」

當博士將和善的臉轉向她，真誠溫柔地微笑，她頭垂得更低了。我注意到威克菲爾德先生定睛看著她。

「我前幾天剛跟我們家這不聽話的孩子說，」她母親搖搖頭繼續說道，開玩笑地朝她揮著扇子，「她應該告訴你家裡有個狀況——的確，我想是一定要提的。但她竟然說，提了就是要你幫忙，而你太大方，只要她開口，你就必定會滿足她，所以不願意跟你說。」

「安妮，親愛的，」博士說。「這樣不對囉，妳這樣就奪去我助人的樂趣了。」

「跟我說的一模一樣！」她母親驚呼道。「不過說真的，下次她再這樣，為了這種原因不向你開口的話，那我親愛的博士，就由我親自跟你說吧。」

「妳願意這麼做的話，我就太高興了。」博士回答道。

「可以嗎？」

「當然可以。」

「那好，我會的！」老兵說。「一言為定。」我想，她達到目的了，便親了一下扇子，再用它輕拍博士的手，然後得意洋洋地回到原本的座位。

這時候又來了一些客人，其中包括兩位老師和亞當斯，談的話題就變得比較廣泛了。但後來大家又自然而然聊回到傑克．莫頓先生和他的航程、他要前往的國家、他的各種計畫以及前景。他那天晚上吃完晚餐之後就要動身，坐郵車前往格雷夫森德再搭船離開，除了放假或是生病回國以外，我就不知道他會待在那裡多久了。我記得大家都同意印度這國家被曲解了，其實那裡除了有一、兩隻老虎，還有白天氣溫高比較熱，並沒有什麼地方會讓人討厭。我自己呢，則是把傑克．莫頓先生看成現代辛巴達[40]，想像他是東方王公貴族的密友，坐在天篷裡抽著彎曲的金色菸斗——如果拉直的話，足足有一哩長。

就我所知史壯夫人很會唱歌，因為我常聽見她獨自唱歌。不過那天晚上可能是人太多怯場，或是聲音啞了，確定的是，她完全唱不出來。她試圖和表哥表演二重唱，不過連起頭都沒辦法。之後她試著獨唱，雖然開頭唱得很美妙，但突然就唱不出聲了，這讓她很挫折，頭低低地垂在琴鍵上。好心腸的博士說她太緊張了，為了幫她解圍，便提議玩圓桌紙牌遊戲[41]——他要是真的會玩，那連伸縮喇叭都會吹了。但我發現老兵直接抓住博士，要跟他一組，並教他遊戲的第一招，就是將口袋中的所有銀幣都交出來給她。

雖然有一對花蝴蝶監督，博士還是出了數不清的錯，惹得那對蝴蝶很不高興；儘管如此，我們的開心不減。史壯夫人身體不太舒服，所以沒有一起玩。她的表哥莫頓說要打包行李，也沒有參與。不過，等他整理好回來之後，這對表親就坐在沙發上聊天。安妮偶爾會過來看看博士的牌，並告訴他要出哪一張。她俯身時臉色非常蒼白，我覺得她指牌的手指好像還在發抖。但博士很高興她前來關心，就算她手真的在發抖，他也沒有注意到。

晚餐時，我們就沒有玩得那麼盡興了。大家似乎覺得送別這件事很尷尬，越接近離別的時間，就越尷尬。傑克．莫頓先生試圖表現出很健談的樣子，卻又很不自在，讓情況變得更糟。我覺得老兵也沒幫上什麼忙，她不斷翻傑克．莫頓先生年輕時的往事出來講。

不過我敢說，博士認為他讓每個人都很盡興，他自己也很高興，認為賓主盡歡，不疑有他。

「安妮，親愛的，」他看著錶，將酒斟滿說，「妳表哥傑克離開的時間到了。我們不能耽誤他，因為時間和潮水——以這次來說兩者都是——都是不等人的。☆5 傑克．莫頓先生，你即將有一段很長的旅程要走，前方是一個陌生的國度。不過很多人都曾走過一樣的路，未來也會有很多人走上一樣的路，直到末日那一天。你現在要乘的風，曾經將成千上萬人吹向富貴之途，也把成千上萬人開心地吹

40. 小說《一千零一夜》中的角色。
41. 四人以上參加，各玩各的、不分組的紙牌遊戲。

☆5
Time and tide - both concerned in this case - wait for no man.

回國。」

「真是感人啊，」馬克漢太太說。「不管怎麼看，都是很感人的一件事，眼前這個從小看到大的好青年，要出發到世界另一個角落，把所知的一切拋諸在後，邁向前方等著他的未知。這個年輕人做出那麼多犧牲，」她看向博士，「真的需要有人持續不斷支持與照顧。」

「日子很快就會過去的，傑克．莫頓先生，」博士繼續說道，「大家都一樣。按照生命的必然過程，你返國時，我們之中有些人或許無法歡迎你了。但我們能做的只有心存希望，至少我是這樣的。我就不再嘮叨，多給什麼忠告了。你有個很好的榜樣，就是你的表妹安妮，你要多學學她的美德。」

馬克漢太太揮著扇子，搖搖頭。

「再見，傑克先生，」博士起身說。看到他起身，大家也都站起來。「祝你一帆風順，在國外事業有成，然後光榮返鄉！」

接著大家向傑克敬酒，並一一跟他握手。之後傑克．莫頓先生匆匆地向女賓客告別，跑出大門，坐上馬車時，為歡送他而預先在草坪集合的同學們都為他高聲歡呼。我也跑進他們之中壯大聲勢，在馬車駛離時，我靠得很近，所以留下很鮮明的印象：在一陣吵鬧和塵土飛揚中，傑克．莫頓先生一陣匆忙慌亂，手上抓著櫻桃色的東西。

同學們接著為博士歡呼，並在對博士夫人歡呼完後散去。我走進屋裡，看到賓客們圍著博士站成一團，討論傑克．莫頓怎麼離去、他怎麼忍受的、他的感覺是什麼等等之類的事。大家討論時，馬克漢太太大喊：「安妮呢？」

安妮不在那裡。

大家高聲呼喊，安妮也沒有任何回應。所有人都擠出房間，看看到底是怎麼一回事。我們發現她躺在玄關地板上。起初大家都嚇到了，後來發現她只是暈過去，便用一般的方法將她弄醒。

史壯博士將夫人的頭枕在他的膝上，把她的鬈髮撥開，看向四周說：「可憐的安妮！她太忠貞、心軟了！要跟她的兒時玩伴和朋友，跟她最愛的表哥分離，才讓她昏了過去。啊！真是可憐！我很遺憾！」

她睜開眼，意識到自己身在何處，看見眾人都圍在她身邊，在他人攙扶下站起來，轉頭靠在博士肩上——或者是想把臉遮住，我不知道究竟是為什麼。大家都回到客廳，把她留給博士與她母親照顧。不過她說自己感覺已經比今天早上好多了，希望跟大家一起待在客廳，所以他們帶她進來坐在沙發上，我覺得她看起來十分蒼白、虛弱。

「安妮，親愛的，」她母親幫她整理衣服時說。「妳看看！妳有個蝴蝶結不見了。大家可以好心幫忙找一條櫻桃色的緞帶嗎？」

那是她原本綁在胸前的蝴蝶結。所有人都幫忙找，我很確定自己也是每個地方都仔細看了，但沒有人找到。

「妳記得最後在哪還戴著嗎，安妮？」她母親說。

我也不知道自己怎麼只看到她臉色蒼白，沒看出她當時滿臉通紅的樣子。她回答，感覺不久前還戴得好好的，不過不見了也沒關係，用不著大費周章地找。

不過大家還是再找了一次，這次一樣沒有找到。她央求大家別再找了，但眾人還是漫不經心地找，直到她恢復精神，也到了要告辭的時候。

威克菲爾德先生、艾格妮絲和我——我們緩慢地走回家。艾格妮絲跟我在欣賞月光，威克菲爾德先生則是一直看著地上，很少抬起頭。等我們終於回到大門前，艾格妮絲才發現她把小袋子忘在博士家了。我很高興能替她效勞，就跑回去幫她拿。

艾格妮絲把袋子忘在吃晚餐的房間，我回到那裡時一片漆黑、空無一人。不過那房間和博士的書房有個門相通，門開著，那裡的燈也亮著，我經過時想表明來意，並拿支蠟燭。

博士坐在壁爐邊的安樂椅上，他的少妻坐在他腳邊的板凳上。博士臉上掛著怡然自得的笑容，正在大聲朗讀那本沒完沒了的字典裡的解釋或理論，她抬頭看著他，不過是我從未看過的面容——依然很美，但蒼白如灰，心不在焉，充滿一種瘋狂、夢遊似的朦朧恐懼。

我不知道她在害怕什麼。她雙眼睜得大大的，棕髮分成兩邊落在肩上，散落在缺少緞帶而略顯凌亂的白色裙裝上。我很清楚記得她的表情，但說不清楚其中所透露的意思，就算我現在閱歷較豐富了，還是說不出那意涵。後悔、屈辱、羞愧、驕傲、愛戀、信任——我都看到了。在這些情感中，我也看到了我不知道為什麼的恐懼。

我走進去並說明來意，驚醒了她，也打擾到了博士。當我要把從桌上拿走的蠟燭放回去時，看到博士像慈父般拍著她的頭，說自己是隻殘酷的雄蜂，讓她成功說服他繼續唸下去，否則她早該就寢了。

不過她用匆忙急迫的語氣請博士讓她留下，因為那天晚上博士對她很信任，所以她覺得安心（我聽見她斷斷續續低聲說出的意思大概是這樣）。然後，我走出書房時，夫人看我一眼，再轉向博士，手交叉放在他膝上，用一樣的眼神抬頭看著他。博士繼續朗讀，她就稍微鎮靜下來了。

這一幕讓我留下深刻的印象，過了很久我都還記得很清楚。等時機恰當，我再詳述。

送別會後，我返回博士家

第17章　不速之客

自從我逃跑之後，還沒有想到要提佩格蒂的狀況。不過在多佛安頓下來之後，我當然就趕快寫了封信給她。在姨婆決定正式收留我，將我納入她羽翼之下後，我又寫了一封較長的信說明詳情。等到進入史壯博士的學校，我又寫信給她，細述我的快樂生活和未來前景。在最後一封信裡，我將迪克先生給我的半基尼金幣郵寄給佩格蒂，還她以前借給我的錢，這件事帶給我莫大的快樂。我也一直到這封信才提及被驢車年輕人搶劫的事。

佩格蒂收到我的每一封信，都會飛快地回覆，根本就像商務祕書一樣快，只是或許沒有像他們寫的那麼簡潔。她使盡全力（但她用筆墨表達的能力很有限）試圖寫下對於我旅途的感受，整整四頁的信，除了汙漬以外，充滿不連貫、有頭無尾的感嘆句，這都還不足以抒發她的情感。但這些汙漬對我來說，比文采華麗的作文還更意味深長，因為我看得出來佩格蒂提筆時淚流滿面，這時我還能再要求什麼？

從信中不難看出，佩格蒂還沒有欣然接受姨婆，畢竟她一時之間還難以摒除對姨婆長久以來的成見。她寫道：沒有人能真正瞭解一個人，但一想到貝希小姐和我們原以為的天差地遠，這是個教訓啊！——這是她的原話。她顯然還是很怕貝希小姐，因為她向姨婆道謝時仍然很膽怯。她顯然也很怕我待沒多久又想逃跑了，這點從她信中不斷丟出的暗示可以看出，去雅茅斯的車費只要我開口，她一定會給我。

她告訴了我一個消息，對我影響很大，那就是：謀石姊弟已經搬離老家。他們正在拍賣家具，房子也準備要出租或變賣。天知道他們在的時候，我並沒有住在那裡，但光想到親愛的老家就要被拋棄，花園裡高長的雜草，散落在小道上的落葉堆得又厚又濕，就讓我很難過。我想像冬日的風會如何咆哮而過，寒冷的雨水會如何打在玻璃窗上，月亮會如何在空盪盪的房間牆上映出鬼魂的影子，整夜照看著孤寂荒涼。我再次想到教堂墓園樹下的墳墓，現在看來房子似乎也死了，而所有跟我父母的連結都消失了。

佩格蒂的信中沒有其他消息。她說，巴基斯先生是個很棒的丈夫，只不過有點小氣，但每個人都有缺點，她自己缺點也多得很（不過我可真不知道她有哪些缺點）。巴基斯先生向我問候，我的小房間也永遠替我準備好。佩格蒂先生很好，漢姆很好，格米奇太太還是不太好，小艾蜜莉不願意給我愛的問候，不過說如果佩格蒂要的話，可以代她問好。

所有的訊息我恭順地告訴了姨婆，小艾蜜莉的事除外，我直覺認為她聽了並不會欣然認同。我剛進史壯博士的學校就讀時，她經常來坎特伯里看我，而且總在奇怪的時間來，我覺得應該是為了趁我不備查看我的狀況。不過，她在發現我很用功念書，且品行表現良好，還聽各方說我進步快速之後，很快地就不再來拜訪。每三、四個星期，我會在週六放假時回多佛見她。每隔一週的週三，迪克先生會在中午抵達驛站，待到第二天早上離開。

迪克先生來訪時，一定會帶上皮製文具箱，裝著各式文具與陳情書，他現在發現時間緊迫，加速完成是勢在必行。

迪克先生特別喜歡吃薑餅，為了讓他的來訪更愉快，姨婆吩咐我在附近糕餅店幫他賒帳，且規定一天不能讓他花超過一先令。除這一點外，還有他過夜旅館的小額帳單要在付款前告知姨婆，讓我推斷他口袋的錢只能拿來搖，不能拿來花。我繼續觀察後發現真是如此，或者也有可能是他和姨婆之間對於差旅費有所協議。迪克先生不想欺騙姨婆，而且想取悅她，因此花費非常謹慎。在這一點上，還有其他所有方面，迪克先生都深信姨婆是全世界最睿智、最了不起的女人，他總是把這個看法當成最高機密，不斷偷偷地低聲告訴我。

「托特伍德，」某個週三，迪克先生再次說出他對姨婆的看法後，用一種神祕的聲音對我說，「那個躲在家附近，還嚇到她的男子是誰？」

「嚇到我姨婆嗎，先生？」

迪克先生點頭。

「我以為沒有事情能嚇得了她，」他說，「因為她是——」他輕柔低聲地說，「別說出去喔——她是全世界最睿智、最了不起的女人。」說完，他往後靠，觀察我對他剛剛說的那段話作何反應。

「他第一次來的時候，」迪克先生說，「是……我想想，一六四九年是查理一世被砍頭的日子。我想你是說一六四九年，對嗎？」

「是的，先生。」

「我不知道怎麼可能會這樣，」迪克先生說，疑惑地搖搖頭，「我不認為我有那麼老啊。」

「那個男子是在那一年出現的嗎，先生？」我問道。

「哎呀，怎麼會，」迪克先生說。「我不知道怎麼可能會是那一年，托特伍德，你記得的歷史也是那一年嗎？」

「是的，先生。」

「我想歷史從不會說謊，對吧？」迪克先生充滿一絲希望地說。

「噢，天哪，不會的，先生！」我很肯定地回答。我那時年輕天真，真心這樣認為。

「我搞不懂，」迪克先生搖搖頭說，「一定有哪裡不對了。不過，就在有人把查理一世腦袋裡的一些毛病誤放到我的腦袋之後，不久那個男子就出現了。有天喝完下午茶，我跟托特伍德小姐出去散步，那時剛天黑，他就在房子附近。」

「他在附近走來走去嗎？」我問道。

「走來走去嗎？」迪克先生重複說道，「我想想，我一定要再多回想一下。不……沒有，他沒有走來走去。」

我接著問他到底在幹什麼，因為這是問到答案最快的方法。

「嗯，他根本不在那裡，」迪克先生說，「就突然走到她身後，低聲說話，然後她轉過頭，快昏倒了。我呆站在那裡看著那個人，他就走掉了。但他從那之後就一直躲起來，躲在地下還是哪裡，真是太奇怪啦！」

「他從那之後就**一直**躲著？」我問道。

「沒錯，」迪克先生嚴肅地點頭回答道，「一直沒有現身，直到昨晚又跑出來了！我們昨晚在散步時，他又從她身後湊了上來，我又看見他了。」

「那他又讓姨婆嚇到嗎？」

「嚇得發抖，」迪克先生模仿姨婆的表情，牙齒直顫。「抓住柵欄，還哭了。不過，托特伍德，過來，」我靠近他，讓他能夠輕聲說話。「她為什麼會在月光下給他錢呢，孩子？」

「他可能是個乞丐吧。」

迪克先生搖搖頭，強烈否定我的猜測，十分肯定地重複了好幾次：「不是乞丐，不是乞丐，不是乞丐，先生！」然後繼續說，後來夜深時，從他的窗戶會看到姨婆在花園柵欄外，在月光下給那個人錢，之後那人就會偷偷溜走——他覺得是再溜回地下——然後就再也沒看到他了。這時姨婆會匆忙地偷偷跑回屋裡，隔天早上總是異於平常的樣子。這點深印在迪克先生心中。

剛聽說這件事的時候，我深信那個陌生人只不過是迪克先生的幻覺而已，跟一直糾纏他那位命運乖舛的國王狀況類似。不過後來想想，我開始思考會不會是有人兩度試圖威脅要把可憐的迪克先生帶離姨婆的保護。我看得出來姨婆非常照顧他，很可能被迫付錢換得他的清靜安寧。由於我已經與迪克先生非常要好，而且非常關心他的安危，所以憂心的我認為這項推測較為可能。很長一段時間，每當他要來訪的週三來臨，我總會擔心他不像往常一樣坐馬車來找我。然而每到那一天，他總是白髮蒼蒼、笑臉迎人地出現，後來也沒有再提起那個嚇到姨婆的男子了。

那些週三的日子是迪克先生一生最快樂的時光，對我來說也是美好至極。學校其他同學很快就認識了他。

雖然他沒有玩過放風箏以外的其他遊戲，卻對我們的活動深感興趣，跟大家一樣玩得不亦樂乎。好幾次，我看到他專心地看著打彈珠或是打陀螺比賽，臉上掛著難以形容的興致，看到關鍵時刻還會屏住呼吸！好幾次，玩獵犬追兔遊戲時，我都看到他爬上小圓丘，替全體同學加油，在頭髮花白的頭上揮舞著帽子，將殉道國王查理一世的腦袋和有關的一切拋在腦後！多少個夏日時光，我看到在板球場上的他有多麼幸福快樂！多少個冬日時光，我看到鼻子發紫的他頂著寒風，站在雪地中看著男孩們從長坡上滑下來，興高采烈地直拍著戴著羊毛手套的雙手！

大家都很喜歡迪克先生，而他對小東西的心靈手巧更是卓越。他會把橘子切成我們沒有人知道是什麼的物品。不管用什麼東西，甚至是一根串肉叉，他都能建出一艘船來。他可以將羊的膝蓋骨做成棋子、把舊撲克牌變成流行的羅馬雙輪戰車、用線軸做出輻條車輪，用舊鐵絲做成鳥籠。但或許他最厲害的，就是用線繩和稻草做東西。我們都深信，只要人類雙手能做出的物品，他都做得出來。

迪克先生的名聲不只在我們學生中間傳開。幾個週三過後，史壯博士甚至親自來問我他的事情。我把姨婆說的全盤告訴他，史壯博士覺得太有意思了，請我在迪克先生下次來訪時介紹給他認識。我進行了這項儀式。然後史壯博士請迪克先生到站後，如果在車站等不到我，就儘管到學校來，找個地方休息，等我們上午的課上完。這很快便自然而然地變成迪克先生的習慣。只要我們晚下課（這在週三經常發生），他就會在庭院散步等我。他就是在那裡認識了博士的美麗少妻（她這陣子比以前蒼白許多，我很少看到她，其他同學也是。她看起來沒有以往那麼快樂，但依然美麗動人）。迪克先生跟大家變得越來越熟之後，最後索性直接進教室等我。他老是坐在特定的角落、特定的椅凳上，大家乾脆就把凳子命名為「迪克」。他會坐在那，垂下白髮蒼蒼的頭，認真聽著上課的聲音，滿心敬仰地聆聽他從未有機會受的教育。

迪克先生的敬仰之情也延伸到博士身上，他覺得博士是古今中外最博學多聞、造詣非凡的哲人。很久一段時間，迪克先生跟博士說話時總會脫帽以示敬意。就連他們成為好友後，在庭院一側我們稱之為「博士步道」散步時，迪克先生甚至還會不時脫帽向博士的睿智、知識致敬。我一直都不知道，在這些散步中，博士是怎麼開始朗讀那部著名字典裡的小辭條。或許一開始，他覺得這和自言自語沒兩樣，不過久而久之也變成了一種習慣。迪克先生在聽的時候，臉上會散發出驕傲與喜悅的光芒，衷心認為這本字典會是全世界最棒的一本書。

我看到他們在教室外來回走動——博士洋洋自得地朗讀，偶爾揮舞著手稿，或是鄭重其事地點頭，迪克先生興趣盎然地聽著，天知道他資質愚鈍的腦袋跟著艱難詞彙的翅膀飄到哪裡去了——我覺得這是我見過最平和喜樂的事情之一。他們好像會永遠一直這樣來來回回走下去，而世界或許會因此變得更好——彷彿眾人紛嚷討論的上千件好事，對我或世界來說，都不及這件事的一半有益。

艾格妮絲也很快跟迪克先生成為朋友。他常常到家裡來，也認識了烏利亞。迪克先生跟我的友情越來越深厚，而我們兩人友誼的基礎一直都很奇特：迪克先生表面上雖然是以我監護人身分來訪，但他只要遇到一點小疑惑，就一定會找我商量，老是在我的建議下自己找到答案，不只對我天生的洞察力感到欽佩，還覺得我遺傳了姨婆很多優點。

某個週四早晨，上課前，我從旅店要送迪克先生去驛站時（因為早餐前還有一小時的課），在路上遇到烏利亞。他提醒我之前答應要跟他與他媽媽喝茶，還表情扭曲地補充道：「但我不期望您會真的來訪，考柏菲爾德少爺，因為我們實在太卑微了。」

我真的還沒決定好我是喜歡還是討厭烏利亞。我站在街上看著他，還拿不定主意。但我覺得讓人認為我很高傲是種侮辱，所以回答我只是在等他們邀請我。

「噢，如果只是這樣的話，考柏菲爾德少爺，」烏利亞說，「如果真的不是我們的卑微阻礙了您的來訪，那您願意今天傍晚過來嗎？不過若是因為我們太過卑微，我希望您也能直說，我們十分清楚自身的狀況。」

我說我會問威克菲爾德先生，如果他同意（我相信他會同意），我會很樂意拜訪。所以當天傍晚六點（那天事務所比較早休息），我就告訴烏利亞我可以去他家拜訪。

「母親一定會覺得很驕傲的，真的，」我們一起離開時，他說，「應該說要是驕傲並非罪過的話，那她肯定會很驕傲，因為，考柏菲爾德少爺要來。」

「但你今早似乎不當一回事，認為我很高傲。」我回答道。

「噢，天哪，不，考柏菲爾德少爺！」烏利亞回答。「噢，相信我，不是的！我腦袋裡從來就沒有這種想法！如果你覺得**我們**對您來說太卑微，那我也不應該覺得是您太高傲，因為我們真的太卑微了。」

「你最近還繼續鑽研法律嗎？」我為了換話題問道。

「噢，考柏菲爾德少爺，」他用一種自我否定的語氣說，「我那根本不能稱為鑽研，我不過是晚上偶爾跟提德先生共度一、兩個小時而已。」

「我想還滿難的吧？」我說。

「有時候對**我**來說很難，」烏利亞回答。「但我不知道對於天資聰穎的人來說會不會覺得難。」

他一邊走，一邊用瘦長的右手食指與中指在下巴上打出幾個調子，補充道：「是這樣的，考柏菲爾德少爺，提德先生的書中有一些用法——拉丁詞彙，對像我這種出身低下的人來說太難了。」

「你想學拉丁文嗎？」我立刻說。「我很樂意把我所學的教你。」

「噢，謝謝您，考柏菲爾德少爺，」他搖頭回答，「您這個提議實在太慷慨了，但我太卑微了，實在不敢當。」

「你說這是什麼話，烏利亞！」

「噢，您一定要原諒我，考柏菲爾德少爺！我非常感謝您，我其實再願意不過了，真的，但我出身實在太卑微了，已經有很多人看我出身低賤而踐踏我，我哪敢再鑽研學問去惹他們生氣。我不配學習，像我這樣的人還是別胸懷大志的好。要想好好過日子的話，就得時時保持卑微的態度，考柏菲爾德少爺！」

他在說這番感受時，我從沒看過他嘴張這麼開，臉頰的皺褶這麼深。他不斷搖頭，扭動身體。

「我覺得你錯了，烏利亞，」我說。「我敢說有些東西是我可以教你的，如果你願意學的話。」

「噢，這我不懷疑，考柏菲爾德少爺，」他回答，「我一點都不懷疑。但您的出身並不低賤，或許您對卑微的人不好多做評斷。我不會為了求知而去冒犯地位比我高的人，謝謝您，我的出身實在太低賤了。我們的寒舍到了，考柏菲爾德少爺！」

我們從街上直接走進一間低矮的老式房屋，希普太太就在裡面。她簡直是烏利亞的翻版，只不過矮了一點。她用至上的卑微歡迎我，為了給她兒子一個吻而向我道歉，並說雖然他們出身低，但母子相愛也是天生的，希望不會冒犯到任何人。

屋裡還滿像樣的，一半是客廳，一半是廚房，但稱不上是溫暖舒適的地方。桌上已擺好茶具，爐子上正在燒開水。屋內還有一張帶抽屜的寫字桌，供烏利亞傍晚時閱讀或寫作。烏利亞的藍色包包就放在地上，裡面的紙張散落出來，此外還有一些書，主要是提德先生的著作。角落有個櫥櫃，還有些日用家具。我不記得哪個物品看起來特別不加修飾、蒼白、簡陋貧瘠，但我記得那整個地方都給我這種感覺。

儘管希普先生已經過世很久，希普太太還是穿著喪服，這或許是她表達卑微的一部分。我想除了帽子沒那麼正式，她的其他裝扮都跟早期居喪一樣。

「我們該永遠記得這一天，我的烏利亞，真的，」希普太太泡著茶說。「要記得考柏菲爾德少爺拜訪我們的這一天。」

「我就知道妳會這麼說，母親。」烏利亞說。

「如果要我說出一個理由，希望你父親現在還健在，」希普太太說，「那就一定是希望他能夠認識今天下午來訪的少爺。」

聽到這些恭維的話，我覺得很不好意思。他們把我當成貴客，我很領情，也覺得希普太太很討人喜歡。

「我們家烏利亞，」希普太太說，「已經期待這一天很久了，少爺。他本來擔心我們的地位卑下會阻礙您來訪。我自己也是這麼想。我們很卑微，以前是，以後也是。」

「我很確定你們用不著這樣，夫人，」我說，「除非你們喜歡這樣。」

「謝謝您，少爺，」希普太太回答道，「我們很清楚自己的地位，而且十分知足感恩。」

我發現希普太太越來越靠近我，烏利亞漸漸地坐到我對面。他們恭敬地邀請我享用桌上的各式佳餚，雖然說真的並沒多少選擇，但我覺得心意最重要，就也覺得他們招待周到。

他們討論姨婆的事，我就說了我姨婆的事；接著討論起父母親，我也說了我的；然後希普太太開始說繼父的事，我就開始講起我的——但說到一半而已，因為姨婆囑咐我對這話題保持緘默。然而，一個鬆軟生澀的軟木塞，是敵不過一對開瓶器的；一顆年輕稚嫩的牙齒，是敵不過兩名牙醫的；一個小小的羽毛球，也是敵不過兩支羽毛球拍的，所以我完全敵不過烏利亞跟希普太太。我任憑他們處置，透露出我一點也不想說的事，還一派堅定，讓我現在想起來就臉紅，特別是年幼誠實的我，還因獲得信任而引以為豪，覺得兩位畢恭畢敬款待我，我是他們特別的座上賓。

他們母子情深，這是可以肯定的。這點感動了我，我覺得這就是人性。但他們不論說什麼，都能彼此接話，能力之高超，讓我難以防禦。等到已經無法從我身上再榨出東西了（因為我對謀石與格林比的生活和逃跑的旅程絕口不提），他們開始討論起威克菲爾德先生與艾格妮絲。

烏利亞把球丟給希普太太，希普太太接球，再丟回給烏利亞；烏利亞接了一陣子，然後再丟回給希普太太。就這樣你丟我撿，你來我往，搞得我完全不知道球在誰身上，覺得眼花撩亂。球本身也常常變，一下是威克菲爾德先生，一下是艾格妮絲，一下是威克菲爾德先生有多厲害，一下是我對艾格妮絲的欣賞，一下是威克菲爾德先生的事業版圖和資源，一下是我們晚餐後的居家生活，一下是威克菲爾德先生喝酒及喝酒的原因，以及他喝那麼多真令人同情。一下這個，一下又那個，然後統統一起來。由於怕他們會因為地位卑微、以客為尊而不敢暢言，這段時間我都沒有多說話，頂多只有偶爾鼓勵他們繼續說，我發現自己不斷透露出我沒有資格透露的事情，這點從烏利亞凹陷鼻孔翕動的樣子就看得出來。

我開始覺得有點不自在，打算向他們告辭。這時，有個人影從門外的大街經過——這時候的天氣頗為悶熱，門開著讓空氣流通——那個人又走回來，探進頭，走進來，大聲驚呼道：「考柏菲爾德！有可能這麼巧嗎？」

是麥考伯先生！真的是麥考伯先生，還有他的單片眼鏡、拐杖、襯衫領口、一派風流儒雅，和聲音中的優越語氣，全都到齊！

「我親愛的考柏菲爾德，」麥考伯先生伸出手說，「我們此次相逢，確實該讓人銘記世事無常與變化萬千——總之，這次重逢真是太難得了。我走在路上，思考是否有好機會到來的可能性（我近來很樂觀），就發現了在我命途最多舛時與我結識，對我十分寶貴的年輕朋友。我一定要說，當時可是我人生的轉捩點。考柏菲爾德，我親愛的朋友，你好嗎？」

我說不出來，真的說不出來在那裡遇見麥考伯先生，到底高不高興？不過能再次見到他，我很開心，所以熱情地跟他握了手，並問麥考伯太太好不好。

「謝謝，」麥考伯先生像之前一樣揮手，下巴架在襯衫硬領上。「她目前康復得還可以。雙胞胎已經不再從大自然的泉源中獲取養分——總之，」麥考伯先生又洋溢出滿滿自信說，「他們斷奶了。麥

他鄉遇故知

考伯太太跟我一起旅行到這裡。考柏菲爾德，她會很高興能跟老朋友敘舊的，特別是你這位在友誼的神聖殿堂上證明自己各方面都值得信賴的摯友。」

我回答我也會很高興再見到她。

「你人真是太好了。」麥考伯先生說。

他微笑了一下，再次將下巴架在硬領上，然後看看四周。

「我發現我的朋友考柏菲爾德，」麥考伯先生彬彬有禮地說，並沒有特別對著誰說話，「並非獨自一人，而是正在參與社交餐宴，與一位孀居夫人還有另一位顯然是她的子嗣——總之，」麥考伯先生又充滿自信地說，「是她兒子。若能引見我們認識，我將深感榮幸。」

在這種情況下，我不得不把麥考伯先生介紹給烏利亞．希普和他母親。他們在麥考伯先生面前又自貶了一番後，麥考伯先生坐下，用最客氣的態度揮著手。

「我朋友考柏菲爾德的朋友，」麥考伯先生說，「就是我的朋友。」

「我們太卑微了，先生，」希普太太說，「小犬跟我不配當考柏菲爾德少爺的朋友。他好心願意與我們一起喝茶，我們很感激他願意來作客，也要謝謝您，先生，承蒙您看得起。」

「夫人，」麥考伯先生鞠躬答道，「您太客氣了。你現在在做什麼呢，考柏菲爾德？還在做酒品交易嗎？」

我十分焦急地想要讓麥考伯先生離開這裡，手上抓著帽子，我相信我肯定滿臉通紅，回答說我是史壯博士的學生。

「學生？」麥考伯先生揚眉說道。「我很高興聽到你這麼說。雖然像我朋友考柏菲爾德這樣的頭腦，」他對烏利亞和希普太太說，「宛如豐沃的土壤，能灌溉出富饒之地。他並不需要這樣的培育，那是不如他一般通曉人間世事的人才需要的——總之，」麥考伯先生微笑，又是一陣自信洋溢，「憑他的聰明才智，能夠深通所有古典文學。」

烏利亞的兩隻長手交纏在一起，手腕以上可怕的扭動，表達了他對這番話的認同。

「我們要不要去看麥考伯太太，先生？」為了拉麥考伯先生離開，我說。

「如果您願意賞她這個光，考柏菲爾德，」麥考伯先生起身回答，「在這些朋友面前，我說話就不顧忌了。我這個人多年來飽受財務問題之苦，」我就知道他一定會說這種話，因為他老是一直吹噓自己的困難。「有時候我克服困難，有時候我的困難——總之，把我徹底擊垮。有時候我一個個正面迎擊，有時候對我來說著實無法承受，只得放棄，並告訴麥考伯太太，引用加圖[42]的話：『柏拉圖，汝言甚有理，事已至此，吾無以反抗。』但我這一生，」麥考伯先生說，「最感到欣慰的，是能將憂傷（如果我能用這個詞來形容主要由律師委任狀和兩個月及四個月的借據所引起的困難）傾瀉入我的朋友考柏菲爾德的胸膛中。」

麥考伯先生接著替這段激昂的頌詞作結：「希普先生！晚安。希普太太！隨時效勞。」然後用他最瀟灑的模樣跟我一起走出去，他的鞋子在人行道上發出很大的聲音，他邊走邊哼歌。

麥考伯先生住在一間小旅館裡的小房間，隔壁是商務客房，裡面充滿菸草味。我想樓下應該正好就是廚房，溫熱的油煙味似乎從地板的裂縫傳上來，牆上還有斗大的水珠。我知道房間也一定是在酒吧附近，因為一直有烈酒的味道以及玻璃杯的叮噹聲。進入房裡，坐在一幅賽馬畫底下，靠在小沙發上，頭偏向爐火，正用腳將房間另一頭貨梯上的芥末弄掉的，正是麥考伯太太。麥考伯先進門後宣布：「親愛的，請容我向您介紹史壯博士的學生。」

順道一提，我注意到麥考伯先生雖然仍搞不清楚我的年齡和地位，但他老是記得我是史壯博士的學生，因為這是很體面的事。

麥考伯太太非常驚訝，但很高興見到我，我也很高興見到她。雙方熱情問候之後，我在她身旁的小沙發坐下。

「親愛的，」麥考伯先生說，「麻煩妳告訴考柏菲爾德我們目前的處境，我相信他一定很想要知道，那我就先去看報紙了，看看徵人啟事有沒有好消息。」

「我以為你們去了普利茅斯，夫人，」麥考伯先生走出後，我對麥考伯太太說。

「親愛的考柏菲爾德少爺，」她說，「我們是去了普利茅斯。」

「才能立刻把握機會。」我暗示道。

42. 引用自英國文學家約瑟夫・艾迪生（Joseph Addison，一六七二～一七一九）悲劇作品《加圖》（*Cato*）中的主角所言。加圖是羅馬斯多葛學派學者，率兵對抗凱撒的暴權落敗，必須選擇求饒或自殺。

「沒錯，」麥考伯太太說，「為了立刻把握機會。不過事實是，那裡的海關辦公室不需要人才，我娘家在當地的影響力不足以在那個部門替麥考伯先生如此才華洋溢的人謀到職位。他們寧可**不要**像麥考伯先生這樣才華洋溢的人，因為他只會讓其他人看起來辦事不力。除此之外，」麥考伯太太說，「我不會對你隱瞞，親愛的考柏菲爾德少爺，我在普利茅斯那邊的家人聽說麥考伯先生還帶著我、小威爾金和他妹妹，以及雙胞胎，他們並沒有熱切地歡迎他。剛被釋放的他原本以為會受到他們的熱情歡迎。事實上，」麥考伯太太放低聲音說，「你別跟外人說——我們受到冷落。」

「天哪！」我說。

「沒錯，」麥考伯太太說，「一想到人情如此淡薄就令人痛心，考柏菲爾德少爺，但他們確確實實對我們十分冷淡。這點無庸置疑。事實上，我在普利茅斯那邊的家人，不到一星期的時間就對麥考伯先生很不友善。」

我說（也認為）他們應該引以為恥。

「是啊，就這樣，」麥考伯太太繼續說，「這樣的情況下，麥考伯先生這麼志氣高昂的人該怎麼辦呢？當然也只能離開。所以跟我那邊的家人借了錢回倫敦，而且不論怎麼樣都要回去。」

「因此你們又統統回倫敦了嗎，夫人？」我說。

「我們又統統回倫敦了，」麥考伯太太回答。「從那之後，我就問其他家人，麥考伯先生應該採取什麼權宜之計最好。我一直都認為他應該採取行動，考柏菲爾德少爺，」麥考伯太太振振有詞地說，「顯然一家六口，還沒算上家裡的佣人，是不能靠空氣維生的。」

「當然，夫人。」我說。

「我家人的意見是，」麥考伯太太繼續說，「麥考伯先生應該立即將注意力轉向煤炭。」

「轉向什麼？」

「煤炭業，」麥考伯太太說，「煤炭買賣業。經過詢問，麥考伯先生聽說梅德韋煤炭買賣公司可能有個職缺，需要像他那樣的人才。之後，麥考伯先生說得好，第一步很明顯就是要去梅德韋看看。我們去看了。考柏菲爾德少爺，我說『我們』，」麥考伯太太語帶感情地說，「是因為我絕對不會拋棄麥考伯先生。」

我口中嘟囔著景仰和贊同。

「我們去了，」麥考伯太太重複道，「也看了梅德韋。我對那個在河邊的煤炭交易看法是，這一行的確需要才能，但也要有資本。才能，麥考伯先生有；資本，麥考伯先生沒有。我想，我們看過了梅德韋的大部分地方，而這就是我個人的結論。因為大教堂離這裡很近，麥考伯先生覺得不順便過來看看就太可惜了。首先，由於大教堂太值得一看，而且我們也從沒看過；第二，在這個教堂小鎮，出現好機會的可能性很大，所以我們就來了。」

麥考伯太太繼續說著，「但三天過去了，還沒有好機會出現。我親愛的考柏菲爾德少爺，你聽到可能不覺得驚訝，畢竟我當你是自己人，我們目前在等倫敦來的一筆匯款，以支付旅館的費用。匯款還沒到之前，」麥考伯太太悲從中來，「我就得離家遠遠的。我指的是潘頓維爾的住處，與我的兒女和雙胞胎分離。」

我對麥考伯夫婦眼前這種令人擔憂的窘境深表同情，並跟剛剛進房的麥考伯先生這樣說，還表示我只希望自己有足夠的錢借他們應急。

麥考伯先生的回答透露出他心中的憂愁。他握了我的手說：「考柏菲爾德，你真夠朋友。但當最糟的事情已經無法收拾，每個人都能找到一位擁有刮鬍刀的朋友。」聽到這可怕的暗示，麥考伯太太抱著麥考伯先生的脖子，懇求他冷靜下來。他哭了，但又馬上恢復過來，搖鈴叫服務生，預定了明天的早餐：一個熱腰子派和一盤蝦。

我向麥考伯夫婦告辭時，他們再三邀我在他們離開前共進一餐，讓我難以拒絕。不過晚上還有很多功課要做，我知道自己隔天無法赴約，麥考伯先生便說他上午會到學校拜訪（他有預感匯款會和明天那班郵車一起抵達），並提議方便的話就約後天。因此，我第二天上午被叫出教室，發現麥考伯先生在會客室，他說晚餐就照約定好的時間。當我問起是否收到匯款時，他緊握了我的手就離去了。

那天傍晚我望向窗外，很驚訝地發現，也讓我感到心神不寧的是，看到麥考伯先生和烏利亞・希普手挽著手從外頭經過。烏利亞謙卑地感謝有這份榮幸，而麥考伯先生也高興能夠施予烏利亞恩惠。但讓我更訝異的是，我隔天在約定的時間到小旅店，也就是四點鐘時，聽麥考伯先生說他去過烏利亞家，還和希普太太喝了兌水的白蘭地。

「而且我跟你說，我親愛的考柏菲爾德，」麥考伯先生說，「你的朋友希普可能年紀輕輕就當上總檢察長呢。如果我在困難一發不可收拾的時候可以認識這個年輕人，我只能說，我相信就能更好地應付我的債主。」

我很難想像要怎麼更好地應付債主，因為麥考伯先生根本沒有錢還他們哪，不過我並不想過問。我也不想告訴他，我希望他別跟烏利亞透露太多，也不願問他們是否談了很多關於我的事，因為我怕傷了麥考伯先生的心，或者不小心傷到麥考伯太太，畢竟她心思很細膩。但我對這件事不是很舒服，之後也經常想起。

我們的晚餐很簡單愉快：一道味道鮮美的魚、烤小牛腰肉、煎香腸、一隻鷓鴣和甜點，還喝了葡萄酒和烈麥酒。晚餐之後，麥考伯太太親手為我們弄了一鍋熱潘趣酒。

麥考伯先生超乎尋常地興奮，我從來沒看過他這麼開心。他的臉因為喝了潘趣酒而發光，看起來好像上過漆一樣。講到這個地方，他覺得很捨不得離開，並敬此地繁榮。他還說麥考伯太太和他在這裡過得很舒適自在，他永遠忘不了在坎特伯里度過的愉快時光。然後他向我敬酒，夫婦倆和我又重溫了一下我們過去的情誼，說著說著又把身家財產再變賣了一遍。接著我向麥考伯太太敬酒，至少，我是謙遜地說了：「若妳不介意，麥考伯太太，請容我敬妳身體健康，夫人。」之後，麥考伯先生對麥考伯太太的美德發表了頌詞，說她一直都是他的嚮導、哲學家、摯友[43]，他建議我等到該成家時，要娶這樣的女人，如果世界上還有第二個的話。

喝完潘趣酒後，麥考伯先生更加陶然自得，麥考伯太太的興致也跟著高昂起來，所以大家就一起唱了〈驪歌〉，唱到「我信賴的朋友，伸出你的雙手」時，我們都在桌邊牽著手。當我們唱到「歡喜乾下一杯痛快的酒」時，雖然我們一點都不懂蘇格蘭方言的歌詞，但都覺得十分感動。

總之，我從來沒有見過像麥考伯先生這麼爽朗快活的人，一直到那天很晚的時候，我才向他與他和藹可親的夫人鄭重道別。因此，我並沒有心理準備在第二天早上七點收到下面這封信，那是他在昨晚九點半時（我離去後的一刻鐘後）寫下的：

我親愛的年輕朋友：

大局已定——一切都結束了。我用薄弱的歡笑面具隱藏了煩惱的蹂躪，今晚我不忍心告訴你，匯款無望了！在這種情況下，忍受之可恥、沉思之可恥、詳述亦可恥，我已經開出一張償付義務的親

43. 出自亞歷山大・波普（Alexander Pope，一六八八～一七四四）所著之《論人文粹》（*Essay on Man*）。

筆期票以支付旅店的費用，約定十四天後在我倫敦潘頓維爾的住家付清。期票到期，無錢支付。結果是毀滅。雷霆萬鈞，樹木必倒。

親愛的考柏菲爾德，請容我這個悲慘的人成為你一生的燈塔。他親筆撰文，目的為此，希望為此。若他認為自己仍有些許用處，或許一線曙光能穿進他餘生陰鬱淒涼的地窖裡——雖說他目前（至少在目前）的生存極是問題。

這是我最後一封信了，我親愛的考柏菲爾德。

一貧如洗的放逐者

威爾金·麥考伯筆

這封令人痛心的信，內容讓我感到震驚，我立刻衝到小旅店，想趕在上課前去安慰麥考伯先生。但半途，我就看到前往倫敦的馬車後座坐著麥考伯夫婦。麥考伯先生一副安逸的樣子，笑著與麥考伯太太交談，從紙袋裡拿出核桃享用，前胸口袋還露出小酒瓶。因為他們沒有看見我，加上考慮到所有的情況，我決定還是不要攔下他們。心上一顆大石落下，我轉入旁邊一條通往學校的捷徑。總的來說，他們的離去讓我鬆了一口氣，不過我還是很喜歡他們的。

第18章 一次回顧

我在學校的日子啊！從童年一直到青年，我的人生就這樣無聲無息地溜走了。日子不知不覺地流逝！當我回顧那流水，現在已成雜草蔓生的乾渠，讓我想想，沿道是否留有任何痕跡，讓我能憶起水流的走向。

這時候，我在大教堂的座位上，每個週日我們都要先在學校集合，再一起上教堂做禮拜。大地的味道、陰暗的空氣、與世隔絕的感覺、從黑白拱廊與走道傳過來的巨大風琴聲，是帶我回到從前的翅膀，抓著我在那些日子上盤旋，像是一場半睡半醒的夢。

我可不是學校裡成績最差的學生。幾個月的時間，我就突飛猛進地贏過一些人了。但第一名的學生在我看來，就是個停歇在遠方的龐然大物，高不可攀，往上瞻仰，叫人頭暈目眩。艾格妮絲說「才不會」，但我說「就是會」。我還說，她無法想像那個神人累積了多少知識，但她認為我——就連不是很有抱負的我——有天也能追上他。第一名的同學不像史帝福斯，他跟我沒有私交，檯面上也並非我的保護人，但我還是很尊敬他。我經常想，等他從史壯博士的學校畢業會從事什麼工作，還有怎樣的人可以跟他匹敵。

現在映入我腦中的是誰呢？是薛普德小姐，我愛慕的人。

薛普德小姐是內亭格女子學校的住校生。我很喜歡薛普德小姐。她個子嬌小，身穿緊身胸衣，臉蛋圓潤，一頭亞麻色鬈髮。內亭格女子學校的學生也會一起到大教堂做禮拜。我的視線無法從薛普德小姐的身上移開，根本無法專心唸《公禱書》。唱詩班唱聖歌的時候，我只聽見薛普德小姐的聲音。禱告時，我在腦海裡將薛普德小姐的名字放入皇室成員的名單裡[44]。在家時，我待在房裡，有時候會情不自禁地喊出：「噢，薛普德小姐！」

有段時間，我不確定薛普德小姐對我的觀感，不過命運之神終於眷顧了我，讓我們在舞蹈課相識。薛普德小姐是我的舞伴。我碰到她的手套，感覺有股暖流從右手直衝上我的髮根。我沒有跟薛普德小姐說話，但彼此心照不宣。薛普德小姐和我生在世上就是注定要相守。

我真納悶自己怎麼會偷偷給薛普德小姐十二顆巴西核桃當禮物呢？它們既不是用來表達愛意的象徵，也很難包裝成正常的形狀，很難撬開，用房門夾也不容易，敲開後又油膩膩的，但我還是覺得很適合送給薛普德小姐。我還送過鬆軟的香草餅乾，以及無數顆柳橙。有一次，我還在衣帽間親了薛普德小姐，真叫我神魂顛倒！當我隔天聽到滿天飛的謠言，說內亭格的老師要薛普德小姐穿腳套矯正外八，內心有多麼痛苦和氣憤啊！

薛普德小姐是我生活中朝思暮想的唯一牽掛，我是怎麼跟她分開的呢？這我也不清楚，不過我和薛普德小姐後來就漸漸疏離了。我聽說薛普德小姐說她希望我不要一直盯著她看，還公開承認她比較喜歡瓊斯——瓊斯耶！那個乳臭未乾的傢伙！我和薛普德小姐的鴻溝越來越深。終於有一天，我散步時遇到內亭格女子學校的女生也出來散步，薛普德小姐經過時對我做了個鬼臉，然後跟她的同伴一起大笑。一切都結束了。我一輩子的奉獻——感覺是一輩子，反正都一樣——就這樣結束了。我的晨禱詞中不再有薛普德小姐，她也不再屬於皇室成員了。

我現在是高年級了，沒有人能打破我的平靜。我對內亭格女子學校的年輕女同學也不太在意了，就算她們人數多一倍，美貌多二十倍，我也不會喜歡上她們任何一個人。我覺得去上舞蹈課是很累人的事，真不知道為什麼那些女孩不能放過我們，自己跳就好。我的拉丁詩詞越來越厲害，但對鞋帶倒是疏忽了。史壯博士公開說我是前途無量的青年學者，迪克先生聽了欣喜若狂，而姨婆接著就寄來一基尼。

年輕屠夫的陰影出現了，就像《馬克白》裡頭戴盔甲的幽靈一樣。年輕屠夫是何方神聖呢？他是坎特伯里年輕人懼怕的對象。大家都似是而非地相信他用牛油抹頭髮而有了超凡的力氣，我們絕對不是他的對手。他是個臉闊粗、脖子粗的年輕屠夫，臉頰又長了橫肉、紅通通的，心術不正，愛毀謗人。他嘴巴的主要功用就是嚇唬史壯博士學校的年輕學生。他曾公開說過，看誰敢討打，他一點也不會客氣。接著就唸出一串名單（我也是其中之一），說他可以一手綁在身後，單手就能解決我們。他會半路攔截比較小的同學，揍他們毫無保護的頭，並在大街上喊我的名字要單挑。這些理由足以讓我決心和屠夫打一架。

那是個夏日傍晚，在牆邊的低窪草地，我依約與屠夫見面。我挑了一些同學陪我，屠夫則找來了兩個屠夫、一個酒吧老闆和一個清潔工。準備就緒，屠夫站在我面前。一瞬間，屠夫就打得我左眉彷彿燃燒出一萬支蠟燭的光芒。下一瞬間，我被打得暈頭轉向，不知道自己人在哪，也不知道大家在何方。我幾乎分不清楚我跟屠夫，因為我們倆扭打成一團，在草地上打來打去。有時候我看到屠夫，流著血，但還自信滿滿；有時候我什麼都看不見，就坐在那抓著我副手的膝蓋；有時候我瘋狂地衝向屠夫，往他臉上狠揍一拳，他卻好像不痛不癢。最後我清醒了，頭暈眼花，好像昏睡一覺剛醒的感覺。看到屠夫走掉，兩個屠夫、清潔工和酒吧老闆向他道賀，他邊走邊穿上大衣。這時候，我可以公平地

44. 晚間禱告通常都會將皇室成員納入禱告詞中。

說，這場架是他贏了。

我慘兮兮地被扛回家，兩眼上放了牛肉，傷口用醋和白蘭地塗抹，還發現我的上嘴唇腫得不得了。我在家休養了三、四天，看起來很慘，眼睛還有瘀青。照理說我應該會覺得很無聊，然而艾格妮絲就像我的親姊妹一樣照顧我，她會安慰我、唸書給我聽，讓我這段時間過得很輕鬆快樂。我什麼事都會跟艾格妮絲說，一直如此。我把屠夫的事一五一十地告訴她，還有他是怎麼詆毀我的。她覺得我別無選擇，只能跟屠夫決鬥，但又對我跟他打架的事情擔心得直發抖。

時光就這樣悄悄溜走，現在亞當斯已經不是班長了，他不當班長已經很久、很久了。亞當斯早就畢業，他回來拜訪史壯博士時，除了我，已經沒有人認識他了。亞當斯很快就要取得律師資格，可以當辯護律師，出庭還要戴假髮。我發現他比我原先想的還更謙虛，外表也沒那麼氣派，讓我很驚訝。他也還沒有撼動世界，因為就我所知，世界還是如往常一般，彷彿他從未參與其中似的。

接著一段空白，這段時間裡，詩篇和歷史中的勇士們雄壯威武地前進，似乎沒有盡頭。再來還發生什麼事！**我**現在是班長了！我看著底下那一排男孩，有些人讓我想起剛到這裡的我，所以對他們比較照顧。當時那個小傢伙似乎不是我的一部分，我記憶中的他，只是被遺留在人生道路的某個東西——很像是我傳過去的，而非確實經歷過的——而且幾乎都快把他當成別人了。

還有，我第一天在威克菲爾德先生那裡看到的女孩呢？她去哪裡了？她也不見了，取而代之的是與畫像中一樣的人在家裡走動，不再是小孩子了。現在的艾格妮絲——對我來說親如姊妹，是我的良師益友，她善良、沉靜、克制，是所有認識她的人生命中的好天使——已經是亭亭玉立的女子了。

除了外表、年齡，以及這些日子所習得的知識以外，我還有哪些改變呢？我戴著金錶和金鏈，小指戴了尾戒，身穿燕尾服，抹了很多髮油——跟尾指配在一起，看起來很糟。我又戀愛了嗎？是的。我崇拜拉金斯家的長女！

拉金斯大小姐並非黃毛丫頭了，她個子很高、有深邃的黑眼、身材姣好。拉金斯大小姐不是小鳥依人的少女，拉金斯家的么女也不是。拉金斯家的長女比最小的妹妹大了三、四歲，年約三十。我對她的愛彷彿無邊無界。

拉金斯大小姐認識不少軍官，這點讓我難以忍受。我看見他們在街上跟她聊天。那些軍官們只要看見她的帽子（她愛戴亮色的帽子）從人行道上過來，旁邊跟著她妹妹的帽子時，就會穿過馬路去找她。她跟軍官們談笑風生，好像樂在其中。

我經常來來回回走著，想要遇見她。如果我每天可以問候她一次（因為我認識拉金斯先生，所以可以連帶向她問好），我會特別開心，也會跟她鞠躬問好，是我應得的榮幸。賽馬舞會那天晚上，我知道拉金斯家的長女會跟軍官共舞，真是有如萬箭穿心，要是世界上有公平正義的話，那我應該獲得一些補償才是。

我對拉金斯大小姐的單戀奪走了我的胃口，也讓我一直戴著最新的絲質領巾。只有在穿上最高級的行頭，再三擦拭過靴子後，我才能安心，因為唯有這樣的我，看起來才比較配得上拉金斯大小姐。所有屬於她的一切，或是跟她有關的一切，對我來說都彌足珍貴。我也連帶覺得拉金斯先生很有趣（他是個粗魯的老先生，有著雙下巴和一隻不會動的眼睛）。我見不到他的女兒時，會跑去他可能出現的地方，跟他說：「您好嗎，拉金斯先生？令千金和其他家人是否安好？」說得如此直截了當，讓我臉都紅了。

我一直想到我們的年齡差距。沒錯，我才十七歲，十七歲對拉金斯小姐來說或許太年輕，但那又怎樣？況且，我很快就會滿二十一歲了。我經常在傍晚時散步到拉金斯家，儘管看到那些長官們走進去，或聽到他們在客廳聽拉金斯小姐彈豎琴讓我很痛心。甚至有兩、三次，我趁拉金斯一家人都就寢後，像得了病似的，傻傻地在她家附近徘徊，猜想哪一間是她的房間（我現在敢說，當初應該是把拉金斯先生的房間錯當成她的了）。我希望突然來場大火，那我就可以扛起梯子，從驚恐的圍觀者中衝進去，把梯子放在她窗戶旁，將她抱出火場，再衝回去拿她遺忘的東西，然後犧牲自己，葬身火海。一般來說，我談戀愛時都是無私且不求回報的，所以認為能在拉金斯家的大小姐面前展現英雄氣魄，壯烈犧牲，也甘之如飴。

大致是這樣，但並非絕對。有時候我眼前會出現比較明亮的幻景。例如，我著裝完畢（花了兩個小時），前去參加拉金斯家舉辦的盛大舞會（期待了三週），這時就沉浸在美妙的幻想之中。我想像自己鼓起勇氣上前對拉金斯小姐表達愛意；我想像拉金斯小姐將頭低靠在我的肩膀，然後說：「噢，考柏菲爾德先生，我沒有聽錯吧！」我想像拉金斯先生隔天早上等我，然後說：「我親愛的考柏菲爾德啊，小女統統告訴我了。你的年紀輕不是問題，這裡是兩萬英鎊，拿去吧。好好享受！」我想像姨婆大發慈悲地祝福我們，還有迪克先生和史壯博士出席我們的婚禮。我相信——我的意思是，回顧過去，我是這麼相信的——我是個成熟懂事的人，我也相信自己並不浮誇。儘管如此，我還是幻想著這些事情。

我現在來到讓人心醉神迷的拉金斯家，裡頭燈光四射，滿是笑語、樂聲、花朵和軍官（我很不想看到），當然還有拉金斯家的大小姐，美豔動人。她身穿藍色連身裙裝，髮上插著藍色花朵——勿忘草——好像**她**真有配戴勿忘草的需要。這是我受邀參加的第一場成人舞會，我有點不自在，因為我跟其他人都不熟。大家也都不知道要跟我聊什麼，除了拉金斯先生，他問我同學可好，他真的沒必要這樣，畢竟我不是去那裡受侮辱的。

不過我在門口站了好一陣子，細細欣賞了我心目中的女神之後，她朝我走了過來——是她，拉金斯大小姐！她很客氣地問我跳不跳舞。

我鞠躬，結結巴巴地說：「跟妳的話就跳，拉金斯小姐。」

「跟其他人不跳嗎？」拉金斯小姐問道。

「跟其他人跳毫無樂趣可言。」

拉金斯小姐笑了出來，而且還臉紅了（我覺得她臉紅了），她笑著說：「下一曲，我會很樂意跟你跳一支。」

重要時刻來臨。

「我覺得，這曲應該是華爾滋，」我走上前時，拉金斯小姐遲疑地說。「你跳華爾滋嗎？如果不會，那貝利上尉可以……」

但我的確會跳華爾滋（碰巧還跳得非常好），於是就將拉金斯小姐帶到舞池中央。我硬把她從貝利上尉的身旁拉走，他一定很痛苦，但我才不在乎他的反應，我也痛苦過啊！我跟拉金斯家的大小姐一起跳著華爾滋，我不知道我在哪，旁邊有誰，跳了多久，只知道我在九霄雲上，摟著藍色天使手舞足蹈，直到與她單獨在小房間裡的沙發上休息。她欣賞著我別在扣眼上的花（是粉紅色山茶花，要價半克朗）。我把花給她後說：

「我想請妳用一個無價之寶跟我換，拉金斯小姐。」

「是嗎？你要什麼？」拉金斯小姐回答。

「我要妳的一朵花，我會好好珍惜，猶如守財奴守著黃金一樣。」

「你真是個大膽的男孩，」拉金斯小姐說，「拿去。」

她把花給我，並沒有不高興的樣子。我親吻了一下，然後放到胸前。拉金斯小姐笑著挽我的手說：「現在帶我回去找貝利上尉吧。」

我正津津有味地回想剛才的甜蜜對話與跳華爾滋舞的情景時，她又回到我面前，挽著一位相貌普通的老先生，他剛才一直在玩紙牌。

「噢！這位就是我大膽的朋友。奇索先生想認識你，考柏菲爾德先生。」拉金斯小姐說。

我立刻發現他是這個家族的朋友，覺得很高興。

「我佩服你的品味，先生，」奇索先生說。「這點值得讚賞。我想你應該對啤酒花沒什麼興趣，但我種相當多這種植物。要是你有機會到我們家附近晃晃——阿什福德那一帶，我們會很樂意招待你，想待多久都可以。」

我誠摯地謝過奇索先生，並和他握手。我想我真是美夢成真了。我又跟拉金斯小姐跳了一次華爾滋，她說我跳得很好！我回家時仍欣喜若狂，喜悅之情無以言表，想像雙手環抱著我心愛女神的藍色腰際，整晚都在腦海裡跳著華爾滋。之後好幾天，我都沉浸在醉人的回憶中。不過我再也沒有在街上遇見拉金斯小姐，去她家拜訪時也沒看到她。我很失望，但也只能用神聖的信物——那朵凋謝的花——勉強當作安慰了。

「托特伍德，」有一天晚餐後，艾格妮絲說，「你猜明天誰要結婚了？是你喜歡的人喔。」

「不會是妳吧，艾格妮絲？」

「怎麼可能！」正在抄寫樂譜的她開心地抬起臉來。「你聽到大衛說的嗎，爸爸？——是拉金斯家的大小姐。」

「嫁給……貝利上尉嗎？」我有氣無力地問道。

「不，不是嫁給上尉。是奇索先生，種啤酒花的。」

有一、兩個星期的時間，我都頹靡不振。我將戒指取下，穿上最差的衣服，不再抹髮油，也經常哀悼拉金斯小姐那朵凋零的花。後來，我對這種生活感到厭倦，也接到屠夫的新挑釁，便將花丟棄，去找屠夫，並光榮地打敗他。

這件事，以及重新戴上戒指、抹適量髮油，就是我現在能辨識自己邁入十七歲的最後幾道痕跡。

第19章 找尋自我，有新發現

我的學校生活即將進入尾聲，我不確定自己是高興，還是悲傷，該離開史壯博士學校的那天轉眼就要到了。

我在那裡過得很開心，跟博士有了很深刻的感情，而且在那個小世界裡，我表現傑出、亮眼。由於以上原因，我很遺憾我要離開了；但就其他不夠實質的原因，我很高興自己要畢業了。當個能自己作主的年輕人，獨立自主、滿懷雄心壯志的年輕人能看到與成就的一番功業，以及對社會有正面影響，這些模糊的概念誘惑著我離開。孩子氣的我所想像出的這些動機力量之大，就我現在回顧，當時畢業似乎完全沒有該有的遺憾。離開學校並沒像其他的別離那樣深刻。我努力回想當時的感受及細節，但徒勞無功，在我的記憶中，這件事並不重要。我想是因為未來使我茫然。我知道那時涉世未深，我的經歷幾乎一點用處也沒有。跟其他東西相比，人生對我來說比較像是偉大的童話故事，而我才剛要開始閱讀而已。

姨婆和我慎重討論了一些我可以投入的職業。大概有一年多的時間，我致力於尋找答案，以回答她不斷問我的問題：「你將來想做什麼？」但我沒有特別想繼續發掘的領域。要是我對航海知識有所涉略且感興趣，或許我會覺得自己很適合率領快航探險隊，踏上探索的成功旅程，環遊世界。但由於我沒有如此驚人的配備，我希望自己未來的行業別給姨婆帶來太沉重的財務負擔。我希望不管做什麼，都能全力以赴。

迪克先生定期參與我們的商議，總會擺出沉思、睿智的模樣。他只有給過一次建議，那次（我不知道他怎麼會冒出這個點子）他突然建議我可以試試看黃銅業。姨婆對這項提議嗤之以鼻，所以他就不敢再提意見了。不過之後，他會克制住自己，小心翼翼地看著姨婆，一邊等她提出建議，一邊搖著他的錢。

「托特，這樣吧，親愛的，」我離校後，耶誕假期的某一天早上姨婆說，「這個頭痛的問題還沒解決，如果可以的話，我們絕對不能做出錯誤的決定，我想我們最好稍微喘口氣。現在，你一定要試著從新的角度來思考未來，別再用學生的角度了。」

「我會的，姨婆。」

「我想，」姨婆繼續說，「做點改變，出去看看外頭的世界，或許能幫助你更瞭解自己的想法，然後做出更冷靜的判斷。比如說，回去你的老家看看，去拜訪那個——住在偏僻地方、名字野蠻無比的女人。」姨婆揉揉鼻子說，因為她永遠無法接納佩格蒂的姓氏。

「姨婆，我覺得這個點子再好不過了！」

「嗯，」姨婆說，「那就好，我也覺得這樣很好，不過你會喜歡這個提議是合情合理的。我深信不管你將來做什麼，托特，都會合情合理的。」

「我希望如此，姨婆。」

「你的姊姊貝希．托特伍德，」姨婆說，「做事也一定會合情合理。你不會辜負她，對吧？」

「我希望將來能不辜負於**您**，姨婆。這樣就夠了。」

「幸好你那可憐親愛的寶貝媽媽不在人世了，」姨婆讚許地看著我說，「要不然她現在看到寶貝兒子這樣，肯定會驕傲到讓她柔弱的小腦袋完全昏頭了，如果她腦袋還有東西讓她昏的話。」（姨婆總會用這種方式，將她疼愛我的這個弱點怪罪到我可憐的母親身上。）「天哪，托特伍德，看到你，我就想到她！」

「希望您想起她是開心的，姨婆？」我說。

「他跟她很像，迪克，」姨婆斷然地說，「跟那天下午她還沒開始擔心之前的樣子一模一樣——我的天哪，當他兩隻眼睛看著我時，跟她簡直太像了！」

「他真的像嗎？」迪克先生問。

「他也很像大衛。」姨婆很確定地說。

「他的確很像大衛！」迪克先生說。

「但托特，我期望你成為一個堅實的人，」姨婆繼續說。「我並不是說體格結實，而是精神上的，因為你體格已經很好了——要當一個傑出、堅定，有主張的人，要有決心，」姨婆對我搖搖帽子，緊握拳頭說，「要果斷、要堅強，托特——要有不拔之志，不管什麼人、什麼事，除非有好理由，否則絕不可受影響。我就是要你成為這樣的人。天知道，這是你父母原本可以做到的，要是能這樣就好了。」

我說我希望能成為她描述的那種人。

「那你就能一步步成為自立自強、獨立自主的人，」姨婆說。「我應該讓你自己去旅行就好。我想過要迪克先生跟你一起去，但後來想想，還是讓他留下來照顧我好了。」

有一瞬間，迪克先生看起來很失落的樣子，但一聽到能照顧全世界最了不起的女人，這份榮幸與尊嚴又讓他喜逐顏開了。

「況且，」姨婆說，「還有陳情書……」

「噢，當然，」迪克先生急忙地說，「托特伍德，我打算要趕快完成……一定要趕快完成，然後就能遞交出去……然後……」迪克先生停住不說話，過了很久才說，「事情就會變得一團糟！」

我接受姨婆好心的提議之後，很快就拿到一大筆錢、一只行李，她溫柔地送我上路。告別時，姨婆給了我一些很好的建議，親吻了我好幾下，並說她只想要我四處看看，好好思考一下未來。如果我想的話，她建議我在倫敦待幾天，看是要下去薩福克的時候，或是回來的路上都可以。總之，這三週到一個月的時間，我想做什麼就可以做什麼。除了之前所提到的，要思考未來職涯以及一週寫三次信忠實交代我的行程以外，我很自由，沒有其他規定要守。

我先去了坎特伯里，跟艾格妮絲與威克菲爾德先生告別（我還沒有退掉我的房間），也向善良的博士告別。艾格妮絲很高興見到我，說自從我離開後，家都不像家了。

「我敢說，我離開這裡，也不像我自己了，」我說，「沒有妳在身邊，似乎就像沒了右手一樣。但這樣說並無法充分表達，因為我的右手既沒有頭腦，也沒有感情。每一個認識妳的人總會找妳商量事情，受妳開導，艾格妮絲。」

「我相信每一個認識我的人，都把我寵壞了，」她笑著回答。

「不，那是因為妳獨一無二。妳心地善良，性情溫和，天生就是那麼溫柔，而且妳永遠都是對的。」

「你這番話，」艾格妮絲坐著做針線活，開心地笑了出來，「講得好像我是之前那位拉金斯大小姐一樣。」

「幹嘛這樣！我對妳掏心掏肺，妳卻這樣消遣我，太不公平了。」我答道，想起征服我心的藍衣女子就臉紅了起來。「不過我還是會照樣跟妳說心事的，艾格妮絲，這點我永遠不會改變。如果我陷入麻煩，或者陷入愛河，只要妳願意聽，我都會老實告訴妳——就算我愛得無可救藥也一樣！」

「哎呀，你每次都愛得無可救藥啊！」艾格妮絲再次大笑。

「噢，那是我還小，還在念書的時候，」這次換我大笑，但還是羞愧得有點臉紅。「現在不一樣了，而且我哪一天愛得無可救藥也是遲早的事。我比較好奇的是，妳怎麼到現在都還名花無主呢，艾格妮絲？」

艾格妮絲再次大笑，並搖搖頭。

「噢，我知道妳沒有！」我說，「如果妳戀愛了，妳一定會告訴我的。或至少……」我看見她臉紅了，「妳會讓我自己發現。不過就我所知，沒有人配得上**妳**，艾格妮絲。那個人要比我在這裡認識的人都更高尚，各方面都配得上妳，**我**才會同意。到時候我會小心翼翼地審視妳所有的追求者，對勝出者嚴格要求，這我跟妳保證。」

我們就這樣時而說笑、時而認真地談心，這種親密關係是從我們還小的時候就自然而然發展出來的。不過，艾格妮絲突然抬起臉來看我，轉變態度說：

「托特伍德，有件事我想問你，現在不問，或許很久之後才有機會再問你了，或許……我想，這件事我不會問別人。你有沒有觀察到我爸爸最近有些改變？」

我的確觀察到了，而且也經常猜想她是否也注意到。我現在的表情一定很明顯，因為她的雙眼立刻垂了下來，開始泛淚。

「告訴我是怎麼回事。」她低聲說。

「我想……既然我跟他也很親，我可以直說嗎，艾格妮絲？」

「可以。」她說。

「我想，從我第一次來這裡時他就有這樣的偏好，後來變本加厲，對他來說毫無益處。他老是心神不寧，或者可能是我想太多。」

「不是你想太多。」艾格妮絲搖頭說。

「他的手會顫抖，說話含糊，目光渙散。我注意到，那些時候，他最不像自己的時候，就是有人要他處理公事的時候。」

「烏利亞找他的時候。」艾格妮絲說。

「是的，令尊感覺自己力不從心，或覺得不甚瞭解案子，或是不由自主地露出他無法勝任的樣子，似乎讓他心神不寧，隔天情況更糟糕，再隔天又更糟，也就這樣變得疲倦憔悴。妳聽了我的話別驚慌，艾格妮絲，就在前幾個晚上，我看到他就像這樣子，趴在桌上，像個孩子淚流滿面。」

我話說到一半，她的手輕輕按住我的嘴唇，之後立刻到房門口迎接父親，並將頭靠在他肩上。他們倆同時轉向我，她的表情讓我深受感動。對於父親一直以來的愛與關懷，全數表現在她美麗的面容上，她並期盼我溫柔地對待她父親，就算在內心深處也不要對他有所苛求。她以父親為榮，深愛著他，為他感到心疼與難過，也相信我和她有相同感受。這些在她的眼神中全都一覽無遺，根本不需要多說，就使我萬分感動。

那天我們受邀去博士家用餐，並在平常的時間抵達。博士和他的少妻以及丈母娘坐在壁爐邊。博士把我的離去弄得像是要去中國一樣，以貴賓規格接待我，吩咐僕人再添一塊木柴到爐火中，好讓他在火紅的光線中看清楚他以前的學生。

「我以後不會再看到太多接替托特伍德的新臉孔了，威克菲爾德，」博士暖著手說道。「我越來越懶，想要輕鬆一點。再六個月，我打算放棄這些年紀小的學生，享享晚年清福。」

「你這十年來老是這麼說啊，博士。」威克菲爾德先生回答。

「但我這次是認真的，」博士答道。「最資深的教師會接替我的位置，我這次是認真的。所以你得盡快重擬我們的合約，將我們牢牢綁在一起，就好像我們是兩個惡棍一樣。」

「並且確保，」威克菲爾德先生說，「你沒有吃虧，是吧？因為你不管自己訂什麼合約，肯定都會吃虧。好吧！我準備好了。我這一行，多得是比這更難的案子呢。」

「那我就沒有什麼需要擔心的了，」博士微笑著說，「除了我的字典以外，還有另外一紙合約——安妮。」

安妮和艾格妮絲並坐在桌旁，威克菲爾德先生看向她時，我覺得她似乎在逃避他的眼光，流露出不尋常的遲疑和膽怯。

他繼續看著她，好像在想什麼。

「我注意到印度那邊來了郵車。」短暫沉默後，威克菲爾德先生說道。

「對喔！傑克．莫頓先生寫了信來。」博士說道。

「是嗎？」

「可憐的親愛的傑克！」馬克漢太太搖頭說道。「那難熬的氣候！他們跟我說，就好像是生活在聚光鏡下的沙堆上！他看起來很**健壯**，但其實不然。我親愛的博士啊，他勇敢去冒險，靠的是意志，不是強壯的身體。安妮，親愛的，我相信妳一定還清楚記得妳表哥從來就不是很強壯——完全稱不上結實健壯，妳知道的，」馬克漢太太強調，並環顧我們，「從小女和他小時候，兩人成天手勾手散步時就一直是這樣。」

安妮對母親這番話沒有回應。

「夫人，妳的意思是莫頓先生病了嗎？」威克菲爾德先生問道。

「病了！」老兵回答。「親愛的先生，要怎麼說他都好。」

「但就是身體不好？」威克菲爾德先生說道。

「但就是身體不好，沒錯！」老兵說道。「我確定他一定是嚴重中暑了，還有叢林熱和瘧疾等等你能想到的所有病症。至於他的肝，」老兵無可奈何地說，「當然，他一出國就完全放棄了。」

「這些全是他自己說的嗎？」威克菲爾德先生問道。

「他自己說？親愛的先生啊，」馬克漢太太搖頭，揮著扇子回答，「你問這問題，是不太瞭解我們家可憐的傑克．莫頓吧。他自己說？不可能。要他說，那得用四匹野馬來拖他才行。」

「媽媽！」史壯夫人說道。

「安妮，我的寶貝，」她母親回答道，「我跟妳講最後一次，拜託妳別打斷我講話，除非是同意我說的。妳跟我一樣都很清楚，妳的表哥莫頓得用四匹野馬來拖——我幹嘛自己限制四匹啊！我才不會只限制四匹——八匹、十六匹、三十二匹都可以，他就是不會存心地說出任何話來推翻博士的安排。」

「是威克菲爾德的安排，」博士摸著臉說道，愧疚地看著他的顧問。「應該是說，我們倆一起替他安排的計畫。是我親口說國內外都行。」

「然後我說，」威克菲爾德先生嚴肅地補充道，「國外。是我要送他到國外的。這件事是我的責任。」

「噢！責任！」老兵說道。「你這是為了他著想所做的安排，我親愛的威克菲爾德。一切都是出於最仁慈、最好的意圖，我們知道。但如果這可憐的小子在那裡住不下去，那他就是住不下去。如果他住不下去，他就會死在那裡，也不願意推翻博士的安排，我瞭解他。」老兵用一種苦惱的預知態度冷靜地搧著扇子說，「我知道他寧可死在那，也不願意反抗博士的安排。」

「好了，好了，夫人，」博士爽朗地說道，「我對自己的安排並不固執，隨時可以推翻原本的安排，找到別的方案替代。如果傑克．莫頓先生因身體不適返家，沒有人會再要求他回去，我們一定會盡力在國內替他做最適切妥當的安排。」

博士這麼慷慨的一番話，讓馬克漢太太聽了大受感動——不用說，她完全沒有料到事情會如此發展——只能不斷地告訴博士，說他為人的確就是這樣，一直親吻自己的扇子，之後還用扇子輕拍博士的手，並稍微責怪她女兒安妮，說博士為了她，那麼照顧她的兒時玩伴，她應該更熱烈表達謝意才對。此外，還跟大家說了她們家其他需要幫助的家人狀況。

在這段時間，她女兒安妮一句話都沒有說，頭也沒抬起來。

威克菲爾德先生一直盯著坐在艾格妮絲身旁的她看。我覺得他完全沒想到有人在注意他，只是定睛看著安妮，全神貫注地思考她的事情。後來他問到傑克．莫頓先生信中到底寫了些自己的什麼事情，寫給誰？

「哎呀，在這裡，」馬克漢太太說，從博士頭上的壁爐架拿起一封信，「這親愛的小伙子告訴博士——在哪啊？噢！——『我很遺憾地向您稟告，我病得很嚴重，恐怕必須返家一段時間休養，因為那是我康復的唯一機會。』寫得很明白了，這可憐的傢伙！他康復的唯一機會！但他給安妮的信更明白。安妮，再給我看看那封信。」

「不要吧，媽媽。」她低聲央求道。

「我的寶貝，有些時候，妳真的是全世界最莫名其妙的人了，」她母親說道。「一點都不近人情，不護著自己的家人。我敢說，要不是我開口問，我們根本不會知道有這封信存在。我的寶貝，妳對史壯博士有所隱瞞，這樣對嗎？我實在太訝異了，妳不該這麼不懂事的。」

安妮心不甘情不願地拿出了那封信。

在把信遞給我轉交老夫人時，我看到那隻百般不願交出信件的手顫抖著。

「好了，我們來看看吧，」馬克漢太太戴上單片眼睛說。「那一段在哪呢？『憶起過去的時光，我最親愛的安妮』——巴啦巴啦——不是這段。『和藹可親的老學究』——這哪位啊？天哪，安妮，妳表哥寫這什麼難懂的字，我是多蠢呀！當然是指『博士』。啊！的確是和藹可親。」說到這裡她停下來，再次親吻了扇子，對著博士揮了一下。博士則是溫和、滿足地看著大家。

「我終於找到了。『妳聽到應該不意外，安妮』——當然不會，我們都知道他並不強壯，我剛才不就說了嗎？『我離鄉背井受了很多苦，所以決定不論如何都要冒險離開。可以的話請病假，不行的話就辭職。我在這裡受過的苦，以及正在受的苦，都讓我難以承受。』——幸好有好心的博士立刻解決這件事，」馬克漢太太像之前那樣用扇子對博士道謝，折起信說，「否則我光想就受不了。」

老夫人看向威克菲爾德先生，希望他對這項消息發表意見，但他一言不發，十分安靜地坐在那，盯著地上看。

這個話題結束後很久，我們聊起其他話題時，他仍是如此。威克菲爾德先生很少抬起眼睛，偶爾才會若有所思、眉頭緊皺地看向博士或博士夫人，或者同時看著他們兩人。

博士非常喜歡音樂。艾格妮絲富含情感地唱出甜美歌聲，史壯夫人也是。她們一起唱、一起彈二重奏，儼如一場小型音樂會。但我注意到兩件事：第一、雖然安妮很快就恢復鎮定，回到平常的樣子，但她和威克菲爾德先生有個隔閡，將他們完全分開；第二、威克菲爾德先生似乎不是很喜歡她和艾格妮絲太親近，在一旁看得坐立難安。現在，我得坦言，莫頓先生離開那晚我所看到的事，第一次帶著我從未想過的含義重現在我的腦海裡，讓我很困擾。安妮美麗無辜的面容不如過去那樣無辜了，我不再相信她自然的優雅與迷人姿態。當我看向她身旁的艾格妮絲，心想艾格妮絲有多善良、真誠時，開始懷疑她們這段友誼並不相稱。

但她們一個人很快樂，另一個人就也很快樂，她們讓夜晚的時光飛逝，彷彿才過了一個鐘頭似的。最後發生了一件事，令我至今記憶猶新。她們兩個互相道別時，艾格妮絲向前要擁抱、親吻安妮，威克菲爾德先生卻假裝不經意地站到兩人中間，很快地把艾格妮絲帶走。然後整個中間這段時間似乎都消失了，彷彿又回到送別莫頓先生那天晚上，我佇立在門口，看見史壯夫人與他目光交會時臉上露出的表情。

我說不上來這個表情給我什麼印象，也說不出在我後來想起她的時候，為什麼總無法將她與這個表情分開，也無法想起她以前無辜可愛的面容了。

回到家之後，她的表情還縈繞在我腦海裡。離開博士家時，感覺好像屋頂上有團烏雲籠罩一般。我對於白髮博士的敬畏，如今參雜了憐憫，因為他竟然完全信賴那些背叛他的人，而我也氣憤那些人傷害他。即將來臨的劇烈痛苦以及將要成形的殘酷恥辱，就要汙染我兒時讀書、遊樂的僻靜之地。百年來仍默默屹立的龍舌蘭，依舊莊嚴古老、整齊平順的小草坪、大石盆、博士步道，以及迴盪在一切之上的大教堂悅耳鐘聲，回想起這些，我不再感到快樂了。彷彿我少時的恬靜庇護在我面前硬生生被人奪走，它的平靜與榮耀隨風而去。

然而，天一亮，我就得離開這個充滿艾格妮絲音容笑貌的老房子了，這件事占據了我的心思。我一定會再回來，這是無庸置疑的。我也會再回到我的老房間睡覺——或許會經常回去。但把那裡當成家的日子已經過去了，以前的時光已不復存在。我將還放在那裡的書籍與衣物打包好，準備送到多佛，雖然心情沉重，我卻不想讓烏利亞．希普看出來。他比手畫腳地想幫我，但我很不厚道地認為他是太高興看到我要離開。

不知怎麼的，我裝作一副滿不在乎的樣子，充滿男子氣概地跟艾格妮絲和她父親道別，之後坐進前往倫敦的馬車包廂裡。經過鎮上，看到我的舊仇人屠夫，我還心軟地想原諒他，本來要跟他點頭打招呼，扔個五先令給他去買酒喝，但看到他站在店裡磨大砧板，還是一臉冷酷無情的樣子，又想到上次我打斷他門牙之後，他的態度並沒有收斂，我覺得還是別再跟他接觸為妙。

我記得，上路一段時間後，我腦海裡主要想的事情是，跟車夫說話時要盡量表現出自己年紀不小的樣子，要用低沉粗啞的聲音說話。後面這點儘管對我來說很不簡單，但我還是堅持著，因為總覺得大人都是這樣。

「您要坐到底嗎，先生？」車夫問。

「是的，威廉，」我屈尊地回答（我認識他）。「我要去倫敦，之後會再往南到薩福克。」

「去打獵嗎，先生？」車夫說道。

他跟我一樣很清楚，每年這時節去打獵，就跟去捕鯨一樣不可能，但還是覺得他在恭維我。

「我還不知道，」我假裝猶豫不定地說，「不確定會不會去打一發。」

「我聽說鳥變得灰常怕人。」威廉說道。

「我也是這麼聽說的。」我說道。

「您老家在薩福克嗎，先生？」威廉問道。

「是的，」我自豪地說，「薩福克是我的家鄉。」

「我聽說那裡的麵團丸子真好呷。」威廉說道。

其實我並不清楚這件事，但覺得有必要維護家鄉的名聲，表現出我很懂的樣子，所以我點點頭，彷彿在說：「我深表同意！」

「還有馱馬，」威廉說道。「這種牲口才好啊！一匹好的薩福克馱馬有多重，就值多少金子。您有養過薩福克馱馬嗎，先生？」

「嗯——不，」我說，「並沒有。」

「我後面有位紳士，我敢說，」威廉說道，「他是養了大批這種馬的人。」

車夫說的紳士有著一雙讓人覺得他做事不妥當的斜眼，下巴寬大，戴著帽緣窄平的白色高帽，穿著緊身淡褐色長褲，看起來像外側鈕扣一路從靴子扣到臀部。他將大下巴翹高，靠在車夫的肩上，離我很近，呼吸搔得我後腦勺很癢。我看向他時，他正用不斜的那隻眼睛睨視最前方帶頭的馬匹，一副很內行的樣子。

「你是嗎？」威廉問道。

「我是什麼？」後面的紳士說道。

「飼養大批薩福克馬的人？」

「算是吧，」紳士回答。「我嘸不養的馬，也嘸不養的狗。有些人養馬養狗，只是為了好玩，但對我來說，牠們是吃的、是喝的——是住的、老婆、小孩——閱讀、作文、算數——鼻煙、菸草、睡覺。」

「這樣的人坐在副駕駛座，給人看到不太好吧？」威廉拉著韁繩，在我耳邊說。

我意會到這番話暗示那位紳士應該坐我的位置才對，所以便羞愧地提出交換座位的建議。

▍人生第一個敗筆

「呀，如果您不介意，先生，」威廉說，「我覺得**這樣**做比較對。」

我一直認為這是我人生中的第一個敗筆。我去車站訂位時，特地在簿子上註記了「包廂座位」，並額外給了記帳員半克朗。上車時還特別穿上大外套及披肩，刻意想無愧於這項殊榮，覺得坐在座位上很有面子，也是給馬車增添光彩。結果才剛起步，就被一個斜眼邋遢的先生取代掉。他除了全身馬廄味，就沒有其他長處。馬匹放慢速度，他從我身上跨過去，不像個人，還更像隻蒼蠅！

我對自己失去信心，這輩子遇到的一些小場合，也經常被這個念頭所困擾。如果能擺脫這點，事情會好很多，但在坎特伯里驛站外發生的這起小事件，卻並未阻擋其增長。我想用粗聲說話掩飾自己的青澀，卻徒勞無功。整趟路程，我都用盡丹田力氣說話，卻覺得自己完全挫敗，幼稚得可怕。

不過，受過良好教育、衣著體面，而且口袋滿滿的我，看著之前困苦勞頓的旅程當中，夜晚留宿的地方，還是覺得滿特別、滿有意思的。經過每個顯著地標時，我的腦中迸出各種想法。我低頭看著沿途的流浪漢，看見一張張記憶中的臉抬頭仰望，覺得好像鍋匠漆黑的手又捉住了我的衣襟一樣。我們喀噠喀噠地經過查塔姆那條窄巷時，我瞥見買下我外套的老怪物所在的小巷，急切地伸長脖子想看我風吹日曬坐著等拿錢的角落。最後快到倫敦時，我們經過貨真價實的撒冷學校，也就是克里克先生對我們痛下毒手的地方，我願意付出我所擁有的一切，換得能好好教訓他的合法權，然後釋放有如籠中麻雀的全體同學。

我們來到查令十字的金十字旅店，當時那區很擁擠，旅館充滿霉味。服務生引我進到了餐廳，女侍帶我到一間小房間，聞起來就像出租馬車的味道，像家族墓穴一般緊閉著。我痛苦地意識到因為自己很年輕，完全沒有人把我當一回事：女侍對我的看法絲毫不在乎，服務生則一副跟我很熟的樣子，看我沒什麼經驗，就替我出主意。

「好了，現在，」服務生語帶自信地說，「您晚餐想吃什麼？年輕的紳士通常都喜歡家禽類，吃雞肉吧！」

我盡可能表現出威嚴的樣子，告訴他我不太想吃雞肉。

「不想嗎？」服務生說，「年輕的紳士通常都吃膩牛肉和羊肉了，吃小牛肉吧！」

我同意這個提議，因為也想不出別的了。

「您要來點開胃菜嗎？」服務生用一種帶著暗示的微笑，側著頭說。「年輕的紳士通常都吃太多開胃菜了。」

我低聲吩咐他來點小牛排和馬鈴薯，合適的配菜都上來，並請他問前台有沒有給托特伍德・考柏菲爾德先生的信——我知道沒有，之後也不會有，但覺得假裝在等信看起來很有男子氣概。

他很快就回報說沒有我的信（我假裝很驚訝），並開始在壁爐邊的雅座擺上餐巾。他邊鋪邊問我要喝點什麼。我回答「半品脫的雪利酒」，不過我恐怕他會趁這個好機會，將幾個小酒瓶底部不新鮮的剩酒倒在一起給我。我會這麼說，是因為我在看報時，看到他在木製隔間後面的私室裡，很忙碌地將數個容器中的液體倒成一杯，像個藥劑師在配藥。

酒送來了以後，我覺得喝起來味道跑掉了，而且裡頭的英國麵包屑數量之多，是純外國酒裡絕不會有的，但我不好意思說，便默默地喝下肚，什麼也沒提。

當時我的心情很好（由此推斷，中毒的某些過程並不總是令人不快），決定去看戲。我選了柯芬園劇院，坐在中間後排的位置，看了《凱撒大帝》以及一齣新默劇。眼前許多活生生的羅馬貴族，為了娛樂我走來走去，而非以前念書時的嚴格老師，對我來說再新奇開心不過了。但整場戲夾雜著現實與推理，詩作、燈光、音樂、演員、順利變換輝耀燦爛的壯觀布景，全都光彩奪目，帶給我無窮的歡愉，所以當我半夜十二點走入細雨霏霏的街上，覺得像是剛從雲端出來，彷彿我一直過著羅曼蒂克的人生，而不是生活在人聲嘈雜、水花四濺、街燈明亮、雨傘互碰、出租馬車橫衝直撞、木鞋套喀啦作響、泥濘不堪的悲慘世界。

我從另一側門走出來，站在街上好一陣子，有如初到世間的陌生人，但旁人粗魯的推擠很快就讓我回到現實，把我帶到回旅店的路上。行走間，劇中壯麗的場景仍在我腦中揮之不去；回到旅店，我吃完牡蠣，喝了些波特酒後，仍繼續坐在咖啡室，凝視著生起的爐火，過了一點鐘還沉浸在剛才的劇情裡。

那齣劇以及我過去的生活縈繞在我腦海中——有點像我正透過一層閃亮透明的物體看著往事重演——所以完全沒注意到一位英俊挺拔、穿著瀟灑隨性的年輕人出現在我面前，而這個人我應該要記得很清楚才對。回想起來，我意識到有他這個人存在，只是我沒有留意到他走進來——而我仍坐在那裡，盯著咖啡室的爐火沉思。

我終於起身要就寢，睡眼惺忪的服務生鬆了一大口氣，他在小食品儲藏室裡早已坐立不安，腳一直扭來扭去、敲來打去，扭曲成各種姿勢。我走向門口時，經過剛剛進來的那個人，把他的臉看得一清二楚。我立刻轉頭，走回來，再看一次。他並沒有認出我，但我馬上就認出他了。

要是在其他時候，我可能會因缺乏信心而不敢上前攀談，或許就會拖延到隔天，也或許會因此跟他失之交臂。但當時我腦中還一直迴盪著往事，他以前對我的照顧值得我感激不盡，在那時候的心境下，過去我對他的愛戴立刻湧上心頭，我隨即衝上前，心跳得很快地說：

「史帝福斯！你怎麼不跟我說話？」

他看著我——他以前偶爾會這樣看我——但他沒有認出我來。

「你恐怕是不記得我了。」我說。

「我的天哪！」他忽然驚呼道。「是小考柏菲爾德！」

我雙手緊抓著他不放。要不是因為怕難為情，也擔心惹他不高興，不然我可能還會抱著史蒂福斯哭起來。

「我真是一輩子沒這麼開心過！我親愛的史帝福斯，真是太高興見到你了！」

「我也很高興再見到你！」他熱切地跟我握手說道。「哎呀，考柏菲爾德老弟，別太激動啊！」我再次見到他覺得欣喜萬分，我想他也很高興。

我決意不讓自己流淚，卻還是不爭氣。我將眼淚擦掉，笨拙地笑著帶過，接著我們倆並肩地坐了下來。

「話說，你怎麼會在這裡？」史帝福斯拍著我的肩膀說。

「我是今天搭坎特伯里的馬車來的。住在那裡的姨婆領養了我，我剛剛完成學業。那**你**怎麼會在這裡，史帝福斯？」

「哎呀，我就是人家講的牛津人[45]，」他回答。「也就是說，我待在那裡一陣子就無聊得要死——現在我正要去探望母親。你真是太親切了，考柏菲爾德，我現在仔細看，你就跟以前一樣！一點都沒變！」

「我可是立刻就認出**你**了，」我說，「不過你也比較令人難忘。」

45. 狄更斯的年代，當時一些不需工作的上流人士會就讀牛津大學，志不在通過考試拿取學位；而有專業需求（醫藥、法律等）的人會去劍橋大學攻讀學位。

他大笑，把手穿過鬈髮，愉快地說：「是啊，我為了盡孝道，遠道返家。家母住得有點偏遠，路上的狀況很糟糕，我們家也很無聊，所以我就在這裡停留一晚，沒有連夜趕車。我才到這裡不到六小時，剛剛去看戲都在打盹和抱怨。」

「我剛剛也去看戲，」我說。「去了柯芬園。那真是個令人愉快且娛樂性十足的演出啊，史帝福斯！」

史帝福斯開懷大笑。

「我親愛的小戴維，」他再次拍我肩膀說，「你真是天真如雛菊啊。日出時野外的雛菊都還沒有你來得鮮嫩。我剛剛也去了柯芬園，實在沒看過比那更慘的演出了。喂，服務生，過來！」

史帝福斯對服務生說話，他剛剛一直在不遠處留意著我們的相認，現在恭謙地走了過來。

「你把我朋友考柏菲爾德先生安排在哪？」史帝福斯說。

「您說什麼，先生？」

「他睡在哪？房間幾號？你知道我的意思。」史帝福斯說。

「這個嘛，先生，」服務生語帶歉意地說，「考柏菲爾德先生目前待在四十四號房，先生。」

「你搞什麼，」史帝福斯反駁道，「把考柏菲爾德先生安排在馬廄樓上的小閣樓是什麼意思？」

「這個嘛，先生，我們並不曉得，」服務生依然語帶歉意地回答，「考柏菲爾德先生需要特別安排。我們可以替考柏菲爾德先生換到七十二號房，先生，如果您比較喜歡這樣安排的話。就住您隔壁，先生。」

「我當然會比較喜歡這樣的安排，」史帝福斯說，「立刻去處理。」服務生馬上離開去安排換房的事。

史帝福斯覺得我被安排在四十四號房非常可笑，又大笑了一下，再拍了拍我的肩膀，邀請我隔天十點鐘跟他共進早餐——他的邀請讓我覺得很有面子，因此就答應了。

時間已經很晚了，我們拿著蠟燭上樓，我的新房間比先前的好太多了，一點霉味都沒有，還有四柱大床，就像個小天地。床上的枕頭夠六個人用，我很快就舒服地進入夢鄉，夢見古羅馬、史帝福斯和我們的友情，直到早班馬車從底下的拱道轟隆隆地穿出，讓我夢到雷電與眾神。

第20章 史帝福斯家

女侍早上八點鐘來敲我的門，告訴我刮鬍水在外頭，我覺得用不到，躺在床上臉紅了起來。更衣時，我滿腦子都在想她來告訴我的時候，是不是在偷笑；下樓吃早餐，在樓梯間經過她身旁時，我都覺得自己畏縮、心虛。

的確，我十分介意自己的年紀，多希望自己歲數再大一點，因此在這種不光彩的情況下，有好一段時間我無法決定要不要避開她。聽到她掃地的聲音，我就站在窗邊看著外頭查理一世國王騎馬的雕像，周圍是出租馬車所形成的迷宮，在細雨及灰霧中看起來一點君威都沒有，我盯視著，直到服務生厲聲提醒我有位紳士在等我。

我發現史帝福斯並沒有在旅店的咖啡室等我，而是在一個頗溫馨的私人包廂，那裡面掛著紅色帷幔，鋪著土耳其地毯，壁爐裡火光熊熊，熱騰騰的早餐已經擺在桌上，用乾淨的布蓋著。房間內生動的縮影——壁爐、早餐、史帝福斯——全都映在側壁的小圓鏡上。

起初我有點侷促不安，因為史帝福斯如此泰然自若、舉止優雅，不論哪方面（包含年紀）都高我一等，但他的客氣大方很快地就讓我不再多想，而使我覺得很自在。我在金十字旅店遇到他後，心境變化之大，讓我對他欽佩不已。我昨天無聊、受冷落的樣子，與今早享受到的舒適招待相比，有如天壤之別。至於服務生隨便裝熟的態度已消失無蹤，彷彿從未發生過。這時候他伺候我們的樣子，我可以說，簡直就像在誠心懺悔。

「嗯，考柏菲爾德，」只剩我們兩人時，史帝福斯說，「我想聽聽你在這做什麼，接下來打算去哪，把你的一切都告訴我吧。我覺得你好像是我的東西一樣。」發現他依然興致盎然地想聽我的事情，我喜不自勝，告訴他姨婆怎麼提議讓我來趟小旅行，還有我此行的目的地。

「既然你不趕路，」史帝福斯說道，「不如跟我一起回高門[46]住個一、兩天吧。你會很高興認識家母——她有點愛拿我炫耀，老愛說我的事，但這點就請原諒她——她也會很高興見到你。」

「你這麼說真是太好了，我十分樂意認識令堂，希望她會喜歡我。」我笑著回道。

「噢！」史帝福斯說，「每一個喜歡我的人都有權要求她喜歡他，她肯定也會這麼承認的。」

「那我肯定會成為她的寶貝。」我說。

「很好！」史帝福斯說。「跟我回家證明一下吧。我們先花一、兩個小時遊覽一些著名景點——能帶你這人生地不熟的小伙子參觀也不錯，考柏菲爾德——然後我們就搭馬車去高門。」

我真是不敢相信，還以為自己在作夢，我會馬上從四十四號房醒來，再次孤單地坐在咖啡室的座位，面對那位裝熟的服務生。

我先寫信告訴姨婆，我很幸運地與以前極為欽佩的老同學巧遇，並接受了他的邀請去他家作客，之後便搭上敞篷馬車，看了幅全景圖及其他一些名勝，還去博物館逛了一下。我發現史帝福斯真是上知天文，下知地理，但他卻沒把自己的淵博知識當一回事。

「你應該在大學拿個更高的學位，史帝福斯，」我說，「如果你還沒這麼做的話。他們一定會很以

46. 高門（Highgate）：當時是倫敦北邊富裕的一區，是漢普斯特德荒野（Hampstead Heath）的一部分。從名字可以看出該區地勢較高，可以俯瞰倫敦。

你為榮的。」

「要**我**去念個學位?」史帝福斯驚呼道。「怎麼可能!我親愛的雛菊啊——你不介意我叫你雛菊吧?」

「一點也不會!」我說。

「真是個好小子!我親愛的雛菊啊,」史帝福斯笑著說,「我絲毫沒有欲望或企圖想用這樣的方式讓自己更突出。為了我的人生目標,我已經做夠多了,我還覺得自己現在這樣就夠乏味無聊了。」

「可是名聲……」我開始說道。

「你想得太美好了,雛菊!」史帝福斯笑得更開懷。「我幹嘛自找麻煩,讓一堆遲鈍的傢伙對我目瞪口呆,拍手讚賞呢?讓他們去對別人這樣做好了。名聲他要就給他算了。」

犯了這麼大的錯,使我感到很難為情,很想改變話題。幸好這不難,因為史帝福斯總是可以一派輕鬆,恣意地從一個話題跳到另一個話題。

觀光完了之後,我們去吃午餐。冬季的白天過得好快,我們抵達高門丘頂上一幢老式磚房時已經是傍晚了。我們下車時,一位上了年紀但並不老的太太已經站在門口。她態度高傲,面容清秀,稱呼史帝福斯「我最愛的詹姆斯」,並擁他入懷。史帝福斯向我介紹他母親,她很隆重地歡迎我。

這是間很幽靜的老式房子,非常安靜,井然有序。從我房間的窗戶可以看到整個倫敦躺在遠方,像一團巨大煙霧,零星的燈火閃爍其中。更衣時,我才稍微有時間看了一下房裡的堅固家具、裝框刺繡(我猜是史帝福斯母親年輕時做的),還有一些蠟筆畫,裡頭的女人頭髮塗了粉,身穿緊身馬甲,隨著新生的火劈啪作響,她們給人在牆上走來走去的感覺。這時,有人通知我用晚餐了。

餐桌上還有另一位女士。她稍矮、黝黑,看起來並不討喜,但五官是好看的。她之所以引起我的注意，或許是因為我不知道她會與我們共進晚餐，或許是因為我剛好坐在她對面，或許是她身上有特別之處。她有著一頭黑髮、銳利的黑眼，身材纖瘦，嘴唇上有一道傷疤。疤痕滿舊的——應該說是縫痕才對，因為沒有變色，而且多年前就已經癒合了。以前可能有東西從她的嘴巴劃到下巴，但現在從桌子另一頭幾乎看不見，除了上嘴唇以及唇部上方，因為傷痕改變了上唇的形狀。我在心裡推斷她應該年約三十，想結婚。她有點殘缺破損的樣子，給人像房子年久失修、久租不出去的感覺。不過，正如我前面所說，她長相是好看的。似乎因心中有把火虛耗了她，使她消瘦，而她憔悴的雙眼是火焰的出口。

他們向我介紹她是達朵小姐，史帝福斯跟他母親都叫她羅莎。我得知她住在這裡陪伴史帝福斯夫人好久了，也發現她從不直接說出真正想說的話，老是用暗示的方式，因此說起話來更加拐彎抹角。舉例來說，史帝福斯夫人像在開玩笑，不是很認真地說她擔心兒子在大學只會過著放蕩不羈的生活，達朵小姐便插話道：

「噢，真的嗎？妳知道我有多無知，我會問，只是想多瞭解。不過那種生活不是一直都那樣嗎？我以為大家都知道那種生活是那樣的——不是嗎？」

「那是給重要行業的教育，如果妳指的是這個，羅莎。」史帝福斯夫人有點冷漠地回答。

「噢！是啊！那倒是真的，」達朵小姐回答。「不過，是這樣嗎？——如果我搞錯的話，希望你們可以糾正我——是嗎？真的嗎？」

「什麼真的嗎？」史帝福斯夫人說道。

「噢！原來妳**不是**這個意思啊！」達朵小姐回答。「哎呀，我很高興聽到妳這麼說！現在我知道該怎麼做了！這就是多問的好處。以後我就絕不容許有人在我面前說這種生活很揮霍無度、放蕩浪費之類的話了。」

「妳這樣做是對的，」史帝福斯夫人說。「我兒子的老師是位認真負責的紳士，要是我不能完全相信我兒子，那我也該相信他。」

「是嗎？」達朵小姐說。「我的天哪。他很認真負責是吧？他是真的很認真負責嗎？」

「是的，我很肯定。」史帝福斯夫人說。

「這麼好呀！」達朵小姐驚呼道。「真讓人放心呀！真的認真負責嗎？那他就不會——哎呀，如果他真的認真負責就當然不會。好，從現在開始，我對他就要持正面評價了。好吧，確定他真的很認真負責之後，妳無法想像我對他的看法提升了多少！」

達朵小姐對每個問題的看法，以及她的話被反駁後再次自我修正的方式，都同樣地拐彎抹角，我發現她有時連跟史帝福斯都能強烈對峙起來。晚餐結束前還發生了一件類似的事。史帝福斯太太和我聊我要南下到薩福克的事，我隨口提議史帝福斯可以跟我去，我會很高興的，並向史帝福斯解釋我要去看以前的保母，以及佩格蒂先生一家人，我提醒他佩格蒂先生就是他以前在學校見過的討海人。

「噢！那個壯漢！」史帝福斯說。「他當時還帶著兒子，對吧？」

「不，那是他姪子，」我回答。「不過他從小把他當兒子養。他還有個非常漂亮的小外甥女，他也當自己女兒養大。總而言之，他的房子——應該說是他的船，因為他們把船放在陸地上居住——滿是他慷慨好心的證明。你會很樂意去看看的。」

「是嗎？」史帝福斯說。「嗯，我想我去看看也好，讓我來安排一下。一起去看看那種人，跟他們生活，跑一趟應該很值得，何況跟你旅行這麼愉快，這就不用說了，雛菊。」

我的心燃起希望，雀躍不已。不過聽到史帝福斯說「那種人」的口氣，一直用閃亮雙眼盯著我們看的達朵小姐又再次開口道：

「噢，不過，真是這樣嗎？告訴我，他們真是這樣嗎？」她說。

「他們真是怎樣？他們又是指誰？」史帝福斯說。

「那種人啊……他們真是畜生和笨蛋，是另一種層次的生物嗎？我真是太想知道了。」

「就，我們跟他們之間有很大的差別，」史帝福斯冷漠地說。「他們沒有我們這麼敏感。他們不容易受驚嚇或受傷。我敢說，他們也是品德高尚的人——至少有些人這麼主張，我當然也不想反駁——但他們感覺不靈敏，就跟他們粗糙的皮膚一樣不易受傷，這點他們真是要謝天謝地。」

「真的呀！」達朵小姐說。「哎呀，聽到這件事我真是再高興不過了！我真是欣慰！知道原來他們受傷時沒有感覺這點，真讓我太高興了！有時候我都替那種人擔心呢，但現在我可以完全無視他們了。活到老，學到老，我有疑問的時候，我大膽承認，現在疑惑就統統解開了。我之前真不知道，而現在知道了，這展現了提問的好處，不是吧？」

我相信史帝福斯說那番話只是開玩笑，或是讓達朵小姐發表意見。我以為等她離去，我們倆坐在壁爐邊時，他會這樣告訴我，但他只問了我對她的看法。

「她非常聰明，是不是？」我問。

「聰明！她每件事都非得追根究柢，死咬不放，」史帝福斯說，「要到尖利為止，就好像多年來她將自己的臉跟身材削尖一樣。她不斷地磨，把自己都磨損了。她全身都是利刃。」

「她唇上的傷疤好驚人！」我說。

史帝福斯的臉垮了下來，安靜了一會兒。

「唉，其實，」他回答，「那是**我**弄的。」

「一定是很不幸的意外吧！」

「不是。我還小的時候，她激怒了我，我就朝她丟了把鎚子。我以前還真是個前途無量的小天使啊！」

無意間碰觸到這麼痛苦的話題，我深感抱歉，但抱歉已經無濟於事了。

「從那之後她就一直帶著疤，就是你看到的那樣，」史帝福斯說。「那道疤會跟著她進墳墓，如果她哪天真有可能安息的話——不過我很難相信她真有安息的時候。她是我父親一個表兄弟的女兒，沒有媽媽。有天她父親過世，家母那時已經守寡，便帶她回家作伴。她自己有兩、三千英鎊的財產，每年利息就再加回本金。這就是羅莎．達朵小姐的故事。」

「我相信她一定把你當弟弟一樣愛你吧？」我說。

「哼！」史帝福斯反駁道，看著爐火。「有些弟弟是得不到過多的愛，而有些愛——喝酒吧，考柏菲爾德！為了你，我們替野地的雛菊乾一杯；為了我，我們也替山谷裡不勞苦也不紡線的百合[47]乾一杯——我該更難為情才對！」他開心地說這番話時，先前臉上的苦笑已經一掃而光，又恢復成原本坦率迷人的模樣。

我們走進去喝茶時，我雖難過卻忍不住好奇地盯著達朵小姐的傷疤看。不久後，我就發現，那是她臉上最敏感的地方。當她臉色變蒼白，疤痕會先變色，然後轉成鉛灰色的暗痕，延伸至整條疤痕，就像隱形墨水拿到火邊烤出一條痕跡。她跟史帝福斯玩雙陸棋時起了點小爭執，有那麼一瞬間，她的怒意昭然若揭，那道疤痕就像牆上的古老字跡一樣顯現出來。

我發現史帝福斯夫人把兒子視為一切，這一點並不讓我感到奇怪。她的心裡似乎只有愛子存在，沒有別的好談、好想了。

她給我看史帝福斯嬰兒時期的相片，就珍藏在一個項鍊墜子裡，裡頭裝有他的幾綹兒時頭髮；她還給我看我剛認識他時的照片，而她胸前掛的是他現在的照片。他寫給她的所有信件都收在壁爐附近她椅子旁邊的櫃子裡。要是史帝福斯沒有阻止她，並哄她打消念頭的話，她本來還想要唸幾封信給我聽，而我也會樂意聆聽的。

「小犬告訴我，你們是在克里克先生的學校裡認識的，」史帝福斯夫人說道。史帝福斯與達朵小姐在旁邊下棋，我們兩個則在另一張桌子聊天。「是啊，我記得他當時告訴過我，學校有個年紀比他小的同學，他還滿喜歡的。不過你大概也想得到，我並沒有記住你的名字。」

「那些日子裡，他待我十分大方，為人高尚，這點我跟您保證，夫人，」我說，「我當時急需這樣一位朋友。要不是因為有他，我可能慘透了。」

「他一直都很大方高尚。」史帝福斯夫人驕傲地說。

上帝作證，這句話我全心全意地贊同。她也知道我是這樣想的，因為她對我的態度已不如先前那般威嚴了，只不過在誇獎史帝福斯時，又會回到往常的傲慢姿態。

「總的來說，那所學校並不適合小犬，」她說，「差得遠呢。不過當時有比選擇學校更重要的特殊情況需要考慮。小犬的浩然正氣，就應該要跟能感受他的優越，且願意向他低頭的人在一起。我們在那所學校找到了這樣的人。」

47.《聖經》馬太福音第六章第二十八節：「何必為衣裳憂慮呢？你想野地裡的百合花怎麼長起來：它也不勞苦，也不紡線。」史帝福斯將「野地」替換成「山谷」，以與必須勞苦和紡線的考柏菲爾德做對比。史帝福斯家庭富裕，受高等教育，身為「牛津人」的他應該在二十一歲成年後即可繼承父親的遺產，是個不需工作的「紳士」。

我認識那個人，也清楚這點。但我並沒有因此更加鄙視他，反而覺得他在面對史帝福斯如此難以抗拒的人，都曉得要欣然屈服，那也算是彌補了他的一些缺點。

「小犬的才華能在那邊大放光彩，是因為他自發向上，有榮譽感，」這位溺愛兒子的女士繼續說道。「他本來會挺身反對所有的約束，但他發現自己就是那裡的君王，也就驕傲地決定要成為配得上自己身分地位的人。他就是這樣的一個人。」

我全心全意地附和道，他就是這樣的一個人。

「所以我兒子出於自己的意志，不受強迫地養成只要他高興，就能隨時打敗競爭對手的做法，」她繼續說道。「小犬告訴我，考柏菲爾德先生，你以前非常愛戴他，昨天認出他時，還高興得哭了。他能讓人感動成那樣，如果我裝出吃驚的樣子，那就太做作了。不過對於這麼欣賞他優點的人，我可一點也無法冷漠以待。我非常高興能認識你，我也向你保證，他覺得與你的友誼非比尋常，你可以放心仰賴他的保護。」

達朵小姐的雙陸棋下得積極熱切，跟她做其他事一樣。如果我與她初次見面就看到她在下棋，那我一定會認為她的身材之所以這麼瘦，眼睛之所以這麼大，是因為全心投入這項遊戲的關係。我深感榮幸、快樂地聽著史帝福斯太太對我吐露心裡話，覺得自從我離開坎特伯里後已經成熟一點了，要是以為達朵小姐錯過我們對話的任何一個字，或者少看我一眼，那可就大錯特錯了。

夜晚的時光消磨不少後，僕人拿著盛了酒杯與酒瓶的托盤進來。我們坐在壁爐邊時，史帝福斯表示會慎重考慮跟我一起去鄉下的事。他說，不急，先在這待個一週再說還差不多。他好客的母親也同意。我們聊天時，他又叫了我幾次雛菊，讓達朵小姐又開口了。

「說真的，考柏菲爾德先生，」她問道，「那是你的暱稱嗎？他為什麼替你取這樣一個暱稱呢？是不是——啊？是不是因為他覺得你年少天真？我對這些事真是太過遲鈍了。」

我赧顏回答她，我相信是如此。

「噢！」達朵小姐說道。「我很高興知道這點。我有問題就問，也很樂意知道答案。他覺得你年少天真，所以你就變成他朋友了。哎呀，真是太棒了！」

說完這番話後不久，她便就寢了。史帝福斯夫人也是。史帝福斯跟我又在壁爐邊多留了半小時，聊崔斗斯跟其他撒冷學校的老同學，之後我們一起上樓，準備休息。史帝福斯的房間在我隔壁，我進去參觀了一下，裡頭滿是休閒椅、抱枕、腳凳，以及他母親的一些女紅，一應俱全，真是一幅愜意的寫照。對了，牆上還掛著一幅她的畫像，美麗的面容俯視著她的寶貝，好像連史帝福斯睡覺時，她的畫像分身也得看顧著他才行。

我房間壁爐的火燒得很旺，窗戶旁以及床舖四周的帷幔已經放下，給人很溫暖舒適的感覺。我在爐火旁一張大椅上坐了下來，想著我有多麼幸福。就這樣沉浸在思緒中好一陣子，才赫然發現達朵小姐的一幅畫像在壁爐上熱切地看著我。

由於畫像與本人驚人地相似，當然也有驚人的面貌。畫家並沒有畫出達朵小姐的傷疤，但**我**看出來了，就在那，忽現忽逝。一下是我在晚餐中看到的上唇疤痕，一下是她在激動時會顯現出被鎚子打到的整條傷疤。

為什麼他們就不能把她放到其他地方，非得丟到我這裡不可啊！我真是生氣。為了擺脫她，我迅速更衣，熄掉蠟燭，上床睡覺。但就在我要入睡時，仍無法忘記她還在那盯著我：「不過真的是這樣嗎？我想知道。」半夜醒來，我發覺夢裡的我不安地問著形形色色的人，到底是不是真是這樣——但一點也不曉得自己問的是什麼意思。

第21章　小艾蜜莉

史帝福斯家有個男僕，就我所知，從史帝福斯去念大學開始，就跟在身邊服侍他。男僕的行為舉止非常體面，我想幹他這行的絕對沒有比他更體面的了。他沉默寡言、走路輕盈、動作安靜、態度恭敬、觀察細微，需要他的時候一定隨側在旁，不需要他的時候絕對消失無蹤，但他最受人尊敬的，絕對是他的體面派頭。

他臉上的表情並不溫順，頸部頗為僵硬，頭髮梳得整齊滑順，短髮貼著兩側，說話方式輕柔，「嘶」的發音特別明顯清楚，感覺他似乎比別人都更常用這個音。不過，他的每一個特點都讓他十分體面，就算他的鼻子長顛倒，也會顛倒得很得體。他不管走到哪，四周都圍繞著可敬的氣場。他實在太得體了，根本難以想像他會做出什麼錯事。沒有人會要求他穿制服，因為他太得體。如果給他貶低身分的工作，那就是肆無忌憚地侮辱了一個得體可敬的人。因此，我注意到家裡的女僕都很有自知之明，總會把那樣的工作攬下來自己做，大多時候他就坐在休息室的壁爐邊閱報。

我從沒見過如此沉默寡言的人。不過這種特質，還有他的其他特質，都只讓他看起來更體面。甚至沒人知道他的名字這件事，也似乎讓他更加得體。他的姓氏無可挑剔，大家都叫他利特瑪。如果他叫彼得，感覺就是會被吊死；如果叫做湯姆，感覺像會被遣返出境；但是叫利特瑪，就十分得體。

只要有他在，我就覺得自己特別稚氣，我想原因在於體面的人理論上總讓人肅然起敬。我實在猜不出他幾歲——這點也很得體。他是那樣的體面冷靜，說他五十歲可以，三十歲也行。

我今早起床前，利特瑪就在我房間了。他端來可惡的刮鬍水，並協助我更衣。我把帳幔拉開，躺在床上往外看時，看見他體面的態度恰如其分，絲毫不受一月凜冽的東風影響，口裡也沒有呼出白霧。他將我的靴子像跳舞前就定位似的左右擺正，並吹掉我外套上的細微灰塵，像放嬰兒似的放好。

我向他道早安，問他幾點了。他從口袋拿出我從沒見過那麼體面的打獵用錶，並用大拇指擋著，以免上蓋彈得太開，他看錶的方式就好像在請示下神諭的牡蠣。他蓋上錶蓋後說：「向您報告，現在時間是八點半。」

「史帝福斯先生會很樂意知道您昨晚睡得如何，先生。」

「謝謝，」我說，「我睡得很好。史帝福斯先生好嗎？」

「謝謝您的問候，先生，史帝福斯先生滿好的。」他的另一個特質是，說話從不使用最高級形容詞，總是一副中庸冷靜的樣子。

「還有什麼是我有幸替您效勞的，先生？九點會搖預告鈴，主人家九點半用早餐。」

「沒有了，謝謝你。」

「是我才要謝謝您，先生。」說完，他經過床邊的時候，頭稍微側點了一下，像是對剛剛糾正我表達歉意。他走了出去，小心翼翼地帶上門，彷彿我才剛入睡，他怕打擾到我賴以維生的美夢。

我們每天早上都是一樣的對話，一分也不多，一毫也不少。然而，就算因為史帝福斯的陪伴、史帝福斯夫人的信任，或者與達朵小姐的對話，讓我在一夕之間感覺地位提高了、變成熟了，但只要有這位全世界最體面的男人在場，我就會像我們的小詩人唱的，又「變回男孩」了。[48]

他為我們備馬，無所不知的史帝福斯教我騎馬；他替我們準備鈍劍，史帝福斯教我擊劍；他準備手套，我就跟同一位大師學拳擊。我並不擔心史帝福斯發現我是新手，但我無法忍受在體面的利特瑪面前顯得技巧生澀。毫無證據顯示利特瑪會這些技藝，他也從沒做什麼事讓我認為他其實很在行，連動一根他體面的睫毛都沒有，但只要我們練習時他在附近，我就覺得自己是世界上最青澀、最不經世故的人。

我會特別描述這個人，不只是他當時帶給我很大的影響，也因為後來發生的一件事情。

這個星期就愉快地度過了。想也知道，對於我這樣陶醉其中的人來說，時光飛逝。加上我有很多機會瞭解史帝福斯，比之前更欣賞他好幾千倍，讓我覺得在這待了不只一星期，而是更久的時間。他待我如玩物一般的瀟灑態度，比起他其他行為更讓我再開心不過了。這讓我想起我們昔日的情誼，感覺自然而然的延續。我看得出他一點都沒變。我的優點不及他，我們的友誼也不對等，這總讓我覺得拘謹不安，但現在他對我這樣，讓我放寬了心。更重要的是，他對我親切友好、不帶保留、富有情義的態度異於他人。他過去在學校對我就不同於其他同學，我自然認為他現在對我也不同於其他朋友，想起這點就很高興。我相信所有朋友中，就屬我最貼近他的心，而我的心也因愛慕他而溫暖起來。

他決定跟我一起到鄉下，離開的那天到來了。他起初不確定要不要讓利特瑪隨行，最後決定將他留在家裡。這位體面人士對任何安排都甘之如飴。他替我們將行李箱穩妥地放到駛往倫敦的小馬車上，彷彿可以經得起上千年碰撞。我給了他一點小費，他若無其事地收下。

我們向史帝福斯夫人與達朵小姐道別，我再三表達謝意，而這位愛子如命的母親滿是親切叮嚀。我最後看到的是利特瑪淡定的神情，我想像他的眼神中充滿沒說出口的定見，亦即——我的確是太稚嫩了。

如此風光地回到以前熟識的老地方，感受如何我就不再多加描述。我們搭郵車下去。我記得，我甚至還擔心雅茅斯的名聲不好，但是在我們駛過暗巷前往旅店時，聽到史帝福斯說，他覺得這裡是個偏遠古怪卻也不錯的坑窪，我原先的擔心一掃而空，開心不已。我們抵達後便就寢（經過老朋友海豚的門前時，我看到一雙髒鞋和髒襪），隔天很晚才吃早餐。史帝福斯精神很好，在我起床前就去海邊散步了，他還說那邊的大部分漁夫他都已經認識了。不只如此，他在遠處就認出了佩格蒂先生的房子，煙囪冒著煙。他告訴我，他本來很想走進去宣稱他就是我，只是長得他們都認不出來了。

「你打算什麼時候跟他們介紹我，雛菊？」他說。「我悉聽尊便，就由你安排吧。」

「嗯，我想就今天晚上吧，史帝福斯，等他們都圍在壁爐邊的時候。我想讓你看看那個家溫暖舒適的樣子，那真的是很奇妙的地方。」

「那就這樣決定了！」史帝福斯回答道，「就今晚。」

「我不會先通知他們我們來了，」我高興地說。「我們一定要給他們來個驚喜。」

「噢，當然！先說就不好玩了，」史帝福斯說。「讓我們看看土著的原始樣貌。」

「不過他們真的是你說的那種人。」我答道。

「啊哈！什麼！你竟然還記得我跟羅莎吵架的內容？」他很快地看了我一眼，驚呼道。「那可惡的女孩，不過我倒是有點怕她，我覺得她就像個麻煩精。現在別管她了，你想做什麼？我猜應該是去拜訪你的保母吧？」

「嗯，是的，」我說，「我一定要先拜訪佩格蒂才行。」

「好，」史帝福斯看著錶回答，「我就讓你去哭個兩小時，應該夠吧，還是你要更久？」

48. 「小詩人」此處指歌詞押韻處理不好的詩人。狄更斯有可能使用馬克・雷蒙（Mark Lemon，一八〇九～一八七〇）一首以「噢，要是我能再變回男孩」（Oh would I were a boy again...）開頭的歌曲。

我笑答兩小時應該夠了，不過他一定也要來見見佩格蒂，因為他可是大名遠播，幾乎跟我一樣是個大人物了。

「你要我去哪，我就去哪，」史帝福斯說，「你要我做什麼，我就做什麼。告訴我要怎麼過去，我兩小時後去找你，你希望我以什麼樣子出場都可以，看是要多愁善感，還是搞笑三八都沒問題。」

我鉅細靡遺地告訴史帝福斯，要如何找到往來於布朗德史東及別處的車夫巴基斯先生的家。約好之後，我們就各自出門了。那天空氣清新宜人、地面乾燥、海水乾淨清澈、陽光普照（雖然不太溫暖），一切都充滿活力朝氣。因為很高興再回到這裡，我自己也精神奕奕，好想停下來跟每個人握手打招呼。

當然，街道很窄小。我相信，我們小時候走過的街道，日後再回去時，總會覺得狹小。這裡的一切，我一點都沒忘，也發現什麼都沒變，直到我來到歐瑪先生的店門口。招牌上原本寫著「歐瑪」，現在變成「歐瑪與裘倫」，但「專營布料成衣經銷，訂製裁縫與葬儀服務等」的刻字跟原本一樣。

在對面讀完招牌後，我的步伐不知不覺地穿過馬路來到店門口。探頭往內看，有個漂亮的女人在店後方，抱著一個小嬰兒跟他跳著玩，另一個小朋友拉著她的圍裙。我立刻就認出是米妮和她的孩子。會客室的玻璃門關著，但穿過中庭的工作室，我幾乎可以聽到那熟悉的舊音調微微響著，好像從未停過。

「歐瑪先生在嗎？」我進門問道。「如果他在，我想見見他。」

「噢，在，先生，他在家，」米妮說道。「他有哮喘，這種天氣也不適合出去。喬，快去叫你外公！」

拉著她圍裙的小朋友扯開嗓子大喊，但因為太過大聲，他自己都羞得滿臉通紅，把臉埋進母親裙裡，米妮憐愛地看著兒子。我聽見重重的喘息聲朝我們過來，不久後，呼吸比之前更困難、但外表並沒有更老的歐瑪先生出現在我面前。

「先生，您好，」歐瑪先生說。「有什麼能為您效勞的，先生？」

「如果可以的話，你可以跟我握手，歐瑪先生，」我把手伸出去。「你曾經很仁慈地對待我，儘管我當時恐怕沒有表現出感激的樣子。」

「我有嗎？」老人說道。「你這麼說我很高興，但我不記得是什麼時候了。你確定是我嗎？」

「很確定。」

「我的記憶就和我的呼吸一樣差，」歐瑪先生看著我，搖搖頭說，「因為我不記得你。」

「你不記得曾經到車站接我，我們回來這裡吃早餐，再一起搭車到布朗德史東嗎？你、我、裘倫太太和裘倫先生——不過他當時還沒跟令媛結婚。」

「啊，上帝保佑我的靈魂！」歐瑪先生驚呼道，因突來的驚喜而開始狂咳。「不會吧！米妮，親愛的，妳記得嗎？我的天哪，沒錯，是一位女性的葬禮，對嗎？」

「我的母親。」我回答。

「沒——錯——啊，」歐瑪先生用食指摸著我的西裝背心，「還有一個小孩！當時有兩個人。小的躺在大的旁邊，就在布朗德史東，沒錯。我的天哪！你後來過得如何？」

很好，我謝謝他，並說希望他也過得好。

「噢！沒什麼好抱怨的，你知道，」歐瑪先生說。「我的呼吸越來越急促，不過人年紀越來越大了，呼吸本來就不會越來越長的。事實如此，我就欣然接受，然後好好把握人生。這是最好的辦法，是吧？」

歐瑪先生笑完又咳了一下，女兒幫他拍了拍，站得離我們稍近些，在櫃台上逗著小孩子跳舞。

「我的天哪！」歐瑪先生說。「是啊，沒錯啊，兩個人！哎呀，就是那趟之後，相不相信，那就是我們家米妮跟裘倫訂婚的那天。裘倫說：『答應吧，先生。』米妮也說：『是啊，答應吧，父親。』現在他也跟我一起打拚。你看！我們家最小的！」

米妮大笑，用手梳過兩側綁著辮子的頭髮。她父親伸出了一根肥手指，讓她抱在櫃台上蹦蹦跳跳的小孩握著玩。

「兩個人，沒錯！」歐瑪先生回想起來，點點頭說。「就──是這樣！裘倫正在工作，在做一個灰色棺木，用銀色釘子釘，尺寸和這個，」──指在櫃台上蹦蹦跳跳的孩子──「差了足足兩吋。你要喝點什麼嗎？」

我回答不用，並謝謝他。

「我想想，」歐瑪先生說，「車夫巴基斯的老婆──船夫佩格蒂的妹妹──她跟你們家有什麼關係嗎？葬禮時她也在場，沒錯吧？」

我肯定的答覆讓他很滿意。

「我的記憶變得這麼好，等一下我的呼吸肯定就會變長啦，」歐瑪先生說。「嗯，先生，我們這裡有她的一個親戚，在這裡當學徒，她在做衣服這行的品味真是高雅──我跟你保證，全英格蘭沒有哪個公爵夫人能跟她比。」

「該不會是小艾蜜莉吧？」我忍不住問道。

「名字是艾蜜莉沒錯，」歐瑪先生說，「她個子也很小。但如果你相信我說的，她那張臉可是讓這地方一半的女人都嫉妒得抓狂呢。」

「胡說八道呀，父親！」米妮大聲說道。

「親愛的，」歐瑪先生說，「我沒說妳是其中一個啊，」他對我眨了眼，「不過我說啊，雅茅斯有一半的女人——啊！雅茅斯再向外方圓五哩才對——都嫉妒她到抓狂。」

「那她就該盡好自己本分，父親，」米妮說，「才不會落人口實，她們也才沒有機會說閒話。」

「不會說閒話？我親愛的啊！」歐瑪先生反駁道。「不會說閒話！這就是**妳**人生的體會嗎？天底下哪有什麼女人不應該做或做不出來的事——特別是講到另一個女人美貌的時候？」

講完這段輕鬆的八卦，我還以為歐瑪先生不行了。他咳得很嚴重，拚命喘氣，但就是喘不過來，我真心以為他的頭就要倒在櫃台上了，在最後一次的徒勞掙扎中，他的黑色小馬褲（膝上飾有褪色小緞帶）還抖動了起來。不過，他到底好一點了，雖然還是氣喘吁吁，累到需要坐在店裡的板凳上。

「是這樣的，」他擦擦頭，有點喘不過氣，「她在這裡沒什麼朋友，不怎麼想要認識別人，也不太交朋友，男朋友就更不用說了。因此，就傳出不太好聽的謠言，說艾蜜莉想要嫁貴族人家。我的看法是，會傳出這種謠言，主要是她在學校有時候會說，如果她嫁入豪門，想替舅舅做這個跟那個——你懂吧？——然後買給他什麼跟什麼上流的東西。」

「我跟你保證，歐瑪先生，我們兩個還小的時候，」我急忙回答，「她也和我說過同樣的話。」

歐瑪先生點點頭，揉揉下巴。「正是這樣。而且她隨便打扮就很漂亮，你知道吧，其他人還得費盡苦心才辦得到，這也惹來其他人不滿。不只如此，她還滿執迷不悟——我最多也只能說她是執迷不悟，」歐瑪先生說，「她還不知道自己要做什麼——有點被寵壞了——起初還無法讓自己定下來。除此之外，有關她的壞話最多也只有這樣了吧，米妮？」

「是，父親，」裘倫太太說道。「我想這是最壞的了。」

「所以當她有機會，」歐瑪先生說，「去陪伴一個脾氣暴躁的老夫人，她就去了，但是她們合不來，就沒再繼續做了。最後她來到這裡，當三年學徒。現在已經快兩年了，她也一直都表現得很好，一個人抵六個人！米妮，妳說她是不是一個人抵六個人啊？」

「是的，父親，」米妮回答。「千萬別說**我**批評過她！」

「非常好，」歐瑪先生說道，「沒錯。所以，年輕人，」他繼續揉了一會兒下巴補充道，「我就不讓你認為我氣短話長了，事情大概就是這樣。」

他們講到艾蜜莉時，壓低聲音說話，我肯定她就在附近。我問歐瑪先生她在嗎，他點頭說是，又朝會客室的門點頭。我立刻問能否去偷看，他同意了。從玻璃門看進去，我看到她在工作。我看到她，真是世上最漂亮的小美人，那雙曾看透我幼小心靈的清澈藍眼，含笑看著身邊米妮的另一個孩子。她明亮的臉龐透著任性倔強，印證了我剛剛所聽到的話，臉上還藏著昔日難以捉摸的羞怯，但是我相信，她的美麗面容注定良善且幸福，走的也是美好快樂的道路，沒有別的。

中庭另一端那似乎永不停止的聲音——哎呀！不是似乎，是**真的**永不停止——一直輕柔地敲著。

「你要不要進去，」歐瑪先生說，「跟她講話？走進去跟她講話啊，先生！在這裡別太拘束！」

我那時候太害羞，不敢進去——我怕會讓她一頭霧水，怕自己頭腦也沒比較清楚——不過我記下了她何時下班，以估算晚上拜訪船屋的時間，就跟歐瑪先生與他漂亮的女兒和孫子告辭，繼續往我最親愛的老佩格蒂家前進。

她就在那，在鋪磚的廚房裡做飯！我敲了門，她來應門，問我有什麼事。我笑著看她，但她並沒有對我笑。我們一直有在通信，但距離上次見面也有七年了。

「巴基斯先生在家嗎，夫人？」我裝出粗聲問她。

「他在家啊，先生，」佩格蒂回答，「但他因為風濕病臥病在床。」

「他現在不去布朗德史東了嗎？」我問道。

「他如果身體好一點就會去。」她回答。

「那妳去過嗎，巴基斯太太？」

她更仔細地打量我，我注意到她雙手很快地握在一起。

「是這樣的，我想問他那邊一棟房子的事，他們叫它——是什麼名字來著？——鴉巢。」我說。

她後退一步，伸出雙手，嚇得不知道擺哪裡，好像想擋住我。

「佩格蒂！」我對她喊。

她大喊：「我親愛的孩子！」然後我們倆抱頭痛哭。

她表現得非常激動，抱著我又哭又笑；她一直以來將我視如己出，以我為榮、以我為樂，現在的她有多驕傲、多開心，而過去因無法寵愛地擁抱我而有多難過——這一切我不忍詳述。我也絲毫不擔心自己回應佩格蒂的感情會太過幼稚。我敢說，就算早已跟她親如母子，但我這輩子從來沒有像那天早上哭笑得那般痛快。

「巴基斯會很高興的，」佩格蒂用圍裙擦眼睛說。「見到你會讓他立刻好起來，比擦一堆薄荷藥膏還要有效。我去跟他說你來了，好不好？你要上樓看看他嗎，親愛的？」

我當然要。不過要離開這房間並沒有佩格蒂所想的容易，因為她只要走到門口，就會轉頭看我，再跑回來抱著我，哭了又笑，笑了又哭。最後，為了讓這件事好辦一點，我跟她一起上樓。佩格蒂先進去告訴巴基斯先生，我在門口等了一下後，站到病人的面前。

他很熱情地跟我打招呼，但由於風濕病太嚴重，無法跟我握手。他要我搖搖他睡帽頂上的流蘇，我真誠地照做了。我坐在床邊時，他說感覺好像又駕著馬兒載我回布朗德史東一樣，讓他十分高興。他仰躺在床上，除了臉以外都蓋了棉被，那模樣好像傳統的小天使——真是我所見過最怪的景象。

「我寫在車篷上的，是什麼名字啊，少爺？」巴基斯先生病懨懨地微笑著說。

「啊！巴基斯先生，這話題我們以前嚴肅地討論好久呢，是不是？」

「我願意了很久吧，少爺？」巴基斯先生說。

「很久。」我說。

「而且我不後悔，」巴基斯先生說，「你記得曾經告訴我，所有的蘋果派和飯菜都是她煮的？」

「是的，我記得很清楚。」我回答。

「就跟蘿蔔一樣，」巴基斯先生說，「千真萬確；就跟納稅一樣，」巴基斯先生用睡帽點點頭，那是他表達強調的唯一方式，「千真萬確，再沒有比這兩樣更真確的了。」

巴基斯先生看向我，似乎要我同意他臥病在床時得出的結論。我表示贊同。

「沒有比這兩樣更真確的了，」巴基斯先生重複道。「這是像我這樣的窮人躺在病床上自己想出來的。我很窮啊，少爺！」

「我很遺憾聽到你這麼說，巴基斯先生。」

「我真的很窮啊。」巴基斯先生說。

說到這裡，他將右手緩慢無力地從被窩裡伸出，毫無目的似的抓住輕繫在床邊的手杖，拿起來亂戳幾下，臉上露出各種不安焦躁的神情，好不容易終於戳中了一個盒子（我剛才一直看到盒子的另一端），巴基斯先生的表情這才平靜下來。

「都是舊衣服。」巴基斯先生說。

「噢！」我說。

「我希望裝的是錢啊，少爺。」巴基斯先生說。

「我也希望是。」我說。

「但**不是**。」巴基斯先生睜著大眼說。

我表達說真的不是，然後巴基斯先生雙眼轉為溫柔地看向妻子說：「她是全世界最能幹、最棒的女人，C. P.巴基斯[49]。所有給C. P.巴基斯的稱讚，她都值得，甚至值得更多！親愛的，為了我們的貴賓，今天晚餐就做點好料的，享用美酒，好嗎？」

我本想回說不用這麼大費周章，但看到站在床另一邊的佩格蒂焦急地想阻止我，就沒說什麼了。

「我身邊有一點錢，親愛的，」巴基斯先生說，「不過我有點累了，如果妳跟大衛少爺可以先讓我睡一下，我待會兒起來就找給妳。」

我們按照他的意思離開臥房。走出門時，佩格蒂告訴我巴基斯先生現在比之前更吝嗇，連要拿出一個硬幣，他都會演出同一招，然後忍受前所未見的痛楚，獨自從床上爬下來，從那倒楣的小盒子裡拿錢。事實上，我們現在就聽到他壓抑最痛苦的呻吟，因為這項喜鵲的行為[50]讓他全身關節都疼痛不已。雖然佩格蒂眼中充滿同情，但她說巴基斯先生這種大方之舉對他有益，別進去查看他比較好。所以他繼續呻吟，直到爬回床上，我相信，他一定飽受折磨。之後他叫我們進去，假裝剛睡醒，一副神清氣爽的樣子，接著從枕頭下拿出一基尼。他以為騙過我們，保住了盒子不可告人的祕密，覺得心滿

49. 克萊拉・佩格蒂（Clara Peggotty）的英文縮寫。
50. 喜鵲有藏食的習性。

意足，剛才所受的折磨似乎獲得足夠的報償。

我告訴佩格蒂等一下史帝福斯會來訪。不久，他就到了。我相信，不管史帝福斯是佩格蒂自己的恩人，或是待我很好的朋友，她都一定會用最深的感激和最高的熱忱迎接他。但史帝福斯一派輕鬆、談笑風生、親切友善、長相帥氣，只要他願意就可以跟任何人相處愉快，直搗任何人的心底，所以短短五分鐘他就贏得佩格蒂的好感了。其實光是他對我的態度就足以贏得佩格蒂的青睞，不過由於上述種種原因，我真心相信他那天晚上離去前，佩格蒂是由衷地喜愛他。

他留下來跟我們共進晚餐——如果我只說他很願意留下，那他興高采烈、欣然答應的模樣還不及我所表達的一半。他就像陽光、空氣般走進了巴基斯先生的房間，猶如有益健康的天氣。他所做的一切毫不張揚、毫不費力、毫無意識，舉手投足都是無法形容的輕而易舉，好像當時不可能做其他事情，或做更好的事情，一切都優雅、自然、討喜，即使現在想起來，還是讓我敬佩不已。

我們在小客廳玩得不亦樂乎，那本《福克斯殉道者名錄》就放在桌上，自從我上次離開就沒人動過。我翻開之後看到好多嚇人的圖片，憶起兒時它們曾在我心中喚起的恐懼，現在卻都感覺不到了。佩格蒂說她替我準備好了房間，希望我留下來過夜，我猶豫了一下，都還沒看史帝福斯，他就把整件事安排好了。

「當然，」他說，「我們在這裡拜訪期間，你晚上就睡佩格蒂這裡吧。我去住旅店。」

「可是你遠道而來，」我回應道，「我卻跟你分開住，好像不夠朋友，史帝福斯。」

「哎呀，看在老天的分上，你本來就屬於哪裡啊？」他說。「『好像』跟這比哪有什麼好說的？」事情就這樣決定了。

他從頭到尾都保持很討人喜歡的特質，直到八點鐘，我們出發去佩格蒂先生的船屋。的確，這些特質隨著時間變得越來越明顯。我當時就想過，現在也十分肯定，他下定決心要取悅別人，也自知做得成功，讓他更精於探觸人心；雖然很細微，但也讓他更加遊刃有餘。要是當時有人告訴我，這全都只是工於心計的遊戲，只為追求一時的刺激，是他發洩充沛情緒的出口，因優越感而產生不假思索的濫情，僅是為了求勝而滿不在乎的過程，下一分鐘就會被棄若敝屣——我想，要是有人那天晚上跟我扯出這種謊話，真不知道我的憤怒會如何發洩！

在黑暗冷冽的沙灘上，我走在史帝福斯身旁，或許正因為我對他的忠誠及友誼的浪漫情懷有增無減（要是真有可能再增加的話），四周冷風颯颯，比我初次拜訪佩格蒂先生家的那天夜晚，吹得更加悲戚。

「這裡滿荒涼的，史帝福斯，對吧？」

「晚上看起來更淒涼，」他說。「大海的咆哮聲好像等著吞噬我們一樣。是那艘船嗎，有燈光的那邊？」

「就是那艘船。」我說。

「就是我今天早上看到的那艘沒錯，」他回應道。「我想我是本能地朝這裡走來。」

往燈光處走的時候，我們倆沒有多說什麼，只是輕輕地往門口走去。我將手放在門閂上，低聲要史帝福斯靠近我一點，然後走進去。

在外頭時，我們聽見裡頭有對話聲。一進去就聽到掌聲——我很驚訝地看見掌聲是由老是悶悶不樂的格米奇太太發出的。

不過格米奇太太不是唯一異常興奮的人，佩格蒂先生也格外開心，滿面春風，放聲大笑，並將粗壯的雙臂張開，好像要小艾蜜莉跑過去擁抱他。漢姆臉上夾雜著仰慕之情，興高采烈，還有跟他很相稱的靦腆傻笑，握著小艾蜜莉的手，好像要把她交給佩格蒂先生。小艾蜜莉自己也害羞得臉紅，不過看到佩格蒂先生這麼高興，她也眉開眼笑。她正要從漢姆身邊奔向佩格蒂先生的懷抱時，卻因我們倆進門而打住了（因為她最先看到我們）。我們從黑暗冷冽的夜晚走進明亮溫暖的屋內，第一眼所見就是如此的場景，還有格米奇太太站在背景裡，像瘋女人一樣拍掌大笑。

這幅小小的景象在我們一進去後就立刻消失了，讓人懷疑是否真的存在過。

我站在大為吃驚的這家人面前，與佩格蒂先生面對面，向他伸出手。這時漢姆大喊：「戴維少爺！是戴維少爺！」

我們立刻就跟大家握手，問候彼此，說自己有多高興見到對方，大家你一言我一語地聊了起來。佩格蒂先生看到我們覺得很榮幸、很高興，他不知道該說什麼、該做什麼，就一直跟我握手再握手，然後跟史帝福斯握手，握完再跟我握，隨後撥亂他的一頭蓬髮，興奮又得意地笑得合不攏嘴。見到他真是太開心了。

「哎呀，兩位少爺——都長這麼大了——就剛好挑今天，一生最快樂的夜晚蒞臨寒舍，」佩格蒂先生說，「我相信，這種事從沒發生過！艾蜜莉，親愛的，過來！過來啊，我的小美女！這位是戴維少爺的朋友啊，親愛的！妳之前就聽過他，艾蜜莉。他跟戴維少爺一起來見妳了，就在妳舅舅這輩子最快樂的夜晚，以後也不會有比這更快樂的事了。其他的事就管它去死吧，太爽快啦！」

佩格蒂先生一口氣講完這段話，還搭配了極為生動的動作和表情，接著他興高采烈地用他的大手扶著外甥女的兩頰，親了十幾下，將她的臉龐輕放到他厚實的胸膛上，像女人一樣溫柔地輕拍著她的頭。待他放開小艾蜜莉後，小艾蜜莉匆匆跑進我過去睡覺的小房間，佩格蒂先生則因為太過高興，滿臉通紅，幾乎連氣都喘不過來。

出其不意地拜訪佩格蒂先生家

「你們兩位少爺，現在都長這麼大了，這麼彬彬有禮。」佩格蒂先生說。

「對啊，對啊！」漢姆大聲說。「說得好！他們真的就是這樣。戴維小少爺——都長這麼大了——真的就是這樣！」

「希望你們兩位少爺，長得那麼大漢的先生，」佩格蒂先生說，「不介意我這個樣子，你們如果知道是怎麼回事的話，一定會原諒我的。我親愛的艾蜜莉，她知道我會說的！」說到這裡他又喜不自勝，「所以就先跑走了。妳可以行行好，幫我去叫她一下嗎，老妞？」

格米奇太太點頭之後就消失了。

「如果今晚……」佩格蒂先生說，在壁爐邊跟我們一塊坐著，「不是我這輩子最快樂時光，那我就是隻龍蝦了——還是煮熟的那種——其他的我就不說了。我們的小艾蜜莉啊，先生，」他低聲對史帝福斯說，「你剛剛看到羞紅臉的，就是她……」

史帝福斯雖然只點了頭，但興致勃勃，一副跟佩格蒂先生頗有同感的樣子，因此佩格蒂先生就當成他做了回覆，繼續說下去。

「沒錯，」佩格蒂先生說。「那就是她，她就是這樣。謝謝你，少爺。」

漢姆對著我點了好幾次頭，好像他也會說一樣的話。

「這就是我們家的小艾蜜莉，」佩格蒂先生說，「我們家這個雙眼明亮的小東西，我認為（我雖然懂得不多，但我相信是這樣）是別人家沒有的。她不是我親生的，我自己沒有小孩，但我把她視如己出，給她的愛一分都不少。你懂嗎？我就是無法不愛她！」

「我非常懂。」史帝福斯說。

「我知道你懂，先生，」佩格蒂先生回答，「再次感謝你。戴維少爺記得她以前的樣子，你可以看她現在變得如何。但你們誰也不會完全懂她以前、現在、以後在我心中對她的愛是什麼樣子。我是個粗人，少爺，」佩格蒂先生說，「我就跟海膽一樣粗，但我想，嘸人知影小艾蜜莉對我有多重要，或許哪個女人會懂吧。偷偷跟你們說，」他將聲音放得更低，「那個女人的名字不會是格米奇太太，雖然她的優點很多。」佩格蒂先生又用雙手撥亂了頭髮，為接下來要說的話做準備，然後將兩手分放在膝蓋上繼續說：

「有個人，從我們家艾蜜莉她爸淹死之後就認識她了。他從小看著她長大，從她還是個小寶寶，到變成小妞，到長成女人。他看起來普普通通，沒什麼看頭，」佩格蒂先生說，「跟我一樣是個粗人——全身都被西南風吹雨打過了——鹹透透——可是整體來說，是個心地善良的老實人。」

我從沒看漢姆咧嘴笑得這麼開過。

「這邊這個好運的水手啊，」佩格蒂先生說，那張臉洋溢著喜悅，熠熠生輝。「把那顆心整個獻給了我們的小艾蜜莉。她走到哪，他就跟到哪，把自己當成僕人一樣伺候她，甚至連飯都吃不下了，很久之後才老實跟我說問題出在哪。是這樣的，我自己當然希望我們小艾蜜莉嫁得好。不管怎麼說，她都要嫁給有能力保護她的老實人。我不知道我還能活多久，什麼時候會死，但我知道如果哪天晚上雅茅斯這邊的狂風把我吹翻了，我頂不住的話，只要看到鎮上最後一眼，看到燈火通明，想到岸上有個男人對我的小艾蜜莉忠實得像鋼鐵，上帝保佑她，只要那個人還在世上一天，我的艾蜜莉就絕對不會受委屈，那我就可以安靜地沉入海底了。」

佩格蒂先生老實、真誠地揮動右手，彷彿最後一次向鎮上的路燈告別似的，然後對上漢姆的目光，兩人互相點了頭，他繼續說道：

「嗯！我就建議他去跟艾蜜莉告白。他塊頭很大，膽子卻小得跟什麼一樣，不敢說，所以我就幫他去說了。『什麼！**他**？』艾蜜莉說，『我認識**他**這麼多年，我們這麼親，我也很喜歡他。噢，舅舅！我不能嫁給**他**，他人太好了！』我親了她，只說了：『親愛的，妳說出自己的想法是對的。妳可以自己決定要嫁給誰，妳就跟小小鳥一樣自由。』然後我就跟他說：『我也希望這樁婚事可以成功，可是沒法度。不過你們還是可以跟以前一樣，我要跟你說的是，要跟以前一樣對待她，像個男子漢。』他握了我的手，跟我說：『我會的！』他就是這麼說的。他也真是堂堂正正的男子漢，兩年的時間，我們就跟以前沒兩樣。」

佩格蒂先生的表情隨著不同人的對話變化多端，現在完全恢復到剛剛大喜若狂的模樣，一隻手放在我的膝上，一隻手放史帝福斯的膝上（先吐口水弄濕手心，表示慎重其事），分別對我們兩個說了接下來這段話：

「突然間，某天晚上——就是今天——小艾蜜莉下班回家，跟他一起回來！不過你可能會說，**這樣**又沒什麼啊。對，因為他特別照顧她，就像哥哥一樣，天黑之後，其實天黑之前也一樣，一直都很關心她。但這個水手啊，握住她的手，對著我開心地大喊：『快看！這是我未來的小新娘！』然後小姑娘又大膽又害羞，又哭又笑地說：『是的，舅舅！如果會讓您高興的話。』——如果會讓我高興的話！」佩格蒂先生大聲說，欣喜若狂地晃著頭。

「老天爺啊，我怎麼可能會不高興！——『如果會讓您高興的話，我現在比較成熟，我也考慮過了，我會努力當他的好妻子，因為他是個親愛的好人！』然後格米奇太太像是在看戲一樣狂拍手，你們就走進來了。完畢！故事就是這樣。」佩格蒂先生說。「你們走進來的時機就這麼剛好！這位就是要娶她的人，等她學徒期一滿就結婚。」

漢姆身體搖搖晃晃，好像快倒下來。這也難怪，因為佩格蒂先生高興過頭，打了他一拳，以示信任與親密。然後他似乎覺得也該跟我們說幾句，便結結巴巴、吃力地說：「你頭一次來的時候……她還沒有你高呢，戴維少爺……我當時就想像她長大會變得怎樣。我看著她長大……兩位先生……像花一樣。為她死我也甘願，戴維少爺……噢！太滿足、太歡喜了！她對我來說……兩位先生……比我想的還重要……比我這輩子所能表示的還多。我……真心地愛她。陸地上沒有哪個男人——海上也沒有——對他們老婆的愛，比我愛她更深了，但或許有很多人……可以將心裡話……講得更好。」

漢姆這麼健壯的大漢，顫抖著努力表達他對那位美麗小佳人的傾心愛慕，我想，是很令人感動的一件事。我想，佩格蒂先生和漢姆對我們的單純信任本身也動人心弦，他們的故事深深打動了我。我的感動受到兒時回憶多少影響，我不知道。我當時是否帶著經久不消的幻想，以還愛著小艾蜜莉的心情前去船屋，我不知道。我只知道這一切都讓人滿心喜悅。不過，起初難以形容的敏感喜悅，差一丁點就可能轉為痛苦。

因此，當時要是得靠我跟上他們對話的主調，那我肯定會表現得糟糕透頂，但幸好有史帝福斯，他技巧高超，不過幾分鐘的時間，大家就全都要多輕鬆就多輕鬆，要多快樂就多快樂。

「佩格蒂先生，」他說，「你是不折不扣的好人，今晚的喜悅是你應得的。我向你保證！漢姆，老弟，我祝你幸福快樂。這我也可以保證！雛菊，翻動柴火，讓火燒得更旺一點！還有，佩格蒂先生，除非你能把那嫻雅的外甥女請回來（我都在角落替她留了個位置呢），否則我就要走人了。今晚這種大日子，如果你的壁爐旁有任何空位——尤其是這樣的空位——那就算給我全印度群島的財富，我也不接受！」

因此，佩格蒂先生走進我的舊房間找小艾蜜莉。一開始，小艾蜜莉並不想出來，之後就換漢姆進去了。他們把她帶到爐火邊，小艾蜜莉顯然很緊張，非常害羞——不過看到史帝福斯對她說話這麼溫柔得體，她很快就放心了。他非常有技巧地避開會讓她尷尬的話題；他健談地跟佩格蒂先生談船隻、潮汐和魚群；跟我談以前在撒冷學校初見佩格蒂先生的情景。他多麼喜愛跟船有關的一切；他輕鬆自在地說著，漸漸將我們帶入心醉神迷的境界，大家全都無拘無束、暢所欲言地聊著。

的確，艾蜜莉整個晚上話不多，但她看著、聽著，整張臉活絡了起來，好不迷人。史帝福斯說了一個可怕的船難故事（延伸自剛才和佩格蒂先生的話題），他說得栩栩如生，就好像在他眼前發生一樣——而小艾蜜莉的眼神一直盯著他不放，彷彿她也看見了這番情景。而為了緩解氣氛，他接著說了一個自己的有趣冒險故事，說得眉飛色舞，彷彿他也跟我們一樣第一次聽到，逗得小艾蜜莉頻頻大笑，整間船屋迴響著她銀鈴般的笑聲。大家聽了這麼輕鬆愉快的故事，也全都忍不住笑了起來（史帝福斯也是）。他還讓佩格蒂先生唱（或者說是吼）了：「當暴風吹呀吹、吹呀吹、吹呀吹……」然後自己也唱了一首水手的歌。他唱得那麼的淒美，我都快以為我們默然不語時，那在船屋四周潛伏、時而悲鳴低語的冷風，也在聆聽著。

至於老是意氣消沉的格米奇太太，史帝福斯也成功提振她的精神，這可是自從老伴過世之後，前無古人的成就（佩格蒂先生告訴我的）。他逗得她沒時間自憐，她隔天還說自己一定是被下迷藥了。

但史帝福斯並沒有獨占風頭，也沒有壟斷話題。小艾蜜莉終於鼓起勇氣，隔著爐火跟我說話（依然很嬌羞），我們談到以前在沙灘上漫步、撿貝殼和小石頭的事。我問她還記不記得我之前對她有多癡心的時候，我們倆都臉紅地笑了。回想過往的愉快時光，現在看來太不真實。我們談話時，史帝福斯一言不發地專心聽，若有所思地看著我們。這段時間，小艾蜜莉都坐在以前壁爐旁一角的舊矮櫃上——漢姆坐在我過去坐的位子，就在她旁邊。但我想不通的是，她緊倚著牆，離漢姆很遠，不知道她是像以前那樣愛捉弄人，還是在大家面前要維持女性的矜持，總之我觀察到她整晚都是這個樣子。

我記得，我們離開時都已經快午夜了。我們吃了一些餅乾和魚乾當宵夜，史帝福斯從口袋裡拿出一瓶滿滿的荷蘭琴酒，我們男人喝得精光。（我現在可以毫不臉紅地說「我們男人」了。）我們愉快地告別。他們全都擠在門口，舉著燈想盡量替我們照路時，我看到小艾蜜莉站在漢姆身後，用她甜美的藍眼偷看我們。我聽到她輕聲叮嚀我們回家小心一點。

「真是迷人的小美女啊！」史帝福斯挽著我的手說。「嗯！這地方很奇怪，這些人也很奇怪，跟他們來往真是太新奇有趣了！」

「而且我們也太幸運了，」我回應道，「正好碰上他們互許終身的快樂時刻！我從來沒有見過有人這麼快樂。像我們這樣能見證、分享他們真誠的喜悅，實在太開心啦！」

「那個笨蛋配不上那女孩，不是嗎？」史帝福斯說。

他剛才對漢姆、對所有人都那麼誠懇，我很驚訝聽到這個出乎意外的冷漠回應，立刻轉過頭。看到他眼裡含著笑意，我這才鬆了口氣地回道：

「啊，史帝福斯！你太愛拿窮人開玩笑了！你或許愛跟達朵小姐爭辯，或是用玩笑對我掩飾你的同情心，但你是騙不過我的。我看得出來你十分瞭解他們，你很敏銳地體會這位純樸討海人的喜悅，也迎合了我老保母的愛。我知道這些人的喜怒哀樂，你全都關心。所以我更加仰慕你、愛戴你，史帝福斯，比以前多上二十倍！」

他停下腳步，看著我說：「雛菊，我相信你是真誠善良的人。我希望我們全都像你這樣！」下一秒，他就愉快地哼起方才佩格蒂先生唱的歌，我們快步走回雅茅斯。

第22章 舊景新人

史帝福斯和我在鄉下待了兩個多星期。不用說，我們幾乎都一起行動，但偶爾會分開幾個小時。他是個滿厲害的水手，而我就沒這個能耐。他跟佩格蒂先生出海的時候（是他最愛的一項娛樂），我通常都待在岸上。

住在佩格蒂家有點拘束，因為我知道佩格蒂忙著悉心照料巴基斯先生，所以晚上不想在外面逗留太晚。不過住旅館的史帝福斯沒這項顧慮，只要自己開心就好，因此我聽說他在我就寢後，會到佩格蒂先生常去的「堅心」酒吧請漁夫喝酒，還會穿上漁夫的衣服，月夜下在海上漂蕩，直到白天漲潮才回來。這個時候，我已經知道他天生靜不下來，膽子又大，遇到艱苦的工作與惡劣的氣候，剛好樂得找到發洩出口，就如其他對他來說很新鮮的事情一樣帶給他刺激，所以他的各種行為，我一點也不覺得驚訝。

我們兩個有時候分開行動，還有另一個原因，那就是我自然會想回去布朗德史東看看，重溫兒時舊景。而史帝福斯已經去過一次，當然沒有太大的興趣再訪。因此，有三、四天，我們兩個早餐都吃得很早，然後滿晚的時候碰面吃晚餐。我不知道這段期間他是怎麼消磨時間，只知道他在那裡很受歡迎，總可以找到二十種活動打發時間，換作是別人，可能連一種都找不到。

至於我，獨自重遊舊地，邊走邊回想以前走過的每一條路，走再久也不厭倦。我在那些地方徘徊，就如過去回憶起它們時那樣戀戀不捨；我在那些地方徘徊，就如幼時背井離鄉神遊故地那樣流連忘返。樹下那座墳墓，我的雙親在此永眠——以前只有父親的墳時，我從家裡望去，心中總充滿莫名的憐憫；埋葬我美麗的母親與弟弟時，我站在一旁，滿心淒涼。自那之後，佩格蒂信守承諾，將墳墓打理得整齊又乾淨，弄得像花園。我就在那裡走上好幾個小時。

墳墓坐落在教堂墓園小徑外不遠的一個僻靜角落，我在小徑上來來回回時，都能清楚看到墓碑上的名字，教堂整點的鐘聲經常嚇到我，因為我覺得它宛如死者之音。這些時候，我所想的總跟我將來要成為什麼樣的人、將成就什麼樣的豐功偉業有關。我的足音迴響的全都是這些調子，彷彿我這趟回家，只為了在還活著的母親身旁建造空中城堡。

老家也改變了很多。很久前就被烏鴉拋棄的破爛鳥巢已不見蹤影；樹木也修剪得不像以前的樣貌；花園長滿雜草，有一半的窗戶都關起來了。現在住的是位獨居的可憐瘋癲紳士和他的看護。他老是坐在我房間的小窗戶旁，看著教堂墓園，不知道他腦子裡雜亂無章的念頭是否跟我兒時的幻想一樣——我以前總會在美麗的早晨，穿著睡衣從同一個小窗戶往外探，看東昇旭日下的綿羊靜靜吃草。

我們的老鄰居格雷普夫婦搬去南美洲了。雨水從屋頂沿著空盪盪的房屋流下，在外牆上留下汙漬。齊利普醫生再婚了，醫師娘是個修長瘦削、長鼻子的高個兒。他們生了個虛弱的小寶寶，頭大得難以支撐，雙眼呆滯地盯著，好像老是納悶自己怎麼會出生在這世上。

在故鄉徘徊時，我總懷著一股悲喜交集的心情，直到冬日發紅的夕陽提醒我該回去了。但，等到我離開老家，特別是跟史帝福斯開心地坐在炙熱的壁爐邊享用晚餐時，回想剛才去過哪裡，心情總是甜蜜。所以晚上當我回到整齊的房間，翻開鱷魚書（總是放在小桌上），想起我擁有史帝福斯這樣的朋友、有佩格蒂這樣的朋友，還有如此傑出大方的姨婆彌補我所失去的父母，就會滿懷感恩之情，還是覺得很甜蜜。

散步了這麼久之後，我回雅茅斯最近的方式就是搭渡輪。它會停靠在小鎮與海洋間的海灘上，我可以直接走到鎮上，省得走大路繞一大圈。佩格蒂先生的家就在荒涼的海灘上，離我所經過的路不到一百碼，所以路過時我總是往船屋探看。史帝福斯通常會在那裡等我，我們倆再一起步入嚴寒空氣及凝結霧氣之中，往燈火閃爍的鎮上走去。

某個漆黑的傍晚，我回來得比平常要晚——因為我們快要離開了，所以我再去布朗德史東做最後的告別——我發現史帝福斯獨自待在佩格蒂先生家裡，在壁爐前若有所思。他想得太過認真，沒有注意到我走近。的確，由於腳步聲落在外頭的沙地上幾近無聲，就算他沒有這麼認真想事情，也不容易察覺，但是就連我進了門，他也還是沒注意到。我站得很近，看著他，但他依然眉頭深鎖地迷失在他的思緒裡。

我將手搭在他肩上的時候，他嚇了好一大跳，讓我也嚇到了。

「你突然嚇到我了，」他快發怒的樣子，「像個怨念很深的鬼一樣！」

「我總要告訴你我回來了，」我回答。「我將你從繁星中叫下來了嗎？」

「不，」他回答。「沒有。」

「那你剛才在想什麼？」我說，將椅子拉近他。

「我在看火中的圖畫。」他回答。

「被你這樣一弄，我要怎麼看呢？」我說，這時他迅速翻動燒紅的木頭，弄出一串熾熱的火花，飛衝上小煙囪，呼嘯到空中。

「你本來就看不到那些圖畫，」他回答。「我痛恨這種不倫不類的時間，白天也不是，晚上也不是。你今天回來得好晚！是到哪去了？」

「跟平常一樣去散散步啊。」我說。

「我剛剛一直坐在這，」史帝福斯環看房間說，「想著我們興高采烈來拜訪那天晚上所遇到的那些人都跑哪去了——從四周一片空盪盪看來——分散四處，還是死了，還是不知道遭受什麼危險。大衛，我巴不得向上帝祈求過去二十年來能有個明智的父親陪伴！」

「我親愛的史帝福斯啊，到底發生什麼事了？」

「我全心希望我能有更好的指引！」他驚呼道。「我全心希望能給自己更好的指引！」

他這麼激動又沮喪的模樣讓我很詫異。他實在太反常了，我從沒想過他會這個樣子。

「變成那個可憐的佩格蒂，或是他那舉止粗野的姪子還比較好一點，」他起身，悶悶不樂地靠在壁爐上，望向火光說，「就算我再有錢二十倍、再聰明二十倍都比不上。那樣的話，過去半小時，我就不用在這條該死的船裡折磨自己！」

他的改變讓我不知所措，起初只能一言不發地看著他，用手扶著頭站在那，一臉陰鬱地望向火光。後來，我十分認真地拜託他告訴我，到底發生什麼事讓他這麼反常，如果不能想辦法替他解決，至少讓我表示同情也好。但我話都還沒說完，他便笑了出來——一開始還有點煩躁，但立刻轉為平常的笑容。

「嘖，沒什麼事的，雛菊！沒事！」他回答。「在倫敦的旅店時，我就跟你說過，有時候我獨處時太乏味無聊了。我剛剛就像作了噩夢——而且還是個奇怪的夢。偶爾無聊的時候，我們總會想起兒時聽的故事，卻沒意識到真正的意涵。我相信剛才我將自己搞混成『滿不在乎』的壞孩子，最後成了獅子的食物——我想這也算是比較壯烈的死法吧。那些老嫗所恐懼的事，剛才也從頭到腳侵襲了我，我連自己都害怕。」

「但你其他什麼都不怕吧，我想。」我說。

「或許吧，但也許還有很多夠我怕的事，」他回答。「哎呀！反正都過去了！我不會再陷入憂鬱了，大衛。不過我再跟你說一次啊，我的好朋友，如果我能有個堅定不搖、識見明敏的父親，那就太好了！對其他人也是。」

他老是表情豐富，但他看著爐火時，我從沒見過他說這番話時那種陰鬱嚴肅的神情。

「就這樣啦！」他說，好像拋了什麼輕飄飄的東西到空中。

「『哎呀，它一走，我又是男子漢了[51]。』就像馬克白一樣。至於現在，該吃晚餐啦！希望我沒有（像馬克白那樣）瘋瘋癲癲地破壞了宴會，雛菊。」

「不過真不曉得他們統統都跑哪去了！」我說。

「天知道，」史帝福斯說。「我走去渡輪站找不到你，就散步回來，看到裡頭空無一人。接著我開始沉思了起來，就你剛剛看到我的樣子。」

這時格米奇太太提著籃子回來，解釋了屋裡空無一人的原因。原來她趁佩格蒂先生漲潮回來前，匆忙出去買了需要的東西。她把大門開著，以免她外出時，漢姆和小艾蜜莉提早下班回家。史帝福斯開心地問候了格米奇太太，還開玩笑地要擁抱她，讓格米奇太太的心情大好，之後便拉著我的手匆忙要離開。

他不只讓格米奇太太心情好轉，自己也振作了起來，恢復以往的樣子，一路上談笑風生。

「所以，」他開心地說，「我們明天就要拋下這裡的海盜生活了，是吧？」

「我們說好是這樣，」我回答，「而且也訂了車票，你知道的。」

「是啊！我想已成定局，」史帝福斯說。「除了在這裡出海顛簸以外，我都忘記世上還有其他事情要做了，真希望沒有。」

「前提是你還覺得這件事新鮮。」我笑著說。

「很有可能，」他回答，「不過我這位天真親切的年輕朋友說這話可帶了諷刺啊。唉呀！我敢說我是個反覆無常的人，大衛。我知道我是的，但只要鐵還熱，我就能用力打。我想，我已經通過算得上嚴格的考驗，成為這一帶海域的舵手了。」

「佩格蒂先生說你是個奇人。」我回應。

「航海奇人，是嗎？」史帝福斯大笑。

「他的確是這麼說，你也知道這句話是事實。我知道你想做什麼都會認真去做，而且輕易就能學會。我覺得你最讓我驚奇的是，史帝福斯，你竟然這樣斷斷續續展露才華就覺得滿意了。」

「滿意？」他開心地回答。「我從來沒滿意過，除了對你的新鮮感，溫順的雛菊。至於斷斷續續，我從來不曾學會將自己綁在現代伊克西翁[52]不停轉動的火輪上。以前不知道怎樣就是沒學會，現在也不在乎了——你知道我在這買了一艘船嗎？」

「你真是個讓人意想不到的傢伙啊，史帝福斯！」我驚呼道，停下腳步——這是我第一次聽說此事。「但你可能再也不會回到這裡來啊！」

「這我可不知道，」他回答，「我喜歡上這裡了。無論如何，」領著我繼續輕快地前進，「我買了艘別人求售的船，佩格蒂先生說是快速帆船。所以就買下了——我不在，佩格蒂先生就是船長。」

51. 引用自莎劇《馬克白》第三幕第四場。此處的它是指讓馬克白受到驚嚇的鬼魂。
52. 伊克西翁（Ixion）：希臘神話人物。伊克西翁的火輪喻指無盡的折磨。

「這下我懂你了，史帝福斯！」我興高采烈地說。「你假裝是自己要買船，其實是為了幫忙佩格蒂先生而買的。就我對你的認識，我一開始就猜得到。我親愛的、好心的史帝福斯，對於你的慷慨，我該如何表示呢？」

「嘖！」他臉紅地回應道。「你最好別再說下去了。」

「我還不知道嗎？」我大聲說道。「我不是說過這些老實人的喜怒哀樂，你都很關心？」

「是啊，是啊，」他回答道。「你是這麼說過。這件事就到此為止，我們說夠了！」

因為他不把這當一回事，我怕冒犯他就沒有繼續說了。不過當我們加速往前走時，我還在腦中繼續想著。

「她還得重新裝修才行，」史帝福斯說。「我應該要讓利特瑪留下來看她完成，再回報給我。我跟你說過利特瑪也下來了嗎？」

「沒有。」

「噢，是的！他今早下來的，還帶了一封母親的信。」

我們對看了一下，我觀察到他連嘴唇都蒼白了，卻還是很鎮定地看著我。我擔心是不是他們母子倆有什麼摩擦，導致他稍早心事重重地獨坐在壁爐邊沉思。我暗示了心裡的想法。

「噢，不是的！」他搖頭輕聲笑道。「完全不是這樣！是的，我那個僕人下來了。」

「還是老樣子？」我說。

「還是老樣子，」史帝福斯說，「如北極般冷淡安靜。我要他留下來看船重新命名。她目前叫『暴風海燕』，不過佩格蒂先生哪會關心什麼暴風海燕啊！我要替她重新命名。」

「要叫什麼名字？」我問。

「小艾蜜莉。」

他依然很鎮定地看著我，我想這是在提醒我別再對他這點善意大力讚美。聽到這件事，我忍不住喜形於色，但沒有多說什麼，他就恢復平常的笑容，似乎放下心來。

「你倒是看看那裡啊，」他看著前方說，「小艾蜜莉本尊出現了！還有跟在她身旁的傢伙，是吧？我敢發誓，他真是個不折不扣的騎士。他從沒離開她過！」

漢姆現在是造船人，因為有天分，加上後天努力，已經成為技藝高超的工匠。他穿著工作服，看起來雖然粗獷，但還是很有男子氣概，保護著他身旁貌美如花的小佳人。的確，他滿臉老實與真誠，毫不掩飾地表露出愛慕她、以她為傲的神情，我覺得那是最棒的容顏了。他們往我們走近時，我心想他們真是天造地設的一對。

我們停下來跟他們聊天，小艾蜜莉膽怯地將手從漢姆的手臂中收回，伸出手問候我與史帝福斯時臉紅了。我們聊了一下之後，他們繼續散步，但她的手並沒有再挽著漢姆的手，她膽怯、拘束地自己走著。我覺得這一切看來太美妙太可愛了，史帝福斯也這麼覺得，我們兩人就這樣看著他們在皎潔月光中消失無蹤。

突然間，有人從我們身旁經過——顯然是跟著他們來的——是一名年輕女子，她走近時我們並沒有注意到，但經過我們身旁時，我看到她的臉，覺得好像在哪裡見過。她穿得很輕薄，看起來放肆、發狂、招搖，一副窮酸樣，但當時她似乎什麼都不在乎，任一切隨風飄蕩，心中沒有別的想法，只想追上他們。隨著遠處黑暗的地平線吞沒漢姆與小艾蜜莉的身影，在我們與大海和烏雲之間只看得見地平線，女子的身影也同樣消失，並沒有追上他們。

「有個黑漆漆的陰影跟在那女人身後，」史帝福斯站著不動地說。「那代表什麼意思？」

他用低沉的聲音說話，我差點認不出來。

「她一定是想跟他們乞討吧，我想。」我說。

「乞丐我認得出來，」史帝福斯說，「但奇怪的是這乞丐今晚竟是這種樣子。」

「怎麼說？」我問道。

「沒什麼特別原因，真的，」他停了一下後繼續說，「只不過黑影從我們身邊經過時，我正想到類似的東西。鬼才知道它是打哪來的！」

「我想是從這道牆的影子跑出來的吧。」這時我們走的路旁有一道牆。

「不見了！」他回答，回頭看。「希望一切禍害也跟著消失。現在該吃晚餐啦！」

但他又回頭望向遠方閃爍發亮的地平線，一看再看。接下來短短的路程中，他斷斷續續好幾次提到這件事很奇怪。直到我們坐在桌前，爐火與蠟燭的燈光照得我們既溫暖又開心時，他似乎才忘記這件事。

利特瑪也來了，像平常一樣地影響著我。我告訴他，希望史帝福斯夫人跟達朵小姐安好，他恭敬地（也當然得體地）回答她們都還可以。他謝謝我，並轉達她們的問候。雖然他只說了這樣，但我覺得他似乎一清二楚地說了：「你很年輕，先生，你太稚嫩了。」

我們快吃完晚餐時，他從剛剛一直看著我們（我覺得是在看我）的角落往桌子走了一、兩步，跟他的少爺說：「抱歉打擾，少爺，莫切小姐也下來了。」

「誰？」史帝福斯訝異地驚呼道。

「莫切小姐，少爺。」

「怎麼會，**她**來這裡做什麼？」史帝福斯問。

「她老家似乎在這裡，少爺。她說每年都會來這裡辦點公事，少爺。我今天下午在街上遇到她，她想知道是否有榮幸在晚餐後替您服務，少爺。」

「你知道我們所說的這位女巨人嗎，雛菊？」史帝福斯問道。

我得坦承——我深感羞愧，即使是在利特瑪面前居於劣勢——我完全不認識莫切小姐。

「那你該認識認識她，」史帝福斯說，「因為她可是世界七大奇觀之一啊。莫切小姐到的時候請她進來。」

我對這位小姐感到十分好奇也很期待，特別是我提到她時，史帝福斯爆出一陣大笑，而且完全拒絕回答關於她的任何問題。因此，我就這樣一直處於迫切的期待之中，直到餐桌收拾好後的半小時，我們坐在壁爐前喝酒，這時門打開了，利特瑪以平常泰然自若的態度宣布道：「莫切小姐駕到！」

我往門口看，什麼人影都沒看見。

但我還是看著門口，心想這位莫切小姐出場還花真多時間。突然，我大吃一驚，因為在我眼前搖搖擺擺地晃到我和沙發之間的，是一位氣喘吁吁的侏儒，年紀在四十到四十五歲左右，頭很大，臉也很大，有雙頑皮的灰眼，手臂很短小，她想以手指觸碰塌鼻子，對史帝福斯拋媚眼時，還得半路上就用鼻子去碰手指。

她的下巴（也就是所謂的雙下巴）肥到把帽子的帶子、打結等等全都吞掉了。喉嚨，她沒有；腰線，她沒有；小腿，她沒有值得一提的地方。她從頭到腰際處（要是她有腰身可言的話）都超過常人尺寸，不過像普通人般踏地的一雙腳實在太過短小，以至於她只能將普通尺寸的椅子當桌子，把手提包放在座位上。這位女士穿著輕便，不拘禮節。她好不容易將鼻子和食指碰在一起，像我方才描述的那樣；她站著的時候，頭不得不歪向一邊，目光銳利的眼睛閉起一隻，擺出無所不知的樣子，對史帝福斯拋了幾次媚眼後，滔滔不絕地說起話來。

「什麼！我的小花花！」她開心地說道，對史帝福斯搖著她的巨頭。「你來到這裡了，是吧！噢，你這個搗蛋鬼，呸，不要臉，你離家這麼遠，跑到這裡幹嘛？來搗蛋的吧，一定是這樣。噢，你真是個投機取巧的傢伙，史帝福斯，你是你是，但我自己也是，對吧？哈！哈！哈！你肯定敢拿一百英鎊對五英鎊，賭不會在這裡見到我，是吧？哎呀，天哪，我無所不在。我一下去這，一下到那，四處跑，就像魔術師從女士的手帕裡變出半克朗一樣。講到手帕，**還有**講到女士，令堂真是有福氣呀，能有你這種兒子很欣慰吧，我親愛的孩子，至於我說的是褒還是貶，才不告訴你！」

說這段話的時候，莫切小姐解開帽帶，將綁線收到後面，坐在壁爐前的一個腳凳上喘氣——餐桌的桃心木桌面橫在她頭上，宛如某種遮棚。

「啊呦喂呀！」她繼續說，一隻手往兩邊小膝蓋各拍了一下，很精明地盯著我看，「我太胖啦，那是事實，史帝福斯。爬一層樓梯，喘口氣，都像提一桶水那樣難。要是你從樓上的窗戶看到我，會覺得我是個漂亮的女人，是吧？」

「我只要看到妳，都是這樣覺得。」史帝福斯答道。

「少來啦，你這狗東西，去！」小矮人喊道，用正在擦臉的手帕向史帝福斯揮了一下，「你少厚臉皮了！但我敢跟你保證，我上個禮拜在米瑟夫人家——**她**才是女人該有的樣子！看**她**那身穿著打扮！——我在房間裡等她，然後米瑟先生走進來——**他**才是男人該有的樣子！看**他**那身穿著打扮！還有他的假髮，都戴了十年——他也猛讚美我，我都想要搖鈴叫人了。哈！哈！哈！他是個很討喜的壞蛋，不過他缺乏道德原則。」

「妳替米瑟夫人做什麼？」史帝福斯問道。

「說了就洩密啦，我的小寶貝，」她回答，又輕拍了鼻子，臉龐扭曲，像個聰明非凡的小淘氣眨著眼。「你就別管那麼多啦！你想知道我到底是幫她阻止掉髮，還是染髮，還是幫她修容，還是弄了眉毛，是吧？你會知道的，親愛的——等我告訴你的時候才會知道！你知道我曾祖父姓什麼嗎？」

「不知道。」史帝福斯說道。

「是沃克，我的小親親，」莫切小姐回答，「傳到他已經好幾代了，我也因此繼承了唬克・沃克[53]的所有本事。」

我從沒見過比莫切小姐的眨眼方式更令人詫異的東西，除了她泰然自若的神情。她聆聽別人說話，或是等待別人回話時的方式，也是很奇特，總是狡猾地歪著頭，一隻眼睛像喜鵲一樣往上看。總之我看得都愣住了，坐在那裡盯著她看，恐怕把禮貌規矩都忘得一乾二淨。

這時候，她拉了張椅子到身旁，忙著從袋子裡翻找東西（每次都得將短手臂連肩膀整個潛入袋中），拿出一些小瓶罐、海綿、梳子、刷子、一點絨布、幾對小鐵捲以及其他用具，然後在椅子上疊成一堆。翻著翻著，她突然停下來問史帝福斯（害我驚慌失措）：「你朋友是誰？」

「他是考柏菲爾德先生，」史帝福斯說道。「他想認識妳。」

「是嘛，那就讓他認識啊！我看他的樣子就知道他想認識我。」莫切小姐回應道，搖搖擺擺地走向我，手上提著袋子，邊走邊對我笑，「臉蛋跟蜜桃一樣呢！」我坐著時，她踮腳捏了我的臉頰。「好誘人啊！我超喜歡蜜桃。很高興認識你，考柏菲爾德先生，真的。」

我說我也很榮幸認識她，跟她一樣高興。

53. 唬克・沃克（Hookey Walker）為俚語，胡說八道之意。

「噢，我的天哪，我們兩個可真有禮貌！」莫切小姐驚呼道，荒謬地試圖用她的小手遮住大臉。「不過這還真是個充滿胡說八道的世界，不是嗎？」

這是只對我們兩個說的私話，她將小手從臉上移開，又整個手臂連肩膀一起潛入袋子裡。

「妳是什麼意思，莫切小姐？」史帝福斯說道。

「哈！哈！哈！我們可真是一對讓人耳目一新的騙子，沒錯。你說不是嗎，我的寶貝孩子？」那個小女人回道，一邊翻著袋子，眼睛往上看。「你們看！」她拿出一樣東西。「這是俄羅斯公爵的指甲屑。我都叫他字母七顛八倒王子，因為他把所有字母都亂七八糟塞進他的名字裡了。」

「俄羅斯公爵是妳的客戶嗎？」史帝福斯說道。

「你說對了，小乖乖，」莫切小姐回應道。「我幫他修整指甲。一週兩次！手指甲和腳趾甲。」

「他出手應該很闊吧？」史帝福斯說道。

「我親愛的孩子，他出手就像從鼻子裡哼出來的——大方得很，」莫切小姐回答。「王子不像你們都把鬍子剃光，你看到他的鬍子就知道。紅色是天生，黑色是手藝。」

「當然，是妳的手藝吧。」史帝福斯說。

莫切小姐眨眼表示同意。「他非找我不可，沒辦法。氣候會影響染色，在俄羅斯的效果很好，但來到這裡就不行了。你這輩子可從來沒看過像他那樣褪色的王子，跟鏽鐵一樣！」

「所以妳剛剛才會說他是騙子嗎？」史帝福斯問道。

「噢，你真是機靈聰明，是吧？」莫切小姐猛搖頭。「我只是說啊，概括地說我們是一對騙子，然後給你看王子的指甲屑以示證明而已。王子的指甲屑在上流人家可是有用得很，我再多才華加起來都不及它有用。我走到哪都會帶著，它們是最棒的背書。要是莫切小姐替公爵修過指甲，那找她肯定沒問題。我還把它們分給一些年輕小姐，我相信她們還收到珍藏冊裡呢。哈！哈！哈！我敢說，『這整個社會制度』（就如議會那些人高談闊論時的模樣）就是公爵的指甲制度！」這個矮小的女人說，試著將短小的手臂交疊在胸前，點著大頭。

史帝福斯開懷大笑，我也笑了。莫切小姐則繼續搖頭（基本上只往某一側搖），一隻眼往上看，眨著另一隻眼。

「好啦，好啦！」她重重打了兩邊膝蓋後站起來。「這件事無關緊要。來吧，史帝福斯，我們來探索一下極地，趕快把事情解決。」

接著，她選了兩、三樣小器具和一個小瓶子，問說桌子受不受得了（我聽了很吃驚）。史帝福斯回答沒問題後，她拉了張椅子過去，請我扶她一把，把桌子當成舞台一樣，很俐落地爬了上去。

「要是你們有人看到我的腳踝[54]，」她安全站上桌後說，「那就直說，我會回家了結自己！」

「**我**沒看到。」史帝福斯說。

「**我**也是。」我說。

「那好，」莫切小姐喊道，「我就答應繼續活下去啦。現在，小鴨、小鴨、小鴨，來龐德太太這裡被宰來吃[55]。」

這句話是要史帝福斯移駕到她那裡，因此他背靠桌子坐定位，笑著看我，將頭交給莫切小姐檢查，顯然純粹是要娛樂我們大家。

54. 當時女子露出腳踝會被視為粗俗、沒教養。
55. 出自英國兒歌〈晚餐吃什麼呢，龐德小姐？〉

莫切小姐站在他後方，從口袋取出放大鏡檢視他濃密的棕髮，我在旁邊看到這一幕，覺得實在是奇觀。

「**你**真是帥啊！」莫切小姐簡單檢查了一下，說道：「要不是我，你肯定十二個月後就像化緣修士一樣禿個精光啦。只要半分鐘，我的年輕朋友，我來幫你美個髮，保證你未來十年頭髮還是捲得很！」

說完，她倒了一些小瓶子裡的東西到一小塊法蘭絨巾上，接著把那樣好物再抹了點到小刷子上，開始一手狂抹、一手猛刷史帝福斯的頭頂，並且一邊說話，忙碌程度是我前所未見。

「還有公爵的兒子查理．派葛雷夫，」她說。「你認識查理嗎？」她將頭湊到史帝福斯面前問。

「不太熟。」史帝福斯說。

「**他**真是不得了！**他那**鬍鬚才像話！至於查理的腳啊，要是有一雙的話（可惜沒有），那可是無人能敵。你相信嗎？他竟然不要我服務了——他還是近衛騎兵團的呢！」

「他瘋了吧！」史帝福斯說。

「看起來是這樣沒錯。不過啊，不管他瘋了還是沒瘋，他試著找別人幫他，」莫切小姐說道。「他做了什麼你知道嗎？他竟然跑去香水店，說要買馬達加斯加水。」

「查理這麼做了？」史帝福斯說。

「查理這麼做了。但他們連一瓶馬達加斯加水都沒有。」

「那是什麼？喝的東西嗎？」史帝福斯問道。

「喝的？」莫切小姐回答，輕拍了他的臉頰。「他要拿去抹鬍子，**你知道吧**。但店裡的女人——年紀很大了——長得很醜——根本沒聽過這種東西。醜女跟查理說：『不好意思，先生，您指的——不

初識莫切小姐

會是——不會是——不會是胭脂吧？』查理對醜女說：『胭脂？妳竟然敢對上流人士說這種話，妳覺得我要拿胭脂來幹嘛？』醜女說：『無意冒犯，先生，因為很多人來問，都用不一樣的詞稱呼，所以我以為您是指這個。』這個呢，我的孩子，」莫切小姐說道，這段時間還是繼續猛揉著史帝福斯的頭，「就是我剛才說耳目一新騙子的另一個例子。這方面啊，我自己也是這樣——或許經常這樣做，或許偶爾而已——重點是要精明就是了，我親愛的孩子，其他不重要！」

「你說的是哪方面？胭脂那方面嗎？」史帝福斯說。

「就是把這個和那個加在一起啊，我這位不懂事的學生，」莫切謹慎地說道，碰了碰鼻子，「這就是各行各業所謂的祕方啦，調出來的東西總能給客人最想要的效果就對了。我說我自己這方面也偶爾會這麼做，有位寡婦稱它為唇膏，另一個稱它是手套，另一個說是蕾絲領邊，另一個說是扇子。反正**她們**怎麼稱呼，我就跟著叫。我替她們準備東西，我們就這樣彼此耍這種把戲，臉上一副煞有其事的樣子，私底下在我面前急著打扮，後來更急著登大雅之堂。那我就還是繼續替她們服務，有時候會跟我說——**塗那個**——塗厚一點，沒錯——『看起來如何，莫切？我白嗎？』哈！哈！哈！哈！這不是叫人耳目一新嗎，我的年輕朋友！」

我這輩子從沒有見過這番奇景：莫切站在餐桌上忙得樂不可支，一邊猛抹史帝福斯的頭，一邊對著我眨眼。

「啊！」她喊道。「可是這一帶沒什麼人有這種需求。所以我得離開啦！話說我到這裡之後，連個美女都沒看到呢，小詹。」

「沒有嗎？」史帝福斯說。

「連個鬼影都沒有。」莫切小姐回答。

「我想，我們可以讓她看個真正的美女，」史帝福斯望向我，對我說道。「是吧，雛菊？」

「沒錯。」我說。

「是嗎？」小矮子喊道，精明地看著我，再瞥向史帝福斯。「嗯？」她的第一聲驚呼聽起來是問我們兩人的，第二聲則像只問史帝福斯一個人。兩個問題，她似乎都沒有得到答案，所以繼續顧著揉，側著頭將一隻眼往上看，彷彿在空中找尋答案，並且也確定謎底很快就會揭曉。

「是你的姊妹嗎，考柏菲爾德先生？」她停了一會兒後大聲問道，還是維持剛剛的動作。「是嗎，是嗎？」

「不是，」在我開口前，史帝福斯先回答。「不是那樣的，恰好相反，考柏菲爾德先生曾經非常喜歡她——不然就是我大錯特錯了。」

「唉呀，他現在不喜歡了嗎？」莫切小姐回應道。「是他花心嗎？噢，真是丟臉！他是不是見一個愛一個，一個鐘頭換一個，直到波莉回報他的愛啊？——她叫做波莉嗎？」

這小精靈突然間丟給我這個問題，一副尋根究底的樣子，弄得我一時驚慌失措。

「不是的，莫切小姐，」我回答。「她的名字是艾蜜莉。」

「是嗎？」她跟之前一樣大聲。「嗯？我真是太多嘴啦！考柏菲爾德先生，我太油嘴滑舌了，是不是？」

關於這個話題，她的語調和眼神隱含著讓我不太開心的意思，所以我收起之前大家嘻嘻哈哈的態度，嚴肅地說：「她不只人美，品德也高尚。她已經和一位跟她門當戶對，配得上她的人訂婚。我敬佩她的美德，如同我仰慕她的美貌。」

「說得好！」史帝福斯大聲說道。「說得實在太好了！現在就容我來澆熄我們小法蒂瑪[56]的好奇心吧，我親愛的雛菊，讓她用不著繼續猜想。莫切小姐，她正在鎮上一家歐瑪與裘倫男裝裁縫、女帽製造商之類的店裡當學徒，或者說實習，反正不管怎麼說。妳聽清楚沒？歐瑪與裘倫。如我這位朋友剛才所說，她跟她的表哥訂婚了。她表哥，名：漢姆，姓：佩格蒂，職業：造船人，也是當地人。她跟一個親戚住，名：未知，姓：佩格蒂，職業：船夫，也是當地人。她是全世界最漂亮、最動人的小仙女了。我十分仰慕她——就跟我朋友一樣。要不是這樣，那我可是會詆毀她未婚夫的，但我知道我朋友會不高興。我只想補充，在我看來，她嫁給他太可惜了，我很確定她配得上更好的人，我也發誓，她天生就是當淑女貴婦的命。」

史帝福斯說得很慢，句句一清二楚，莫切小姐聽的時候還是一樣側頭，眼睛往上看，似乎仍在找尋那個答案。史帝福斯一說完，她立刻又活躍了起來，說話連珠帶砲的樣子令人吃驚。

「噢！事情全部就這樣了，是嗎？」她大聲說，一邊忙碌地用小剪刀修整史帝福斯的鬍子，在他頭部周圍揮來揮去。「很好，很好！很長的一個故事啊。應該用『從此以後，他們過著幸福快樂的日子』作結才對，不是嗎？啊！那個懲罰遊戲是怎麼玩的？我愛字首有E的愛人，因為她很迷人（enticing）；我恨她的E，因為她訂婚了（engaged）；我帶她到精緻（exquisite）的高級旅店約會，帶她私奔（elopement），她就叫做艾蜜莉（Emily），而且住東邊（east）？哈！哈！哈！考柏菲爾德先生，我是不是很油嘴滑舌啊？」

她只是極度詭祕地看著我，不等我回答就繼續往下說，連氣都沒喘一口。

「好啦！要是有哪個無賴能被我修整到完美，那就只有你了，史帝福斯。而要是我懂世界上哪個人在想什麼，那也就是你了。你聽到我說的沒，親愛的？我知道你在想什麼，」她往下瞥著他的臉，

「現在你可以去拈花惹草了，花花公子（如我們在宮廷所說）。麻煩考柏菲爾德先生過來這裡坐，讓我大展身手。」

「你意下如何，雛菊？」史帝福斯笑著問道，讓出座位。「想加強一下嗎？」

「謝謝妳，莫切小姐，今晚先算了吧。」

「別拒絕我，」矮女人用一副鑑賞家的樣子看著我說，「或許加點眉毛？」

「謝謝，」我回答，「改天吧。」

「眉毛往太陽穴加個四分之一吋吧，」莫切小姐說，「只要兩個星期就弄得好。」

「不用，謝謝，目前不需要。」

「跟一下流行？」她追問。「不要嗎？那就把兩撇鬍子弄出上翹的形狀來好了，過來！」

我拒絕時忍不住臉紅，因感覺自己這下子被戳到痛處了。但莫切小姐發現，我目前不需要她五花八門的手藝，她將小瓶子拿到一隻眼睛前，作勢說服我，我還是無動於衷，就說近期再找時間吧，並請我扶她下來。我照做了，她靈活地一躍而下，開始將雙下巴收進帽帶裡。

「費用是……」史帝福斯說。

「一克朗，」莫切小姐回答，「超便宜的，我的寶貝。我是不是很油腔滑調啊，考柏菲爾德先生？」

我認真地回答：「一點也不會。」不過當她把兩個半克朗硬幣像賣餡餅的小矮人一樣往上拋，接

56. 法蒂瑪（Fatima），法國童話故事〈藍鬍子〉中的人物，是主角藍鬍子（Bluebeard）的第七個妻子，差點因好奇心重而喪命。史蒂福斯似乎在暗喻莫切小姐如異教徒般不相信艾蜜莉的美貌與美德。

起來放到口袋中，再大聲一拍的時候，我覺得她的確是有點輕浮。

「這是我的錢箱，」莫切小姐又站到椅子上，把從袋中拿出那些五花八門的小東西一一放回。「我的工具都收齊了嗎？好像都收好了。可不能像高個子的奈德·畢德伍德那樣，被帶進教堂「跟某人結婚」時（他自己說的），竟然把新娘丟在後頭。哈！哈！哈！奈德真是個大壞蛋，不過也真夠好笑的！好啦，我知道你們肯定心碎不已，但我得向你們告辭啦。你們一定要堅強，咬牙忍痛！再見，考柏菲爾德先生！你自己保重，諾福克的約翰[57]！我怎麼這麼愛扯啊！這全都是你們兩個小壞蛋的錯，我原諒你們！『綳縮！』[58]——每個剛學法文的英國人說『晚安』就像這樣，他們還覺得很像英文哩。『綳縮，』我的小鴨鴨！」

她將提袋勾在手臂上，喋喋不休，搖搖擺擺地走了。走到門口時，她停下腳步問我們要不要她的一綹頭髮。「我是不是很油腔滑調啊？」她補了這句話，當作是這項提議的評論，然後用手指碰了鼻子，就離開了。

史帝福斯笑得人仰馬翻，逗得我也忍不住笑了。如果不是因為這樣，我還真不知道該不該笑。我們開懷大笑了好一陣子之後，他告訴我莫切小姐人脈很廣，門路很多，很多事找她都可以解決。他說，有些人只會把她當成怪胎戲弄，但她可是比他認識的所有人都要機靈，著實短小精悍。他還說，莫切小姐剛才說她一下去這、一下到那，四處跑，確實是真的。她也會跑到鄉間，似乎到處都找得到客戶，人人都認識。

我問史帝福斯她的為人如何，總是調皮搗蛋，還是整體而言還算有正義感？但我試了兩、三次，想把他的注意力轉到這些問題上，卻沒有成功，後來我就沒再提，或許是忘記提了。不過他反倒連珠砲似的把她的才能跟收入都告訴我，還說莫切小姐會用科學的方式放血，要是我有那方面的需求，可以找她。

整個晚上，我們主要都在談論莫切小姐。晚上道別後，我下樓時，史帝福斯還在欄杆上叫住我說：「繃緒！」

回到巴基斯先生的家時，我看到漢姆在門前來來回回走動，覺得很驚訝。讓我更訝異的是，他告訴我小艾蜜莉在裡頭。我自然接著問他為什麼沒有進去，反而自己在街上徘徊呢？

「唉呀，是這樣的，戴維少爺，」他猶豫地回答，「艾蜜莉……她正在裡面跟一個人說話。」

「我以為，」我笑著說，「就是這樣你才該進去裡頭呀，漢姆。」

「嗯，戴維少爺，一般來說是這樣沒錯，」他回答，「但裡面啊，戴維少爺，」他壓低聲音，很嚴肅地說，「有個年輕女孩子，先生——艾蜜莉以前認識，但現在不應該再往來的年輕女孩子。」

聽完這番話，我腦中浮現幾小時前尾隨他們的身影。

「她是個可憐蟲，戴維少爺，」漢姆說，「被全鎮的人唾棄，街頭巷尾都是，教堂墓園也容不下她那種人。」

「我們傍晚在沙灘相遇時，我看到的是不是就是她？」

「跟著我們？」漢姆說。「應該是，戴維少爺。但我當時並沒有注意到她，先生，是後來她看到燈亮，才偷跑到艾蜜莉的小窗戶下面低聲說：『艾蜜莉、艾蜜莉，看在老天的分上，用女人的心腸來對

57. 引用自莎劇《理查三世》第五幕第三場。諾福克的約翰指的是英王理查三世的忠臣約翰．霍爾德（John Howard，一四二五～一四八五），第一任諾福克公爵。

58. 法文的晚安bonsoir，但莫切小姐發音不正確。

待我吧。我以前也跟妳一樣啊！』這些話聽起來很嚴重，戴維少爺。」

「的確是，漢姆。那艾蜜莉怎麼辦？」

「艾蜜莉說：『瑪莎，是妳嗎？噢，瑪莎，會是妳嗎？』因為她們兩個以前一起在歐瑪先生那裡工作過滿久的。」

「我想起她了！」我大聲說道，想起第一次到那裡時，兩個女孩的其中一個就是她。「我記得很清楚！」

「瑪莎・恩戴爾，」漢姆說。「她大艾蜜莉兩、三歲，不過跟她念同一間學校。」

「我沒聽過她的名字，」我說。「我無意打斷你。」

「這件事啊，戴維少爺，」漢姆回應，「全部就這些話了。『艾蜜莉、艾蜜莉，看在老天的分上，用女人的心腸來對待我吧。我以前也跟妳一樣啊！』她有事跟艾蜜莉說，但艾蜜莉不能在那裡跟她說，因為她親愛的舅舅就快回家了，他是不會……不，戴維少爺，」漢姆很激動地說，「雖然他為人善良，心腸很軟，但他絕對不准她們兩個肩並肩在一起，就算把沉在海底的寶藏都給他也不要。」

我知道這句話有多真實，當場就跟漢姆一樣明白了。

「所以艾蜜莉用鉛筆寫了字條，」他繼續說，「遞到窗外給她，要她到這裡來。她說：『把這張紙交給我阿姨巴基斯太太。她會為了我，讓妳坐到她家的壁爐邊，等到舅舅出去，我就過去。』接著，她就把我剛才告訴你的話跟我說，戴維少爺，請我帶她過來。我能怎麼辦？她不應該跟這種人來往，但她都哭成那樣了，我完全無法拒絕她。」

他將手伸到胸前的口袋，小心翼翼地拿出一個漂亮的小錢包。

「就算看她哭，我能狠心拒絕她，戴維少爺，」漢姆溫柔地將錢包放在他粗糙的手掌上，「她給我這個，要我保管——我也知道她為什麼要帶著——我又怎麼能拒絕她？就這麼一點小錢包啊！」漢姆若有所思地看著錢包說。「裡面只有一點錢啊，艾蜜莉，我親愛的。」

他將錢包收好後，我熱切地跟他握手，因為這樣做，比說任何話更能表達我的心情。我們來回走了一、兩分鐘，不發一語。接著門打開了，佩格蒂走了出來，請漢姆進去。我原來想待在外頭，但她過來請我也一起進去。就算是這樣，我原本也會避開他們待的房間，但他們就在我之前提過不只一次的鋪磚廚房，而大門一打開就是那裡，因此在我還沒想好要不要進去前，就已經跟他們在一起了。

那個女孩——跟我在沙灘看到的是同一人——靠近壁爐，坐在地板上，頭和一隻手放在椅子上。從她的姿勢看起來，我猜想是艾蜜莉剛從椅子上站起來，悲慘的她原本應該是趴在艾蜜莉腿上的。我看不太清楚女孩的臉，她披頭散髮，好像是自己弄亂的，不過看得出來她很年輕，肌膚白皙。佩格蒂剛哭過，小艾蜜莉也是。我們進門後就完全沒人說話，在一陣沉默中，碗櫃旁的木鐘滴答聲似乎是平常的兩倍響。艾蜜莉先說話了。

「瑪莎想要，」她跟漢姆說，「去倫敦。」

「幹嘛去倫敦？」漢姆回道。

他站在瑪莎與艾蜜莉中間，心情複雜地看著伏倒在地的女子，既同情，又嫉妒她和心上人如此要好，這一幕至今還深印在我腦海裡。他跟艾蜜莉壓低音量說話，彷彿瑪莎生病了似的，雖然輕聲細語，卻字字清晰。

「總比待在這裡好，」第三個聲音說道——是瑪莎的聲音，不過並沒有移動。「那裡沒人認識我，在這裡大家都認識我。」

「那她要去那裡幹嘛？」漢姆問道。

▎瑪莎

她抬起頭，陰鬱地回過頭看漢姆一下，又趴了下去，右臂環著脖子，好像發燒的女子，或是中槍後痛苦不已那樣扭動身子。

「她會努力生活的，」小艾蜜莉說，「你不知道她剛才跟我們說了什麼。他知道嗎——他們知道嗎——阿姨？」

佩格蒂同情地搖搖頭。

「我會努力，」瑪莎說，「只要你們能幫我離開這裡就好。再壞的情況都不會比現在更慘了。我一定會更好的。噢！」她劇烈顫抖著，「別讓我留在這就好，這裡的每個人從小就看我長大的！」

艾蜜莉將手伸向漢姆，我看到漢姆將一個小帆布包放到她手中。她以為是她自己的錢包，拿過去之後走了一、兩步，發現弄錯了，又走回來站在我身旁的漢姆面前，把布包拿給他看。

「這都是妳的，艾蜜莉，」我聽到他小聲說。「我在這世界上的東西沒有一樣不是妳的，親愛的。如果錢不是為了給妳用，那賺再多，我也不快樂。」

艾蜜莉湧出淚水，她立刻轉身走向瑪莎。我不知道她給了瑪莎什麼，只看到她彎下腰，將錢放進她的懷裡，低聲跟她說了些話，問她這些錢夠不夠。「綽綽有餘了，」女子答道，並捧起艾蜜莉的手親吻。

接著瑪莎起身，圍起披肩並遮住臉，哭著慢慢走到門口。她踏出去前停了一會兒，彷彿想說什麼或轉過身來。不過，她一個字都沒有說出口，跟剛剛一樣裹著披肩，低聲發出悲慘痛苦的呻吟，走了出去。

門關上後，小艾蜜莉慌忙地看著我們三個人，雙手摀住臉，啜泣起來。

「別哭，艾蜜莉！」漢姆輕拍她的肩膀說。「別哭，我親愛的！妳不需要哭成這樣，乖！」

「噢，漢姆！」她叫道，還是可憐地哭著。「我應該當個好姑娘，但我沒有！我知道有時候我該感恩，卻沒有做到！」

「有，妳有的，我都知道。」漢姆說。

「沒有！沒有！沒有！」艾蜜莉搖著頭哭喊道。「我應該當個好姑娘，但我沒有，而且還差得遠！差得遠呢！」她還是哭個不停，好像心都要碎了。「我太常考驗你對我的愛了，我知道我是這樣的！」她抽噎道。「我經常對你發脾氣，對你三心二意，我很不應該。你從來不會這樣對我，那為什麼我老是這樣對你呢？我應該滿心感激，讓你快樂才對啊！」

「妳一直都讓我很快樂，」漢姆說，「親愛的！我只要看到妳就很高興了。只要想著妳，我就會開心一整天。」

「啊！還不夠啊！」她喊道。「那都是你人太好，不是因為我好！噢，親愛的，要是你喜歡的是別人——比我更穩重、更配得上你，對你全心全意，不像我這樣虛榮善變的人——你會更幸福的！」

「軟心腸的小可憐兒，」漢姆低聲說，「是瑪莎讓她整個太心煩了。」

「拜託，阿姨，」艾蜜莉哽咽，「麻煩妳過來，讓我靠著妳。噢，我今晚實在太難過了，阿姨！噢，我應該當個好女孩的，但我知道我不是！」

佩格蒂跑到壁爐邊的椅子上坐下，艾蜜莉雙手摟著她的脖子，跪在她身旁，殷切地抬頭看著她。

「噢，拜託妳，阿姨，幫幫我！漢姆，親愛的，幫幫我！大衛先生，拜託你看在昔日的分上，幫幫我！我想要當個更好的女孩。我想要比現在多一百倍地心懷感恩。我想要更明白當一個好人的妻子、過平靜的日子是多幸福的事。噢，天啊，天哪！我的天哪！我的天哪！」

她將臉埋入我的老保母懷中，漸漸才不再半女人半孩子樣痛苦悲哀地懇求（她一直都是這樣，我心想，像她這麼美麗的女孩，這個舉動可比其他行為舉止都更適合她），而只是靜靜地哭泣。我的老保母則像哄嬰兒般地哄她。

她逐漸平靜下來，這時我們也一起安慰她，一下鼓勵她，一下開點小玩笑，直到她抬起頭來跟我們說話。

我們繼續逗她，直到她露出微笑，接著笑出聲來，半害羞地坐了起來。佩格蒂幫她整理散亂的鬈髮，擦乾她的眼淚，弄得乾乾淨淨，以免她回家後，讓舅舅發現他的心肝寶貝怎麼哭過了。

那天晚上，她做了一件我從沒看她做過的事。我看到她天真地親吻了她未婚夫的臉頰，緊緊依偎在他強壯的臂膀下，彷彿那是她最好的依靠。在晦暗月色下，我看著他們倆離去的身影，在心裡與瑪莎的離開做了比較，我看到艾蜜莉雙手勾著漢姆的手臂，依然緊挨著他。

第23章 證實迪克先生所言，並選定職業

隔天早上醒來，我想了很多小艾蜜莉的事，還有瑪莎走後她激動的樣子。我覺得他們對我是如此的信任，讓我得知這些傷心難受的家務事，如果我講出去，就算是告訴史帝福斯，也是愧對他們的行為。我對這位美人兒——我的兒時玩伴——心腸最軟了，我相信自己一直都是真摯地愛著她，以前是，以後也是，直至我死去那天。要是我將昨晚她忍不住向我們坦露的心事轉述給別人聽，就算是告訴史帝福斯，都是很卑鄙的行為，不止辜負我自己，也汙衊了我們倆純真童年時，我老是在她頭上看到的那圈光芒。因此，我決定將這件事深埋在心裡，讓她的形象增添新的光輝。

我們在吃早餐時，我收到姨婆寄來的信。我覺得史帝福斯跟其他人一樣，可以就信中的內容給我一點意見，也知道自己會很樂意得知他的想法，但因為當時還有很多事要做，要跟每位朋友一一道別，便打算把這件事當成返家途中討論的話題。

巴基斯先生跟大家一樣，都很捨不得我們離開。我相信如果能讓我們在雅茅斯多留四十八小時，他會願意再將箱子打開一次，多犧牲個一基尼。佩格蒂一家也都十分難過我們就要離開了。歐瑪和裘倫整家子的人都出來向我們道別。有好多水手都來歡送史帝福斯，自願幫忙搬行李到車站，就算我們有一卡車的行李，也用不著請搬運工了。總之，我們帶著所有人的遺憾與愛慕離去，留下一堆人在身後難過。

「你會在這裡待很久嗎，利特瑪？」他在等馬車出發時，我問道。

「不會的，先生，」他回答。「應該不會很久，先生。」

「現在還很難說，」史帝福斯隨口說道。「他知道該做什麼，也會把事情辦好。」

「我相信他一定會的。」我說道。

利特瑪用手碰了一下帽子，以答謝我對他的讚賞，我又覺得自己好像變回八歲小孩。他又再碰了一次帽子，這次是要祝我們旅途愉快。我們出發後，留下他一人站在人行道上，就跟埃及金字塔一樣神祕體面。

有一陣子，我們兩個都沒有說話，史帝福斯異常安靜，我則一直在想下次什麼時候會再回來老地方，到時候我會有什麼改變，而其他人又會有哪裡不同。後來，史帝福斯突然變得開心健談，一如往常只要想做什麼就可以隨時做到，拉著我的手說：「說話呀，大衛。你早餐時提到的那封信是怎麼回事？」

「噢！」我從口袋裡拿出信說。「是我姨婆寄來的。」

「她說了什麼事要讓你考慮嗎？」

「哎呀，她只是在提醒我而已，史帝福斯，」我說，「我這次出遊應該是要四處看看，好好思考一下。」

「那你有照做吧？」

「說實在還真的沒有。老實說，我恐怕把這件事忘得一乾二淨了。」

「啊！那你現在四處看看啊，彌補一下之前的疏忽。」史帝福斯說。「往右看，你會看到一片平坦的田野，還有許多沼澤。往左看，是一樣的東西。往前看，也沒什麼差別。往後看，還是平得沒兩樣。」

我笑了出來，說在這整個情景中，我看不到有什麼適合我的職業，大概跟平坦的地勢有關吧。

「那你姨婆怎麼說？」史帝福斯看了一下我手中的信問道。「她有什麼建議嗎？」

「喔，有的，」我說。「她在信裡問我要不要考慮當代訴人。你覺得呢？」

「這個啊，我不知道，」史帝福斯冷冷地回應道。「你做這個跟做其他的沒什麼兩樣吧？」

我又忍不住笑了出來，因為他覺得所有職業都是一樣的，我也這樣告訴他。

「代訴人到底是什麼啊，史帝福斯？」我問道。

「喔，就是跟僧侶差不多的一種律師，」史帝福斯回答。「他們負責處理民法律師公會裡不太重要的訴訟案件——公會就在聖保羅大教堂墓園附近一個荒涼老舊的角落——就像訴訟律師處理普通法院以及衡平法院的案件。這樣的律師照理說在兩百年前就該自然淘汰了。我跟你說民法律師公會是什麼吧，這樣比較好解釋。這種地方很偏僻，專門處理所謂的教會法案件，跟國會那些老妖怪玩各種把戲，這些事情全世界有四分之三的人不曉得，而剩下的四分之一，大概都覺得它們是愛德華時代挖出來的老化石。那裡從古至今都是專門處理遺產、婚姻案件，還有大船小船的糾紛等等。」

「你在開玩笑吧，史帝福斯！」我驚呼道。「你應該不是說航海案件跟宗教案件有所關聯吧？」

「我的確是沒有這個意思，親愛的朋友，」他回答。「我的意思是，在民法律師公會裡，都是由同樣的一批人來處理案件、作出判決。你如果哪天去參觀，就會看到他們把一堆楊氏字典中的航海詞彙亂扯一通，而那天剛好在處理南西號撞上莎拉珍號，或是佩格蒂先生以及雅茅斯船夫帶著船錨和纜繩，乘風破浪營救遇險的印度船尼爾森號。隔天去，可能又會看到他們提出正反兩方的詳細證據，尊尊敬敬地審理一位品行不良的神職人員，然後你會發現之前審理航海案件的法官，這回變成辯護律師，之前的辯護律師，這下變成法官了。他們就像演員：一下是法官，一下不是法官；現在是這個，下次是那個，變來變去。不過這一直都很有趣、滿有利可圖的小小私人劇場，只演給特別挑選的特定觀眾看。」

「但辯護律師跟代訴人不是一樣的嗎？」我有點疑惑地說，「是嗎？」

「不，」史帝福斯答道。「辯護律師是平民，在大學取得博士學位的普通人——這也是我會這麼清楚的原因。代訴人聘雇辯護律師。兩者都拿不錯的酬勞，共組一個溫馨舒適的小團體。總而言之，我建議你就欣然接受律師公會的提議，大衛。我跟你說啊，他們那裡的人都覺得自己出身高貴，自豪得很，如果這也值得心滿意足的話。」

我看史帝福斯對這話題看得如此輕鬆，還提到「聖保羅大教堂墓園附近一個荒涼老舊的角落」，讓我聯想到莊嚴古老的氣息，對於姨婆的建議，便不怎麼反對了，況且她也讓我自己全權決定，並毫不遲疑地告訴我說，她之所以有這項建議，只是因為去了趟律師公會找她的代訴人，在遺囑中把我立為繼承人。

「不管怎麼說，我們的姨婆這種做法真是太值得佩服了，」我提到遺囑的事時，史帝福斯說道。「我完全贊同。雛菊，我建議你欣然接受這項建議。」

我已經決定要這麼做了，因此跟史帝福斯說姨婆已經到倫敦等我（她在信裡寫的）。她在林肯律師學院廣場一家旅館租了一星期的房間，那旅館有石頭砌成的樓梯，屋頂上有逃生門，因為姨婆深信倫敦的每一棟房子每天晚上都可能失火，燒成灰燼。

接下來的旅途也很愉快，我們偶爾會再回到律師公會的話題。我很期待不久的將來也能成為那裡的代訴人，史帝福斯想像我當代訴人的各種搞笑古怪情形，我們兩個都笑個不停。抵達目的地時，他直接回家，並約好隔天來找我。我則搭車到林肯律師學院廣場，姨婆還沒有睡，正在等著吃晚餐。

就算我們上次離別後，我去環遊世界了一整圈，我也不會像現在這麼激動地與她重逢。姨婆擁抱我的時候還驚呼出聲，笑著掩飾說如果我可憐的母親還在世，那傻女孩一定會感動到哭的，這點她很肯定。

「您把迪克先生留在家裡嗎，姨婆？」我說。「我很遺憾。啊，珍妮特，妳好嗎？」

珍妮特行禮，並問候我時，我看到姨婆拉長了臉。

「我也很遺憾，」姨婆揉揉鼻子說。「自從來到這裡，托特，我就一直心神不寧。」

我還沒問為什麼，她就先開口了。

「我深信，」姨婆沉重地將手放在桌上，難過地說，「迪克的個性不適合趕驢。我非常確定他沒有這種能耐。我應該把珍妮特留在家的，而不是迪克，這樣我可能還會放心一點。如果真的有驢子擅闖我的綠地，」姨婆強調說，「今天下午四點鐘就有一隻。我突然從頭到腳起了哆嗦，我就知道一定是驢子的關係！」

我試著安慰姨婆或許不是這樣，但她聽不進去。

「一定就是驢子，」姨婆說，「而且就是那個謀殺姊姊那女人騎的那一頭矮胖驢。」從謀石姊弟來訪那天起，姨婆就只用這稱呼謀石小姐。「如果多佛有任何驢子膽大妄為到讓我最受不了，那，」姨婆拍桌說，「一定就是那頭動物了！」

珍妮特大膽地說或許姨婆是杞人憂天了，她相信那隻驢子一定後來去搬砂石了，不會有空來踐踏草皮的，可是姨婆就是聽不進去。

雖然姨婆的房間在很高的樓層——至於是因為樓層越高越便宜，還是離屋頂的逃生門比較近，我不清楚——總之晚餐熱騰騰的，十分豐盛。我們吃了烤雞、牛排以及一些蔬菜，十分好吃，我全部都吃得津津有味，但姨婆對倫敦的食物有自己一套看法，所以只吃了一點。

「我猜這隻可憐的家禽一定是在地窖裡面養大的，」姨婆說，「從來沒有呼吸過新鮮空氣，除了被載去車站待宰的時候。我倒是希望這牛排真的是牛肉，但我不相信它是。我覺得這裡沒有一樣東西是真的，除了灰塵。」

「您不覺得雞有可能是鄉下來的嗎，姨婆？」我暗示道。

「絕對不可能，」姨婆回答。「倫敦商人如果說什麼就真的賣什麼，那哪會稱他們的心意啊。」

我的膽子沒有大到敢反駁姨婆，所以乖乖地享用晚餐，她看到我吃得開心也就開心了。

餐桌收拾好之後，珍妮特幫姨婆梳整頭髮。姨婆戴上比平常還要更厲害一點的睡帽（她說「以防火災」），並將睡衣往上摺至膝蓋。這些都是她平常睡前暖身子的方式。接著我就根據特定做法，任何更動都不允許地將一杯熱騰騰的酒兌水，準備一片烤麵包，切成長條。有了這些宵夜後，珍妮特先離開，留下我們兩人，姨婆坐在我對面喝兌水的酒，並將烤麵包一條條沾了酒再吃。她從睡帽邊緣慈祥地看著我。

「嗯，托特，」她開始說道，「你覺得代訴人的計畫如何？或是你還沒有開始想？」

「我想了很久，親愛的姨婆，我也跟史帝福斯討論了很久。我的確很喜歡這個計畫，也十分期待。」

「哎呀！」姨婆說，「真是讓我太高興了！」

「我只有一個問題，姨婆。」

「直說吧，托特。」她回答道。

「是這樣的，我想問的是，姨婆，就我所知，這一行似乎很難進去，我想知道我入行的費用會不會很昂貴？」

「實習費用，」姨婆回答，「總共要花一千英鎊。」

「可是，親愛的姨婆，」我將椅子拉近說，「想到這點我就覺得很不安了。這是筆大錢。您已經花了很多錢栽培我念書，對於其他事情，您對我也總是很慷慨。您就是大方慷慨的好人。當然，一定有些不需要太多花費、只要抱持決心和努力就有望成功的行業，您覺得那樣做的話，不會比較好嗎？您確定要花這麼一大筆錢，而且這樣花是對的嗎？您是我的再生母親，我只是希望您再考慮一下。您確定嗎？」

姨婆先吃完口中的麵包後，盯著我的臉看了許久，然後將酒杯放在壁爐上，手疊放在摺起的睡衣上，回答我說：「托特，我的孩子，如果我人生有任何目標，那就是栽培你成為一個心地善良、通情達理、開心的人。這點我很堅持——迪克也是。我倒是想讓我認識的一些人聽聽看迪克對這件事的看法，他的智慧真是太令人驚訝了，完全沒有人知道那個人有多聰明，只有我最清楚！」

說到這裡，她停了一下，雙手握住我的手，繼續說道：「回顧過去是沒有用的，托特，除非對現況有所助益。或許我能跟你可憐的父親關係更好一些；或許我能跟你母親那可憐的孩子更要好一點，就算你姊姊貝希．托特伍德讓我失望。當你全身髒透、疲憊不堪地逃跑來找我的時候，或許我真這樣想過。但從那時候到現在，托特，你就從沒讓我失望過，我感到非常驕傲，非常榮幸。我的財產沒有其他人來爭，至少……」說到這裡，她停頓了一下，有點遲疑的樣子讓我很驚訝，「不，**沒有**其他人會來接我的財產了——你就是我的養子。而且在我這個年紀，你對我還是這麼關心，總是忍受我的怪脾氣和衝動。對於一個盛年時期過得並不開心、沒什麼慰藉的老女人來說，你所做的，遠比那老女人替你做的還要多上太多了。」

這是我第一次聽到姨婆談論她的過去。她靜靜述說以及結束話題的方式，充滿寬宏大量，讓我對她更為尊敬與愛戴，沒有別的事能夠如此感動我了。

「那就這樣決定了，我們也達成共識，托特，」姨婆說，「我們不需要再討論了。來親我一下，我們明天吃完早飯就到公會去。」

我們坐在爐邊促膝長談了許久才就寢。我睡在姨婆的隔壁房，夜裡她不時被外面經過的馬車聲與攤販聲吵醒，來敲我的門，問我：「有沒有聽到消防車的聲音？」不過天快亮時，她就睡得比較沉，我也因此睡得安穩一些。

快到中午十二點時，我們出發到律師公會裡的史賓洛與喬金斯事務所。姨婆對於倫敦還有另一個看法，亦即：她看到的每個人都是扒手。於是她把錢包交給我拿，裡頭總共有十基尼以及一些銀幣。我們在艦隊街的玩具店停了一會兒，觀看聖鄧斯坦教堂鐘樓上的兩個木頭巨人敲鐘——我們先算好了時間，正好趕上十二點敲鐘——之後前往路門丘以及聖保羅大教堂。經過路門丘時，我發現姨婆走路的速度變很快，而且露出驚慌的神情。同時，我注意到剛才過馬路時，一個怒氣沖沖、衣衫襤褸的男人停下來盯著我們看，而現在他竟然已經趕上，且快要追上姨婆了。

「托特！我親愛的托特！」姨婆拉著我的手臂，嚇得低聲喊道。「我不知道該怎麼辦。」

「別緊張，」我說，「一點也不需要擔心。走進店裡，我會打發掉那個人。」

「不，不，孩子！」姨婆回道，「千萬不要跟他講話。我求你，我命令你！」

「天哪，姨婆！」我說。「他不過就是個難纏的乞丐而已。」

「你不知道他是什麼東西！」姨婆說道。「你不知道他是誰！你不知道你在說什麼！」

說這番話的時候，我們停在空寂無人的門口，而他也站住不動。

「不要看他！」我生氣地轉過頭看他時，姨婆說道。「幫我叫車，親愛的，然後到聖保羅大教堂的墓園等我。」

「等您？」我問道。

「對，」姨婆回答。「我一定要自己去。我一定要跟他去。」

「跟他去，姨婆？跟那個人去？」

「我頭腦清楚得很，」她回答。「我跟你說，我**一**定得這樣做。快幫我叫車！」

儘管我很驚訝，但我知道自己無法拒絕這樣決斷的命令，便急忙往前跑了幾步，攔住一輛沒有載客的馬車。我都還來不及從階梯下來，姨婆便鑽了進去——我不知道她怎麼辦到的——那男人也跟著進去。她激動地揮手示意我離開，雖然我很困惑，但還是立刻轉頭離去。這時，我聽見她叫車夫「隨便開！往前開就對了！」然後馬車經過我身旁，往山丘開去。

我現在想起了之前迪克先生跟我說的事，我還一直以為是他的幻想。我相信這個人和他之前神祕祕告訴我的那個人，是同一個人，但我實在無法想像他到底握有姨婆什麼把柄。在教堂墓園冷靜了半小時之後，我看到馬車回來了，停在我身旁，姨婆獨自坐在裡面。

她尚未從剛剛的煩亂中完全平復過來，因此還無法面對接下來的拜訪，就要我坐進馬車，請車夫慢慢四處晃一下。她什麼都沒告訴我，只說了：「親愛的孩子，千萬別問我是怎麼一回事，也別再提起。」等她完全恢復鎮定，告訴我她沒事之後，我們才下車。她將錢包交給我付錢給車夫時，我發現裡頭的基尼都不見了，只剩零星的一些銀幣。

去律師公會的路上，我們經過一道矮小的拱門，才沒走幾步路，後頭城市街道的喧鬧聲似乎就漸漸消退了，好像中了什麼魔法似的，柔和地遠離。

經過一些冷清的庭院與窄巷後，我們到了有天窗的史賓洛與喬金斯事務所。這座不須敲門便能肆意進入朝拜的廟堂前庭中，有三、四位書記正在抄寫文件。職員中有一位一本正經的男子獨自坐著，頭戴僵硬的棕色假髮（感覺好像用薑餅做的），他起身接待姨婆，並帶我們到史賓洛先生的辦公室。「史賓洛先生還在法院，夫人，」一本正經的男子說道，「今天是拱頂法院開庭日[59]。不過離這很近，我會立刻派人去請他過來。」

等史賓洛先生回來這段時間，我們就四處看看。辦公室的老舊家具布滿灰塵，寫字桌的綠色檯面全褪了色，像個老乞丐一樣蒼白憔悴。桌上有很多捆文件，有些批註「指控」，還有一些（讓我很意外）批註了「誹謗」；另有一些批註屬於教會法庭[60]，有些是拱頂法庭，有些是特權法庭[61]，還有海事法庭、皇家教務代表法庭[62]。我不禁想著到底總共有多少法庭，全部搞清楚的話不知道要多久時間。除了這些，還有各式各樣宣誓口供的大本手抄證據冊，裝訂得很牢固，大疊大疊地依據訴訟理由捆在一起，彷彿每一案都是十卷、二十卷的歷史。一切看起來所費不貲，因此我推斷代訴人這一行待遇應該是滿好的。所有的這些東西我越看越滿足，這時外頭傳來倉促的腳步聲，然後穿著鑲了白毛皮邊黑袍的史賓洛先生急忙地邊脫帽邊走進來。

59. 坎特伯里教會法院開庭審理上訴案的日子。
60. 教會法庭審理遺囑與婚姻案件。但在一八五七年《婚姻案件法》以及《遺囑檢驗法院法》公布後，相關案件皆轉至其他非宗教法庭。
61. 特權法庭聽審的案子包含王室及其子民與財產有關的特權案。
62. 亨利八世與羅馬教會決裂建立英國國教後，原本在一五三四年前須上訴至羅馬判決的案件改派任委員處理，稱之為「代表法庭」；一八三三年，約在本書此段故事的時間點不久後，由樞密院司法委員會取代之。

他是個淺色頭髮、個頭不高的紳士，穿了雙無可挑剔的靴子，白色領巾與襯衫領子僵硬無比，全身鈕扣都扣上，合身俐落，鬍鬚捲度也精準得恰到好處，肯定是費了好一番工夫才弄好的。他大大的金色錶鏈讓我想像他一定是有隻力大無比的金色手臂（就像是金箔匠店裡會擺的那種），才能把錶拿出來。他全身打扮很講究且僵硬，導致他幾乎無法彎身。當他坐下來，要看桌前的文件，就只能像木偶一樣轉動尾椎以上部位。

姨婆先介紹了我，他也很有禮貌地回應，之後說道：「所以，考柏菲爾德先生，你想要進我們這一行是吧？我前幾天有幸與托特伍德小姐會談，偶然間提起，」又像木偶一樣往前傾，「這裡剛好有個空缺。托特伍德小姐也很好意地提到她有個特別歸她照顧的外甥孫，希望替他安排個有身分地位的職業。我相信現在我有幸認識那位外甥孫——」他又像木偶一樣動了一下。

我鞠躬致意，並說姨婆的確向我提過這個職缺，我很樂意接受，應該說我非常喜歡這安排，因此立刻欣然同意。不過我必須多加瞭解，才能全心投入。雖然只是形式而已，但我想應該有機會先讓我試試看喜不喜歡，再決定是否矢志不渝地投入。

「噢，當然！當然！」史賓洛先生說。「我們這間事務所，一直都是建議一個月試用期。我自己的話，老實說，當然會很樂意給兩個月、三個月，甚至無限期的試用期——不過我有合夥人要考慮，也就是喬金斯先生。」

「那麼學費，先生，」我回答道，「是一千英鎊嗎？」

「學費，包含印花稅，總共是一千英鎊，」史賓洛先生說。「如同我向托特伍德小姐提過的，我是不會計較金錢這種事的，我相信很少有人像我這樣。不過呢，喬金斯先生有他的看法，而我也必須尊重他在這些事情上的意見。總而言之，喬金斯先生還覺得一千英鎊太少了。」

我還是希望能替姨婆省錢，便說道：「先生，我想知道這裡有沒有一種做法，就是說，如果實習書記特別得力幹練，而且工作做得很好……」我忍不住臉紅，因為聽起來太像在誇自己了，「我想或許沒有這種做法，不過在他實習的後面幾年能否給他一點……」

史賓洛先生已經猜到我尚未說出的詞──「薪水」，很努力將他的頭從硬邦邦的領巾中伸出來，搖搖頭說：「沒有這種規矩。對於這點，考柏菲爾德先生，如果我能作主的話，我本人持的是什麼看法也就不需要多說了，但喬金斯先生的看法是不可動搖的。」

這位可怕的喬金斯先生讓我聞而生畏。但我後來發現他其實是個很冷靜和氣的人，他在事務所裡都是居於幕後，讓別人用他名字，把他塑造為頑固至極、心狠手辣的角色。每當有書記想加薪，喬金斯先生絕不理會這樣的事情；如果有當事人想拖欠訴訟費，喬金斯先生會堅持費用一定得立刻付清。不管這些事看在史賓洛先生眼裡有多麼於心不忍（總是如此），喬金斯先生是絕不會退讓的。要不是邪惡的喬金斯先生施以枷鎖，那善良的史賓洛先生是會永遠敞開雙手與心胸。等我年紀大一點之後，我想很多地方也是用史賓洛與喬金斯這一套做事的！

我們當場就決定我可以自己選定一天，開始為期一個月的試用，所以姨婆不需要在倫敦多留，也不必等一個月試用期滿後再回來，因為我當學徒的這份合約可以寄過去給她簽字。討論到這裡，史賓洛先生當場提議要帶我去法院，讓我看看那是什麼樣的地方。我也急於瞭解，便跟著他出門了。姨婆並沒有跟我們去，因為她不信任那些地方，我想她大概把所有的法院都當成火藥庫之類會隨時爆炸的地方了。

史賓洛先生帶我經過一段鋪石庭院，兩旁是莊嚴的磚房。我從門上的博士名字推斷，這些應該就是史帝福斯之前所說那些博大精深的辯護律師的宅邸。我們走進左邊幽靜的大房間，我覺得這裡有點像小禮拜堂。廳堂的上層有欄杆隔開，我看到一個高起的馬蹄形平台，兩側有幾位紳士穿著紅袍、戴著假灰髮，坐在簡單老式的餐廳椅上，這些就是之前提到的律師。在馬蹄形平台彎曲的地方，有張像講道壇的桌子，桌子後面坐了一位瞇著眼的老紳士——如果在鳥舍看到他，我肯定會把他當成貓頭鷹——但我得知他就是審理案件的法官。馬蹄形平台的其他地方，也就是跟地面差不多的高度，還有其他跟史賓洛先生層級相同、穿鑲白皮毛邊黑袍的紳士，坐在一張綠色長桌前。他們的領巾僵硬的那種樣子，讓我覺得他們看起來趾高氣昂。不過我立刻就發現自己誤會他們了，因為其中兩、三位站起來回答法官問話時，我真是沒有見過比他們更溫順的人。

聽審判的民眾，只有一位圍圍巾的男孩和一位擺窮架子的男子，他從大衣口袋中拿出麵包屑偷吃，在法庭中央的爐邊暖身子。這裡毫無生氣、一片寂靜，只有爐火的滋滋聲以及某位律師的說話聲，他正沿著完美的證據陳列區遊走，途中偶爾停下來辯護，好像在路邊的旅店休息一樣。總之，我這輩子從來沒有參與過如此舒適、老派忘時、令人昏昏欲睡的小型家庭聚會場合。我覺得不管擔任裡頭的什麼角色，一定都會像吸鴉片一樣舒服——或許除了起訴人之外吧。

看到這個僻靜如夢般的景象，我覺得相當滿意，便告訴史賓洛先生我目前看到的已經足夠，我們立即返回與姨婆會合。我們倆一起踏出史賓洛與喬金斯事務所時，我覺得自己年輕氣盛，其他職員都用筆互戳對方指著我。

後來我和姨婆安然返抵林肯律師學院廣場，路上除了遇見一頭小販貨車上的衰驢，引起姨婆難過的聯想以外，就沒有碰到其他意外。回到旅館後，我們又長談了我的計畫。我知道姨婆焦急著想回家，而且想到火災、食物與扒手，她在倫敦這段期間連半小時都無法安心度過，因此我懇求她別因為我的緣故而繼續待在這裡，整天惶惶不安。我告訴她我可以照顧好自己。

「雖然我到明天也還沒在這裡待上一週，但我也想過這件事，親愛的，」她答道。「在艾德菲那裡有間附家具的公寓要出租，托特，應該會非常適合你。」

她簡短地說了這幾句之後，從口袋拿出一張小心剪下的報紙廣告，上頭說：在艾德菲區白金漢街上有俯瞰河景、格外理想、附家具的單身公寓出租，適合年輕紳士，律師學院會員尤佳，其他職業亦可，可以立即入住。租金低廉，短租一個月可洽。

「哇，這正是我要的，姨婆！」想到自己住在公寓裡那種神氣的樣子，我都臉紅了。

「那就走吧，」姨婆立刻抓起她一分鐘前才剛放下的帽子。「我們這就去看看。」

於是我們出發了。

廣告上說抵達後找一位克拉普太太。我們拉了門鈴，心想應該馬上就可以見到克拉普太太才對。不過我們又拉了三、四次，她才終於出現。克拉普太太身材矮胖，穿著淡黃色長袍，露出有荷葉邊的法蘭絨襯裙。

「不好意思，夫人，麻煩讓我們參觀要出租的公寓。」姨婆說道。

「是這位先生要租的嗎？」克拉普太太手摸口袋找鑰匙。

「是的，他是我外甥孫。」姨婆說。

「這套房給這位先生住很適合！」克拉普太太說。

所以我們就上樓了。

我們在房子的頂樓——這點對姨婆來說是加分的，因為離太平梯很近——裡頭有個昏暗的前廊，幾乎看不見東西；還有個全暗的食品儲藏間，完全看不見東西；以及一間客廳和臥室。家具都相當老舊，不過對我來說已經很好了。當然，往窗外看去就是泰晤士河。

我非常喜歡這裡，姨婆跟克拉普太太就到儲物間討論租約，我則是繼續坐在客廳沙發上，幾乎不敢想像自己竟然這麼幸運，能住進這麼高級的地方。她們一對一搏鬥了好段時間後，回到客廳。我很高興地從克拉普太太以及姨婆的臉上知道了她們已經完成簽約。

「這些是上一任房客的家具嗎？」姨婆問道。

「是的，夫人。」克拉普太太回答。

「他後來怎麼了？」姨婆問道。

克拉普太太突然劇咳了起來，很困難地吐露出這些話：「他生病了，夫人，然後——咳！咳！咳！我的天哪！——他就死了！」

「什麼？什麼病死的？」姨婆問道。

「唉呀，夫人，他喝太多酒死的，」克拉普太太小聲說道，「還有菸。」

「煙？該不會是煙囪的煙吧？」姨婆說。

「不是的，夫人，」克拉普太太回答道，「是因為抽雪茄和菸斗。」

「不管怎樣，托特，**那**是不會傳染的。」姨婆轉向我說道。

「的確不會。」我說。

總之，姨婆看我這麼喜歡這裡，便決定先租一個月，到期後可以再續租十二個月。克拉普太太要負責提供床單與伙食，其他必需品則是都齊全了。克拉普太太親切地說她會把我當兒子一樣照顧。聽到我後天就要入住，她還說真是感謝上帝，讓她現在終於有人可以照顧了！

回程的時候，姨婆告訴我，她有信心我現在的生活會讓我變得堅強、獨立，我所欠缺的也就是這兩樣。

隔天她又不斷提起這點，中間夾雜安排將我的衣物與書籍從威克菲爾德先生那裡搬過來的事。關於搬來倫敦以及最近的假期，我寫了封長信給艾格妮絲，請姨婆隔天要回家時幫我順道帶過去。細節我就不加以贅述，我只想補充，姨婆幫我把試用期間可能需要的東西全都備全了。不過史帝福斯並沒有在她離開前來訪，我們兩人都大感失望。

我目送她安全地坐上多佛馬車，想到亂跑的驢子就要倒大楣而高興不已；珍妮特坐在她身旁。我看著馬車遠去後，才轉身走回艾德菲，想著我往昔在地下拱門遊蕩的日子，以及現在住到上層的這一段快樂的改變。

第24章 初次爛醉

關上大門之後，我就像魯賓遜回到堡壘將梯子拉上來一樣，獨享那棟豪華城堡，這是多麼美妙的事情啊！將自己住處的鑰匙放在口袋裡，出門散步，知道自己可以隨時邀請別人到家裡來作客，只要自己方便，就絕不會造成別人困擾，這是多麼美妙的事情啊！能夠自由進出家門，一句話也不需要交代，需要克拉普太太、而她也願意上樓，只要拉鈴，她就會氣喘吁吁地從地表深處上來，這是多麼美妙的事情啊！所有的這一切，如我所說，都美妙至極。不過我也必須說，有時候這種日子也挺枯燥乏味的。

早上還好，特別是天氣很好的早晨。旭日東昇時，一切看起來都很新鮮、自由；在陽光輝映下，更加新鮮、自由。但隨著日落西山，生命似乎也跟著消逝。我不知道怎麼會這樣，但在搖曳的燭光下，鮮少有事情看起來是美好的。我想要與人傾訴，我想念艾格妮絲。我覺得心裡恐怖的空虛，現在沒有那位笑盈盈的密友和我談心事，而克拉普太太顯然還差得遠了。想到死於菸酒過量的前任房客，我倒希望他能夠好好活下來，別拿他的死來讓我心煩。

住了整整兩日兩夜，但我感覺好像已經在那裡住上一年了，只不過我連一個鐘頭都沒有老去，仍舊為自己的年紀而糾結苦惱。

史帝福斯還是沒有出現，我推測他應該是生病了。第三天我比較早離開公會，步行到高門。史帝福斯太太很高興見到我，說史帝福斯與一些牛津朋友出遠門，去找另一位住在聖奧爾本斯的朋友，預計明天會回來。我實在太喜歡史帝福斯了，所以頗為嫉妒他的那些牛津朋友。

因為史帝福斯太太堅持要我留下來吃飯，我也就恭敬不如從命了。我想我們一整天聊的全都是史帝福斯。我告訴她，雅茅斯那裡的人有多欣賞他，還有他是個多好的旅伴。

達朵小姐提出充滿暗示和神祕的問題，對我們在那邊發生的所有事情都極為好奇，不斷反覆問道：「真的是這樣嗎？」所以她想知道的一切我就全盤托出了。她的外表跟我初次見到的並無不同，但在兩位迷人的女士陪伴下，我很自然覺得自己有點愛上達朵小姐了。那天傍晚有好幾次，特別是晚上走回家時，我不禁心想，在我白金漢街的住處，她會是多麼情投意合的伴侶啊。

早上出發去公會前，我喝咖啡、吃麵包捲當早餐——我發現克拉普太太供應的咖啡量真是驚人的多，不過多是多，味道倒很淡。這時史帝福斯走了進來，讓我欣喜萬分。

「我親愛的史帝福斯，」我喊道，「我差點覺得永遠都見不到你了呢！」

「我是被逼著出遠門的，」史帝福斯說道。「我回來的隔天早上立刻就被架走了。天哪，雛菊，你在這裡真是多麼罕見的老光棍啊！」

我帶他參觀我的房間，連儲物間都不放過，相當驕傲，他也稱讚連連。「這樣吧，小老弟，」他補充道，「我們應該把這裡弄得熱鬧點，除非你阻止我。」

聽到他這樣說，我實在太高興了。我告訴他說，要我阻止他，大概要等到世界末日那一天。

「不過你應該要先吃點早餐！」我手拉著鈴說。「克拉普太太會幫你煮點新鮮咖啡，我有個單身漢用的鑄鐵鍋，我來幫你煎點培根。」

「不不不！」史帝福斯說道，「不必搖鈴了！我不能久留！我還得去跟一個牛津的朋友吃早餐，我們約在柯芬園的廣場飯店。」

「但你晚餐會過來吧？」我說。

「不會。我恨不得來跟你一起吃晚餐，但我實在不得不去找另外兩個朋友。我們三個明天早上要一起出門。」

「那請他們一起過來吃飯啊，」我答道。「你覺得他們會願意來嗎？」

「噢！肯定會用飛的過來，」史帝福斯說。「但我們不該麻煩你。你最好還是跟我們一起去外面吃吧。」

不管怎麼說，我都不會答應這麼做的，因為我突然想到還沒有小小慶祝一下喬遷，這是個千載難逢的好機會。我的小天地經過史帝福斯認可之後，讓我更引以為傲，內心燃燒著熊熊烈火，想把這裡作充分的利用。因此，我逼他代表那兩位朋友答應過來共進晚餐，並約好傍晚六點。

他離開之後，我搖鈴請克拉普太太上樓，把我孤注一擲的計畫告訴她。克拉普太太說，首先，大家都知道不能叫她充當服務生，她剛好認識一個手腳俐落的小伙子，應該可以勝任這份工作，薪資是五先令，小費就看我的意思。我說，我們當然需要他。接著，克拉普太太說顯然她沒辦法分身，同時待在兩個地方（我覺得也算合理），所以有必要找個小姑娘，讓她拿臥室的蠟燭，待在儲物間裡不斷洗碗盤。我問雇用她的費用是多少？克拉普太太說，她猜十八便士不多也不少。我猜也是，所以**這**也決定了。之後克拉普說，現在來談晚餐吧。

替克拉普太太安裝廚房爐灶的鐵器商並沒有先見之明，現在就出現了極佳的例子：這個爐灶除了肉排跟馬鈴薯泥，其他什麼東西都煮不了。至於煎魚鍋，克拉普太太說：「唉呀！你要不要自己去廚房看一下就知道？」她這話表示得再清楚不過了。我要去看一下嗎？**就算**我看了，也不是很懂，所以就婉拒說：「那不要海味了。」但克拉普太太叫我別這麼快打消念頭，現在蚵仔正逢產季，不如吃蚵仔吧？所以**這**也決定了。然後克拉普太太又建議以下餐點：兩隻熱騰騰的烤雞——去食品店買、一道燉牛肉加蔬菜——去食品店買、兩樣配菜：一塊鹹餡餅派和一盤腰子——去食品店買、水果派一個，（如果我喜歡的話）再加個果凍——去食品店買。克拉普太太說，這樣一來，就讓她能夠專心地顧好馬鈴薯，以及把要端上桌的起司與芹菜做好。

我聽從克拉普太太的建議，親自到食品店訂餐點。訂好之後，我沿著河岸街走時，在一間火腿及牛肉店舖的櫥窗裡看到一塊堅硬雜色的物體，看起來就像大理石，但標籤上寫著：仿龜[63]。我走進去買了一塊，相信分量夠十五人吃，但好不容易說服克拉普太太幫忙熱一熱之後，它卻縮水好多，幾乎變成湯水，後來史帝福斯說連四個人吃都「頗為吃緊」。

我開開心心地完成這些準備工作，還去柯芬園市集買了小甜點，在附近酒類零售店訂了一些酒。下午回家，看到酒瓶全都在儲物間擺成一個方陣，看起來數量龐大（不過還短少兩支，讓克拉普太太覺得不安），我都嚇傻了。

史帝福斯的朋友，一個叫做格蘭傑，一個叫做瑪坎，他們倆都很樂天活潑。格蘭傑年紀比史帝福斯大一點，瑪坎則是看起來很年輕，我猜還未滿二十歲。我注意到瑪坎不斷用第三人稱自稱為「某人」，鮮少（或者完全沒有）用第一人稱說話過。

「某人在這裡會住得非常愜意呢，考柏菲爾德先生。」瑪坎說——他指的是他自己。

「是還不錯，」我說，「而且空間很寬敞。」

「希望你們兩位都把胃口帶來了？」史帝福斯說。

63. 將小牛的頭弄得像烏龜湯。

「老實說，」瑪坎回答，「這裡似乎會讓人胃口大開。某人從早到晚都覺得飢腸轆轆，某人不斷在吃東西。」

我一開始有點不好意思，也覺得自己年紀太輕，不好意思做東，所以在晚餐時，便請史帝福斯坐主位，我坐他對面的末位。我們大快朵頤，酒也沒有省著喝。史帝福斯主人當得游刃有餘，晚宴進行得流暢順利，始終保持歡樂的氣氛。但吃飯時我並沒有自己所希望的那般周到，因為我正對著門坐，看到那個手腳俐落的小伙子經常溜出去，然後立刻就從前廊牆上的影子看到他在喝酒，讓我一直分心。那個「小姑娘」也一樣，偶爾搞得我如坐針氈——並不是因為她沒有好好洗碗盤，而是不斷打破碗盤。她天性好奇，無法克制自己乖乖待在小廚房（像事前清楚吩咐的那樣），不斷偷看我們，更經常心虛覺得自己的行為被發現，好幾次把身體縮回去之後，踩在（她事先仔細鋪在地板上的）碗盤，造成重大破壞。

不過，這些都只是小小的不足之處，等餐桌收好，甜點上桌之後就很快忘記了。這時候，那個手腳俐落的年輕人也已經語無倫次了。我私底下叫他去找克拉普太太，也打發「小姑娘」到地下室去，之後就剩我們盡情享樂。

我開始覺得特別快活輕鬆，各種已經半忘的事全都湧上我的心頭，我很少這樣滔滔不絕。對自己講的笑話，我哈哈大笑；對別人講的笑話，我也笑個不停。甚至還為了史帝福斯沒有遞酒而吆喝他。我們約好要一起去牛津，並宣布我每週都要辦一次像這樣的餐宴，如有更動另行通知。我像是發瘋一樣地從格蘭傑的鼻煙盒裡吸了好多鼻煙，搞到我得偷溜進儲物間，在那邊狂打十分鐘的噴嚏。

我繼續如此，酒也喝得越來越快，前一瓶都還沒喝完，就已經不斷地開下一瓶。我祝史帝福斯長命百歲，說他是我最親愛的朋友、兒時的保護者、少時的好夥伴。我還說很高興能祝他長命百歲，我欠他的難以償還，我對他的欽佩無以言表。最後說道：「我敬，史帝福斯！上帝保佑他！萬歲！」我們高喊了三次「萬歲！萬歲！萬萬歲！」，之後再補上一次，很大聲地作結。我繞過桌子去跟他握手時，還打破了酒杯，然後我說（已經開始口齒不清）：

「史帝福斯，你真是指引我道路的耀眼明星啊！」

我繼續，突然有人興致高昂地唱起歌來——是瑪坎。他唱了〈當男人的心憂愁鬱悶〉。唱完後，他說要敬「女人！」，這點我就反對了，我不允許。我說這種敬酒方式不是很尊重，我絕對不會允許家裡任何人敬酒時，用「女士」以外的詞彙稱呼女性。我對他非常嚴厲，我想大概是因為看到史帝福斯和格蘭傑在笑我——或是笑他——或是笑我們兩個。他說，某人不能受人支配；我說某人就是可以。他說，某人不能讓人汙辱；我說，他說得沒錯——在我屋簷下絕對不行，在這裡尊奉神聖的家庭守護神，把好客之道奉為圭臬。他說，承認我是個親切的好小子，並無損某人尊嚴，我立刻敬他壽比南山。

有人在抽菸。我們全都在抽。**我**抽著菸，試圖壓抑一直想顫抖的感覺。史帝福斯也向我敬酒，我感動到快淚流滿面。我向他道謝，並希望在場幾位明天可以繼續一塊兒用餐，還有後天——就約定每天的五點鐘，讓我們可以好好享受夜晚的促膝長談與陪伴。我覺得這時候應該要特別敬一個人——我的姨婆貝希．托特伍德，世界上最了不起的女性！

有人從我臥室窗戶探了出去，把額頭放在冷冰冰的石欄杆上涼快一下，感受空氣拂過他臉龐。那個人就是我。我開始自稱「考柏菲爾德」，還說：「你為什麼會想抽菸哪？你明知道自己做不到。」現在，有人在鏡子前仔細端詳五官，那個人也是我。鏡子裡的我非常蒼白，眼睛看起來有些空洞，我的頭髮——只有我的頭髮，其他部位沒有——看起來喝醉了。

有人跟我說：「我們去劇院吧，考柏菲爾德！」我前方不再是臥室，我只看到殘餚將盡，杯盤狼藉；還有檯燈。格蘭傑在我右邊，瑪坎在我左邊，還有史帝福斯在我對面——大家都坐在迷霧中，距離我很遠。劇院？當然，我們正需要看戲。來吧！不過得麻煩他們先全部出去，我必須最後一個走，負責熄燈，以免引發火災。

在黑暗混亂中，門不見了，我摸到的是窗簾。這時候史帝福斯大笑著，扶我的手臂帶我出去。我們下樓，一個接著一個。快到一樓時，有人跌倒，滾了下去。其他人都說是考柏菲爾德。我很生氣他們怎麼能說謊，直到我發現自己躺在走道上，才想到他們這樣說是有依據的。

那天晚上霧很大，街燈周圍都繞著大大的光環！有人立刻說下雨了，但我覺得是結霜。史帝福斯在街燈下拍了拍我的外套，幫我把帽子弄整齊。這帽子不知道是誰神通廣大從哪裡生出來的，因為剛剛我並沒有戴帽子啊。史帝福斯接著說：「你沒事吧，考柏菲爾德，還好嗎？」我回答他：「再好也不過。」

有個人坐在售票口，從迷霧中探出，跟某個人拿了錢，問我是不是跟他們一夥的，但他看起來一臉狐疑（我記得看了他一眼），不知道該不該跟我拿錢。不久之後，我們就坐在悶熱劇院裡很高的位置，往下看，有個凹坑，看起來似乎冒著煙，裡頭擠滿了人，看不清楚。還有個大舞台，跟剛剛的街道相比，它看起來非常乾淨平坦；舞台上有人，在講些有的沒的事情，不過都不是很正經。還有明亮的燈光、音樂，樓下包廂裡有一些女士，其他的我就不清楚了。我覺得，整座劇院就好像在學游泳，當我試圖穩住它的時候，它卻莫名其妙地移動。

在某個人提議下，我們決定挪到樓下特等包廂，就是剛剛有女士在的地方。有位穿著正式禮服的紳士斜倚在沙發椅上，一手拿著看戲用的小望遠鏡，從我眼前一望而過，我還從鏡子裡看到自己全身的樣子。之後，我被帶到其中一個包廂，就座時聽到自己說了些什麼話，我身旁的人就對某個人喊了「安靜點！」，而其他女士都對我投來憤怒的眼光，然後——什麼？沒錯！——艾格妮絲就坐在我正前方的位置，旁邊分別坐了一位先生及女士，但我不認識他們。現在我比剛才更清楚看到她的臉了，我敢說，轉過頭來看我的那張臉帶著無可抹滅的失望和詫異。

「艾格妮絲！」我口齒不清地說道：「偶的天哪！艾格妮絲！」

「噓！拜託你！」她回答，但我不懂為什麼要噓我。「你吵到其他人了。專心看戲！」

聽完她的話，我努力想看清楚台上在演什麼，但徒勞無功。很快地我又往她的方向看，看到她縮到角落，戴著手套的手扶著額頭。

「艾格妮絲！」我說：「偶覺得妳身體好像有點不蘇胡。」

「對，對。別管我，托特伍德，」她答道。「聽著，你很快就要離開嗎？」

「偶很快啾要離開嗎？」我回答。

「是的。」

我有個傻念頭，想要等戲結束，散場時牽著她下樓。不知道怎麼的，我猜我有表達出來，因為她仔細端詳我一番後，終於瞭解我的意思，便低聲回答我：「我知道要是我堅持的話，我要你做什麼，你都會照做的。因此，為了我，快點回去吧，托特伍德，請你朋友帶你回家。」

這時，她已經讓我頭腦清醒很多，我雖然在生她的氣，但也覺得好難堪，便簡單地說了「彎！」（我是想說「晚安！」）就起身離席，其他人跟著我走了出去。我一腳跨出劇院包廂，踏進住處臥室，這時只有史帝福斯在。他幫我更衣時，我就一下告訴他艾格妮絲是我妹妹，一下又苦苦央求他把開瓶器拿來，我想再開一瓶酒。

有個人躺在我床上，不知道他怎麼把這一切又矛盾地說了一遍、矛盾地做了一遍，整夜發燙地作夢——床就像大海一般永不靜止！不知道那個人怎麼慢慢變成了我，我開始覺得口乾舌燥，彷彿全身肌膚都變成堅硬的木板；我的舌頭好像用久了生垢的水壺底部，正被慢火煮乾；我的手掌有如燒燙的鐵板，連冰都無法冷卻！

隔天清醒之後，我感到痛苦不堪、萬分悔恨以及無地自容！我深怕自己犯下千百種無可挽回的過失、無理行為——我想起艾格妮絲看著我的難忘眼神——我當時像個野獸一樣，無法跟她溝通，不知道她怎麼會到倫敦來，暫住哪裡，一切讓我痛苦萬分——昨晚狂歡作樂之後的房間景象讓我作嘔——我真是頭痛欲裂——殘留的菸味、狼藉的杯盤，別說是出門了，我連床都起不來！噢，那是怎樣的一天哪！

噢，那是怎樣的一個夜晚哪，當我坐在爐火旁，面對一盆表面浮滿油花的羊肉湯，我還以為我要步上前一位房客的後塵，不只接了他的房間，還要繼承他悲慘的故事，我真想立刻衝去多佛，坦承這一切！那是怎樣的一個夜晚哪，當克拉普太太來拿走湯鍋，給了我用起司盤裝的一塊腰子，說是昨天晚宴剩下的唯一食物，我真想要撲進她淡黃色上衣的胸懷，誠心地懺悔說：「噢，克拉普太太啊，克拉普太太，就別管那些剩菜剩飯了吧！我好慘啊！」——不過即使在那樣的情況下，我也很懷疑克拉普太太是不是那種能讓我推心置腹的人！

第25章 好壞天使

度過頭痛欲裂、反胃噁心、慚愧悔痛的悲慘一天之後，隔天早上我準備出門，心中有個跟晚宴那天有關的奇怪想像，好像有一群泰坦巨神拿著巨大的棍棒將前天打回好幾個月以前。這時，有個佩戴臂章的門房正走上樓來，手裡拿著一封信。他原本還不疾不徐地拖延時間，可是當他看我就站在樓梯最上階的扶手旁看著他，便氣喘吁吁地跑上樓，假裝剛剛一路跑過來，一副筋疲力盡的樣子。

「給考柏菲爾德先生的。」門房用小拐杖碰了帽子說道。

我幾乎不敢承認自己的名字，因為我很清楚這封信是艾格妮絲送來的，覺得惴惴不安。不過，我還是告訴他，我就是考柏菲爾德先生，他也相信了，把信交給我，並等待我回信帶回。我把他關在樓梯口等我寫信，走進房間後，由於太過緊張，我不得不把信放在早餐桌上，看了看信封，才鼓起勇氣打開。

拆開信以後，我發現這是一封很溫馨的短箋，對於我在劇院的狀況隻字未提，只寫了：我親愛的托特伍德：我正住在父親的代理人水博克先生家，就在霍本區的依利路上。你今天有沒有時間來看我？什麼時候都可以。你永遠的摯友艾格妮絲。

為了寫出滿意的回信，我花了很久的時間，不知道門房會怎麼想，或許會以為我才剛在學寫字吧。我應該寫了至少半打回覆。第一封我寫了：我親愛的艾格妮絲，我是多麼希望能將那天讓人作嘔的形象從妳的記憶中抹除，寫到這裡我覺得不好，就撕掉了。我再下筆：我親愛的艾格妮絲，莎士比亞說過，某人竟然會把仇敵放到自己嘴裡，這是多奇怪的一件事啊，寫到這裡我想起瑪坎，所以也寫不下去了。我甚至嘗試寫詩，用一行六音節開始寫道：噢，千萬別忘記，結果聯想到十一月五日的火藥陰謀案，覺得很荒謬。寫了好幾封之後，我最後寫道：我親愛的艾格妮絲：妳的信猶如妳本人，我還能說出什麼比這句話更高的讚美呢？我四點鐘會前去拜訪。真摯且痛悔的考柏菲爾德。門房接下這封信函（一交給他之後，我又開始猶豫不定，想把信拿回來），帶著信離開了。

如果那天在律師公會裡哪位博學多聞的紳士有我一半悲慘，那我真心相信他在腐敗的古老宗教法務所分的一杯羹做了些補償。雖然那天下午三點半我就離開事務所，而且幾分鐘後就抵達約定的地點，但我一直徘徊到超過約定時間整整一刻鐘（根據霍本區聖安德魯教堂的鐘），才鼓起破釜沉舟的勇氣拉了水博克先生家左邊門柱上的門鈴。

水博克先生事務所的一般業務都在一樓，而貴賓的業務（有不少）則在樓上。有人帶我到一間小巧的會客室，艾格妮絲就坐在裡頭編織小錢包。

她看起來好平靜、善良，讓我立刻想起在坎特伯里念書那些自由暢快的日子，還有那天我爛醉如泥、滿嘴菸味酒氣的愚蠢醜樣。由於沒有其他人在場，我放任自己悔過自責，感到無地自容，然後——簡而言之，我出醜了，而且無法否認我的眼淚奪眶而出。直到現在，我還是無法斷定那是我這輩子做過最睿智的事還是最荒謬的事。

「那天晚上我撞見的如果不是妳，而是其他人的話，艾格妮絲，」我別過臉說，「那我還不會如此介意。但目睹我醜態百出的人偏偏就是妳！我第一個念頭真希望自己死了算了。」

她手摸了一下我的手臂——這種輕柔的碰觸，沒有人可以相比。我覺得備受鼓勵，深感安慰，忍不住將她的手放到我嘴邊，感激地親吻。

「坐吧，」艾格妮絲高興地說。「別難過了，托特伍德。如果你連我都不能坦誠相待，那你還能信任誰呢？」

「啊，艾格妮絲，」我回答，「妳真是我的好天使！」

她淺笑了一下，並搖搖頭。我覺得她似乎有些感傷。

「沒錯，艾格妮絲，妳是我的好天使！永遠守著我的好天使！」

「如果我真是你的好天使，托特伍德，」她回應道，「那有一件事我必須告訴你。」

我一臉疑惑地看著她，但已經猜到她要說什麼了。

「我要警告你，」艾格妮絲定睛看著我說，「要小心你的壞天使。」

「我親愛的艾格妮絲，」我開始說道，「如果妳指的是史帝福斯……」

「我就是指他沒有錯，托特伍德。」她回答道。

「那樣的話，艾格妮絲，妳就是大大錯怪他了。他怎麼可能是我的壞天使，他怎麼可能是任何人的壞天使！如果真要說，那他一直都是給我支持與建議的好友！我親愛的艾格妮絲啊！如果從妳前幾天看到的情況就這樣評斷他，那是否不只有失公允，而且也不像妳呢？」

「我不只是憑那天看到的情況評斷他。」她平靜地回答。

「那是憑什麼呢？」

「憑很多事情——都是些瑣碎的事，但是看在我眼裡，加總起來就沒這麼單純了。我之所以這麼評斷他，有一部分是從你對他的描述，托特伍德，還有你的個性，以及他對你的影響。」

她沉穩的聲音總有辦法觸動我內心的一根心弦，而那根弦只回應那個一直都很誠懇認真的聲音，但像她現在這樣語重心長時，就有種征服我的感染力。

艾格妮絲低下頭，繼續手邊的針線活。我看著她。當我靜靜坐著聽她說話時，不管我對史帝福斯有多麼欽佩，在她的聲音中全變得黯淡無光。

「我這樣做實在太大膽了，」艾格妮絲抬起頭說，「畢竟我幾乎足不出戶，也不諳人情世事，竟然敢這麼肯定地給出這種建議，甚至是提出這麼強烈的意見。但我之所以這麼做，托特伍德，是念在我們從小一起長大，而我也關心你的一切，因此我才這麼大膽。我敢肯定我所說的一點也沒錯。我十分確定。當我警告你結交了一個很危險的朋友，我覺得現在跟你說話的是別人，而不是我自己。」

我再次看著她、聽她說話，她沉默時我還是聽著，雖然史帝福斯的形象仍駐紮在我心裡，卻再次地黯淡下來。

「我也沒有那麼不講理，」停了一會兒，艾格妮絲繼續用平常的語調說道，「我不期望你立刻就會，或是立刻就能因為我所說的話，改變對他一直以來的感情，特別是你的個性又容易相信別人。你沒有必要急忙改掉。我只希望你，托特伍德，只要你想起我，我的意思是……」她靜靜一笑，因為知道我要打斷她，也知道原因，「每當你想起我，就想想我所說的話。我說這些，你願意原諒我嗎？」

「我會原諒妳，艾格妮絲，」我回應道，「等妳對史帝福斯做出公正的判斷，而且像我一樣喜歡他時，我就會原諒妳。」

「但在那之前你不肯？」艾格妮絲問道。

我提到史帝福斯的名字時，看到她臉上掃過一道陰影，但看到我微笑，她也回以笑容，我們倆又像老樣子，毫無保留地對彼此敞開心胸。

「那麼，艾格妮絲，」我說，「妳什麼時候會原諒我那天晚上的事？」

「我再想起的時候就原諒。」艾格妮絲說。

她本來想就這樣簡單地帶過這件事，但我實在有太多話想講，不能這樣就算了，所以堅持向她解釋我是怎麼讓自己顏面盡失，還有是怎樣的一連串巧合，讓我們最後跑到劇院去。我還特別強調在我無法自理時，史帝福斯是如何照顧我，我欠他多大的一份人情。說完，我覺得如釋重負。

「你千萬別忘了，」我一說完，艾格妮絲立刻冷靜地轉移話題，「不只在你身陷麻煩的時候，你深陷愛河時也都要告訴我。所以繼拉金斯小姐之後的是誰呀，托特伍德？」

「沒有人呀，艾格妮絲。」

「有吧，托特伍德。」艾格妮絲笑著說，豎起一根手指。

「沒有啊，艾格妮絲，我發誓！我之前在史帝福斯家認識一位女士，她非常聰明，我也喜歡與她聊天——她是達朵小姐——但我並不喜歡她。」

艾格妮絲發現自己觀察力敏銳，再次開懷大笑，並告訴我，如果我真的對她肝膽相照，那她應該用本小冊子記下我每次熱戀起始日期、持續時間以及結束的情況，就像英格蘭歷史記載每一任國王、女王的在位紀錄一樣。之後她問我有沒有遇到烏利亞。

「烏利亞．希普？」我說。「沒有，他在倫敦嗎？」

「他每天都會來樓下的事務所辦事，」艾格妮絲回答。「他早我一星期來倫敦，恐怕是為了讓人不快的事，托特伍德。」

「看來是讓妳不安的事，艾格妮絲，」我說。「到底是什麼事？」

艾格妮絲將手上的針線活放一旁，雙手交疊，用美麗溫柔的雙眸若有所思地看著我說道：「我相信他是要跟爸爸合夥。」

「什麼？烏利亞？那個卑鄙陰險、阿諛奉承的傢伙，鑽到那麼高的地位？」我忿忿不平地大聲說道。「妳都沒反對嗎，艾格妮絲？想想他們合夥後會發生什麼樣的事。妳一定要反對，不能眼睜睜看著妳父親做出這麼瘋狂的舉動。妳一定要趁現在還來得及的時候，阻止這件事，艾格妮絲。」

我說話時，艾格妮絲仍看著我搖搖頭，因我的關心而露出淺淺一笑，然後回應道：「你還記得我們上次談起爸爸的事嗎？在那之後不久——大概兩、三天後——爸爸就暗示了我剛剛所說的事情。看到他內心掙扎，想表現出是他自願的選擇，又無法掩飾這是為人所逼的樣子，讓我好傷心，我覺得很難過。」

「為人所逼！艾格妮絲，到底是誰逼他的？」

「烏利亞，」她遲疑了一下回答道，「讓自己變得不可或缺。他陰險狡詐，總是監視我們的一舉一動，把爸爸的弱點摸得一清二楚，助長這些弱點並加以利用，直到——我就用一句話表達我想說的意思吧，托特伍德——直到爸爸害怕他。」

我很清楚地看出她還有很多事沒有說，很多她十分清楚或是懷疑的事都沒有說出口。不過我不想多問，免得她難受，因為我知道她之所以不告訴我，是為了不讓自己父親難堪。我感覺得出這件事已經醞釀許久——沒錯，只要稍微想一下，就會立刻明白這件事已經醞釀很久一段時間了。我繼續安靜地聆聽。

「他控制爸爸的能力，」艾格妮絲說，「很強大。他老是說自己有多卑微、多感恩——或許這是真的，我希望是真的——但他才是真正握有權力的人。我擔心他會濫用權力。」

我說他是個卑鄙小人，當時對這說法覺得很滿意。

「我剛才提過，爸爸告訴我的時候，」艾格妮絲繼續說道，「烏利亞告訴爸爸他要離開了，說他很難過，很不願意走，但他有了更好的前途。爸爸當時非常沮喪，你我都從來沒有見過他那麼一蹶不振。不過在提出合夥這個權宜之計後，他似乎才又放心了一點，雖然他也看起來大受打擊，而且很難為情。」

「那妳覺得呢，艾格妮絲？」

「托特伍德，」她回答道，「我希望我做了對的事。我覺得要讓爸爸放寬心，就必須做出這個犧牲，因此求他這麼做。我說，合夥能減輕他的種種負擔——我希望真的可以！——也讓我有更多陪在他身邊的機會。噢，托特伍德！」艾格妮絲潸然落淚，手捂著臉。「我差點覺得自己是爸爸的敵人，而不是他疼愛的孩子。我知道他是怎樣為了專心照顧我而改變；我知道他減少應酬和工作，只為了能把重心放在我身上；我知道他為了我，拋開了多少事，還有對我的擔心是怎麼在他的生命中留下陰影，讓他心力交瘁，因為他將一切心思都轉到一個念頭上。要是我能補救一切就好了！要是我能想辦法讓他好轉就好了，而我竟然不知情地變成讓他健康每況愈下的罪魁禍首！」

在這之前，我從來沒有看艾格妮絲哭過。之前從學校得到榮譽回家時，我看過她眼中泛淚；我們上次談及她父親時，也看過她淚眼盈眶；我們離別時，我見過她別過細嫩的臉龐，但我從來沒有看她如此悲痛欲絕。我看得十分難過，只能愚蠢無助地說出：「拜託妳，艾格妮絲，別哭了！別哭了，我親愛的妹妹！」

可是艾格妮絲不管在個性或意志方面都比我厲害——不管我當時知不知道這點，我現在可是清楚知道了——根本不需要我多加安慰，她就振作起來了。她很快又恢復原本美麗嫻靜的樣子（在我的記憶裡，這使得她多麼獨一無二、與眾不同），好像烏雲散去，晴空萬里。

「等一下就會有人過來，」艾格妮絲說，「我們倆可以獨處的時間剩不多了，趁現在讓我鄭重地懇求你，托特伍德，對烏利亞友善一點。別排斥他，別因他跟你意氣不相投就憎恨他——因為我覺得你很容易這樣做——他或許不值得我們這樣看待他，但就我們所知，他並沒有做什麼壞事。不論如何，都請你先想到爸爸和我！」

艾格妮絲沒有時間再說下去，因為這時房門打開了，水博克太太像船一樣駛了進來。她身材龐大——或許是衣服龐大——我實在分不清楚哪個是她的身體、哪個是衣服。我依稀記得在劇院見過她，彷彿當時是在灰白的神奇幻燈裡看到她的，但她顯然對我印象深刻，並懷疑我是否還在酒醉。

不過，她漸漸發現我是清醒的，還有——我希望——我其實是個謙虛的年輕人，水博克太太對我的態度就緩和了許多，並問道：第一、我是否常去公園；第二、我是否經常參加社交活動。對於這兩個問題，我都給了否定的回答，使她因此降低了對我的好感，不過她很優雅地掩蓋了這個事實，邀請我隔天共進晚餐。我接受了邀請，並向她們告辭，離去前我先到事務所找烏利亞，因為他不在，我就留了一張名片。

第二天赴宴時，我看到大門敞開，立刻落入羊腰腿肉的蒸氣浴裡。我發現我並不是唯一的賓客，因為我立刻認出那天戴臂章的門房，今天穿著不同的衣服幫忙水博克家的男僕，並在階梯下等著要替我報上名字。他小聲問我的名字時，看起來很努力假裝我們素未謀面，但我很清楚認得他，他也很清楚記得我。良知使我們都成了儒夫。[64]

我發現水博克先生是個中年男子，脖子很短，襯領很大，只要再加個黑鼻子就活像隻哈巴狗了。他說很高興認識我，待我向他太太問候完之後，將我鄭重地介紹給一位令人生畏的女士，她身穿黑色絲絨裙裝，頭戴黑色絲絨大帽，我記得她看起來活像是哈姆雷特的近親——就假設是他的姑姑吧。

這位女士是亨利．史派克先生的夫人——她的丈夫是一位冷若冰霜的男子，頭髮不是灰色，反倒像是撒上了白霜。不論男女，在場的每一個人對亨利．史派克夫婦都十分敬畏。艾格妮絲告訴我這是因為亨利．史派克先生是某個跟財政部有間接關係的機關還是某人（我忘記了）的辯護律師。

我看到烏利亞．希普也在場。他身穿黑色衣褲，一副卑躬屈膝的樣子。我跟他握手問候時，他說在茫茫人海中，我還注意到他，讓他感到非常驕傲，並且十分感謝我紆尊降貴。我倒是希望他不要這麼感激我，因為他接下來整個晚上都在我身邊盤旋不散。只要我跟艾格妮絲說話，就算是一個字，他也會用毫不掩飾的雙眼以及死人臉孔從背後盯著我們。

在場還有其他賓客——我突然想到，他們都跟酒一樣，為了這個場合先冰鎮過似的。但有個人在進門前就吸引我的目光，因為我聽見他們宣告他的名字是崔斗斯先生！我的心思立刻飛回撒冷學校，心想，會是那個愛畫骷髏的湯米嗎？

我異常感興趣地找尋崔斗斯先生。他是個認真穩重、靦腆客氣的年輕人，頭髮看來滑稽，眼睛睜得很大。他立刻就躲到沒什麼人的角落，所以我費了一番工夫才找到他。我終於看清楚他的身影了，要不是我的視覺騙了我，不然他真的就是以前那個倒楣的湯米了。

我走到水博克先生身旁告訴他，我相信我有幸見到以前的一位老同學。

「真的嗎？」水博克先生驚訝地說。「你年紀那麼輕，不會跟亨利．史派克先生是同學吧？」

「噢，我說的不是他！」我回答。「我指的是那位名叫崔斗斯的先生。」

「噢！是呀，是呀！真的啊！」主人興致銳減。「那倒是有可能。」

「如果真的是同一個人，」我朝他的方向看了一眼，「我們是在一個叫撒冷學校的地方認識的，他是個很棒的人。」

64. 出自莎翁劇作《哈姆雷特》第三幕第一場。

「噢，沒錯，崔斗斯是個不錯的小伙子，」主人帶著勉強的口吻點頭說道。「崔斗斯是個滿不錯的小伙子。」

「真是太巧了。」我說。

「的確是呀，」主人回答，「崔斗斯會出現在這裡是真的很巧。我們是今早才邀請他的，因為亨利‧史派克太太的兄弟身體微恙，臨時不能來，才找崔斗斯來替補空缺的坐席。亨利‧史派克太太的兄弟是位非常有紳士風範的人，考柏菲爾德先生。」

我喃喃地表示同意，考慮到我一點也不認識他，這已經算很客氣了。接著我問他崔斗斯先生的專業是什麼。

「崔斗斯，」水博克先生回答，「是個正在念法律的年輕人。沒錯，他是個滿不錯的小伙子，他的敵人就只有他自己而已。」

「他是他自己的敵人？」聽到這裡，我很遺憾地說。

「嗯，」水博克先生噘起嘴，用很自在、優渥的樣子玩弄他的錶鏈。「我應該說他是自擋前途的那種人。是的，我認為，舉例來說，他一年絕對賺不到五百鎊。崔斗斯是一個同行朋友介紹給我的。噢，是的，是的。他在撰寫訴訟案、陳述案情這分面有些天分，直截了當地說就是這樣。這一年來，我還能丟一點事情給他做，這些事——對他來說——算是滿可觀了。嗯，是的，是的。」

水博克先生不時說出「是的」這短詞，所透露那種十分自在、滿意的樣子，讓我非常佩服。其中含著了不起的態度，完全顯現出這個人不只含金湯匙出生，還天生帶了把梯子，一階階地在人生之梯向上爬，直到現在站上堡壘頂端，帶著哲人與恩人的眼神俯瞰底下壕溝裡的人。

我還一直想著這一點時，有人宣布晚餐要開始了。

水博克先生與哈姆雷特的姑姑一起下樓，亨利・史派克先生與水博克太太一起。我雖然想跟艾格妮絲一起，她卻配給了一個傻笑的軟腳小子。烏利亞、崔斗斯和我是在場資歷最淺的，所以盡量留到最後才下樓。沒有辦法勾著艾格妮絲下樓，其實我也沒有那麼生氣，因為這讓我有機會在樓梯上與崔斗斯攀談，他也非常熱情地問候我。烏利亞則是在一旁，帶著刺眼的自滿與自謙扭曲身體，我實在恨不得把他從欄杆推出去。

就座時，崔斗斯跟我分開了，我們各別被分派到邊疆角落——他坐在一位穿著紅色絲絨服的女士身旁，被她的紅光輝映；而我則坐在哈姆雷特的姑姑旁邊，被她的黑色陰影所籠罩。晚宴時間很長，主要話題是貴族社會——還有血統。水博克太太不斷告訴我們，要是她有哪一樣弱點，那就是血統。

我有好幾次都想到，如果晚宴中談的話題別如此附庸風雅，或許會進行得好一點。大家都太過彬彬有禮，談話的範圍非常有限。在場有一對格皮奇夫婦跟銀行有間接的法律業務往來（至少格皮奇先生有），至於跟銀行有什麼關係、跟財政部有什麼關係，我們獲得的情報就像宮廷公報一樣獨家了。為了補救這件事，哈姆雷特的姑姑遺傳到家族老毛病，那就是喜歡自言自語，不管眾人談論的是什麼話題，她都會雜亂無章地自顧自發表長篇大論。這些情況自然很少見，不過我們總是會回到血統的話題上，而她也就跟她姪子哈姆雷特一樣，對於抽象思考的領略甚廣。

話題如此血腥，我們簡直就像一群食人魔。

「我承認我同意水博克太太的看法，」水博克先生將酒杯舉到眼前說，「其他事情就算一切安好，給我血統就對了！」

「噢！沒有別的東西，」哈姆雷特的姑姑說，「比純正血統更讓人滿意的了！一般說來，沒有其他東西比這更**十全十美**了。有些庸俗的人——我慶幸這些人不多，但還是有**一些**——他們寧可去做那些我稱之為偶像崇拜的事。確確實實就是偶像！對於公共職責、知識等等的崇拜。但這些都是無形的，血統就不是這麼一回事了。我們可以從鼻子看出血統，也可以從下巴看見，然後就能說：『就是那個！那就是血統！』這就是實際有形的事實。我們可以清楚地指出，也就不容懷疑了。」

我心想，帶艾格妮絲下樓那個傻笑的軟腳小子，他把這個問題表達得更加明確。

「噢，各位知道，真是見鬼了，」這位先生傻笑著環顧在座的人。「各位知道，我們不能摒棄血統。各位知道，血統是絕對必要的。有些年輕人啊，各位知道，或許在學問和行為方面配不上他們的身分地位，或許做出一點錯事，各位知道，然後讓自己以及其他人陷入一點麻煩等等之類的，可是見鬼了，只要想到他們的血統就讓人高興了！我自己啊，不管什麼時候，寧可被一個有血統的人打趴，也不願讓沒血統的人扶起。」

這番話總結了剛剛討論的問題，讓眾人十分滿意，也對這位先生刮目相看，直到女賓先退席。之後，我注意到在這之前很冷漠的格皮奇先生和亨利．史派克先生結為防禦聯盟，對抗我們這些公敵，他們在桌子另一頭交換神祕的對話，想要徹底打敗我們。

「四千五百英鎊債券的那件事並不如預期，史派克。」格皮奇先生說。

「你是說A的D嗎？」史派克先生說。

「是B的C！」格皮奇先生說。

史派克先生揚起眉毛，看起來頗為憂心。

「向勳爵提起這個問題時——我不需要說出是誰。」格皮奇先生只說到這裡。

「我明白，」史派克先生說，「是N勳爵。」

格皮奇先生嚴肅地點頭，「我跟他提起的時候，他的回答是：『錢拿來，否則不放人。』」

「我的天哪！」史派克先生驚呼道。

「『錢拿來，否則不放人。』」格皮奇先生又堅定地重複了一次，「下一個繼承人——你知道我說的是誰吧？」

「K。」史派克先生說，眼神帶著不祥預感。

「K接著表明拒絕簽字。他為了這件事還到紐馬克特，然後直截了當地拒絕這麼做。」

史派克先生對這事實在太感興趣，聽得目瞪口呆。

「所以這件事到目前就這樣毫無進展，」格皮奇先生往後躺在椅背上說道。「我們的朋友水博克一定會原諒我無法多加闡述，因為這事關重大。」

在我看來，水博克先生能在自家餐桌上聽到這麼重大的事情、重要的人物，就算都只是些代號，他也高興得不得了。他聽完後擺出沉重的表情（不過我確定他對上述事件的瞭解不比我多），並讚揚他們如此保密。

史派克先生聽完朋友分享這樣的秘密之後，自然也會想分享自己知道的。因此，接下來又有類似的一番討論，這次換格皮奇先生驚訝了；然後再一輪討論，這次又換成史派克先生吃驚連連。就這樣一直驚訝來驚訝去的。這段時間，我們這些局外人都因事關重大而感到心情沉重。看我們因為獲知有益消息，表現出敬畏和驚訝的樣子，主人還覺得特別自豪。

我很高興能夠上樓找艾格妮絲，跟她在角落交談，並向她介紹崔斗斯。他雖然害羞，但還是很親切和善，跟以前一樣是個心地善良的人。

不過我跟崔斗斯都還沒聊夠，他就得先告辭了。因為隔天早上有事得離開倫敦一個月，所以我們交換了地址，約好等他回來後再見面敘舊。他聽到我跟史帝福斯仍保持聯絡，覺得十分感興趣，講起

晚宴中，烏利亞陰魂不散

史帝福斯來也句句都是好話，於是我要他也說給艾格妮絲聽。不過艾格妮絲只看著我，不發一語，等只有我一個人注意到她時，她才輕輕搖了頭。

跟這些人相處，我相信她並不感到自在，所以一聽到她幾天後就要離開，替她覺得很高興，但又不希望這麼快就跟她分離。因此，我留在那裡不走，直到所有賓客都離去。與她聊天、聽她唱歌時，我很開心地想起過去在莊嚴古宅的快樂生活，因為有她，那裡變得如此美麗。我好希望能夠一直留到清晨，可是水博克先生的貴客都已經離開了，我已經沒有理由再繼續待在那裡，儘管萬分不願意，我也向他們告辭。那時候，我覺得她真是我的好天使，這種感覺從未如此強烈過。如果我將她甜美面容與嫣然微笑，想像成某種如天使般脫離形體的靈魂，散發光輝照耀在我身上，我希望我的想像不算褻瀆神靈。

我剛說了，所有的賓客都已離去，但我漏掉了烏利亞，因為我並沒有把他算在那派人之中。他從頭到尾都沒有離開過我們，一直在附近徘徊。我下樓時，他在我身後跟得很緊。我踏出大門時，他也緊跟在我旁邊，慢慢將他骷髏般的長手指套進像蓋．福克斯[65]戴的那種又長又大的手套裡。

我並不打算跟烏利亞多來往，但想到艾格妮絲的懇求，就問他是否要到我家坐坐，喝杯咖啡。

「噢，真的嗎，考柏菲爾德少爺？」他答道。「——不好意思，我是說，考柏菲爾德先生，因為叫您少爺實在叫得太順了。我不想讓您勉強自己邀請像我這樣卑微的人到您府上。」

「一點也不勉強，」我說，「你要來嗎？」

「我非常樂意。」烏利亞扭曲了一下身體，回答道。

「那好，走吧。」我說。

我實在忍不住說得很簡短，但他似乎不介意。我們走最近的一條路，一路上並沒有多說什麼。他彷彿覺得自己配不上那雙奇怪手套似的，以至於我們抵達家門口時，他還試著要套上它，忙了半天，似乎沒什麼進展。

我拉著他的手帶他走上黑暗的樓梯，以免他去撞到什麼東西。真的，他冰冷潮濕的手摸起來就像青蛙，害我好想立刻放手跑走。不過，艾格妮絲與好客之道戰勝了我的欲望，我帶著他到了壁爐邊。點燃蠟燭時，他看到房間格局露出些微激動的表情。我用一只其貌不揚的錫壺熱了咖啡，看到他喜出望外的樣子，我真恨不得燙傷他才高興。（克拉普太太很喜歡拿這只壺來煮咖啡，我相信主要是因為這本來就是裝刮鬍水的容器，不是用來煮咖啡的，而真正專門煮咖啡的器具卻在儲物間裡生鏽發霉。）

65. 一六〇五年火藥陰謀案的主謀。英國各地每年十一月五日都會舉辦遊行，施放煙火，並點燃營火燃燒戴著面具以及手套的蓋．福克斯肖像做為慶祝。

「噢，說真的，考柏菲爾德少爺——我是說，考柏菲爾德先生，」烏利亞說，「您替我服務，真是讓我萬萬沒想到啊！不過，不管怎麼說，最近發生的好多事都出乎我意料，看來好事都降臨在我這個出身卑微的人身上了，這點我很確定。我敢說，關於我前途的改變，您應該有聽說什麼吧，考柏菲爾德少爺——我應該說考柏菲爾德先生？」

他坐在我家沙發上，咖啡杯放在長膝蓋上，帽子與手套放在身旁的地板上。湯匙一直輕輕地攪拌，毫無遮掩的紅眼看起來好像睫毛都已經燒光一樣。他轉向我，但並沒有看著我——我之前形容過他的鼻孔，那兩個讓人看了討厭的凹洞隨著呼吸上下起伏，以及從他的下巴到靴子如蛇般蠕動——我當場就告訴自己我實在太討厭這個人了。由於我那時還年輕，不太會掩飾心中強烈的感受，邀他來作客讓我顯得很不舒服。

「我敢說，關於我前途的改變，您應該有聽說什麼吧，考柏菲爾德少爺——我應該說考柏菲爾德先生？」烏利亞說道。

「是的，」我說，「有聽說。」

「啊！我就知道艾格妮絲小姐已經得知了。」他平靜地回答。「我很高興艾格妮絲小姐知道這件事。噢，謝謝您，考柏菲爾德少爺——先生！」

我實在很想拿起地毯上的鞋拔朝他丟過去，因為他逼得我非得說艾格妮絲的事，不管有多無關緊要。不過我只喝了咖啡，沒有作聲。

「您真是個厲害的預言家，考柏菲爾德先生，」烏利亞繼續說，「我的天哪，您證明自己真的是個非凡的預言家！您記不記得曾經跟我說過，或許有天我會當上威克菲爾德事務所的合夥人，或許名稱會改為威克菲爾德與希普？**您**或許不記得了，但像我這樣卑微的人，考柏菲爾德少爺，是會對這種話視為珍寶的！」

「我記得曾經這麼說過，」我說，「雖然我當時覺得並不太可能。」

「噢！誰會覺得有可能呢，考柏菲爾德少爺！」烏利亞激動地說道。「我自己就萬萬也沒想到。我記得親口說過自己實在太卑微了。我真真確確是這樣認為的。」

我看著他坐在那裡，用臉上那雕刻出來的齜牙咧嘴，看著爐火。

「但最卑微的人啊，考柏菲爾德少爺，」他繼續說道，「或許能成為得力的助手。我有幸擔任威克菲爾德先生的左右手，也認為對自己的將來會更有幫助。噢，他真是個高尚的人，考柏菲爾德先生，不過他向來太不謹慎了！」

「聽你這麼說，我很遺憾，」我忍不住尖刻地加了這句話，「對所有發生的事情感到遺憾。」

「的確是這樣，考柏菲爾德先生，」烏利亞回答。「所有發生的事情啊。特別是艾格妮絲小姐！您或許不記得自己說過順耳的一番話，考柏菲爾德少爺，但**我**記得您有天說過，大家都會很愛慕她，我對您這句話真是感激不盡！我相信您一定忘記了吧，考柏菲爾德少爺？」

「沒忘。」我有點諷刺地說。

「噢，我好高興聽到您沒忘！」烏利亞驚呼道。「光想到您正是第一個在我卑微的心中點燃企圖心火花的人，而您竟然沒有忘記！噢！——不好意思，能夠麻煩再給我一杯咖啡嗎？」

他強調點燃火花的時候，以及他說話時投向我的目光，有些古怪。我彷彿看到他被一片燈火照亮，讓我警覺了起來。他用不同語調提出的要求喚醒了我，我盡主人之誼地拿起裝刮鬍水的錫壺，不過手在顫抖，突然覺得自己不是他的對手，對於他接下來不知道要說什麼感到焦慮不安。而我的感受逃不過他的法眼。

他什麼都沒說，攪拌著咖啡，小口喝著，用可怕的手輕摸下巴。他看了爐火，環顧房間。與其說他對著我笑，不如說他在喘氣，用慣於順從的卑微模樣全身扭動。他又攪了咖啡，吮了一口，但並沒有說話，要等我開口延續話題。

「所以，威克菲爾德先生，」我終於開口道，「勝過五百個你——或我，」我拚死也無法不帶著尷尬的抽搐補上最後兩個字。「向來很不謹慎，是嗎，希普先生？」

「噢，的確非常不謹慎，考柏菲爾德少爺，」烏利亞謙虛地嘆了一聲。「噢，真的太不謹慎了！但如果可以的話，我希望您叫我烏利亞，就跟以前一樣。」

「好吧！烏利亞。」我好不容易才蹦出他的名字。

「感謝您，」他熱情地回答。「謝謝您，考柏菲爾德少爺！聽到您說出『烏利亞』，就彷彿一陣微風吹過，或是古老的鐘響一般。不好意思，我剛剛說到哪裡了？」

「說到威克菲爾德先生。」我提醒他。

「噢！是的，沒錯，」烏利亞說。「啊！他太粗心大意了，考柏菲爾德少爺。這件事我絕不會對任何人說的，我只告訴您一個人。而即使是您，我也只能說到這裡，不能再多說了。如果過去幾年來，我這位子換成別人來做，那他到這時候早就把威克菲爾德先生（噢，他真是值得敬佩的人，考柏菲爾德少爺！）壓在他的拇指下了。壓在——他的——拇指下。」烏利亞慢慢地說出這幾個字，將他的魔掌伸出來放桌上，用拇指一壓，壓到桌子都在晃動，房間也跟著搖撼。

就算我是眼睜睜看著他將八字腳踩在威克菲爾德先生的頭上，我想我也不會比現在對他更加恨之入骨。

「噢，天哪，是的，考柏菲爾德先生，」他繼續低聲輕語，跟拇指的動作形成強烈對比，一點也沒有減輕他壓著桌子的力道，「這點是無庸置疑的。原本還可能會遭致損失，或是讓他蒙羞，連我都無法想像。威克菲爾德先生自己也知道。我是他的得力助手，一直謙卑地伺候他，而他提拔我到如此顯赫的位置，是我一輩子也妄想不到的。我永遠感恩戴德！」語畢，他將臉轉向我，但眼光沒有落在我身上。他收回原本深植在桌上的彎曲拇指，若有所思地、緩慢地搔著瘦長的下巴，就好像在刮鬍子一樣。

看到他佛口蛇心的嘴臉被爐火的紅光照映著，心裡盤算著要再出一擊，我記得很清楚，當時我義憤不平的心跳得有多劇烈。

「考柏菲爾德少爺，」他又說道，「我是不是打擾到您的睡覺時間了？」

「並沒有，我平常就很晚睡。」

「謝謝您，考柏菲爾德少爺！從您跟我初識至今，我已經從之前的卑微地位大大提升了，這是事實，但我還是一樣的謙卑。鄙人期許自己永遠都懷有謙卑的心，其他的不可以有。如果我跟您分享一件小小的心事，那您不會覺得我踰矩吧，考柏菲爾德少爺？您會嗎？」

「噢，不會的。」我勉強地說。

「謝謝您！」他拿出手帕，開始擦手心。「這件事跟艾格妮絲小姐有關，考柏菲爾德少爺……」

「怎麼了，烏利亞？」

「噢，聽到您這麼自然地叫我烏利亞，我真是太高興了！」他大聲說道，還像條魚一樣抽搐了一下。「您覺得她今晚是不是特別漂亮，考柏菲爾德少爺？」

「我覺得她跟以往一樣，不管哪方面，都比周圍的人更高貴脫俗。」我回答。

「噢，謝謝您！您這句話講得太對了！」他大聲說道，「噢，非常感謝您這麼說！」

「不用謝，」我高傲地說，「你沒有向我道謝的理由。」

「怎麼會呢，考柏菲爾德少爺，」烏利亞說，「事實上，我冒昧向您吐露的心事，正是我向您道謝的理由。雖然我很卑微，」他更用力地擦手，輪流看著雙手與爐火，「家母也很卑微，我們家雖然一直都很貧窮卑賤，卻誠實正直。艾格妮絲小姐的形象——我不介意將深埋心底的祕密告訴您，考柏菲爾德少爺，因為自從我有幸在馬車上看見您，對您的信任就溢於言表——早就在我心裡埋藏多年了。噢，考柏菲爾德少爺，連艾格妮絲走過的地面，我都是多麼純潔地愛它啊！」

我相信當時有個瘋狂的想法，想抓起壁爐裡燒紅的火鉗戳穿他。這個念頭就像子彈從步槍裡穿出一樣，使我全身一震。我看著烏利亞坐在那裡全身抖動，彷彿邪惡的靈魂正侵蝕著他的身體，雖然這紅髮畜牲的一個念頭汙辱了艾格妮絲，但她還是留在我心裡，讓我頭暈目眩。他似乎在我眼前膨脹變大，整個房間好像都迴盪著他的聲音。我有種奇怪的感覺（或許大家都經歷過），覺得這一切以前某個時刻曾發生過，而我清楚他接下來要說什麼，這念頭控制了我。

我觀察到他臉上的權威感，適時讓我想起艾格妮絲對我的懇求，我得全力做到，而這比我自己能想到的辦法更有用。我用前一分鐘還不可能鎮靜下來的沉著表情問他，是否有把這份感情告訴過艾格妮絲。

「噢，沒有，考柏菲爾德少爺！」他回答。「噢，天哪，沒有！我只告訴您一個人。因為啊，我也才開始要從低下的地位往上爬而已。我誠心希望她能觀察到我是如何盡心盡力協助她父親——我相信自己的確是他的左右手，考柏菲爾德少爺——以及我如何幫他把事情辦穩妥，不讓他脫離正軌。她與父親的感情太好了，考柏菲爾德少爺。女兒能夠如此貼心是多麼棒的一件事！——所以我覺得她會看在父親的分上，對我好。」

我看透這無賴的詭計，也清楚他為什麼現在要明明白白地告訴我。

「如果您能好心地替我保密，考柏菲爾德少爺，」他繼續道，「而且也別跟我過不去，那我會當作是您特地幫忙了。您不會想讓事情難看吧。我知道您是多麼親切友善的人，但您只知道我出身卑微——我應該說，我現在還是很謙卑——您或許會從中阻撓我和我的艾格妮絲，這我就不得而知了。我說她是我的，考柏菲爾德少爺，是因為有首歌這樣唱的：『我願捨江山，只愛屬於我的她！』我希望總有一天能這麼做。」

親愛的艾格妮絲！——我想不出來世界上有哪個人配得上如此善良貼心的她——她真的有可能成為這種卑鄙小人的妻子嗎？

正當我看著烏利亞這麼想的時候，他開口道：「現在還不急，您知道的，考柏菲爾德少爺，」他用討人厭的方式繼續說。「我的艾格妮絲還很年輕，母親和我也需要再更上一層樓，要讓此事順順利利，還有很多事得安排，所以我還有時間，有機會慢慢讓她明白我的心意。噢，我真是謝謝您為我保密！噢，您瞭解我們家的狀況，還不會反對這件事——因為您不會想把這個家搞得很難堪吧——讓我真是鬆了一口氣！」

他伸出我不敢握住的手，濕冷地用力一握，看了褪色的錶。

「我的天哪！」他說，「已經一點多了。與老朋友交心的時光總是過得特別快，考柏菲爾德少爺，現在都快一點半了！」

我回答說我還以為更晚。我也沒有真的這麼想，只是我已經失去交談能力了。

「我的天哪！」他思忖道，「我住的那間旅店——算是私人的旅店跟民宿，考柏菲爾德少爺，靠近新河源——已經過門禁兩個小時了。」

「真是抱歉，」我回答，「這裡只有一張床，而我……」

「噢，別擔心床的事，考柏菲爾德少爺！」他狂喜地答道，一隻腳抬起來。「不過您**會**不**會**介意就讓我睡在壁爐邊呢？」

「如果真的沒有別的辦法，」我說，「拜託你就睡我的床吧，我睡在壁爐邊。」

他過度驚訝與謙卑的回絕聲尖利刺耳，足以穿透進（我猜已經入睡的）克拉普太太的耳裡。她的房間位在遠處，大概位於低水位線的地方。她總用一只無可救藥的鐘的滴答聲安穩入睡，每逢彼此對時間意見有出入時，她就會叫我去看那只鐘，而它至少慢了三刻，每天早上都得調整至最標準的時間。因為我已經糊裡糊塗，說不出什麼客套話來說服他睡寢室，只能盡量幫他在爐邊弄得舒適點。我搬出沙發墊（對他瘦長的身軀來說太短了）、沙發抱枕、毛毯、桌巾、乾淨的餐巾，以及一件大衣幫他鋪好床，他對此感激萬分。我還借了他一頂睡帽，他立刻就戴上（還弄成噁心的形狀，讓我從此沒再戴過睡帽），然後我就讓他好好休息了。

我一輩子都忘不了那天晚上的情景。我一輩子都忘不了我是如何輾轉難眠。我想到艾格妮絲跟那個畜生就心煩意亂；我想著自己能做什麼、該做什麼，想到最後只有一個結論：為了不讓她更加煩心，最好的做法就是什麼都不做，將我所聽到的事藏在心裡。如果我眼睛闔上些許片刻——艾格妮絲那溫柔的雙眼，她父親充滿愛意地看著她（就像以前常看到的樣子）——我眼前浮現出哀求的面孔，使我充滿莫名的恐懼。當我醒來時，一想到烏利亞就睡在隔壁客廳，這念頭就像活生生的噩夢沉重地壓在我心上，彷彿家裡來了個惡鬼訪客。

除此之外，那根火鉗也進入我模模糊糊的腦袋中，揮之不去。在半夢半醒間，我覺得它依然紅燙燙地，我從火中拿起，刺穿烏利亞的身軀。這個想法到最後仍縈繞在我腦海裡，儘管我知道毫無根據，我還是偷溜到客廳去查看他。

我看見他仰躺著，雙腳不知道伸展到哪裡去了，喉嚨發出咯咯聲，鼻子塞住，嘴巴張得跟郵局大門一樣開。現實的他遠比我心煩意亂的想像更加糟糕，但在這之後，正因為這種厭惡，我反而受他吸引，總忍不住晃進晃出，大概每半小時就去看他一眼。不過，漫漫長夜仍然一樣沉重絕望，黑暗陰鬱的天空看不見明日光明的到來。

第二天早上，看到烏利亞很早就下樓（謝天謝地！他不願留下來吃早餐），我覺得彷彿黑夜也跟著他的身軀一起離去。我要出門到公會前，還特別吩咐克拉普太太別關窗，好讓客廳通風，去除他留下的穢氣。

第26章 擄獲我心

直到艾格妮絲要離去的那一天，我才再見到烏利亞．希普。

我到驛站替她送行時，看到他也出現在那裡，要跟她搭同一班車回坎特伯里。烏利亞穿著單薄、窄腰、高肩的深紫紅色大外套，像小帳篷似的撐著傘，高坐在車頂上後排最邊緣，而艾格妮絲當然是坐在車廂裡頭。看到這一幕，我覺得有點痛快，而這麼一點彌補或許也是應該的，因為艾格妮絲在看，所以我費盡心思向烏利亞示好。我在馬車的窗口與艾格妮絲說話時，他就像晚宴那天一樣，一刻都不鬆懈地緊盯著我們，像隻盤旋的禿鷹，吞嚥著我們交談的每一個音節。

他在壁爐邊跟我吐露心事後，我就一直坐立難安。艾格妮絲提到合夥時所說的那些字句：「我希望我做了對的事。我覺得要讓爸爸放寬心，就必須做出這個犧牲，因此求他這麼做。」讓我思忖許久。為了父親，艾格妮絲願意做出任何犧牲，她屈服於這個想法，也以此支撐自己，讓我有種痛苦的預感，並且從那之後就一直壓在我心頭。

我知道艾格妮絲有多麼愛她的父親，也知道她天性多麼孝順。從她口中，我親耳聽見她認為自己的無心之過，造成了他的惡習，所以實在欠他太多，熱切地想報答他。看到艾格妮絲跟這個穿深紫外套的可憎紅髮男子有如天壤之別，完全沒有給我安慰。她的靈魂純潔，克己無私，而他卑鄙下流，他們兩人的不同之處才正是危險所在。以上種種，烏利亞也十分明白，而且陰險狡詐的他也肯定都深思熟慮過了。

但是，我確信這樣的犧牲在未來一定會毀掉艾格妮絲的幸福。從她先前的態度看來，我很確定她絲毫沒有料到事情會這樣發展，所以此事還沒在她心頭蒙下陰影。哪怕我稍微暗示，都有可能立刻傷害到她；因此，我沒有多說什麼，就向她道別了。她從車窗微笑著向我揮手再見，而她的那個邪惡天才在車頂上不停扭動，宛如已將她牢牢抓住，大獲全勝。

這告別的景象在我心中餘盪很久，難以散去。我後來收到艾格妮絲報平安的信時，就如替她送行那天一樣痛苦。每當我陷入沉思，這件事就會再次浮上心頭，所有的不安焦慮就會統統加倍。我幾乎每天晚上都夢到這件事；它已經變成我生命的一部分，跟我的腦袋一樣，與我的人生密不可分。

史帝福斯寫信來說他還在牛津，因此我不在公會的時候，基本上就是孤伶伶一個人，我有充足的閒暇時間琢磨讓我不安的事情。我相信此時的我已開始對史帝福斯產生了一些潛在的不信任。雖然我還是盛情地回信給他，但是鑒於最近發生的事，我想，對於他無法立即回倫敦這點，我當時是很高興的。箇中原因呢，我猜是艾格妮絲說的話對我產生影響，沒見到史帝福斯本人就沒受到干擾。由於我所想的、關心的大部分都是艾格妮絲，所以她的話對我來說更加具有力量。

這段日子，時光飛逝。我繼續在史賓洛與喬金斯事務所實習，姨婆一年給我九十英鎊的零用金（不包含房租以及相關開銷），公寓也確定承租十二個月。雖然我依然覺得晚上的時光很無聊且漫長，但還是會讓自己定下心來，獨自灌著咖啡，心情低落地度過平靜的夜晚。現在回顧起來，我那時候的日子都是以加侖為單位在喝咖啡的。也差不多是這個時候，我有了三個發現：第一、克拉普太太長期患有一種奇怪的「抽搐病」，通常還會造成鼻子發炎，需要不斷用薄荷治療；第二、我小廚房的室溫特別奇怪，讓白蘭地酒瓶都破掉了；第三，我在這世界上孤單一人，所以很喜歡零散地用英文韻文將那時的境遇記錄下來。

正式簽約實習的那一天，我除了帶三明治和雪利酒到辦公室招待其他同事，還有晚上獨自去劇院以外，就沒有其他娛樂了。我去看了跟律師公會有關的戲劇《陌生人》[66]，心靈被打擊得傷痕累累，回到家時幾乎不認得鏡中的自己。

那一天手續都辦完以後，史賓洛先生說他很樂意邀請我到他位於諾伍德[67]的宅邸，慶祝我們有緣結識，只不過他女兒剛在巴黎念完書準備回家，現在家裡有點混亂，要做一些安排才能迎客。但是他告訴我，等女兒回家後，他很樂意好好款待我。我知道他是鰥夫，只有一個寶貝女兒，就欣然答應等他安排了。

史賓洛先生是個說到做到的人。大概一、兩週後，他就提起去他家作客的事，並說如果我方便，下週六抽空下去一趟，待到週一再返回，那會幫他一個大忙，而且他會十分高興。我當然回答說這個忙不算什麼，並約好他會用四輪敞篷馬車載我去，再送我回來。

這天到來時，連我的旅行袋都成為其他正職書記羨慕的對象。因為對他們來說，諾伍德大宅是個神祕的聖地。

有人還告訴我，他聽說史賓洛先生都是用銀盤瓷器用餐；另一個人透露，不像一般人家裡提供桶裝淡啤酒，史賓洛家供應的可是香檳。戴假髮的老書記提飛先生在工作生涯中曾因公事下去過幾次，每次都會穿過早餐室。他形容那裡豪華無比，而且他在那喝過東印度的褐色雪利酒，品質上等到讓人喝了直眨眼。

我們那天在教會法庭處理一個延期訴訟案件——有位烘焙師在教區會議上反對繳納鋪路稅，因此要將他逐出教會。根據我的計算，本案口供證據的長度恰好等於兩本《魯賓遜漂流記》，所以那天休庭的時候已經滿晚了。不過，我們辯得他得被逐出教會六週，並罰了他一大筆錢。最後，烘焙師的代訴人、法官和雙邊的辯護律師（都是一家親）全都一起出城去了。我跟史賓洛先生則搭著四輪輕型敞篷馬車離去。

敞篷馬車威風凜凜，兩匹馬兒拱起長頸，高舉蹄子，彷彿知道牠們屬於律師公會一樣。在公會裡什麼都能拿來競爭比較，連馬車及侍從都是兵家必爭。不過我一直都認為，也將永遠認為，在我實習時競爭最激烈的，莫過於衣服澱粉漿的硬度——我覺得那些代訴人所穿的衣服，根本就是硬到人類難以忍受的程度了。

我們一路上聊得非常愉快，對於代訴人這一行，史賓洛先生給了我一些建議。他說代訴人是世界上最體面的工作，而且千萬不得拿來跟事務律師混淆——這是全然不同的兩回事，代訴人絕對是獨一無二、較不呆板，也較賺錢的職業。在律師公會做起事來比其他地方輕鬆多了，他說，光這點讓我們有別於他人，是特權階級。他說，我們主要受僱於事務律師的這個事實雖令人不甚愉快，卻也無法隱瞞。他要我知道事務律師是低等人，而全世界的代訴人（不論抱負大小）都看不起他們。

我問史賓洛先生他覺得這行最好的業務是什麼。他回答是遺囑案，一棟值三、四萬英鎊的小物產大概就是最好的業務了。他說，這種案子不只在審理過程的每一階段辯論，以及詰問和反詰問時有堆積如山的證據（先上代表法庭，再上訴至上議院這部分就不用說了），還肯定能從最後的遺產中拿到費用，兩造律師打起官司都精力充沛，生氣勃勃，完全不考慮花費。之後，他開始頌揚律師公會。根

66. 理查・布林斯利・謝立丹（Richard Brinsley Sheridan，一七五一～一八一六）於一八〇六年將德國劇作家奧古斯特・馮・柯則布（August von Kotzebue，一七六一～一八一九）關於罪與罰的劇作改編成英文版。

67. 諾伍德（Norwood）：位於倫敦南部。

據他的說法，在律師公會裡，特別值得讚揚的就是它緊湊堅實。這是全世界最有組織的地方，完全體現出「舒適」一詞的定義，總之就是這樣。

舉例來說，你把一件離婚案或賠償案帶到教會法庭，非常好。你得先在教會法庭裡審案，跟親如一家的人悠哉地玩一輪安靜的小遊戲。之後你要是不滿意教會法庭的審理結果，那怎麼辦？哎呀，當然就是再送到拱頂法庭囉。什麼是拱頂法庭？就是一樣的法庭、一樣的地點、一樣的法院欄杆、一樣的律師，只不過換了法官，因為在哪裡，教會法庭的法官可以在任何開庭日以辯護律師身分出庭。哎呀，你就再玩一輪同樣的遊戲。你還是不滿意結果，很好，那接下來怎麼辦？哎呀，當然就是呈到代表法庭。誰是代表？哎呀，教會代表就是那些閒閒沒事的辯護律師，他們在前兩次法庭上都已經先看過人家的玩法，知道牌怎麼洗、怎麼切、怎麼玩，也跟所有的玩家統統都談過了，現在以法官身分全新登場，以人人滿意的方式解決問題！史賓洛先生鄭重地總結道，不滿的人可能會說律師公會很腐敗、很封閉，有改革的必要。不過在每一蒲式耳小麥價格最高的時候[68]，就是公會最忙的時候。一個人可以將手按在胸口，向全世界的人說：「誰要是敢碰律師公會，國家就會倒！」

我全神貫注地聽他說這番話。不過我必須說，對於史賓洛先生所說的全國上下都要感謝律師公會，我雖然抱持懷疑的態度，還是恭敬地聽從他的意見。至於每一蒲式耳小麥的價格問題，我覺得自己力有未逮，無法與他多做討論。至今我還是無法搞懂那蒲式耳小麥的問題。我這一生中，它總與五花八門的話題有所關聯，卻再再擊敗我。在各式各樣的場合中，我不知道它跟我確實有什麼關係，或它有什麼權利打垮我，但不論何時，只要我見到這個蒲式耳老朋友被人扯進話題中（我發現老是如此），我就直接認輸了。

這番話離題了。我不是那種會去碰律師公會，把整個國家弄倒的人。對這位年紀及知識都在我之上的人所說的話，我恭謹地表示默從。我們還談了《陌生人》、聊戲劇、還有拉車的兩匹馬，直到抵達史賓洛先生家的大門口。

史賓洛先生家有個漂亮的花園，雖然現在並非賞花的最佳季節，但花園還是整理得很漂亮，讓我為之著迷。除此之外，還有個宜人的草坪、成簇的樹叢，以及在暮色中還能稍微看出的小徑，上面有拱型的棚架，爬滿在生長季節中的灌木和花朵。「這裡就是史賓洛小姐獨自散步的地方了，」我心想，「我的天哪！」

我們進到燈光明亮的屋裡，接著走進一間充滿各式各樣禮帽、便帽、大衣、彩格披肩、手套、馬鞭和手杖的大廳。

「朵拉小姐呢？」史賓洛先生對僕人問道。「朵拉！」我心想，「多美的名字呀！」

我們轉進最近的房間（我想這一定就是以褐色東印度雪利酒聞名的那間早餐室）。這時我聽到有個聲音說：「考柏菲爾德先生，這是我女兒朵拉，以及我女兒朵拉的密友。」這無非是史賓洛先生的聲音沒錯，但我不認得，我也不在乎是誰的聲音。在這一刻，一切都完了。我完成此生的使命。我變成一個俘虜、奴隸。我無可救藥地愛上了朵拉．史賓洛！

對我來說，她不只是凡人；她是仙女，是精靈。我不知道她到底是什麼——是從來沒人見過、卻人人都想要的。我立刻墜入愛情深淵，沒有在邊緣停留，沒有往下看，也沒有往後看，我連一個字都還沒對她說出口，就這樣一頭栽入。

68. 一八一五年至一八四六年的穀物法（Corn Laws）強制實施進口關稅，造成英國國內糧食價格高漲，雖然造福地主與農夫，卻對下層階級形成極大負擔。

「我……」在我鞠躬致意，口中喃喃的時候，聽到了熟悉的聲音，「見過考柏菲爾德先生。」說話的人不是朵拉。不，開口的是她的密友——謀石小姐！

我覺得自己當時並沒有太過吃驚。就我所知，我當時一點也沒有驚訝的餘力，因為在這個紅塵俗世中，除了朵拉．史賓洛以外，沒有值得驚奇的事了。我說：「妳好嗎，謀石小姐？希望妳過得不錯。」她回答：「非常好。」我問：「謀石先生呢？」她答：「家弟身體很硬朗，謝謝你的關心。」

我想史賓洛先生也很訝異我們竟然認識對方，便接著說上幾句：

「考柏菲爾德，」他說，「你竟然認識謀石小姐，我很高興。」

「考柏菲爾德先生跟我是親戚，」謀石小姐神色嚴肅地說。「在他年幼時稍微有點認識，但後來發生一些事就沒有再聯絡，我都快認不出他了。」

我回答說，我不管在哪裡看到她，都認得出她來。這也是事實。

「謀石小姐很好心，」史賓洛先生對我說，「接受這份職務——容我這麼形容——願意當我女兒朵拉的密友。我女兒朵拉沒有母親陪伴，鬱鬱寡歡，還都要感謝謀石小姐願意陪伴她、保護她。」

我腦中快速閃過一個念頭：謀石小姐就像隨身攜帶的自衛短棍，不是用來保護，而是拿來攻擊的。但我當時滿腦子都是朵拉，其他的事對我來說統統都是忽現即逝，所以我立刻又往她那裡看，從她可愛任性的模樣中，我覺得她跟這位朋友兼保護者並沒有那麼親密。這時鈴響了，史賓洛先生說是晚餐的預備鈴，於是我就去更衣了。

在這種被愛沖昏頭的情況下，要自己更衣或是做任何事情都有點太過荒謬，因此我只能坐在壁爐邊，咬著旅行袋上的吊環，想著那一貌傾城、千嬌百媚、清眸流盼且楚楚動人的朵拉——身段多麼搖曳生姿，臉蛋多麼標緻美麗，多麼的優雅迷人、風情萬種！

墜入愛河

在這種情況下，我本來希望仔細打扮一番，但用餐鈴很快地再次響起，害我只能匆忙更衣下樓。有些賓客已經到了，朵拉正在跟一位白髮蒼蒼的老紳士聊天。他老歸老——他說自己都已經當人家的曾祖父了——我還是很嫉妒他。

我當時是什麼樣的心情啊！我嫉妒在場的每一個人，我無法忍受有人比我跟史賓洛先生更熟。聽到他們談論我一點也插不上話的話題，對我更是折磨。有一位十分和藹可親、頭禿得發亮的紳士，在餐桌對面問我是不是第一次到此拜訪，我都差點要使出一切凶殘手段報復他了。

除了朵拉，我不記得還有誰在場。除了朵拉，我一點也不記得我們晚餐吃了什麼。我印象中，我吃的全是朵拉，有半打的菜連碰都沒碰，就請人收走了。我坐在她身旁；我與她聊天。她擁有最悅耳的嬌聲細語、銀鈴般的笑聲、最可愛迷人的小動作，足以讓迷失的年輕人變成無可救藥的奴隸。她整體來說頗為嬌小，所以更顯得彌足珍貴，我心想。

她與謀石小姐離開餐廳後（在場沒有其他女賓），我陷入沉思，唯一打亂我的就是深怕謀石小姐在朵拉面前說我壞話。童山濯濯的和藹紳士跟我說了很長一段故事，我想是關於園藝的，因為我聽見他說了好幾次「我家園丁」。我看似全神貫注聽他說話，但其實已經跟朵拉一起神遊到伊甸園去了。

我們走進客廳，我一看到謀石小姐陰鬱冷漠的神情，又再次擔心她會在讓我愛得神魂顛倒的對象面前詆毀我。但很意外地，接下來發生的事讓我卸下了心中大石。

「大衛．考柏菲爾德，」謀石小姐示意我到窗邊，「借步說話。」

我單獨面對謀石小姐。

「大衛．考柏菲爾德，」謀石小姐說，「我們的家務事就不需要我多說了，那不是多引人入勝的話題。」

「絕對不是，女士。」我答道。

「絕對不是，」謀石小姐同意道。「我不想重提過往那些歧見或侮辱。講到汙辱我的某個人——很遺憾，這個人還真是丟盡我們女性的臉——就讓人鄙視、作噁。因此，我寧可不要提到她。」

聽她這麼說姨婆，我覺得非常火大，但只回答說，要是謀石小姐不希望提起她，那最好。我補充道，如果我再聽到有人這麼不客氣地批評她，我會當場斷然地表達己見。

謀石小姐閉上眼，倨傲地側著頭，然後她緩慢地睜開眼繼續說：「大衛．考柏菲爾德，你小時候我對你抱持負面觀感，這一點我並不否認。或許我的看法是錯誤的，又或許你現在已經不像從前，那都不是我們倆之間的問題。我們家的人都算心意堅定，而我也不是那種會受情況影響或是改變的人。我有對你的意見；你也有對我的看法。」

這次換我側著頭。

謀石小姐說：「不過沒有必要，讓我們的意見在這裡相左。就現狀看來，不管從哪方面來說，還是別發生衝突比較好。既然命運讓我們重逢，或許以後還得在其他場合相見，我覺得我們就以遠親相待吧。我們的家庭情況足以讓我們以這層關係相處，毫無必要讓對方成為話柄。你同意嗎？」

「謀石小姐，」我回答，「我認為妳和謀石先生狠心地利用我，待我母親非常刻薄。我還活著的一天，就會永遠抱持這看法。但是，我同意妳的提議。」

謀石小姐再次閉上眼，彎下頭。接著，她只用僵硬冰冷的指尖碰了我的手背，整理了手腕和脖子上的小銬鐐之後，就走開了。我上一次見到她的時候，她似乎就是戴著同一套小銬鐐，一點都沒變。而就謀石小姐的本性來看，它們讓我聯想到獄門上的銬鐐，讓門外觀看的所有人都能以此料到門內的情形。

至於剩下的夜晚，我所知道的只有這些——我聽見心中的女王用法語唱了動人的情歌，基本上歌詞是描述不管發生什麼事，我們都要永遠地跳舞，嗒嚕啦，嗒嚕啦！她還拿著類似吉他那種亮閃閃的樂器伴奏。我完全陷入幸福的癡狂，什麼餐點我都沒吃，潘趣酒我也特別不想喝。謀石小姐將朵拉帶走時，她含笑將纖纖玉手伸向我，我從鏡子看到自己的模樣，活像個智障兼白痴。就這樣，我帶著極其難過的心情入睡，隔天虛弱無力、醉心痴迷地醒來。

一大早天氣很好，我想去有拱架的小道散步，好好沉浸在朵拉的倩影裡。經過大廳時，我碰上她的小狗吉普（吉普賽的簡稱），因為愛屋及烏，我溫柔地靠近牠，可是牠竟然對我露出整排牙齒，躲到椅子下狂吠，一點也不想親近我。

花園裡涼快靜謐。我邊走邊想，如果能夠與這個絕世佳人訂婚，我不知道會有多幸福。至於婚姻、財產等等問題，我相信當時的我天真無知，就跟小時候愛上小艾蜜莉一樣，完全沒想到這些事。能夠叫她「朵拉」，能夠寫信給她、愛慕她、崇拜她，有理由相信她跟別人相處時心中有我的存在，對我來說就是人類企圖心的頂點了——我相信那是我企圖心的頂點。無庸置疑地，我是個無精打采的年輕癡漢，但我是以純潔的心面對這一切，現在回想起來雖然好笑，但也不至於覺得可恥。

我才走沒多久，就在轉彎處遇到了她。光是回想起那個轉彎的瞬間，我從頭到腳再次全身酥麻，手中的筆不停顫抖。

「妳……這麼……早出來啊，史賓洛小姐。」我說。

「在家實在太悶啦，」她回答，「而且謀石小姐太荒唐了！她莫名其妙地說什麼一定要等空氣再新鮮一點，我才能出門。新鮮！」說到這，她悅耳地笑了。「趁著週日早晨不用練琴，我總得做點什麼吧。所以我昨晚告訴爸爸，我一定要出來走走。況且這是一整天最晴朗的時候了，你不覺得嗎？」

我冒險大膽地說（免不了結巴），對我來說，現在的確晴空萬里，不過剛才烏雲密布。

「你這是在讚美我嗎？」朵拉說，「還是天色真的變了？」

這下子我結巴得更加嚴重了，回答說，這不是讚美，這是事實。我不好意思地補充解釋道，老實說我真的沒有注意到天色變化，我是指我心境上的變化。

她搖搖頭，鬈髮散落，遮住了羞紅的臉。我從沒見過這樣的鬈髮——我怎麼可能見過呢，因為從古至今沒人有這樣的秀髮啊！至於她鬈髮上的草帽與藍絲帶，如果我能拿來掛在白金漢街的房間裡，那會是多麼無價的寶物啊！

「妳剛從巴黎回國嗎？」我說。

「對，」她說，「你去過嗎？」

「沒有。」

「噢！我希望你有機會能趕快去看看！你一定會很喜歡的！」

我臉上露出極度痛苦的深刻痕跡。她竟然希望我走，她竟然覺得我會願意走，這實在太難以忍受了。我鄙視巴黎；我鄙視法國。我說，現在這種情況下，我絕對不會離開英國，不論有什麼天大的理由，我都不會動搖。簡而言之，她又搖了搖那頭鬈髮，這時小狗跑過來替我們解圍。

吉普狂吃我的醋，不斷對著我狂吠。朵拉將牠抱起來——噢，我的天啊！——然後輕撫牠，但牠還是一直吠個不停。我試著摸牠，但牠就是不讓我碰，然後朵拉就拍打牠。看到朵拉輕拍牠的圓鼻以示懲罰，牠眨眨眼，舔著她的手，繼續像個小低音提琴一樣嗥叫，看得讓我更加痛苦。吉普好不容易安靜下來了——她的酒窩下巴貼著牠的頭，牠還能不安靜下來嗎？——然後我們散步去看溫室。

「你跟謀石小姐不太熟，對吧？」朵拉說。「——寶貝。」

（後面那兩個字是對狗說的。噢，如果是對我說，那該有多好！）

「不，」我回答，「一點也不熟。」

「她真是個煩人精，」朵拉噘嘴說，「真不知道爸爸到底在想什麼，選這麼討人厭的人陪我。誰想要有人保護啊！我可是一點都不想。吉普就能保護我了，牠比謀石小姐好多了——是吧，吉普，小親親？」

朵拉親吻狗兒圓圓的腦袋時，牠只慵懶地眨了眨眼。

「爸爸說她是我的密友，但人家很確定她才不是呢——對吧，吉普？吉普跟我呀，我們才不要跟這麼討厭的人講祕密。我們只會跟喜歡的人分享心事，結交自己的朋友，而不是讓別人找朋友給我們——對吧，吉普？」

吉普發出了很舒服的聲音做為回答，有點像茶壺煮開的聲音。至於我，每一個字就好像一個新枷鎖，一個個不斷地銬上去。

「真是難熬呀，因為我們沒有個慈愛的媽媽照顧，取而代之的，竟然是像謀石小姐那樣死氣沉沉的老女人，老是在我們附近陰魂不散——對吧，吉普？算了，吉普。我們才不要跟她好，不管她，我們還是可以讓自己開開心心的，我們來取笑她，不要取悅她——好嗎，吉普？」

如果這種情況再久一點，我想我都要跪在碎石地上，很可能會磨破膝蓋，接著還會立刻被趕出這裡。不過幸好溫室就在不遠處，她的話說到這裡，我們就走到了。

溫室裡有盛開綻放的美麗天竺葵。我們在花前徘徊，朵拉經常駐足，一會兒欣賞這盆，一會兒欣賞那盆，而我則每次都是停下來欣賞同一朵。朵拉還會孩子氣地笑著抱起狗兒，讓牠聞聞花香。我們三個彷彿到了仙境，至少**我**是。直到今天，我一聞到天竺葵的葉香，都會半好笑半認真地對自己那一瞬間的改變感到訝異；然後我就看到一頂草帽、藍色絲帶、濃密鬈髮，以及被纖瘦雙臂抱起的小黑狗，與背景的萬紫千紅、紅花綠葉相映襯。

謀石小姐方才就在找我們，現在她在溫室找到我們了。她將皺紋裡填滿髮粉的討人厭臉頰靠過去，讓朵拉親吻她，之後挽著朵拉的手臂，像軍人出殯似的領著我們去吃早餐。

因為茶是朵拉泡的，我不曉得喝了多少杯，但我清楚記得自己猛灌著茶，直到我全部的神經系統（要是那幾天還有神經系統可言的話）都壞了。不久之後，我們上教堂做禮拜。謀石小姐坐在我跟朵拉中間，但我只聽到朵拉一個人的歌聲，其他會眾全都消失無蹤。我還記得牧師講了道——當然都是關於朵拉的——那次禮拜我恐怕只知道這些了。

我們過了安安靜靜的一天，沒有其他客人，只散了一次步，四個人共進晚餐，晚上則是讀讀書、看看畫。謀石小姐手上雖然拿著佈道文，眼睛卻直盯著我們，嚴密監督著。啊！史賓洛先生那天吃完晚飯，坐在我對面，頭上蓋著手帕時，他肯定萬萬沒想到，在我的想像裡，早就用女婿身分熱情地擁抱他了！他一定怎麼也沒想到，我在向他道晚安時，是怎麼想像他才剛同意我與朵拉訂婚，還求上天保佑他呢！

我們隔天一早就離開，因為在海事法庭還有個海上救助案等著我們處理。該案需要對整個航海學有精確的知識，因此法官請來兩位海商促進公會的資深會員發揮善心來協助他（在律師公會裡，我們不可能懂太多這方面的事務）。早餐時，又是朵拉負責泡茶；我們要離去時，她抱著吉普站在門階上，我只能悲喜交集地在馬車上脫帽向她道別。

那天的海事法庭對我來說是什麼樣啊；聽審時，我腦袋裡想的是什麼亂七八糟的事啊；我是怎樣看見擺在桌上象徵至高司法的銀槳板上刻著「朵拉」兩個字；還有史賓洛先生沒邀我就獨自回家時，我心裡是什麼感受啊（我本來妄想他會再帶我回去的）。這種心情就好像我是水手，而屬於我的那艘船將我丟在荒島上就駛離，我就別白費力氣形容了。要是那睡眼惺忪的法庭能夠自己醒來，將我那有關朵拉的白日夢以可見形式展現出來，就會揭露出我真正的想法。

我並不是說我僅在那天作這種白日夢而已，而是日復一日，週復一週，季復一季。我上法庭不是為了正事，而是為了去想念朵拉。如果我真的有心思想到案件的事，那也只有婚姻案（仍掛念著朵拉）在我面前拖得漫長無盡時才會思考：結了婚的人除了幸福快樂，怎麼可能還會有別的狀況？除此之外，就是在遺產案時，才會想到要是案件中這筆錢有可能落在我手上，那為了朵拉，我會立刻做出哪些行動。

墜入愛河才短短一週的時間，我就買了四套昂貴的西裝背心——不是為了自己，我可沒這麼愛慕虛榮，這些都是為了朵拉——我開始戴著淡黃色羔羊皮手套上街，手工訂製的鞋也替往後幾年打下了基礎。要是我那時期穿的靴子尺寸可以拿來跟我天生的腳做比較，那它們肯定會顯示我當時的心有多狂熱，一定令人大為感動。

我對朵拉死心塌地的行為雖然讓我成了可憐的跛腳，但我還是甘願每天走上百哩路，只為了能見上她一面。我很快就對諾伍德街瞭若指掌，跟那一區的郵差一樣人人認識，不只如此，我還走遍了倫敦的大街小巷。我走遍女士最愛逛的商店街，像個焦急的鬼魂出沒在市集；儘管早已累得不像話，還是不斷在公園裡來回遊蕩。

有時候，久久一次我會看見她。我偶爾會看見她戴著手套在馬車窗邊揮手；偶爾會見到她跟謀石小姐在散步，便跟著她們走一小段，與她聊天。這種情況下，每次事後想到我絲毫沒說到重點，或者她完全不曉得我對她的一片痴心，或者她一點都不在乎我，我總是覺得特別淒慘。不用說，我一直滿心期盼史賓洛先生能邀我再訪他家，然而卻總是失望收場，因為我沒有再受邀過。

克拉普太太一定是個洞察入微的女人。因為我墜入愛河也才不過幾週，就連對艾格妮絲都還不敢說得太詳細，只說我去了史賓洛先生的家拜訪他們「一家人」，並補充他們家只有他和「獨生女」——但是克拉普太太竟然這麼早就發現端倪，所以我說啊，她一定是個洞察入微的女人。

某天晚上我心情低落時，她上樓來找我，問我能不能給她一點混有大黃和七滴丁香精的小豆蔻酊，因為她的老毛病（我之前提過）又犯了，而這是最好的解藥；或者，如果我手邊沒有這種東西，那一點點白蘭地是第二有效的。她還說，不是她愛喝白蘭地，只不過那真是次好的解藥。由於第一種解藥我連聽都沒聽過，而櫥櫃裡總是有第二種，我便斟了一杯給克拉普太太，她就在我面前喝了起來（以免我懷疑她拿去做其他不正當的用途）。

「開心點，先生，」克拉普太太說，「我真是不忍心看到你這個樣子啊，先生。我自己也是當媽的啊。」

我不太清楚她當媽的這個事實跟我有什麼關聯，但還是努力對克拉普太太擠出親切的微笑。

「哎呀，先生，」克拉普太太說，「不好意思，其實我知道是怎麼一回事，先生。是跟女孩子有關係吧。」

「克拉普太太？」我紅著臉說。

「噢，上帝保佑你！振作點啊，先生，」克拉普太太語帶鼓勵地說。「千萬別想不開啊，先生！要是她不許你一抹微笑，還有很多人願意呢！你還這麼年輕，何必單戀一枝花呢，考柏佛先生，你一定要明白自己的價值，先生。」

克拉普太太總是叫我考柏佛先生——首先，這根本不是我的姓氏；第二，我覺得她似乎把我的姓跟洗衣服的日子聯想在一起了[69]。

「妳怎麼會覺得跟年輕女孩子有關係呢，克拉普太太？」我說。

「考柏佛先生啊，」克拉普太太充滿感情地說，「我也是做人家母親的啊。」

好一段時間，克拉普太太將手放在淡黃色衣服襟口，以舒緩啜飲藥酒時的疼痛。一會兒之後，她再次開口：「你親愛的姨婆替你訂下這套房的時候，考柏佛先生，」克拉普太太說，「我說過，現在終於有人可以給我照顧了。我當時說的是：『感謝上帝！現在終於有人可以讓我照顧啦！』可是先生，你現在整個茶不思飯不想的 。」

「妳是因為這樣才猜到的嗎，克拉普太太？」我說。

「先生啊，」克拉普太太用近乎嚴厲的口吻說道，「除了你以外，我還照顧過不少年輕人。有的可能打扮過頭，有的可能邋裡邋遢；有的太常梳頭，有的沒在梳頭；有的穿太大雙的靴子，有的尺寸穿太小。這些都是跟年輕人本來的個性有關。不過，不管他走的是哪種極端，先生，肯定都跟女孩子有關啊。」

克拉普太太斬釘截鐵地搖搖頭，讓我完全沒有反駁的餘地。

「我說的正是從前死在這裡的那位先生，」克拉普太太說，「他戀愛了——愛上酒吧的女服務生——還把背心外套拿去改窄，但是因為喝酒變胖，看起來更臃腫。」

「克拉普太太，」我說，「我務必懇求妳，別將我這位年輕淑女跟酒吧女服務生或是類似的人混為一談，拜託妳。」

「考柏佛先生，」克拉普太太回答，「我也是做人家母親的，所以不會這樣子做。如果侵犯到你的隱私，那就很不好意思。要是人家不歡迎我，我就絕對不會打擾的。不過你還年輕，考柏佛先生，我建議你啊，開心一點，先生，要振作點，瞭解自己的價值。要是你想做什麼轉移注意力，先生，」克拉普太太繼續說道，「比如說去玩個有益身心的九柱戲之類，你就會發現那真的可以轉移你的注意力，對你會有好處的。」

語畢，克拉普太太假裝很慎重地看著白蘭地——早就喝光了——鄭重向我行禮道謝，之後便回房就寢。看著克拉普太太的身影消失在門口的黑暗中，我覺得她給我的建議顯然太過自作主張了。但同時我也很樂意聽取，因為換個角度來看，就當成是給聰明人的建議，也是未來的一個警惕：自己的祕密要守好一點。

69. 克拉普太太將考柏菲爾德（Copperfield）說成考柏佛（Copperfull），有「銅板多」的意思。

第27章　湯米．崔斗斯

或許是由於克拉普太太的建議，又或許只是因為九柱戲[70]和崔斗斯發音有點像，我隔天突然想到要去拜訪崔斗斯。他之前說要離開倫敦一陣子，現在早就回來了。他就住在肯頓鎮[71]獸醫學院附近一條小街上，有一位住那附近的書記告訴我，那裡住的主要都是會買活驢在私人公寓裡做實驗的醫學院學生。那位書記還跟我說了往那家學府的方向，因此我當天下午就出發拜訪老同學了。

我發現那條街並不如我所期待的那樣理想（我是替崔斗斯著想）。這裡的住民顯然習慣把不想要的小東西直接往路上扔，所以滿地的白菜葉不只搞得街上又臭又濕，還很骯髒。我沿著門牌找路時，發現地上不只有蔬菜，還看到破爛情況不一的各式物品，包含一只鞋子、一個壓扁的湯鍋、一頂黑色女帽和一把雨傘。

此處瀰漫的氣息，讓我不禁想起與麥考伯夫婦一起生活的日子。我找尋的房子有一絲難以形容的上流派頭，使它異於街上其他房子——雖然全都是同一種風格，但看起來就像以某個剛學會建築的笨拙男孩早期所繪的難懂草圖蓋出來的——這更讓我想到麥考伯夫婦。我剛走到門前，剛好下午送牛奶的也在那，又更讓我想起麥考伯夫婦。

「好了，」送牛奶的人跟非常年輕的女傭說。「我那筆小帳有消息嗎？」

「噢，主人說他會立刻處理。」她回答。

「因為啊，」牛奶商好像沒有聽見女傭的回答，而且我從他說話的語調推斷，與其說他是在跟年輕女傭說話，不如說他是講給屋內某人聽的——他瞪著屋內走廊的樣子更加深我的看法——「因為就這麼一點小錢，竟然可以欠這麼久，我都開始覺得錢已經飛走，永遠要不到了。這樣子我可是不能接受的，聽見沒！」牛奶商繼續對屋裡喊，盯著走廊看。

順道一提，我覺得這個人來做賣牛奶這種溫和的食品生意根本太反常了。他的個性去當屠夫或是賣白蘭地，一定會做得有聲有色。

年輕女傭的聲音越來越小聲，但從她的嘴型看來，應該還在小聲說帳務會立刻處理。

「這樣吧，」牛奶商這才盯著她看，並抵著她的下巴說，「妳喜歡喝牛奶嗎？」

「是的，我喜歡。」她回答道。

「很好，」牛奶商說，「那妳明天就沒得喝了，聽見沒有？妳明天一滴牛奶也喝不到。」

整個看下來，我感覺她今天能收到牛奶似乎就放心了。賣牛奶的人凶狠地對她搖搖頭，放開她的下巴，一點也不客氣地打開罐子，將平常的容量倒入家用容器中。倒完之後，他就喃喃自語地走了，到隔壁的時候還怨氣未消地尖聲叫賣。

「崔斗斯先生住這嗎？」我上前問道。

走廊盡頭傳來了神祕的聲音：「是的。」接著年輕女傭回答：「是的。」

「他在家嗎？」我說。

再一次地，神祕的聲音給了肯定的答覆；再一次地，女傭重複同樣的回答。

70. 九柱戲（skittles）與崔斗斯（Traddles）發音相似。
71. 肯頓鎮（Camden Town）：倫敦中心西北方的一個地區。

接著我走進門，依照女傭指示上樓。經過客廳後門時，我感覺有神祕的眼光在打量我，或許就是發出神祕聲音的那個人。

我走到樓梯最頂階時——房子只有兩層樓——崔斗斯就站在那裡迎接我。他很高興見到我，並熱烈歡迎我光臨他位在房屋前端的小天地，雖然沒什麼家具擺設，但很整潔。我發現，裡頭就只有這麼一間，房內有張兩用沙發床，還有鞋油和鞋刷跟書放在一起——就在書櫃最上層，字典的後面。他的書桌上蓋滿文件，他穿著一件舊外套正認真工作。就我所知，我坐下時看似什麼也沒看見，卻什麼都看到了，就連他瓷墨水瓶上面的教堂風景都看得一清二楚——而這點也是我以前和麥考伯生活時所練就的能力。崔斗斯做了各種巧妙的布置遮蓋櫃子，靴子和刮鬍鏡等等也收拾整齊，特別讓我印象深刻，因為這些舉動再再證明他一點都沒變，跟以前那個會用紙折成象洞模型來放蒼蠅，或是過去常提到，在挨打時會畫出難忘圖畫安慰自己的崔斗斯是同一個人。

在房間的角落，有一塊大白布嚴密地蓋住了某樣東西。我猜不出底下是什麼。

「崔斗斯，」我坐下之後又再次和他握手，「我真高興能再見到你。」

「我才高興能再見到你呢，考柏菲爾德，」他回答。「真的很高興能跟你重逢。正是因為上次在依利路見到你太開心了，也確定你見到我同樣十分開心，我才決定給你這個地址，而不是我辦公室的地址。」

「噢！你有辦公室嗎？」我說。

「哎呀，我有的只是四分之一間辦公室和走道，還有四分之一個書記，」崔斗斯回答。「另外三個人跟我一起合租一間辦公室，這樣看起來比較有模有樣，我們還請了一位書記，我付四分之一的費用，每週要給他半克朗呢。」

他微笑著跟我解釋，我心想，從他的微笑中，我又看到他以前的單純個性和好脾氣，還有倒楣的運氣。

「我通常不會把這裡的地址給人，考柏菲爾德，」崔斗斯說。「不是因為我覺得丟臉，只是跟我往來的對象不一定會喜歡來這種地方。對我來說，我在這世界力爭上游，如果我裝門面的話，那就太可笑了。」

「水博克先生告訴我，你正在攻讀法律？」我說。

「喔，沒錯，」崔斗斯揉揉雙手說，「我正在攻讀法律。老實說，我才剛開始實習而已，之前拖了好久。我很早就簽好約，只不過要籌出一百鎊學費實在太難了。我費盡千辛萬苦才終於湊足！」崔斗斯好像被人拔了顆牙一樣，抽搐了一下。

「崔斗斯，我坐在這裡看著你，你知道我忍不住想到什麼嗎？」我問他。

「不知道。」他說。

「你過去常穿的天藍色制服。」

「天哪，可不是嘛！」崔斗斯笑著說。「手臂和腿緊得很，是吧！我的天啊！哎呀！以前的日子真是快樂，對吧？」

「如果校長不虐待我們的話，我想學校生活或許會更快樂一點，這點我承認。」我答道。

「或許是吧，」崔斗斯說。「不過，我的天哪，當時還是有很多好玩的事情。你還記得在寢室度過的那些夜晚嗎？吃宵夜的時候？還有你以前都會說故事？哈、哈、哈！你還記不記得我替梅爾先生抱不平的時候，還遭到鞭打？老克里克啊！我還真想再見他一面呢！」

「他待你實在太殘忍了。」我忿忿不平地說。看他那副開心的模樣，我彷彿昨天才看到他挨打。

「你這麼覺得嗎？」崔斗斯應道。「真的嗎？或許真的是吧。不過這一切都過去了，都是很久以前的事了。那個老克里克！」

「你當時是由某個伯父撫養吧？」我說。

「沒錯！」崔斗斯說。「我以前老是想寫信給他，卻一封都沒下筆啊！哈、哈、哈！沒錯，我當時是有個伯父，但我畢業後不久他就過世了。」

「這樣啊！」

「對啊，他是個退休的——那叫什麼來著！——布商——就是賣布的——還把我列為繼承人。但是我長大後，他就不喜歡我了。」

「你是說真的嗎？」我問道。他好冷靜，我還以為他有別的意思。

「噢，天啊，是真的，考柏菲爾德！我是說真的。」崔斗斯回答。「這件事很不幸，不過他一點也不喜歡我。他說我完全不是他所期盼的那樣，所以他娶了女管家。」

「那你後來怎麼辦？」我問道。

「我也沒特別怎麼辦，」崔斗斯說。「我還是跟他們一起住，等著被趕出去闖蕩，後來他的痛風不幸蔓延到腹部——他就死了，然後女管家再嫁給一個年輕人，就沒有人養我了。」

「你一毛也沒得到嗎，崔斗斯？」

「噢，天啊，有！」崔斗斯說。「我拿到五十鎊。我沒有受過任何一行的訓練，所以一開始我完全不知道自己該幹什麼，後來多虧一位專業人士的兒子幫助，他也是念撒冷學校的——鼻子歪一邊的優樂，你記得他嗎？」

不記得，他並沒有跟我一起上過學。我在學時，大家的鼻子都是正的。

「沒關係，」崔斗斯說，「總之我就開始幫他抄寫法律文件。但這還不夠，於是我也替他們撰寫案情陳述和摘要之類的內容。考柏菲爾德，我算是個努力不倦的人，所以學會有效率地做這些事情。我也因此想到可以去念法律，就把五十鎊中僅剩的錢花掉了。不過，優樂推薦了一、兩間事務所給我——水博克先生是其中一間——所以我有不少案子可以接來做。我也很幸運，認識了一位出版界的人，他正在編輯一本百科全書，就撥了些工作給我。其實啊，」他往桌子看，「我剛剛就是在做他的案子。整理和編撰的工作我都做得還不錯，考柏菲爾德，」崔斗斯說話時總是一副愉快自信的樣子，「但講到創意，我就擠不出來了，一丁點都沒有。我想世界上大概沒人比我還要沒創意了。」

崔斗斯似乎預料我會認同這是個理所當然的事實，我點頭。他用同樣振奮的語氣，有耐心地（我想不出更好的說法）繼續往下說：

「所以我省吃儉用，終於一點一滴存下了一百英鎊，」崔斗斯說。「真是謝天謝地，這筆錢終於付清了——不過這——不過這的確是，」崔斗斯好像剛被拔了一顆牙齒一樣，抽搐了一下，「費盡千辛萬苦啊。我現在還是靠方才提到的工作維生，我希望有一天能跟一些報社有所往來，這樣我就發了。不過啊，考柏菲爾德，你還是跟以前一模一樣，臉還是這麼討喜。見到你真是太高興了，所以我不該對你有所隱瞞。因此，我要告訴你，我訂婚了。」

訂婚！噢，朵拉！

「她是一位副牧師的女兒，」崔斗斯說，「十姊妹中的一個，就住在德文郡，沒錯！」他看到我的目光不自覺地望向墨水瓶上的風景畫。「就是那間教堂！可以從這裡左轉，從這個門出去，」他手指沿著墨水瓶輕劃著，「就在我握筆的這個地方，就是她們家的所在位置，你也知道，大門是正對著教

☆6
Wait and hope!

堂。」

由於我當時一心自私地想著史賓洛先生宅邸與花園的平面圖，所以他描述時那喜上眉梢的樣子，一直到後來才完整地呈現在我腦海中。

「她真是全世界最貼心的女孩！」崔斗斯說。「她年紀比我大一點，但真是世上最貼心的女孩了！我之前不是說要離開倫敦一陣子？就是下去找她。我用走的去，再用走的回來[72]，在那裡度過一段愉快的時光！我敢說，我們還要等很久才存得到錢結婚，但我們的座右銘是『耐心等待，心存希望！』我們老是這麼說：『耐心等待，心存希望！』☆6。她願意等，考柏菲爾德，等到她六十歲都行——隨便你說個歲數——她都願意！」

崔斗斯從椅子上站起來，帶著勝利般的笑容，將手放在我剛才看到的白布上。

「不過，」他說，「我們也不是還沒開始打算共組家庭。不不，我們已經在準備了。雖然得慢慢來，但我們的確開始了。這個，」他得意地小心翼翼掀開白布，「是成家的前兩樣家具。這個花盆和花架是她親手買的，可以放在客廳窗戶，」崔斗斯往後退了幾步，愛慕地端詳，「裡頭可以種植物，然後——我說得沒錯吧！這個大理石面的小圓桌（圓周約兩呎十吋）是**我**買的。可以放放書啦，你看，或者如果有人來拜訪我們夫妻倆，就可以把茶杯放在上頭，然後——我還是說得沒錯吧！」崔斗斯繼續說道，「這是人人讚嘆的工藝品，堅若磐石！」

我大力稱讚了這兩件家具，崔斗斯同樣小心翼翼地將布蓋回去。

「以家具擺設來說，這不算什麼，」崔斗斯說，「但至少是一點進展。桌巾、枕套和類似東西，才是讓我覺得氣餒的，考柏菲爾德。還有五金器具——蠟燭箱、鐵格架和其他必需品——因為有沒有這些東西很明顯，而且需要的東西會越來越多。不過，『耐心等待，心存希望！』我跟你保證，她是全世界最貼心的女孩了！」

「我完全相信。」我說。

「好啦，」崔斗斯回到椅子上說，「我無聊的近況就講到這吧。我就盡力生活，雖然賺得不多，但花得也不多。總之，我會跟樓下的人一起吃飯，他們很好相處。麥考伯夫婦兩人都閱歷豐富，也是很好的陪伴。」

「我的天哪，崔斗斯！」我立刻驚呼道。「你說什麼？」

崔斗斯一臉疑惑地想知道**我**在說什麼。

「麥考伯夫婦！」我重複道。「哎呀，我跟他們很熟呢！」

這時，恰巧傳來兩下敲門聲。根據之前住在溫莎街的經驗，我十分清楚除了麥考伯先生，沒有其他人會這樣敲門。這立刻解除了我心中的疑惑，確定他們正是我的老朋友。我請崔斗斯邀請他的房東上樓，崔斗斯也走去樓梯欄杆那照做了。麥考伯先生一點都沒有變——緊身褲、拐杖、襯領、單片眼鏡，一切都跟之前一模一樣——氣派體面、朝氣蓬勃地走進房間。

「不好意思，崔斗斯先生，」麥考伯先生語調還是跟以前一樣，停下正在哼的輕柔曲子說。「我不知道你書房裡有位初次到訪的陌生人。」

麥考伯先生微微向我點頭致意，並拉了他的襯領。

「你好嗎，麥考伯先生？」我說。

「先生，」麥考伯先生說，「多謝關心，我依然如故。」

72. 兩地相隔約兩百四十公里。

「那麥考伯太太呢？」我繼續問道。

「先生，」麥考伯先生說，「她也依然如故，謝天謝地。」

「那孩子們呢，麥考伯先生？」

「先生，」麥考伯先生說，「我很高興地向您報告，他們也一樣樂享健康。」

儘管麥考伯先生跟我面對面，他還是一點也沒有認出我來。不過這時候，他看到我一臉微笑，才更加仔細端詳我的五官，退後一步驚呼道：「有可能嗎？我有這個榮幸，再次見到考柏菲爾德嗎？」並熱絡地握住我的雙手。

「我的天啊，崔斗斯先生！」麥考伯先生說。「沒想到你竟然會認識我年輕時的朋友，早期的夥伴！我的天啊！」他往樓梯口呼叫麥考伯太太。崔斗斯聽到他這段描述，非常訝異地看著我（這倒也合理）。

「崔斗斯先生的房間裡有位先生希望能見見妳，親愛的！」

麥考伯先生喊完，立刻回到房間，再次跟我握手。「那我們的博士好友還好嗎，考柏菲爾德？他接著問，「還有坎特伯里的大家都還好嗎？」

「他們一切都好。」我說。

「聽你這麼說，我真是太高興了，」麥考伯先生說。「我們最後一次就是在坎特伯里見面的。容我比喻，就是喬叟筆下永垂不朽的宗教聖地，古時連天涯海角的人都會來朝聖之處——總之，」麥考伯先生說，「也就是在大教堂附近的地方。」

我回答就是那裡沒錯。

麥考伯先生仍繼續口若懸河地說下去，雖然沒有表現出關切的神情，但我覺得他留心著此時在隔壁房的麥考伯太太正在洗手，並匆忙開關抽屜的聲音。

「考柏菲爾德，」麥考伯先生說著，一邊注意崔斗斯，「你可以看出我們目前的立身之處，可說是既狹小又不起眼。不過你知道我一生奮鬥的過程中，戰勝種種困難，克服各種阻礙。在我人生一些階段，必須駐足不動，直到某個預期的機會出現，有時候必須退後幾步，才能往前躍進，我相信我這麼說，不至於被認為自以為是——這項事實，你並不陌生。目前，我就處在人一生中的重要階段。你現在看到的我，正往後退，準備往前躍進。我深信不疑，不久後就會有個強而有力的大躍進。」

我正表示滿意時，麥考伯太太走了進來。她比以前還要邋遢一點，或者說因為我現在看來不太習慣，所以覺得她似乎如此，但她還是為了見客做準備，戴上了棕色手套。

「親愛的，」麥考伯先生帶著她走向我，說道：「這位先生名叫考柏菲爾德，他希望能夠跟妳再敘舊情。」

我們後來發現，這番話若是小心翼翼地告訴麥考伯太太會比較好，身體微恙的她，因為過度激動而昏厥了過去，萬分惶恐的麥考伯先生立刻跑下樓，拿後院的水桶裝水替她擦拭雙眉。現在她恢復過來了，她真的很高興能再見到我，我們就這樣聊了半小時。我問她雙胞胎的狀況時，她說他們長得「巨大無比」，問到麥考伯少爺和小姐，她形容他們是「完完全全的巨人」，不過他們當時並沒有出來見我。

麥考伯先生很希望我留下來共進晚餐，我也不應該拒絕的，但我有預感這麼做不太好，並且從麥考伯太太的眼中看到她在計算冷肉還剩多少。因此，我推辭說晚上還有約。看到麥考伯太太立刻放心的樣子，不管他們怎麼勸我別赴另一個約，我都堅定拒絕。

不過我告訴崔斗斯和麥考伯夫婦，在我離開前，他們一定要跟我約好，改天到我那裡一起吃頓飯。由於崔斗斯近期已經排好工作，我們只能約定遠一點的日子。在選定大家都方便的日子後，我便告辭了。

麥考伯先生假裝要指引我走一條近一點的路回家，陪我走到街角。他向我解釋他急著想跟老朋友私底下說些話。

「我親愛的考柏菲爾德，」麥考伯先生說，「我幾乎不用告訴你，在我們目前的情況下，有顆發光的心──請容我這麼說──有你的朋友崔斗斯在，真是難以形容的慰藉。我們隔壁住的是在窗口擺賣杏仁糖的洗衣婦，對街住的是名警官，所以你可以想像，有崔斗斯跟我們同住，對我和麥考伯太太是安慰的泉源。我親愛的考柏菲爾德，我目前正在做糧食買賣的生意來賺取佣金，但這並非有利可圖的職業──總之，無錢可賺──導致現在短暫的財務窘境。不過我很高興補充，前方很快就會出現轉機（我不便多說是哪一方面），我相信，屆時我就能永遠照顧好我自己和你的朋友崔斗斯了，我是真心關心他。或許，你也該知道麥考伯太太目前的身體狀況，我們要再增加最後一個愛情結晶並非不可能──總之，就是再添一個嬰兒。麥考伯太太的娘家好心表示對此事的不滿。我只能說，我不明白這關他們何事。對他們所表達的關心，我輕蔑地表示反感，不屑一顧！」

然後，麥考伯先生再次跟我握了手，就走了。

第28章　麥考伯先生的戰帖

招待重逢故友的那天到來之前，我都是靠朵拉和咖啡維生。單戀的日子裡，我變得沒有胃口，不過我倒很慶幸如此，因為我覺得如果像平常一樣津津有味地吃著大餐，那就像是背叛了朵拉。我雖然經常散步，卻沒有得到一般預期的好處，因為我的失望之情與新鮮空氣互相抵消掉了。我人生這段時期所獲得的實際經驗，也讓我懷疑一個飽受緊靴之苦的人，是否有辦法恣意享受肉食所帶來的愉悅。我想，唯有拳腳能舒展，胃口才可能大開。

這次的居家小派對，我並不想重蹈覆轍，像之前那樣過度準備，因此只買了兩條比目魚、一隻小羊腿和一個鴿肉派。我不好意思地向克拉普太太開口談烹調魚肉的事，她一聽到就堅決反對，還帶著自尊心受傷的語氣說：「不行！不，先生！你不能要求我做這種事，你現在跟我應該很熟了，該知道只要是我不想做的事情，我就絕對不會做！」但我們最後還是彼此妥協了。克拉普太太答應會完成這項任務，條件是我接下來兩個星期都不能在家吃飯。

說到這裡，我要補充一下，克拉普太太對我的態度極其專橫，讓我膽戰心驚。我從來沒有這麼害怕一個人過；我們做每件事都得經過妥協。如果我稍有遲疑，她就會拿出一直潛伏在她全身系統裡的那個怪病，預備好隨時攻擊自己的要害。只要我輕輕拉鈴六次無人回應，再不耐煩地搖鈴時——這個方法也並非每次都管用——她才會現身，帶著責備的神情，喘不過氣地跌坐在門邊的椅子上，手摸著胸口，表現出一副很痛的樣子，逼得我只能用白蘭地或其他東西，趕快打發她走。要是我抗議她下午五點才整理床鋪——我至今**仍覺得**這種安排讓人很不自在——只要她的手一往淡黃色衣服上同一塊痛處按，就足以讓我結結巴巴地向她道歉。總之，任何不失體面的事我都願意做，就是不敢得罪克拉普太太，她真是讓我怕得要死。

為了這次請客，我買了張二手的旋轉圓桌，這樣就不用再請之前那個手腳俐落的年輕人。某個週日早晨在艦隊街上，我看到他穿的背心外套和上次派對後我遺失的那件一模一樣，從那之後我對他就存有偏見。不過我還是雇了原本那個「小丫頭」，規定她只要負責把菜端進來，之後就可以退到大門的樓梯口等。這樣一來，她那原本探頭探腦的嗜好就不會打擾到客人，也不可能因為後退而踩到碗盤上了。

我準備了一缽潘趣酒的材料，等麥考伯先生來調。另外，我還準備了一瓶薰衣草水、兩支蠟燭、一包別針和一塊針插，放在我的梳妝台上，供麥考伯太太打扮整理用。為了方便麥考伯太太，我連臥室的爐火都生起來了。親自鋪了桌巾之後，我冷靜地等待客人到來。

到了約定的時間，我的三位賓客一起抵達。麥考伯先生的襯領比平常還慎重一點，單片眼鏡上還有新的緞帶；麥考伯太太的室內帽包在淺棕色紙裡，讓崔斗斯一手拿著，另一手挽著她。他們對我的住所讚賞不已。我將麥考伯太太帶到梳妝台，她看到我專為她準備的各種東西時，欣喜若狂，還叫麥考伯先生進來看。

「我親愛的考柏菲爾德，」麥考伯先生說，「這裡真是太豪華了。這樣的生活讓我想起單身的那段日子，那時候還沒人懇求麥考伯太太在婚姻之神海曼的祭壇前以身相許。」

「他的意思是，那時他還沒向我求婚，考柏菲爾德先生，」麥考伯太太淘氣地說。「他可無法替別人發言。」

「親愛的，」麥考伯先生突然嚴肅地回道，「我完全沒有替別人發言的意思。我太清楚，在命運之神高深莫測的安排下，妳注定是我的。或許妳注定就是要許給一個經過長期掙扎、最終仍在複雜財務窘境中犧牲的受害者。親愛的，我明白妳的暗示，我很遺憾，但我能承受。」

「麥考伯！」麥考伯太太哭喊了起來：「你怎麼能對我說這種話！我，從來沒有拋棄過你，也**永遠不會**拋棄你，麥考伯！」

「我的愛，」麥考伯先生深受感動地說，「我相信妳以及我們共患難的老朋友考柏菲爾德，一定會原諒一個心靈受傷的人所經歷的短暫低潮，這都是因為我剛跟水電公司的小人物——換句話說，就是下流的水龍頭開關人員——起了衝突，因此特別傷感。如果我說的話太過分，我相信你們會同情我，而非譴責我。」

麥考伯先生說完，擁抱了麥考伯太太，還緊握我的手。我從這斷斷續續的暗示推斷，是因為他們遲繳水費，所以下午被斷水了。

為了將他的注意力從如此傷感的話題中轉移，我告訴麥考伯先生我們的潘趣酒就要靠他了，然後帶他到放檸檬的地方。他剛才的沮喪立刻消失無蹤，更別說是絕望了。在檸檬皮的香氣、糖的甜味、煮蘭姆酒的濃烈味道，以及滾水的蒸氣中，我從來沒有見過有人像麥考伯先生那天下午那般怡然自得。他攪著、混著、嘗著，透過濃醇酒香的薄霧，他容光煥發地看著我們，樣子看起來不像在煮潘趣酒，反而很像是在為後代子孫創建輝煌家業。

至於麥考伯太太，我不知道是帽子的緣故，還是薰衣草水或別針的關係，也有可能是因為爐火或蠟燭，總之她走出我房間時，比原本還要美麗多了。就算是雲雀，也絕對不可能比這位了不起的女性更加快樂。

我想——我從來不敢過問，但我猜想——克拉普太太在煎完比目魚之後又生病了，因為我們吃完魚後就斷糧了。小羊腿端上來時，不只裡面很紅、外面很白，表面還撒上了像砂礫般的不明物體，看起來似乎掉到不同凡響的廚房壁爐中，沾到爐灰。但我們無法根據肉汁的樣子判斷這是否為真，因為「小ㄚ頭」把整盤菜從樓梯上掉了下去——順便一提，肉汁還在樓梯上留下一長條痕跡，直到自然消失。鴿肉派做得還不錯，但只是外表騙人而已，以顱相學來說，派皮就像是令人失望的腦袋，外表布滿結塊與疙瘩，裡頭空無一物。總之，這場餐宴失敗透頂，要不是我的友人都很好相處，加上麥考伯先生一個很棒的提議，我本來應該會悶悶不樂的——我指的是對這場失敗感到不開心，因為朵拉的事一直都讓我很難過。

「我親愛的朋友考柏菲爾德，」麥考伯先生說道，「就算是最有條理的家庭，也難免會有意外發生。如果家裡沒有那種神聖不可侵犯的德厚流光——總之，如果一家少了女主人的崇高婦道，發生意外在所難免，我們必須以達觀的態度來承受。如果你能容我大膽直言，世間少有比烤肉更加美味的珍饈，我相信只要分工合作，請服務生拿個烤肉架過來，那我們就能辦出佳餚。我跟你保證，這個小小的不幸很輕易地就能彌補。」

儲物間的確就有個烤肉架，我早上都用它來烤培根。一眨眼的工夫，我們就把烤肉架拿來，大家立刻開始依照麥考伯先生的建議，分工合作：崔斗斯將小羊腿切片；麥考伯先生再醃上胡椒、芥末、鹽和辣椒（做這類的事他都做得盡善盡美）；我則根據麥考伯先生的指示，將肉片放上烤肉架，拿叉子翻動後再取下；而麥考伯太太負責用小湯鍋加熱烹煮蘑菇醬汁。有肉片熟了，大家不管袖子都還捲著，就直接吃了起來，剩下的肉片則還在火上滋滋劈啪作響。我們一下注意自己盤上的肉，一下關心正在烤的肉。

分工烤肉時被打斷

這種新穎、出色、忙碌的做菜方式，一下要顧正在翻烤的肉，一下要趁酥脆的肉剛從熱騰騰烤架上夾起時享用，大家手忙腳亂、滿臉通紅，覺得好玩又有趣。我們享受著香氣四溢、別有風味的佳餚，一下就將羊腿吃得只剩下骨頭。我的胃口奇蹟似的回來了。雖然我羞於在此承認，但我真相信當時有那麼一下子，我確實將朵拉忘得一乾二淨。麥考伯夫婦也是，就算要賣掉一張床來辦這次餐宴，他們也肯定再樂意不過了。崔斗斯邊吃邊烤，笑得不亦樂乎。的確，我們全都笑得合不攏嘴。我敢說，沒有比這個更成功的宴會了。

我們興高采烈地在各自崗位忙碌，目標是要將最後一批肉烤得完美無瑕，讓這次盛宴圓滿落幕。這時，我注意到房間內有個外人，仔細一看後，發現原來是穩重沉著的利特瑪，手上拿著帽子站在我面前。

「怎麼了？」我不由自主地問道。

「抱歉打擾，先生，有人請我直接進來。請問我們家少爺不在這嗎，先生？」

「他不在這。」

「您沒有見到他嗎，先生？」

「沒有。你不是從他家來的嗎？」

「我不是直接從他家過來的，先生。」

「是他要你來這裡找他嗎？」

「不完全如此，先生，但我想既然他今天不在，那他應該明天會過來。」

「他要從牛津過來嗎？」

「不好意思，先生，」他畢恭畢敬地回答，「請您就座，讓我來服務您。」接著，他從我毫無抵抗的手中接過叉子，在烤肉架前彎下身，彷彿全副精神都用在烤肉。

我敢說，就算是史帝福斯本人大駕光臨，我們也不至於這麼驚慌失措。不過在他這麼體面的僕人面前，我們立刻全都成為最最溫順聽話的人了。麥考伯先生哼著歌，想表現出很自在的樣子，坐回椅子上，匆忙藏起的叉子握把從外衣胸前的口袋露出，好像他將叉子戳進自己胸膛一樣。麥考伯太太戴上棕色手套，裝出優雅的倦容。崔斗斯則用油膩的手梳理頭髮，弄得頭髮都豎起來了，然後一臉不知所措地盯著桌巾看。至於我，則是乖乖地坐在餐桌主位，像個小嬰兒般，對於這個天知道從哪冒出來讓這個家規規矩矩的體面人士，我連看都不敢看一眼。

這時候，利特瑪從烤肉架取下羊肉，鄭重地一一端給我們。我們都各夾了一點，但原本的胃口全沒了，只是假裝在吃而已。大家各自將吃完的盤子推開時，他無聲地將餐盤收走，並端上起司。待我們吃完，他再收走；之後收拾了桌子，將所有東西都放到旋轉餐桌上，替我們送上酒杯，再主動將旋轉餐桌推到儲物間。這所有的一切，他都用無懈可擊的舉止完成，而且做事時眼神只盯著手中的東西看。不過，當他背對我的時候，手肘好像都將他的意見表露無遺，那就是：我太年輕稚嫩了。

「還有什麼需要為您服務的嗎，先生？」

我向他道謝，並回答沒有了，他自己不吃晚餐嗎？

「不用，謝謝您，先生。」

「史帝福斯先生要從牛津過來嗎？」

「不好意思，先生，您說什麼？」

「史帝福斯先生要從牛津過來嗎？」

「我想他應該明天會過來，先生。我本來以為他今天會到。毫無疑問地，這個錯在我，先生。」

「如果你先見到他……」我說。

「不好意思打斷您，先生。我不認為我會先見到他。」

「如果你先見到他了，」我說，「麻煩轉告他，他今天沒有來很可惜，因為我們以前的一位老同學也在呢。」

「好的，先生！」他對我和崔斗斯鞠躬，並朝崔斗斯看了一眼。

他輕輕地往門的方向移動，我孤注一擲地想說些自然一點的話（但面對這個人，我從來就做不到自然），我說：「噢！利特瑪！」

「先生？」

「你之前在雅茅斯待了很久嗎？」

「並沒有很久，先生。」

「你有看到船完工嗎？」

「是的，先生。我留下來就是為了看船完工命名。」

「我知道！」他恭敬地看著我說話。「我想，史帝福斯先生還沒看到完工的樣子吧？」

「這我實在不好說，先生。我想是的——但我真的不曉得。祝您有個愉快的夜晚，先生。」語畢，他恭敬地向在場所有人鞠躬後就告辭了。

他走了之後，我的賓客好像比較能自在呼吸了，而我自己也覺得如釋重負。除了在利特瑪面前，老是強烈覺得自己矮他一等而有拘束感，我的良心也在低聲責怪我先前竟然懷疑他的主人，因此心中隱約有股無法壓抑的不安，深怕他會發現。到底為什麼，在現實生活中我明明沒什麼需要隱瞞的，卻**老是**覺得這個人把我看得一清二楚？

我的思緒中夾雜一股擔心見到史帝福斯本人那種難以形容的後悔，這時麥考伯先生喚醒了我，他對已經離去的利特瑪大力稱讚，說他是世上最體面的人，令人十足激賞的僕人。我可以說，麥考伯先生將剛才利特瑪的鞠躬，用無比屈尊俯就的態度領了下來。

「不過啊，我親愛的考柏菲爾德，」麥考伯先生品著酒說，「潘趣酒就像時光一樣，是不等人的。啊！現在的味道是最棒的。我親愛的，妳覺得呢？」麥考伯太太也說風味絕佳。

「那麼，」麥考伯先生說，「如果我的朋友考柏菲爾德允許我不受禮節約束，重溫我的朋友考柏菲爾德和我都還年輕時，兩人在人生戰場中並肩作戰的日子。我要說，我和考柏菲爾德的關係，可以用我們以前唱過的歌來說：『我們曾在山丘上奔跑，摘採美麗的黃白花兒[73]。』這是從比喻的觀點來說。」麥考伯先生用他抑揚頓挫的語調，還有從前那種難以形容的儒雅氣派說：「我不是很清楚黃白花兒為世間何物，但我確信，若有可能，我和考柏菲爾德必定會時常去摘採的。」

麥考伯先生這時又舀了一杯潘趣酒，大家也一起喝。崔斗斯顯然很疑惑麥考伯先生和我到底多久之前在人生戰場中並肩作戰了。

「嗯哼！」麥考伯先生用火熱酒時，清了清嗓子說：「親愛的，要再喝一杯嗎？」

麥考伯太太說再一點點就好，但我們可不允許，所以就倒了一整杯給她。

「既然大家都是那麼熟的朋友了，考柏菲爾德先生，」麥考伯太太啜飲著潘趣酒說，「崔斗斯先生也是我們家裡的一分子，我想知道你對麥考伯先生的前途有什麼看法。」麥考伯太太就事論事地說：「我一直告訴麥考伯先生，穀物業或許是很體面的行業，但無利可圖。兩星期最多才領兩先令九便士的佣金，再怎麼說都不是賺錢的工作，不管我們的要求有多低。」

我們全都同意這點。

「之後呢，」麥考伯太太很得意自己將事情看得如此清楚，在麥考伯先生可能走歪的時候，憑她女人的智慧讓他不誤入歧途。她繼續說道，「之後我就問自己，要是穀物業不可靠，那還有哪一行可靠？煤炭業可靠嗎？一點也不。在我娘家的建議下，我們之前就往那方面嘗試過了，也發現完全是錯誤的。」

麥考伯先生靠在椅子上，手插口袋，在一旁看著我們，並點頭表示太座將事情表達得十分清楚。

「既然穀物業跟煤炭業都不考慮，」麥考伯太太用更加就事論事的語氣說，「考柏菲爾德先生，我當然會繼續看看這個世界，然後我說：『有哪一行能讓麥考伯先生這麼有天賦的人發光發熱？』我排除所有佣金制的工作，因為太不穩定了。最適合麥考伯先生這樣性格獨特的人做的，我確定，那就是穩定的工作了。」

73. 出自蘇格蘭民謠〈驪歌〉（Auld Lang Syne），黃白花兒原為蘇格蘭文gowans，指雛菊。

崔斗斯跟我都低聲深表同意，這項對麥考伯先生性格的大發現，無疑是真的，也提高了他的身分地位。

「我就不對你隱瞞了，我親愛的考柏菲爾德，」麥考伯太太說，「我一直都覺得釀酒業特別適合麥考伯先生。看看巴克利與佩金斯公司！看看楚門、漢伯里和巴斯頓公司！根據我對麥考伯先生的瞭解，就是要有這種廣大的基礎，他才能發光發熱。而且我聽說這行的利潤大——得——很！不過如果麥考伯先生進不了那些公司——他寄了求職信，即使給他小職位他也願意，但都沒收到回音——那繼續抓著這個想法不放有什麼用呢？一點用處都沒有。我深信麥考伯先生的氣度……」

「嗯哼！親愛的，真的……」麥考伯先生插話道。

「寶貝，別說話，」麥考伯太太將手放在他手上，說道：「我深信麥考伯先生的氣度特別適合做銀行業。我就想，要是**我**在銀行存了一筆錢，只要見到銀行代表麥考伯先生的那種氣度，就會讓人對銀行很有信心，肯定會願意多往來。但要是各家銀行都拒絕接受麥考伯先生的才能，甚至傲慢無禮地看待他的求職意願，繼續抓著**那個**想法不放，又有什麼用呢？一點用處都沒有。至於自己開業，我知道如果我娘家的人願意將錢交給麥考伯先生投資，那麼要開辦一家銀行是有可能的。可是如果他們**不**願意將錢交給麥考伯先生——事實的確也是如此——那又有什麼用呢？再一次，我必須坦白說，我們的情況與之前相比並無太大進展。」

我搖搖頭說：「一點也沒有。」

崔斗斯也搖頭說：「一點也沒有。」

「我從這點推斷出什麼結論呢？」麥考伯照樣用清楚闡述的語氣說道：「我親愛的考柏菲爾德，我不得不推斷出的結論，到底是什麼呢？我們總得生活下去，我這樣說難道錯了嗎？」

我回答：「一點也沒錯！」

崔斗斯也回答：「一點也沒錯！」

接著我用睿智的口氣補充：一個人要嘛是生，要嘛是死。

「正是這樣，」麥考伯太太回應，「正是這樣沒錯。事實上，我親愛的考柏菲爾德，如果近期沒有其他好機會出現，我們就真的活不下去了。我深信，而且最近也經常跟麥考伯先生講，好機會是不會自己出現的，我們一定要多多少少促成好機會的發展。或許我這樣想是錯的，但我就是這麼想。」

崔斗斯和我都高聲贊同。

「非常好，」麥考伯太太說，「那麼我還能提哪些建議呢？麥考伯先生具備各種資格，擁有豐富才能……」

「親愛的，真的……」麥考伯先生說道。

「拜託，寶貝，讓我說完。麥考伯先生具備各種資格，擁有豐富才能——我說啊，稱得上是天才了，但這或許是身為妻子的偏見……」

崔斗斯和我低聲應和：「不是。」

「但是麥考伯先生還是沒有合適的職位或工作可以做。這責任在誰呢？顯然就是整個社會的問題了。那我就要揭露這個可恥的事實，並大膽挑戰社會，要求它矯正錯誤才行。我親愛的考柏菲爾德，我覺得，」麥考伯太太強調說，「麥考伯先生必須做的就是對社會下戰帖，實質上就是說：『讓我看看誰願意接受挑戰，敢挑戰的就出來！』」

我冒昧地問麥考伯太太這要如何辦到。

「登廣告啊，」麥考伯太太說，「在各大報社刊登。我覺得，為了對他自己公平、為了對他的家人公平，我甚至要說，為了一直以來都忽略他的社會公平，麥考伯先生必須做的就是在各大報刊登廣告，詳細描述自己的長處，擁有這些跟那些資格，並寫：『**現在**就聘用我吧，須付薪酬，並自付郵資寄至肯頓鎮郵局，麥考伯先生收。』」

「我親愛的考柏菲爾德，麥考伯太太這個想法，」麥考伯將襯領拉到下巴，側眼看著我說，「事實上就是我上次有幸與你相會時所指的大躍進。」

「不過登廣告滿貴的不是嗎？」我半信半疑地說。

「沒錯！」麥考伯太太用同樣有邏輯的方式繼續說：「正是如此，我親愛的考柏菲爾德！我也跟麥考伯先生講過一模一樣的話。就因為這個原因，我想麥考伯先生應該（如我剛才說過的，為了對他自己公平、為了對家人公平、為了對社會公平）會用簽期票的方式先借一筆錢。」

麥考伯先生靠坐在椅子上，一邊擺弄單片眼鏡，一邊盯著天花板看，而我覺得他也在注意盯著壁爐看的崔斗斯。

「要是我娘家，」麥考伯太太說，「沒有人有足夠意願承兌這張期票——我相信有個更恰當的商業術語能表達我想說的意思……」

仍盯著天花板看的麥考伯先生說：「貼現。」

「將票據貼現，」麥考伯太太說道，「我的建議是，麥考伯先生應該到市區，將期票拿去金融市場，看能換多少就換多少。要是金融市場的人逼得麥考伯先生做出重大犧牲，那就是他們良心的問題了。我堅決將此視為一種投資。我親愛的考柏菲爾德，我建議麥考伯先生也這樣想，將這視為是絕對會賺錢的投資，**任何**犧牲都得甘願接受。」

雖然我不知道為什麼，但我當時覺得麥考伯太太提這建議是自我犧牲奉獻的表現，於是我低聲表達同意這種看法；崔斗斯也應和了相同的話，不過仍盯著爐火看。

「那我呢，」麥考伯太太喝完潘趣酒，圍了圍巾準備退到我的臥室，「我就別再多說麥考伯先生財務上的事了。我親愛的考柏菲爾德，在你的爐火旁，以及在崔斗斯先生面前（我們雖然才剛認識，但他就像自己人），我忍不住想讓你知道我建議麥考伯先生採取的行動。我覺得麥考伯先生發揮實力的時機已經到來——我還要補充——他堅持自己權利的時機已經到來了，而這些就是**我**認為可行的方法。我知道我不過是個女人，在處理這些問題上，男性的建議普遍都比較有用。話雖如此，但我還是不能忘記我與父母同住時，父親經常會說：『艾瑪雖然體弱，但她對事情的見解絕不亞於任何人。』我很清楚這是為人父的偏心，但他也是很會看人的，這點不容置疑，不只是因為我是他的女兒，我也有足夠理由對此深信不疑。」

說完這番話，我們懇求她別離席，再與我們敬完最後一輪的潘趣酒，但麥考伯太太婉拒了，先回我的臥房休息。我真心覺得她是個高風亮節的女性——就像羅馬時期廉頑立儒的女性，在國家多難時，能做出英雄事蹟。

這種印象讓我大為感動，我恭喜麥考伯先生擁有這樣的珍寶，崔斗斯也向他道賀。麥考伯先生跟我們一一握手後，用手帕摀住臉，我覺得手帕上的鼻煙比他察覺到的還多呢。接著他繼續喝潘趣酒，慷慨激昂。

麥考伯先生的話匣子大開。他告訴我們，人有了孩子之後，就有如重獲新生。不管他們家的財務有多困難，家裡能添多少成員他都歡迎。他說，麥考伯太太最近對這點有些擔心，但他已經清除了所有疑慮，讓她安心。至於她娘家的人，他們真是一點都配不上她，而他們對他的看法，他毫不在乎，叫他們——我用他的原話——都見鬼去吧！

接著麥考伯先生稱讚了崔斗斯一番，他說崔斗斯品格高尚，他自己雖然沒有如此堅定的品德，不過（他感謝上帝）他非常欣賞崔斗斯。他語帶感情地提到，雖然他不認識崔斗斯一心愛慕的年輕女性，但她也用真心回應他的愛戀，給他幸福，所以麥考伯先生敬了她一杯，我也是。崔斗斯向我們兩個道謝，用我十分喜歡的純樸真誠態度說：「我真的非常感謝你們。我也跟你們保證，她絕對是全世界最貼心的女孩子！」

之後，麥考伯先生趁機圓滑、客套地詢問我感情的事。他說，除非他的朋友考柏菲爾德鄭重否認，不然他相信他的朋友考柏菲爾德有了愛人，而且為人所愛。我覺得全身發熱、十分不自在，滿臉通紅、結結巴巴地否認了一會兒之後，還是舉杯說了：「好吧！我敬小朵！」麥考伯先生聽到後，開心地拿著一杯潘趣酒跑進我的臥房，讓麥考伯太太也能敬小朵。她激動地敬酒，在房裡尖叫道：「真是太好了！我親愛的考柏菲爾德，我太高興了！真是太好了！」然後敲了敲牆做為鼓掌。

後來我們的對話就轉到比較世故的話題。麥考伯先生告訴我們，他覺得肯頓鎮的地理位置不太方便，如果刊登廣告後收到令人滿意的回覆，那他要做的第一件事情就是搬家。他提到在牛津街西側有棟面向海德公園的排屋，他很久之前就看上了，但估計還無法立刻承租，因為尚缺大筆收入。他解釋道，還無法承租的這段時間，如果可以住在比較體面的商業區——例如皮卡迪利街——而且如果可以住頂樓的話，那他就很滿意了，麥考伯太太也會很高興。在那裡，可以往外開一扇圓弧形窗，或是加蓋一層樓，或者做其他裝修，那他們就能體面舒適地在那住上幾年了。他清楚地說，不管上天為他安排了什麼，不管他將來住在哪，有一件事可以確定，那就是：他永遠會為崔斗斯留一間房，為我留一副刀叉。我們謝了他的好意，他懇請我們原諒他又開始說起這些現實的瑣事，因為當一個人的生活有全新的安排時，提到這些是很自然而然的。

麥考伯太太再次拍了牆，想知道茶具是否已經準備好，因此打斷了我們輕鬆的對話。她熱心地替我們泡茶。我傳遞茶杯、麵包和奶油時，只要一靠近她，她就會低聲問我小朵是黑還是白、是高還是矮之類的問題，我想自己也是被問得很高興。喝完茶後，我們坐在壁爐前討論了各種話題。麥考伯太太還很好心地唱歌給我們聽（她有著平淡輕柔的嗓音，我記得剛認識她的時候，認為她的嗓子是聲音界的淡啤酒）。她唱了廣受喜愛的情歌〈帥氣的白臉中士〉和〈小塔夫林〉，據說麥考伯太太與父母同住時，唱這兩首歌都很受客人歡迎。麥考伯先生告訴我們，初次在她娘家見到她，聽到她唱第一首歌的時候，就深深被她吸引，而等她開始唱〈小塔夫林〉，他就下定決心要贏得美人心，要不然就在追求過程中壯烈犧牲。

大概十點、十一點的時候，麥考伯太太起身將帽子收進淺棕色包裝紙中，並戴上軟帽。麥考伯先生趁崔斗斯穿大衣時，將一封信塞到我手裡，小聲要我有空再讀。他走在最前面挽著麥考伯太太，而崔斗斯拿著裝帽子的包裹走在後面，我也趁拿蠟燭替他們照路時，在最上層樓梯欄杆旁留住崔斗斯。

「崔斗斯，」我說，「可憐的麥考伯先生並無惡意，但我要是你，就不會借他任何東西。」

「我親愛的考柏菲爾德，」崔斗斯笑答道，「我也沒有東西可以借啊。」

「你有名字可借，你知道吧。」我說。

「噢！**那**也可以借嗎？」崔斗斯若有所思地回答。

「當然。」

「噢！」崔斗斯說。「是啊，當然當然！我很感謝你提醒我，考柏菲爾德。不過……我恐怕已經把名字借給他了。」

「是用來投資的那張票據嗎？」我問道。

「不是的，」崔斗斯說，「並不是那張，今天還是我第一次聽說那張期票。我剛一直在想，他應該會在回家路上提出要借用我的名字。我之前借的是另一張。」

「我希望不會出什麼事。」我說。

「我也希望，」崔斗斯說，「不過應該是不會啦，因為前幾天他才跟我說那筆錢有著落了。這是麥考伯先生的原話：『有著落了。』」

就在這時候，麥考伯先生抬頭看我們，我僅有一點時間重複我的警告，崔斗斯謝了我之後就下樓。不過我看他拿著帽子下樓並挽著麥考伯太太的老實樣，很擔心他會連頭帶腳地被拖進金融市場。

我回到壁爐邊，半認真半好笑地思考著麥考伯先生的個性，以及我們倆以前共患難的生活，這時我聽到有人快速走上樓。起初我以為是麥考伯太太有東西忘記帶走，所以崔斗斯跑回來拿。但隨著腳步聲接近，我很清楚，也感受到心跳得劇烈，血液衝上臉龐，因為我認出這是史帝福斯的腳步聲。

我從來沒有忘記艾格妮絲說的話，她也從不曾離開過我心中的那塊聖殿——請容我這麼稱之——從我第一次見到她，就將她放在那裡了。然而史帝福斯一走進來，雙手攤開站在我面前的時候，原先籠罩在他身上的黑暗轉為光明，我覺得好困窘、羞愧，之前竟然懷疑我愛如兄長的人。不過我對艾格妮絲的愛仍一如既往，我依然認為她是我生命中那個善良溫柔的好天使。錯怪史帝福斯這件事，我只怪自己，一點都不怪她。要是我知道該怎麼補償他，那我一定會去做。

「哎呀，雛菊老弟，你怎麼呆住啦！」史帝福斯大笑著說，熱情地握住我的手，又輕快地拋開。「你是不是又辦了一場盛宴啊，你這個愛奢侈享樂的人！我相信你們這些律師公會的傢伙肯定是全城最愛玩的人啦，一定隨時都能把我們嚴肅認真的牛津人打趴！」他閃爍的眼神開心地掃視了整個房間，然後坐在我對面的沙發上（之前麥考伯太太坐的地方），翻動爐火，讓它燒得更旺。

「我剛剛真是太驚訝了，」我用最誠摯的態度歡迎他，「看到你，我連跟你打招呼都沒力了，史帝福斯。」

「哎呀，就像蘇格蘭人說的，見到我，生病的眼睛都會好。」史帝福斯說，「雛菊，看到你滿面春風也是一樣。你好嗎，酒神的信徒？」

「我非常好，」我說，「我今晚不算是酒神的信徒，但我承認剛剛招待了三位賓客。」

「我剛在街上都看到了，他們很大聲稱讚你呢，」史帝福斯說道，「那個穿緊身褲的是誰啊？」

我盡力用幾句話跟他描述麥考伯先生。他聽了我這麼站不住腳的描述後，哈哈大笑，並說一定要認識這號人物。

「那你猜另一位我們都認識的朋友是誰？」這次換我問道。

「天知道，」史帝福斯說，「不會是個討人厭的傢伙吧？我覺得他看起來有點討人厭就是了。」

「是崔斗斯！」我得意地說。

「他是誰？」史帝福斯漫不經心地問。

「你不記得崔斗斯了嗎？就是我們在撒冷學校的室友崔斗斯啊！」

「噢！是他啊！」史帝福斯用火鉗敲打爐裡最上面的那塊煤炭。「他還是跟以前一樣軟弱嗎？你是上哪撿到**他**的啊？」

我覺得史帝福斯很看不起崔斗斯，所以盡力讚揚他，但史帝福斯只輕輕點頭微笑了一下，說他也想見見這位老同學，因為崔斗斯以前就是怪人一個，說完就結束這個話題，然後問我還有沒有食物可以吃。這短短的對話時間，他並不是很有興致說話，而是坐在那裡不時用火鉗翻動煤炭。我去拿鴿肉派時，也發現他在做一樣的事。

「哎呀，雛菊，這根本是給國王吃的菜色啊！」他打破沉默大聲說道，並在桌前坐下。「我應該把它吃個精光，因為我剛從雅茅斯回來。」

「我以為你從牛津來的？」我回應道。

「不是，」史帝福斯說，「我一直在航海——那比牛津好玩多了。」

「利特瑪今天來找過你，」我說。「我以為他說你在牛津，不過現在想想，他並沒有這麼說。」

「我沒想到利特瑪竟然這麼笨，跑到這裡來找我，」史帝福斯開心地自己倒了一杯酒，並敬了我一下。「至於他這個人，如果你能做到真正瞭解他，就比我們大多數人還要聰明絕頂了，雛菊。」

「那倒是真的，」我將椅子移到桌前。「所以原來你都在雅茅斯啊，史帝福斯。」我很想聽聽他的故事，就問道：「你在那待了很久嗎？」

「沒有，」他回答，「就在那裡**瞎混**了一星期左右。」

「大家都還好嗎？當然，小艾蜜莉還沒有結婚吧？」

「還沒。我想就快要結了——可能再幾星期或幾個月吧，總之就某個日子。我不常見到他們就是了。對了，」他將剛剛一直忙個不停的刀叉放下，摸摸口袋。「我帶了封信給你。」

「是誰寫的？」

「噢，就你的老保母，」他回答，從胸前口袋拿出一些紙條。「『史帝福斯先生，堅心酒吧欠款』——不是這個。別著急，我們馬上就會找到。那個叫什麼名字的老傢伙情況不樂觀，我想信的內容是這個。」

「你是說巴基斯嗎？」

「對！」他繼續撈著口袋，翻看紙條。「可憐的巴基斯恐怕是完蛋了。我在那裡看到一個小藥劑

☆7
'But the sun sets every day, and people die every minute, and we mustn't be scared by the common lot. If we failed to hold our own, because that equal foot at all men's doors was heard knocking somewhere, every object in this world would slip from us. No! Ride on! Rough-shod if need be, smooth-shod if that will do, but ride on! Ride on over all obstacles, and win the race!'

師——還是外科醫師，不管他是誰——就是將閣下您接生到世界上的那一位。我覺得，他對巴基斯的病情十分瞭解，不過他的結論是，車夫生命中的最後一段旅程跑得太快了。你到那張椅子上翻我大衣的胸前口袋，應該會找到那封信。有嗎？」

「找到了！」我說。

「就是那封！」

是佩格蒂寫來的。字寫得比平常潦草難讀，信也寫得較為簡短。她在信裡告訴我，她的丈夫病況沒有好轉的希望了，並暗示他比之前還要「更加小氣」，因此也更難讓他過得舒服一點。她的勞累與看護在信裡隻字未提，倒是大大稱讚巴基斯先生。信寫得平鋪直敘、樸實無華、虔誠真摯，信的最後是「問候我永遠的寶貝」——指的是我。

在我破解這封信的時候，史帝福斯繼續在旁邊吃吃喝喝。

「這件事很不幸，」我讀完時，他說。「但太陽每天都要西沉，每分鐘都有人過世，我們不應該為這種事大驚小怪。要是因為懼怕人人都有機會聽見的腳步聲到來，那我們就無法好好過生活，世界上的每樣東西也會從我們手中溜走。不！要繼續前進！必要時穿防滑靴，平常就穿平底鞋，不管怎樣，繼續前進就對了！越過所有障礙，贏得最終勝利！」☆7

「贏得什麼最終勝利？」我問。

「一出生就參與的比賽啊，」他說，「繼續前進就對了！」

我記得，他說完後停了一會兒，英俊的腦袋些微往後仰，手高舉酒杯，我注意到他臉上雖然帶著海風輕拂的新鮮氣息，面色紅潤，但有些痕跡是我上次見到他時還沒有的，好像他從事了某種熱烈的緊張活動，進行時會在他心中激烈翻騰。我本來想好好勸勸他，別因為愛做什麼事就非得拚命似的，例如在波濤洶湧的大海中奮勇前進，或是在惡劣氣候中猛進破浪等等。但我都還沒開口，心思就再次轉回我們原本正在談的話題上，於是繼續往下說：

「聽我說，史帝福斯，」我說，「如果你的興致高昂，願意聽我說……」

「我的興致的確高昂，你要我做什麼都可以。」他從餐桌走回壁爐前。

「那我就說了，史帝福斯。我想南下去探望我的老保母，也不是說我去了就能讓她好過點，我也不能給她什麼實質的幫助，但畢竟她這麼疼我，我只要陪在她身邊，就好像前面說的兩件事我都能做到一樣。這對她來說會是莫大的安慰和支持，她也會欣然接受的。我相信，她對我這麼好，這麼一點忙不算什麼。換作是你，不會找一天抽空過去嗎？」

他臉上露出若有所思的神情，想了一下才低聲開口道：「嗯！去吧。去了沒壞處。」

「你才剛從那裡回來，」我說，「如果要你陪我去，應該不太可能吧？」

「是沒錯，」他回答。「我今晚就要回高門。我好久沒回去探望母親了，覺得良心不安，畢竟她這麼愛她的浪子，真是太難得了──呸！胡說八道──我猜，你是打算明天就去吧？」他伸出雙手搭在我的肩上。

「我想是的。」

「好吧，那多等一天再去。我本來是想請你到我家住幾天，結果呢，我來這裡邀請你，你卻要飛到雅茅斯！」

「你這傢伙哪有資格說我飛來飛去，史帝福斯，你才老是到處亂跑到沒人知道的地方呢！」

他看了我一下，沒有作聲，繼續搭著我的肩，搖一搖之後才回答：「好嘛！就後天再去，明天看能在我家留多久就留多久，不然誰知道我們下次再見是什麼時候？來吧！就後天再去啦！我希望你能站在我跟羅莎・達朵中間，將我們兩個隔開。」

「沒有我的話，你們兩個就愛得難分難捨了，是吧？」

「沒錯，或是恨得想攻擊對方，」史帝福斯笑道，「不管哪個，你就來吧！後天再去雅茅斯！」

我答應他後天再去，於是他穿上大衣，點燃雪茄，準備回家。知道他想用走的回去，我也穿上大衣（但我沒有點燃雪茄，因為前陣子已經抽夠了），陪他在夜晚寂靜冷清的街道上走一段。他一路都顯得精神奕奕，我們告別後，我看著他返家那昂首輕快的背影，想到他說的：「越過所有障礙，贏得最終勝利！」我第一次希望他參加的是值得的比賽。

我回房更衣時，麥考伯的信掉落到地上，我才想起這件事。我拆開信，讀了下列內容，寫信的時間是晚宴前一個半小時。我不確定以前有沒有提過，麥考伯先生遭逢難關時，他都愛用一些法律詞彙，似乎是覺得這樣做就能夠解決眼前的問題。

閣下——因本人不敢以我親愛的考柏菲爾德稱呼您：

本信署名人已窮途潦倒，僅以此奉告。本人為不讓您過早得知他災難性的處境，努力掩飾，但閣下今日想必已有所察覺，然希望已落入地平線下，本信署名人已窮途潦倒。此函在某人（非友人）眼目所能及之處下筆。該人受僱於某票據經紀人，現瀕臨酒醉狀態。因本信署名人積欠房租，該人合法占有房屋及財產。遭扣押物不僅包含身為常年租戶的本人全部動產，亦包括承租房客，尊貴的內殿律師學院成員湯瑪斯・崔斗斯先生[74]之所有動產。

「遞至」（借用一位不朽作家之言[75]）本信署名人唇邊的憂鬱之杯已滿溢，若再下一滴，那便會是前述之湯瑪斯・崔斗斯先生友善地同意承兑本信署名人所立之總額二十三鎊四先令九便士半期票已過期，惟本人無法籌出該款。此外，本信署名人所擔負之贍養責任，循自然道理，將因再添一位無助的可憐兒而增加，該可憐兒將於自今日算起不逾六個朔望月——以整數計算——出世於悲慘世間。

前提事項之後，再額外補充，塵埃將永遠撒落至——鄙、人、頭、上。

威爾金・麥考伯筆

可憐的崔斗斯！我那時已經清楚麥考伯先生的為人，能預料到他肯定會從這次的打擊中振作起來。但我那天晚上睡得很不安穩，一直想著崔斗斯，還有德文郡副牧師十個女兒中的其中一個，那個貼心的女孩願意等崔斗斯到六十歲（這是讚美，雖然不太吉利！）——甚至隨便說個年齡她都願意等。

74. 湯米是湯瑪斯（Thomas）的暱稱。
75. 指莎士比亞。

第29章　再訪史帝福斯家

隔天早上，我向史賓洛先生請了幾天假。因為我沒有領任何薪水，所以絕不妥協的喬金斯對此並無太過不悅，我輕輕鬆鬆就請好了假。我也利用這個機會請史賓洛先生代為問候他的千金，但說時聲音卻好像黏在喉嚨上，眼睛一片模糊。史賓洛先生就像回應普通人的話一樣，並沒有特別帶感情地回答我，他的愛女一切安好，多謝我的關心。

我們這些學徒也算是代訴人這種高貴階級的幼苗，因此備受禮遇，我一直都來去自由。不過，由於我不想在下午一、兩點之前就抵達高門，加上那天早上還有一件小小的逐出教會案要審理（提普金斯為拯救布拉克靈魂之案），我便與史賓洛先生一起出庭，共度了愉快的一、兩個小時。該案起因於兩位教會執事發生扭打，據說其中一位將另一人推到打水器上，而打水器的把手凸出至一間校舍，校舍又位在教堂屋頂的三角牆下，讓這整起事件演變成褻瀆教堂案，真的是頗有意思。我坐上公共馬車前往高門時，一路上還因為這件案子在想著律師公會，以及史賓洛先生說過關於挑戰公會和拖垮全國的事情。

史帝福斯夫人看到我非常高興，羅莎．達朵也是。我很訝異利特瑪不在，只有一位謙恭的小女傭在客廳服侍我們。她帽上繫了條藍緞帶，如果不小心跟她目光接觸，她的眼神比起那位體面的男士要討喜得多，較不會讓人感到驚慌失措。

但我進屋後，待還不到半小時，就注意到達朵小姐一直密切觀察我，好像偷偷拿我和史帝福斯的臉相互比較，埋伏等待我們倆的面容會不會透露出什麼端倪。所以想當然耳，我看向她的時候，只看到迫切的神情，憔悴的黑眼與找尋答案的雙眉直盯盯地看著我，不然就是看到她突然轉過去看史帝福斯，或是同時看著我們兩個。在這種宛如山貓的銳利目光注視下，她發現我也在注意她，非但沒有畏縮，還更加犀利地盯著我。不管她到底懷疑我做了什麼事，我都問心無愧。我確信我沒有做錯事，但面對她奇怪的目光，我還是畏縮了，實在受不了那飢渴的炯炯光芒。

一整天，她好像都出沒在房子的各個角落。我在史帝福斯房間與他聊天時，會聽到外面的走廊有她裙襬的窸窣聲。我與史帝福斯在後院玩以前常玩的遊戲時，總會看到她的臉從一扇窗移到另一扇窗，好像遊蕩的燈火，直到在某一扇窗前停下來看我們。我們四個人下午一起出去散步時，她纖瘦的手就像彈簧一樣扣住我的手，拉慢我的速度，直到史帝福斯母子兩人走遠，聽不見我們的對話，才開口跟我說話。

「你很久都沒來拜訪了，」她說。「你的工作真的這麼忙碌、有趣，占用你所有的時間精力嗎？我這麼問，是因為我不懂的事就想多加瞭解。所以，真是這樣嗎？」

我回答我是很喜歡這份工作，但也不至於愛成這樣。

「噢！我很高興我現在知道了，因為要是我弄錯，總是希望有人能糾正我，」羅莎．達朵說道。「所以你的意思是，工作有點無聊嗎？」

「這個嘛，」我回答，「或許**是**有點無聊。」

「噢！這就是為什麼你想要好好放鬆和換個心境，想找點刺激的事嗎？」她說。「啊！一定是這樣沒錯！不過對他來說，會不會有點……嗯？我指的不是你。」

她很快地往史帝福斯挽著母親散步的方向看了一眼，讓我知道她指的是誰。不過除此之外，我真的完全不曉得她是什麼意思，也肯定露出滿臉不解的神情。

「那是不是……我沒有說一定就是，但我想知道，那是不是讓他很著迷呢？或許是不是讓他因此有點怠慢了盲目溺愛他的……嗯？」她又快速地朝他們母子看了一眼，然後像看透我內心深處似的注視著我。

「達朵小姐，」我回答，「拜託，妳該不會……」

「不是的！」她說，「噢，我的天啊，我並沒有假想任何事情！我沒有懷疑什麼。我只不過是問問題罷了，並不是在發表意見。我得等你給我答覆之後，才能說出我的看法。那麼，不是這樣嗎？哎呀！我很高興我現在知道了。」

「事實上，」我困惑地說，「我真的不是史帝福斯離家那麼久的原因——如果他離家很久的話——除非妳這樣告訴我，否則我真的不知道他是否離家很久。我也很久沒見到他了，直到昨晚才見上一面。」

「是嗎？」

「真的，達朵小姐，我們很久沒見了！」

她一直看著我的時候，我發現她的臉變得更尖銳、更蒼白，那條舊傷口的痕跡延伸到變了樣的上唇，延伸到她的下唇，斜劃到整張臉。這幅景象對我來說真是難以直視，而她卻用炯炯有神的雙眼盯著我說：「那他在做什麼？」

我太驚訝了，所以重複了這句話，主要是對自己說的，而不是反問她。

「那他在做什麼？」她焦急的程度簡直就像會燒掉自己的一把火。「還有，那個男的在替他做些什麼事？他每次看我的時候，眼神裡老是帶著看不透的虛假。如果你是個高尚忠誠的人，那我不會要你背叛朋友。我只要你告訴我，引誘他的到底是什麼？是憤怒嗎？是仇恨嗎？是驕傲嗎？是焦躁嗎？是風流嗎？是真愛嗎？**到底是什麼？**」

「達朵小姐，」我回答，「我要怎麼說，妳才會相信我？我真的不知道從我上次拜訪到現在，史帝福斯有什麼改變。我完全想不到，也堅信並沒有發生什麼事，我連妳在說什麼都不懂。」

她還是繼續目不轉睛地看著我，那道可怕的傷痕抽搐地跳動了一下，我只能想到這是種痛苦的表現。她一邊嘴角往上揚，好像是藐視，或是對她所鄙視的東西表示可憐。她突然摀住嘴角——之前在壁爐邊看到她摀住臉龐時，我就在心裡將她纖細嬌嫩的手比作精緻瓷器——然後用凶狠的激動語氣，很快說了句：「對這件事，你要發誓保密！」之後就一個字也沒提了。

史帝福斯夫人在寶貝兒子的陪伴下特別高興，而史帝福斯這次也特別關心、孝順母親。看到他們兩個在一起，我覺得很有意思，不只是他們彼此親愛，還有兩人外表之相似，以及在史帝福斯身上高傲衝動的姿態，在他母親身上隨著年紀及性別不同，轉為溫柔優雅的高貴氣質。我不只一次想過，幸好他們兩個之間沒有發生什麼嚴重分歧，否則這兩種性格的人——我應該說是同樣性格、兩種深淺程度——要和好的話，會比個性截然不同的兩個人難得多。我必須承認，這個想法並非我自己觀察到的，而是因羅莎．達朵的一番話才想到的。

她在晚餐時說：「噢，你們一定要告訴我，誰來回答都可以，因為我已經想了一整天了，非常想知道。」

「妳想知道什麼，羅莎？」史帝福斯夫人回應：「拜託，我求妳，羅莎，別這麼神祕。」

「神祕！」她驚呼道。「噢！真的嗎？妳真的覺得我神祕嗎？」

「我不是經常拜託妳，」史帝福斯夫人說，「用妳平常的態度，想說什麼就直說？」

「噢！所以這**不是**我平常的態度嗎？」她回道。「那你們真的得原諒我，因為我有事情想知道。沒有人是真正瞭解自己的。」

「妳已經習慣成自然了，」史帝福斯夫人沒有語帶不悅，「不過我記得——我想妳一定也記得——妳以前不會這樣，羅莎。妳以前並沒有這麼謹慎，而且比現在坦率多了。」

「我確定妳說得對，」她回答，「所以我養成的習慣真的有這麼糟糕啊！真的嗎？以前沒有這麼謹慎，比現在坦率？我還真不曉得自己**怎麼**不知不覺就變了個樣呢！哎呀，真的是太奇怪啦！我一定要好好研究怎麼變回原本的樣子。」

「我希望妳可以。」史帝福斯夫人微笑著說。

「噢！我真的可以，妳知道的！」她回答。「那我就要學習變得坦白點——我看看——不然我就跟詹姆斯學吧。」

「妳要學坦白的話，羅莎，」史帝福斯太太立刻說，「跟詹姆斯學準沒錯。」——儘管羅莎．達朵剛才的那番話，是用世界上最無心的方式說出，但她所說的任何話語總帶有諷刺意味。

「這點我相信，」她異常熱情地說道，「要是有哪件事我能百分之百確定的，那肯定就是這件事了。」

我覺得史帝福斯夫人似乎後悔自己剛剛有點動怒了，因此她接下來用很和氣的語氣說道：「那麼，我親愛的羅莎，妳還沒說妳到底想搞清楚什麼事呢？」

「我想搞清楚什麼事？」她用惹人厭的冷漠語氣說道。「噢！我只是想知道，要是有兩個道德品格相似的人……我這個詞是對的嗎？」

「沒有對錯，跟別的詞一樣都能用。」史帝福斯說。

「謝謝。兩個道德品格相似的人，要是意見產生嚴重分歧，會不會比個性不這麼像的兩個人還更容易反目成仇？」

「我覺得是這樣沒錯。」史帝福斯說。

「是嗎？」她反問道。「我的天哪！那假設——任何不太可能發生的事都可以拿來舉例——要是你與令堂發生嚴重爭執呢？」

「我親愛的羅莎，」史帝福斯夫人和藹可親地笑著打斷她，「舉別的例子吧！詹姆斯和我都很清楚我們對彼此的義務，感謝上帝！」

「噢！」達朵小姐若有所思地點點頭。「這是當然的。**這樣**就能避免爭執嗎？哎呀，當然是會的，沒錯沒錯。嗯，我很高興自己這麼傻，打這比方，這樣一來，我才知道原來你們清楚對彼此的義務就能避免爭執！真是太感謝了！」

跟達朵小姐有關的另一件小事，我一定不能在此忽略。因為後來，在所有無法挽回的事情都攤在陽光下時，我有理由想起這件事來。

這一整天的時間，特別是從這個時間點之後，史帝福斯就運用他最純熟的功力，輕鬆自如地將這個奇特的女子哄得惹人喜愛，她自己也滿心歡喜。史帝福斯做得如此成功，我並不意外，而達朵小姐對他討人喜歡的這門工夫有所抗拒——我當時覺得是他天生就討喜——也是我意料中的事，因為我知道她有時候心懷嫉妒、任性乖戾。我看見她的神情與態度逐漸轉變；我注意到她看他的眼神越來越愛慕；我看到她努力抗拒卻徒勞無功，對此總是很生氣，好像在譴責自身的弱點。最後，我看見她原本銳利的目光變得柔和，微笑變得嬌婉。一整天下來，我本來很怕她的，這下也不再恐懼，我們全都圍坐在壁爐前有說有笑，好像回到童年時期那樣無拘無束。

不管是因為我們已經坐了太久，或者史帝福斯決定乘勝追擊，這我不曉得。但在達朵小姐離席後，我們在餐廳並沒有停留超過五分鐘。

「她在彈豎琴，」史帝福斯靠近客廳的門輕聲說，「我想這三年來除了家母以外，就沒有人聽過她彈豎琴了。」他說話時露出難以理解的微笑，但立刻就消失了。

我們進到客廳，發現她獨自一人。

「別起身，」史帝福斯說，但她已經起身。「我親愛的羅莎，坐啊，一次就好，妳就好心地唱首愛爾蘭歌謠給我們聽。」

「你又喜歡聽愛爾蘭歌謠了？」她問道。

「很喜歡！」史帝福斯說，「比其他歌都還喜歡。雛菊也是，他打從心底熱愛音樂。唱首愛爾蘭曲子嘛，羅莎！讓我像以前一樣靜靜坐著欣賞。」

他並沒有碰到她，也沒觸到她剛剛起身的椅子，但坐得離豎琴很近。她站在豎琴旁好一段時間，很奇怪地用右手作勢彈琴，卻沒有撥到琴弦。後來她終於坐下，很快地將豎琴拉向自己，開始彈唱了起來。

我不曉得是彈奏還是歌聲的緣故，我這一生中，從未聽過或無法想像如此神祕怪異的歌曲，其中帶有一絲擔憂恐懼，彷彿從沒有人寫過這首歌、譜過這首曲，全都是出自她內心的激情，會在她唱低音時殘缺不全地吐露出來，而唱其他部分時又蜷伏著。她再次靠向豎琴，用右手作勢彈奏卻沒有撥弦，我整個人完全愣住了。

一分鐘之後，發生一件事讓我從恍惚中回神。這時史帝福斯已經離開座位，走向她，並笑著環抱著她。

☆8
Think of me at my best, if circumstances should ever part us!

「好啦，羅莎，我們從此以後一定會非常相親相愛！」他說。然後她打了他，像暴怒的野貓將他推開，衝出門。

「羅莎怎麼了？」史帝福斯夫人走進來說。

「她就像個天使一樣啊，母親，」史帝福斯答道，「就那麼一下子而已，然後就變得完全相反以示補償。」

「你應該小心點別惹怒她，詹姆斯。她的脾氣變糟了，記得嗎？你不應該挑戰她的底線。」

羅莎並沒有回來，也沒有人再提起她。直到我去史帝福斯寢室道晚安時，他才對她的事笑了笑，問我有沒有看過這麼潑辣難懂的女人。

我用當時能表達的所有方式表示我的驚訝，並問他猜不猜得出達朵小姐突然大發脾氣的原因。

「噢，天知道為什麼，」史帝福斯說道，「任何事都有可能，也可能什麼原因都沒有！我告訴過你，她什麼事情——包括她自己也是——都喜歡拿去磨刀石好好磨個鋒利。她是把雙刃刀，要特別小心，而且時時刻刻都很危險。晚安！」

「晚安，我親愛的史帝福斯！」我說，「我明天應該會在你起床前就告辭。晚安！」

他並不願意讓我走。他站在那，雙手搭在我肩上，就像過去在學校寢室那樣。

「雛菊，」他笑道，「雖然這不是你教父母替你取的名字，但我就是喜歡這麼叫你。我希望、我希望、我希望只有我能這麼稱呼你！」

「如果由我決定的話，那當然可以。」我說。

「雛菊，要是發生任何事讓我們兩個決裂，那你一定要想到我最好的一面，老弟。我們就這樣約定，好嗎？要是發生什麼事讓我們別離了，你要想到我最好的那一面。☆8」

「對我來說，你沒有最好的一面，史帝福斯，」我說，「也沒有最糟的一面。我對你的愛戴和珍惜都是同等的。」

先前對他的冤枉，雖然只是一種還沒有成形的念頭，但還是讓我感到內疚萬分。我當時真的很想向他坦承，話都已經到我嘴邊了，不過因為我不願意背叛艾格妮絲的信任，也不確定要怎麼說出口才能不提及她，在我還沒開口前，他就說：「上帝保佑你，雛菊，祝你晚安！」就在我遲疑時，這些話吞回去了。我們握了手，分別了。

隔天一早天還沒亮，我就起床了。我盡量安靜地更衣，然後往他房間看了一下。他睡得很安穩，舒服地將頭枕在臂上躺著，就像從前在學校時經常看到的那樣。

我看著他，正好奇似乎沒有東西能擾亂他的安眠時，必然之時到來，來得很快，但他睡得好熟——讓我再思念一下那樣的他吧——就像從前經常在學校看到的樣子。就這樣，在這寂靜時分，我離開了他。

——噢，願上帝原諒你，史帝福斯！我永遠無法再觸碰愛與友情的冷漠之手。永遠永遠無法了！

國家圖書館出版品預行編目資料

塊肉餘生記 / 查爾斯・狄更斯 (Charles Dickens) 著 ; 林婉婷譯 . -- 初版 . -- 臺北市 : 商周出版 : 家庭傳媒城邦分公司發行 , 2017.06
面 ;　公分 . --(經典名著 ; 56-57)
譯自 : David Copperfield
ISBN 978-986-477-248-3(全套 : 平裝)

873.57　　106007586

商周經典名著 56

塊肉餘生記 David Copperfield (全譯本｜上冊)

作　　者／查爾斯・狄更斯（Charles Dickens）
譯　　者／林婉婷
企 劃 選 書／余筱嵐
編 輯 協 力／尤斯蓓

版　　權／吳亭儀、林易萱、江欣瑜
行 銷 業 務／周佑潔、黃崇華、賴正祐、賴玉嵐
總 編 輯／黃靖卉
總 經 理／彭之琬
第一事業群總經理／黃淑貞
發 行 人／何飛鵬
法 律 顧 問／元禾法律事務所 王子文律師
出　　版／商周出版
台北市104民生東路二段141號9樓
電話:(02) 25007008　傳真:(02)25007759
E-mail:bwp.service@cite.com.tw
Blog:http://bwp25007008.pixnet.net/blog
發　　行／英屬蓋曼群島商家庭傳媒股份有限公司 城邦分公司
台北市中山區民生東路二段141號2樓
書虫客服服務專線:02-25007718;25007719
服務時間：週一至週五上午 09:30-12:00；下午 13:30-17:00
24 小時傳真專線：02-25001990；25001991
劃撥帳號：19863813；戶名：書虫股份有限公司
讀者服務信箱：service@readingclub.com.tw
城邦讀書花園：www.cite.com.tw
香港發行所／城邦(香港)出版集團有限公司
香港灣仔駱克道193號;E-mail:hkcite@biznetvigator.com
電話:(852) 25086231　傳真:(852) 25789337
馬新發行所／城邦(馬新)出版集團【Cite (M) Sdn Bhd】
41, Jalan Radin Anum, Bandar Baru Sri Petaling,
57000 Kuala Lumpur, Malaysia.
Tel: (603) 90578822　Fax: (603) 90576622　Email: cite@cite.com.my

封 面 設 計／廖韡
排　　版／極翔企業有限公司
印　　刷／韋懋實事業有限公司
總 經 銷／聯合發行股份有限公司 電話:(02) 29178022　傳真:(02) 29110053

■2017年6月15日初版
■2023年4月21日初版2.5刷

Printed in Taiwan

定價450元

城邦讀書花園
www.cite.com.tw

 ISBN 978-986-477-249-0